에피 브리스트

Effi Briest

Theodor Fontane

대산세계문학총서 083

에피 브리스트

테오도르 폰타네 지음 · 김영주 옮김

문학과지성사
2009

대산세계문학총서 083_소설
에피 브리스트

지은이_테오도르 폰타네
옮긴이_김영주
펴낸이_홍정선 김수영
펴낸곳_㈜문학과지성사

등록_1993년 12월 16일 등록 제10-918호
주소_121-840 서울 마포구 서교동 395-2
전화_02)338-7224
팩스_02)323-4180(편집) 02)338-7221(영업)
전자우편_moonji@moonji.com
홈페이지_www.moonji.com

제1판 제1쇄_2009년 9월 21일

ISBN 978-89-320-1994-9
ISBN 978-89-320-1246-9 (세트)

한국어판 ⓒ 김영주, 2009

이 책의 판권은 옮긴이와 ㈜문학과지성사에 있습니다.
양측의 서면 동의 없는 무단 전재 및 복제를 금합니다.

이 책은 대산문화재단의 외국문학 번역지원사업을 통해 발간되었습니다.
대산문화재단은 大山 愼鏞虎 선생의 뜻에 따라 교보생명의 출연으로 창립되어 우리 문학의 창달과 세계화를 위해 다양한 공익문화사업을 펼치고 있습니다.

에피 브리스트　7
옮긴이 해설·테오도르 폰타네의 걸작, 『에피 브리스트』 409
작가 연보　420
기획의 말　426

1

폰 브리스트 집안이 게오르크 빌헬름* 시대부터 살아온 호엔 크레멘 귀족 저택 정면으로 밝은 햇살이 한낮의 조용한 시골길을 내리쬐었다. 공원과 정원 쪽을 향해 증축된 옆 건물은 흰색과 녹색의 네모난 돌들이 깔려 있는 길에서부터 그 길을 지나 커다란 원형 화단에 이르기까지 넓은 그림자를 던지고 있었다. 원형 화단의 중앙에는 해시계가 있고, 주위에는 칸나꽃과 대황** 들이 무성했다. 수십 걸음쯤 앞에는 옆 건물과 나란히 교회 묘지 돌담이 길게 뻗어 있었다. 담은 조그마한 잎들이 달린 넝쿨로 뒤덮여 있고, 넝쿨 사이로는 하얗게 칠한 조그마한 철문이 보였다. 돌담 뒤에는 호엔 크레멘 탑이 수탉 모양의 풍향계와 함께 우뚝 솟아 있었다. 풍향계는 최근 새로 금도금이 되어 번쩍였다. 본관, 옆 건물, 묘지 돌담은 조

---

* Georg Wilhelm(1595~1640): 브란덴부르크 선제후(選帝侯).
** 독일 가정에서는 이 식물로 잼을 만드는데 잎이 무척 큰 게 특색임.

그마한 완상용 화단을 둘러싸며 말굽 형을 이루고 있고, 말굽 형의 트인 쪽으로는 연못이 있었다. 연못 위에는 조그마한 다리가 있고, 사슬로 이어진 보트도 떠 있었으며, 바로 그 옆에는 그네가 보였다. 수평을 이루고 있는 그네는 아래위 각각 두 개의 밧줄로 드리워져 있었지만 둘 다 약간 비스듬히 기울어져 있었다. 연못과 원형 화단 사이에는 그네를 반쯤 가리며 서너 그루의 늙은 플라타너스가 우람하게 서 있었다.

저택의 정면에는 향나무가 서 있고 서너 개의 정원 의자가 놓여 있었다. 흐린 날씨엔 그곳이 아늑한 휴식처가 되어주었다. 그렇지만 햇볕이 내리쬐는 날이면 정원 쪽이 훨씬 더 인기가 있어 특히 이 댁 마나님과 따님은 즐겨 그쪽을 택했다. 오늘도 이들은 그늘이 드리워진, 돌이 깔린 통로에 앉아 있었다. 그들 등 뒤로 야생 포도나무 덩쿨에 가려진 창문들이 열려 있었는데, 창문 옆으로 나 있는 돌계단을 올라가면 정원에서부터 옆 건물의 조금 높은 베란다로 통하는 돌출된 작은 계단이 있었다. 모녀는 일에 열중하고 있었다. 네모로 짠 조각들을 하나하나 모아 성찬용 양탄자를 만드는 일이었다. 크고 둥근 책상 위에는 몇 개인지 알 수 없는 털실 타래, 다채로운 명주실 타래들이 어질러져 있고, 거기다가 점심식사 후에 먹고 그대로 둔 디저트 접시 몇 개와 크고 아름다운 구즈베리 열매*가 가득 담긴 마졸리카 도자기 쟁반이 놓여 있었다. 두 사람은 자수바늘을 부지런히 움직이고 있었다. 어머니는 일에서 눈을 떼지 않고 있는 반면, 딸 에피는 이따금 자수바늘을 놓고 몸을 일으켜서는 우아한 자태로 구부렸다 폈다 하며 실내 보건체조를 연습하곤 했다. 그녀는 일부러 약간 장난기 어린 동작을 취했는데 그런 체조 연습을 특별히 좋아하는 게

---

* 덤불에 자라는 딸기 종류의 열매.

분명했다. 어머니는 수를 놓다 말고 딸 쪽을 바라보았다. 이때 딸은 일어서면서 천천히 양팔을 들어 올리고 손바닥을 머리 위로 높이 모았다. 어머니는 자기 딸을 아름답다고 생각하는 자신의 속마음을 짐짓 감추려는지 딸을 살짝 훔쳐보듯 했다. 그녀가 느끼는 자부심은 어머니로서 당연한 것이었다. 에피는 푸른색과 흰색의 줄무늬가 있는 기다란 통 블라우스 같은 형태의 아마포 옷을 입고 있었는데, 꽉 졸라 맨 청동색의 가죽 혁대가 예쁜 허리 곡선을 만들어주었다. 목덜미는 드러나 있었고 어깨와 등은 넓은 수병(水兵) 칼라가 감싸고 있었다. 그녀의 모든 행동에는 발랄함과 우아함이 함께 깃들어 있었으며, 늘 웃음을 머금은 갈색의 눈은 그녀가 천성적으로 영리하며 선량한데다 삶의 기쁨으로 가득 차 있음을 엿볼 수 있게 했다. 사람들은 그녀를 '작은 숙녀'라고 불렀다. 아름답고 날씬한 그녀의 어머니가 한 뼘 정도나 더 컸기 때문에, 그녀는 그런 별명을 달갑게 받아들였다.

   에피가 다시 한 번 몸을 일으켜 왼쪽 오른쪽으로 번갈아 회전 운동을 하고 있을 때, 어머니가 자수 일에서 눈을 떼고 딸을 쳐다보며 말했다.

   "에피야, 넌 곡예사가 되는 게 좋을 뻔했구나. 늘 곡예 그네를 타고 공중을 나는 여자 말이야. 아무래도 난 네가 그런 여자가 되고 싶어 했나 하는 생각이 드는구나."

   "아마 그럴지도 모르죠, 엄마. 그렇지만 그렇다 치더라도 그게 누구 때문이죠? 바로 엄마에게서 물려받은 게 아닌가요? 아니면 아빠에게서라고 말씀하시겠어요? 엄마도 웃으실 수밖에 없겠죠? 그런데 왜 엄마는 제게 이 밋밋한 실험복 같은, 사내애들이나 입는 옷을 입히시는 거죠? 전 이따금 짧은 원피스를 입어보고 싶어요. 그래서 어린 계집애처럼 다시 무릎을 구부리고 걷겠어요. 또 라테노우* 군인들이 올 때면 괴츠 대령의 무륳에 올라앉아 이랴, 이랴 하며 말타기를 하겠어요. 못할 게 뭐가 있겠어요? 그 사람은 4분의 3은 아저씨 같고 4분의 1은 구애하는 남자 같은걸요. 엄마 탓이에요. 왜 제게 우아한 옷을 만들어주시지 않아요? 왜 저를 숙녀답게 만들어주시지 않아요?"

"너 그렇게 하고 싶냐?"

"아뇨."

그렇게 말하면서 그녀는 어머니에게 달려가 격렬하게 포옹하며 키스했다.

"그렇게 거칠게 그러지 마. 그렇게 격렬한 행동을 하지 마라. 그런 네 모습을 보면 이 엄마는 늘 걱정이 된단다……"

어머니는 자신의 걱정과 불안을 전하려는 듯 정색을 하며 말했다. 그러나 세 명의 아가씨들이 등장해서 얘기는 더 이상 진전되지 않았다. 젊은 세 아가씨들은 교회 묘지 담에 있는 조그마한 철문을 통해 정원으로 들어와 자갈길을 따라 원형 화단과 해시계가 있는 쪽으로 걸어왔다. 세 아가씨 모두 양산을 흔들며 에피에게 인사하고, 브리스트 부인에게 재빨리 다가서서 그녀의 손을 잡고 입을 맞추었다. 부인은 의례적인 몇 마디 말을 물은 후, 30분쯤 그들을 위해, 적어도 에피를 위해 같이 있어달라고 청했다.

"나는 따로 여러 가지 할 일이 좀 있어. 젊은 사람들이란 자기들끼리 같이 있길 좋아하지. 잘들 놀아라."

그러고는 부인은 정원에서 옆 건물로 통하는 돌계단을 올라갔다.

이제 젊은 아가씨들만 남게 되었다. 젊은 아가씨들 중 두 사람은 자

---

* 라테노우Rathenow 주재의 기병대.

그마한 둥근 얼굴, 적갈색의 곱슬곱슬한 머리에 주근깨와 쾌활한 성격이 썩 잘 어울리는 타입이었다. 그녀들의 아버지인 얀케 선생은 스칸디나비아의 한자Hansa 출신으로 프리츠 로이터*를 사숙(私塾)했다. 그는 자신이 좋아하는 그 메클렌부르크 출신의 동향인 작가의 미닝과 리닝**을 모범으로 삼아 자신의 쌍둥이 딸에게 베르타와 헤르타란 이름을 지어주었다. 세 번째 아가씨는 니마이어 목사의 딸, 훌다 니마이어였는데 다른 두 쌍둥이 친구들보다 숙녀 티가 더 많이 나는 반면, 좀 지루한 성격에 잘난 체하기 좋아하는 맹하고 창백한 얼굴의 금발 아가씨였다. 조금 튀어나온 그녀의 눈은 늘 뭔가 찾고 있는 듯 보였는데, 경기병 크리칭이 그 때문에 "그 여자는 마치 늘 가브리엘 천사***를 학수고대하고 있는 것 같아 보이지 않니?"라고 말했다. 에피도 혹평하기 좋아하는 크리칭이 잘 지적했다고 생각했지만, 세 친구들 사이에 어느 누구를 차별 대우하고 싶지 않았고, 우선 이 순간 그런 생각은 하고 싶지 않았다. 그래서 그녀는 양말을 테이블로 가져가며 말했다.

"이 자수 일은 너무나 지겨워. 너희들이 와주어 무척 고맙다."

"그렇지만 우리들이 네 어머니를 쫓아버린 것 아니니?"라고 훌다가 말했다.

"아니야. 엄마가 말씀하신 것처럼 어차피 집에 들어가셨을 거야. 너희들이 오지 않았더라도 말이야. 집에 손님이 오실 거야. 엄마의 처녀 시절 남자 친구야. 그분 얘기는 나중에 해줄게. 남녀 주인공의 연애 이야기인데 마지막엔 체념으로 끝나버리지. 너희들은 아마 눈을 크게 뜨고 놀랄

---

* Fritz Reuter(1810~1874): 저지 독일어의 방언 작가.
** 프리츠 로이터의 소설에 나오는 쌍둥이.
*** 마리아에게 수태를 알린 대천사.

거야. 난 엄마의 그 옛 친구를 슈반티코에서 이미 만난 적이 있단다. 그분은 관구장(管區長)인데 체격이 좋고 무척 남성적이었어."

"그게 바로 가장 중요한 점이야"라고 헤르타가 말했다.

"그래, 그게 요점이야. 여성은 여성적이고 남성은 남성적인 것. 그건 너희들도 알다시피 우리 아빠가 늘 말씀하시는 점이야. 우선 이 탁자 위를 정리하는 걸 좀 도와줘. 그냥 두면 나중에 꾸지람을 들으니까."

눈 깜짝할 사이에 실타래들이 바구니 속으로 치워지고, 모두들 같이 다시 앉았을 때 훌다가 말했다.

"에피야. 이제 그 체념으로 끝나버린 연애 얘기를 들려줄 때가 됐어. 그리 나쁜 건 아니었겠지?"

"체념으로 끝나버린 얘기란 결코 나쁜 것은 아니야. 그렇지만 난 헤르타가 구즈베리 열매에 손대기 전엔 얘기를 시작할 수 없어. 아까부터 눈으로 보고만 있었지. 네가 원하는 만큼 집어. 나중에 새 열매를 따면 되니까. 껍질이 여기저기 흩어져 있으면 엄마가 아주 싫어하시거든. 엄마는 늘 말씀하시지. 누군가가 그 껍질에 미끄러져 다리가 부러질지도 모른다고 말이야."

"난 그렇게 생각 안 해."

헤르타가 구즈베리 열매를 열심히 먹어대면서 말했다.

"나도 그렇게 생각하지 않아"라고 에피가 맞장구쳤다.

"한번 생각해봐. 난 매일 적어도 두세 번은 넘어지는데 아무 데도 부러진 곳이 없어. 멀쩡한 다리가 그리 쉽게 부러지겠니. 나뿐만 아니라 헤르타 너도 괜찮을 거야. 훌다, 네 생각은 어때?"

"우리 운명을 시험하는 일은 하지 말자. 오만이 실패를 부르는 법이니까."

"넌 늘 그렇게 가정교사 티가 나는 말을 하니. 넌 타고난 노처녀야."

"난 꼭 결혼할 생각이야. 너보다 더 빨리 하게 될지도 몰라."

"좋도록 해봐. 내가 결혼을 기다리고 있을 것 같아? 당치도 않은 얘기야. 그건 그렇고, 난 곧 한 사람을 만나게 될 거야. 아마도 빠른 시일 내에…… 그 점에 대해서는 난 걱정 안 해. 최근에 저쪽 동네에 사는 베티베니가 내게 말했단다. '에피 양, 우리들이 금년 내로 결혼식에 참석하게 될지 안 될지 내기해봅시다'라고 말이야."

"그래서 넌 뭐라고 말했니?"

"'그럴 수도 있지요'라고 말했지. '훌다가 제일 언니니까 당장이라도 결혼할 수 있어요'라고 말이야. 그렇지만 그 남자는 별로 흥미 없어 하는 눈치였어. '아닙니다. 훌다 양의 금발머리만큼 아름다운 갈색 머리의 다른 젊은 아가씨 얘기입니다.' 이렇게 말하고는 나를 아주 진지한 눈으로 쳐다보았단다…… 그런데 얘기를 하다 보니 엉뚱한 곳으로 빠져버렸네."

"그래. 넌 늘 그러더라. 얘기해줄 마음이 없는 것 아니니."

"아니야. 그렇지 않아. 워낙 기묘하고 로맨틱한 얘기여서 그랬을 뿐이야."

"그런데 그 남자가 관구장이라고 했지?"

"물론 관구장이야. 그리고 이름은 게르트 폰 인스테텐. 인스테텐 남작이지."

셋이 다 웃었다.

"너희들 왜 웃니?"

에피가 언짢은 기분으로 말했다.

"그게 무슨 뜻이니?"

"에피야. 우리가 그 남작이나 널 모욕하려는 게 아니야. 인스테텐이라고 했지. 또 게르트라고 했니? 그런 이름 가진 분은 이곳에는 없어. 귀족 이름은 이따금 우스운 데가 있긴 해."

"그래. 얘들아, 그렇긴 해. 그래서 귀족인가보지. 그들은 그런 우스운 이름을 갖는 게 상관없나봐. 시대를 더 거슬러 올라가면 더욱 그런가봐. 너희들은 그걸 전혀 몰라. 그렇다고 내게 화내지는 마. 우린 서로 좋은 친구잖니. 게르트 폰 인스테텐 남작은 우리 어머니와 나이도 같고 생일도 꼭 같아."

"네 어머니 연세가 어떻게 되지?"

"서른아홉이셔."

"한창 나이시구나."

"그래. 특히 우리 엄마는 아직도 그렇게 아름다우시니 그리 말할 수 있겠지. 엄마는 정말 예쁜 분이야. 너희들도 그렇게 생각하지 않니? 엄마는 여러 가지 경험도 많고 안정감과 품위가 있어. 아빠처럼 어설픈 데가 조금도 없어. 내가 젊은 중위라면 난 우리 엄마에게 반했을 거야."

"그렇지만 에피야. 너 어쩜 그런 표현을 할 수가 있니?"

"그건 제4계명에 위배되는 거야."

"무슨 바보 같은 말이야. 어떻게 그게 제4계명에 위배된다는 얘기니? 우리 엄마는 내가 그런 말을 한 걸 아시면 기뻐하실 거야."

"그럴지도 모르지."

헤르타가 말을 막았다.

"이제 제발 그 연애 얘기나 해줘."

"그래 이제 시작할 테니 염려 마. 인스테텐 남작이 스무 살이 되기 전에는 라테노우 부대에 근무하고 있었고 그 근처 지방 사람들과 활발한 교류가 있었대. 제일 즐겨 다닌 곳은 슈반티코에 있는 나의 할아버지 벨링 댁이었대. 그렇게 자주 그곳에 갔던 이유는 물론 할아버지 때문이 아니었지. 우리 엄마가 그 얘기를 해줄 때면 난 그게 누구 얘기인지 쉽게 짐작할 수 있어. 내 생각엔 두 분 다 서로 좋아했었나봐."

"그래서 나중엔 어떻게 됐니?"

"그런 사건들이 필연적으로 갖는 결말이었지. 그 남자는 아직 너무 어렸대. 우리 아빠가 귀족원의원이 되어서 이곳 호엔 크레멘을 모두 소유하고 우리 엄마 앞에 등장했을 때, 우리 엄마는 오래 생각하지도 않고 아빠를 선택해서 브리스트 부인이 되신 거야…… 그리고 너희들도 알지. 그 다음 바로 이 몸이 태어난 거야."

"그렇게 된 거로구나" 하고 헤르타가 말했다.

"천만다행이야. 상황이 달라졌다면 우리는 널 못 만났을 테니까. 그래, 인스테텐 씨가 어떻게 행동했는지 말해봐. 그는 어떻게 됐니? 자살하진 않았구나. 그렇다면 너희 가족이 오늘 그를 기다릴 수 없을 테니 말이야."

"그래 자살하진 않았어. 그렇지만 그 비슷한 일이 있었지."

"자살을 시도하기라도 했다는 말이니?"

"그건 아니고, 그는 더 이상 그 근방에서 살려 하지 않았대. 군대 생활 자체가 그 당시의 그의 마음을 괴롭혔나봐. 당시는 평화 시대였지. 요컨대 그는 군대 생활에 종지부를 찍고 법학을 공부하기 시작했대. 우리 아빠의 표현을 빌리면 '진짜 맥주 정열'을 갖고 공부했었대. 그러나 1870년에 보불전쟁이 발발하자 다시 군대에 들어갔대. 이번엔 옛 자기 소속 연대가 아닌 페르레비게른 기병대에 들어가 십자훈장을 받았대. 그는 워낙 용감한 분이었나봐. 전쟁 후엔 다시 법률 관계 사무를 보았는데, 들리는 소문엔 비스마르크가 그를 높이 평가했고 또 황제*도 역시 그랬었대. 그래서 케씬 관구에 관구장이 됐대.**"

"케씬이 뭐니? 난 케씬이란 말을 들은 적이 없어."

"우리 지방에는 없어. 이곳에서 상당히 떨어진 곳에 있는 동(東)포멜에 있지. 그렇지만 그건 별 의미가 없어. 그 이유는 그곳은 물론 그 주위가 다 해수욕장이기 때문이야. 인스테텐 남작이 지금 보내고 있는 휴가여행은 사실상 친척을 두루 찾아다니는 여행일 거야. 그는 이곳에서 옛 친구들과 재회하려는 듯해."

"이곳에 그의 친척들이 살고 있니?"

"생각하기에 따라 그렇기도 하고 그렇지 않기도 하지. 인스테텐 집안은 이곳에 없을 거야. 이젠 아마 아무도 남아 있지 않을 거야. 다만 그의 어머니 쪽의 먼 종형제가 살고 있는데, 무엇보다 그는 아직도 추억을 갖고 있는 슈반티코와 벨링 댁을 다시 찾아보려고 해. 그저께는 그쪽에, 오늘은 이곳 호엔 크레멘에 온 거지."

"네 아버님은 뭐라고 하시니?"

"아무 말도 안 하셔. 우리 아버지는 무슨 말씀 하실 분이 아니야. 어머니를 아시니까. 어머니를 놀리기만 할 뿐이야."

이때 시계가 정오를 쳤다. 시계종이 끝까지 치기 전에 브리스트 집안의 늙은 하인 빌케가 주인마님의 말씀을 전달하기 위해 나타났다. 1시 이후에 남작이 방문할 것이니 에피 아가씨는 늦지 않게 외모를 단장하여 준비하라는 전갈이었다. 빌케는 이런 전갈을 하며, 숙녀들의 작업 테이블을 정리하고 구즈베리 열매 껍질들이 들어 있는 신문을 치우려 했다.

---

* 빌헬름 1세로 1871년부터 1888년까지 제위했던 프로이센의 황제.
** 실제로 케씬이라는 지명도 있으나 이 내용은 폰타네가 소년 시기를 보낸 스비네 뮌데에서 소재를 얻음.

"아니야, 빌케. 그러지 말아요. 그 껍질들은 우리가 치울게요…… 헤르타야, 신문으로 봉지를 만들고 그 속에 돌멩이 한 개를 넣어봐. 그래야만 속에 든 모든 게 물속에 더 잘 가라앉을 테니까. 그리고 우리는 장례 행렬처럼 늘어서서 그 봉지를 수장(水葬)시키자."

빌케는 빙긋 웃었다. 주인 아가씨께서 도대체 무슨 개구쟁이 짓을 하려는 것이람 하는 생각이 들었다. 에피는 그러는 사이에 팽팽하게 당겨놓은 테이블보 중앙에 신문 봉지를 놓으면서 말했다.

"자, 우리 다 같이 각자 모서리 하나씩을 잡고 장송곡을 부르자."

"얘, 에피야, 그렇긴 하지만 도대체 무슨 노래를 불러야 할까?"

"뭐든지 한 곡만. 무엇이든 마찬가지인데 단지 'U' 운율을 가진 노래라야 돼. 'U' 운율은 늘 슬픔을 자아내는 모음이거든. 자 부르자.

'물아, 물아,
모든 걸 다시
잘 만들어주……'"

에피가 이런 장송곡을 엄숙하게 부르는 동안 네 명의 숙녀는 오솔길을 올라가 매어둔 보트에 올라탄 뒤 작은 돌멩이 때문에 무거워진 신문 봉지를 천천히 연못 속으로 밀어 넣었다.

"헤르타야, 이제 너의 죄는 가라앉았어"라고 에피가 말했다.

"이걸 보니 지금 생각나는데 말이야, 옛날에 불쌍하고 불행한 부인들이 이렇게 보트에서 수장 당했대. 그 이유는 물론 부정(不貞)한 행실 때문이지."

"설마 여기는 아니겠지."

"아니야, 이곳이 아니야."

에피가 웃었다.

"이곳에서는 그런 일이 일어나지 않지. 콘스탄티노플에서였대. 지금 생각이 나는데 너도 그 얘기 알고 있잖아. 견습교사 홀츠아펠이 지리 시간에 그 얘기를 해주었을 때 너도 같이 있었었지?"

"그래."

훌다가 말했다.

"그 남자는 늘 그런 얘기를 했었지. 그렇지만 그런 얘기는 보통 잊어버리게 되잖아."

"난 안 그래, 난 그런 얘기는 안 잊어."

2

그들은 자기들이 같이 공부했던 학교 수업 시간을 기억하고는 홀츠아펠의 격에 맞지 않는 행동들을 생각해내며, 분노하기도 하고 유쾌히 떠들며 한바탕 얘기꽃을 피우기도 하면서 끊임없이 추억담을 쏟아놓았다. 그러다가 홀다가 갑자기 말했다.

"이제 정말 시간이 다 됐어, 에피야. 넌 마치 버찌를 따다 온 애 같아. 옷이 전부 구겨져 있고 형편없이 주름이 가 있어. 아마포로 만든 옷은 늘 그렇게 주름이 많이 간단다. 바깥쪽으로 접힌 이 큰 흰 칼라를 좀 봐…… 그래, 맞았어, 이제 생각이 나는데 넌 꼭 견습 선원 같아 보여."

"해군사관학교 생도라고 말해야지. 귀족 출신이란 걸 조금은 드러내야 할 테니까. 견습 선원이든 해군사관학교 생도든 그건 그렇다고 치고, 아빠가 최근 내게 돛대를 마련해주신다고 약속했어. 여기 이 그네 바로 옆에 활대와 줄사다리도 같이 사주신댔어. 정말 그건 내 맘에 꼭 들 거야.

돛대 꼭대기의 깃발을 내 손으로 달아보려는 생각을 쭉 하고 있어. 훌다야, 넌 다른 쪽에서 올라와봐. 꼭대기에서 우리 같이 만세라고 외치며 서로 키스해주자. 끝내주겠지. 근사할 거야."

"끝내준다고? 그게 무슨 숙녀답지 못한 말투야. 정말 해군사관학교 생도 같은 표현인데. 난 돛대에 올라가지 않겠어, 난 무모한 짓은 싫으니까. 얀케 아저씨가 늘 말씀하셨어. 넌 네 어머니 혈통을 닮아 벨링 집안의 특성을 너무 많이 이어받았다고 말이야. 그 말씀이 역시 옳았어. 난 그저 목사 딸이야."

"그래, 그런 말 좀 하지 마. 잔잔한 물이 더 깊다고 했어. 너 생각나니? 사촌오빠 브리스트가 해군사관학교 후보생으로 여기 있었을 때, 너같이 커다란 계집애가 곡창 지붕에서 미끄럼 탔던 일 기억나? 왜 그랬을까? 그런데 얘들아, 이제 이리로 와. 우리 그네 타자. 한쪽에 두 사람씩. 그네가 끊어지진 않을 거야. 너희들 또 지겨운 표정을 짓는구나. 그네 타고 싶지 않으면 술래잡기놀이를 하자. 아직 15분가량 시간이 남았어. 벌써 가긴 싫어. 그저 관구장에게 '안녕하세요'라고 인사말을 하기 위해서 가는 거니까. 게다가 동포멜에서 온 관구장이니 더욱 마음 내키지 않아. 그는 나이가 많은 남자야. 거의 내 아버지뻘인걸. 그가 정말 케씬이라든가 뭐 그런 비슷한 해변 도시에서 살고 있다면 내가 이런 선원 복장을 하고 있는 게 제일 좋아 보이겠지. 이건 말이야. 우리 아빠에게 들은 얘기인데 후작들이 손님을 영접할 땐 손님이 살고 있는 그 지방 복장을 한다더군. 그러니 염려할 것 없어…… 빨리, 빨리, 이제 난 날아가요. 이 벤치가 술래 자리야."

훌다는 몇 마디 더 해서 에피를 제지해보려 했으나 그녀는 벌써 근처 자갈길을 왼쪽, 오른쪽으로 달려가다가 순간 갑자기 사라져버렸다.

"에피야. 이건 무효야. 너 어디 있니? 우린 숨바꼭질하는 게 아니야. 우린 술래잡기놀이를 하고 있어."

친구들은 이렇게 투덜대며 에피를 뒤쫓아 원형 화단이며, 양 옆에 늘어서 있는 플라타너스 나무 아래로 달려갔다. 이때 사라졌던 에피가 어디선가 불쑥 나타났다. 그리고 어느새 자기를 쫓아오는 친구들 뒤에 서 있다가 힘 안 들이고 하나, 둘, 셋 하며 벤치 옆 빈자리를 차지했다.

"너 어디 있었니?"

"대황 뒤에 숨었었어. 아주 큰 잎을 갖고 있잖아. 무화과 잎보다 더 커."

"시시해……"

"아니야, 시시한 건 너희들이야. 너희들이 졌으니 말이야. 홀다의 커다란 눈은 늘 그렇게 재치가 없으니 아무것도 보지 못했지."

에피는 이렇게 말하면서 다시 원형 화단을 지나 연못 있는 곳으로 쏜살같이 달려갔다. 에피는 굵은 개암나무 뒤에 우선 숨었다가 교회 묘지와 본관 주위로 우회해서 그다음 옆 건물로 갔다. 아마 한 번 더 술래잡기를 할 작정인 듯했다. 그런 생각으로 연못을 채 반도 돌기 전에 집에서 누군가 자기 이름을 부르는 소리가 들렸다. 돌아다보니 어머니가 돌 깔린 길에서 손수건을 흔들고 있었다. 잠시 후 에피는 어머니 앞에 섰다.

"너 아직도 그 차림이구나. 손님이 오셨어. 넌 시간을 지키지 않는구나."

"전 시간을 지키고 있는데요, 엄마. 손님이 시간을 지키지 않네요. 아직도 1시가 안 됐어요. 한참 전인데요."

그러고는 쌍둥이 친구들에게로 몸을 돌려 "홀다는 아직 훨씬 뒤처져 있다"고 소리쳤다.

"놀이를 계속하자. 내 곧 갈게."

잠시 후 에피는 어머니와 함께 옆 건물의 대부분을 차지하고 있는 커다란 응접실로 들어갔다.

"엄마, 절 나무라지 마세요. 이제 1시인걸요. 그분은 왜 그렇게 일찍 오죠? 신사는 지각을 하면 안 돼요. 신사가 정한 시간보다 더 일찍 오는 건 더군다나 있을 수 없는 일이죠."

브리스트 부인은 당황해하는 빛이 역력했다. 그러나 에피는 어머니를 부드럽게 쓰다듬으며 애교 섞인 어투로 말했다.

"용서해요. 서두를게요. 제가 얼마나 재빠른지 엄마도 아시잖아요. 5분 이내로 먼지투성이 망아지가 공주님으로 변할 거예요. 그사이에 그분은 기다리든지, 아빠와 얘기 나누면 되겠죠."

그러고는 어머니에게 고개를 끄덕이고 가벼운 발걸음으로 응접실에서 위층으로 통하는 조그마한 철 계단을 올라갔다. 때때로 전통에 얽매이지 않는 모습을 보이기도 하는 브리스트 부인이 갑자기 달려가는 에피를 뒤따라가 붙들었다. 그녀는 뛰어노느라 흥분해서 얼굴이 더욱 상기된 에피의 매력적인 젊음을 바라보며 말했다.

"아니야, 네 자연스런 외모 그대로가 좋겠어. 지금 넌 무척 아름답단다. 아주 솔직하고 꾸밈없는 자연 그대로의 상태라고 말해야 되겠지. 그래서 이 순간의 넌 아름다운 거야. 내 귀여운 에피야……, 네게 말해줘야 할 게 있어." 부인은 딸의 두 손을 잡았다. "……네게 말해줘야 할 게 있어……"

"엄마, 무슨 말인가요? 제 맘이 불안해져요."

"……네게 말해줘야 할 게 있단 말이야. 에피야, 인스테텐 남작이 네게 청혼했단다."

"제게 청혼했다고요? 농담이시겠죠?"

"농담할 문제가 아니야. 그저께 너 그분을 뵈었지. 네 맘에 들었으리라 믿어. 그분은 물론 너보다 훨씬 나이가 많아. 그 점은 잘 따져보면 장점이 될 거야. 게다가 그분은 고매한 인격, 훌륭한 지위, 좋은 예의범절을 갖춘 남성이야. 나의 영리한 에피가 그러지 않으리라 생각되지만, 네가 거절만 하지 않는다면, 네 나이 스무 살에, 남들이 40세가 되어야 이룰 수 있는 위치에 서게 될 것이고, 그래서 네 엄마를 앞지르게 될 거라고 확신한단다."

에피는 아무 말도 하지 않았다. 대답을 생각해내려 애썼지만, 대답을 찾기도 전에 본관 건물의 뒷방에서 아버지의 음성이 들렸다. 곧 이어 무척 호인 인상을 한, 젊음이 아직 가시지 않은 50대의 남자, 폰 브리스트 귀족고문관이 정원이 보이는 응접실 문턱을 넘어서고 있었다. 그 옆으로 갈색 머리에 군인 티가 나는 인스테텐 남작이 들어왔다. 그의 모습을 본 순간 에피는 전율을 느꼈다. 그러나 그것은 잠깐 동안이었다. 그 이유는 인스테텐이 친절하게 인사를 건네며 그녀에게 다가오는 순간, 야생 포도나무가 반쯤 뒤덮인 창문 중간쯤에 쌍둥이들의 붉은 머리가 보이더니 가장 말괄량이인 헤르타가 응접실 안으로 "에피야, 이리 와"라고 소리쳤기 때문이었다.

그런 후 헤르타는 몸을 굽혀 숨었다. 쌍둥이 자매는 정원으로 다시 달려갔다. 사람들은 그들이 나지막하게 킥킥대는 웃음소리만을 들을 수 있었다.

3

그날로 인스테텐 남작은 에피 브리스트와 약혼했다. 쾌활한 장인은 엄숙해야 할 자신의 역할에 쉽게 적응하지 못했지만, 뒤이은 약혼 피로연 때는 젊은 두 사람을 위해 축사를 했다. 브리스트 부인은 18년 전의 옛 일을 회상하는 듯, 다소 가슴 두근거리는 점이 없지 않았다. 그러나 그런 감정도 오래가진 않았다. 그 옛날에 부인이 이룰 수 없었던 결혼이었고, 이제 딸이 그녀 대신 결혼하는 것이다. 생각하면 전체적으로 보아 잘된 일이며 어쩌면 딸이 그와 결혼하는 것이 더 잘된 일인지도 몰랐다. 왜냐하면 남편 브리스트가 다소 산문적인 타입이고, 이따금 무례한 면을 갖고 있지만, 그럭저럭 만족하며 같이 살아갈 수 있기 때문이었다. 식사가 끝난 후, 디저트로 아이스크림이 한차례 돌았을 때, 노(老)귀족원의원이 한 번 더 인사말을 하며 가족끼리 말할 땐 서로 '너du'라는 대명사*로 부르자고 제안했다. 그렇게 말하면서 브리스트는 인스테텐을 포옹하고 왼쪽 뺨에 키스해주었다. 그의 인사말은 여기서 그치지 않았다. 그는 계속해서 '너du'란 호칭 이외에 가족끼리 서로 부를 수 있는 호칭을 추천하여 마음 편히 부를 수 있는 이름 목록을 만들었다. 이들 이름은 물론 적당하고 훌륭했으며 각자가 가진 고유성을 살려주도록 고려되었다. 즉 그의 부인에게는 '엄마'란 호칭을 계속 사용하는 게 가장 좋겠다고 했다. 그가 엄마의 호칭을 재론하는 것은 앞으로 젊은 엄마가 한 명 생길지 모르기 때문이었다. 그 자신은 '아빠'란 호칭을 버리고 마침 이름이 간단하니까 그냥 브리

---

* 반말을 뜻하는 것이 아니라 편하게 호칭하자는 의미로, du는 영어로 you를 뜻함.

스트라고 불러달라고 했다. 자식들에 관한 얘기를 할 때, 그는 자기보다 열두 살가량 아래인 인스테텐의 눈을 빤히 쳐다보며 힘들게 말을 꺼냈는데, 에피는 그대로 에피라고 하고 게르트도 게르트로 그냥 부르기로 했다. 그리고 그는 게르트란 가늘고 잘 뻗은 나무줄기를 의미하며, 에피는 그 줄기를 휘감고 올라가는 등나무 넝쿨이라고 풀이했다. 젊은 두 사람은 아버지의 이 말에 약간 어리둥절해서 서로를 쳐다보았다. 그러나 에피는 곧 어린애다운 천진성과 명랑성을 되찾았다. 브리스트 부인이 말했다.

"브리스트, 당신 원하시는 대로 말씀하세요. 당신 뜻대로 축사를 꾸며보세요. 그렇지만 시적인 비유는 제발 그만두세요. 그건 당신에게 어울리지 않으니까요."

그는 그녀가 훈계조로 건네는 충고를 거부하기는커녕 오히려 기꺼이 받아들였다.

"당신 말이 옳은 것 같소, 루이제."

만찬이 끝난 후 에피는 시간을 내어 건너편 목사 댁에 들르기 위해 집을 나섰다. 가는 길에 그녀는 혼자 중얼거렸다.

"훌다가 화를 낼지도 몰라. 내가 자기보다 앞서버렸다고. 그 애는 허영심이 많고 자만심이 강하니까 말이야."

그러나 에피의 추측은 들어맞지 않았다. 훌다는 침착하게 태도를 흐트러뜨리지 않았다. 오히려 목사 부인인 훌다의 어머니가 불쾌하고 분하다는 듯 아주 이상한 말을 해댔다.

"그렇지, 그렇고말고. 그렇게 되는 거라고. 물론이지. 어머니가 할 수 없었으니 딸이 대신한 것이야. 그런 일은 옛날부터 세상이 다 아는 일이야. 전통 있는 집안이란 늘 자기들끼리 뭉치는 법이지. 금상첨화(錦上添花)라야만 된다는 격이야."

노(老)니마이어는 자기 부인이 이렇게 교양 없고 품위 없는 독설을 연거푸 내뱉는 걸 듣고 무척 당황해하며 가정부와 결혼한 걸 다시 한 번 후회했다.

에피는 목사 댁 다음에 얀케 선생님에게 갔다. 쌍둥이 자매가 정원 앞에서 에피를 반가이 맞았다. 쌍둥이들은 이미 에피가 오는 것을 내다봤던 것이다.

셋은 왼쪽 오른쪽으로 피어 있는 물매화 사이를 아래위로 걸었다. 헤르타가 물었다.

"그래, 에피야, 도대체 네 기분은 어떠니?"

"내 기분이 어떠냐고? 아주 좋아. 우린 벌써 서로 '너du'라는 대명사를 쓰고 이름만으로 상대방을 부른단다. 그이는 게르트라고 해. 너희들에게 이미 얘기해주었던 것 같은데."

"그래, 말해준 적이 있어. 난 그래도 좀 걱정이 돼. 그분은 네게 어울리는 남성이니?"

"물론 그분은 나에게 적합한 분이야. 넌 이해 못해, 헤르타. 누구나 다 어울리는 남성이 될 수 있어. 물론 귀족 출신이어야 하고 지위도 외모도 훌륭해야겠지."

"하나님 맙소사. 에피야, 너 말하는 투 좀 봐, 보통 때는 이렇지 않았잖니?"

"그래, 그랬어."

"정말 행복해?"

"약혼한 지 두 시간쯤 된 사람은 누구나 다 행복해. 적어도 난 그렇게 생각해."

"너 말이야. 뭐랄까, 좀 어색한 느낌 없니?"

"그래. 약간 어색하긴 해. 그렇지만 심하진 않아. 그런 기분에서 곧 벗어날 수 있겠지."

약 반 시간 정도도 못 걸려 목사 댁과 마을학교 교사 댁을 두루 방문한 에피는 가족들이 정원 베란다에서 커피를 마시고 있는 곳으로 다시 돌아왔다. 장인과 사위는 두 그루의 플라타너스 사이로 나 있는 자갈길을 왔다갔다하고 있었다. 브리스트는 관구장이라는 직위가 갖는 어려운 문제들에 관해 얘기하며, 그런 직위를 자신도 몇 번 제의받았지만 그때마다 사양했노라고 말했다.

"내 뜻대로 처리하고 관장할 수 있는 게 제일 좋아. 미안하네, 인스테텐, 아무튼 항상 위쪽만 쳐다보고 눈치를 살피는 일을 하면 인간이 결국 높은 사람 비위나 맞추려 들게 되지. 난 그런 짓을 가치 없게 생각한다네. 이곳에서 난 무척 자유롭게 살아가고 있네. 녹색의 잎들 한 잎, 한 잎, 또 창문으로 자라 올라오고 있는 야생 포도나무, 모두 다 내게 기쁨을 주고 있네."

그는 그런 식의 반관료적인 얘기를 계속하는 동안 이따금 짧게 "미안하네, 인스테텐"이라고 사과했다. 인스테텐은 건성으로 맞장구를 치며 고개를 연신 끄덕여댔으나 사실상 그의 관심은 딴 곳에 가 있었다. 그는 마치 마술에 홀린 사람처럼 브리스트가 방금 얘기한, 창문가를 뒤덮으며 자라고 있는 야생 포도나무를 몇 번이고 쳐다보았다. 인스테텐은 소녀들의 적갈색 머리를 포도넝쿨 사이에서 다시 한 번 보는 듯 착각했으며 '에피야, 이리 와'라는 생기발랄한 소리가 다시 들리는 듯 환상에 젖었다.

그는 어떤 전조나 그와 비슷한 얘기를 믿지 않았으며, 오히려 미신이라면 코웃음 쳤지만 '에피야, 이리 와'라는 두 마디 말을 머릿속에서 떨쳐버릴 수 없었다. 그래서 브리스트가 계속 말하는 동안 그의 마음속엔 그 조그마한 사건이 단순한 우연이 아닌 것 같은 생각이 들었다.

짧은 휴가를 냈던 인스테텐은 매일 편지를 쓰겠다는 약속을 한 후 이튿날 출발했다.

"그래요, 꼭 쓰셔야 해요"라고 에피는 진심에서 우러나온 대답을 했다. 에피에게는 많은 생일 편지를 받는 것 이상 더 좋은 일은 없었기 때문이었다. 그녀의 생일에는 모두가 편지를 보내야 했는데 편지 속의 상투적인 문구들, 이를테면 '게르투르트와 클라라가 네게 충심으로 생일을 축하한다' 따위는 에피가 가장 질색하는 것이었다. 게르투르트와 클라라가 진정 에피의 친구가 되고 싶으면 그들의 편지에 독특한 우표가 붙여지도록 신경을 써야 했다. 그렇게 되기 위해서는 에피의 생일이 마침 그들의 여행 도중에 끼어 있기라도 해서 낯선 스위스나 칼스바트 등에서 편지를 보낼 수 있는 우연이 뒤따라야 했다.

인스테텐은 약속대로 매일 편지를 보내왔다. 그녀는 편한 마음으로 부담 없이 그의 편지를 받았다. 인스테텐이 일주일에 한 번만 짧게 답장을 보내달라고 했기 때문이었다. 인스테텐은 그런 방식으로 답장을 받았는데 답장에는 늘 허무맹랑한 글이 씌어 있었으나 매번 그를 매료시켰다. 실질적이고 진지한 얘기를 전할 때는, 이를테면 결혼식 날짜를 잡는 일, 혼수 준비, 살림살이 준비에 관한 질문 등에 대해서는 브리스트 부인이 사위와 직접 의논했다. 인스테텐의 관직 생활은 약 3년쯤 되어 그의 근무처인 케씬의 집은 호화롭지는 않지만 직위에 어울리게 시설이 잘되어 있었다. 따라서 불필요한 것을 구입하지 않기 위해 서신 왕래로 현재 그곳에 있는 모든 것에 대해 미리 윤곽을 잡아두는 게 바람직했다. 브리스트 부인은 이런 모든 것에 관해 충분히 파악한 다음, 딸과 함께 베를린으로 여행을 떠나기로 했다. 브리스트의 표현을 빌린다면 '에피 공주님'을 위한 혼수를 구입하기 위해서였다. 에피는 베를린 여행을 매우 즐거워했다. 아버지가 드 노드 호텔*에 머물도록 허락해주어 그 기쁨은 더 커졌다. "숙박비는 혼수비용에서 제하면 돼. 인스테텐이 다 갖고 있으니까"라는 아버지의 말이 농담인지 진담인지 생각해보지도 않고 에피는 기쁘게 찬성을 표했다. 어머니는 에피와는 달리 남편의 인색한 태도 때문에 몹시 마음이 상했다. 반면 에피의 머릿속은 스핀, 멘케, 고셴호퍼 등 미리 적어놓은 제품 회사들의 이름보다, 모녀가 호텔의 식당에 등장할 때 다른 사람들이 어떤 인상을 받을까 하는 생각으로 가득했다.

대망의 베를린 여행이 마침내 시작됐다. 에피의 태도는 그녀의 밝은 환상과 잘 부합되었다. 알렉산더 연대**에 근무하는 사촌오빠 브리스트는 자유분방한 젊은 소위로서 『플리겐더 블래터』***라는 잡지를 정기구독하며 최고의 유머들을 기록해두기도 하는 젊은이였다. 그는 근무가 없는 시간에 두 숙녀를 위해 자신의 시간을 몽땅 할애해주었다. 그들은 같이 크란츨러****의 어느 구석 창문가 테이블에 앉기도 하고, 적당히 틈이 나는 대로 카페 바우어에 앉아 있기도 하고 오후에는 기린을 보기 위해 동물원 구경도 갔다. 다고베르트란 이름을 가진 사촌오빠 브리스트는 기린들이 마치 귀족 노처녀처럼 보인다며 특히 좋아했다. 그들은 매일매일을 계획성 있게 지냈다. 셋째 날인가 넷째 날에는 예정대로 국립미술관에 들렀다. 사촌오빠 다고베르트가 사촌 누이동생에게 「축복의 섬」이라는 그림을 보

---

* 베를린의 운터 덴 린덴 거리에 있는 고급 호텔.
** 러시아 황제 알렉산드르 1세(1777~1825)의 이름을 따서 지은, 당시 알렉산더 3세를 보위하던 베를린 주재 알렉산더 황제 친위대.
*** 1884년 뮌헨에서 창간된 풍자적인 주간지.
**** 베를린의 운터 덴 린덴에 있는 유명한 과자점.

여주기 위해서였다. 다고베르트는 에피가 결혼을 앞두고 있으니「축복의 섬」을 미리 봐두는 게 좋을 거라고 말했다. 이때 브리스트 부인이 조카를 부채로 한 대 쳤다. 그러면서 한편으로는 자애로운 눈길로 조카를 바라보았다. 베를린 체재는 세 사람 모두에게 꿈같은 나날이었다. 다고베르트 또한 두 숙녀와 비교해 결코 못하지 않았다. 그는 두 숙녀를 훌륭하게 모시고 다녔다. 조그마한 의견 차이가 있을 땐 늘 즉시 균형을 잡아줄 줄 알았다. 흔히 그렇듯이 모녀 간에 더러 의견 충돌이 있었으나 다행스럽게도 물건을 구입할 때는 그런 일이 전혀 없었다. 한 가지 물건을 여섯 다스를 사든, 세 다스를 사든 에피는 아랑곳하지 않았으며 돌아오는 길에 방금 구입한 물건 가격에 대한 얘기를 나눌 때면 어김없이 가격을 혼동하곤 했다. 평소에는 비판하길 좋아하며 자신의 자랑스러운 딸에게도 그렇게 대하는 브리스트 부인은 에피의 그러한 무관심을 가볍게 여길 뿐 아니라 오히려 장점으로 생각했다. "이런 모든 일이 에피에게는 별 의미가 없어"라고 그녀는 혼자 중얼거렸다. "에피는 욕심이 없는 순수한 애야. 그 애는 상상과 꿈속에서 살고 있지. 프리드리히 카를 황태자비가 지나가면서 마차 속에서 친절히 인사해준 일이 에피에게 트렁크 가득한 흰 아마포보다 더 가치 있게 생각되나봐."

그건 정확한 관찰이었지만 사실은 반반이었다. 에피는 비교적 평범한 종류의 물건을 살 때는 별다른 흥미를 보이지 않았다. 그러나 어머니와 함께 린덴 거리를 거닐며 굉장히 예쁜 쇼윈도 진열장 안을 살펴본 후에 데무트 상점*으로 들어가 이탈리아행 신혼여행에 필요한 여러 가지 물건을 구입할 때는 에피라는 소녀의 진면목이 그대로 나타났다. 에피는 오직 가

---

* 베를린의 고급 피혁 상점.

장 우아한 것만을 마음에 들어 했다. 최고의 것을 가질 수 없을 때는 그다음 좀 못한 물건을 택하지 않고 아예 단념해버렸다. 그녀에게 차선책이란 것은 별 의미가 없었기 때문이었다. 에피가 그렇게 단념할 줄 안다는 점에 있어서는 어머니 말이 옳았다. 그런 면은 욕심 없는 에피의 순수한 성격 때문이었다. 그러나 에피가 어떤 물건에 대해 소유할 가치가 있다는 판단을 내렸을 때, 그것은 틀림없이 진기한 것이었다. 여기에 에피의 까다로운 욕심이 도사리고 있었던 것이다.

4

다고베르트는 호엔 크레멘으로 돌아가는 숙모와 사촌누이를 역까지 전송했다. 그간은 매우 행복한 나날이었다. 무엇보다도 신분에 어울리지 않는 행동을 하는 불쾌한 친척들을 만나 고통당하는 일이 없었기 때문에 더욱 좋았다. 베를린에 막 도착했을 때 에피는 어머니에게 이렇게 말했었다.

"우리 이번엔 테레제 아주머니에게는 알리지 말아요. 그 아주머니가 호텔로 찾아오면 안 되니까요. 드 노드 호텔이든 테레제 아주머니든, 둘 중 하나를 택해야 해요. 서로 어울리지 않으니 둘 다 택할 수 없어요."

이 말에 어머니는 결국 동의했고 귀여운 딸에게 그 표시로 이마에 키스해주었다.

사촌오빠 다고베르트는 아주 다른 타입의 친척이었다. 그는 근위병으로서의 세련된 매너를 소유하고 있을 뿐 아니라 알렉산더 연대 장교들 사이에 거의 전통이 되다시피 한 특유의 유쾌한 기질을 갖고 있어 이 모녀의 기분을 처음부터 북돋워주었고, 유쾌하게 해주었다. 그런 즐거운 분위기가 여행이 끝날 때까지 지속되었다.

작별할 때 에피는 다고베르트에게 말했다.

"다고베르트, 제 결혼 전야 축제에 오세요. 물론 친구들을 데리고 오세요. (그렇지만 하인이나 쥐덫 파는 사람을 데리고 오진 마세요.) 연극 공연 다음에 무도회가 있을 거니까요. 그리고 이 큰 무도회는 내 생애 최초이자 아마 마지막 무도회란 걸 생각해주세요. 적어도 여섯 명의 친구 분들을 모시고 와야 하는데 물론 춤을 잘 춰야 해요. 그보다 적은 숫자의 친구들이 오면 사절할 거예요. 오셨다 새벽 기차로 다시 돌아가실 수 있어요."

사촌오빠는 그러기로 약속하고 서로 헤어졌다.

정오경에 두 숙녀는 중앙의 하벨 지방 습지에 있는 역에 도착했다. 거기서 약 반 시간가량 걸려 호엔 크레멘으로 갔다. 브리스트는 부인과 딸을 집에서 다시 보게 되어 무척 기뻐하면서 많은 질문 공세를 폈지만 그렇다고 해서 막상 그 대답을 기다리지는 않았다. 대답 대신 그동안 집 안에서 일어난 사건을 얘기하느라 열을 올렸다.

"자네들이 국립미술관의「축복의 섬」이라는 그림 얘기를 했지만 말이야. 여기 이 집에 자네들이 없는 동안 그런 일이 생겼어. 우리 관리인 핑크와 정원사 마누라와의 사건이야. 물론 난 내키진 않았지만 핑크를 해고시켜야만 했어. 수확기에 그런 사건이 일어나는 건 큰 손해야. 핑크는 보통 때는 보기 드문 유능한 남자인데 유감스럽게도 이번엔 실수를 했어. 우리 이제 그 얘긴 그만두자. 빌케가 벌써 안절부절못하니까."

식사 시간에는 브리스트가 이들의 여행담을 좀더 잘 경청해주었다. 사촌오빠 브리스트와 잘 어울려 지낸 건 잘 한 일이라고 동조했지만 테레제 아주머니에 대한 태도는 별로 찬성하지 않았다. 그러나 말로는 찬성하지 않는다고 했지만 속으로는 오히려 기뻐하고 있음이 분명했다. 다른 사람을 가볍게 비난하는 것이 그의 취향에 맞는 데다가 테레제 아주머니는 정말 우스꽝스런 여자였기 때문이었다. 그는 잔을 들어 부인과 딸과 함께 건배했다. 식사 후에 베를린에서 구입한 아름다운 물건들을 그의 앞에 풀어놓고 의견을 물었을 때 그는 많은 관심을 보였다. 관심은 계산서를 훑어볼 때도 계속되었다.

"좀 비싸군. 아니 아주 비싸다고 해야겠지. 그렇지만 상관없어. 물건 모두가 다 멋있고 또 고무적이야. 당신이 크리스마스 때 내게 그런 가방과 여행 모포를 선물해준다면 말이지. 부활절엔 우리 로마로 가서 18년이 지난 신혼여행을 합시다. 루이제, 어떻게 생각하시오? 우리 지각 여행을 해볼까? 너희들도 뒤쫓아오려무나. 그래, 너희들도 와야지."

브리스트 부인은 손짓으로 "당신은 구제불능이에요"라고 말하려는 듯했다. 부인은 남편에게 창피를 주려 했지만 남편 쪽에선 별로 대수롭게 여기지 않았다.

8월 말이 됐다. 결혼식 날짜가(10월 3일) 가까워지면서 저택 안에서나 목사 댁에서나 학교에서 모든 사람들이 결혼식 전야 축제를 준비하느라 눈코 뜰 새 없이 바빴다. 얀케는 프리츠 로이터를 열렬히 사숙하여 결혼식에 꼭 알맞은 재치 있는 연극을 생각해냈다. 그는 베르타와 헤르타를 미닝과 리닝으로 등장시켜 저지(低地) 독일어를 말하게 하고 훌다는 홀룬더나무* 장면에 나오는 캐트헨 폰 하일브론 처녀로** 등장시키고, 경기병 중

---

* 딱총나무류에 속하며 형태는 라일락나무와 비슷함.
** 하인리히 폰 클라이스트(1777~1811)의 기사극 『하일브론의 캐트헨 *Käthchen von Heilbronn*』에 나오는 처녀. 꿈속에서 캐트헨이 폰 스트랄 백작에게 사랑을 고백하는 장면.

엥겔 브레히트 중위를 베터 폰 스트랄*로 등장시켰다. 이 아이디어를 생각해냈다고 할 수 있는 니마이어는 인스테텐과 에피를 작품과 은근히 관련짓기 위해 한순간도 놓치지 않았다. 니마이어 자신도 맡은 일에 만족했고 낭독 연습 직후에는 참가자들로부터 찬사를 받았다. 물론 후견인이기도 하고 오랜 친구이기도 한 브리스트는 예외였다. 그는 클라이스트와 니마이어가 합작으로 만든 작품을 주의해서 듣고 아주 맹렬히 항의했다. 물론 문학적인 면에 이의를 제기한 것은 아니었다.

"'높으신 어른, 높으신 어른'이라고 계속 말하는 것은 도대체 무슨 뜻이야. 그게 오류를 낳고 있어. 그런 표현이 모든 걸 혼란스럽게 만든단 말이야. 인스테텐은 의심할 여지없이 훌륭한 인물이고 절조(節操)가 있는 늠름한 남성이야. 한편, 브리스트 집안은 고맙게도 역사적 배경을 갖춘 집안이야. 그렇지만 인스테텐 집안은 그렇지가 못해. 인스테텐 집안은 단지 오래된 집안일 뿐이야. 태고의 귀족 정도라고 말해둬도 좋겠지. 그게 무슨 의미가 있겠나? 난 우리 브리스트 가문 여성이 어느 누구에게 직접적이든 간접적이든 '높으신 어른'이라고 말하는 걸 원치 않아. 누구나 다 그 전야제 등장인물이 우리 에피를 묘사한 것이라고 믿을 테니, 그 등장인물이 그렇게 말하는 것은 싫어. 그러기 위해선 인스테텐이 적어도 변장한 호엔촐러 왕족 정도는 되어야지. 그런 일들도 있긴 있지. 그러나 인스테텐은 왕족이 아니야. 다시 한 번 되풀이해 말해주지만 그런 표현이 상황을 뒤바꿔놓게 한단 말일세."

브리스트는 이런 의견을 끝까지 고집하며 연극 연습을 관람했다. 두 번째 연습 후에 캐트헨이 아주 좁고 꽉 끼는 무대의상 빌로드 상의를 입고

---

* 하인리히 폰 클라이스트의 같은 작품에 나오는 남자 주인공으로 백작이며 캐트헨 폰 하일브론이란 처녀의 열렬한 사랑을 받는 남성.

있는 것을 보고, 평소에도 훌다에게 늘 친절을 잃지 않던 그는 "캐트헨이 아주 멋있어"라는 말을 해버렸다. 그런 표현이 이 연극에 관한 자신의 고집을 양보하는 것같이 돼버렸다. 꼭 양보까지는 아니더라도 양보의 방향으로 마음이 움직여가고 있는 듯했다. 이 모든 준비가 에피에게는 비밀로 되어 있다는 것은 말할 필요도 없었다. 에피가 관심을 좀더 갖고 있었더라면 물론 비밀 유지가 불가능했을 것이다. 그러나 에피는 연극 계획이나 그 준비에 한몫 끼어볼 마음은 전혀 갖고 있지 않았다. 그녀는 어머니에게 자기는 모든 걸 참을 수 있다고 강조해 말했다. 어머니가 그 말을 미심쩍어 할 때엔 되풀이해서 자신의 마음을 확인시켰다. 그녀는 어머니에게, "정말 그래요. 엄마, 믿어주세요. 그렇게 못할 이유가 뭐 있어요? 그건 단지 연극일 뿐인데다, 베를린에서 마지막 날 저녁에 본「신데렐라」보다 이 연극이 더 아름답고 더 시적일 수야 없지요"라고 말했다.

"그「신데렐라」연극에는 저도 같이 참가해보고 싶은 마음이 생겼었죠. 우스꽝스런 기숙사 선생의 등에다 분필 칠을 해보기 위해서만이라도 말이에요. 그건 재미있었을 거예요. 그리고 마지막 장에 신데렐라가 공주가 되는 장면은 얼마나 근사해요. 백작부인이라도 되면 괜찮겠죠. 정말 그건 동화 같았어요."

이런 식의 얘기를 에피는 곧잘 했으며 그럴 때면 예전보다 더 말괄량이가 되었다. 또 친구들이 서로 밀담을 나누며 자기에게 비밀로 해버린 일에 화를 냈다.

"그 애들이 그렇게 거만 떨지 말고 더 많이 내 편이 되어준다면 좋겠어요. 나중에 그 애들은 곤경에 빠지게 될 거예요. 난 그 애들을 걱정하고 있으니 내가 그 애들 친구란 걸 부끄럽게 여겨야겠죠."

에피의 불평은 이렇게 계속되었다. 그녀는 전야제 축제나 결혼식 따위에 그리 큰 관심을 두지 않고 있었다. 브리스트 부인은 에피의 무관심에 대해 생각을 하긴 했지만 별 걱정은 하지 않았다. 그 이유는 에피가 자신의 미래를 상당히 많이 생각하고 있으며, 또 상상력이 풍부한 소녀답게 케씬에서의 생활을 몇 십분 동안이나 그려보기 일쑤였기 때문이었다. 에피의 그러한 태도는 어머니의 마음을 매우 밝게 해주었다. 에피는 동폼멜인들에 대한 독특한 상상을 했고, 거기에는 자기 나름대로의 현명한 계산이 들어 있었다. 그녀는 케씬을, 말하자면 하염없이 눈이 내리는 얼음의 도시 시베리아를 반쯤 닮은 지방 정도로 생각하곤 했다.

"오늘 고셴호퍼 상점이 마지막 물건을 보냈어."

브리스트 부인이 옆 건물과 정면으로 놓인 작업 테이블에 여느 때처럼 에피와 함께 앉아 있을 때 말을 꺼냈다. 작업 테이블 위에는 아마포 천들과 식탁보, 타월, 침대보 등의 혼수품이 점점 더 쌓이고 그동안 자리를 차지했던 신문의 양이 점점 줄어들었다.

"에피야, 이젠 모두 다 준비되었단다. 뭐 조그마한 물건이라도 네가 원하는 게 있으면 지금 말하렴. 될 수 있는 대로 지금 하는 게 좋아. 아빠가 평지*를 좋은 가격으로 파셨기 때문에 특별히 기분이 좋으셔."

"특별히 기분이 좋다고요? 아빠는 항상 기분이 좋으신걸요."

"특별히 기분이 좋으셔."

어머니가 되풀이해서 말했다.

"그런 기분을 이용해야지. 그러니 말해봐. 우리가 베를린에 갔을 때 네가 이것저것 사고 싶은 게 있었던 것 같은데."

"그래요, 엄마. 뭘 말씀드릴까. 사실 전 필요한 것은 다 갖고 있는걸

---

* 노란색의 식용기름을 짜는 채소.

요. 여기에서는 말이에요…… 그렇지만 제가 이제 북쪽으로 갈 것이니…… 제 기분이 내키지 않는 건 아니에요…… 그 반대로 북쪽의 햇살과 별들의 반짝임을 생각하며 기뻐하고 있어요. 제가 그곳에 가게 되었으니…… 모피 외투를 하나 가졌으면 해요."

"그렇지만 에피야, 이 귀여운 것아, 그건 어리석은 생각이야. 넌 페테르부르크로 가는 것도 아니고 아르히안겔*로 가는 것도 아니란다."

"그래요. 그렇지만 전 그쪽 방향으로 가는 것이죠."

"물론 그렇지, 귀여운 에피야. 그쪽 방향으로 가긴 해. 그런데 그게 무슨 뜻이겠니? 이를테면 네가 나무엔으로 가려면 러시아 쪽으로 가야지. 네가 원한다면 모피 외투를 사도록 하자. 그러나 미리 네게 충고해두지만 그것은 안 갖는 게 좋단다. 모피 외투는 늙은 사람들이 입는 것이어서 네 엄마도 그걸 입기엔 아직 너무 젊단다. 그러니 네가 열일곱 살 나이로 밍크나 너구리 털 외투를 입고 나타난다면 케씬 사람들이 저 여자는 우스꽝스런 옷차림을 하고 있다고 생각할 거야."

모녀 간에 그런 대화를 나눈 게 9월 2일이었다. 그날이 바로 세당 전승기념일**이었다. 보통 때였다면 대화가 더 계속됐을 것이었다. 그러나 그들의 대화는 북소리와 휘파람 소리 때문에 중단되었다. 가두 행렬이 계획되고 있다는 얘기를 그전에 들었지만 까마득히 잊어버렸던 에피는 눈 깜짝할 사이에 어머니와 같이 앉았던 작업 테이블을 떠나 쏜살같이 앞으로 달렸다. 원형 화단과 연못을 지나 교회 묘지 담에 세워진 조그마한 발코니로 가서 사다리 발판보다 더 넓지 않은 여섯 개의 계단을 뛰어 올라갔

---

* 러시아의 상트페테르부르크에 있는 지방.
** 프랑스 동부 지방의 도시 세당에서 1870년 독일군이 프랑스군에 대승한 날.

다. 순식간에 그녀는 꼭대기에 올라가 있었다. 학교 전교생이 행진해오고 있었고 얀케는 위엄을 갖추고 오른쪽에 있었다. 조그마한 키의 북 치는 학생은 행렬 맨 앞에서 걸어오고 있었다. 그의 표정은 마치 세당의 전투를 다시 한 번 더 치를 의무라도 지닌 듯했다. 에피는 손수건을 꺼내서 흔들었다. 그걸 본 학생이 때 맞춰 번쩍거리는 깃봉 달린 지휘봉으로 경례했다.

일주일 뒤 모녀는 다시 그들의 옛 테이블에 앉아 자수 일을 계속했다. 아주 화창한 날이었다. 잘 꾸며진 화단에는 해시계 주위에 헬리오트로프꽃이 아직 피어 있었다. 잔잔한 미풍이 모녀에게로 꽃향기를 날라다 주었다.

"아아. 정말 기분 좋고 아늑하군요."

에피가 말했다.

"이렇게 기분 좋고 행복하다니. 하늘나라도 이보다는 더 아름답지 못할 거예요. 하늘나라에 이렇게 아름다운 헬리오트로프꽃이 있다 해도 누가 그걸 본 사람이 있겠어요?"

"그렇지만 에피. 너 그런 말 하는 게 아니야. 그런 성격은 네 아빠를 닮았나보다. 아빠는 무엇이든 신성한 걸 인정하지 않으시거든. 요전에 아버지가 뭐라고 말하셨는지 아니? 니마이어가 로트*를 꼭 닮았다는 거야. 어이없는 일이지. 그게 도대체 무슨 뜻이겠니? 우선 첫째, 아빠는 로트가 어떻게 생겼는지 아시지도 못해. 둘째, 그건 훌다에 대해 너무나 생각 없이 하신 말씀이야. 다행스럽게도 니마이어에겐 무남독녀 한 명밖에 없어.

---

* 『구약성서』「창세기」19장에 로트가 자기 두 딸과의 사이에서 아이를 두었다는 내용이 있다.

그러니까 어차피 비교는 어울리지 않지. 네 아빠 말씀이 옳았던 점은 단 한 가지야. 로트의 마누라, 말하자면 목사님의 부인에 대한 얘기 말이야. 그 여자는 무척 우둔하고 우쭐대는 편이어서 우리들의 세당 전승기념일을 전부 무의미하게 만들었어. 이제 생각이 나는데 얀케가 학교 애들과 행진해오는 통에 우리들의 대화가 중단돼버렸구나. 적어도 내겐 네가 말한 모피 외투가 네 유일한 소망은 아니라고 생각돼. 이 귀염둥이야, 네 가슴 속에 품은 말을 해보렴."

"아무것도 없어요. 엄마."

"정말 아무것도 없니?"

"그럼요. 정말 아무것도 없어요. 꼭 뭘 말씀드려야 한다면, 사실은 ......"

"그래, 말해보렴."

"......그렇다면 일제 침실 병풍을 갖고 싶어요. 검은색 바탕에 금빛나는 새들이 그려져 있는 걸로요. 전부 기다란 두루미 주둥이를 가진 것으로 말이지요...... 곁들여서 우리들의 침실을 위해 빨간 갓이 달린 현등(懸燈)이 있으면 좋겠어요."

브리스트 부인은 아무 말도 하지 않았다.

"그런데 엄마는 아무 말도 안 하시네요. 마치 제가 적절치 못한 얘기를 한 듯한 표정을 하시는군요."

"아니야, 에피야. 그렇지 않아. 적어도 네 엄마에게는 아무 얘기나 해도 괜찮아. 난 너를 알고 있잖니. 넌 상상력이 풍부한 귀여운 소녀야. 미래상을 그려보길 특히 좋아하는 애지. 미래가 다채로워 보일수록 그 미래는 더욱 아름답게 보이고 간절하게 생각되지. 난 우리가 네 신혼여행용 물건들을 구입할 때 너의 그런 면을 이미 엿볼 수 있었단다. 그리고 이제 붉은 현등 아래 은은한 조명을 갖추고 있으며 갖가지 우화적 동물이 그려져 있는 병풍을 꿈꾸고 있다니. 넌 마치 동화의 세계 속에 나오는 공주가 되고 싶은 게지."

에피는 어머니의 손을 잡아 입을 맞추었다.

"네. 전 그렇게 되고 싶어요, 엄마."

"그래, 넌 그런 애지. 내가 잘 알고 있어. 그렇지만 내 사랑하는 에피야, 우리 인간은 살아가는 동안 여러 가지를 조심해야만 해. 특히 우리 여성들은 더욱 그렇지. 이제 네가 케씬에 가보면 그곳 사람은 그런 병풍 같은 걸 웃어버릴 거야. 그곳은 밤에도 등 하나 켜 있지 않은 조그마한 지방이야. 웃기만 하면 괜찮지. 네게 호의를 갖고 있지 않은 사람들은 말이야, 그런 사람들은 어디든 있기 마련인데, 그런 사람들은 네가 가정교육을 잘못 받았다고 말할 게야. 어떤 사람들은 더 나쁜 얘기를 할지도 모르지."

"그럼 일제 물건이나 현등은 그만두겠어요. 그렇지만 솔직히 말씀드리면 전 무척 아름답고 낭만적인 생각을 하고 있어요. 모든 걸 은은하고 붉은 조명 아래 바라보고 있어요."

브리스트 부인은 감동을 느꼈다. 그녀는 몸을 일으켜 에피에게 키스했다.

"넌 어린애야. 아름답고 시적인 아이야. 그것은 공상이란다. 현실은 달라. 빛이나 은은한 조명 대신에 어둠이 좋을 때가 있단다."

에피가 대답하려고 할 때 빌케가 들어와 편지들을 가져다주었다. 편지는 케씬의 인스테텐에게서 온 것이었다.

"아, 그래요. 게르트에게서 온 거군요."

에피가 말했다. 그러고는 편지를 호주머니에 집어넣으면서 조용한 어조로 계속 말했다.

"그렇지만 방 안에 그랜드 피아노를 놓을 생각인데 그건 허락해주시 겠죠. 제겐 게르트가 약속해준 벽난로보다는 오히려 그게 더 중요하니까요. 그리고 엄마 사진을 제 서가에 놓아두겠어요. 엄마 없이는 전 살아갈 수 없으니까요. 아이 참, 아빠 엄마가 얼마나 보고 싶을까. 여행 도중에 벌써 그럴 텐데요. 케씬에는 수병도 없고 군의관 대위도 없대요. 그곳이 해수욕장이란 것만 해도 다행한 일이죠. 사촌오빠 브리스트를 생각하면 다시 위로를 얻지요. 그분의 어머니와 이모는 바르네뮌데로 휴양 가요. 그렇다면 사촌오빠가 친한 친척들을 케씬으로 지휘해서 데려오지 못할 이유가 없잖아요. 지휘한다는 표현은 장군 지휘봉처럼 들리는데 사촌오빠 브리스트는 바로 그 장군을 지망하고 있죠. 그러니 그도 같이 와서 우리 집에 머물면 되겠지요. 최근에 들은 얘긴데 케씬에는 한 달에 두 번 스웨덴으로 가는 상당히 큰 증기선이 있대요. 그리고 그 배 위에서는 무도회가 열린대요. 음악도 물론 있대요. 그분은 춤을 잘 추거든요."

"누구 말이냐?"

"다고베르트 얘기예요."

"난 또 네가 인스테텐 얘길 한 줄 알았어. 아무튼 인스테텐이 편지에 무얼 썼는지 볼 때가 됐어…… 너 그 편지를 아직 호주머니 안에 갖고 있지."

"어머, 깜빡 잊을 뻔했네요."

그리고 그녀는 편지를 펴서 대강 훑어보았다.

"그래, 에피야. 넌 말을 안 하고 있구나. 기쁜 얼굴도 짓지 않고 한번 웃지도 않네. 그 사람이 항상 그렇게 밝고 재미있고 현명하게 편지를 쓰는 데도 말이야. 아버지 같은 티는 전혀 나지 않아."

"그런 티가 난다면 전 싫어요. 그이에겐 그이의 나이가 있고 제겐 저의 젊음이 있어요. 전 그이에게 손가락으로 주의를 주며 '게르트, 뭐가 좋은지 생각해봐요'라고 말할 거예요."

"그러면 그분은 '당신이 갖고 있는 게 더 좋은 것이오, 에피'라고 대답하겠지. 그분은 아주 예절 바른 분이며 공정하고 이해심이 있고 청춘이 뭘 의미하는가를 잘 알고 계시니까…… 그분은 늘 천진한 어린 기분에 살고 그런 기분을 잘 이해한다고 스스로 말씀하셨어. 그분이 결혼생활에서 그런 기분으로 살아간다면 너희 둘은 아주 모범적 결혼생활을 영위하게 될 거야."

"네. 저도 그렇게 믿어요. 엄마. 그렇지만 전 세상 사람들이 일컫는 그 모범적 결혼이란 것에 별로 아랑곳하지 않아요. 이런 말씀 드리는 게 부끄럽지만 말예요."

"너다운 얘기구나. 그래, 넌 어떤 게 좋으니?"

"전…… 저도 물론 연정이라든지, 애정 같은 것을 원하고 있어요. (전 그걸 믿고 싶지 않지만), 아빠가 말씀하신 대로 사랑이란 쓸데없고 싱거운 것이라면, 전 사랑 대신 부유함을 택하겠고, 그것도 아니면 고상한 저택을 취하겠어요. 그래요. 노(老)황제를 모시고 야생 고라니나 뇌조(雷鳥) 수컷 사냥을 나온 프리드리히 카를 황태자*가 머물고 가실 그런 고상하고 멋진 큰 집이 있었으면 해요. 황태자는 지나가시면서 숙녀 한 사람 한 사람, 어린 소녀들에게까지 다정한 말씀을 건네시겠죠. 그리고 우리가 베를린에 갈 때면 궁중 무도회에 참석하기도 하고 또 궁중 오페라를 보러 가서는 왕족들이 앉는 귀빈석 바로 곁에 앉을 거예요."

"넌 그런 말을 어떻게 네 기분 내키는 대로 하고 있니?"

---

* Friedrich Karl(1828~1885) : 1870년 이후 프로이센의 원수(元首).

"아니에요 엄마, 이건 제 진심이에요. 사랑이 첫째고, 그다음은 영광과 명예고 그다음은 기분전환이 있어야 해요. 그래요, 기분전환이 있어야 해요. 항상 제가 울고 웃을 수 있는 새로운 일이 일어나는 게 좋아요. 제일 견딜 수 없는 게 지루함이에요."

"그럼 여기서 우리들과의 생활은 어떻게 견뎌내었니?"

"아이, 엄마도. 엄마가 그런 말씀을 하시다니. 물론 겨울에 친척들이 와서 여섯 시간씩, 혹은 더 오래 머물 때면, 그리고 군델 아줌마와 올라 아줌마가 저를 빤히 쳐다보고 좀 건방진 애라고 생각할 때면, 군델 아주머니는 그런 말을 한 번 제게 한 적이 있는데요, 그럴 때면 솔직히 말씀드려 그리 좋은 기분은 아니었죠. 그렇지만 그 외에는 전 늘 이곳 생활이 행복하다고 느꼈어요. 너무나 행복해서……"

말을 하다가 그녀는 어머니의 무릎에 몸을 던져 격렬하게 흐느끼며 어머니의 두 손에 입을 맞추었다.

"일어나, 에피야. 너만 한 젊은 애들은 결혼식을 앞두고, 또 미지의 일을 눈앞에 두고 흔히 그런 기분을 갖게 되지. 이제 그 편지에 뭔가 특별한 얘기가 있는지, 비밀 이야기가 있는지 한 번 읽어보렴."

"비밀 이야기라고요?"

에피는 웃음을 터뜨리며 갑자기 다른 기분이 되어 펄쩍 뛰었다.

"비밀이라고요? 그이는 늘 미리 준비해요. 전 그가 쓴 글의 대부분을 주 의회 규칙이 적혀 있는 관구청 게시판에 전시해 보일 수 있어요. 그리고 게르트는 주 의회의원이기도 한걸요."

"그러니까 읽어봐, 얼른……"

"그러겠어요. '사랑하는 에피……' 편지는 늘 이런 식으로 시작하죠. 이따금 그이는 절 자기의 '귀여운 에피'라고 부를 때가 많아요."

"알았으니까 계속 읽으렴…… 어서 계속 읽으라니까."
"그러겠어요."
에피는 편지를 읽었다.

사랑하는 에피!
결혼식 날짜가 가까워올수록 당신의 편지가 점점 더 뜸해집니다. 우편물이 도착하면 난 언제나 당신의 필적을 찾아보지만 당신도 아시다시피 대개 헛수고만 합니다. (그 반대의 경우를 별로 기대한 건 아니지만 말입니다.) 우리집에서는 요즘 일꾼들이 당신을 맞기 위해 방을 꾸미고 있습니다. 우리들이 여행하는 동안 큰일들은 모두 마치게 될 것입니다. 모든 것을 정돈해주는 실내 장식공인 마데룽은 괴짜입니다. 그 사람에 대해선 다음 편지에 얘기해드리겠습니다. 무엇보다도 나의 귀여운 에피를 생각하면 무척 행복합니다. 내 마음이 마치 불타오르는 듯합니다. 이곳은 점점 더 조용하고 쓸쓸합니다. 마지막 해수욕객이 어제 떠났습니다. 그는 바닷물 온도가 섭씨 9도인데도 불구하고 수영을 했는데 해수욕장 구조원들은 그가 멀쩡하게 바다에서 나올 때 모두 기뻐했습니다. 왜냐하면 구조원들은 그 남자가 졸도할까 봐 겁을 먹고 있었기 때문입니다. 해수욕객이 졸도라도 하면 이곳의 파도가 좋지 않다고 알려져 불경기가 닥치게 됩니다. 4주 후엔 당신과 함께 피아제타에서 리도르, 유리 진주와 아름다운 장식품을 만드는 밀라노로 갈 것을 생각하니 떨 듯이 기쁩니다. 가장 아름다운 보석을 당신에게 선사하겠습니다. 당신 부모님에게 안부 전해주십시오. 당신에게 애정에 가득 찬 키스를 드립니다.

당신의 게르트로부터.

에피는 편지를 봉투에 넣기 위해 다시 접었다.

"아주 예쁜 편지로구나."

브리스트 부인이 말했다.

"그분이 모든 면에서 적절하게 자제하는 점은 큰 장점이야."

"그래요. 그는 늘 올바르고 절도 있게 행동하죠."

"내 귀여운 에피야, 한 가지 물어보자. 넌 그 편지가 그렇게 조심스럽고 절제되지 않았더라면 더 좋았겠지? 좀더 정감이 넘치든가 아니면 지극히 다정다감했으면 좋았을 뻔했지?"

"아니, 아니에요. 엄마. 정말 그렇지 않아요. 전 그런 걸 원치 않아요. 그냥 이런 식의 편지가 더 낫겠어요."

"그냥 이런 식이 더 낫다니, 그 표현이 재미있구나. 넌 유별난 애야. 아까는 울음을 터뜨리고. 네 맘속에 뭐 맺힌 거라도 있니? 아직 시간이 있어. 너 게르트를 사랑하지 않니?"

"왜 제가 그이를 사랑하지 않겠어요. 전 훌다를 사랑하고 베르타와 헤르타를 사랑해요. 그리고 우리 오랜 친구 니마이어도 사랑해요. 또 제가 엄마 아빠를 사랑하고 있는 것은 우선 말할 것도 없고요. 전 제가 호의를 가진 모든 사람들, 제게 따뜻하게 대해주고, 저의 말괄량이 짓을 관대히 허용해주는 모든 사람들을 다 사랑해요. 게르트도 역시 제게 관대하겠죠. 물론 자기 나름으로겠지만요. 그이는 벌써 베니스에 가면 제게 보석류를 선물하려 해요. 그이는 제가 보석 따위는 전혀 개의치 않는다는 걸 알 턱이 없죠. 전 사다리를 오르고 그네뛰기 하는 게 더 좋아요. 그네 타고 어딘가 끊어지고 부러져 떨어질까 조마조마한 마음을 갖고 있을 때가 제일 재미나요. 그게 단번에 생명과 관계되는 게 아니니까요."

"너 혹시 사촌오빠 브리스트를 사랑하고 있니?"

"그래요. 아주 많이 사랑해요. 그분은 늘 저를 즐겁게 해주거든요."

"그러면 사촌오빠 브리스트와 결혼했으면 좋겠니?"

"결혼이라고요? 하나님 맙소사. 그는 아직 반쯤은 소년인걸요. 게르트는 어른이에요. 훌륭한 남성이구요. 제가 자랑할 수도 있고 세상에서 출세할 수 있는 남자예요. 엄마 생각은 어때요?"

"그래. 옳은 말이야. 에피, 그런 말을 들으니 기쁘구나. 그래도 넌 맘속에 아직 뭔가 갖고 있는 듯해."

"아마 그럴지도 몰라요."

"그럼 말해보려무나."

"엄마, 그이가 저보다 더 나이가 많은 것은 나쁘지 않아요. 오히려 더 좋을지도 모르죠. 그렇다고 해서 그이가 너무 나이가 많은 것도 아니고 건강하고 활기 있으며 군인답게 늠름하지요. 다만 그이가…… 다만 그이가 조금만 다르다면…… 그렇다면 그이의 모든 면이 다 좋다고 말해도 될 정도예요."

"어떻게 다르면 좋겠니. 에피?"

"어떻게라고요? 엄마, 묻지 마세요. 바로 며칠 전에 건너편 목사 댁에서 귀담아들은 이야기가 있어요. 우리들은 인스테텐에 관해 이야기 중이었는데 니마이어가 이마에 존경과 경탄을 보여주는 주름을 지으며 말했어요. '그렇지, 그 남작은 성격이 확실한 사람이야. 자신의 원리 원칙을 지키는 남자야'라고요."

"그는 그런 분이야, 에피."

"확실해요. 전 니마이어의 말을 믿어요. 니마이어가 나중에 덧붙여 말했는데 인스테텐은 자기 원칙대로 살아가는 남자래요. 그건 제 생각엔,

더 심한 뜻인 것 같아요. 아아…… 전…… 전…… 제겐 그런 원칙 같은 건 없어요. 아시겠어요? 엄마, 저를 고민하고 절 불안하게 만드는 게 바로 그 점이에요. 그이는 제게 따뜻한 애정과 호의로 관대히 대해주긴 하지만…… 그러나 전 그가 두려워요."

5

호엔 크레멘의 축제일이 지났다. 모두들 다 떠났고 신혼부부도 결혼식이 있던 날 저녁에 곧장 신혼여행을 떠났다.

결혼 전야제는 누구에게나 다 만족스럽게, 특히 출연자들에게 흡족하게 잘 진행되었다. 훌다는 라테노우의 경기병들뿐만 아니라 모든 젊은 장교들의 인기를 끌었다. 다소 비판적인 분위기가 있는 알렉산더 연대 소속 군인들의 관심까지도 훌다는 한 몸에 받았다. 모든 일이 기대 이상으로 훌륭히 잘 진행되었지만 베르타와 헤르타가 너무 심하게 흐느껴 우는 바람에 얀케의 저지 독일어 시들이 무의미하게 되어버렸다. 그러나 물론 별 장애가 되진 않았다. 이 방면에 정통한 지식을 가진 몇몇 사람들은 오히려 그렇게 멈칫거린다든지, 흐느껴 운다든지, 대사를 어렵게 처리할 경우 (그것이 예쁜 붉은 금발의 곱슬머리 소녀들의 연기니까), 오히려 결정적인 성공을 가져다준다는 의견을 피력했다. 연극과는 별도로 사촌오빠 브리스트가 자작시를 읊어서 개가를 올렸다. 브리스트는 데무트 상점의 점원으로 등장하여 어린 신부가 결혼식을 마친 후 곧 이탈리아로 여행 가기로 되어 있음을 청중에게 알려주면서 신부에게 여행 가방을 드리고 싶다고 말한 뒤 가방을 열었다. 그 속엔 회벨* 사탕이 가득 들어 있었다. 3시경까지 춤을 추었다. 샴페인으로 분위기가 점점 더 고조되자 수다스러워진 장인 브리스트는 다른 집에서 요즘도 하고 있는 횃불 춤과 양말 대님 춤의 기묘한 풍습에 관해서 아는 대로 자기 의견을 피력했다. 끝날 줄 모르는 그의 연설이 점점 더 열을 띠어갔다. 결국 도가 지나쳐 제지당할 지경에 이르렀을 때 그의 부인이 "정신 차리세요, 브리스트"라고 진지한 어조로 속삭이는 소리가 들렸다.

"당신이 이 자리에 계시는 이유는 애매한 농담이나 하기 위해서가 아니고, 이 집안의 주인 노릇을 하며 손님 접대를 하기 위해서예요. 우리는 딸의 결혼식을 하는 것이지 사냥 파티를 하는 게 아니란 말입니다."

그 말에 대해 브리스트는 손님 접대와 사냥 파티 사이에 큰 차이를 발견하지 못했지만 아무튼 행복하다고 대답했다.

결혼식 당일도 역시 잘 진행되었다. 니마이어는 훌륭한 설교를 했다. 베를린 출신으로 귀족 사회에 반쯤 속한 한 노신사는 교회에서 잔칫집으로 돌아가는 길에, "우리나라에 훌륭한 인재들이 많은 점은 주목할 만하다"고 했다. "그 점에서 나는 우리 학교와 우리들 철학의 승리를 인정하고 싶습니다. 시골 목사에 불과한 니마이어 말입니다. 처음엔 병원 직원 같아 보였는데…… 말씀해보십시오. 정말이지 그의 설교가 궁정목사처럼 훌륭하지 않았습니까? 그러한 재치, 상반된 대구법(對句法)을 훌륭히 구사하는 것이 마치 쾨겔**과 흡사했습니다. 감정 면에서는 그보다 더 우위였습니다. 쾨겔은 너무 냉정합니다. 물론 직위를 가진 사람은 냉정해야 합니다. 우리 인간이 살면서 실패하는 것이 도대체 무엇 때문이겠습니까? 그건 항상 정(情) 때문입니다."

---

* 베를린의 초콜릿과 과자 제조업자.
** Rudolf Kögel(1829~1896) : 궁정목사.

노신사는 아직 결혼하지 않은 채 네번째 연애에 빠져 있는 한 고관에게 이런 말을 했다. 그 고관은 동의하며 "옳은 말씀입니다. 친애하는 친구여"라고 하고, "정이 지나치면 안 됩니다…… 아주 훌륭한 말씀입니다…… 그런데 나중에 제가 이야기 하나 해드리겠습니다"라고 말했다.

결혼식 다음 날은 10월의 화창한 날이었다. 아침 햇살이 빛났다. 벌써 가을 기운이 완연한 상쾌한 날씨였다. 브리스트는 부인과 함께 막 아침식사를 끝내고 자리에서 일어나 뒷짐을 진 채 불이 점점 꺼져가는 벽난로 앞에 서 있었다. 브리스트 부인도 손에 일거리를 든 채 벽난로 가까이로 가 앉았다. 아침 식탁을 치우려고 방금 들어온 빌케에게 부인이 말했다.

"빌케, 우선 그 홀 안에 있는 걸 전부 정리한 후에 파이를 건너편 댁으로 보내도록 해요. 호도파이는 목사 댁으로 보내고 작은 케이크를 담은 그릇은 얀케 댁으로 보내요. 얇은 유리 그릇들을 조심스레 다루도록 해요."

브리스트는 세번째 담배를 피우고 있었다. 그는 매우 건강해 보였는데 자기 자신의 결혼식은 제외하고 결혼식만큼 기분이 좋은 것은 없다고 말했다.

"브리스트, 어떻게 그런 말씀을 하시는지 알 수 없네요. 당신 자신의 결혼식 땐 괴로웠었다고 주장하시다니 제겐 아주 새로운 사실이에요. 전 그 이유를 알지 못하겠는데요."

"루이제, 당신은 흥을 깨버리는군. 그러나 난 아무것도 나쁘게 생각하지 않아. 더군다나 그런 일로 그리 생각하지는 않아. 그런데 우리들 이야기가 나온 김에 말이지만, 우린 신혼여행도 가지 못했지. 당신 아버님이 반대하셨어. 그렇지만 이제 에피는 신혼여행 중이야. 부러운 일이지.

10시 기차로 떠났으니 지금쯤 틀림없이 레겐스부르크 근방에 있겠군. 내 짐작으론 사위가 에피에게— 물론 하차하지 않은 채— 발할라* 초혼당(招魂堂)의 주요 예술품을 설명해주고 있을 거야. 인스테텐은 훌륭한 남성이지만 예술에 과도하게 심취된 사람 같은 면이 있어. 그런데 우리 에피는, 정말이지, 가련한 우리 에피는 자연에서 자란 아이야. 난 그 사람이 지나치게 예술에 심취해 에피를 좀 괴롭힐 것 같아 걱정이 되는구먼."

"남편이란 누구나 다 자기 부인을 괴롭히죠. 그게 예술에 심취해서 그러는 거라면 크게 나쁠 건 없어요."

"그래요, 확실해요. 아무튼 그 문제로 논쟁을 벌일 건 없소. 한두 마디로 쉽게 해결 안 되는 광범위한 문제니까. 그리고 인간 각자는 모두 다른 개성을 갖고 있어. 그런데 당신이 그 예술 심취 쪽에 더 적합할 뻔했구려. 아무튼 에피보다 당신이 인스테텐에게 더 어울렸을 거야. 유감스럽군. 이젠 너무 때가 늦었으니."

"지독히 정중하시군요. 합당하지 못한 말씀이에요. 어떤 경우라도 이미 지난일은 지난일이에요. 이제 그분은 제 사위인데 그렇게 자꾸 어릴 때 일을 돌이켜 거론하는 것은 무의미한 짓이에요."

"난 다만 당신을 기분 좋게 해주기 위한 말을 했을 뿐이오."

"아주 마음이 넓으시군요. 덧붙여 말씀드리면 그런 건 필요치 않아요. 전 이미 기분이 좋아요."

"기분이 좋다고?"

"그런 셈이에요. 그러니 당신이 이 기분을 망치지 마셔야 해요. 지금 무슨 생각을 하세요? 마음속에 어떤 생각을 품고 계신 듯하군요."

---

* 레겐스부르크 근처에 타계한 위인들을 모신 사당(祠堂). 많은 동상이 전시되어 있다.

"에피 일이 당신 마음에 들었소? 이번 일 전부가 당신 마음에 들었소? 에피는 특이한 애요. 반은 어린애지만 한편으론 강한 자의식을 갖고 있는 애요. 대체로 그런 애들은 남자를 대할 때 당연히 갖춰야 하는 겸손한 태도와는 거리가 멀다오. 이 점은 그 애가 단지 남편에 대한 감정이 아직 불분명하다는 뜻일 수도 있어요. 간단히 말해서 그 애가 그를 사랑하지 않는 게 아닐까? 그렇다면 곤란하지. 왜냐하면 그는 장점이 많은 남자지만 에피의 사랑을 쉽게 획득할 수 있는 타입의 남자가 아니기 때문이지."

브리스트 부인은 아무 말 않고 자수판 위의 수를 세었다. 결국 그녀가 말문을 열었다.

"브리스트, 당신이 지금 하신 말씀은 식사 때의 연설까지 포함해서 지난 사흘 동안 당신에게서 들은 말씀 가운데 가장 사려 깊은 이야기군요. 저도 당신과 같은 생각을 한 적이 있어요. 그렇지만 우리가 안심해도 된다고 믿고 있어요."

"그 애가 당신에게 자기의 속마음을 털어놨었소?"

"속마음을 털어놨다고 말하진 않겠어요. 아마 제게 말하고 싶은 것이 있었겠죠. 그렇지만 속속들이 자기 마음을 털어놓지 않은 걸 보면 자신의 많은 고민거리들을 혼자서 해결하고 있는 거죠. 그 애는 이야기하기 좋아하면서도 동시에 폐쇄적이고 내성적인 편이에요. 아무튼 아주 까다로운 혼합형이죠."

"나도 당신과 동감이오. 그러나 그 애가 당신에게 아무 말도 하지 않았다면 당신은 어째서 안심해도 좋다고 믿는 거요?"

"그 애는 제게 자기 속마음을 털어놓지 않았어요. 자기 영혼의 전부를 다 털어놓는 놀라운 고백 같은 것은 그 애의 천성에 맞지 않아요. 다만 그저 불쑥 충동적으로 나타났다가 다시 지나가버리는 뭔가가 있어요. 그게 바로 그 애의 영혼에서 나온 무의식적인 말인 듯해서 제겐 중대한 의미를 주었죠."

"그럼 그게 도대체 어떤 계기로 언제 있었던 일이오?"

"이제 막 석 달이 됐어요. 우린 정원에 앉아서 여러 가지 크고 작은 준비물을 갖고 바쁘게 일하고 있었는데, 그때 빌케가 와서 인스테텐에게서 온 편지를 주고 갔었지요. 그 애는 편지를 그냥 주머니에 쑤셔 넣어두었어요. 15분 후에 제가 다시 편지가 온 걸 상기시켜주어야 했죠. 그런 뒤 그 애는 그 편지를 읽어 내려갔지만 표정 하나 바꾸지 않았어요. 당신에게 고백하지만 그때 전 무척 마음이 무거워지고 걱정이 되더군요. 이런 경우 사람들이 대개 그러하듯 저도 뭔가 확증을 잡고 싶었어요."

"옳아요. 옳은 이야기요."

"당신은 어떻게 생각하세요?"

"내 생각엔…… 그렇지만 그건 어차피 마찬가지지. 계속 이야기나 해 보시오. 난 열심히 듣고 있소."

"그래서 제가 어떻게 됐나 솔직히 물어보았어요. 전 그 아이의 특이한 성격을 참작해서 야단스런 말투를 피하고 싶었고 가능한 한 모든 걸 가볍게 거의 장난스런 기분으로 생각하고 싶었어요. 그래서 네가 혹 베를린에서 네 기분에 맞게 잘 대접해준 사촌오빠 브리스트와 결혼하고 싶은 것은 아니냐고 물어봤죠……"

"그랬더니?"

"당신도 그때 그 말을 듣고 나서 그 애가 지은 표정을 봤어야 하는데 그랬어요. 그 애는 비웃는 듯 웃었죠. 그러고는 그 사촌오빠는 아직 소위 제복을 입은 해군사관학교 후보생에 불과하다면서 사관학교 후보생을 사랑할 수는 없다고 말했어요. 그런 남자와의 결혼은 물론 말할 필요도 없다고 했어요. 그런 다음에 그 애는 인스테텐이 모든 남성적 미덕을 한 몸에 지닌 분이라고 찬사를 했죠."

"당신은 그걸 어떻게 생각하오."

"아주 간단해요. 그 애는 정말 영리하고 발랄하고 정열적이지요. 아마도 그 애가 가진 바로 그런 점 때문에, 그 애는 사랑이라든가 사랑이라고 이름 붙일 만한 것을 중요시하는 부류에 속하지는 못해요. 그 애는 사랑을 강조하기도 하고 확신에 찬 어조로 사랑에 대한 이야기를 하기도 하지만, 그건 그 애가 '사랑이란 최고의 것' '사랑이란 가장 아름다운 것' '사랑이란 가장 훌륭한 것' 등의 글을 어디선가 읽었기 때문에 하는 말이죠. 아마도 감상적인 성격의 훌다에게서 배워서 흉내 내어 지껄이는 것인지도 몰라요. 그렇지만 그 애는 아직 그걸 감수성 있게 수용하지 못해요. 언젠가는 그 애도 그 의미를 알게 되겠지만 아직은 아니에요. 하나님이 도와주시길 빌어요."

"그럼 그 애가 지금 갖고 있는 것은 무엇이오? 그 애가 알고 있는 것은 무엇이오?"

"그 애 자신의 판단이나 제 판단으로 보아 그 애는 두 가지를 갖고 있어요. 유희 본능과 명예심이죠."

"그래요. 그럴 수 있을 거요. 이제 난 좀 마음이 놓이는구려."

"전 마음이 놓이지 않는데요. 인스테텐은 경력이나 직위를 중요시하는 사람이에요. 그렇지만 출세주의자라고는 말하지 않겠어요. 그분은 그런 사람이 아니고 또 그런 사람이 되기엔 너무나 고상한 면을 갖고 있으니까요. 직위를 중요시 하니 에피의 명예심은 만족시켜줄 거예요."

"그럼, 그건 괜찮구먼."

"그래요. 그건 좋아요. 그렇지만 그건 문제의 겨우 반인걸요. 그 애의 명예심은 만족을 느끼겠지만 그 애의 놀기 좋아하는 성격이나 모험을 즐기는 마음이 만족을 느낄 수 있을까요? 전 그게 의심스러워요. 매시간 이런저런 기분전환 거리가 있고, 자극적인 일이 일어나서 이 재기발랄하고 귀여운 아이의 최고의 적인 지루함을 물리칠 수 있는 것, 그런 일을 인스테텐이 잘 마련해주기는 아주 힘들 거예요. 인스테텐은 그 애를 정신적 황량함 속에 내버려두지는 않겠죠. 그러기에는 그분은 너무나 현명하고 세상을 잘 알고 있으니까요. 그렇지만 그는 그 애를 특별히 즐겁게 해주지는 못할 거예요. 가장 나쁜 점은 그가 어떻게 그 문제를 해결할지에 대해 생각조차 하지 않을 것이란 사실이죠. 당분간 큰 탈 없이 세월이 지나가겠죠. 그렇지만 결국 그 애는 그걸 깨달을 것이고 자존심에 상처를 느끼겠죠. 그다음 어떻게 될지 전 짐작할 수 없어요. 왜냐하면 우리 에피가 그토록 나긋나긋하고 말을 잘 듣는 애지만, 어떤 땐 미친 듯이 격렬한 면을 갖고 있어서 앞뒤 분별없이 극한 상황으로 치달아 엉망이 될 수도 있거든요."

이때 빌케가 홀에서 들어와 유리 그릇을 모두 세어보니 숫자는 맞지만 그중 아주 얇은 포도주 잔 한 개가 어제 건배할 때 깨졌다고 말했다. 아마 훌다 양이 닌케르켄 소위와 잔을 너무 세게 부딪쳤던 것 같다는 설명이었다.

"뻔한 일이에요. 옛날부터 그렇게 꿈만 꾸며 어설펐어요. 라일락나무 아래에서도 더 나아진 게 없군요. 아주 어리석은 아이예요. 난 닌케르켄을 이해하지 못하겠어요."

"난 충분히 이해하오."

"그 남자는 그 아이와 결혼할 수는 없잖아요."

"결혼할 수 없지."
"그럼 뭣 때문에 그러죠?"
"그건 한두 마디로 논의할 수 있는 문제가 아니오, 루이제."

이것은 결혼식 다음 날의 대화였다. 그로부터 사흘 후, 갈겨쓴 듯한 조그마한 카드 한 장이 뮌헨으로부터 날아왔다. 이름은 두 철자로만 암시되어 있었다.

사랑하는 엄마! 오늘 오전에 피나코텍 미술관*에 갔었어요. 게르트는 다른 미술관에도 가려 했어요. 그 미술관 이름은 여기에 쓰지 않겠어요. 철자를 올바로 쓸 자신이 없기 때문이에요. 그리고 또 그이에게 철자법을 묻고 싶지 않거든요. 그이는 제게 천사처럼 잘 대해주고 여러 가지 설명을 잘해주어요. 모든 게 너무나 아름다워요. 약간 고단하긴 하지만 이탈리아에 가면 좀 나아지겠죠. 우린 '사계절'이란 호텔에서 묵고 있어요. 게르트는 바깥은 가을이지만 저와 함께 있으면 봄을 느낀다고 말했어요. 무척 재치 있는 표현이라고 생각이 돼요. 그리고 또 그이는 매우 주의 깊은 사람이에요. 그이가 무슨 설명을 해줄 때엔 저도 물론 주의 깊게 들어야 하겠죠. 그이는 모든 걸 너무나 잘 알고 있어서 한 번이라도 책을 뒤적거려볼 필요가 없어요. 아빠 엄마에 관해서 아주 좋게 말해요. 특히 엄마에 관해서 황홀한 감동을 갖고 말해요. 홀다는 좀 부자연스러워 보이는 애라고 했지만 니마이어는 마음을 뺏길 정도로 좋은 인상을 주었다고 했어요.

---

* 독일 뮌헨에 있는 유명한 미술관. 피나코텍Pinakothek이란 단어 자체가 미술관이란 의미지만, 여기서는 다른 미술관과 구별하기 위해 피나코텍 미술관이라고 옮겼다.

아빠, 엄마, 안녕히 계세요. 기쁨에 취해 있지만 조금은 피곤해요.

딸 에피로부터.

이런 식의 엽서가 매일 인스부르크, 베로나, 비센차, 파두아 등지에서 날아왔다. 카드마다 '우리는 오늘 오전 이곳의 유명한 미술관을 구경했어요'라고 씌어 있었다. 미술관이 아니면 투우장, 아니면 다른 곳, 이를테면 산타마리아 교회 같은 데를 방문한 얘기가 씌어 있었다. 파두아로부터 카드와 함께 편지가 도착했다.

어제 우린 비센차에 갔었어요. 비센차는 팔라디오 때문에 꼭 구경해야 할 곳이죠. 게르트는 모든 현대 건축 예술의 근본이 그곳에서 유래된다고 했어요. 여기 파두아에 도착해(우리는 오늘 아침에 도착했어요) 호텔로 가는 마차에서 그이는 서너 번 혼잣말을 했어요. '그는 파두아에 잠들어 있다'라고요.* 그리고 제가 그런 말을 한 번도 들은 적이 없다는 사실을 알고 놀라워했어요. 그렇지만 결국 그이는 제가 거기에 관해 아무것도 모르는 사실이 아주 좋다고 했어요. 그이는 아주 공정한 분이에요. 무엇보다 그이는 제게 천사처럼 잘 대해주고 전혀 거만하지 않으며 나이 든 티를 조금도 내지 않아요. 전 늘 두 발이 쑤시고 당기고 아픈 것이 없어지지 않아요. 또 책 뒤적이는 일이나 그림을 보면서 오래 서 있는 일이 피곤해요. 그렇지만 할 수 없죠. 전 베니스에 가는 걸 기쁘게 기대하고 있답니다. 우린 그곳에서 닷새 동안 묵을 거예요. 그래요, 어쩌면 일주일이 될지도 몰라요. 게르트는

---

* 괴테의 『파우스트 Faust』에 나오는 말을 인용함.

마르쿠스 광장의 비둘기에 관한 이야기를 해주었어요. 완두콩이 담긴 봉지를 사서 아름다운 비둘기들에게 주는 일을 미리 상상하도록 해주었어요. 그런 광경을 묘사한 아름다운 금발 소녀의 그림이 있다고 해요. 게르트는 훌다 같은 타입의 아가씨라고 했죠. 그래서 제 머리엔 얀케 댁 애들이 떠올랐어요. 제가 그 애들과 함께 우리집 뜰에서 마차 손잡이에 앉아 우리집 비둘기들에게 모이를 줄 수만 있다면 얼마나 좋을까요. 아아, 그럴 수만 있다면 전 뭐든지 다 줄 수 있어요. 심한 갑상선 종양을 앓고 있는 그 공작 비둘기를 죽게 하지 마세요. 다시 보고 싶으니까요. 이곳은 정말 아름다워요. 가장 아름다운 곳이라고들 해요. 아빠, 엄마, 전 행복해요. 약간 피곤하긴 하지만요. 그럼 안녕히 계세요.

딸 에피로부터.

브리스트 부인은 편지를 읽고 나서 말했다.
"가엾게도 에피는 우리가 그리운가봐요."
"그렇군."
브리스트가 말했다.
"그 애는 우리가 보고 싶은 거요. 저주 받을 여행이……"
"당신은 그런 말씀을 지금 왜 하세요. 그걸 말릴 수도 있었잖아요. 당신은 늘 일단 일이 벌어진 후에 아는 척하더군요. 아기가 우물에 빠진 후에야 시의원이 우물을 덮는 식이지 뭐예요."
"루이제, 내게 그런 말 하지 마오. 에피는 우리들의 아이지만 10월 3일부터는 인스테텐 남작부인이오. 그 애의 남편, 다시 말해 우리 사위가 신혼여행하는 기회에 각 미술관의 목록을 새로 만들어보려는 걸 방해할 수는 없지 않소. 그게 소위 결혼이란 것 아니겠소."

"이제야 인정하시는군요. 여자란 억압을 당하는 입장에 있다는 제 주장에 언제나 반박하시더니……"

"내가 그랬었지, 루이제. 하지만 지금 이 경우에는 무엇 때문에 내가 그러겠소. 사실상 한 마디로 논의할 수 없는 광범위한 문제요."

6

11월 중순경—그들은 카프리와 소렌토까지 갔었는데—인스테텐의 휴가가 끝났다. 시간을 정확히 지키는 게 인스테텐의 성미와 습관이었으므로 그들은 14일 아침 일찍 급행열차로 베를린에 도착했다. 베를린에는 사촌오빠 브리스트가 마중 나와 있었다. 브리스트는 슈테틴행 기차가 떠날 때까지 남은 시간 동안 프리바트 파노라마 미술관을 관람한 후에 조촐한 포크참*을 들자고 제안했다. 그 두 가지 제안은 다 고맙게 받아들여졌다. 정오경에 그들은 다시 역에 돌아왔다. 인스테텐과 에피는 그에게 "꼭 한 번 놀러 오세요"라는, 다행스럽게도 결코 진심이 아닌 전통적 인사말을 건넨 뒤, 악수를 나누며 작별 인사를 했다. 기차가 움직이기 시작하자 에피는 차 안에서 시간을 보냈다. 그다음 몸을 편안히 하고 눈을 감았다. 그저 이따금 몸을 일으켜 인스테텐에게 손을 내밀었다.

여행은 매우 즐거웠다. 기차는 정각에 소-탄토우 역에 도착했다. 이곳에서 2마일 정도 떨어진 곳에 위치한 케씬까지 국도가 나 있었다. 사람

---

* 아침과 점심 사이에 먹는 것으로 아침식사보다 더 좋고 포크를 사용함.

들은 여름 해수욕 철이 되면 이 국도 대신 수로를 이용했다. 이들을 위해 케씬 시는 케씬 강을 따라 낡은 수레바퀴가 달린 증기선 '불사조호'를 운행했다. 그러나 10월 1일부터 '불사조호'는 정규 운행을 끝냈다. 그 때문에 인스테텐이 슈테틴에서 그의 마부 크루제에게 전보를 쳤다.

"5시에 소-탄토 역 도착. 날씨 양호하면 지붕 없는 마차 필요함."

마침 날씨가 좋았고 크루제는 지붕 없는 마차를 역에 대기시키고 있다가 도착하는 두 분에게 귀족의 마부답게 깍듯이 인사했다.

"크루제, 별일 없지?"

"그러하옵니다. 관구장님."

"그럼, 에피. 올라타요."

에피가 마차에 오르고 역 직원 한 사람이 조그마한 손가방을 마부 곁에 놓는 동안 인스테텐은 나머지 짐들을 합승마차에 실어 뒤따라 보내오도록 지시했다. 그러고는 곧 그도 마차에 올라타고 서민적인 태도로, 주위에 둘러서 있는 사람들 중 어느 남자에게 담뱃불을 빌려달라고 한 뒤 크루제에게 소리쳤다.

"이제 출발하게, 크루제."

마차는 여러 갈래의 철길이 놓여 있는 건널목을 지나서 아래로 비스듬히 내려가, 도로변에 위치한 '비스마르크 후작'이란 이름의 레스토랑 쪽으로 갔다. 왜냐하면 그곳에서부터 오른쪽으로는 케씬 방향, 왼쪽으로는 바르진 방향의 길이 나 있기 때문이었다. 레스토랑 앞에는 중키의 늠름한 어깨를 가진 남자가 모피 외투, 모피 모자를 쓰고 서 있다가 관구장이 그의 앞을 지나가자 아주 품위 있게 모자를 벗었다.

"저분은 누구시죠?"

에피가 물었다. 모두가 다 그녀의 흥미를 끌었고 그 때문에 기분이 상당히 좋았다.

"그분은 옛 폴란드 지사처럼 보이는데요. 솔직히 말씀드려 전 한 번도 옛 폴란드 지사를 본 적이 없지만요."

"그래도 상관없소. 에피, 당신은 참 잘 맞히는군. 그 남자는 정말 옛 폴란드 지사나 그 비슷한 사람 같아 보이는군. 그런데 사실 그 사람은 반(半)폴란드인이고 이름은 골쇼브스키라고 하지. 우리가 이곳에서 선거나 사냥을 할 때 그 남자가 매우 큰 활약을 하지. 사실 나는 그를 마음 깊이 신뢰할 수 없소. 그는 뭔가 양심이 켕기는 면을 갖고 있는 듯 아주 불안해 보이는 뜨내기지만, 왕에겐 충성심을 발휘하지. 바르진 귀족들이 이리로 지나갈 때 마차 앞으로 몸을 던지는 게 그의 소원이었소. 그가 후작*에게 반감을 갖고 있다는 걸 난 알고 있소. 그렇지만 할 수 없소. 우리가 필요한 남자니까. 그 때문에 우리 사이를 나쁘게 만들어버리면 안 되니까. 그는 이곳 주위 사정에 밝아서 선거에 대해서는 어느 누구보다도 잘 알고 있고 또 부유하다고 정평이 나 있소. 그리고 그는 고리대금업을 하고 있는데 다른 폴란드인들은 보통 그와는 정반대 타입들이어서 그런 짓을 안 하오."

"그렇지만 외모는 반듯한 사람이네요."

"그렇소. 외모는 잘생겼소. 이곳 사람들 대부분은 다 인물이 좋소. 아주 잘생긴 종족들이오. 그렇지만 그 점이 그 사람들에 관해 말할 수 있는 최상이오. 당신들 마르크 지방 사람들은 더 수수한 외모를 갖고 성격은 더 무뚝뚝하고 태도는 사실상 별로 존경을 받지 못하지만, 그들이 한 번 '예'라고 말하면 예고, 한 번 '아니요'라고 말하면 아니어서, 사람들이 그

---

* 비스마르크.

들을 신뢰할 수 있소. 이곳은 모두가 불안정하오."

"왜 당신은 제게 그런 이야기를 해주시나요. 전 이곳에서 그들과 어울려 살아가야 할 텐데요."

"아니요. 당신은 그들 이야기를 듣거나 그들을 직접 만나게 되는 일이 많지 않을 거요. 왜냐하면 도시와 시골이 이곳에선 서로 달라요. 당신은 단지 우리 도시 사람들만을, 우리들 훌륭한 케씬 사람들만을 사귀게 될 거요."

"우리들 훌륭한 케씬인이라고요? 농담이세요? 아니면 진짜 그런가요?"

"그들이 꼭 훌륭하다고 주장하고 싶진 않지만 다른 지방 사람들과는 다르오. 이곳 시골 주민들과는 닮은 구석이 조금도 없소."

"어째서 그렇죠?"

"혈통 면으로 보나 대인 관계로 보나 그들은 전혀 다른 사람들이기 때문이오. 당신이 여기 내륙 쪽에서 만나는 사람들은 아마 당신이 들은 적이 있을지 모르는, 소위 말하는 카슈브인들로 슬라브 사람들인데 이들은 천 년 전쯤부터, 아니 아마 훨씬 더 오래전부터 이곳에 정착해 살았소. 이곳 해안 지방에 분포돼 있는 자그마한 해안 도시와 무역 도시 등에 살고 있는 사람들은 멀리서 이주해온 사람들인데 카슈브인들이 사는 동쪽 변방 지역에서는 별 이득을 얻지 못했소. 그들은 전혀 다른 것에 생계를 의존해 살아가고 있기 때문에 이곳에서는 그 지방에 대해 일체 아랑곳하지 않았소. 그들이 의존해 있는 것이란 서로 상거래하는 지역을 말하오. 온 세계와 무역하며 상거래를 갖고 있기 때문에 이 해안 도시는 세계 각처에서 온 사람들로 구성되어 있소. 우리 케씬도 역시 마찬가지요. 사실상 케씬은 하나의 작은 도시에 불과하지만 말이오."

"하지만 게르트, 그것 참 황홀한 이야기군요. 당신은 늘 작은 도시라고 하시지만 당신 말씀대로라면 제가 듣기엔 이곳은 아주 새 세상인데요. 갖가지 이국적인 것들이 존재하는…… 그렇지 않아요? 당신도 그런 비슷한 걸 뜻한 게 아닌가요?"

인스테텐은 고개를 끄덕였다.

"아주 새 세상이네요. 흑인, 터키인, 중국인까지도 살고 있는……"

"중국 남자도 한 명 있소. 당신의 추측이 보통이 아니군. 사실상 중국인 한 명쯤 있을 가능성은 있소. 어쨌든 과거엔 중국인이 한 명 있었소. 지금 그 남자는 교회 묘지 바로 옆, 조그만 울타리가 있는 땅 속에 묻혀 있지. 당신이 무섭게 느끼지만 않는다면 언제 한 번 그 남자의 묘를 보여 주겠소. 그는 딱딱한 모래언덕 사이에 누워 있는데 해변마늘종들이 그 주위에 심어져 있고 여기저기에 불사초들이 피어 있으며 항상 바다 소리가 들리지. 아름답기도 하고 한편으론 무섭기도 하오."

"그래요, 무서워요. 좀더 알고 싶기도 하고요. 하지만 그만두겠어요. 전 쉽게 그런 것에 관한 환상이나 꿈을 갖게 되니까요. 오늘 밤에 제가 잘 잘 수 있길 바라지만, 그 중국 남자가 제 침대로 오는 걸 보고 싶진 않으니까요."

"그 중국 남자도 그렇게 하지 않을 거요."

"그 남자도 그렇게 하지 않을 거라고요? 그 말씀이 좀 묘하게 들리는데요. 마치 그게 가능하기라도 한 것처럼 말이에요. 당신은 케씬을 흥미롭게 설명하시려 하지만 약간 도가 지나치세요. 그런 이방인들이 케씬에는 많이 있나요?"

"매우 많소. 도시가 온통 그런 이방인들로 가득 차 있소. 그런 사람들의 부모나 조부모들은 다른 지방에 살고 있소."

"묘하기 짝이 없군요. 그 이야기 더 해주시겠어요? 소름끼치는 것은 이제 그만두시구요. 중국인 이야기는 늘 소름끼쳐요."

"그렇소, 중국인에게는 그런 면이 있소."

게르트가 웃었다.

"그렇지만 다행스럽게도 나머지 사람들은 아주 딴판이어서 매우 예의 바르오. 이따금 너무 장사꾼 티가 날 경우도 있지만…… 그들은 이익에 밝고 늘 번갈아 저울질해보며 가치관을 바꾸고 있으니 그들을 조심해야겠지. 그렇지만 그 밖의 면에선 아주 지내기 좋은 사람들이오. 내가 당신에게 아무것도 꾸며대지 않고 있음을 보여주기 위해, 일종의 인물 색인처럼 사람들을 당신에게 간단히 소개해주겠소."

"그래요. 게르트, 그렇게 해주세요."

"예를 들면 우리집에서 50보도 채 못 가서 굴삭기 기능공인 맥퍼슨이 살고 있소. 우리집 정원과 그 집 정원이 서로 이웃해 있소. 그 남자는 진짜 스코틀랜드 산악인이오."

"그는 산악인들의 행동양식을 아직도 갖고 있나요?"

"아니요, 다행히 그렇진 않소. 그 사람은 활기가 없는 남자로 스코틀랜드 원주민인 월터 스콧 경*도 그 남자에 대해 자부심을 느끼진 못할 법하오. 맥퍼슨이 살고 있는 집에 한 늙은 외과 의사가 함께 살고 있는데 이름은 베자로, 그는 이발사에 불과하오. 리스본 태생으로 저 유명한 메자 장군과 같은 고향 출신이오. 메자니, 베자니 하는 이름을 들으면 이들이 같은 고향 출신임을 알 수 있소. 그다음 강 하류 쪽 방파제, 다시 말해 선박들이 정박해 있는 부두 근처에 슈테딩크란 이름을 가진 대장장이가 살

---

* Walter Scott(1771~1832) : 영국 낭만파의 저명한 역사 소설가인데 폰타네는 그를 대단히 존경했다.

고 있어요. 그 남자는 옛 스웨덴 가문 출신이오. 내 생각엔 그런 이름을 가진 옛 독일 백작도 있었던 것 같소. 그리고 그 외에도 그런 식의 이름을 가진 사람들이 있는데, 그 이야기는 일단 이 정도로 해둡시다. 그다음 덴마크인인 마음 좋은 한네만 박사가 있는데, 그 남자는 오랫동안 아이슬란드에 산 적이 있고 헤클라나 크라블라의 화산 폭발에 대해 얇은 책을 한 권 써내기까지 한 사람이오."

"굉장한데요, 게르트. 마치 여섯 편의 장편소설처럼 읽어도 끝나지 않는 이야기 같아요. 언뜻 보면 폭 좁은 소시민의 이야기 같지만 자세히 살피면 아주 독특해요. 그리고 이 도시가 해안 도시니까 외과 의사, 이발사들 말고도 다른 사람들, 예를 들어 함장이나, 폴란드인 기장 같은 사람들도 있겠죠."

"당신 말이 맞소. 이곳엔 과거에 검은 깃발 아래에서 해적선의 함장 노릇을 하던 사람도 있소."

"무슨 말씀인지 모르겠어요. 검은 깃발이 뭐죠?"

"저 멀리 통킹이나 남쪽 바다에서 살았던 사람들이죠…… 그렇지만 그 선장은 다시 사람들과 사귀면서 최고의 예절을 갖출 줄 알게 되었고 아주 유쾌한 성격을 갖춘 인물이 되었소."

"그렇지만 전 역시 그 사람이 무서울 것 같아요."

"그런 걱정은 전혀 하지 말아요. 어떤 경우라도 말이오. 내가 출장을 가거나 제후 댁 커피 초대에 갈 때도 걱정할 필요 없소. 우리에겐 다른 어떤 것보다도 롤로가 있기 때문이오. 다행스러운 일이오."

"롤로라고요."

"그렇소, 롤로가 있소. 당신은 니마이어, 얀케 등의 이름을 들어왔으니 롤로란 이름을 들으면 노르만의 공작*을 생각하게 되겠지요. 우리 롤

에피 브리스트 63

로도 그런 비슷한 혈통을 갖고 있소. 롤로는 뉴펀들랜드 종으로 아주 잘생긴 개인데 나를 무척 따르오. 이제 곧 당신을 좋아하게 될 거요. 롤로는 사람을 보는 눈이 있소. 당신이 롤로를 데리고 있는 동안은 늘 안전할 거요. 생명이 있는 것이든, 죽은 것이든 어떤 것도 당신을 해치진 못해요. 이제 저기 저 달을 한 번 쳐다보시오. 아름답지 않소?"

생각에 몰두하며 반은 무서움, 반은 호기심이 가득 차서 말 한 마디 한 마디를 삼키듯 가만히 듣고 있던 에피는 몸을 일으켜 저 멀리 오른쪽을 쳐다보았다. 흰 구름이 급속히 사라지고 그 뒤에 달이 제 모습을 드러냈다. 오리나무 숲 뒤로 커다란 둥근 판같이 떠오르는 달은 케씬 강의 유유하고 넓은 수면 위로 붉은 구릿빛을 던지고, 케씬 강은 바다로 가는 한 지류를 이루고 있었다. 에피는 머리가 몽롱해진 듯했다.

"그래요, 게르트. 당신 말씀이 옳아요. 그렇지만 전 역시 섬뜩한 기분이 들어요. 이탈리아에서도 그런 인상을 받은 적이 없고 메스트르에서 베니스로 갈 때도 괜찮았어요. 그때도 물, 늪, 달빛이 있었고 다리가 무너질 것 같은 생각이 들었었죠. 그렇지만 이렇게 괴기스런 느낌은 없었어요. 그런데 무엇 때문에 이런 느낌이 들까요. 이게 바로 북쪽 분위기인가요?"

인스테텐은 웃었다.

"이곳은 호엔 크레멘에서 15마일 정도 북으로 떨어진 곳이오. 북극곰이 나타나려면 아직 더 북으로 가야 해요. 내 생각엔 당신이 긴 여행 때문에 신경이 예민해진 것 같소. 거기에다 성 프리바트 파노라마 교회도 보고 중국인 이야기도 들었으니까."

"중국인 이야기는 사실 제게 하나도 해주시지 않았잖아요?"

---

* 스칸디나비아에서 건너온 노르만인의 지도자. 소위 말해 바이킹의 우두머리인데 노르망디 공국의 최초의 통치자로 932년에 사망했다.

"물론 안 했소. 그저 그런 사람이 있다고 말해보았을 뿐이오. 그렇지만 중국인이라는 사실 그 자체가 벌써 이야깃거리인걸……"

"그래요."

그녀가 웃었다.

"금세 괜찮아졌구려. 당신 저기 불 밝힌 조그마한 집이 보이오? 대장간이오. 저기서부터 길이 굽어지는데 길에 들어서자마자 곧 케씬의 탑 한 개가, 아니 두 개가 보일 거요."

"탑이 두 개라고요."

"그래요. 케씬은 번영하고 있소. 이제 가톨릭교회도 있소."

반 시간이 지난 후 마차는 도시의 제일 끝에 위치한 소박하고 약간 구식인 목조건물로 된 관구장 집 앞에서 멈췄다. 이 집의 정면은 해수욕장으로 통한 대로를 바라보고 있었다. 박공(牔栱)지붕은 도시와 모래언덕 사이의 '재배지'라고 불리는 작은 숲을 내려다보고 있었다. 이 구식의 목조건물은 사실상 관구장 관사가 아닌 인스테텐의 개인 소유였으며, 관구장 관사는 비스듬한 방향으로 건너편 거리에 위치하고 있었다.

크루제는 도착을 알리기 위해 세 번 채찍을 칠 필요가 없었다. 현관과 창문에서는 이미 오래전부터 사람들이 일행을 기다리고 있었기 때문이다. 마차가 도착하기도 전에 모든 집안 식구들이 문 입구의 돌 있는 곳으로 모여들었다. 롤로는 마차가 도착하는 순간 주위를 돌며 뛰기 시작했다. 인스테텐은 젊은 신부가 마차에서 내리는 걸 도와주었다. 그리고 그녀에게 팔을 내밀어 팔짱을 끼고 하인들 앞을 친절히 인사하며 지나갔다. 하인들은 새 신랑 신부를 뒤따라 화려한 가구들이 늘어서 있는 현관으로 갔다. 앳된 소녀티가 보이지는 않았지만, 아직은 아름다운 모습의 하녀가 금발에 장식 많은 모자를 쓰고, 풍만한 몸매에 어울리는 좋은 옷을 입고 서 있었다. 그녀는 새 마님이 머플러와 외투를 벗을 때 도와드리고 또 모피 털로 안을 댄 고무장화를 벗겨드리기 위해 몸을 굽혔다. 하녀가 장화를 벗기기 전에 인스테텐이 말했다.

"당신에게 여기서 우리 집안 식구 모두를 소개하는 게 좋을 성싶소. 크루제 부인은 제외하고…… 내 추측에 크루제 부인은 또 검은 닭과 같이 있는 모양인데 사람 앞에 나타나길 싫어하오."

모두가 미소를 띠고 있었다.

"그러니 크루제 부인은 그냥 두지…… 여기 이분은 나의 옛 친구 프리드리히인데 나와 함께 대학을 다녔고…… 그렇지? 프리드리히…… 그땐 좋은 시절이었지…… 여기 이분은 요한나, 당신의 마르크 지방 동향인이오. 당신이 파제발커 지방 출신을 전부 다 좋게 여긴다면 말이지만…… 그리고 이분은 크리스텔이오. 점심과 저녁에 우리들의 건강을 도맡고 있고 요리 솜씨가 정말 좋아요. 이놈은 롤로이고…… 롤로야 잘 있었어?"

롤로는 주인이 이렇게 특별히 말을 던져주기를 기다렸다는 듯이 제 이름을 들을 때마다 기쁜 듯 멍멍 짖으며 몸을 일으켜 주인의 어깨에 앞발을 얹었다.

"그래, 그만 됐어. 롤로. 여기 좀 봐. 내 아내가 있어. 네 이야기를 해주었단다. 네가 아름다운 동물이라는 것, 신부를 보호해줄 것이란 걸 이야기했어."

롤로는 곧 내려와서 젊은 부인을 호기심 어린 눈으로 쳐다보며 인스테텐 앞에 꿇어앉았다. 그리고 부인이 손을 내밀자 기쁜 듯 그 손에 달라붙었다.

에피는 소개를 받고 있는 동안 주위를 둘러볼 여유를 가졌다. 에피는 모든 것에 의해 마법에 걸린 듯한 기분이 들었으며 불빛에 눈이 부셨다. 현관의 앞쪽 절반에는 네다섯 개의 벽걸이 등이 비추고 있었다. 등 자체는 매우 원시적이었고 단조로운 흰 양철로 되어 있어 번쩍거리며 더 환한 빛을 밝혀주었다. 붉은 천으로 가려 있는 무영등(無影燈)은 니마이어가 보낸 결혼 선물인데 두 개의 떡갈나무 장롱 사이에 적당히 배치된 접는 탁자 위에 놓여 있었다. 그 앞에는 차 끓이는 도구가 있었고, 차 냄비 밑의 작은 등불이 점화되어 있었다. 그밖에 수많은 진기한 물건들이 있었다. 현관 위로 비스듬하게 위치한 세 개의 발코니가 현관의 천장을 똑같이 세 부분으로 나누고 있었다. 제일 앞쪽 발코니에는 돛에 바람을 가득 안은 높은 갑판과 포문(砲門)을 가진 배 모형이 걸려 있었다. 또 거대한 물고기가 공중에서 헤엄치듯 매달려 있었다. 에피가 손에 쥐고 있던 우산으로 이 거대한 물고기를 살짝 치자 그 거물은 천천히 앞뒤로 흔들거리기 시작했다.

"이게 뭐예요, 게르트." 그녀가 물었다.

"이건 상어요."

"그리고 저기 뒤쪽에 있는 것, 마치 담배 가게 앞에 있는 커다란 여송연같이 생긴 것은 뭐예요?"

"그건 악어 새끼요. 내일이면 모든 걸 더 자세히 볼 수 있을 거요. 이제 이리 와서 차를 듭시다. 여행 모포나 덮을 게 많긴 했지만 당신 추워서 떨었죠? 마지막엔 견디기 어려울 만큼 추웠지요?"

그는 에피에게 팔을 내밀어 왼편에 있는, 자기가 거실 겸 서재로 사용하는 방으로 안내했다. 그동안 하녀들은 물러가고 프리드리히와 롤로가 뒤따라왔다. 에피는 이곳에서도 바깥 현관에서처럼 놀라움을 금치 못했다. 그러나 그녀가 입을 떼기도 전에 인스테텐이 문의 커튼을 젖혔다. 그 뒤로 집과 정원이 내다보이는 좀더 큰 두번째 방이 나타났다.

"에피, 이곳이 당신 방이오. 프리드리히와 요한나가 내가 시킨 대로 될 수 있는 한 잘 꾸며놓았소. 내가 보기엔 아주 그럴듯한데 당신 마음에도 든다면 기쁘겠소."

그녀는 그에게서 팔을 뺀 후 발돋움을 하여 그에게 뜨거운 키스를 했다.

"저같이 보잘것없는 여자를 당신이 이렇게 잘 대접하시며 응석을 받아주시다니…… 그랜드 피아노, 이 양탄자…… 제 생각엔 터키 산인 듯한데요…… 그리고 이 작은 물고기들이 담긴 어항, 거기에다 꽃다발. 어딜 보나 제 기분을 맞춰주시려는군요."

"그렇소. 내 귀여운 에피. 분명 당신 마음에 들 거요. 당신은 이렇게 젊고 어여쁘고 사랑스러우니까 말이오. 케쎈 사람들도 곧 그런 당신을 알게 될 거요. 어디서 갖고 온 건지 모르겠는데 꽃다발은 내가 시킨 건 아니오. 프리드리히! 꽃다발은 어디서 가져왔어?"

"약사 기스휘블러에게서요…… 그 옆에 명함이 있죠."

"아, 그랬었나. 기스휘블러지. 알론조 기스휘블러"라고 인스테텐은 말하며 거의 장난기 섞인 웃음을 짓고 에피에게 약간 이국적인 이름이 적힌 명함을 건네주었다.

"당신에게 기스휘블러 이야기를 해준다는 걸 잊었소. 그는 박사 칭호를 갖고 있는데 그 칭호로 자기를 부르는 걸 싫어하오. 그의 말에 따르면 그게 진짜 박사들을 화나게 한다는 거지. 그 점에서 그가 옳은 말을 한 것 같소. 내 생각엔 이제 당신이 곧 그를 만나 사귀게 될 거요. 그는 이곳에 있는 인사 중 제일 좋은 사람이오. 아름다운 정신을 소유한 자이고 괴짜요. 무엇보다도 그는 영혼을 가진 인물인데 사실 그 점이 늘 가장 중요하오. 이제 그 이야기는 그만 하고 차를 듭시다. 어디에서 들까. 여기 당신

방에서, 아니면 내 방에서? 그 외에 다른 방법은 없소. 내가 사는 집은 이렇게 좁고 작아요."

그녀는 아무 생각 하지 않고 구석의 작은 소파에 앉았다.

"오늘은 우리 여기에 있어요. 오늘은 당신이 제 방의 손님이에요. 아니면 이렇게 해요. 차는 제 방에서 아침식사는 당신 방에서 들어요. 그렇게 하면 각자가 자기 권리를 갖게 되니까요. 어느 방이 더 마음에 들게 될지 궁금해지는데요."

"식사와 차는 아침저녁으로 일어나는 일상적인 일이오."

"확실히 그래요. 그렇지만 그 식사의 분위기가 어떨지, 더 정확히 말해서 우리가 그 분위기를 어떻게 생각할까 하는 게 문제죠."

에피는 웃으며 그에게 매달려 그의 손등에 입 맞추려 했다.

"아니요, 에피 그만두시오. 난 당신의 존경받는 인물로 군림하는 건 싫어요. 그건 케씬 사람들에게서나 받아야겠소. 당신에게서는 난……"

"뭐라고 그러셨죠?"

"아, 그만둡시다. 그런 말은 안 하는 게 좋겠소."

7

이튿날 아침 에피가 눈을 떴을 때 날은 이미 꽤 밝아 있었다. 그녀는 마음을 가다듬으려고 애썼다. 여기가 어딜까? 그렇지, 케씬이야. 인스테텐 관구장의 집이야. 난 이제 그 남자의 부인, 즉 인스테텐 남작부인이야. 그녀는 몸을 일으켜 주위를 둘러보았다. 전날 저녁엔 너무 피곤했기 때문에 반은 이국적이고 반은 구식으로 된, 그녀 주위의 모든 물건들을 더 자세히 관찰해볼 수 없었다. 기둥 두 개가 지붕 발코니를 받치고 있고 침대가 놓인 작은 침실에 녹색 커튼이 쳐져 침대가 있는 쪽과 방의 나머지 부분을 분리시켜주고 있었다. 중앙에는 커튼이 없었다. 있더라도 젖혀 있어 그녀의 침대에서 방 안 전체를 한눈에 바라볼 수 있었다. 두 개의 창문 사이로 좁다랗게 위까지 닿는 곳에 거울이 있고 그 오른쪽에서 복도 벽에 이르기까지 커다란, 검은 벽돌로 붙인 카헬 벽난로*가 튀어나와 있었다. 그녀는 어제저녁 벽난로가 옛 풍습대로 옥외에서 불을 지피게 되어 있음을 알았다. 벽난로의 열기가 위로 올라오는 것처럼 느껴졌다. 아아, 자기 집에서 이렇게 산다는 것이 얼마나 좋은가. 여행 중에도 이토록 안락하게 느낀 적은 없었다. 소렌토에서도 이런 적은 없었다.

그런데 인스테텐은 어디에 있을까? 그녀 주위에는 아무도 없었다. 작은 시계추의 똑딱거리는 소리와 함께 이따금 벽난로에서 둔탁한 소리가 들렸다. 그녀는 누군가가 복도에서 땔감을 넣고 있다고 생각했다. 그녀는 엊저녁에 게르트가 전기초인종 이야기를 해준 것을 기억해냈다. 초인종을 찾는 데는 오랜 시간이 걸리지 않았다. 그녀는 베개 바로 옆에 흰 상아로 세공된 조그마한 단추를 발견하고 살그머니 눌렀다. 금방 요한나가 들어왔다.

"마님, 부르셨습니까?"

"요한나, 내가 늦잠잤나봐요. 벌써 시간이 꽤 됐겠지요?"

"방금 9시가 됐어요."

"그런데 그분은······"

그녀는 주인어른이란 표현이 거침없이 술술 나오지 않았다.

---

* 옛 독일의 가정에 흔히 있던 난방 시설.

"……그분은, 그분은 아마 아주 조용히 일어나셨나봐요. 난 아무 소리도 못 들었으니."

"틀림없이 그러셨을 거예요. 마님께선 아주 깊이 잠드셨겠지요. 긴 여행 후니까……"

"그래요. 그랬었죠. 그런데 그분은 늘 그렇게 일찍 일어나시나요?"

"항상 그렇죠, 마님. 그 점에 있어서 주인님은 엄격해요. 늦잠 자는 걸 참지 못하세요. 그분이 그분 방으로 들어가실 때엔 벽난로가 미리 따뜻하게 덥혀져 있어야 하고, 커피도 기다리시지 않도록 미리 준비되어 있어야 해요."

"그럼 벌써 아침을 드셨겠네요."

"아니, 아니에요, 마님. 주인님께선……"

에피는 곧 그런 질문을 하지 않았어야 했다고 느꼈다. 또 인스테텐이 그녀를 기다리지 않았을지도 모른다는 생각을 발설하지 말았어야 했다고 느꼈다. 그녀는 자신의 이런 실수를 다시 만회해야겠다고 생각했다. 그녀는 일어나서 창 사이 거울 앞에 자리를 잡으면서 다시 그 이야기를 꺼냈다.

"덧붙여 말씀드리자면 그분은 아주 올바르시네요. 일찍 일어나는 습관은 제 친정집에서도 규칙으로 삼고 있어요. 아침에 늦잠을 자면 온종일 질서가 잡히지 않죠. 그렇지만 그분은 제게는 늦게까지 잤다고 그리 엄격하게 대하시진 않을 거예요. 간밤에 전 한참 동안 잠을 잘 수 없었어요. 약간 무섭기조차 했어요."

"무슨 말씀입니까, 마님. 무슨 일이 있었나요?"

"위층에서 아주 기묘한 소리가 들렸어요. 크진 않았지만 아주 신경이 쓰였어요. 처음엔 복도로 옷을 질질 끌고 가는 것 같았어요. 난 몸이 오싹했었는데 조그마한 흰 공단 구두를 본 듯한 느낌이 몇 번 들었어요. 마치 위쪽에서 누가 아주 조용히 춤추는 것 같았어요."

요한나는 대화가 계속되는 동안 에피의 표정을 더 잘 살피기 위해 젊은 부인의 어깨 너머에 있는 높고 좁다란 거울을 바라보았다. 그런 뒤 그녀는 말했다.

"네. 그건 위쪽의 홀에서 나는 소리예요. 그전에는 부엌에서도 그런 소릴 들었어요. 그렇지만 이제 우리들은 더 이상 그런 소릴 듣지 못해요. 만성이 되었나봐요."

"무슨 특별한 의미가 있나요?"

"결코 그렇지 않아요. 한참 동안 우리들은 그게 어디서 나는 소리인지 알지 못했었죠. 목사님은 당황한 얼굴을 하셨고 기스휘블러 박사는 웃기만 했죠. 이제 우리는 그게 긴 휘장 때문인 것을 알고 있어요. 홀은 약간 노후해서 곰팡내가 나는데 그 때문에 폭풍이 불 때를 제외하고 창문들이 늘 열려 있어요. 그래서 세찬 바람이 불어닥치면 그렇지 않아도 길이가 긴 낡은 휘장을 복도 쪽으로 이리저리 휘날리게 만들죠. 그게 마치 마님이 생각하신 대로 비단 옷 소리 같기도 하고 공단 구두 같은 소리를 내요."

"물론 그 때문이겠지. 그렇지만 왜 휘장을 걷어버리지 않을까 이해할 수 없어요. 아니면 좀 짧게 만들어도 될 텐데…… 그건 사람 신경을 건드리는 기묘한 소리네요. 요한나, 작은 수건을 가져와서 내 이마를 좀 닦아줘요…… 내 여행 가방 속에 향수를 꺼내주든가…… 그래요, 그게 좋아요. 이제 상쾌하군요. 이제 건너가볼까요. 그분은 아직 계세요? 아니면 나가셨나요?"

"주인님은 벌써 나가셨었죠. 저쪽 관사로 가셨었는데 15분 전에 다시 돌아오셨죠. 프리드리히에게 이야기해서 아침식사를 갖고 오도록 하겠습니다."

그렇게 말한 뒤 요한나는 나갔다. 에피는 다시 한 번 거울을 보았다. 그리고 복도를 지나 게르트에게로 갔다. 햇빛 아래에서 본 복도는 어제저녁보다 덜 아름다워 보였다.

게르트는 뚜껑 달린 접는 책상에 앉아 있었다. 그 책상은 부모의 유물로 치워버리고 싶지 않은 물건이었다. 에피는 게르트의 뒤에서 포옹하며 그가 자리에서 일어서기 전에 그에게 키스했다.

"벌써?"

"벌써라고 말씀하시다니요. 물론 절 놀리시는 거겠죠."

인스테텐은 고개를 저었다.

"내가 어떻게 당신을 놀릴 수 있겠소?"

하지만 에피는 그 말에서 꼬투리를 찾아냈다. 게르트는 '벌써' 란 말에 다른 뜻은 없었다고 변명했지만, 그녀는 막무가내로 들으려 하지 않았다.

"당신은 제가 아침에 결코 남을 기다리게 하지 않는다는 걸 여행에서부터 잘 아셨잖아요. 며칠 지나면서 약간 달라지긴 했지만요. 제가 시간을 지키지는 않았지만 늦잠꾸러기는 아니었어요. 제 부모는 그런 점에서는 저를 잘 교육해주셨죠."

"그런 점에서만이 아니라 모든 점에서지. 내 귀여운 에피."

"당신은 우리가 아직 신혼이니까 그렇게 말씀하시죠? 아니, 벌써 우린 신혼을 벗어났어요. 기가 막혀요. 게르트, 전 까마득히 잊고 있었어요. 이제 우리가 결혼한 지 벌써 6주가 지났군요. 6주 하고도 하루가 지났어요. 그래요. 그럼 이야기가 달라지죠. 당신 말을 앞으로는 다정한 아침이라 생각지 않고 진실이라고 여기겠어요."

이때 프리드리히가 들어와 커피를 갖다놓았다. 직각으로 된 조그마한 소파 앞에 비스듬하게 놓여 있는 아침 식탁이 거실의 한구석을 차지하고 있었다. 둘은 식탁에 앉았다.

"커피 맛이 훌륭하군요"라고 에피는 그의 방과 내부 장식을 음미하며 말했다.

"이건 호텔이나 보테고네*의 커피 맛처럼 좋군요. 당신 기억나세요. 피렌체에서 성당을 내려다보며 커피 마시던 일…… 엄마에게 이 커피에 대해 편지해야겠어요. 호엔 크레멘엔 이런 커피가 없다고 말예요. 게르트, 이제 저는 제가 얼마나 고귀한 댁으로 시집왔는가를 깨달았어요. 우리집에선 만사가 그저 빠듯하게 지낼 정도였죠."

"모르고 하는 말이오. 에피, 난 당신 집보다 더 나은 살림살이를 구경한 적이 없소."

"그리고 또 당신이 사는 방식도 무척 맘에 들어요. 제 아빠는 무기를 넣어두는 장(欌)을 새로 사셨죠. 그리고 책상 위에 물소머리 상(像)과 바로 그 밑에 노(老)브랑겔 흉상(胸像)**을 놓아두었죠. 그걸 갖고 아빠는 대단한 일이라 생각하셨죠. 아빠는 브랑겔의 부관을 지낸 적이 있어요. 그렇지만 이제 제가 이곳에 와 보니 우리 호엔 크레멘의 훌륭한 물건들은 초라하고 평범한 것에 불과하군요. 전 그 모든 걸 무엇으로 비교해야 될지 모르겠어요. 엊저녁에 제가 잠시 둘러보았을 때 갖가지 생각이 떠올랐어요."

"어떤 생각이 떠올랐는지 물어봐도 되겠소?"

"어떤 생각이냐고요? 제 이야기 듣고 웃으시면 안 돼요. 언젠가 제가 가진 그림책 속에 머리에 터번을 두르고 있는 것으로 보아 페르시아 아니면 인도의 영주(領土)일 법한 사람이 붉은 비단 방석에 다리를 포개고 앉아 있는 그림이 있었어요. 그 영주의 등 뒤에는 커다란 붉은색의 비단 휘

---

* 이탈리아의 피렌체에 있는 카페.
** 프리드리히 하인리히 에른스트 폰 브랑겔 백작(1784~1887): 프로이센의 장군.

장이 늘어뜨려져 왼쪽과 오른쪽으로 불룩하게 나타나 있었죠. 그리고 인도의 영주 뒤에 있는 벽에는 칼, 단도, 표범 가죽, 방패, 긴 터키 산 산탄총 등이 꽉 차 있었어요. 그런데 이곳 당신이 계신 곳도 그런 풍경이에요. 당신이 다리를 포개어 앉기만 한다면 아주 완벽하게 꼭 같은 모양인걸요."

"에피, 당신은 참으로 사랑스런 여성이오. 당신은 내가 얼마나 절실히 당신을 사랑스럽다고 생각하고 있으며 또 그럴 때마다 얼마나 열렬히 그 사랑의 표현을 당신에게 하고 싶어 하는지 알지 못하고 있소."

"앞으로 그런 걸 표현하실 시간은 무척 많아요. 전 이제 겨우 열일곱 살이고 아직 죽고 싶은 생각은 없답니다."

"적어도 나보다 먼저 가면 안 되오. 내가 죽을 때 당신을 같이 데리고 갔으면 제일 좋겠소. 난 당신을 어느 누구에게도 남겨둘 수가 없소. 당신은 어떻게 생각하오?"

"그건 한 번 생각해봐야겠어요. 아무튼 우리 그 이야기는 그만두는 게 좋겠어요. 전 죽음에 대해 이야기하는 게 싫어요. 전 삶이 좋거든요. 이제 우리 이곳에서 어떤 삶을 살아갈까 말씀해주시거나 하세요. 오는 길에 이곳 도시와 시골의 여러 가지 특색을 말씀해주셨지만 우리가 이제 이곳에서 어떤 식으로 살 거라는 문제에 관해선 전혀 말씀 안 하셨어요. 이곳은 호엔 크레멘이나 슈반티코와는 전혀 다른 분위기인 듯해요. 하지만 당신이 늘 말씀하시듯이 이 좋은 케씬에서도 사교 모임 같은 걸 가질 수 있겠죠. 이곳 도시에 이름 있는 가문 출신의 사람들이 있겠죠?"

"아니요, 내 사랑하는 에피, 그 면에서는 당신이 크게 회의를 느낄 거요. 이 도시 근처에는 당신이 차차 사귀게 될 귀족이 서넛 정도 있지만 여기 이 도시 안에는 한 명도 없소."

"아무도 없다고요? 믿을 수 없는 일이에요. 인구가 3천 명이나 되는데 그 3천 명 중에 이발사 베자 같은 소시민 말고 누군가 엘리트들이 있 겠죠. 지위가 높은 사람 아니면 그 비슷한 사람들이 있겠죠."

인스테텐은 웃었다.

"그렇소. 지위가 높은 사람들이 있긴 있소. 그렇지만 자세히 알아보면 그게 별 의미가 없는 상황이오. 물론 목사도 있고 판사도 있고 교장도 있고 수로(水路) 안내인도 있소. 그런 관직을 가진 사람들을 모으면 한 다스 정도가 되오. 그러나 그들 대부분은 사람은 좋지만 재능 없는 악사들처럼* 힘없는 부류들이오. 그 외에는 그저 영사들뿐이오."

"영사들뿐이라고요? 게르트, 어떻게 '영사들뿐'이란 말씀을 할 수 있어요. 영사란 높고 위대한 직위 아니에요? 아주 무섭다고까지 표현하고 싶어요. 영사들이란 회초리 묶음을 갖고 있는 사람들이죠. 그 다발에서 도끼날도 보인다면서요."

"꼭 그렇진 않소. 에피, 그들은 릭토렌이란 관리들이죠.**"

"맞아요, 그들을 릭토렌이라 부르죠. 그렇지만 영사들은 아주 고상하고 높은 신분의 사람들이죠. 브루투스도 영사였어요."

"그렇소. 브루투스도 영사였소. 그렇지만 이곳 영사들은 그를 닮지 않았소. 그들은 설탕이나 커피 장사를 한다더니, 오렌지 상자를 뜯어서 한 개당 10페니히씩 팔아대는 일에나 만족을 느끼는 사람들이오."

"어쩜 그럴 수가 있을까!"

"틀림없소. 그들은 소규모의 교활한 상인들이오. 외국 선박들이 사업상 어떤 문제에 봉착해 어찌할 바를 모르고 있을 때 이들 상인들이 자문을

---

* 당시 독일 사람들은 가족음악회를 열곤 했다.

** 고대 로마에서 집정관 행차 때 막대기 묶음을 집어던지고 앞장서 가면서 경찰, 형리 등의 기능을 행사하던 관리. 막대기 묶음 한가운데에 도끼날이 밖으로 나오게 만들었다.

해주오. 이들은 그런 식으로 자문을 해주거나 때로는 네덜란드, 포르투갈 등의 선박을 도와주다가 마지막에는 외국의 공증인으로 둔갑한다는 이야기요. 베를린에 그렇게 많은 대사, 공사가 있듯이 이곳 케씬에도 수많은 영사들이 있소. 본국의 무슨 경축일이라도 되면 봉우리마다 해당국의 깃발이 펄럭인다오. 여긴 경축일이 많아요. 경축일에 마침 아침 햇살이 눈부시게 비추기라도 하는 날이면 유럽 기 전부가 이 도시의 지붕에서 펄럭이고, 미국의 성조기, 중국의 용의 깃발까지도 나부끼오."

"게르트, 당신은 조롱하는 투로 그런 말씀을 하신 건가요? 그런 기분일 수도 있겠죠. 그렇지만 솔직히 고백하자면, 저 같은 보잘것없는 여자에게는 그 모든 게 황홀하게 생각돼요. 제 친정의 하벨 지방 도시들은 여기에 갖다 대면 아무 의미도 없어요. 그곳에선 황제 생일 축하 때도 그저 검은색, 백색기만 나부끼며 그 중간에 약간 빨간색이 있을 뿐이에요. 당신이 말씀하신 대로 온 세계 각국의 깃발들과는 비교될 수도 없죠. 아무튼 말씀드린 대로 전 이곳의 모든 게 무척 이국적이라고 생각되며 보고 들은 모든 게 전부 다 감탄스러워요. 바로 엊저녁에 본 현관에 있는 그 기묘한 배 모형이라든지, 그 뒤에 걸린 상어, 악어라든지, 여기 이곳 당신의 방…… 모두가 다 그래요. 모두가 다 동양적이고 마치 인도의 영주가 사는 집 같다고 되풀이해 말씀드려야겠어요."

"당신 맘대로 생각하구려. 축하하오. 영주 부인……"

"그리고 복도에 휘날리고 있는 긴 휘장이 있는 그 홀 이야기인데요."

"에피. 당신 혹시 그 홀에 대해 무언가를 알고 있어요?"

"방금 당신에게 말씀드린 것 외엔 아무것도 몰라요. 제가 간밤에 잠이 깼을 때 한 시간 남짓 바다 위로 구두 끄는 소리 같기도 하고, 누가 춤추는 소리 같기도 하고, 무슨 음악 같기도 한 소리가 들렸어요. 아주 나지막한 소리였어요. 오늘 아침에 제가 늦잠 잔 걸 변명하기 위해 요한나에게 그 이야기를 했더니 그녀 말로는 그게 홀에 있는 기다란 휘장 때문이래요. 제 생각으로는 우리가 휘장을 조금만 잘라버리거나 창문을 닫아버려서 그 소리가 나는 걸 손쉽게 해결하는 게 좋겠어요. 곧 폭풍이 불어닥칠 거예요. 11월 중순이거든요."

인스테텐은 약간 당황한 표정으로 앞을 바라보았다. 그는 그녀의 이야기에 대답을 해줄까 말까 망설이는 눈치였지만 결국 침묵하기로 결정했다.

"에피. 당신 의견이 옳아요. 그 긴 휘장을 조금 잘라버립시다. 그렇지만 시간이 급하지도 않고 또 그렇게 하더라도 꼭 도움이 될지 확실치도 않은 일이오. 뭔가 다른 이유가 있을지도 모르오. 이를테면 연통 속 때문이거나 나무 속의 벌레, 아니면 스컹크 때문일 수도 있소. 이곳엔 스컹크가 있소. 아무튼 우리가 뭘 개조하기 전에 우선 당신은 집을 둘러보구려. 물론 내가 안내하겠소. 15분 후에 둘러보도록 합시다. 당신 화장을 약간만 하도록 해요. 사실 당신은 그대로가 가장 매력적이지만 우리들 친구 기스휘블러가 오기 때문이오. 방금 10시가 지났소. 그 사람은 11시경, 늦어도 정오에는 나타날 거요. 그가 즐겨 쓰는 표현을 빌리면 당신에게 자신의 존경을 공손히 바치기 위해서라오. 만약 그 사람이 나타나지 않는다면 내가 사람을 잘못 본 게 되겠소. 아무튼 내가 이야기했듯이 그 사람은 당신의 친구가 될 탁월한 인물이오."

8

11시가 훨씬 지났으나 기스휘블러는 나타나지 않았다.

"난 더 이상 기다릴 수 없는걸." 게르트가 말했다. 근무 때문에 돌아가야 하기 때문이었다.

"기스휘블러가 오면 될 수 있는 대로 친절히 대해줘요. 그렇게 하면 모든 게 잘될 거요. 그 사람을 당황하게 하면 안 돼요. 한번 당황하면 그는 말 한 마디도 할 수 없게 되어 아주 기이한 이야기를 늘어놓거든. 하지만 당신이 그에게 자신감을 주고 좋은 기분을 갖도록 해주면 그는 마치 한 권의 책처럼 말한다오. 당신은 꼭 그렇게 할 수 있을 것이오. 3시 전에는 날 기다리지 말아요. 건너편에 일거리가 잔뜩 있으니까. 그리고 그 위층 홀 문제는 조금 더 생각해봅시다. 하지만 예전대로 그냥 두는 게 가장 좋을 것 같소."

그렇게 말하고 인스테텐은 젊은 부인을 혼자 남겨두고 가버렸다. 부인은 몸을 약간 뒤로 기댄 채 창가의 아늑한 구석에 앉았다. 창밖을 내다보면서 뚜껑 달린 책상에서 빼온 자그마한 나무판에 왼팔을 괸 채 앉아 있었다. 책상은 접을 수 있는 것이었다. 내다보이는 거리는 해변으로 통하는 주요 도로였다. 그 때문에 여름철이면 활기가 넘쳤지만 11월 중순인 지금은 인적이 드물고 한적했다. 서너 명의 가난한 집 애들이 나무 구두를 신고 인스테텐 집 앞을 딸가닥거리며 지나갔다. 그 애들의 부모는 '재배지'의 맨 끝에 있는 서너 채의 초가집에서 살고 있었다. 그렇지만 에피는 전혀 적적하게 느끼지 않았다. 조금 전에 집 안을 둘러보며 살필 때 눈에 띄었던 특이한 것들에 대해 아직도 공상의 나래를 펴고 있었기 때문이었다. 집 안 구경은 부엌에서부터 시작됐다. 난로는 현대식 설비를 갖추고 있었고 전깃줄이 천장으로 통해 하녀들 방으로까지 이어지고 있었다. 얼마 전에 그것을 설치했다는 이야기를 인스테텐에게서 듣고 에피는 매우 기뻤다. 그다음에 그녀는 부엌에서 다시 복도로 돌아와 이번엔 정원으로 가보았다. 정원 앞부분의 반은 두 개의 옆 건물들 사이로 나 있는 좁다란 길에 불과했다. 이 옆 건물에는 집안 살림과 살림 운용에 필요한 모든 물건들이 있었다. 오른편엔 하녀 방, 하인 방, 창고, 왼편엔 외양간과 마차, 중간에는 크루제 가족이 살고 있는 마부집이 있었다. 마부집 위쪽 골방에는 닭을 치고 있었고 외양간 왼쪽 지붕에는 비둘기집이 있었다. 에피는 커다란 흥미를 갖고 이 모두를 살펴보았다. 인스테텐의 안내로 정원에서 본관으로 돌아와 2층으로 통하는 계단을 올라갔을 때 흥미의 정도가 다소 떨어졌다. 계단은 비틀렸고 무너질 듯했으며 무척 어두웠다. 두 사람이 도착한 현관은 반대로 빛이 많이 들어오고 바깥 풍경이 좋았기 때문에 명랑한 기분을 되찾게 해주었다. 한쪽 창으로는 도시 가장자리의 지붕들 너머 '재배지'가 보였고, 재배지보다 더 멀리 딱딱한 모래언덕 위에는 네덜란드 식 풍차가 보였다. 다른 쪽 창으로는 바다에 합류되기 전, 넓고 유유하게 흐르는 케씬 강의 장관이 보였다. 그녀는 이 아름다운 광경을 도저히 지나칠 수 없었다. 에피는 때를 놓치지 않고 생동감 있게 자신의 즐거움을 표현했다.

"그렇소, 매우 아름다워요. 그림 같소"라고 인스테텐은 대답한 뒤 그 광경에 더 이상 관심을 두지 않은 채, 두 개의 문짝이 비스듬히 달려 있는 문을 열었다. 그러자 바로 문제의 그 홀이 나타났다. 그 홀은 2층 전체를 다 차지하고 있었다. 앞 창문과 뒤 창문은 열려 있었고 문제의 그 기다란 휘장은 강풍에 이리저리 날리고 있었다. 기다란 벽 가운데에는 커다란 석판이 붙은 벽난로가 돌출해 있었고 맞은편 벽에는 양철로 된 서너 개의 등잔이 걸려 있었다. 이 등에도 아래층 복도의 것들처럼 각 등에 두 개의 스위치가 있었지만 모두 광택이 없이 손질되지 않은 채였다. 에피는 다소 실망감을 표하면서 이런 황량하고 보잘것없는 홀 대신 맞은편 복도 쪽에 있는 방들을 보고 싶다고 했다.

"거기엔 아무것도 없소"라고 말하면서 인스테텐은 문을 열어주었다. 그곳엔 창문이 하나씩 달린 방 네 개가 있었는데 전부 누렇게 석회로 칠해져 있었다. 홀과 꼭 같은 분위기였고 텅텅 비어 있었다. 다만 카펫을 깐 세 개의 의자만이 놓여 있었다. 의자는 너무 많이 사용해 닳아 있었는데 의자 팔걸이 하나에 손가락 크기 정도의 작은 그림이 붙어 있었다. 중국인 한 명이 푸른 상의와 누런색 누더기 바지를 입고 머리엔 납작한 모자를 쓰고 있는 그림이었다. 에피는 그것을 보고 물었다.

"이 중국인은 뭐죠?"

인스테텐 자신도 그림을 보고 놀란 눈치를 보이다가 자기도 모른다고 강조했다.

"크리스텔 아니면 요한나가 붙여놓았을 거요. 장난이오. 애들 그림책에서 오려낸 걸 당신도 알아볼 수 있겠소?"

에피도 그렇게 생각했다. 그러나 인스테텐이 뭔가 숨은 의미가 있기라도 한 것처럼 정색을 하고 설명하는 게 이상하게 여겨졌다. 그리고 다시 한 번 홀을 둘러본 후, 텅 비어 있는 게 무척 유감스럽다고 말했다.

"아래층에 방이 세 개밖에 없으니 누가 우리를 방문하면 어디로 모실지 모르겠어요. 홀을 예쁜 응접실 두 개로 꾸밀 수 있다고 생각하지 않으세요? 그건 제 엄마에게 안성맞춤일 거예요. 뒷방에서 주무시면 강과 두 개의 방파제를 굽어볼 수 있고 앞 방에서는 도시와 네덜란드 식 풍차를 감상하실 수 있을 거예요. 호엔 크레멘에는 받침대가 옛날식 그대로 붙은 조그마한 독일식 물레방아밖에 없거든요. 당신 생각은 어떠세요? 내년 5월엔 엄마가 오실 거예요."

인스테텐은 모든 의견에 동의했다. 그러나 에피의 마지막 말에 관해선, "전부 다 좋아요. 그렇지만 아무래도 당신 어머님은 건너편 관구장 관사로 모시는 게 좋을 거요. 관사도 여기처럼 2층 전체가 비어 있으니 장모님이 자유롭게 잘 계실 수 있을 것이오"라고 대답했다.

이상이 처음으로 집을 둘러본 결과였다. 그다음 에피는 건너가 매무새를 고쳤다. 그러나 인스테텐의 생각처럼 그리 빨리 끝내진 않았다. 그녀는 남편 방에 앉아서 조그마한 중국인 생각에 잠기기도 하고 아직 오지 않은 기스휘블러를 상상해보기도 했다. 15분 전쯤 작은 키에 어깨가 구부정하고 거의 불구자와 다름없어 보이는 어떤 남자가 짧고 우아한 모피 상의에 매끈하게 손질한 비단 모자를 쓰고 도로 건너편에서 걸어왔다. 그는 에피가 있는 집 창문 쪽을 힐끗 쳐다보기도 했다. 그 남자는 틀림없이 기스휘블러가 아닐 거야! 아니야. 구부정한 어깨에 약간 고귀한 신분인 듯한 그 남자는 아마 법원장일 거야, 라고 생각했다. 에피는 실제로 테레제 아줌마 댁 파티에서 그와 비슷한 남자를 본 적이 있음을 상기했다. 그러나 다음 순간 케씬에는 법관이 한 명밖에 없다는 사실을 깨달았다.

그녀가 이렇게 계속 관찰하고 있는 동안 그 남자는 재배지 주위로 다시 모습을 드러냈다. 그는 잠깐 아침 산책을 하려 했거나, 아니면 관구장 댁에 선뜻 들어갈 용기가 없어서 한 바퀴 빙 돌고 있는 듯했다. 몇 분 후 프리드리히가 와서 약사 기스휘블러가 왔다고 알려주었다.

"들어오시라고 그러세요."

젊은 부인의 가슴은 두근거렸다. 이 댁 여주인으로서, 이 도시의 관구장 부인으로서, 자신의 모습을 처음으로 드러내기 때문이었다. 프리드리히는 기스휘블러가 모피 상의를 벗는 걸 도와주고 문을 열었다. 에피는 안으로 들어설 때 당황해하는 남자에게 손을 내밀었다. 상대방은 약간 성급한 태도로 그녀의 손에 입을 맞추었다. 젊은 부인에게 깊은 인상을 받은 듯 보였다.

"제 주인께서 방금 말씀해주셨어요…… 제가 선생님을 이곳 주인 방에서 영접합니다만…… 그이는 건너편 관사에 계세요. 언제라도 건너오실 수 있어요…… 들어오시라고 권해도 되겠죠?"

기스휘블러는 앞서 걸어가는 에피를 따라 방으로 들어갔다. 에피는 자신은 소파에 앉고 손님에겐 팔걸이의자 하나를 권했다.

"선생님이 보내주신 예쁜 꽃과 카드를 받고 무척 기뻤어요. 이곳이 낯선 곳이라는 느낌이 곧 달아나버렸어요. 제가 인스테텐에게 이런 이야기를 드렸더니 그분 말씀이 선생님과 제가 어차피 좋은 친구가 될 것이라고 하더군요."

"그런 말씀을 하셨나요? 참으로 훌륭하신 관구장님이시죠. 감히 이런 말씀 드리는 걸 허락해주십사고 부탁합니다만 관구장님도 부인도 다 훌륭하십니다. 그런 두 분께서 서로 반려자가 되셨군요. 부인의 바깥어른께서 어떤 분인가는 제가 알고 있고 부인의 인품은 제가 지금 이 눈으로 보고 있습니다."

"너무 과찬의 말씀을…… 전 아직 젊고 어린 티를 못 벗어난……"

"부인, 젊음이 좋지 않다는 말씀일랑 하지 마세요. 젊음이란 실수를 하더라도 아름답고 사랑스러워요. 늙음은 덕(德)이 있다손 치더라도 별 쓸모가 없죠. 전 개인적으로 이런 문제에 끼어들어 말할 자격이 없어요. 늙음에 관해서야 말할 수 있겠지만 젊음에 관해선 못 해요. 그 이유는 제가 한 번도 젊어본 적이 없기 때문이죠. 우리 집안사람들에겐 젊은 시절이 없었어요. 그게 가장 슬픈 점이라고 말씀드리죠. 올바른 용기도 없었고 자신감도 없었죠. 숙녀가 당황해할까 봐 숙녀에게 춤 한 번 신청할 엄두도 못 내고, 그렇게 세월을 지내다가 모두들 늙어갔고, 인생은 가련하고 공허하게 되어버렸죠."

에피는 그에게 손을 내밀었다.

"그런 말씀 하시면 안 돼요. 우리 여자들이 그렇게 나쁘진 않답니다."

"오, 물론이죠. 그렇지 않아요."

"지난 일을 돌이켜보면······" 에피는 계속 말했다. "제가 경험한 바로는······, 물론 많은 경험은 없었지만요. 전 늘 거의 시골에서 살았고 바깥 세계에 나와본 적이 드물었으니까요······ 그렇지만 지난 일을 돌이켜보면 우리는 늘 사랑할 만한 가치가 있는 것을 사랑해왔어요. 제 생각엔 선생님은 다른 사람들과는 좀 다른 분이에요. 우리 여자들은 그런 점을 식별하는 예민한 눈을 가졌거든요. 선생님의 경우 그 특이한 이름도 많이 작용했어요. 우리 니마이어 노목사님은 늘 이름, 특히 세례명은 뭔가 비밀스레 규정해주는 게 있다고 주장하길 좋아하셨죠. 알론조 기스휘블러란 이름은 우리들에게 아주 별다른 새 세계를 열어주고 있어요. 그래요. 알론조가 낭만적이고 귀한 이름이라고 말씀드리고 싶은데요."

기스휘블러는 보기 드물게 유쾌한 미소를 지었다. 그는 자기 체격에 비해 너무 높은 비단 모자를 쉬지 않고 손으로 돌리고 있다가 마침내 용기를 내 옆에 내려놓았다.

"그렇습니다, 부인. 정확하게 맞히셨네요."

"그렇죠. 이해하고 있어요. 이곳 케씬에 많이 있다는 영사들에 관해 들었어요. 아마도 당신의 부친께서는 스페인 영사 댁에서 선원 기질을 가진 함장의 따님을 사귀었나봅니다. 아주 아름다운 스페인의 안달루시아의 여인을요······ 스페인의 안달루시아 여인들은 늘 아름답거든요."

"부인이 추측하신 그대로입니다. 부인, 제 어머님은 정말 아름다운 여인이었어요. 제 개인적으로는 그걸 증명할 도리가 없지만요. 아버님이 3년 전 이곳에 들렀을 때도 어머님은 아직 생존해 계셨죠. 어머님은 아주 정열적인 눈을 가지셨어요. 아버님은 그걸 제게서 확인하고자 하셨지요. 제 자신은 오히려 기스휘블러 집안 혈통 쪽을 닮았죠. 외모는 보잘것없고 그밖에 건강은 양호한 상태의 사람들이죠. 우린 이곳에서 4대째 살아오고 있어요. 백 년 남짓한 세월 동안이죠. 약사 귀족이 존재한다면……"

"그렇다면 선생님은 약사 귀족이 되실 자격을 갖추고 계세요. 저는 당신의 약사 귀족 자격을 인정해드릴 거예요. 무조건 아무 유보사항 없이 그럴 거예요. 그건 우리 귀족들에겐 가장 쉬운 일이에요. 적어도 전 제 부모님에게서 그렇게 교육 받았습니다만, 어떤 경우든 좋은 생각일 경우, 그 출처가 어디든지 간에 기꺼이 인정해야 하기 때문이죠. 전 타고난 브리스트 가(家)의 여자로서 브리스트 가문 출신인데 페르벨링의 전투* 바로 전날 라테노우 습격을 수행한 집안이죠. 그 라테노우 습격**에 관해 혹 이야기 들으셨는지 모르겠어요……"

"아, 물론입니다. 부인. 그건 제가 특히 잘 아는 이야기입니다."

"전 그런 브리스트 가의 여자예요. 제 아버님은 백 번도 더 제게 말씀 하셨죠. '에피야(이건 제 이름이에요) 그건 바로 여기 우리 마음속에 있단다'라고요. 프로벤***이 말(馬)을 바꾸었을 때 그는 귀족의 품위를 가졌었고, 루터가 '여기 내 양심에 내가 서 있노라'****고 외쳤을 때 진짜 귀족으로서의 양심을 가졌죠. 그리고 기스휘블러 씨, 제 생각엔 인스테텐이 옳

---

* 1674년 6월 28일 대선제후가 스웨덴군을 격파한 전투.
** 1675년 6월 25일 브란덴부르크군이 스웨덴군을 격파한 전투.
*** 마부장(馬夫長)인 엠마누엘 폰 프로벤(1640~1675)은 페르벨링 전투 때 대선제후의 말이 너무 눈에 띄어 자기 말과 바꾸었다는 고사(古事)가 있다.
**** 1521년 마르틴 루터가 보름스의 의회에서 한 말.

은 말을 한 듯해요. 그는 우리들이 서로 좋은 친구가 될 것이라고 확언했어요."

기스휘블러는 진심으로 그 자리에서 부인에게 애정을 고백하고 싶어졌다. 시드*나 그 외 어떤 전쟁 영웅과 같은 심정으로 그녀를 위해 목숨을 바칠 수 있다고 맹세하고 싶어졌다. 그러나 그렇게 하지 못했다. 그는 심장이 벅차올라 더 이상 견디지 못했으며, 곧바로 일어나서 모자를 집어 쓰고는 부인의 손에 연거푸 입을 맞춘 후, 말 한 마디 하지 못한 채 황급히 가버렸다.

9

케씬에서의 첫날은 그렇게 지나갔다. 인스테텐은 그녀에게 3, 4일간의 시간 여유를 주어 새 생활에 적응하도록 하고 그 기간 동안 호엔 크레멘의 장모, 훌다, 쌍둥이 친구 등 여러 사람들에게 안부 편지를 쓰라고 했다. 그런 다음 시민들을 방문하는 일이 시작됐다. 일부 시민들을 만날 때는 마차 속에 그냥 앉아서 인사했다(마침 비가 몹시 와서 그런 예외적인 일이 허용됐다). 시민들을 다 찾아본 이후 시골 귀족들 차례가 되었는데 대부분 아주 먼 곳에 살았으므로 하루에 한 가구만 방문했다. 때문에 더 시간이 걸렸다. 처음엔 로테모어의 보르크 댁에 들렀고 그다음 모르크니츠, 다버고츠, 크로셴틴으로 가 그곳에 사는 알레만 댁, 야츠코브 댁, 그리고 그라젠압 댁을 의무적으로 방문했다. 그 외에 파펜하겐의 폰 귈덴클레 노

---

* 중세 스페인의 국민적 영웅.

남작을 포함해 서너 댁을 더 둘러보았다. 에피가 느낀 인상은 어느 댁에서나 비슷비슷했다. 모두들 타인의 호감을 끌지 못하는 무리들이었다. 그들은 비스마르크나 황태자비에 관한 이야기를 늘어놓는 척하면서 사실은 에피의 옷차림이나 화장을 눈여겨 살펴보는 식이었다. 몇몇 사람들은 소녀 같은 어린 부인이 너무 건방지게 차려입었다고 수군거렸고 다른 사람들은 사회적 지위를 가진 부인으로서 단정함이 모자란다고 했다. 그리고 또 외면치레에 너무 신경을 쓴다든지, 어려운 질문을 받고 묘하게 당황하거나 불안해하는 태도 등, 그녀의 모든 행동에서 베를린 사람 티가 난다고 했다. 로테모어의 보르크 댁과 모르크니츠와 다버고츠에 사는 댁들에서는 그녀가 '합리주의 병이 들어 있다'라는 평을 했다. 크로셴틴의 그라젠압 댁에서는 에피가 무신론자라고 명백히 낙인을 찍었다. 그라젠압 댁의 노부인은 (슈티펠 폰 슈티펠슈타인 집안 태생으로) 남독일인이었는데 에피가 적어도 자연신론자(自然神論者)일 것이라고 말하며 에피를 구해보려는 시도를 했다. 그러나 그라젠압의 마흔세 살 난 노처녀 딸 지도니 폰 그라젠압 양이 그 와중에 거칠게 끼어들어 "엄마, 제 말이 맞아요. 철두철미한 무신론자예요. 한 치도 틀리지 않고 무신론자로 살아가고 있어요"라고 말했다. 그것을 듣고 자기 딸을 두려워하는 노부인은 현명하게 아무 대꾸도 하지 않았다.

가정 방문을 전부 끝내는 데 거의 두 주일 정도 걸렸다. 12월 2일에야 마지막 방문을 끝내고 밤늦게 케씬으로 돌아왔다. 마지막으로 방문한 집은 파펜하겐의 궐덴클레 댁이었다. 그곳에서 인스테텐은 노(老) 궐덴클레와 불가피하게 정치 토론을 벌였다.

"훌륭하신 관구장님, 시대가 이렇게 변했습니다. 그 옛날 12월 2일, 그러니까 바로 한 세대 전 오늘이었습니다. 그때 루이 나폴레옹 조카가 — 다른 혈통을 가진 게 아니고 조카라는 사실이 맞다면*— 파리의 카나유 천민 폭동을 산탄을 퍼부어 진압했었습니다.** 뭐, 그 사람이라면 그 정도는 관대히 봐줘야겠습니다. 그는 그런 일에 적격이었습니다. 이런 격언이 있습니다. 각자가 다 자기 생긴 대로 잘되든지 못되든지 각자 자기 나름이란 이야기…… 전 그런 격언을 신봉합니다. 그렇지만 그가 나중에 전혀 비판력을 상실하고 1870년에 이 사람 저 사람 구별치 않고 우리들과도 전쟁을 시작한 건, 정말 뭐랄까, 염치없다고 생각합니다. 남작님, 그는 보복을 받았습니다. 우리 비스마르크 어른은 실수하지 않습니다. 그는 우리 국민을 지켜주십니다."

"그렇습니다"라고 인스테텐은 대꾸했다. 그는 그런 시시한 이야기에도 짐짓 관심을 보여줄 만큼 영리했다.

"자르브뤼켄을 정복한 영웅은 자기가 무엇을 했는지 몰랐습니다.*** 그렇지만 당신은 그 사람에게 개인적으로 너무 지나친 반감을 가져서는 안 됩니다. 결국 집안에서 누가 주인 행세를 하게 됩니까? 아무도 그러지 못합니다. 전 벌써 통솔권을 넘겨줄 작정입니다. 루이 나폴레옹은 사실상 가톨릭교를 믿는, — 아니 제수이트 파라고 하는 게 좋겠습니다 — 제수이트 파 신앙을 가진 그의 부인****의 손 안에 들어 있는 한 조각의 왁스와 다름없었습니다."

---

　　* 루이 보나파르트가 나폴레옹의 조카인지 아닌지는 의문이라는 설이 있다.
　 ** 1851년 12월 2일 자신의 총통 재선을 반대하는 민중에게 루이 보나르트가 가혹한 탄압을 가했다.
　*** 자르브뤼켄은 독일 영토로 1870년 8월 2일 프랑스군에게 점령당했으나 8월 6일 다시 탈환되었다.
**** 황후 으제니(1826~1920): 스페인 백작의 딸로 프랑스 정치에 참여해서 로마 교황의 권력 확대를 도모했다.

"그는 자기 부인 손 안에 든 왁스여서 부인 마음대로 그의 코를 잡고 휘두르다시피 했다는 말입니다. 물론입니다. 인스테텐, 그는 그런 위인이었습니다. 그렇지만 당신은 그런 말씀으로 그 허수아비 같은 인물을 약간 두둔해보시겠다는 건 아니지요? 그 사람은 처벌 받았습니다. 그 처벌 자체가 한 번도 증명되지는 않았지만."

이런 말을 하면서 그는 약간 불안한 눈길로 인스테텐 부인의 안색을 살폈다.

"여성 우위가 사실 더 낫다고 할 수 있습니다. 다만 여성들이 충분한 자질을 갖고 주도권을 잘 운용할 만한 힘을 가져야 합니다. 그렇지만 나폴레옹 부인은 어떠했습니까? 그 여자는 도대체 부인은커녕 잘 봐주어야 마담 정도라고 일컬을 수 있었습니다. 마담이란 거의 늘 묘한 뒷맛을 풍기거든요. 그 으제니는 카바레나 드나드는 타입의 여자였죠 — 이 자리에서 유대인 은행가와 그녀와의 관계는 언급하지 않겠습니다. 전 도학자(道學者)인 체하기를 싫어한답니다 — 그녀가 살고 있던 도시가 바빌론처럼 혼란에 휩쓸렸을 때 그녀는 바로 바빌론의 여자*가 되었습니다. 난 더 이상 자세하게 말하고 싶진 않습니다만."

그는 에피에게 절을 하며, "친애하는 부인, 제가 독일 여성들에게 죄를 짓게 된 걸 알고 있습니다. 이런 이야기를 부인 앞에서 한 걸 용서하십시오"라고 말했다.

선거에 관한 이야기, 노빌링**과 평지 수확에 관한 대화가 오고 간 뒤

---

* 「요한계시록」 17장 참조. '땅의 음탕한 부녀자들과 증오 받은 자들의 어머니'라고 씌어 있음.
** 카를 에르하르트 노빌링(1849~1878): 1878년 6월 2일 황제 빌헬름 1세의 암살을 기도하다 실패하고 자살했다.

에 화제가 그쪽으로 이어졌다.

그리고 이제 인스테텐과 에피는 다시 집에 돌아와 반 시간 동안 더 이런저런 이야기를 나누었다. 벌써 자정이 가까웠으므로 두 하녀는 모두 자러 가고 없었다.

인스테텐은 짧은 실내복과 모로코 가죽구두를 신고 방 안을 왔다갔다 하고 있었고, 에피는 아직 외출복 차림 그대로였다. 부채와 장갑이 그녀 옆에 놓여 있었다.

"그렇소."

인스테텐은 방 안을 이리저리 걸어 다니다 멈추고 말했다.

"우린 오늘을 축하해야 하오. 뭘 갖고 할까 모르겠소. 당신 앞에서 승리의 행진을 해보일까. 아니면 밖에 있는 상어를 흔들어줄까요. 아니면 당신을 태우고 승리를 축하하며 복도로 돌아다닐까? 뭔가 하긴 해야 해. 당신도 알다시피 오늘이 마지막 방문이었소."

"그렇군요. 다행스런 일이죠. 그렇지만 우리가 이제야 조용한 시간을 갖게 되었다는 느낌 자체가 충분한 축하가 돼요. 그저 제게 키스해주실 수 있으세요? 당신은 그 생각을 안 하세요. 그 기나긴 길을 가시면서도 꿈쩍도 않으시고, 눈사람처럼 그렇게 냉정하셨죠. 그저 담배만 피우시고."

"이제 그만큼 해두시오. 나도 나 자신을 좀 개조해보겠소. 지금은 당신이 사람들과 사귀며 어울리는 문제를 어떻게 생각하나 알고 싶을 뿐이오. 당신은 이편 아니면 저편 어느 편에 호감을 느끼고 있는 것이오? 보르크 댁이 그라젠압 댁을 능가하지요? 아니면 그 반대인가요? 노퀼덴클레의 말을 참아줄 수 있을 것 같소? 그가 으제니에 관한 이야기를 할 땐 제법 순수하고 고상한 면이 있었잖소."

"아이, 이것 보세요. 인스테텐 어른! 비난이 심하신데요. 당신의 아주 다른 면을 알게 됐어요."

"이곳 우리 귀족들이 마음에 들지 않더라도 괜찮아요." 인스테텐은 개의치 않고 계속 말했다. "당신은 케씬의 명사들을 어떻게 생각하오? 클럽들은 어때요? 바로 거기에 흥망성쇠가 달려 있소. 난 최근에 당신이 예비역 소위인 우리 관청판사와 이야기하는 걸 보았소. 그는 키가 작은 예쁘장한 남작인데 아마 그럭저럭 잘 참아 나갈 수 있겠지. 단지 르 부르제의 탈환*이 자신의 측면 공격 때문이었다는 그런 엉터리 생각만 버린다면 괜찮겠지. 그의 부인은 트럼프를 가장 잘하는 여자인데 제일 예쁜 트럼프 계산 패를 갖고 있지. 다시 묻고 싶은데, 에피, 케씬이 어떻소? 적응해서 살아갈 것 같소? 당신이 인기를 끌어서 내가 연방의회 의원으로 출마할 때 내게 과반수 이상의 표를 끌어다줄 수 있겠소? 아니면 도시 시골 할 것 없이 모든 케씬 사람들과 담을 쌓고 은둔생활을 하고 싶소?"

"전 은둔생활을 택하게 될 것 같아요. 무어 사람의 약방이 절 내쫓지 않는다면 말예요. 지도니 댁에서는 저를 더욱더 나쁘게 평할 거예요. 그러나 이 싸움은 어차피 모험해서 투쟁해보는 게 좋다고 생각해요. 전 기스휘블러에게 완전히 의존해 있어요. 기묘하게 들릴지 모르겠지만 그분은 이곳에서 제 이야기 상대가 되는 유일한 분이에요."

"그렇소."

인스테텐이 말했다.

"사람을 보는 당신의 안목은 알아주어야겠구려."

"제게는 또 당신이 있죠?" 에피는 이렇게 말하며 그의 팔에 안겼다.

---

* 파리 포위 중에 이 다리 근처 동네가 프랑스군의 급습을 받아 일시적으로 점령되었던 적이 있었으나, 1879년 10월 13일 다시 프로이센의 근위병에 의해 탈환되었다.

에피 브리스트 91

그때가 12월 2일이었다. 그 후 일주일이 지난 후, 비스마르크가 바르진에 왔다. 인스테텐은 크리스마스 때까지, 혹은 그 이후까지 조용한 시간을 갖지 못할 것이라 생각했다. 후작은 베르사유 시절부터 그를 총애해서 방문객이 있을 때면 그를 자주 식사에 초대하곤 했다. 그리고 혼자 있을 때도 역시 불러들였는데 관구장의 탁월한 매너와 총명함, 그의 소년 같은 천진함 등이 후작부인의 호감을 샀기 때문이었다.

14일에 첫번째 초대가 있었다. 도로에 눈이 쌓여서 인스테텐은 거의 두 시간가량 걸리는 역까지 썰매로 가기로 작정했다. 그곳은 역에서 약 한 시간 동안 기차를 타고 가게 되어 있었다.

"에피, 날 기다리지 마시오. 자정까지는 돌아올 수 없소. 2시경이나 아니면 더 늦어지게 될 거요. 그렇지만 당신 잠을 방해하진 않겠소. 잘 있으시오. 내일 아침에 만납시다."

그런 말을 남기고 그는 썰매에 올라탔다. 두 마리의 황갈색 그라디저종의 말이 도시를 횡단해서 시골 길로 접어들어 정거장을 향해 날쌔게 달려갔다.

거의 열두 시간이나 되는 최초의 긴 이별이었다. 에피, 그녀는 어떻게 저녁 시간을 보내야 할까. 일찍 잠자리에 드는 것은 좋지 않은 일이었다. 그렇게 되면 도중에 잠이 깰 것이고 다시 잠들지 못한 채 모든 것에 귀 기울이게 될 테니까. 아니야. 우선 피곤해져야겠어. 그러면 깊은 잠이 올 테니까. 그게 가장 좋을 거야. 그녀는 어머니에게 편지를 썼다. 그러고는 크루제 부인에게 가보았다. 검은 닭을 밤늦게까지 무릎에 안고 있는 정신이상 상태의 이 부인을 동정해서였다. 에피가 친절을 베풀었지만 과열 난방이 된 방 안에서 움직이지 않고 혼자 중얼대며 앉아 있는 부인은 전혀 반응을 보이지 않았다. 에피는 병문안이 기쁨이라기보다 오히려 방해가 된다는 걸 느끼고 다시 나가면서 병자에게 뭐 갖고 싶은 게 있냐고 물어보았다. 그러나 그 부인은 모두 사양했다.

그사이 저녁이 되었다. 등불은 벌써 타오르기 시작했다. 에피는 그녀의 방 창가에 서서 작은 숲을 바라보았다. 나뭇가지 위에 흰 눈이 쌓여 빛나고 있었다. 그녀는 경치 감상에 몰두했다. 그리고 그녀 뒤에 있는 방 안에서 무슨 일이 진행되는지 전혀 염두에 두지 않았다. 그녀가 다시 뒤를 돌아보았을 때, 프리드리히가 조용히 소리 없이 한 사람분의 음식과 커피 쟁반을 소파 탁자에 갖다놓는 것을 알아챘다.

"아, 그래요. 저녁식사로군요⋯⋯ 그럼 이제 앉아야겠군요."

그러나 입맛이 없었다. 그녀는 다시 일어나서 어머니에게 써둔 편지를 한 번 더 읽어보았다. 그전에도 그녀는 고독한 느낌을 가진 적이 있었지만 지금은 그 느낌이 두 배가 된 것 같았다. 이 순간 얀케의 빨강머리 두 소녀가, 아니 훌다라도 나타난다면 그녀가 가진 것 중 무엇이라도 기꺼이 주어버리리라⋯⋯ 훌다는 물론 늘 감상적이고 자기도취에 빠져 있는 이야기만을 늘어놓지만, 그리고 그 자기도취가 신빙성이 적고 반박할 여지가 많은 것이긴 하지만, 지금과 같은 이런 순간에는 기꺼이 그런 이야기라도 들어줄 수 있으리라. 마지막으로 그녀는 피아노를 치기 위해 그랜드 피아노 뚜껑을 열었으나 효과가 없었다.

"아니야. 피아노를 치면 우울해지니까 차라리 책을 읽는 게 더 낫겠어."

그녀는 책을 한 권 찾았다. 손에 잡힌 책은 붉은색의 두꺼운 여행 책자였는데 인스테텐의 과거 소위 시절의 것인 듯했다.

"그래, 이걸 읽어야겠어. 이런 책보다 더 위안을 주는 건 없어. 가장 위험한 것은 카드놀이지. 그렇지만 내가 싫어하는 이런 깨알 같은 모양은 아예 안 보겠어."

그러면서 그녀는 눈을 감고 마음 내키는 대로 책을 펼쳤다. 153쪽이었다. 똑딱거리는 시계 소리만이 들렸다. 그녀의 침실에는 여느 저녁때처럼 애견 롤로가 특별히 깔아놓은 카펫에 몸을 뻗고 누워 있었다. 롤로가 그녀 가까이에 있다고 의식하니 에피의 황량한 마음은 조금 잦아들었다. 그녀는 다소 기분이 좋아졌고 곧 책을 읽어가기 시작했다. 그녀의 눈앞에 방금 펼쳐진 쪽에는 '은둔자,'* 즉 바이로이트 지방 근처의 유명한 마르크 지방 백작의 별장에 관한 글이 실려 있었다. 바이로이트, 리하르트 바그너라는 이름이 그녀의 관심을 끌어서 읽어갔다.

'⋯⋯은둔자에 대한 그림들 가운데 하나를 더 거론해보기로 하겠다. 그것은 그 아름다움 때문이라기보다 그 연대나, 거기에 그려진 인물 때문에 우리의 흥미를 일깨운다. 그 그림은 어떤 부인의 아주 색이 바랜 초상화다. 그 부인은 자그마한 머리에 목 주위에는 주름 잡힌 칼라가 달린 옷을 입고 아주 불쾌하고 약간 기괴한 느낌을 주는 표정을 하고 있다. 몇몇 사람들은 그 그림이 15세기 말엽의 마르크 지방 백작의 노부인이라고 하고 몇몇 사람들은 오를라뮌데의 백작부인이라고 주장한다.** 그렇지만 양쪽 다 이 그림이 지금까지 호엔촐러 왕조의 역사에서 '하얀 여자'란 이름으로 유명한 부인의 초상화라는 점에서 의견이 일치하고 있다⋯⋯'

"내가 잘도 맞혔군."

에피는 책을 옆으로 밀어내며 말했다.

---

* 1717년 로코코 식의 건축양식으로 지은 저택.
** 오토 폰 오를라뮌데 백작부인은 15세기에 알브레히트 폰 뉘른베르크 백작과 결혼하기 위해 처음 결혼해서 낳은 두 명의 자기 친자식을 살해했다고 전해진다. 전설에 따르면 그 벌로 그녀는 호엔촐러 왕가에 죽음을 알려주는 '하얀 여자'란 유령이 됐다고 한다.

"신경을 쉬게 하고 싶은데 처음 읽은 책이 이 '하얀 여자'에 관한 것이라니…… 생각하기만 해도 무서워지는 여자였어. 등골이 오싹한 느낌이 들지만 그래도 끝까지 읽어봐야겠어."

그녀는 다시 책을 읽어 내려갔다.

'……바로 이 낡은 초상화는 은둔자 성(城)의 특별한 역사에서 하나의 상징적 역할을 했다(그 원본이 호엔촐러의 가족사에 그런 역할을 했다). 그 때문에 그 초상화는 양탄자를 걸어놓은 문에 걸려 있다. 문에 걸린 양탄자는 낯선 외래인은 볼 수 없는 것이었다. 그 문 뒤에는 지하실에서 올라오는 계단이 있었다. 들리는 말로는 나폴레옹이 이곳에 숙박했을 때* '하얀 여자'가 그림틀에서 걸어 나와 그의 침대로 갔었다는 것인데 이때 황제는 죽을 때까지 이 성을 '저주받은 성(城)'이라고 격분해서 말했다고 한다.'

"책을 읽어 내 마음을 진정시키려는 노력은 그만 포기하는 게 좋겠군" 하고 에피는 말했다.

"계속 읽어나가면 틀림없이 악마가 포도주 술통을 타고 도망가는 지하 술집 이야기가 나오겠지.** 독일에는 그와 비슷한 곳이 많이 있어. 여행 책자에는 그런 이야기가 몽땅 다 나올지도 몰라. 그러니 오히려 눈 감고 내 결혼 전야제 때 일을 돌이켜 회상해보는 게 낫겠어. 쌍둥이가 눈물을 흘리느라고 더 계속할 수 없었지. 그 광경을 당황스레 보고 있던 사촌 오빠 브리스트는 놀랄 만큼 품위 있는 태도로 그런 눈물은 우리 인간에게 낙원을 열어준다고 주장했었지. 그는 정말 멋쟁이였어. 늘 그렇게 재기발랄했었지…… 그런데 난 이게 뭐람. 이곳에 와 있다니! 아아, 난 높으신 사모님 노릇엔 전혀 소질이 없어. 엄마는…… 그렇지, 엄마는 이런 자리

---

* 1812년 여름.
** 괴테의 『파우스트』 제1부에 나오는 아우엘바하의 술집 참조.

가 적격이었을 거야. 엄마는 관구장 사모님답게 주위를 잘 통솔할 수 있었을 게고, 지도니 그라젠압도 엄마에게 완전한 충성을 보였겠지. 또 종교를 가졌느니, 무교니 하며 엄마를 불안하게 만들지도 않았겠지. 그렇지만 나는…… 난 어린애고 앞으로도 계속 그러겠지. 언젠가 그게 행복이라는 이야기를 들었지만 진짜 그럴는지는 모르겠어. 인간이란 자기가 처하게 된 위치에 늘 적응해야 해."

그 순간 프리드리히가 식탁을 치우려고 들어왔다.

"몇 시죠, 프리드리히."

"곧 9시가 됩니다. 마님."

"그래요. 지금 괘종 소리가 들리는군. 요한나에게 오라고 그러세요."

"마님 부르셨습니까."

"그래요, 요한나. 자리에 들겠어요. 아직 너무 이르긴 하지만. 그렇지만 너무 외로워요. 우선 편지를 부치세요. 요한나가 돌아올 때쯤이면 취침 시간이 알맞게 되겠지. 그렇지 않아도 괜찮아요."

에피는 등잔을 들고 그녀의 침실로 갔다. 예측한 대로 카펫 위에 롤로가 엎드려 있었다. 에피가 오는 걸 본 롤로는 길을 비켜주기 위해 몸을 일으켰다. 롤로는 주인의 손에 늘어진 귀를 비벼대다가 다시 엎드렸다.

요한나는 그사이 편지를 부치기 위해 관구청사로 건너갔다. 그러나 청사에서 서두르기는커녕 오히려 관구청 직원 부인인 파셴 부인과 담소를 즐기기까지 했다. 물론 화제는 젊은 관구장 부인에 관해서였다.

"그 부인 어때요?"

"아주 젊으셔요."

"그렇다면 불행은 아니야, 오히려 다행스런 편이지. 젊은 여자들이란—그게 좋은 점이지만—늘 거울 앞에 서 있기 일쑤고 머리를 잡아당겨보기도 하고 뭘 붙여보기도 하고 또 많이 보려 하지도 않고 많이 듣지도 않지. 그런 젊은 여자들은 아직은 그렇게 인색하지 않아. 바깥에서 집 안의 타다 남은 양초가 몇 개 있는지 셀 정도는 아니죠. 그리고 또 그리 질투심이 강하지도 않아서 자신이 더 이상 키스를 받지 못한다는 이유로 다른 사람이 한번쯤 키스를 받는 것을 참지 못할 정도는 아니니까 말이죠."

"그래요." 요한나가 말했다. "그전에 제 주인 여자가 그랬었죠. 아무 까닭 없이. 그렇지만 우리 마님에겐 그런 점은 전혀 없어요."

"그럼 관구장님이 아주 다정하게 대해주시나요?"

"네, 무척. 당신도 짐작하실 수 있을 텐데."

"그렇지만 부인을 그렇게 혼자 있게 내버려두시다니……"

"그래요. 친애하는 파셴 부인…… 당신은 잊으시면 안 됩니다. 후작 말입니다. 그리고 아무튼 인스테텐은 관구장이지요. 아마 그보다 더 출세하고 싶겠죠."

"물론 그러실 거예요. 더 승진하실 거예요. 그분에겐 출세 방면에 재질이 있다고 파셴이 늘 이야기해주었어요. 그분은 사람 보는 안목이 높아요."

관사에 갔다가 돌아오는 데 15분이 걸렸다. 요한나가 다시 돌아왔을 때 에피는 창 사이 거울 앞에 앉아서 기다리고 있었다.

"오래 걸렸네요, 요한나."

"그래요, 마님. 죄송합니다. 파셴 부인을 만나 좀 지체됐어요. 이곳은 이렇게 쓸쓸해요. 한마디 말이라도 건넬 수 있는 사람을 만나면 늘 기쁘답니다. 크리스텔은 선량한 여자지만 과묵하고 프리드리히는 완고하고 조심성이 많아 결코 속마음을 털어놓지 않아요. 물론 사람은 침묵할 수 있어야겠죠. 파셴은 호기심 많은 여자고 아주 평범해서 사실상 제 성미에 전혀 맞지 않는 여자죠. 그렇지만 인간은 누구나 뭔가 듣고 보는 걸 좋아하지요."

"그래요, 요한나. 그게 가장 좋아요……"

"마님은 아주 아름다운 머릿결을 갖고 계세요. 이렇게 길고 또 비단같이 부드러운……"

"그래요, 아주 부드러워요…… 그렇지만 좋지는 않아요. 요한나, 머릿결은 사람 성격과 같아요."

"확실히 그래요, 마님, 그리고 부드러운 성격은 딱딱한 것보다 좋아요. 제 머릿결도 부드러워요."

"그래요, 요한나. 그리고 또 금발이죠. 남자들은 금발을 가장 좋아하죠."

"각양각색이지요. 마님. 검은 머리를 좋아하는 남자들도 많아요."

"물론이지."

에피는 웃었다.

"나도 이미 알고 있어요. 아마 뭔가 다른 점 때문일 거예요. 금발을 가진 여자들은 늘 하얀 피부 색을 갖고 있어요. 당신도 그렇죠? 요한나. 내기를 해도 좋아요. 많은 남자들이 당신의 꽁무니를 쫓아다니겠지요. 난 아직 젊으니까 그 정도는 잘 알지요. 내 친구 하나가 금발을 갖고 있어요. 짙은 아마 빛깔의 금발인데 당신보다 더 짙은 금발이죠. 그 애는 목사 딸이에요."

"네, 그래서요……"

"'네, 그래서요'가 무슨 뜻이지요? 아주 빈정거리듯 기묘하게 들리는데, 목사 딸에 대해 반감을 가지면 안 돼요…… 그 앤 아주 예뻤는데 우리 지방의 장교들까지도 — 우리 지방엔 장교들이 있고 또 붉은 경기병이 있죠— 그렇게 생각했죠. 그 애는 옷치장과 화장하는 솜씨가 뛰어나서 검은 우단 상의를 입고 장미꽃이나 헤리오트로프꽃을 꽂기도 했죠. 그 애가 다만 앞으로 튀어나온 커다란 눈을 갖지만 않았더라면, 아아, 요한나, 당신이 그 앨 한번 봤더라면 좋았을 텐데, 적어도 눈이 그렇게 크지만 않았더라면(그리고 에피는 웃으면서 그녀의 오른쪽 눈꺼풀을 당겼다), 정말 아름다운 여자였을 거예요. 그 애 이름은 훌다예요. 훌다 니마이어인데 우린 한 번도 아주 깊이 친해진 적이 없었죠. 그렇지만 그 애가 이곳에 있어서 저기 작은 소파에 앉아 있다면 난 한밤중까지, 아니 그보다 더 늦게까지 그 애와 이야기를 나누고 싶었을 거예요. 난 그런 그리움을 갖고 있어요. 그리고……"

이렇게 말할 때 웃느라고 에피의 오른쪽 눈꺼풀이 당겨졌다. 에피는 요한나의 머리를 자기 쪽으로 끌어당겼다.

"……그리고 난 불안해요."

"당연한 말씀이에요, 마님. 우리 모두가 다 불안했었죠."

"당신네들 모두가 다 불안했었다고요? 그게 무슨 뜻이죠. 요한나?"

"……그리고 마님이 정말 무서움을 느끼신다면 제가 여기서 잘 수도 있어요. 볏짚 멍석을 갖고 오겠어요. 그리고 머리를 기댈 수 있게 의자 하나를 돌려놓고 내일 아침까지, 아니면 주인님이 다시 돌아오실 때까지 여기서 자겠어요."

"그분은 날 방해하지 않겠다고 특별히 약속했어요."

"아니면 그냥 소파 구석에 앉아 있겠어요."

"그래요. 그렇게 하면 될 것 같군요. 아니야, 그것도 안 되겠어요. 주인님이 내가 무서워했다는 것을 아시면 안 되니까. 그분은 그런 걸 좋아하시지 않아요. 그분은 내가 자기처럼 용감하고 결단력 있기를 늘 원하시거든요. 그런데 난 그럴 수 없단 말이야. 난 늘 허약했지요. 그렇지만 물론 나는 자제해야 하고, 그분의 그 같은 요구에 무조건 찬성해야 한다는 걸 알게 됐어요. 내겐 롤로가 있으니까. 롤로는 문지방 앞에 엎드려 있어요."

요한나는 말 한 마디 한 마디마다 고개를 끄덕이며 에피의 침실 탁자 위에 있는 촛불을 켜고 램프를 가져갔다.

"마님, 또 뭐 분부하실 것 없으신지요?"

"없어요, 요한나. 덧문들은 잘 잠겨 있겠죠."

"그냥 살짝 닫아놓았어요, 마님. 그렇게 안 하면 너무 어둡고 질식할 것 같아서요."

"좋아요, 좋아."

요한나는 물러갔다. 에피는 자기 침대로 가서 담요로 몸을 감쌌다. 촛불이 타게 그냥 두었다. 곧 잠들 생각이 없었기 때문이었다. 방금 전 결혼 전야제를 회상했던 것처럼 이번에는 신혼여행을 머릿속에 떠올렸다. 전부 차례차례 떠올려보려고 애썼다. 그러나 생각이 베로나에까지 거슬러 올라가 줄리아 카플레의 집에까지 이르렀을 때 예상과는 달리 두 눈이 잠겨버렸다. 타다 남은 양촛불이 조그마한 은 등잔에서 서서히 타 내려가 한 번 밝게 타오르다가 꺼졌다.

에피는 얼마 동안 아주 깊이 잠들었다. 그러다가 갑자기 큰 소리를 지르며 잠에서 깨어 벌떡 일어났다. 그녀는 자신의 고함 소리와 롤로가 바깥에서 짖는 소리를 동시에 들었다. '멍멍' 하면서 개 짖는 소리가 복도를 따라 울렸다. 공허한 분위기와 개 짖는 소리 그 자체가 불안했다. 그녀의 심장이 멈춰버리는 것 같았다. 그녀는 누군가를 외쳐 부를 수도 없었다. 바로 이 순간 무엇이 그녀 앞을 휙 지나가 복도를 통하는 문 쪽으로 달려갔다. 그러나 그녀는 이 무시무시하기 짝이 없는 순간에서 자유로워졌다. 무언가 경악스러운 것 대신 롤로가 그녀에게 다가왔기 때문이었다. 롤로가 달려와 머리로 그녀의 손을 찾은 다음 침대 앞에 펴놓은 양탄자 위에 엎드렸다. 에피는 급히 다른 손으로 초인종을 세 번 눌렀다. 30초도 못 되어 요한나가 맨발로 팔에 치마를 걸치고 가로 세로 줄무늬가 있는 커다란 수건을 머리와 어깨에 둘러쓴 채 들어왔다.

"요한나. 당신이 있으니 천만다행이에요."

"무슨 일이죠? 마님. 꿈을 꾸셨나봅니다."

"그래요. 꿈을 꾸었어요. 틀림없이 꿈이었겠죠…… 그렇지만 아무래도 뭔가 다른 일이었어요."

"다른 일이라뇨, 마님."

"난 아주 깊이 잠들어 있었어요. 그러다가 갑자기 놀라 일어나 소리쳤죠…… 아마 악몽이었던가 봐요…… 우리 집안사람들은 악몽을 꾸는 버릇이 있어요. 내 아버님도 그런 버릇이 있어서 우리를 불안하게 만들었죠. 어머님은 늘 아버님의 그 버릇을 그냥 두면 안 된다고 하셨지만, 말은 쉽고 행동은 어렵지요…… 잠에서 놀라 깨어나 소리 지르고는 어둠 속에서 자세히 주위를 둘러보았더니, 내 침대 옆을 뭔가가 스치고 지나갔어요. 당신이 지금 서 있는 바로 그 자리에, 요한나…… 그러고는 가버렸어요. 그리고 그게 무엇이었을까 곰곰이 생각해보니……"

"뭐였나요? 마님."

"나 혼자 곰곰이 따져보면…… 이런 말 하고 싶지 않지만, 요한나…… 내 추측엔 그 중국 남자인 것 같아요."

"위층의 남자요?" 요한나는 웃으려 했다.

"크리스텔과 제가 의자걸이에 붙여놓은 그 조그마한 중국인 그림 말입니까? 아이, 마님께선 꿈을 꾸셨나봐요. 잠이 깨셨을 때 모든 게 꿈속의 일이었죠?"

"나도 그렇게 믿고 싶어요. 그렇지만 롤로가 밖에서 짖어대는 바로 그 순간이었단 말예요. 롤로도 틀림없이 그것을 보았나봐요. 그래서 문을 열고 들어왔죠. 이 훌륭하고 충성스런 짐승은 날 구해주려고 온 듯 내게로 뛰어 달려왔죠. 아아, 요한나, 정말 무서운 일이었어요. 그리고 난 이렇게 혼자 있고…… 이렇게 젊은데…… 내 곁에 누군가가 있어 그 품안에서 내가 울 수 있다면 얼마나 좋을까…… 하지만 이렇게 우리집에서 멀리 떨어져 있다니…… 아아, 이렇게 집에서 떠나 있다니……"

"주인님께서 금방 오실 겁니다."

"아니에요. 그분은 지금 오시지 않아야 해요. 그분은 날 이런 상황에서 보시면 안 돼요. 그분은 아마 날 비웃으시겠죠. 만약 그런 경우엔 난 그분을 결코 용서할 수 없을 거예요. 요한나, 당신이 이곳에 있어줘요. 하지만 크리스텔이나 프리드리히에겐 알리지 마세요. 아무도 알면 안 되니까요."

"아니면 제가 크루제 부인을 데리고 올 수도 있어요. 그 여자는 밤새도록 잠자지 않고 앉아서 날을 새우니까요."

"아니, 아니에요. 그 여자도 역시 그런 타입인걸. 그 검은 닭을 껴안고 있는 그 여자 말예요? 그 여자는 오면 안 돼요. 요한나, 당신 혼자 여기 머물러주세요. 당신이 덧문을 그냥 닫아놓기만 한 게 정말 다행이군요. 덧문들을 큰 소리로 서로 부딪쳐보세요. 그나마 그런 인간적인 소리라도 듣고 싶어요. 그게 좀 묘하게 울리기는 하지만 인간적이라고 표현하고 싶어요. 그리고 환기도 되고 빛도 들도록 창문을 약간 열어두어요."

요한나는 분부 받은 대로 일을 했다. 에피는 베개에 파묻혀 곧 망각의 잠에 빠져들었다.

10

인스테텐은 아침 6시가 되어서야 바르진에서 돌아왔다. 그는 롤로의 재롱을 피해 될 수 있는 대로 조용히 자기 방에 들어갔다. 방에서 몸을 편히 쉬면서 프리드리히가 여행 모포를 덮어주는 걸 그대로 내버려두었다.

"9시에 날 깨우도록 해."

다음 날 지시된 시각에 프리드리히가 그를 깨웠다. 그는 재빠르게 일어나서 말했다.

"아침을 가져오게."

"마님이 아직 주무십니다."

"하지만 꽤 늦었잖아. 무슨 일이 있었나?"

"전 모르겠습니다만…… 요한나가 밤새도록 마님 방에서 자야 했던 것만 알고 있습니다."

"그래, 그럼 요한나를 오라고 해."

요한나가 들어왔다. 그녀는 여느 때처럼 분홍색의 얼굴빛을 띠고 있었고 간밤의 사건을 별로 대수롭게 여기지 않는 듯했다.

"마님에게 무슨 일이 있었나? 프리드리히 이야기로는 무슨 일이 일어나서 자네가 그곳에서 잤다는데."

"네, 남작님. 마님이 연거푸 세 번 초인종을 누르시길래 무슨 일이 있구나 하고 생각했죠. 마님이 꿈을 꾸셨든지 아니면 다른 일이 있었나봐요."

"다른 일이라니?"

"주인님도 아시지 않습니까."

"난 아무것도 모르는데. 아무튼 그 이야기는 그만 해. 그런데 마님은 어떤 상태였지?"

"마님은 정신이 나가신 듯했고 그분 침대 곁에 있는 롤로의 목줄을 꽉 움켜쥐고 계셨어요. 그 개도 불안해하고 있었어요."

"마님이 무슨 꿈을 꾸었을까? 아니, 좀 생각해봐. 무슨 말을 들었던 것일까? 아니면 무얼 본 것일까? 마님이 뭐라고 했지?"

"마님 바로 곁을 뭔가가 살금살금 지나갔대요."

"무엇이, 누가 그랬다고?"

"위층의 그 남자 말입니다. 그 홀에 있는 남자 아니면 작은 방에 있는 남자 이야기죠."

"말도 안 돼. 늘 그런 허튼소리를 하다니. 난 그런 이야기는 더 이상 듣고 싶지 않아. 그 뒤 자네는 계속 마님 곁에 있었나?"

"네, 주인님. 마님 바로 옆에, 바닥에서 잤어요. 제가 마님의 손을 잡고 있어야 했었는데 그 뒤 마님은 잠이 드셨어요."

"마님은 아직 주무시나?"

"아주 깊이 잠드셨어요."

"그게 염려스러워. 건강하게 자고 있을 수도 있지만 병이 나 있을 수도 있어. 요한나, 마님을 깨워보지. 물론 다시 놀라지 않도록 조심해야지. 프리드리히, 아직 아침을 갖다놓지 말게. 마님이 오실 때까지 기다리게나. 민첩하게 잘 행동하도록."

반 시간 후에 에피가 나타났다. 그녀는 아주 창백하지만, 매력적인 얼굴로 요한나의 부축을 받으며 들어왔다. 그러나 그녀는 인스테텐을 보자 얼른 달려가 포옹하며 키스했다. 그녀의 얼굴에 눈물이 흘러내렸다.

"게르트, 당신이 다시 제 곁에 계시니 천만다행이에요. 이제 또 떠나시면 안 돼요. 다시는 절 혼자 두시지 말아야 해요."

"내 사랑하는 에피…… 프리드리히, 그쪽에 놓아두게. 모든 걸 내가 정돈할 테니까…… 내 사랑하는 에피, 내가 당신을 혼자 두고 간 것은 내가 분별이 모자라거나, 변덕이 있어서가 아니고 피치 못할 사정이 있었기 때문이었소. 어떻게 달리 도리가 없었소. 난 공무를 보는 사람이오. 후작과 후작부인에게, '전하, 제 집사람이 너무 쓸쓸해하기 때문에, 혹은, 제 집사람이 무서워하기 때문에 올 수 없었습니다'라고 여쭐 수는 없는 노릇이 아니오. 내가 그런 말을 아뢴다면 우린 아주 웃음거리가 될 거요. 난 물론이고 당신도 마찬가지요. 자 우선 커피부터 드시오."

에피는 커피를 마셨다. 그러고 나니 한결 생기가 났다. 그런 다음 다시 남편의 손을 붙들고 말했다.

"당신 말씀이 옳아요. 그렇게 될 수 없다는 걸 전 알아요. 우리는 더 출세할 생각을 갖고 있으니까요. 전 우리라는 표현을 사용하겠어요. 왜냐하면 전 사실 당신보다 더 욕심이 많으니까요."

"모든 여성들이 다 그렇소."

인스테텐은 웃었다.

"그럼 그렇게 해요. 당신은 이전과 같이 초대를 받아들이고 전 여기에서 저의 높으신 어르신을 기다리겠어요. 그렇게 말하니 홀룬더나무 아래의 훌다가 생각나는데요. 그 애는 어떻게 잘 지내고 있을까요?"

"훌다 같은 여성은 늘 잘 지내는 법이오. 그런데 당신 방금 더 말하려고 한 것 같은데."

"제가 하고 싶은 말은요, 제가 꼭 이 지방에 혼자 있어야 한다면 그렇게 하겠지만 이 집에서는 안 된다는 거예요. 집을 바꾸어봐요. 방파제 근처에 무척 예쁜 집들이 많이 있어요. 마르텐 영사 댁과 그뤼츠마허 영사 댁 사이에 한 채 있고 기스휘블러 댁 바로 맞은편 광장 옆에도 한 채 있어요. 왜 우리는 그곳에서 살 수 없죠? 왜 하필 이런 곳에서 살아야 하나요? 베를린에선 피아노 치는 소리 때문에도 집을 옮기고 바퀴벌레나 불친절한 수위 부인 때문에도 가족들이 이사를 한다고 해요. 제 친정집에 들른 친구와 친척들이 그런 이야기 하는 걸 자주 들었죠. 그런 자질구레한 일 때문에도 이사를 가는데……"

"자질구레한 일이라고? 수위 부인이 나쁜 게 작은 일이오? 그런 말 하지 마시오."

"그런 일들 때문에 이사를 하는 수도 있는데 우리도 여기서 이사 못 할 것이 뭐 있겠어요? 당신은 이곳의 관구장이란 직위를 갖고 있기 때문에 사람들이 당신 말을 따르고, 많은 분들이 당신에게 고마워할 의무가 있잖아요. 그러니 이사쯤이야 가능하죠. 기스휘블러가 틀림없이 우리를 돕겠죠. 그게 단지 저 하나만을 위한 것이라 해도 그렇게 해주겠죠. 그분은 제게 동정을 느끼실 테니까요. 게르트, 말씀해주세요. 우리 이 마법에 걸린 집을 포기해버려요. 이 집은……"

"중국 남자가 있다는 말이지. 에피, 당신도 보다시피 그 남자가 나타나지 않아도 사람들이 그런 지독한 말을 지껄인다오. 당신이 본 것은, 즉 당신의 침대 곁을 살금살금 지나간 것은 하녀들이 위층 의자걸이에 붙여둔 작은 중국 남자요. 내 생각엔 그 남자가 틀림없이 푸른 상의를 입고 아주 납작한 모자를 쓰고 있었겠지."

그녀는 고개를 끄덕였다.

"이제 좀 알아듣겠소? 그건 꿈이나 착각이오. 그리고 요한나가 아마 엊저녁에 당신에게 2층의 결혼식에 관한 이야길 해준 모양이오."

"아니에요."

"아니라면 더 좋고."

"그 여자는 제게 한 마디도 해주지 않았어요. 이것저것 종합해보니 이곳엔 역시 무슨 기묘한 일이 있나봐요. 그 악어를 보세요. 이곳엔 모든 게 섬뜩한 느낌이에요."

"당신이 도착한 날, 저녁엔 그게 동화 같다고 느꼈었는데……"

"그랬었죠. 그땐……"

"……그리고 에피, 난 이곳을 쉽게 떠날 수 없소. 집을 팔든가, 바꿀 수도 있겠지만 나는 그럴 수가 없소. 그건 내가 바르진으로 가는 길을 완전히 막아버리는 것과 같은 짓이오. 난 이곳 사람들이 쑥덕거리는 게 싫소. '작은 중국 남자 그림이 유령으로 침대 곁에 나타났다고 부인이 소동을 벌이는 바람에 관구장 인스테텐이 집을 팔게 됐다'고 말이오. 그렇게 되면 난 낙오해버려요. 에피, 그런 바보 같은 짓은 다시는 만회할 수 없을 거요."

"게르트, 당신은 유령이 존재하지 않는다고 확신하세요?"

"그런 것이 없다고 주장하지는 않겠소. 더 정확히 말하면 그건 우리 인간이 믿느냐, 안 믿느냐 하는 문제일 뿐이오. 그렇지만 그 비슷한 게 설혹 존재한다 치더라도 그게 무슨 해가 되겠소. 당신도 들었겠지만 공기 속에 박테리아가 떠돌아다니는 게 그런 유령이 떠돌아다니는 것보다 더 나쁘고 위험한 일이오. 유령들이 정말 존재한다고 가정한다 해도 말이오. 게다가 바로 브리스트 가문의 딸인 당신이 유령에 대해 이처럼 공포나 역겨움을 느끼고 있다니 난 무척 놀랐소. 마치 천민 계급 출신처럼 말이오. 유령은 가문의 계보처럼 한 집안의 특권이라 할 수 있소. 내가 알고 있는 어떤 집안은 그 가문의 문장(紋章)은 물론 자기들만의 '하얀 여자'도 갖고 있소. '하얀 여자'는 물론 검은 여자일 수도 있소."

에피는 아무 말 하지 않았다.

"에피, 아무 대답이 없구려."

"제가 무슨 대답을 할 수 있겠어요? 전 당신에게 많은 걸 양보했고 당신 뜻대로 따랐어요. 그렇지만 당신이 좀더 이해심을 발휘할 수도 있다고 느껴요. 제가 이토록 이사를 원하고 있는 걸 알고 계신다면 말이에요. 전 정말 큰 고통을 당했어요. 상당한 괴로움이었어요. 그래서 당신을 보는 순간 전 이제 제 불안에서 벗어날 수 있으리라 생각했죠. 그런데 당신은 후작 앞에서나 시민들 앞에서 당신을 웃음거리로 만들고 싶지 않다고 하셨어요. 그 말씀은 제겐 별 위안이 되지 않아요. 전 조금도 위로를 느끼지 못해요. 당신이 그런 식으로 반박하시는 것이 유령의 존재를 결국 믿고 계신 것처럼 보일 뿐이지요. 게다가 귀족 집안에는 유령이 있다는 자부심을 갖고 유령의 존재를 긍정하도록 제게 요구하시니 더욱 서운해요. 그리고 제겐 그런 자부심은 없어요. 집안의 유령이 문장과 마찬가지의 가치를 갖고 있다고 말씀하시지만 그건 취향의 문제일 뿐이에요. 제겐 제 문장이 더 중요해요. 다행히 우리 브리스트 집안에는 유령이 없어요. 브리스트 가문 사람들이 늘 선량했기 때문인가봐요."

부부싸움은 더 계속돼 결혼 후 최초의 심각한 불화로 번질 뻔했다. 때마침 프리드리히가 마님에게 편지 한 통을 전해드리기 위해 들어오면서 사태가 일단락됐다.

"기스휘블러 씨에게서 온 것입니다. 편지 갖고 온 사람이 답신을 기다리고 있습니다."

에피의 얼굴에서 언짢은 안색이 순간 사라졌다. 기스휘블러라는 이름만 들어도 에피는 기분이 좋아졌다. 편지를 읽으면서 그녀의 즐거움은 더

해갔다. 그것은 편지가 아니고 카드였는데 '브리스트 가 출신 인스테텐 남작부인'이란 주소가 훌륭한 관청식 서체로 씌어 있었다. 봉인 대신 작고 둥근 칠현금에 활로 보이는 긴 막대가 끼워져 있는 그림이 붙어 있었다. 그녀가 카드를 남편에게 보이자 그도 역시 감탄했다.

"이제 읽어보구려." 에피는 편지 봉합을 뜯고 읽어 내려갔다.

존경하옵는 남작부인!

부인에게 존경을 바치는 오늘 아침 인사에 덧붙여 삼가 부탁 말씀을 드리도록 허락해주십시오. 오랜 시절 제 친애하는 여자 친구며 우리 훌륭한 케씬의 딸인 마리에타 트리펠리 양이 오늘 정오 기차로 이곳에 도착합니다. 그녀는 내일 아침까지 제 집에서 머물 예정입니다. 그녀는 17일 페테르부르크로 가서 1월 중순까지 그곳에서 자기 일에 몰두할 예정입니다. 코체코프 후작이 이번에 또 그녀에게 자기 집에 와 있도록 해주었대요. 그분은 손님을 후히 대접하는 분이죠. 트리펠리는 늘 변함없는 호의로 절 대해주는데 오늘 저녁엔 제 집에 머물면서 제가 제 마음대로 고른 몇 가지 곡을— 그녀는 어려움이란 걸 모르는 분이므로— 불러주겠다고 했어요. 남작부인께서 이 저녁 음악회에 와주실 수 있으신지요? 7시입니다. 남작님도 꼭 오시리라 믿으며 저를 도와주시길 삼가 부탁드립니다. 참석하실 분은 반주하실 분인 린데크비스트 목사와 미망인인 트리펠 목사 부인입니다. 당신에게 삼가 충성을 바치며.

A. 기스휘블러 올림.

"그럼……"

인스테텐이 말했다.

"갈 생각이오? 아니면 가지 않을 거요?"

"물론 가야죠. 제 울적한 기분을 바꿔줄 거예요. 또 제가 좋아하는 기스휘블러의 첫 초대를 거절해버릴 수는 없잖아요."

"동감이오. 프리드리히, 초청 카드를 갖고 온 미람보에게 우리가 초청에 응한다고 말해주게."

프리드리히는 물러갔다. 그가 나가자 에피가 물었다.

"미람보가 누구죠?"

"미람보란 원래 아프리카 탕카이카 바다의 해적 두목을 일컫지요······ 당신 지리 실력이 거기까지 미칠지 모르지만 말이오. 이곳 우리 케쎈의 미람보는 단지 기스휘블러 댁에서 석탄을 조달해주고 닥치는 대로 무슨 일이든 해주는 하인에 불과하오. 아마 오늘 저녁에 연미복을 입고 면장갑을 끼고 우리를 기다리고 있을 거요."

중간에 끼어든 이 사건이 에피에게 좋은 효과를 준 것이 분명했다. 그녀의 낙천적 기분이 많이 되살아났다. 인스테텐은 그녀의 기분을 더욱 북돋워주기 위해 자기 나름으로 최선을 다하려 했다.

"당신이 그렇게 빨리 동의해주니 기쁘구려. 내가 한 가지 제안할까. 당신의 기분이 완전히 전환되게끔 말이오. 내가 보기에 당신은 간밤의 일로 아직 석연찮은 기분을 갖고 있는 듯하오. 그런 건 나의 귀여운 에피에겐 어울리지 않는 일이고 이제 사라져버려야 할 일들이오. 그러기 위해서는 신선한 공기가 최고지. 마침 날씨도 화창하고 상쾌하여 한 가닥 미풍도 없이 온화하오. 우리 드라이브 한번 하는 게 어떻소. 그냥 재배장까지 다녀오는 것 말고 이번엔 좀 멀리까지 갔다 옵시다. 물론 썰매를 타고 방울 소리를 울리며 흰 눈 쌓인 길을 가는 거요. 4시에 돌아옵시다. 그런 다음 좀 휴식을 취한 후 7시에 기스휘블러 댁에 가서 트리펠리의 노래를 들읍시다."

에피는 그의 손을 잡았다.

"게르트, 당신은 정말 선량하고 관대하세요. 당신에겐 제가 유치한 어린애같이 보였을 거예요. 첫째, 제가 무서움을 느낀 일, 그다음엔, 당신에게 집을 팔자고 제안한 일이 그러했어요. 더 좋지 않았던 점은 후작에 대해 터무니없이 부당한 시비를 한 점이죠. 당신이 그와 결별해야 한다고요. 웃기는 일이었어요. 왜냐하면 결국 그분은 우리들 위에 군림하며 우리들을 다스리는 사람이니까요. 저도 마찬가지예요. 제가 얼마나 명예욕이 강한 여자인지 당신은 모르세요. 사실상 전 명예욕 때문에 당신과 결혼했어요. 당신, 그렇게 심각한 얼굴을 하실 필요는 없어요. 제가 당신을 사랑하고 있잖아요⋯⋯ 나뭇가지를 꺾어 잎을 하나씩 떼어가면서 하는 말이 뭐라더라. 진심으로, 고통으로, 무한한 사랑으로.*"

그리고 그녀는 밝게 웃었다.

"어디로 갈 건지 말씀해주세요."

인스테텐이 계속 침묵하고 있는 동안 그녀는 연거푸 물어보았다.

"이렇게 합시다. 정거장 쪽으로 우회해서 국도로 돌아옵시다. 그리고 식사는 역에서 하든지 아니면 골쇼브스키 댁 앞에 있는 '비스마르크 후작'이란 레스토랑에서 합시다. 우리가 이곳에 도착하던 날 그 앞을 지나왔는데, 당신 기억나오? 이렇게 미리 서로 이야기해두는 게 좋아요. 난 에피의 은총을 받은 그 폴란드 지사와 선거에 대해 얘기를 나눌 거요. 개인적으로 그는 별 쓸모없는 사람이지만 살림을 잘 꾸리고 요리는 더 잘하지.

---

* 사랑하는 사람들이 자기들의 애정을 표현할 때 나뭇잎을 하나씩 떼어가며 하는 말.

이곳 사람들은 먹고 마시는 일에 대해선 통달해 있어요."

이런 이야기를 나누고 있을 때가 11시경이었다. 12시가 되자 크루제가 문 앞에 썰매를 대기시켰다. 에피는 썰매에 올라탔다. 요한나가 발을 덮는 모포와 모피 외투를 갖고 오려 했다. 그러나 에피는 지금 무엇보다 신선한 공기를 더 절실히 필요로 했기에 모두 사양하고 두 겹의 담요만 받았다. 인스테텐은 크루제에게 지시했다.

"크루제, 오늘 아침에 한번 갔던 역 쪽으로 가겠네. 사람들이 놀라겠지만 대수로울 것 없어. 내 생각엔 재배지를 끼고 가다가 왼쪽 크로센틴 교회 탑을 향해 가는 게 좋겠어. 출발하게. 1시에는 정거장에 도착해야 하니까."

드라이브는 그렇게 진행됐다. 바람이 불지 않아 도시의 흰 지붕 위에서는 연기가 똑바로 오르고 있었다. 우트파텔의 풍차가 천천히 돌아가고 있었다. 눈 깜짝할 사이에 그들은 그 앞을 지나 교회 묘지 바로 옆으로 달려갔다. 교회 묘지에는 매자나무 덤불이 울타리 위로 자라나 있었다. 에피는 가지 끝을 가볍게 털었다. 눈이 그녀의 여행 모포 위에 떨어졌다. 길의 다른 쪽에는 정원 화단보다 그리 넓지 않은 장소가 있었다. 그곳은 담으로 둘러싸여 있었는데, 가운데 솟아 있는 한 그루의 어린 소나무 외엔 아무것도 보이지 않았다.

"누군가가 저기에 묻혀 있나보죠?"

에피가 물었다.

"그렇소. 중국 남자지."

에피는 기겁했다. 가슴이 찔린 듯 뜨끔한 기분이 들었다. 그러나 그녀는 자제한 뒤 태연한 척 조용히 물었다.

"우리집의?"

"그렇소. 우리집의 중국 남자요. 그는 물론 교구민들 소속 교회 묘지에는 묻힐 수 없었지. 그 당시 그의 친구나 마찬가지였던 톰젠 선장이 이 땅을 사서 이 자리에 그를 묻었소. 저곳에 이름이 적힌 비석도 있소. 물론 모두가 내가 부임하기 전의 일이었소. 그런데도 아직도 모두들 그 이야기들을 하지."

"그러니 그것과 관련된 숨은 이야기가 있긴 있군요. 당신이 오늘 아침에 그런 말을 하셨죠. 그게 무엇인지 제가 들어보는 게 결국 최상이에요. 제가 그걸 모르고 있는 동안은 아무리 애를 써도 제 상상을 막을 수 없거든요. 어떤 이야기인지 말해주세요. 실제 이야기는 공상처럼 그렇게 저를 괴롭히지 않을 거예요."

"멋진데, 에피, 난 그 이야기를 하지 않으려 했소. 그렇지만 자연히 이야기의 실마리가 풀려 나오니 다행이오. 그리고 사실 아무것도 아닌 일이오."

"제겐 아무래도 좋아요. 아무것도 아닌 일이든, 복잡하든, 그렇지 않든, 아무튼 시작해보세요."

"그렇소, 에피. 말하는 건 어렵지 않소. 늘 그렇듯 시작이 어려운 일이지. 이 이야기를 꺼낼 때도 그렇소. 내 생각엔 그럼 톰젠 선장 이야기부터 시작하는 게 좋겠소."

"좋아요. 그렇게 해보세요."

"톰젠이란 이름은 이미 말했었지. 톰젠은 소위 중국으로만 다니는 상인으로 쌀을 실은 화물선을 타고 상하이와 싱가포르 사이를 오랫동안 왕래했었소. 그가 이곳에 왔을 때는 아마 예순 살이었을 게요. 그 사람이 이곳 태생인지, 아니면 이곳과 무슨 연관을 맺고 있는지는 모르오. 요컨대 그 남자는 이곳으로 이사 와서 낡은 고물 상자나 다름없는 자신의 배를 헐

값에 팔아버리고 지금 우리가 살고 있는 바로 그 집을 구입했다는 거요. 세상을 돌아다니며 재산가가 되었던 거지. 이제 악어, 상어, 물론 배에 대한 것까지 다 설명이 되었을 거요. 그래서 톰젠은 이곳에서 살았는데 아주 빈틈없는 남자였다고 세상 사람들이 내게 이야기해주었소. 호감이 가는 타입의 인물이었다고 하오. 킬스타인 시장도 그를 좋아했고 베를린 태생 케쎈 목사도 그를 좋아했다고 하오. 톰젠이 이곳에 오기 직전에 부임해온 케쎈 목사에 대해 주민들은 적대감을 갖고 있었다고 하지."

"저도 짐작이 가요. 저도 그걸 느끼고 있어요. 이곳 사람들은 너무 엄격하고 독선적이에요. 제 생각엔 그게 폼멜인들 성격인 듯해요."

"그렇기도 하고 아니기도 하지. 상황에 따라 달라요. 전혀 엄격하지 않고 뒤죽박죽 적당히 살아가는 지방도 있소…… 그건 그렇고 에피, 저기 크로쎈틴 교회 탑이 보이는군. 정거장으로 가는 대신 그라젠압 노부인에게 들르는 게 더 좋지 않겠소? 내가 들은 게 정확하다면 지도니는 집에 있지 않을 거요. 그러니 그렇게 해볼 수도 있지 않겠소?"

"게르트, 제발 그러지 말아요. 전 썰매 타고 역으로 가는 게 아주 좋아요. 제 마음은 무척 자유롭고 제 불안은 모두 사라져버렸어요. 전 그걸 잘 느끼고 있어요. 그런데 이 모든 걸 포기하고 늙은 사람들을 불쑥 방문해서 그들을 당황하게 만들어버릴 필요 있어요? 결코 그러고 싶지 않아요. 그리고 무엇보다도 이야기를 마저 듣고 싶어요. 톰젠 선장에 관한 이야기 말예요. 전 그분을 덴마크 사람이나 영국 사람으로 상상해요. 하얗고 청결한 구식의 높은 칼라를 단 옷을 입고 아주 하얀 내의를 입은……"

"잘 맞혔소. 그랬었다고 이야기들을 하지. 그 사람과 함께 스물세 살 가량의 젊은 여자가 살았는데 어떤 사람은 그 여자가 선장의 질녀라고 하고 어떤 사람은 선장의 손녀딸이라고 했는데, 나이를 따지면 손녀딸은 아마 아닐 거요. 아무튼 손녀인지 질녀인지 모르는 그 젊은 여자 이외에 중국 남자 한 명도 같이 살았지. 그 남자의 묘지가 우리가 방금 그 앞을 지나온 모래언덕에 있지."

"재미있어요."

"이 중국 사람은 소위 톰젠 집안의 하인인데, 하인이라기보다 사실상의 친구인 셈으로 톰젠이 몹시 신임했었지. 그렇게 세월이 지나갔는데 갑자기 톰젠의 손녀가 — 내 기억엔 그녀 이름이 니나였소 — 톰젠의 소망에 따라 어떤 선장하고 결혼한다는 소문이 떠돌더니 소문이 사실이 되었소. 집에서 성대한 결혼식이 벌어졌지. 베를린 출신의 목사가 주례를 맡았고 비밀 종교 집단에 속해 있는 뮐러 우파텔과 도시에서 교회 관계 일엔 별 신용을 얻지 못하던 기스휘블러가 초대되었다오. 그리고 물론 수많은 선장들, 그들의 부인들, 자녀들이 초대되어서 예측한 대로 대성황이었소. 저녁엔 무도회가 있었는데 신부가 손님과 한 명씩 차례로 춤을 추고, 마지막에는 그 중국 남자와도 춤을 추었소. 그런데 그날 갑자기 신부가 없어진 거요. 실제로 그 여자는 어디론가 떠나버렸는데 아무도 어떻게 된 영문인지 몰랐소. 그러고는 14일 뒤에 중국인이 죽었소. 톰젠은 내가 당신에게 보여준 그 땅을 사서 장례를 치렀지. 들리는 이야기로는, 그 중국 남자가 '다른 사람들처럼' 아주 좋은 사람이기 때문에 안심하고 교회 묘지에 묻힐 수 있었을 것이라고 베를린 출신 목사가 말했다는 거요. 그 목사가 말한 '다른 사람들'이라는 게 누구인지 우린 잘 알 수 없지요. 그것을 기스휘블러가 내게 말해준 적이 있소."

"제 생각엔 그 목사가 잘못한 것 같네요. 그 목사는 그런 의견을 말하면 안 된다고 생각해요. 그런 식의 발언은 위험하고 또 적절하지 못하니까요. 니마이어라면 그런 말은 하지 않았을 거예요."

"트리펠이라 불렸던 그 목사는 안 그래도 평판이 좋지 않았소. 그가 멀리 다른 나라에서 죽은 것은 다행한 일이었다고 할 수 있소. 만약 그렇지 않았더라면 그 목사는 이곳에서 직위를 박탈당했을 것이오. 왜냐하면 시민들은, 자기들이 그를 선출하긴 했지만, 당신처럼 그의 발언에는 반대했기 때문이오. 종교국은 물론 제일 먼저 강력히 반대했었지요."

"트리펠이라고 말씀하셨죠. 그럼 결국 오늘 저녁 우리가 만나게 될 트리펠 목사 부인과 관계가 있겠네요."

"물론, 그렇소. 그 목사는 그 부인의 남편이자 트리펠리 양의 아버지니까."

에피는 웃었다.

"트리펠리의 아버지라고요. 이제야 모든 윤곽이 뚜렷해지는군요. 그녀가 케쎈 태생이라고 기스휘블러가 편지에 썼었죠. 전 또 그녀가 이탈리아 영사의 딸이라고 상상했었죠. 이곳엔 이국적인 이름이 무척 많아요. 그녀는 독일 여자고 트리펠 집안 출신이군요. 그럼 그녀는 자기 자신을 그렇게 이탈리아 식으로 표현할 만큼 대단한 여자인가요?"

"세상이란 용기 있는 사람들의 것이오. 그리고 그녀는 아주 유능하지. 파리의 저 유명한 비아르도*에게서 몇 년 동안 교육받았고, 그곳에서 그녀는 러시아 후작을 사귀었소. 러시아 후작들은 계급 편견을 벗어난, 아주 개화된 사람들이니까. 코체코프와 기스휘블러, 이 두 인물이 바로 어린 마리 트리펠을 지금의 그녀로 키운 사람들이오. 그녀는 기스휘블러를 아저씨라고 부르는데 기스휘블러가 진짜 아저씨였다고 우리가 말할 수 있을 정도라오. 그녀는 기스휘블러 덕택에 파리에 유학했고, 그다음 코체코

---

* 폴린 비아르도 가르샤(1821~1910): 저명한 프랑스의 오페라 가수. 1871년 이후 파리에 정주해서 성악 선생으로 세계적 명성을 떨쳤다.

프가 그녀를 트리펠리라는 여류 성악가로 바꾸어주었지요."

"아아. 게르트, 얼마나 매력적이에요! 전 얼마나 평범하기 짝이 없는 인생을 호엔 크레멘에서 보내고 있었나요! 매력 있는 일이라곤 전혀 없이……"

인스테텐이 그녀의 손을 잡았다.

"당신, 그런 말 하면 안 되오. 에피. 상대가 유령이면 어떻게든 좋은 태도를 취해야 되겠죠. 그렇지만 색다른 일이라든지, 사람들이 색다르다고 말하는 그런 것을 경계해야 하오. 당신 눈에 그렇게 매력적으로 보이지만, ― 트리펠리가 살아가는 인생 말이오 ― 잘 생각해보면 대개 그 대가로 사람들은 자신의 행복을 바치고 있는 거요. 당신이 호엔 크레멘을 얼마나 사랑하고 거기에 마음을 쏟는지 난 잘 알고 있소. 그렇지만 또 당신은 그걸 가끔 비웃기도 하죠. 당신은 호엔 크레멘에서와 같은 조용한 나날이 우리 인간에게 주는 의미를 모른단 말이오."

"아니에요. 저도 알고 있어요"라고 그녀가 말했다.

"저도 알고 있어요. 그러나 전 뭔가 별다른 것에 관한 이야기를 듣는 걸 좋아할 뿐이에요. 그런 이야기를 들으면 그런 것들을 같이 겪어보고 싶은 마음이 생기는 거죠. 하지만 당신 말씀이 옳아요. 사실상 저도 조용한 생활, 평화로운 생활을 좋아해요."

인스테텐은 손가락으로 그녀에게 주의를 주었다.

"나의 하나뿐인 사랑하는 에피. 당신은 또 이런저런 공상거리를 생각해내는군."

11

 드라이브는 계획대로 이루어졌다. 썰매는 1시에 철로 둑 아래쪽에 있는 '비스마르크 후작' 레스토랑 앞에서 멈추었다. 골쇼브스키는 관구장이 자신의 집으로 온 것을 기뻐하며 아침과 점심 사이에 먹는 근사한 새참을 마련하려 애썼다. 식사 마지막에 디저트와 헝가리 포도주가 나왔을 때 인스테텐은 골쇼브스키에게 테이블에 같이 앉아서 두 사람을 위해 이런저런 이야기를 들려달라고 부탁했다. 그런 일에는 골쇼브스키가 최고였기 때문이었다. 그는 직경 2마일 이내에 있는 달걀 하나도 놓치지 않을 만큼 세상 소식에 아주 밝은 사람이었다. 정보에 밝은 그의 능력이 다시 한 번 진가를 발휘했다. 인스테텐이 추측한 것처럼 지도니 그라젠압은 지난 크리스마스 때와 같이 이번에도 궁정목사들을 만나기 위해 4주 동안 여행을 갔었다. 팔레스케 부인은 어떤 치명적인 사건 때문에 하녀를 갑작스레 해고해야 했다. 또 늙은 프라우 씨는 몸이 많이 편찮다고 했다. 그저 단순히 미끄러졌다고 소문이 났지만 사실은 중풍이었고, 리사에서 경기병으로 있는 그의 아들을 다급히 기다리고 있다고 했다. 이런저런 잡담을 나눈 뒤 진지한 화제로 돌아갔다. 바르진에 대한 이야기였다.

 골쇼브스키가 말했다.

 "사람들이 후작을 인쇄소 주인으로 생각하다니! 모든 게 기묘해요. 사실상 그분은 글 쓰는 나부랭이들을 참을 수 없어 하시고 우선 인쇄된 종이 자체를 싫어하시는데, 이제 그분이 몸소 인쇄소를 세우신다니……"

 "그렇소, 친애하는 골쇼브스키."

 인스테텐이 말했다.

"그렇지만 일생 동안 우리는 그런 모순으로부터 벗어나질 못하죠. 후작도, 그 어떤 귀족도 마찬가지죠."

"그래요. 높은 직위를 가진 사람도 마찬가지죠."

바로 그 순간 철로에서 곧 기차가 진입한다는 걸 알려주는 종소리가 들려오지 않았다면 후작에 대한 대화가 좀더 계속되었을 것이었다. 인스테텐은 시계를 보았다.

"어디로 가는 기차죠? 골쇼브스키."

"단치히행 급행열차예요."

"이 기차는 이곳에 정차하지 않지만 전 늘 초소에 올라가서 차 칸을 세어보는데 이따금 창가에 아는 사람이 있기도 하지요. 제 집 바로 뒤에 철로 둑으로 올라가는 계단이 있어요. 선로지기 초소 417호 쪽으로요……"

"우리 놓치지 말고 기차 구경해요."

에피가 말했다.

"전 기차를 구경하는 게 좋거든요……"

"그럼, 시간이 다 됐어요. 마님."

그들 셋은 다 같이 길을 나섰다. 둑 위에 다다라서는 모두 선로지기 초소 옆에 있는 정원의 둑 위에 섰다. 이 정원 둑은 물론 삽질한 자리만 빼고 온통 눈에 쌓여 있었다. 선로지기는 손에 깃발을 들고 서 있었다. 기차는 역의 철로를 지나 순식간에 초소 앞을 스쳐 정원 둑 앞을 지나갔다. 에피는 너무나 흥분되어 아무것도 보지 못하고 위쪽의 제동수(制動手)가 앉아 있는 맨 뒤 칸을 멍하니 쳐다보았다.

"6시 50분에 이 기차는 베를린에 도착할 거요."

인스테텐이 말했다.

에피 브리스트 119

"그리고 다시 한 시간 뒤에 바람이 이렇게 불지 않을 경우엔 호엔 크레멘 사람들이 멀리서 기차가 지나가는 소리를 들을 수 있을 게요. 당신도 가고 싶소, 에피?"

그녀는 아무 말도 하지 않았다. 인스테텐이 에피를 돌아다보았을 때 그녀의 눈은 눈물을 머금고 있었다.

에피는 기차가 그녀의 앞을 돌진해서 지나갈 때 간절한 동경에 사로잡히게 되었다. 에피는 이곳에서 잘 지내고 있음에도 불구하고 낯선 세계에 사는 듯 느껴졌다. 이것저것에 매료되는가 하면 그다음 순간 곧 자신에게 무언가 부족함을 의식했다. 저쪽엔 바르진이 있고 다른 쪽엔 크로셴틴 교회 탑이 번쩍였고, 계속 가면 모르크니츠 가(街)가 있고 그곳엔 그라젠압 가와 보르크 가가 살고 있었다. 벨링 가나 브리스트 가는 아무 데도 없었다. '그렇다. 내게 부족한 건 바로 그들이야.' 인스테텐은 그녀의 기분이 갑자기 변한 걸 이해할 수 있었다. 그녀는 지난간 모든 것을 마치 꿈처럼 추억해보았다. 한동안 그렇게 그리움에 사무쳐서 기차를 바라보았다. 그러나 그녀는 그런 기분으로 오랫동안 서 있기만 하기에는 너무나 발랄한 성격의 소유자였다. 집으로 돌아오는 길에 둥근 공 모양의 태양이 석양 속에서 부드러운 빛을 비추는 광경을 보았을 때, 그녀의 마음은 다시 탁 트였다. 모든 것이 그녀에겐 아름답고 신선했다. 시계종이 일곱 번을 치기 직전 케쎈으로 돌아와 기스휘블러 댁 현관에 들어서면서 그녀의 기분은 좋은 정도를 넘어 아주 명랑해졌다. 그 댁에서 풍기는 발드리안 진경제(鎭痙劑)와 제비꽃 뿌리 향기도 도움이 된 듯했다.

인스테텐과 그의 부인은 정각에 나타났다. 그렇지만 다른 손님들보다는 늦은 셈이어서 린데크비스트 목사, 트리펠 노부인, 트리펠리까지 벌써

와 있었다. 기스휘블러는— 윤이 나지 않는 금빛 단추가 달린 푸른 연미복을 입고 눈부신 흰색의 무명천 조끼 위에 훈장과 같은 폭이 넓은 리본을 붙이고 코에 거는 안경을 드리우고 있었는데— 자신의 흥분된 마음을 애써 감추고 있었다.

"여러분들께 소개해 올리겠습니다. 인스테텐 남작과 남작부인이고, 트리펠 목사 부인이며, 마리에타 트리펠리 양입니다."

모두에게 구면인 린데크비스트 목사는 한쪽에 미소를 지은 채로 서 있었다.

트리펠리는 30대 초반으로 남성 같은 강한 성격과 탁월한 유머감각을 갖추고 있었다. 트리펠리는 소개받은 순간까지 소파의 상석을 차지하고 있다가 소개가 끝나자 옆에 놓인 높은 팔걸이가 달린 의자로 걸어가면서 말했다.

"관직이라는 부담과 위험을 갖고 계신 부인, 제가 말씀드리겠어요. 위험에 관해서 말입니다." 그녀는 소파를 가리키며 말했다. "이런 경우엔 말씀드리는 게 좋을 거예요. 전 수년 전부터 기스휘블러에게 주의를 주었지만 유감스럽게도 아무 소용이 없었어요. 그는 무척 선량하시지만 그만큼 고집쟁이시거든요."

"그렇지만, 마리에타……"

"이 소파로 말하자면, 그 제작 연도가 적어도 50년 전으로 거슬러 올라가죠. 구식으로 푹 꺼지게끔 만들어져서 의자만 믿고 방석을 미리 받치지 않은 채 앉게 되면 깊이를 알 수 없는 바닥으로 내려가죠. 무릎이 위쪽으로 올라가 마치 무슨 기념비처럼 보이게 될 정도로 말이죠."

트리펠리는 아주 온후하고 분명한 어조로 이렇게 말했는데, 그 태도는 마치 '너는 인스테텐 부인이고 난 트리펠리다'라고 말하는 듯했다.

기스휘블러는 그의 여자 친구인 이 여성 예술가 트리펠리를 열광적으로 사랑했고 그녀의 재능을 높이 평가했다. 기스휘블러는 트리펠리에 대해 감격하고 있지만 그녀에게 사교적인 섬세함이 좀 부족하다는 사실도 모르진 않았다. 이런 섬세함은 바로 기스휘블러가 마리에타 트리펠리에게 개인적으로 일깨워주고자 하는 면이기도 했다.

"사랑하는 마리에타." 그는 말을 시작했다.

"당신은 이런 문제를 그렇게 매력적으로 밝게 다루는군요. 그렇지만 내 소파에 관한 것만큼은 당신이 오류를 범하고 있소. 어떤 전문가가 오더라도 우리들 중 누가 옳은지 알 것이오. 코체코프 후작 같은 사람까지도······."

"아아, 기스휘블러. 부탁이에요. 제발 그분 이야기는 그만두세요. 항상 코체코프 이야기만 하시다니······ 당신은 부인 앞에서 제가 묘한 의심을 사게끔 만드시네요. 코체코프 후작은 소(小)후작이어서 천 명 이상의 부하를 거느리고 있지 않은데, (과거에는 데리고 있는 부하의 머릿수로 그 세력을 계산했죠) 제가 꼭 그 후작의 천한번째 사람이라고 자랑하는 것 같으니까요. 그런 게 아니에요. 정말 상황이 달라요. 전 늘 자유롭게 살아가고 있어요. 기스휘블러, 당신은 제 신조를 알고 계시죠. 코체코프는 좋은 동료고 친구지만 예술 쪽에는 전혀 조예가 없어요. 미사곡이나 성악극, 오라토리오를 작곡하긴 하지만 음악에 대해서도 그분은 아는 게 없어요. 대부분의 러시아 후작들이 예술을 하면 약간 신학적이고 정교를 신봉하는 쪽으로 기울어지죠. 그리고 실내 설비 문제와 실내장식 분야는 그분이 전혀 알지 못하지요. 그분은 고상해서 화려한 것, 값나가는 것은 무엇이든지 아름답다고 생각해버리죠. 모든 게 꼭 그 정도입니다."

인스테텐은 즐거워했고 린데크비스트 목사는 아주 눈에 띄게 유쾌한 표정이었다. 선량한 트리펠 노부인은 자기 딸의 거리낌 없는 어조에 점점 당황해했다. 한편, 기스휘블러는 점점 어려워지는 화제를 이 정도로 결말짓는 게 적절하다고 여겼다. 그러기 위해선 몇 편의 악곡이 최고였다. 마리에타가 이의를 제기할 여지가 있는 내용의 곡을 선택할지도 모르지만, 설혹 그렇게 된다 하더라도 그녀의 노래 솜씨가 워낙 탁월한지라 어떤 곡이라도 내용 면에서는 승화되어버릴 것이었다.

"친애하는 마리에타."

그는 말문을 열었다.

"우리들의 조촐한 만찬 음식은 8시에 나오도록 준비시켰습니다. 아직 45분가량 시간이 남았는데 식사를 드시면서 경쾌한 노래를 부르겠어요? 아니면 식사를 끝낸 후에 하시는 게 좋을는지……"

"기스휘블러, 미학에 일가견을 가지신 분인 당신에게 부탁드리는데요. 배가 잔뜩 불러서 노래 부르는 것처럼 몰취미한 짓은 없어요. 더욱이— 제가 알기로 당신은 미식가시죠— 음식 맛이란 일을 일단 끝낸 후가 더 좋은 법이죠. 우선 먼저 예술이 있은 다음에 호도 아이스크림이 와야죠. 그게 타당한 순서예요."

"그럼 악보를 갖다드릴까요. 마리에타?"

"악보를 갖고 오신다고요. 그게 무슨 뜻이죠, 기스휘블러? 제가 알기로는 당신의 장(欌) 전부가 악보로 꽉 차 있죠? 그리고 제가 당신을 위해 보크 보테 가게*의 악보를 전부 다 부를 수는 없지 않아요? 기스휘블러, 악보라니요! 어떤 곡의 악보인가 하는 문제가 중요해요. 그리고 그게 올바르게 되어 있어야죠. 알토 음으로……"

---

* 베를린의 라이프치히 거리에 있는 악보 상점.

"그럼 가져오겠어요."

그는 서랍을 차례차례 빼면서 장 하나를 다 뒤졌다. 그동안 트리펠리는 자기 의자를 왼쪽 테이블 근처로 바싹 밀어 에피 곁에 붙어 앉으며 말했다.

"저 분이 뭘 갖고 올지 흥미로운데요."

에피는 약간 당황했다.

"제 추측엔……"

그녀는 수줍게 대답했다.

"글루크*의 작품…… 아주 극적인 작품을 갖고 오겠죠. 존경하는 트리펠리 양! 제가 이런 말씀을 드려도 될지 모르겠습니다만, 전 당신이 콘서트 가수라는 걸 듣고 무척 놀랐어요. 제 생각엔 당신은 오페라 무대로 초빙되어야 할 소수의 몇몇 분에 속해요. 당신의 외모, 체력, 음성 등을 보면요…… 전 그런 분을 본 적이 거의 없었어요. 다만 짧은 베를린 여행 때뿐이었어요. 그러나 그땐 아직 철없는 어린애였어요. 제 기억으로는 오르포이스나 크림힐트** 혹은 베스탈린***이었던 것 같아요."

트리펠리는 머리를 흔들며 내려다보았다. 이때 기스휘블러가 다시 나타나 여섯 권의 악보를 그녀 앞에 갖다놓았기 때문에 에피에겐 아무런 대꾸도 하지 않았다. 트리펠리는 재빨리 악보를 차례대로 손에 들고 살펴보았다.

"「마왕」…… 아이, 이런 것을…… '작은 냇물아, 졸졸 흘러라' ****

---

* 크리스토프 빌리발트 글루크(1714~1787) : 주요 작품인 오페라 「오르포이스와 오이리디케」에서 오르포이스 역을 알토 음으로 노래한 가수.
** 하인리히 루트비히 에그몬트도룬(1804~1892)의 오페라 「니벨룽겐」의 여주인공. 「니벨룽겐」은 작자 미상의 독일의 대표적인 영웅서사시다.
*** 오페라 「베스탈린」의 주인공.

…… 그렇지만, 기스휘블러, 당신은 기니아픽 동물*처럼 7년 동안 잠을 잤군요. 이것은 뢰베**의 발라드인데 마찬가지로 최신 것이 아니에요. 「스파이어의 종」…… 그 영원한 땡땡 종소리는 무대 위의 과장된 몸짓, 손짓 같아요. 이것도 몰취미하고 김빠진 느낌의 곡이죠. 이 「올라프 기사」…… 이건 괜찮아요."***

그녀는 일어섰다. 목사가 반주하는 동안 무척 안정감 있고 탁월한 재능으로 「올라프 기사」를 불렀고 좌중의 박수갈채를 받았다. 그다음엔 비슷한 낭만적인 곡들, 예를 들면 「방황하는 홀랜드인」에서 몇 곡, 「참파 Zampa」에서 몇 곡, 그리고 「황야의 소년」****을 골라서 생동감이 넘치면서도 영혼의 고요함을 지닌 독창을 했다. 그동안 에피는 노래 가사와 곡에 감동 받아 얼얼한 기분이 되었다.

트리펠리는 「황야의 소년」을 끝마치고 말했다.

"이제 이만하면 충분해요."

트리펠리 쪽에서 그렇게 단호하게 말했기 때문에 기스휘블러도 다른 사람들도 더 요청해볼 용기가 없었다. 에피는 물론 말할 것도 없었다. 에

**** 빌헬름 뮐러의 시에 슈베르트가 곡을 붙인 가곡 「아름다운 물방앗간의 처녀」에 나오는 가사.
 * 유럽의 알프스와 북아메리카 서부 산지에 사는 신장 50센티미터 정도의 짐승으로 오랫동안 겨울잠을 잔다고 한다.
 ** 칼 뢰베(1796~1869): 독일의 대표적인 발라드 작곡가.
*** 「마왕」: 괴테의 시에 슈베르트가 곡을 붙인 가곡.
「스파이어의 종」: 막스 폰 엘의 시에 칼 뢰베가 곡을 붙인 노래.
「올라프 기사」: 요한 고트프리트 헤르더가 덴마크어에서 번역한 시에 뢰베가 곡을 붙인 노래.
**** 「방황하는 홀랜드인」: 리하르트 바그너의 오페라.
「참파」: 루이 초세프 헬데나인(1791~1833)의 오페라.
「황야의 소년」: 프리드리히 헤벨의 시에 슈만이 곡을 붙인 노래.

피는 기스휘블러의 여자 친구가 다시 자기 옆에 앉았을 때야 겨우 입을 뗄 수 있었다.

"친애하는 트리펠리 양. 당신에게 감사한 마음 이루 말할 수 없습니다. 그렇게 아름답고 그렇게 안정감 있고 그렇게 능숙하시다니…… 그리고 이런 말씀 드려 실례가 될지 모르지만, 제가 당신에 대해 더욱더 감탄하는 점은 당신이 독창하실 때의 그 침착한 태도예요. 전 아주 영향 받기 쉬운 성격이어서 매우 하찮은 유령 이야기만 들어도 몸이 떨리고 마음의 갈피를 잡을 수 없어요. 그런데 당신은 이토록 당당하게 감동적으로 노래하시고 또한 아주 밝고 훌륭하시군요."

"그렇습니다, 친애하는 부인. 예술이란 그런 것이죠. 무대에선 특히 더 그렇죠. 다행스럽게도 전 무대와 관계하고 있지 않아요. 무대의 유혹에 저는 충분히 저항할 수 있어요. 그건 우리 인간이 소유한 최선의 것, 즉 명성을 상실케 하죠. 그 외에도 제 동료들이 수 차례에 걸쳐 거듭 확언한 바 있지만, 그것은 인간의 감각을 둔하게 만들어요. 무대에서는 독살당하기도 하고 질투로 죽기도 하고 죽은 줄리엣의 귀에 로미오가 시시한 말을 속삭여주든가 악의에 찬 말을 하기도 하고, 그녀 손에 짧은 연애편지를 쥐어주는 행동을 하죠."

"전 이해가 안 가요. 당신 덕분에 오늘 제가 듣게 된 이야기, 이를테면 「올라프 기사」에 나오는 유령 이야기 같은 것을 들으면, 전 정신이 나간 듯 하루 종일 그 일을 잊을 수 없어요. 또 불안한 꿈을 꾸든지, 아니면 주위에 아무도 없을 때 위층에서 누군가가 조용히 춤추는 것, 음악 연주를 듣는다든지, 혹은 제 침대 곁을 누군가가 살금살금 지나갈 때면 전 또 정신이 빠진 채 그런 것들을 종일토록 생각하는 상태가 돼버려요."

"그래요, 친애하는 부인. 당신이 말씀하신 것은 다른 일이에요. 그건 실제 일어난 일일 수도 있고 아니면 적어도 현실적인 무엇일 수 있어요. 전 발라드에 나오는 유령 때문에 공포를 느끼진 않아요. 만약 제 방에 유령이 나타난다면 저도 다른 사람들처럼 기분이 안 좋을 거예요. 그런 경우엔 우린 똑같은 느낌을 갖죠."

"당신도 그런 경험을 한 적이 있으세요?"

"물론이죠. 그것도 코체코프 댁에서. 그래서 이번에도 제가 다른 곳에서 숙박하도록 계약이 됐는데 아마 영국인 여자 가정교사와 함께 지내게 될 거예요. 그 여자는 영국의 퀘이커 신자*인데 거긴 안전해요."

"그런데 당신은 그런 유령이 실제 있을 수 있다고 생각해요?"

"친애하는 부인. 저같이 나이가 어느 정도 들고, 온 세상을 돌아다녀, 러시아에도 간 일이 있고, 루마니아에서도 반년을 보낸 일이 있는 사람은 세상만사를 모두 가능한 것으로 여기죠. 세상엔 나쁜 사람들이 수없이 많이 있고, 또 그렇지 않은 사람들도 있죠. 그렇지 않은 사람들이란 소위 다 같은 무리들이죠."

에피는 열심히 경청했다.

"전 말입니다." 트리펠리가 계속해서 말했다.

"아주 개명한 집안 출신이에요. (어머니만은 항상 그렇지 않았지만) 아버님은 사이코그래프**가 유행하기 시작할 때 '들어봐, 마리, 이것 굉장한데'라고 말씀하셨죠. 그분 말씀이 옳았어요. 그것은 대단한 것이니까요. 아무튼 우리 인간의 전후좌우에는 항상 적이 숨어서 엿보고 있어요. 차차 아시게 될 거예요."

이때 기스휘블러가 들어와 에피에게 손을 내밀었다. 인스테텐은 마리

---

* 퀘이커 신자는 신앙심이 깊고 엄격한 생활 풍습을 갖고 있다.
** 개개인의 성격을 평가하는 그래프.

에타를 데리고 들어갔으며 린데크비스트 목사와 미망인 트리펠이 뒤따랐다. 그렇게 모두들 식탁으로 갔다.

12

사람들은 시간이 늦어서야 떠났다. 10시가 되자 에피는, 기스휘블러에게 일어날 시간이 됐다고 말했다. 트리펠리 양이 기차를 놓치지 않으려면 새벽 6시에 케센을 떠나야 하기 때문이라고 설명했다. 그렇지만 그 옆에 서 있던 트리펠리가 이 말에 그녀 특유의 구김살 없는 언변으로 에피의 섬세한 배려를 반박했다.

"아이, 친애하는 부인, 우리들 가운데 누군가 규칙적인 수면을 필요로 하는 사람이 있다고 생각하시나본데 그렇지 않아요. 우리가 규칙적으로 필요로 하는 것은 칭찬과 포상이에요. 웃으시는군요. 더욱이 전 (사람들은 이런 걸 배워 경험하게 되는데) 기차 속에서도 잘 수 있고 어떤 자세로도 잘 수 있어요. 왼쪽으로 누워서도 잘 수 있고, 전혀 옷을 끄르지 않아도 돼요. 물론 전 좁은 장소에서 억눌려 잔 적은 결코 한 번도 없었어요. 가슴과 폐는 아무 장애가 있어서는 안 되죠. 무엇보다도 심장은 편안해야 하니까요. 그래요. 친애하는 부인, 그게 제일 중요한 점이죠. 그리고 수면 자체도 그 양이 중요한 것이 아니고 그 질이 결정적인 역할을 하죠. 5분간 꾸벅꾸벅 조는 게 왼쪽, 오른쪽으로 몸을 뒤척이며 불안하게 다섯 시간 자는 것보다 더 나아요. 러시아에서는 사람들이 진한 차를 마시고도 아주 잘 자죠. 공기 때문인가봐요. 아니면 만찬을 늦게 먹기 때문이든지 혹은 습관 때문이겠죠. 러시아에는 근심 걱정 같은 게 없어요. 그 면에선— 돈 문제에서는 두 나라가 비슷하지만— 러시아가 미국보다 더 나아요."

트리펠리가 이런 설명을 하자 에피는 더 이상 채근할 수 없었다. 자정이 되었다. 사람들은 유쾌한 기분으로 서로에게 신뢰감을 느끼며 작별했다.

무어인의 약방에서 관구장 댁까지는 상당히 멀었다. 린데크비스트 목사는 기스휘블러의 라인 산 포도주로 인한 취기에서 벗어나기 위해서는 별들이 반짝이는 하늘 아래를 산보하는 것이 최고라고 말했다. 그는 인스테텐과 부인의 귀가길에 동행하겠다고 제의해와서 길이 좀 짧아진 셈이 됐다. 가는 길에 사람들은 트리펠리 양에 대해 여러 가지 얘기를 주고받느라 지루한 줄 몰랐다. 에피가 먼저 기억에 있던 이야기를 꺼냈다. 그다음 곧 목사 차례가 되었다. 그는 야유하기 좋아하는 사람이었는데 트리펠리에게 세속적인 몇 가지 질문을 한 다음 마지막에 그녀의 종파에 관해 물었다. 트리펠리가 아는 것은 정교(正敎)뿐이었고, 그녀의 아버지는 매우 합리주의적 사고를 가진 사람으로 거의 종교를 초월한 자유정신의 소유자였기 때문에 그 중국 남자를 관구 내 교회 묘지에 묻자고 주장했으며, 그녀는 개인적으로는 그 일에 대해 완전히 반대 의견을 갖고 있었다고 대답했다. 그녀는 또한 비록 아무것도 믿지 않는 특권을 누리고는 있지만, 단호한 무신론(無神論) 사상을 가지는 건 일반 평민들만이 허락받을 수 있는 특수한 사치란 걸 한시도 잊지 않고 있다고 했다. 국가적인 견지에서 보면 그런 사치는 중단되어야 하며, 교육부나 종교국이 그녀의 지배 아래 있다면 그녀는 관대하지 않은 엄격한 태도로 임할 것이라 했다. 그러면서 그녀는 "저는 토르케마다*의 성격이 제게 있다고 느껴요"라고 말했다.

---

* Torquemada(1420∼1498): 스페인의 종교재판소 소장으로 잔혹함으로 악명이 높았다.

인스테텐은 기분이 매우 좋아 까다로운 화제나 독단적인 이야기는 일부러 피하고 도덕적인 주제를 부각시키려 했다. 주제는 유혹적인 요소, 다시 말해서 대중 앞에 등장할 때 끊임 없이 위험을 느끼는 점에 관해서였다. 이에 대해 트리펠리는 문장의 후반부를 가볍게 한 번 더 강조해서 언급하며 "그래요, 끊임없이 위험을 느껴요. 제일 위험한 것이 목소리예요"라고 말했다. 그들은 헤어지기 전에 이 같은 잡담을 나누며 트리펠리 음악회를 다시 한 번 생각했다. 사흘 후, 기스휘블러의 여자 친구는 페테르부르크에서 에피에게 전보를 보냈다. 에피는 한 번 더 그녀의 기억을 되살렸다. 전보 내용은 다음과 같았다.

'브리스트 가 출신 인스테텐 남작부인. 무사히 도착. K후작 역 마중. 어느 때보다 감명을 받음. 당신의 환대에 감사. 남작에게 안부 인사. 마리에타 트리펠리.'

인스테텐은 무척 매료당한 듯 그 기분을 너무나 생동감 있게 표현했다. 에피로서는 그 진의를 이해할 수 없었다.

"난 당신을 이해할 수 없어요. 게르트."

"그건 당신이 트리펠리를 이해하지 못하기 때문이오. 날 매료시키는 건 이 순수함이오. 글자 위의 작은 점까지 다 순수하오."

"그럼, 당신은 이 모든 것을 하나의 희극으로 보세요?"

"그럼 달리 무엇으로 여기란 말이오? 이곳의 기스휘블러를 위해서, 저곳의 코체코프를 위해 각각 잘 계산되어 있어요. 기스휘블러는 아마 장학금을 희사할 게요. 아니면 트리펠리에게 남겨줄 유산을 마련할 거요."

기스휘블러 댁에서 저녁 음악회가 개최된 게 12월 중순이었다. 곧 이어 크리스마스 준비가 시작됐다. 살림을 꾸려서 가정 내의 일거리들을 만족스럽게 처리해두어야 한다는 사실이 에피에게 행복감을 주었다. 그렇지 않았더라면 이 시기의 하루하루가 그녀에게 아주 견디기 힘든 날이 됐었을 것이다. 그녀는 심사숙고하기도 하고 물어보기도 하고 물건 구입도 해야 했기 때문에 늘 그랬던 것처럼 몽롱한 생각에 빠져들지 않았다. 크리스마스이브 전날 호엔 크레멘의 부모에게서 선물이 도착했다. 상자 안에는 마을 학교 교사 댁에서 보낸 갖가지 자질구레한 선물들이 있었다. 그 속엔 에피와 얀케가 몇 년 전에 같이 접목한 나무에서 나온 무척 예쁜 사과도 있었다. 또 베르타와 헤르타가 보낸, 손목과 무릎을 덮는 보온 쿠션도 있었다. 훌다는 어떤 남성을 위해 여행 모포를 더 짜야 하기 때문이라고 변명하며 몇 마디의 글만 써 보냈다. 에피는 "순 거짓말이야"라고 하며 "그런 남자는 있지도 않아. 내기할 수 있어. 존재하지도 않는 흠모자들에게 둘러싸인 척하는 짓을 얘가 아직도 그만두지 못했네"라고 말했다.

이윽고 크리스마스이브가 왔다. 인스테텐은 그의 젊은 부인을 위해 자신이 직접 크리스마스트리를 세웠다. 크리스마스트리는 불빛으로 환히 빛났고 조그마한 천사가 공중에서 날고 있었다. 예쁜 투시화와 글이 새겨져 있는 그리스도 탄생화도 있었다. 그 글은 인스테텐 집안에 내년이면 있을 모종의 경사를 은근히 암시하고 있었다. 에피는 그것을 읽어보고 얼굴을 붉혔다. 그녀는 인스테텐에게 감사를 표하기 위해 그에게로 걸어갔다. 미처 감사를 표하기도 전에 옛 폼멜의 크리스마스 풍습대로 집 현관으로 크리스마스 선물 뭉치가 던져졌다. 그 꾸러미는 갖가지 물건들이 들어 있는 커다란 상자였다. 사람들은 맨 나중에 제일 중요한 것을 찾아냈는데, 그것은 예쁜 일본식 작은 그림들이 붙여져 있는 자그마한 약상자였다. 그 속에는 조그마한 쪽지가 들어 있었다.

세 분의 왕이 성스러운 크리스마스에 오셨네.

그중 한 분은 무어인의 왕이었다네.
무어인 약국 주인은
오늘 향료를 들고 나타났네.
유향 향료나 미르라 향료 대신에
유향수 열매와
편도(扁桃)나무 당의정제를 갖고 왔다네.

에피는 두 번, 세 번 그 글을 읽고 기뻐했다.
"훌륭한 분이 겸손한 태도를 보이면 특별히 기분이 좋아요. 당신도 그렇게 생각하지 않으세요. 게르트?"
"물론 나도 동감이오. 그런 태도는 우리 인간을 즐겁게 해주며, 또 즐겁게 해주어야 할 유일한 점이오. 왜냐하면 인간 각자가 모두 약점을 갖고 있기 때문이오. 나도 그렇지요. 그렇지만 물론 성격을 바꿀 수 없으니 그대로 인정하는 수밖에 없어요."
첫 공휴일은 교회 헌당식 날이었다. 두번째 날에 사람들은 보르크 댁에 모였다. 지도니가 부재중이어서 오지 못한다고 전해온 그라젠압 댁을 제외하곤 모두 참석했다. 사람들은 그라젠압 댁의 이런 핑계를 이상하게 생각했다. 몇몇 사람은 "오히려, 그 반대지, 그 이유라면 오는 게 좋았을 것을"이라고 수군거리기까지 했다. 섣달그믐날에는 클럽 무도회가 있었다. 에피는 거기에 불참할 수 없었고 또 그럴 생각도 없었다. 이 무도회가 도시의 인기 있는 명사 모두를 한꺼번에 볼 수 있는 기회였기 때문이었다. 요한나는 마님의 무도회복 준비로 분주했다. 온실을 갖고 있는 기스휘블러는 동백꽃을 선사해왔다. 인스테텐은 시간이 촉박했지만 오후에 시골 파펜하겐으로 출장을 갔는데, 그곳에 있는 세 개의 곡창(穀倉)에 불이 나다 타버렸다고 했다.

집 안은 아주 조용했다. 크리스텔은 하는 일 없이 발을 얹어놓는 의자를 벽난로 앞 자기 곁으로 끌어당겼다. 에피는 침실에 파묻혀 거울과 소파 사이에 있는 조그만 책상에 앉았다. 그 책상은 오로지 어머니에게 편지 쓰기 위한 목적으로 갖다놓은 것이었다. 크리스마스 편지와 선물을 받고도 다만 감사 카드 한 장만 부쳐드렸던 어머니에게 답장을 쓰기 위해서였다.

케씬, 12월 31일.
나의 사랑하는 엄마.

편지가 길어질 것 같습니다. 카드를 보내드린 것 외에 오랫동안 제 소식을 전해드리지 못해서예요. 지난번 카드를 쓸 땐 크리스마스 준비를 하느라 온통 바빴어요. 그러나 지금은 크리스마스 축제가 저만치 이미 지나갔어요. 인스테텐과 제 친한 친구 기스휘블러는 제가 크리스마스이브를 될 수 있는 한 아늑하게 보낼 수 있게 해주려고 갖은 애를 썼지만 전 여전히 좀 쓸쓸했고 엄마, 아빠가 보고 싶었어요. 어쨌든 감사해야 하고 기쁘고 행복해야 할 이유가 너무나 충분한데도 전 이렇게 혼자라는 기분에서 훌쩍 벗어날 수가 없어요. 그 전엔 제가 훌다의 그 끊임없는 감상적인 눈물을 필요 이상으로 놀려댔었죠. 그렇지만 이제 제가 그 놀림의 대가로 벌을 받는 건지, 저 자신 눈물을 참느라 애를 써야 해요. 왜냐하면 인스테텐에게 눈물을 보이면 안 되기 때문이에요. 그렇지만 우리집에 새로운 생기가 감돈다면 좀 나아지리라고 믿고 있어요.

나의 사랑하는 엄마.

아마 그렇게 되리라 믿어요. 제가 일전에 살짝 암시해드렸던 일이 이젠 확실한 사실이 됐거든요. 인스테텐은 매일 자기는 무척 기쁘다고 말합니다. 저 자신도 그 생각을 하면 얼마나 기쁜지 몰라요. 제가 제 주위에서 생기와 기분전환을 동시에 느낄 수 있기 때문이에요. 게르트는 태어날 아기를 '귀여운 장난감'이라고 표현합니다. 그이가 그런 표현을 하는 건 타당할지 모르지만 저로선 그이가 그렇게 하지 않는 게 더 좋겠어요. 왜냐하면 그런 표현은 늘 저를 뜨끔하게 만들고, 또 제가 아직 어리며 반은 유아기에 속해 있다는 걸 상기시켜주기 때문이에요. 전 아직 제가 어리다는 생각을 버릴 수 없는데 (게르트는 그게 병적이라고 하지만) 때문에 제 최고의 행복이어야 할 일이 오히려 끊임없는 당혹스러움으로만 여겨집니다.

그래요. 사랑하는 엄마, 선량한 플레밍의 부인네들이 최근에 여러 가지 이야기를 물어보았을 때, 전 시험 준비를 잘하지 못한 기분이었어요. 제 생각에도 제가 무척 어리석은 대답을 한 듯해요. 역겨운 기분이었기도 하고요. 왜냐하면 관심을 표명하며 질문하는 자체가 그저 호기심 때문인 듯했어요. 그런 질문들은 이번 경사를 여름까지 기다려야 한다는 사실보다도 더 성가시게 느껴져요.

제 예측으로는 7월 초순경이에요. 그때는 어머니가 오셔야 해요. 아니면 제가 산후에 다시 건강을 찾으면 그곳으로 가겠어요. 휴가를 내서 호엔 크레멘으로 가겠어요. 아아, 얼마나 기쁜 일이에요. 하벨의 공기를 다시 마시고— 이곳은 늘 살풍경하고 추워요— 그리고 붉고 노란 경치의 습지로 매일 드라이브 갈 거예요. 아기가 두 손을 그쪽을 향해 뻗고 있는 듯해요. 아기도 사실 그곳이 고향이니까 마음 편하게 느낄 거예요. 그러나 이 이야기는 어머니에게만 몰래 씁니다. 인스테텐은 알면 안 돼요. 제가 아기와 함께 호엔 크레멘으로 갈 계획을 오늘 미리 말씀드리는 거예요.

　사랑하는 엄마. 여름이면 1천 5백 명의 해수욕객이 오고, 각국의 국기가 나부끼고, 호텔까지 개설되어 있는 이곳 케씬으로 엄마를 빠른 시일 안에 초대하는 대신 제가 가겠다고 해서 죄송해요. 제가 엄마를 이곳으로 초대하기를 망설이는 이유는 손님 대접이 싫어서가 아니에요. 그런 식으로 제가 사람이 달라진 건 아니에요. 단지 관구장 주택 때문이에요. 이 집은 예쁜 것, 진기한 것이 많긴 하지만 사실상 좋은 주택이 못 되고 2인용의 집에 불과해요. 식당 하나 없으니 2인용도 부족한 편이에요. 손님이 서너 명이라도 오게 되면 거북스러워요. 우리집엔 물론 2층에 커다란 홀과 네 개의 조그마한 방이 있어서 빈 공간이 있긴 하지만 모두 형편없어요. 전 그 방들을 쓰레기 방이라고 부를 거예요. 약간의 쓰레기가 그곳에 있기라도 하다면 말이에요. 그러나 그 방들은 모두 텅 비어 있고 카펫을 깐 의자가 몇 개 있을 뿐이어서 아무리 잘 봐주어도 아주 기묘한 분위기를 풍기죠. 엄마는 그런 건 쉽게 바꿀 수 있다고 하실지 모르지만 바꿀 수 없어요. 왜냐하면 우리가 살고 있는 이 집은…… 유령 집이에요. 우리집에는 유령이 나와요. 엄마, 이런 이야기는 답장에서 언급하지 마세요. 전 인스테텐에게 늘 엄마, 아빠에게서 온 편지를 보여주는데 제가 이런 말을 엄마에게 쓴 사실을 알게 되면 아마 미친 듯이 화를 낼 거예요. 저도 이런 말을 엄마에게 쓰고 싶지 않아요. 그렇지만 요한나의 말을 빌리면 집에 새로운 손님이 오면 그 유령이 다시 나타난대요. 그러니 제가 엄마에게 그런 위험을 안겨드릴 수는 없잖아요? 위험이란 표현이 지나치겠지만 그렇게 표현할 수 있을 정도의 독특한 불쾌함을 갖게 해드릴 수 없어서예요.

　이런 이야기로 엄마를 하염없이 괴롭혀드리고 싶지 않아요. 아무튼 상세한 이야기는 피하겠어요. 소위 중국 여행자라는 늙은 선장과 그 손녀딸의 이야기인데 그 손녀딸은 이곳의 젊은 선장과 짧은 기간 동안 약혼했다가 결혼식 날 갑자기 증발해버렸대요. 거기까지는 괜찮아요. 그런데 더 중요한 문제는 그녀의 할아버지가 중국에서 데리고 온 젊은 중국 남자가 있다는 거예요. 그 남자는 처음엔 늙은 선장의 하인으로, 나중에는 친구로 지냈는데 이 중국 남자가 그 사건이 있은 후 곧 사망해서 교회 옆 한적한 곳에 묻혔어요. 최근에 제가 그 앞을 지나오면서 그쪽을 쳐다보았어요. 그 중국 남자가 무덤 위에 앉아 있는 걸 보게 될까 하는 공상을 했기 때문이었어요. 사랑하는 엄마, 왜냐하면 제가 그 남자를 실제로 한 번 보았기 때문이에요. 아니 적어도 제겐 그런 생각이 들었어요. 인스테텐이 후작을 만나러 가고 제가 깊이 잠들었을 때였어요. 정말 몸서리치는 일이었어요. 전 이제 다시는 그런 일을 겪고 싶지 않아요. 여느 때는 예쁘장한 (이상하게도 쾌적한 느낌과 동시에 무시무시한 기분이 드는) 이 집에 엄마를 초대할 수 없어요. 인스테텐은 많은 점에서 제게 동의하지만 그 사건이 있었을 때 그의 태도는 별로 올바르지 못했어요. 이런 이야기 정도는 제가 말씀드려도 되겠지만, 그이는 제게 요구하기를, 모든 걸 여자들의 허튼소리로 생각하고 웃어넘기라고 했죠. 그런데 갑자기 그이 역시 그 유령의 존재를 믿고 있는 듯 보였어요. 그리고 제게 그런 집안 유령을 고풍스런 귀족 집안의 고상한 특성으로 여기라는 식의 기묘한 말을 했어요. 평소엔 그토록 호인다운 그이가 그 점에선 제게 너그럽지도 관대하지도 않았어요. 전 그 유령과 관련해서 무언가 있다는 걸

요한나를 통해, 또 우리집 크루제 부인을 통해 알고 있어요. 이 여자는 우리집 마부 부인인데 늘 뜨겁게 불 지핀 방에서 검은 닭을 안고 하염없이 앉아 있어요. 이 사실만으로라도 무서울 정도예요.

   엄마, 이제야 왜 제가 엄마 집으로 가고 싶어 하는가 그 이유를 아시겠죠? 제가 우선 그럴 형편이 된다면 말이지요. 아아, 제가 단지 그럴 형편이 되기만 한다면 얼마나 좋을까요! 제가 그곳으로 가고 싶어 하는 이유가 정말 많답니다. 오늘 저녁엔 망년회가 있어요. 기스휘블러는— 한쪽 어깨가 높이 솟아 있긴 하지만 이곳 거주자 중 유일하게 깔끔한 사람이죠. 사실 좋은 사람이 몇몇 더 있기는 해요— 제게 동백꽃을 보냈어요. 아마 전 춤을 출 거예요. 의사 말로는 아무 해가 되지 않는대요. 오히려 건강에 좋다고 합니다. 놀랍게도 인스테텐도 허락해주었어요.

   아빠에게, 그리고 사랑하는 다른 여러분들에게 안부 인사와 입맞춤을 전해주세요. 새해 복 많이 받으세요.

딸 에피로부터.

13

그믐날 밤 무도회는 이른 새벽까지 계속되었고 에피는 대단한 인기를 모았다. 그러나 물론 그 인기는 우리가 알고 있는 바 기스휘블러의 온실에서 보낸 동백꽃다발처럼 그렇게 과감한 성질의 것은 아니었다. 그믐날 밤 무도회 이후에도 모든 것은 옛날 그대로였고 서로 가깝게 교제해보려는 움직임은 전혀 보이지 않았다. 그 때문에 겨울은 무척 길게 계속되는 듯하였다. 이웃 귀족 집으로부터의 방문은 극히 드물게 있었다. 의무적인 답례 방문을 할 때마다 에피는 반은 상(喪)이라도 당한 듯 슬픈 어조로 "게르트, 꼭 그래야만 한다면 할 수 없지만 전 지루해서 견딜 수가 없어요"라는 말을 했다. 인스테텐은 그 말에 그저 늘 동의하기만 했다. 오후에 방문이 있을 때 가족, 아이들, 농사에 관한 화제로 이야기가 오고 가는 것은 그런대로 좋았다. 그러나 교회 일에 대해 이야기할 차례가 되어 동석해 있던 목사가 마치 작은 주교인 양 대접받고 또 목사 자신도 자신이 주교인 양 생각하는 걸 본 에피는 더 이상 참을 수 없었다. 그녀는 슬픔에 차서 니마이어를 추억했다. 니마이어는 늘 수줍어하고 겸손했으며 큰 경축 행사가 있을 때마다 사람들은 그의 위대한 역량이 대성당으로 부르심을 받을 만하다고 칭송했다. 보르크 가, 플레밍 가, 지도니 그라젠압을 제외한 그라젠압 가는 매우 친절했지만 어느 집과도 잘 어울리지 않았다. 기스휘블러가 없었더라면 기쁨, 기분전환, 그런대로의 안락한 기분 등은 훨씬 적었을 뻔했다. 기스휘블러는 작은 신처럼 에피를 보살폈고, 에피도 그에게 감사할 줄 알았다. 그가 신문 클럽의 회장이라는 사실을 언급하지 않더라도, 그는 그 누구보다도 부지런하고 주의 깊은 신문 독자였다. 그래서 미람보가 커다란 흰 봉투 속에 갖가지 잡지와 신문을 넣어 에피에게 갖다주지 않는 날이 없었다. 그 정기간행물들의 중요 부분은 대개 작고 가는 연필로 줄 쳐져 있었고 그중에는 굵고 푸른색 연필로 느낌표나 물음표를 찍은 곳도 있었다. 그는 그것으로 만족하지 않고 무화과 열매나 대추야자 열매를 보내기도 하고 광택이 나는 종이로 싼 붉고 조그만 리본을 주위에 맨, 네모난 초콜릿들을 갖다주기도 했다. 그리고 그의 온실에 진기한, 예쁜 꽃이 피면 직접 에피에게 갖고 와 호감을 갖고 있는 이 젊은 부인과 행복한 담소 시간을 갖곤 했다. 기스휘블러가 그녀에게 갖는 감정은 아버지나 아저씨, 혹은 선생님의 사랑과 구애자의 아름다운 사랑의 감정이 혼합된 성격을 띠었다. 에피는 이 모든 것에 무척 감동을 느껴 호엔 크레멘으로 자주 편지를 썼다. 그 때문에 그녀의 어머니는 '연금술사에 대한 사랑'이란 표현으로 딸을 놀리기 시작했다. 그러나 이 선의의 놀림은 그 의도와는 달리 에피의 마음에 상처를 주다시피 했다. 그 이유는 어렴풋하기는 했지만 그녀의 결혼생활에서 사실상 부족한 게 무엇인가를 그녀 스스로가 인식하게 되었기 때문이었다. 그녀는 겸손, 활기, 섬세한 관심 등이 부족하다는 걸 깨달았다.

인스테텐은 친절하고 훌륭하지만 연인은 아니었다. 그는 스스로 에피를 사랑하고 있다는 확신을 갖고 있었다. 그래서 그런 자신감 때문에 에피에게 특별한 노력을 기울이지 않았다. 프리드리히가 등잔불을 갖고 오면 인스테텐은 에피의 방에서 그의 방으로 들어가는 게 거의 하나의 규칙이었다. 그는 늘 "난 아직 끝내야 할 복잡한 일이 있소"라는 말을 남겼다. 문에 커튼이 쳐져 있어서 법률 서류 넘기는 소리, 심지어는 펜을 끼적거리는 소리를 들을 수 있는 것이 전부였다. 이럴 때면 롤로가 와서 그녀 앞에 있는 벽난로 양탄자 위에 엎드렸다. 마치 '제가 다시 당신을 보살펴드리죠. 다른 사람이 하지 않으니까요'라고 말하는 듯했다. 그럴 땐 에피는 몸을 굽혀 "그래, 롤로야. 우리뿐이야"라고 조용히 말했다. 9시경에 인스테텐은 차를 마시러 다시 나타났다. 대개는 손에 신문을 든 채 후작에 관한 이야기를 했다. 후작이 요즈음 자신의 태도와 말씨가 완전히 수준 이하라는 오이겐 기사 때문에 골치를 썩고 있다는 소식이라든지, 혹은 인스테텐 자신이 여러 번 이의를 제기한 바 있는 자신에 대한 작위 수여나 훈장 하사와 관련한 이야기를 했다. 마지막엔 선거에 대한 의견을 말하며, 존경을 받고 있는 집단을 다스리는 것이 행운이라고 했다. 이야기가 끝나면 에피에게 로엔그린이나 발퀴레 가운데 한 곡을 연주해달라고 청했다. 그가 바그너를 신봉하기 때문인데, 확실치는 않지만, 어떤 이들은 그의 신경 때문일 거라고 추측했다. 얼핏 보기엔 근엄해 보이지만 사실상 그는 신경질적인 사람이라고 했다. 또 어떤 이들은 유대인 문제에 관한 바그너의 견해를 그가 좋아하기 때문이라는 이유를 붙였다. 아마 양쪽 모두 옳을 것이다. 10시에 인스테텐은 긴장을 풀고, 선의의, 약간 지친 듯한 애무를 해주었다. 에피는 그가 애무하는 대로 그냥 내버려둔 채 아무런 반응을 보이지 않았다.

그렇게 겨울이 지나가고 4월이 왔다. 집 뒤 정원이 초록빛으로 물들기 시작해서 에피는 무척 기뻤다. 그녀는 해변으로 산보를 가고 싶었다. 해수욕객이 몰려오는 여름까지는 도저히 참고 기다릴 수 없었다. 돌이켜보면 기스휘블러 댁의 트리펠리 음악회와 그믐날 밤 무도회는 아름다운 추억이었다. 그렇지만 그 이후의 여러 달은 만족스럽지 못한 채 서운하게 지나갔고 너무나 단조로운 세월이었다. 그녀는 어머니에게까지 그런 이야기를 썼다.

엄마, 엄마는 제가 우리집 유령과 이제 거의 화해했다는 걸 상상하실 수 있어요? 물론 게르트가 후작 댁에 갔을 때의 그 몸서리치던 날 밤을 두 번 다시 겪고 싶진 않아요. 그렇지만 혼자 있는 생활, 아무것도 하지 않는 생활도 어려워요. 요즈음은 한밤중에 잠에서 깰 때 위쪽으로 귀를 기울여봐요. 혹 구두 끄는 소리 같은 게 들릴까 해서요. 그렇지만 온 세상이 조용하기만 할 뿐이어서 실망한 전 혼잣말을 하곤 해요. '그게 다시 나타났으면 좋겠는데…… 그렇게 무섭지만 않고 그렇게 가까이 오지만 않는다면……'이라고요.

에피가 그런 편지를 쓴 게 2월이었고 이제 거의 5월이 되었다. 재배지는 다시 활기를 띠기 시작했다. 피리새들이 지저귀는 소리가 들렸다. 그 주에 황새들이 몰려왔는데 그중 수컷 한 마리가 천천히 그들 집을 지나 우트파텔의 풍차 옆, 그들의 옛 휴식처인 곡창으로 가 앉았다.* 요즈음 호엔 크레멘으로 자주 편지를 썼던 에피는 이 사건도 보고했다. 그리고 편지 마지막에는 다음과 같은 내용을 썼다.

사랑하는 엄마, 하마터면 한 가지를 잊을 뻔했어요. 새로 부임한 관구사령관이 4주일 전부터 이곳에서 살고 있어요. 우리가 그분과 정말 어울릴 수 있을까 하는 문제는 무척 중요해요. 이 말을 듣고 엄마는 틀림없이 웃으시겠죠. 엄마는 우리가 이곳에서 항상 고통을 당하고 있는 사교 생활 면에서의 곤경을 모르시기 때문이에요. 이곳 귀족들과 잘 어울릴 수 없는 저는 무척 어려움을 느껴요. 아마 제 잘못이겠죠. 아무튼 마찬가지예요. 사실상 곤경은 그대로 있으니까요. 이 겨울의 모든 나날을 지나오면서 새 관구사령관이 이런 상황을 구제하고 위안해줄 위인인 것처럼 기대했어요. 그의 전임자는 매너가 좋지 못하고 예의는 더 바르지 못한 인물이었어요. 거기다 그는 늘 금전적인 곤란을 겪었어요. 우리는 그 사람 때문에 항상 고통을 당했죠. 인스테텐은 저보다 더 괴로움을 당했고요. 4월 초 크람파스 소령이— 이 사람이 후임자예요— 이곳에 왔다는 소식을 들었을 때 이제 우리

---

* 독일에는 황새가 아기를 점지해준다는 미신이 있다.

케씬에 더 이상 나쁜 일이 일어나지 않게 된 양 우린 서로 껴안고 기뻐했어요. 그러나 이미 짧게 언급한 것처럼 그가 이곳에 있더라도 별 의미가 없을 듯해요. 크람파스는 기혼자로 그에겐 열 살, 여덟 살 난 두 아이와 자기보다 한 살 연상의 부인이 있어요. 부인의 나이가 마흔다섯 살가량이에요. 그 사실 자체는 별로 나쁠 게 없어요. 어머니 뻘 되는 친구와도 재미있게 이야기를 나누지 못할 건 없으니까요. 트리펠리도 서른 살에 가까웠지만 아주 잘 사귈 수 있었죠. 그렇지만 크람파스 부인은— 이건 그녀의 출생 때의 이름은 아니에요— 제게 무의미한 인물이에요. 그 여자는 늘 기분이 나빠 있어서 거의 우울해 보일 정도예요(우리 크루제 부인과 비슷해서 그 부인을 상기시켜주는 면이 있어요). 그런 게 모두 그 부인의 질투 때문인 듯해요. 크람파스는 여자들과 교제를 많이 하고, 여자에게 친절한 남자라는 소문이에요. 제게는 아주 우습게 여겨지네요. 그 남자는 여자 문제로 자기 동료와 결투를 했었다는데, 결투가 아니었더라면 그는 제게 별 볼일 없는 사람이 됐을 거예요. 그의 왼쪽 어깨 아래쪽에 아주 깊은 상처가 있는데 인스테텐의 말처럼 그 수술이 외과 기술의 걸작품으로 찬사를 받긴 했지만 금방 눈에 띄었어요(그걸 절제술이라고 부르는데 그 당시 빌름스가 집도했대요*). 크람파스 부부가 14일 전에 우리를 찾아와 자리를 같이한 적이 있었죠. 그때 크람파스 부인이 자기 남편을 어찌나 심하게 감시하는지 그도 좀 당황하고 저도 무척 당황했던 곤란한 사태가 벌어졌죠. 그러나 그 후에, 그러니까 사흘 전, 그 남자와 인스테텐 단둘이 대화할 때 제 방에서 그들의 이야기를 들을 수 있었는데,

---

* 로베르트 프리드리히 빌름스(1824~1880): 베를린의 저명한 외과 의사.

그때 저는 크람파스가 자유분방하며 재기발랄한, 완전히 다른 분임을 알 수 있었어요. 그 후에 저도 그와 이야기를 나누었는데 아주 기사답고 보기 드물 정도로 재치 있는 남성이었어요. 인스테텐은 전쟁 동안 그분과 같은 부대에 있었고 파리 북쪽 그뢰벤 백작* 댁에서 자주 만난 적이 있대요. 사랑하는 엄마, 케쎈에 새로운 분위기를 만들어줄 뭔가가 있을지 모르겠어요. 그 소령은 스웨덴계 폼멜 출신이지만 폼멜적인 편견을 갖고 있지는 않아요. 그런데 그 부인은 걱정이에요. 부인을 제쳐놓은 사교는 물론 해서는 안 되지만 부인과 같이 있으면 사교가 더욱 어려워져요.

에피의 생각이 옳았다. 크람파스 부부와는 조금도 더 가까워지지 못했다. 한번은 외출 중 보르크 댁에서 만났고 또 한 번은 역에서 잠깐 서로 맞부딪쳤다. 또 그 후 며칠이 지난 후 브라이트링 강을 따라 '수다쟁이 남자'란 별명을 가진 너도밤나무와 떡갈나무 숲으로 보트놀이 갔을 때 마주쳤지만 짧은 인사만을 나누었을 뿐이었다. 6월 초가 되면서 해수욕 철이 막을 올리게 되자 에피는 매우 기뻤다. 물론 성 요한 축일** 이전에는 그저 몇몇 사람만 오는 게 상례여서 아직 해수욕객이 없긴 하지만 그 준비만으로도 하나의 즐거움이었다. 재배지에는 회전목마와 사격장이 세워졌고 선원들은 배에 물이 새는 것을 고치고 보트에 다시 색칠을 했다. 각 가정은 커튼을 갈아 달았고 습기가 차서 마루 밑에 해면을 넣었던 방들은 유황으로 그을리고 바람이 통하게 했다.
  에피의 집에서는 해수욕객보다 새로 태어날 식구를 위해서 모두들 분

---

* 게오르크 폰델 그뢰벤 백작: 1870년 보불전쟁 때 제3기병사단의 사령관.
** 6월 24일.

주했다. 크루제 부인까지도 될 수 있는 대로 거들어보려 노력했다. 그러나 에피는 깜짝 놀라며 말했다.

"게르트, 크루제 부인이 아무것에도 손을 대지 말았으면 좋겠어요. 소용도 없을 것이고, 전 불안하거든요."

인스테텐은 크리스텔과 요한나가 출산 준비를 할 충분한 시간이 있다는 점을 감안해 에피의 요구대로 하기로 약속했다. 그리고 젊은 부인의 생각을 다른 쪽으로 돌리기 위해 출산 준비에 관한 이야기에서 화제를 바꾸어, 첫 손님은 아니지만 처음 온 사람들 중 한 명의 해수욕객이 이미 도착한 걸 아느냐고 물었다.

"남자 분인가요?"

"아니요. 그 전에 이곳에 온 적이 있는 부인인데 매년 같은 집으로 오지. 그 여자는 사람이 붐비는 걸 싫어하기 때문에 늘 이렇게 일찍 오는가 보오."

"그 부인의 생각도 나쁘진 않은데요. 어떤 분이죠?"

"등기사(登記士) 로데의 미망인이오."

"재미있는데요. 전 등기사 미망인들은 가난한 사람들인 걸로 생각했었죠."

"그렇소." 인스테텐이 웃었다.

"보통은 그렇지. 그러나 그 부인은 예외요. 어쨌든 그 부인은 미망인 연금 말고도 재산이 더 있소. 자기가 필요한 것보다 훨씬 더 많은 짐을 갖고 오는데, 겉으로 보면 아주 독특한 부인으로 작은 일에 잘 놀라고 또 병약하다오. 특히 발이 약한가봐요. 그녀 자신조차 자기를 믿지 못하는지 약간 나이 든 하녀를 두고 있었소. 그 하녀는 이 미망인을 돌보다가 유사시엔 그녀를 안아 옮길 수 있을 만큼 힘이 세었소. 이번엔 키가 작고 뚱뚱하여 몸집이 트리펠리를 닮은 새 하녀를 두었는데, 트리펠리보다 체력은 더 좋아 보여요."

"그 하녀를 이미 보았어요. 성실해 보이는데다 선량해 보이는 갈색 눈으로 사람을 쳐다볼 때는 신뢰가 느껴지더군요. 그렇지만 약간 둔해 보였어요."

"맞았소. 그런 여자요."

인스테텐과 에피가 이런 이야기를 나눈 건 6월 중순이었다. 그때부터 매일 해수욕객이 밀려들었다. 이 시기의 케쎈 사람들에겐 방파제로 산보 나가는 일, 증기선의 도착을 기다리는 일이 일종의 일과처럼 되었다. 에피는 물론 인스테텐이 그녀를 동반할 수 없었기 때문에 그런 것은 포기해야 했다. 그러나 해변과 해변 호텔로 통해 있는 길이 보통 때는 인적이 드물다가 다시 활기를 되찾는 걸 바라보는 일은 하나의 즐거움이었다. 그리고 이 모든 광경을 침실 창가에서 가장 세밀히 관찰할 수 있기 때문에 그녀는 평소보다 더 많은 시간을 침실에서 보냈다. 그럴 때면 요한나가 그녀 옆에 서서 그녀가 알고 싶어 하는 것에 대해 일일이 대답해주었다. 대부분 매년 찾아드는 해수욕객이기 때문에 그들의 이름뿐만 아니라 이런저런 일화들도 이야기해줄 수 있었다. 이 모든 것은 에피를 즐겁고 유쾌하게 만들어주었다. 그러나 성 요한 축제일 오전 11시 조금 못 되어 의외의 일이 벌어졌다. 평소 이 시간이면 증기선에서 이곳까지 다채로운 색깔의 차량들로 혼잡을 이루었다. 부부와 아이들, 여행가방 들로 가득 찬 마차들이 오가기 일쑤였다. 그러나 이날은 달랐다. 도시 한가운데에서부터 검은 커튼이 쳐진 한 대의 마차가 재배지로 통한 길로 내려와 관구장 댁 건너편 집 앞에서 멈추었다(두 대의 영구차가 뒤따랐다). 등기사 미망인 로

데가 사흘 전에 사망해서 급히 연락을 받은 베를린의 친척들이 모여 상의한 결과, 고인을 베를린으로 옮기지 않고 케씬의 모래언덕 묘지에 묻기로 합의한 것이다. 에피는 창가에 서서 맞은편의 기묘한 광경을 호기심 어린 눈으로 바라보았다. 장례식을 치르기 위해 베를린에서 온 사람들은 부인들을 데리고 온 두 명의 조카들이었다. 모두 마흔 살 안팎의 부러우리만치 건강한 안색을 하고 있었다. 잘 어울리는 프록코트를 입은 조카들의 행동에서 드러나는 실무적이며 냉정한 태도는 눈에 거슬리기보다는 오히려 잘 어울렸다. 그렇지만 두 여자들, 그들은 케씬 사람들에게 장례가 무엇인지 보여주려고 눈에 띄게 애쓰는 눈치였다. 두 여인은 땅에 닿을 정도로 길고 주름 잡힌 검은 베일로 얼굴을 가리고 있었다. 화환과 종려나무 잎으로 뒤덮인 관은 영구차로 운반되었고 두 부부는 마차에 올라탔다. 첫번째 마차에는 상을 당한 두 부부 중 한 쌍과 린데크비스트 목사가 올라탔다. 두번째 마차 뒤에는 집주인 여자가 뒤따라 걸었고 고인이 심부름을 시키기 위해 케씬으로 데리고 온 당당한 체구의 하녀가 그 옆에서 걷고 있었다. 하녀는 무척 흥분해 있었다. 그 흥분이 그녀가 꼭 고인의 죽음을 애도한 건 아니었더라도 상당히 정직한 인상을 주었다. 그 반면 집주인 여자인 미망인은 아주 격렬하게 흐느끼고 있었다. 그녀는 여름 한철 동안 임대해주기로 이미 계약한 집을 다른 사람에게 다시 빌려줄 수 있게 되어 무척 이득을 보게 되었다. 다른 집 주인들에게 횡재했다며 부러움을 사고 있음에도 이 여자는 무언가 또 다른 특별 선물을 받을 가능성을 계산하고 있음이 분명했다.

장례 행렬이 움직이기 시작했을 때, 에피는 집 뒤에 있는 정원으로 나갔다. 이곳 회양목 화단 사이에서 그녀는 건너편의 애정 없고, 생명감 없는 자들에게서 받은 인상을 떨쳐버리고자 애썼다. 그러나 그렇게 되지 않았다. 에피는 정원을 단조롭게 거니는 대신 좀더 멀리 산보를 나가고 싶어졌다. 의사가 옥외 운동을 많이 하는 게 앞으로 있을 출산에 큰 도움이 될 것이라 했기에 멀리 산보를 나가고 싶은 마음이 더 절실했다. 정원에서 같이 있던 요한나가 에피에게 부인용 어깨 망토, 모자, 햇볕이나 비를 가려주는 양산을 갖다주었다. "안녕"이란 인사말을 상냥하게 던진 후 에피는 집을 나서서 작은 숲이 있는 방향으로 걸어갔다. 숲 옆에 넓게 포장된 중앙 도로 옆으로 좁은 인도가 모래언덕에서 해변 호텔까지 통해 있었다. 도중에 벤치들이 놓여 있었다. 에피는 벤치 하나하나를 모두 이용했다. 걷는 사이 햇볕이 뜨거운 한낮이 되었기 때문에 힘에 겨웠다. 벤치에 앉아 편안히 쉬면서 그 앞을 지나다니는 마차와 성장한 부인들을 쳐다보며 그녀는 다시 생기를 얻었다. 즐거운 모습을 바라보는 것 자체가 그녀에게 생동감을 불어넣어주는 듯했다. 작은 숲을 다 지나왔을 때 가장 힘든 길이 나타났다. 온통 모래뿐이었고 어디에도 그림자라곤 찾아볼 수 없었다. 그러나 다행히도 두꺼운 널빤지와 나뭇조각들이 있었다. 얼굴이 상기되고 몸이 피곤하긴 했지만 즐거운 기분으로 해변 호텔에 도착했다. 홀 안에서는 손님들이 식사 중이었으나 홀 바깥 그녀 주위는 조용하고 한적했다. 그녀에겐 이런 순간이 제일 마음에 들었다. 그녀는 셰리주 한 잔과 한 병의 빌린 수*를 주문 한 뒤 밝은 태양 아래 반짝이는 바다, 둑에 부딪쳐 작은 파도를 이루며 부서지는 바다를 바라보았다.

"저 멀리에는 보른홀름과 위스비가 있어. 얀케는 이들에 대해 그 전에 굉장한 이야기를 해주었었지. 얀케에겐 위스비는 뤼벡과 부렌베버**

---

* 빌린 산의 광천수.
** 유르겐 부렌베버(1492~1537): 1533년부터 1555년까지 뤼벡의 민주주의적 시장을 역임했으나, 뤼벡의 귀족계급과의 투쟁에 희생되어 화형당했다.

이상이었어. 위스비 다음엔 스톡홀름의 대학살*이 감행됐던 스톡홀름이 있고, 그다음 큰 강이 있고, 그다음 최북단의 곳이 있고, 그다음 심야의 극지(極地) 태양이 있어."

이 순간 그녀는 그 모든 것을 다 보고 싶은 욕망에 사로잡혔다. 그러나 다음 순간 곧 다가올 일을 생각하고 거의 소스라치게 놀랐다.

"곧 다가올 일을 생각해야 할 내가 경솔하게 이런 몽상에 잠기다니 벌 받을 일이야. 앞으로 벌을 받아서 아기와 내가 죽을는지도 몰라. 그러면 영구차와 두 개의 마차가 우리집 건너편에 멈추지 않고 바로 우리집 앞에 서겠지…… 아니야, 아니야. 난 이곳에서 죽고 싶지 않아. 이곳에 묻히고 싶지 않아. 난 호엔 크레멘으로 갈 거야. 린데크비스트는 좋은 분이지만 난 니마이어가 더 좋아. 그분이 내게 견진세례를 해주셨고 결혼식 주례를 맡아주셨어. 그러니 니마이어가 날 묻어주어야 해." 그녀의 손등에 눈물 한 방울이 떨어졌다. 그러나 그다음 순간 그녀는 다시 웃었다. "난 아직 살아 있고 이제 겨우 열일곱 살인걸. 니마이어는 쉰일곱 살이야."

식당에서 달그락거리는 그릇 소리가 났다. 사람들이 당장이라도 의자를 밀어붙이고 좌석에서 일어날 것 같은 생각이 갑자기 들었다. 에피는 어느 누구든 만나고 싶지 않아 재빨리 일어나 시내로 돌아가는 우회로로 접어들었다. 이 우회로는 모래언덕 묘지 바로 옆으로 통해 있었다. 때마침 묘지의 문이 열려 있었으므로 그녀는 안으로 들어섰다. 그곳에는 갖가지 꽃들이 만발했고 나비들이 무덤 위로 날고 있었으며 갈매기들이 공중을 날아다니고 있었다. 주위가 너무나 조용하고 아름다워서 에피는 첫번째 묘 앞에서 머무르고 싶었다. 그러나 햇살이 점점 더 뜨겁게 내리쬐었

---

* 1520년 1월 8일 덴마크 왕 크리스천 2세가 6백 명 이상의 정적들을 스톡홀름 광장에서 처형했다.

기 때문에, 위로 올라가 수양버들과 묘 옆 자작나무 몇 그루가 그림자를 드리우는 길로 갔다. 그 길이 끝날 때쯤 오른편에 방금 쌓아놓은 모래언덕이 있었고 너덧 개의 화환이 그 위에 놓여 있었다. 바로 그 옆 가로수길 바깥쪽 벤치 위에 선량하고 건장해 보이는 여인이 앉아 있었다. 그 여인은 주인 여자의 상을 당해 관 뒤의 맨 끝에서 따라가던 등기사 미망인의 하녀였다. 에피는 그녀를 금세 알아보았다. 그녀가 선량하고 충직한 여인임에 틀림없다고 여겼기 때문에, 타는 듯한 불볕 아래서 그녀를 발견하고 에피는 가슴이 뭉클해졌다. 장례가 치러진 지 약 두 시간이 지난 뒤였다.

"당신이 앉아 있는 곳은 뜨거운 자리예요."
에피가 말했다.
"너무 뜨거워요. 운이 나쁘면 일사병에 걸려요."
"그랬으면 더없이 좋겠어요."
"왜 그러시죠?"
"그러면 제가 이 세상에서 없어질 테죠."
"자신이 불행하다 해서, 혹은 사랑하던 누군가가 죽었다고 해서 그런 말 하면 안 된다고 생각해요. 당신은 그 부인을 무척 좋아했나보죠?"
"제가요? 그 여자를요? 결코 아니에요."
"그런데 당신은 무척 슬퍼하고 있어요. 틀림없이 이유가 있겠죠."
"이유가 있어요. 마님."
"당신은 절 아시나요?"
"그래요, 당신은 건너편에 사시는 관구장 부인이죠. 노부인과 저는 늘 당신 얘기를 했었어요. 마지막엔 호흡을 제대로 못 해서 말을 못 했죠. 여기가 나빴나봐요. 아마 수종(水腫)이었던 것 같아요. 그렇지만 말할 수 있는 동안에는 늘 지껄여댔죠. 진짜 베를린의……"

"좋은 분이었나요?"

"아니에요. 좋은 분이라고 말한다면, 거짓말이겠지요. 이제 그 여자는 이 자리에 누워 있어요. 죽은 사람을 나쁘게 이야기하면 안 되겠죠. 그것도 방금 영면을 취한 사람에 대해선 더욱 그렇겠죠. 그래요. 이제 그 여자는 쉬고 있겠죠. 그렇지만 그 여자는 쓸모없는 인간이었어요. 싸우길 좋아하고 인색하구요. 절 돌봐주지 않았어요. 어제 베를린에서 온 친척들과도 밤이 이슥할 때까지 서로 다투었죠. 그들도 쓸모없는 사람들이에요...... 탐욕스럽고 욕심 많고 냉혹하고, 제게도 거칠고 불친절하게 대했어요. 그들은 제게 갖가지 시시한 말로 떠들어대며 겨우 급료를 지불했어요. 단지 그들이 지불해야 했기 때문이었죠. 그리고 7월 1일까지 6일밖에 안 남았기 때문이에요. 그렇지 않았더라면 한 푼도 못 받았을 거예요. 아니면 절반이나 4분의 1만을 받았겠죠. 공짜로 선심 쓰는 건 하나도 없어요. 제가 베를린으로 돌아갈 수 있도록 찢어진 5마르크짜리 지폐 한 장을 주었는데 그건 4등칸 기차를 겨우 탈 수 있는 금액이죠. 아마 전 제 가방 위에 앉아 가야 했을 거예요. 그렇지만 전 떠날 생각이 전혀 없어요. 이곳에 앉아 죽을 때까지 기다리겠어요...... 하나님, 그럭저럭 이번엔 안정을 찾고 싶었고 그 늙은이의 집에서 많이도 참고 견뎠죠. 이제 다 수포로 돌아갔어요. 전 다시 세상 풍파를 겪게 됐군요...... 그리고 전 가톨릭 신자예요. 아아, 그렇지만 이젠 세상 살기가 귀찮아졌어요. 그 늙은이가 누워 있는 이곳에 눕고 싶을 뿐이에요. 난 상관 안 하지만 그 여자는 더 살았어도 되었을 텐데...... 그 여자는 더 살고 싶어 했어요. 그런 심술궂은 트집쟁이는 숨이 끊어질 때까지 어떻게든 살고 싶어 하는 법이죠."

에피를 따라왔던 롤로는 그사이에 그 여자 앞으로 가 앉아서 혀를 길게 빼고 그녀를 쳐다보았다. 그 여자가 아무 말도 하지 않자 몸을 일으켜

한 걸음 더 바싹 다가가서 머리를 그녀의 무릎 위에 얹었다.

이때 갑자기 그 여자가 딴사람이 된 듯 달라졌다.

"오, 하나님. 이런 뜻 깊은 일이…… 나를 좋아하고 애정 어린 시선으로 나를 쳐다보면서 자기 머리를 내 무릎에 얹는 동물이 있다니. 하나님, 제가 이런 걸 경험해본 건 아득한 옛일이었어요. 그래 이 개구쟁이야. 도대체 네 이름이 뭐니? 너 아주 잘생겼구나."

"롤로."

에피가 말했다.

"롤로, 아주 특이하군요. 그렇지만 이름은 상관없어요. 제 이름도 특이해요. 성이 아니고 이름입니다. 저 같은 사람들은 성을 갖고 있지 않아요."

"이름이 뭐죠?"

"로즈비타예요."

"그렇군요. 아주 진기한 이름이군요. 그건……"

"그래요. 옳은 말씀입니다. 마님, 그건 가톨릭 이름이에요. 덧붙여 말씀드리면 전 가톨릭 신자고 아이히스펠트 출신이에요. 가톨릭은 사람의 삶을 한층 어렵고 고되게 하죠. 많은 사람들이 가톨릭을 좋아하지 않아요. 성당에 자주 가고 늘 고해성사를 하면서도 진짜 중요한 건 말하지 않지요. 하나님. 제가 기비헨슈타인에서, 또 베를린에서 일할 때 얼마나 자주 그런 이야기를 들어야 했던지…… 그렇지만 전 독실하지 못한 가톨릭 신자예요. 전 가톨릭에서 완전히 떠났어요. 아마 그 때문에 제가 이렇게 불행한지도 모르지요…… 그래요. 사람은 자기 신앙을 버리면 안 돼요. 늘 착실히 믿어야 해요."

"로즈비타."

에피는 그녀의 이름을 부르며 그녀가 앉은 벤치 곁으로 가 앉았다.

"당신, 앞으로 어떤 계획을 갖고 있어요?"

"아아, 마님, 제게 무슨 계획이 있겠어요? 전 아무 계획도 없어요. 전 이곳에 앉아서 제가 거꾸러질 때까지 기다릴 거예요. 진심이에요. 전 그게 제일 좋아요. 그러면 사람들은 제가 충성스런 개처럼 늙은이를 너무 사랑해서 그녀의 무덤을 떠나고 싶지 않아 이곳에서 죽었다고 생각하겠죠. 그렇지만 그건 틀려요. 그런 늙은이를 위해서는 전 죽지 않아요. 전 살아갈 수가 없기 때문에 죽을 뿐이에요."

"당신에게 물어보고 싶은 게 있어요. 로즈비타, 당신은 어린애를 좋아해요? 예전에 아기를 돌본 적이 있나요?"

"물론이에요. 아기를 보는 일은 제가 가장 훌륭하고 아름답게 여기는 일입니다. 그 늙은 베를린 여자 — 하나님, 제 죄를 용서해주세요. 그 여자는 방금 죽었으니 하나님의 문전에서 절 고발할 수 있겠군요 — 늙은 여자를 돌보려면 갖가지 몸서리치는 일들이 많아요. 가슴이 답답하고 비위가 상하죠. 그렇지만 조그마한 사랑스런 아기가 인형같이 조그마한 눈으로 빤히 쳐다볼 땐 우리는 기쁨을 느끼죠. 제가 제염공장에서 일할 땐 소금 감독관 부인 댁의 유모였어요. 그 후 제가 있던 기비헨슈타인에서는 쌍둥이를 젖병으로 키웠죠. 그래요. 마님. 아기 돌보는 일은 제가 제 세상인 양 아주 잘하는 일이죠."

"말씀드리고 싶은 게 있어요, 로즈비타. 당신은 선량하고 충직한 사람입니다. 당신을 보면 그걸 알 수 있어요. 약간 직선적이지만 그건 상관없어요. 그런 게 가끔은 좋아요. 전 금방 당신에게 신뢰감을 갖게 됐어요. 우리집에 와주겠어요? 신(神)이 당신을 내게 보내셨나봐요. 전 곧 아기를 낳을 예정인데 신이 절 도와주셨나봐요. 아기가 태어나면 돌봐주어야 하고 참을성 있게 애지중지 길러야 하겠죠. 그 일밖에 제가 더 원할 게 무엇이 있겠어요. 어떻게 생각하세요? 나와 함께 우리집에 가지 않겠어요? 난 당신을 잘못 보았다고 생각지 않아요."

로즈비타는 펄쩍 뛰며 젊은 부인의 손을 잡고 그 손에 격렬하게 입을 맞추었다.

"아아, 하늘나라엔 그래도 신이 계셨군요. 곤경이 극심할 때 구원의 손길이 바로 옆에 왔군요. 마님, 그렇게 하겠어요. 제가 착실한 여성이고 고용자증명서도 갖고 있다는 걸 이제 보셔야죠. 마님에게 제 증명서를 갖다드리면 아실 거예요. 제가 마님을 본 첫날 전 바로 생각했죠. '저런 분 밑에서 일한다면 얼마나 좋을까' 하고요. 이제 제게 그런 일을 하란 말씀이지요? 아, 사랑하는 하나님, 성스러운 성모 마리아여, 늙은이를 이곳에 묻고 친척들이 다 떠나가 혼자 남아 있게 된 이때, 누가 나에게 이런 이야기를 해주리라고 상상이나 할 수 있었을까요."

"그래요, 로즈비타. 뜻밖의 일이 닥치는 때도 있어요. 때때로 호의를 갖고 말입니다. 그럼 이제 갑시다. 롤로가 조바심이 난 건지, 묘지 문 쪽으로 달려가는군요."

로즈비타는 곧 채비를 했다. 그러나 다시 한 번 더 무덤으로 가서 뭐라고 혼자 중얼거리며 성호를 그었다. 그들은 그늘 진 길을 따라 묘지 문으로 향했다.

건너편 쪽으로는 울타리를 두른 곳이 있었다. 그곳의 하얀 돌이 오후 햇살 아래 반짝이며 빛났다. 에피는 이제 이 모든 것을 좀더 조용히 바라볼 수 있었다. 모래언덕 사이로 난 길을 한참 동안 계속 걸어가 우트파텔의 풍차 바로 앞 작은 숲의 가장자리에 다다랐다. 거기에서 왼쪽으로 접어들었다. 그다음 '밧줄 만드는 곳'이라고 불리는, 비스듬히 뚫린 가로수

길을 지나 로즈비타와 함께 자기 집으로 향했다.

14

15분이 못 되어 그들은 집에 도착했다.

두 사람이 써늘한 현관에 들어섰을 때 로즈비타는 주위 벽에 걸려 있는 기묘한 물건들을 보고 멈칫했다. 에피는 로즈비타가 계속 두리번거리게 내버려두지 않고, 그녀에게 말했다.

"로즈비타, 이리로 들어와요. 이곳이 우리가 잘 방이에요. 난 우선 주인이 계시는 저쪽 관구장 청사로 건너가겠어요. 당신이 살던 조그마한 집 옆에 있는 큰 집이에요. 가서 그분에게 당신을 우리집 유모로 데리고 있고 싶다고 말씀드려야죠. 아마 찬성하시겠지만 그래도 우선 그분의 동의를 구해야 하니까요. 동의를 얻고 난 후에 그분을 다른 침실로 가시게 해야겠죠. 당신은 나와 함께 내 작은 침실에서 자도록 해요. 우린 서로 잘 지내리라 믿어요."

인스테텐은 설명을 듣고 난 뒤 기분 좋게 말했다.

"당신 참 잘했소, 에피. 그 여자의 고용자증명서에 아주 특별히 나쁜 말이 적혀 있지 않다면 그 여자의 선량한 얼굴을 보고 채용합시다. 고용자증명서가 사실과 딴판이어서 우리를 속이는 경우는 다행히도 거의 없으니까요."

에피는 이제 더 이상 구애받을 게 없어 매우 만족해하며 말했다.

"이제 됐어요. 이젠 더 이상 걱정하지 않아요."

"무슨 말이오. 에피?"

"아아, 당신도 아시면서…… 그렇지만 자만하는 건 가장 나쁜 일이에요. 다른 어떤 것보다 더 나쁘죠."

같은 시각 로즈비타는 몇 가지 자질구레한 그녀의 짐을 관구장 댁으로 옮기고 작은 침실에 자리를 잡았다. 날이 어두워지자 그녀는 일찍 잠자리에 들었다. 무척 피곤해서인지 곧 잠들었다.

에피는 며칠 전부터 (보름달이 떴기 때문에) 다시 무서움을 느끼며 지내고 있었다. 이튿날 아침 에피는 로즈비타에게 간밤에 잘 잤는지, 아무 소리도 듣지 못했는지 물어보았다.

"무엇을요?"

로즈비타가 물었다.

"아니, 아무것도 아니에요. 그저 빗자루로 쓰는 소리나 위층 복도에서 누가 미끄러지듯 걸어가는 소리 같은 것 말이지요."

로즈비타는 웃었다. 그녀의 웃음은 젊은 마님에게 아주 좋은 인상을 주었다. 에피는 철저히 신교도적으로 자라왔다. 에피에게서는 가톨릭교도적인 점을 전혀 발견할 수 없었다. 그럼에도 불구하고 에피는 가톨릭교가 위층의 유령들로부터 인간을 더 잘 보호해준다고 믿었다. 이런 생각이 로즈비타를 집으로 데려오는 데 크게 영향을 미쳤음에 틀림없었.

로즈비타는 관구장 댁 생활에 곧 익숙해졌다. 대개의 마르크 지방 처녀들처럼 에피 또한 붙임성이 있어서 로즈비타에게 갖가지 자질구레한 이야기를 들려주게끔 만들었기 때문이었다. 죽은 등기사 미망인, 그녀의 인색함, 그녀의 조카들과 그 부인들은 무진장한 화젯거리로 등장했다. 요한나도 그녀의 이야기를 함께 듣기를 좋아했다.

에피가 노골적인 대목에서 이따금 크게 웃어댔기 때문에 로즈비타도 역시 미소를 지었지만, 마님이 그런 시시한 이야기를 그렇게 좋아하는 걸 보고 속으로 의아하게 여겼다. 마님을 늘 기쁘게 해준다는 생각이 하녀들 사이에서 자기가 으뜸이라는 우월감을 갖게 했고, 이 우월감은 마님과의 계급적인 대립 같은 것이 일어날 수 없게 만들어주었다. 로즈비타는 한마디로 말해 주책없는 여자였다. 요한나로선 그런 여자에게 행여 질투를 느낀다는 건 마치 롤로가 지닌 친구 위치를 시기하는 것과 비교될 정도였다.

그렇게 잡담하며 유쾌한 기분으로 한 주일을 보냈다. 에피가 그녀의 신상에 닥칠 일을 그 전보다 덜 불안하게 여겼기 때문이었다. 그녀는 일이 그렇게 가까이 닥치리라곤 믿지 않았다. 그러나 9일째 되는 날, 그런 잡담과 유쾌함은 끝이 났다. 사람들은 분주하게 이리저리 뛰어다녔고 인스테텐까지도 평소의 조심성을 완전히 잃었다. 7월 3일 아침, 에피의 침대 옆에 요람이 놓여졌다. 한네만 박사는 젊은 부인의 손을 가볍게 두드리며 말했다.

"오늘이 보불전쟁 승리 기념일이에요.* 딸이어서 섭섭하지만 다음엔 아들을 낳죠. 프로이센은 수많은 전쟁기념일을 갖고 있으니까요."

로즈비타도 그 비슷한 생각을 하는 듯했다. 태어난 아기를 바라보고 무한히 기뻐하며 거리낌 없이 '뤼트-안니'란 이름으로 불렀다. 로즈비타가 그런 이름을 붙인 건 틀림없이 어떤 영감이 떠올랐기 때문인 듯했다. 인스테텐조차 이에 반대할 수 없어서 세례일 훨씬 전부터 아기를 '작은 안니'라고 불렀다. 8월 중순경에 호엔 크레멘의 부모님 댁에 갈 예정이었던 에피는 그때까지 세례를 미루고 싶었으나 그렇게 할 수 없었다. 인스테텐이 휴가를 낼 수 없었기 때문이었다. 그래서 나폴레옹 탄생일인 8월 15일

---

* 1866년 7월 3일 보불전쟁에서 결정적인 전투가 벌어진 날.

에 (몇몇 댁의 반대 의견을 무릅쓰고) 세례식을 거행했다. 물론 교회에서 였다. 곧 이어진 축하 행사는 관구장 댁에 큰 홀이 없었으므로 방파제 옆 커다란 클럽 호텔에서 개최되었다. 이웃 귀족들이 모두 초대되어 참석했다. 린데크비스트 목사는 애정에 찬 축사로 좌중의 찬사를 받으면서 어머니와 아기를 위해 축배를 들었다. 이때 지도니 폰 그라젠압은 옆에 앉은 배석판사에게 말했다. 판사는 엄격한 신조를 지닌 귀족이었다.

"저 사람의 즉흥 연설은 그런대로 봐줄 수 있어요. 그렇지만 그의 설교는 신 앞에서나 인간 앞에서나 책임감을 갖고 있지 못해요. 저 사람은 얼치기예요. 열의가 없기 때문에 축출당한 사람들 중 하나죠. 이 자리에서 성경 구절을 낱낱이 인용하고 싶진 않지만 말예요.*"

목사의 연설에 이어 보르크 댁의 나이 많은 어른이 인스테텐에게 축복의 인사말을 했다.

"여러분, 우리는 어려운 시대에 살고 있습니다. 반역, 반항, 규율을 벗어난 행동을 도처에서 보고 있습니다. 그러나 우리에게 확고부동한 남자들이 있는 한, 그리고 여성과 어머니가 있는 한(이때 그는 우아한 손동작을 하며 에피를 향해 머리를 굽혔다), 또 제가 자랑스레 여기며 친구라고 부르는 인스테텐 남작과 같은 분을 우리가 모시고 있는 한, 유구한 역사를 지닌 우리 프로이센은 보전될 것입니다. 여러분, 그렇습니다. 폼멜과 브란덴부르크가 힘을 합쳐 노력하면 우리는 이길 것입니다. 용기란 이름의 독이 묻어 있는 혁명의 기세를 머리부터 짓밟아버립시다. 확고한 신념

---

* 「요한계시록」 3장 15, 16절 참조.
   15절: "내가 네 행위를 아노니 네가 차지도 않고 뜨겁지도 아니하도다. 네가 차든지 뜨겁든지 하기를 원하노라."
   16절: "네가 이같이 미지근하여 뜨겁지도 아니하고 차지도 아니하니 내 입에서 너를 토하여버리리라."

을 갖고 충성을 다합시다. 그러면 우리는 승리합니다. 싸우면서도 한편 우리가 존중해야 하는 우리 형제들, 가톨릭교도들은 '베드로의 반석'*을 가졌고 우리는 '청동바위'**를 갖고 있어요. 인스테텐 남작님 만수무강하소서!"

인스테텐은 짧게 감사의 말을 했다. 에피는 그녀 옆에 앉은 크람파스 소령에게 "'베드로의 반석'에 관한 이야기는 아마도 로즈비타에 대한 경의(敬意)인 것 같다"고 말하고, 그녀는 나중에 나이 많은 법률 고문관 가데부쉬에게 가서 그분이 그녀와 같은 의견인지 물어보겠다고 말했다. 크람파스는 그녀의 이런 의견을 설명하기 어려울 만큼 진지하게 받아들이고, 법률 고문관에게 그런 질문을 하지 않는 것이 좋을 것이라고 충고했다. 그 일은 에피를 아주 기분좋게 해주었다.

"전 당신이 상대방의 마음을 훌륭히 갈파하는 기술을 가진 분이라고 여기고 있었어요."

"오오, 부인. 아직 열여덟 살이 안 된 아름다운 젊은 부인의 마음을 읽기란 어떤 독심술자도 불가능할 거예요."

"소령님, 당신은 형편없어요. 당신은 저를 할머니라 부를 수 있겠지요. 그렇지만 제가 아직 열여덟 살이 안 됐다는 걸 암시하시면서 놀리시는 거죠. 전 당신을 결코 용서할 수 없어요."

사람들이 식탁에서 일어섰을 때 오후의 증기선이 케씬 강을 가르며 다가와 호텔 건너편의 부두에 정박했다. 에피는 크람파스, 기스휘블러와 함께 커피를 마시며 창문을 전부 열어젖히고 그 광경을 바라보았다.

"내일 아침 9시에 바로 이 배가 저를 싣고 강을 따라가서 점심땐 베를

---

* 가톨릭교회를 의미함.
** 프리드리히 빌헬름 1세의 말이지만 여기서는 비스마르크를 의미함.

린에 도착할 거예요. 그리고 저녁땐 호엔 크레멘에 도착할 겁니다. 로즈비타가 아기를 팔에 안고 저와 함께 갈 예정인데 아기가 칭얼대지 않길 바라고 있어요. 아아, 벌써 오늘부터 즐겁다니! 친애하는 기스휘블러 씨, 당신도 언젠가 부모님이 계신 집으로 가면서 기뻐하신 적이 있겠지요?"

"그렇습니다. 저도 그 기쁨을 알고 있죠. 부인, 제겐 아기가 없으니 귀여운 안니 같은 애를 데리고 가진 않았습니다만."

"이제 앞으로 그러실 거예요."

크람파스가 말했다.

"건배합시다. 기스휘블러, 당신은 이곳에서 유일하게 분별 있는 분이오."

"그렇지만 소령님, 이제 코냑밖에 남지 않았네요."

"더욱더 좋소."

15

에피가 여행을 떠났던 때가 8월 중순이었고 9월 말에는 다시 케씬에 돌아왔다. 6주간의 여행 기간 동안 가끔 케씬의 집에 가고 싶었던 적이 있긴 했으나 막상 다시 돌아와, 희미한 빛만이 새어 들어올 뿐인 어두컴컴한 현관에 발을 들여놓았을 때는 갑자기 불안이 되살아났다. 그녀는 조용하게 말했다.

"이런 희미하고 누런 빛은 호엔 크레멘엔 전혀 없어."

사실이었다. 호엔 크레멘에서 지내는 동안 그녀는 서너 번 '이 마법에 걸린 집'에 대한 향수를 느낀 적은 있었다. 그러나 이것저것 통틀어 생각해보건대 고향집에서의 나날은 그녀에게 행복과 만족으로 가득 찬 생활이었다. 홀다는 옛날과 다름없이 새 신랑의 출현을 기다리는 걸 단념하지 않았기 때문에 그녀와는 물론 잘 화합할 수 없었다. 반대로 쌍둥이와는 더 잘 어울렸다. 그들과 함께 공치기 놀이, 크리켓 놀이를 할 때면 그녀 자신이 결혼했다는 사실을 까마득히 잊어버릴 때가 많았다. 행복한 시간이 그렇게 지나가곤 했다. 제일 즐거웠던 일은 공중으로 뛰는 그네 위에 그전처럼 서 있다가 '이제 뛰어내린다' 하며 그 독특하고 알알한 기분, 달콤한 전율을 느꼈을 때였다. 그네에서 뛰어내린 뒤 두 아가씨와 함께 학교 앞 벤치까지 걸어갔다. 다 같이 그곳에 앉아 나중에 끼어든 얀케에게 케쎈에서의 그녀의 생활에 대해 들려주곤 했다. 에피는 그곳의 생활이 반은 스칸디나비아 식이고 반은 한자Hansa 식이어서 슈반티코나 호엔 크레멘과는 아무튼 아주 딴판이라고 말했다.

그런 것은 매일매일의 작고 사소한 기분전환 거리가 되었다. 이따금 여름철 습지로 소풍을 가기도 했는데, 대개는 사냥용 마차를 타고 갔다. 그것 또한 하나의 즐거움이었다. 그러나 무엇보다 가장 에피의 마음에 든 일은 거의 매일 아침 어머니와 더불어 이런저런 잡담을 나누는 일이었다. 그들은 바람이 잘 통하는 커다란 방에 앉아 있었고, 로즈비타는 아기를 흔들어 재우면서 그녀 자신은 물론 어느 누구도 제대로 뜻을 알 수 없는 튀링겐 저지(低地) 독일어로 된 자장가를 부르고 있었다. 에피와 브리스트 부인은 담소하면서 열린 창가로 가서 공원을 내려다보기도 하고, 해시계며, 거의 부동자세로 연못 위에 앉아 있는 잠자리며, 폰 브리스트가 계단 사이의 넓은 곳에 앉아 신문을 읽고 있는 돌길을 내려다보았다. 그는 신문을 한 장 한 장 넘길 때마다 코안경을 벗고 부인과 딸을 올려다보며 인사했다. 하벨 지방을 위한 안내 광고가 실린 신문의 끝 페이지를 넘길 차례가 되면 대개 에피가 내려가 그의 곁에 앉거나, 아니면 그와 함께 정원과 공원을 거닐곤 했다. 한번은 자갈길 옆에 서 있는 조그마한 기념탑까지 가보았다. 그것은 브리스트 할아버지가 워털루 전투를 기념하기 위해 세운 녹슨 피라미드형 탑으로 앞면에는 브리허 장군, 뒷면에는 웰링턴 장군의 동상이 주조되어 있었다.

"너 케씬에서도 이렇게 산보했었니?"

브리스트가 물었다.

"인스테텐이 네 산보에 같이 동행해주고 또 네게 갖가지 이야기도 해주던?"

"아녜요, 아빠. 전 이런 산보는 하지 않았어요. 우리집 뒤에는 사실상 정원이랄 수도 없는 조그마한 뜰이 있을 뿐이어서 이런 식의 산보는 전혀 불가능해요. 그 뜰엔 몇 그루의 회양목이 있는 화단과 서너 그루의 과실나무가 있는 채소밭이 있을 뿐이에요. 인스테텐은 산보에는 취미가 없어요. 또 케씬에서 오래 살 생각도 않는걸요."

"그렇지만 애야, 운동도 하고 신선한 공기를 마셔야지. 넌 그런 습관이 든 애인데."

"그렇게 하고 있어요. 우리집은 사람들이 재배지라고 부르는 작은 숲 옆에 위치하고 있어요. 그래서 롤로와 함께 자주 산보해요."

"늘 롤로 이야기구나."

브리스트가 웃었다.

"사정을 모르는 사람들은 네 마음을 차지하고 있는 게 남편이나 아기가 아니라 롤로가 아닌가 하고 여길 거야."

"아이, 아빠도, 끔찍한 말씀을 하시네요. 물론 롤로가 없었다면 큰일 날 뻔한 때가 있었어요. 그건 제가 시인해야겠죠. 유령이 나타났던 순간이었어요…… 아빠도 알고 계시죠…… 그때 롤로가 저를 구해준 거나 다름없었죠. 아무튼 전 적어도 그렇게 상상했어요. 그때 이후로 롤로는 제 좋은 친구가 됐고 제 특별한 신뢰를 얻고 있죠. 그렇지만 개에 불과해요. 아무래도 첫째는 물론 인간이에요."

"그래. 사람들은 늘 그렇게 말하지. 그렇지만 난 그게 의심스러워. 동물이란 독특한 데가 있거든. 어느 편이 옳은가에 대해선 아직 단정적으로 말할 수 없어. 에피, 내 말을 믿거라. 간단히 판단하기 어려운 문제야. 가령 이런 생각을 해볼 수가 있지. 어떤 사람이 물이나 갈라지는 얼음판 위에서 조난을 당한다면, 이를테면 그런 롤로 같은 개는 조난 당한 사람이 육지에 다시 올라올 때까지 안달을 하지. 조난자가 이미 숨을 거두었으면 개는 주검 옆에 엎드려서 킹킹대지. 아무도 오지 않을 때는 자기도 죽을 때까지 시체 옆에 엎드려 있어. 그런 짐승은 늘 그렇단다. 반면에 인간들을 봐! — 하나님, 제 죄를 용서해주시기를 — 이따금 내겐 인간보다 그런 동물이 더 나은 것처럼 여겨진단 말이야."

"그렇지만 아빠, 제가 인스테텐에게 이런 이야기를 들려주면……"

"아니야, 에피. 차라리 그러지 마."

"롤로가 저를 구해줄 거예요. 그러나 인스테텐도 저를 구할 거예요. 그이는 명예를 존중하는 남자거든요."

"그렇지."

"그리고 절 사랑해요."

"물론이지, 그렇고말고. 사랑이 있는 곳에 꼭 사랑에 대한 보답이 있는 법이야. 그런 거야. 내가 의아하게 여기는 건 그 사람이 휴가 한번 내지 않고 또 이곳으로 빨리 달려오지 않는 점이야. 이렇게 젊은 부인을 두고서……"

에피의 얼굴이 빨갛게 달아올랐다. 그녀도 바로 그런 생각을 했기 때문이었다. 그러나 인정하고 싶진 않았다.

"인스테텐은 양심적이에요. 또 제가 알기엔 좋은 평판을 얻기를 희망하고 있어요. 미래의 계획을 갖고 있고요. 케씬은 다만 거쳐가는 하나의 정거장에 불과해요. 그에겐 제가 있고 전 어차피 달아나지 않을 거예요. 그러니 너무 다정하고 부드럽게 대해주면…… 거기다 나이 차이도 있으니…… 사람들이 웃을 뿐이에요."

"그래, 그럴 거야. 에피, 그러니 그렇게 내버려두는 수밖에 없지. 아무튼 그 이야기는 엄마에게도 하지 마라. 꼭 해야 할 일, 그냥 두어야 될 일 등은 쉽게 결정을 내리기 어려운 문제야. 그건 쉽게 논의하기 어려운 광범위한 문제지."

이런 식의 대화는 에피가 친정에서 머물고 있는 동안 여러 번 오고 갔으나 다행히도 그 여파는 오래가지 않았다. 그리고 에피가 케씬 집에 다시 발을 들여놓았을 때의 우울한 기분도 또한 빠르게 사라져갔다. 인스테텐은 한껏 세심한 배려를 해주었다. 차를 마시며 유쾌한 기분으로 도시에서 일어난 이야기, 연애 이야기 등을 들려주었다. 이럴 때면 에피는 다정하게 그의 팔에 매달려 건너편으로 걸어가서 트리펠리에 관한 서너 가지 일화를 들었다. 트리펠리는 요즘 다시 기스휘블러와 활발하게 서신 교환을 하고 있는데, 그건 결코 적자를 면치 못하는 그녀의 대차계좌(貸借計座)에 새로운 부채가 생겼음을 의미한다는 이야기였다. 에피는 이런 이야기를 들으며 무척 즐거워졌고, 자신이 젊은 부인이란 것을 분명히 자각하며 기뻐했다. 더욱이 일정한 기간을 정하지 않고 하녀들의 숙소로 옮겨간 로즈비타로부터 해방된 것이 또한 기뻤다.

이튿날 아침 그녀는 말했다.

"날씨가 아름답고 따뜻해요. 재배지 쪽 베란다를 아직은 사용할 수 있을 거예요. 우리 옥외에 앉아서 아침을 먹어요. 그리고 일찌감치 우리 방으로 들어와요. 케쎈의 겨울은 4주쯤 더 길어요."

인스테텐은 흔쾌히 찬성했다. 에피가 이야기한 베란다는 차라리 천막이라고 부르는 게 더 나을 성싶은 곳으로 이번 여름, 호엔 크레멘으로 에피가 여행을 떠나기 서너 주 전에 설치됐다. 그곳은 판자를 댄 커다란 디딤대로 되어 있고 앞면은 탁 트여 있었으며, 윗부분에 육중한 차양이 달려 있었다. 좌우로는 철봉을 넣은 고리가 있어서 이리저리 움직이게 되어 있는 폭넓은 아마포 커튼이 드리워져 있었다. 집 앞을 지나가는 수영객들이 이 매력적인 베란다를 보며 여름 내내 감탄하곤 했다.

에피는 흔들의자에 몸을 기댄 채 커피 잔이 놓인 쟁반을 남편 쪽으로 밀며 말했다.

"게르트, 당신 오늘 멋진 주인 행세를 좀 하실 수 있겠어요? 전 이 흔들의자에 앉아 있는 게 무척 좋아서 일어서고 싶지 않아요. 그러니 힘써 보세요. 제가 이곳에 돌아온 걸 정말 기뻐하신다면 저도 보답할 수 있을 거예요."

그렇게 말하며 그녀는 흰 문직(紋織)으로 된 테이블보의 주름을 똑바로 잡아당겨 두 손을 그 위에 얹었다. 인스테텐은 그녀의 두 손을 잡아끌어 키스했다.

"그런데 당신은 저 없이 어떻게 지내셨죠?"

"형편없었소, 에피."

"당신은 그렇게 말씀하시며 슬픈 표정을 지으시지만, 사실은 진실이 아니죠."

"그렇지만, 에피……"

"제가 그걸 증명해 보일 게요. 당신이 아기를 조금이라도 보고 싶었더라면 좋았을 뻔했어요. 전 제자신에 대해선 언급하지 않겠어요. 결국 문제가 되지 않는 일이니까요. 그렇게 긴 세월 동안 독신으로 있었고 초조하지도 않은 그런 높은 어르신에게 있어서는……"

"그래서요?"

"그래요. 게르트, 당신이 조금이라도 보고 싶은 마음이 있었다면 저를 6주 동안 호엔 크레멘에 미망인처럼 고독하게 혼자 있게 내버려두진 않았을 거예요. 니마이어와 얀케와 슈반티코 사람들을 만났어요. 라테노우의 사람들은 절 무서워한 건지, 제가 너무 늙었는지, 아무도 오지 않았어요."

"에피, 당신 그런 말을 하다니! 당신은 당신이 얼마나 귀엽고, 요염한 여성이란 걸 아시오?"

"당신이 그런 말씀을 하시다니 다행스럽군요. 당신들 남자들에겐 그렇게 말하는 게 제일 좋겠죠. 아무리 그렇게 점잖빼며 의젓하게 행동하시더라도 당신은 다른 사람들과 하나도 다를 바 없어요. 전 그걸 알아요. 게르트…… 사실상 당신은……"

"그래, 무엇이오?"

"이런 말씀은 안 드리는 게 좋겠어요. 그렇지만 전 당신을 잘 알아요. 당신은 슈반티코의 아저씨가 말씀하듯이 다정다감한 분이고 애정의 별에서 태어나셨어요. 벨링 아저씨가 말씀하신 대로예요. 당신은 단지 그걸 나타내려 하지 않고 그런 것은 예의 없는 짓이다. 혹은 출세에 지장을 준다고 생각하시죠. 제가 똑바로 맞혔죠?"

인스테텐은 웃었다.

"약간은 맞힌 셈이요. 그런데 에피, 당신은 아주 달라졌소. 안니가 태어날 때까지의 당신은 어린애였는데 갑자기……"

"말씀해보세요."

"갑자기 당신은 영 딴사람이 된 것 같소. 그렇지만 당신에게 잘 어울려요. 당신은 무척 내 맘에 드오. 에피 한마디 더 할까요?"

"뭘요?"

"당신에겐 유혹적인 면이 있소."

"아이, 한 분뿐인 저의 게르트, 당신이 그런 말씀을 하시다니 멋진데요. 이제 제 기분이 아주 좋아졌답니다. 제게 차 반 잔만 더 주세요. 제가 늘 이런 분위기를 원했다는 걸 아시나요? 우린 서로 유혹적인 면을 갖고 있어야 해요. 그렇지 않으면 우린 아무것도 아니에요."

"당신 스스로 그런 생각을 했소?"

"제 스스로 그런 생각을 할 수도 있어요. 그렇지만 니마이어에게서 그 이야기를……"

"니마이어에게서! 하나님 맙소사. 그분이 목사라니. 이곳엔 그런 목사는 없소. 어떻게 그 작자가 그런 이야기를 하게 됐지? 그건 마치 돈 후안이나 바람둥이가 한 말 같은데……"

"그럴지도 모르지요……"라고 말하며 에피가 웃었다.

"그런데 저기 크람파스가 오고 있지 않아요? 그것도 해변에서 이쪽으로…… 수영한 듯해요. 9월 27일에……"

"저 사람은 자주 그런 행동을 해요. 순전히 뽐내길 좋아하는 버릇이오."

그사이 크람파스가 가까이 와서 인사했다.

"안녕하신가."

인스테텐이 그에게 소리쳤다.

"이리로 오게."

크람파스가 들어왔다. 평복 차림이었다. 그는 흔들의자에 앉아 계속 손을 흔들고 있는 에피의 손등에 입을 맞추었다.

"죄송해요, 소령님. 제가 이렇게 손님 접대를 잘하지 못해서요. 그렇지만 베란다는 집이 아니고 아침 10시는 적당한 때가 아니죠. 예의를 차릴 시간이라기보다는 구태여 말씀드리자면 내적으로 친밀함을 나눌 시간이죠. 그럼 앉으세요. 당신이 뭘 하고 왔는지 변명해보세요. 당신 머리칼을 보면, 머리칼이 좀더 많았으면 좋겠는데요, 당신이 수영하신 걸 분명히 알 수 있기 때문이에요."

그는 고개를 끄덕였다.

"무책임한 행동이야."

인스테텐이 농담 반 진담 반으로 말했다.

"4주 전에 은행가 하이너스돌프 이야기를 들었지? 그 사람도 자기가 백만 마르크를 가졌다는 것 때문에 바다와 거센 파도가 자기를 존중해줄 줄 알았지. 그렇지만 신들이란 서로 질투심이 많아. 바다의 신 넵튠은 거리낌 없이 부(富)의 신 플루토에게 아니 적어도 하이너스돌프에게 덤벼들었지."

크람파스가 웃었다.

"백만 마르크라고! 친애하는 인스테텐, 내가 그걸 갖고 있다면 수영할 수 없었을 걸세. 날씨가 무척 아름답지만 물의 온도가 9도밖에 안 되니까. 그렇지만 우리 같은 사람들은 백만 마르크의 빚을 갖고 있으니—이런 호언장담을 용서하게—신들의 질투를 전혀 두려워하지 않고 그런 행동을 감행할 수 있지. 이런 속담이 우릴 위로해주지. '교수형으로 죽을 사람은 물에서는 죽지 않는다' 라는 속담 말일세."

"그렇지만 소령님, 당신이 그런 몰취미한 말씀을 하시다니요. 생명을 내어놓고 하시는 말이라고 표현하고 싶을 정도예요. 아무튼 돈 많은 사람들이 그렇게 믿고 있지요. 당신이 방금 언급하신 속담 말이에요…… 누구나가 다 각자 그만한 가치가 있다고 믿고 있죠. 그렇지만 소령님, 소령님으로서……"

"……그건 보편적으로 알려진 죽는 방법은 아닙니다. 부인, 부인 말씀이 옳습니다. 보편적이지 않을뿐더러 제 경우에 그렇게 죽을 가능성도 아주 희박합니다. 저는 다만 남의 말을 인용했을 뿐입니다. 말을 위한 말이었죠. 그렇지만 제가 방금 한 말, 바다는 제게 아무 해를 주지 않을 것이란 이야기에는 솔직한 심경이 숨겨져 있습니다. 말하자면 전 올바르고 명예로운 군인의 죽음을 택하게 되리라 확신하고 있죠. 우선 집시들의 예언이 그랬었고 제 개인적인 양심이 또한 공감을 느끼고 있습니다."

인스테텐이 웃었다.

"그건 어려울 걸세, 크람파스. 자네가 위대한 터키 황제나 중국의 황룡기(黃龍旗)* 아래에서 근무할 계획이 없다면 말일세. 그곳에선 요즘 서로 싸우고 있지. 이곳은 역사가 30년이나 앞서 있다는 걸 믿어주게. 군인다운 죽음을 맞으려는 사람은……"

"……그런 사람은 우선 비스마르크에게 전쟁을 주문해야겠지. 인스테텐, 나도 다 잘 알아. 자네에겐 그저 하찮을 일일 테지. 지금이 9월 말이니 늦어도 앞으로 10주 후에는 후작이 다시 바르진으로 올 것이고 그분은 자네에게 호감을 갖고 있으니까 — 자네의 총부리 앞에 서지 않기 위

---

* 청나라 국기를 부르는 말.

해 통속적인 표현은 삼가기로 하지 — 자네는 비온비유*의 옛 동료를 위해 아마 약간의 전투를 준비해줄 수 있을 걸세. 후작도 인간에 불과하니까 설득하면 효과가 있겠지."

에피는 이런 대화를 들으면서 빵을 굴려 둥그렇고 네모나게 여러 가지 모양으로 만들어놓았다. 이제 화제를 바꾸는 게 바람직하다는 의견을 나타내기 위해서였다. 그럼에도 불구하고 인스테텐은 크람파스의 익살맞은 말에 대답하려는 듯했다. 에피는 직설적으로 대놓고 이야기해야겠다고 작정한 나머지 이렇게 내뱉었다.

"소령님, 왜 우리가 당신의 죽는 방법을 놓고 왈가왈부해야 되는지 전 모르겠는데요. 우리들에게 더욱 가까이 존재하는 것은 삶이고 삶은 훨씬 더 중요한 문제예요."

크람파스가 고개를 끄덕였다.

"제 말을 인정해주시니 기뻐요. 이곳에서 어떻게 살아가야 할까, 그게 지금 당면한 문제예요. 다른 어떤 것보다 더 중요하죠. 기스휘블러는 제게 그런 문제에 관해 편지했어요. 편지에는 그밖에도 갖가지 이야기가 다 씌어 있었는데, 그 내용이 그렇게 무분별하고 사치스럽지 않았더라면, 당신에게도 보여드릴 수 있을 텐데…… 인스테텐은 그런 것에 취미가 없어서 읽을 필요가 없지만…… 거기다 필체는 동판에 새긴 것처럼 가늘었어요. 문체를 보면 기스휘블러가 케씬의 구광장에서 자라난 분이 아니고 전통적인 프랑스 궁정에서 교육받은 듯하죠. 그분은 몸이 불구죠. 그러나 그분은 다른 사람은 아무도 달지 못한 주름 있는 흰 가슴 장식을 달고 있어요. 전 그분이 어디에서 다림질하는 여자를 데리고 오는지 모르겠어요.

---

* 1870년 8월 16일에 치러진 보불전쟁 중의 유명한 전투.

모두가 잘 어울려요. 기스휘블러는 제게 클럽 저녁 파티를 위한 계획에 대해서, 또 크람파스라는 이름을 가진 어떤 주최자에 관해 편지했어요. 아시겠어요? 소령님, 군인다운 죽음이나 혹은 어떤 다른 문제보다 그게 더욱더 제 맘에 들어요."

"저도 마찬가지입니다. 부인이 우리를 뒷받침해주시는 걸 믿어도 된다면 이번에 풍요로운 겨울이 될 겁니다. 트리펠리도 옵니다."

"트리펠리가요? 그럼 전 필요 없겠네요."

"전혀 그렇지 않습니다, 부인. 트리펠리가 일요일부터 그다음 일요일까지 노래 부를 수는 없지 않겠습니까? 그렇게 하는 건 트리펠리 자신에게나 우리에게 너무 지나친 일입니다. 기분전환은 인생의 매력이죠. 물론 행복한 결혼생활은 그 진리를 반박하겠지만요."

"우리 결혼을 제외한다면, 행복한 결혼이 도대체 어디에 있을까요……"

그렇게 말하며 에피는 인스테텐에게 손을 내밀었다.

"기분전환입니다." 크람파스가 계속 말했다. "우리와 우리 클럽이 기분전환을 갖기 위해 요즘 제가 영예롭게도 부회장직을 맡고 있습니다만 신뢰할 만한 모든 힘을 필요로 합니다. 우리가 다 같이 힘을 합하면 이 작은 마을에 대이변을 일으킬 수 있습니다. 연극 작품들은 벌써 선정되었어요. 「평화 시절의 전쟁」, 「헤라클레스」, 빌브란트의 「젊은 날의 사랑」, 겐지헨의 「오이프로지네」입니다. 당신은 오이프로지네 역을 맡으시고 저는 노(老)괴테 역을 맡겠습니다. 제가 위대한 대시인을 얼마나 비극적으로 잘 연기하는지 보시면 놀라실 것입니다. '비극적으로 연기하다'라는 표현이 알맞다면 말입니다."

"의심할 것 없어요. 그동안 제가 연금술사와 가진 비밀 서신 연락에서 당신이 다른 여러 가지 재능 외에도 이따금 시도 쓰신다는 걸 알고 처음엔 놀랐어요."

"왜냐하면 당신이 제 외모를 보면 그런 점을 찾아볼 수 없었기 때문이겠죠."

"아니에요. 당신이 9도의 물속에서 수영하시는 걸 안 뒤엔 제 생각이 달라졌어요. 동해에서 9도는 카스탈리아 샘물* 이상이에요."

"그곳 온도는 알려지지 않았는데요."

"아무래도 좋아요. 적어도 아무도 제 이런 의견에 반박하진 않을 거예요. 이제 그만 일어나야겠어요. 저기 로즈비타가 뤼트-안니를 데리고 오고 있어요."

그녀는 재빨리 일어나서 로즈비타에게 다가가 그녀의 팔에서 아기를 받아 자랑스럽고 행복하게 높이 쳐들었다.

16

날씨는 아름다웠다. 좋은 날씨는 10월까지 계속되었다. 그 결과 반쪽짜리 천막 모양의 바깥 베란다가 나름대로 유용하게 쓰였다. 인스테텐과 에피는 오전 시간을 거의 그곳에서 보냈다. 11시경에 소령이 와서 우선 부인의 안부를 묻고 그녀와 함께 얼마간 한담을 나누었다. 그는 대화를 재미있게 이끄는 데는 거의 수준급 이상이었다. 그런 다음 인스테텐과 승마 나들이를 했다. 그들은 육지 쪽으로 가서 케쎈 강을 따라 브라이트링

---

* 델피 신전에 있는 성스러운 샘.

강까지 가기도 하고 때때로 방파제 방향으로 가기도 했다.

남자들이 떠나고 나면 에피는 아기와 놀든지, 기스휘블러가 변함없이 보내오고 있는 신문, 잡지를 뒤적이든지, 어머니에게 편지를 썼다. 또는 "로즈비타, 우리 안니를 데리고 산보해요"라고 말했다. 그럴 때면 로즈비타는 등나무 유모차를 조심스레 끌며 에피가 뒤따라올 동안 몇 백 보 앞서서 작은 숲 속 밤알이 흩어져 있는 곳으로 가 밤알들을 주워 모아 아기에게 장난감으로 주었다. 에피는 크람파스 부인과 사귀어보려고 했다가 실패한 이후 거의 시내에는 가지 않았다. 시내에는 에피와 이야기를 나눌 사람이 없었기 때문이었다. 소령 부인은 사람을 기피했고, 늘 그런 상태로 머물렀다.

그렇게 수주일이 지났다. 어느 날 에피는 승마 나들이에 자기도 데려가달라고 요구했다. 그녀는 자기에게도 그런 것을 해볼 정열은 있노라고 주장했다. 케씬 사람들의 입에 오르내린다는 단 한 가지 이유 때문에 한 인간에게 중요한 가치가 있는 일을 포기한다는 건 지나친 처사라고 에피는 주장했다. 소령은 그 요청을 훌륭하게 여기는 반면 인스테텐은 별로 탐탁지 않게 여기는 듯했다 — 여성용 말은 구하기 힘들다는 것을 여러 번 강조할 정도였다 — 크람파스가 말은 자기가 알아보겠다고 장담하는 바람에 인스테텐은 마지못해 양보해야 했다. 원하던 말은 구할 수 있었다. 에피는 해변을 따라 달릴 수 있어 무척 기뻤다. 해변의 '숙녀용 해수욕장' '신사용 해수욕장'이란 표시가 그녀에겐 더 이상 큰 의미를 갖지 못했다. 대개는 롤로도 승마 나들이에 참가했다. 해변을 달려간 다음에 얼마간의 거리는 도보로 가야 할 일이 서너 번 생겼으므로 하인들을 데리고 가기로 했다. 트렙토의 옛 창기병이었던 소령의 하인 크누트와 인스테텐의 마부 (馬夫) 크루제가 승마 나들이에 동반할 하인들로 뽑혔다. 그들은 아주 좋은 복장을 입고 있었으나 아무래도 직업을 속일 수는 없는지 상당히 어색했다. 에피는 그것이 유감스러웠다.

잔뜩 장비를 갖추고 완전한 기마 행렬로 출발한 때는 벌써 10월 중순이 됐을 때였다. 선두에 인스테텐과 크람파스가 서고, 그들 사이에 에피가 따랐으며, 그 뒤에 크루제와 크누트, 롤로가 마지막 줄에서 뒤따랐다. 롤로는 뒤따라가는 게 곧 싫증났는지 일행의 선두에서 달려갔다. 일행은 쓸쓸한 해변 호텔을 지난 뒤 곧 오른쪽으로 접어들어 파도가 부서지며 거품을 이루는 해변 길을 따라 달려서 방파제 이쪽 편의 둑에 도달했다. 그들은 그곳에서부터 방파제 끝까지 걸어가기로 했다. 말안장에서 맨 처음 내린 사람은 에피였다. 돌로 된 두 개의 둑 사이로 넓은 강폭의 케씬 강이 유유히 바다로 흘러 들어가고 있었다. 그들 앞에 펼쳐진 바다의 수면엔 햇볕이 내리쬐고 있었으며 여기저기 작은 파도가 잔잔한 물결을 이루고 있었다.

에피는 한 번도 이곳으로 나와본 적이 없었다. 그녀가 지난 10월에 케씬에 도착했을 때는 폭풍이 치는 시기였고 여름이 됐을 땐 멀리 나갈 여건이 되지 않았기 때문이었다. 그녀는 황홀한 기분이 들었다. 모든 것이 장관이어서 열심히 강과 바다를 비교해보았다. 그리고 떠내려온 나무토막을 손에 잡히는 대로 집어 왼편의 바다로, 아니면 오른편 케씬 강으로 던져보았다. 롤로는 여주인을 따라다닐 수 있다는 것만으로도 무척 행복해했다. 그런데 롤로가 갑자기 다른 곳으로 주의를 돌렸다. 롤로는 거의 불안해 보일 정도로 조심하며 살금살금 앞으로 기어가다가 눈앞에 보이는 대상을 향해 갑자기 돌진해 뛰어갔다. 물론 헛수고였다. 바로 그 순간 녹색 바닷말로 무성하게 뒤덮인 채, 햇볕을 받고 있는 돌 위에서 한 마리의 바다표범이 소리 없이 미끄러지며 약 다섯 보가량 떨어진 바닷물로 들어가버렸다. 모두의 마음이 들떴다. 크람파스가 다음번엔 총을 갖고 와서 바다표범을 사냥해야겠다고 말했다.

"그놈들은 털이 단단하거든."

"그건 안 돼."

인스테텐이 말했다.

"항만경찰이 있어."

"그런 이야기를 들으니……" 소령이 웃었다. "항만경찰? 이곳에 있는 세 곳의 경찰서가 서로 눈감아주니 상관없어. 그토록 지독하게 법대로 살아야 할 필요가 있을까? 법이란 따분한 거야."

에피가 박수를 쳤다.

"그래, 크람파스, 자네가 본 것처럼 에피가 자네에게 박수갈채를 보냈어. 물론 여자들이란 곧장 경찰을 불러대면서도 법에 관해선 알려고 하지 않지."

"그건 옛부터 여성들의 권리였어. 우리는 그 권리를 바꾸지 못할 거야, 인스테텐."

"못하지."

인스테텐이 웃었다.

"그리고 난 그러고 싶지도 않아. 난 헛수고하고 싶지 않거든. 그렇지만 크람파스, 자네는 군기의 깃발 아래에서 뼈가 굵은 사람이지. 규율과 질서 없이는 아무것도 안 된다는 걸 알고 있으니 자네 같은 사람은 그런 말 하면 안 돼. 농담으로라도 그런 식으로 이야기하면 안 돼. 물론 나도 알고 있어. 자네가 하늘이 준 제복을 걸치고 있으면서 하늘이 곧 무너지는 일이 없다고 생각하는 걸 말일세. 그렇지, 곧 무너지지는 않을 거야. 그렇지만 언젠가는 무너질 걸세."

크람파스는 한순간 당황했다. 그의 말 속에 숨은 의도가 있다고 여겨졌기 때문이었다. 그러나 사실 그렇지는 않았다. 인스테텐은 그가 꼭 하고 싶었던 도덕적인 이야기를 조금 피력했을 뿐이었다. 인스테텐은 본론으로 돌아가 말했다.

"그런 의미에서 난 기스휘블러를 높이 평가해. 그 사람은 항상 기사도 정신을 가지고 있으면서 자신의 기본 신조를 유지하지."

소령은 다시 마음을 가다듬고 평소 말투로 말했다.

"그렇지, 기스휘블러는 세상에서 가장 훌륭한 인물이고 아마 더 훌륭한 신조를 갖고 살아가겠지. 그렇지만 결국 그게 어디서 비롯된 것일까? 그건 그가 장애를 갖고 있기 때문일 거야. 정상적으로 성장한 사람은 경솔한 걸 좋아하지. 인생에 경솔함이 없으면 총알 한 발만 한 가치도 없을 걸세."

"들어보게, 크람파스. 바로 그만큼 결실을 얻는 거야."

그렇게 말하며 그는 소령의 약간 짧아진 왼쪽 팔을 유심히 바라보았다. 에피는 이런 대화를 거의 듣지 못했다. 그녀는 바다표범이 있던 자리로 가까이 가보았다. 롤로가 그녀 옆을 따랐다. 둘은 돌 가까이에서 바다를 쳐다보며 그 '바다의 처녀'가 다시 한 번 자기 모습을 드러내기를 기다렸다.

10월 말에 선거 운동이 시작되어 인스테텐은 승마 나들이에 참여할 수 없게 되었다. 크누트와 크루제가 일종의 영예로운 근위병 노릇을 하지 않았더라면 크람파스와 에피도 그 잘난 케쎈 사람들의 눈 때문에 승마를 포기해야 했을 것이다. 승마 나들이는 11월에 접어들어서까지 계속됐다.

날씨가 바뀌었다. 연이은 북서풍이 구름덩이를 몰고 왔고 바다는 거센 파도를 일으켰다. 그러나 비와 추위는 아직 닥치지 않았다. 회색의 하늘 아래에서 요란한 파도 소리를 들으며 말을 타는 것도 좋았다. 그 전에 햇볕 아래서 조용한 바다를 보며 가던 것보다는 이 편이 더 아름다웠다. 롤로는 파도 거품을 맞으며 선두에서 달려갔다. 에피의 승마 모자에 달린 얇은 천이 바람에 팔랑댔다. 너무 시끄러워 서로 대화를 나눌 수가 없었다. 그러나 바다를 지나 바람막이를 해주는 모래언덕이나, 뒤쪽에 있는 소나무 숲으로 접어들었을 땐 주위가 조용해졌다. 에피가 쓴 모자의 얇은 천은 더 이상 팔랑거리지 않았다. 길이 좁은 관계로 말 타고 가는 두 사람은 할 수 없이 서로 나란히 붙어 가야 했다. 그들은 그루터기와 나무뿌리들 때문에 보통 걸음 속도로 천천히 말을 몰면서 파도 소리 때문에 중단되었던 대화를 다시 계속했다. 훌륭한 재담가인 크람파스는 전쟁에 관한 이야기, 군대의 연대 이야기, 이런저런 일화들, 인스테텐의 성격이나 특징 등 자잘한 것들에 대해 들려주었다. 인스테텐은 진지하고 마음을 터놓지 않는 성격을 갖고 있어서 쾌활한 친구들 사이에서 결코 잘 어울리지 못했고 따라서 인기는 없는 편이었지만 존경을 받은 셈이었다고 그는 말했다.

"짐작할 만해요." 에피가 말했다.

"가장 중요한 게 존경받는 일이니까 다행이군요."

"그렇습니다. 그 당시엔 그랬었습니다. 그렇지만 존경을 받는 게 늘 합당하지는 않죠. 그리고 거기다 인스테텐의 신비주의적인 경향이 더해져 친구들에게 이따금 반발심을 일으키게 했죠. 우선 군인들이란 도대체가 그런 것을 좋아하지 않기 때문이었죠. 그리고 다른 이유는 그가 우리들을 설득하고자 하는 만큼 스스로는 오히려 자기 주장을 믿지 않는 듯한 인상을 드러냈기 때문이었죠. 혹 이런 생각이 부당한 것인지는 모르지만."

"신비주의적 경향이라니요?" 에피가 말했다.

"소령님, 그게 무슨 뜻이죠? 그가 무슨 비밀 종교 집회를 열 수도 없었을 게고 예언자 노릇을 할 수도 없었을 텐데요. 무슨 오페라였는지, 그 이름을 잊어버렸는데, 거기에 나오는 예언자의 역할은 더욱 할 수 없었을 거예요."

"아닙니다. 그런 정도까지는 아니었습니다. 그렇지만 그 이야기는 그만두는 게 좋을 것 같습니다. 전 그의 평가에 나쁜 영향을 줄 수도 있는 이야기를 그의 등 뒤에서 하고 싶지 않습니다. 더욱 이런 이야기는 그의 앞에서도 아주 조심스럽게 다뤄야 하는 화제입니다. 이런 화제는 원하든, 원치 않든 간에 기묘하게 확대돼버릴 성격을 갖고 있죠. 만약 그가 우리와 같이 있지 않은 경우라든지, 순간순간 끼어들어 우리를 반박하지 않을 경우, 혹은 내친김에 말하자면 우리를 비웃지 않을 경우엔 말입니다."

"그렇지만 소령님. 지독하시군요. 어떻게 제 호기심을 그렇게 잔인하게 짓밟으세요. 처음엔 그건 무엇이다 하시고는 그다음엔 그건 아무것도 아니다라고 하시다니! 신비주의라고요? 도대체 그이가 유령의 존재를 보는 사람이란 말이에요?"

"유령을 보는 사람이라고요? 전 꼭 그렇게 말하진 않겠습니다. 그렇지만 인스테텐은 우리에게 즐겨 유령 이야기를 들려주곤 했습니다. 그는 우리를 흥분의 도가니 속으로 몰아넣고 많은 사람들을 불안하게 만들고 나서 갑자기 자기 말을 경솔하게 믿는 우리 모두를 야유하려는 듯했었습니다. 요컨대 한번은 제가 그에게 맞대놓고 이렇게 말했죠. '그게 뭐야, 인스테텐, 그건 그저 희극일 뿐이야. 나를 속이지는 못해. 자네는 우리를 가지고 장난하는군. 우리가 그걸 안 믿듯이 사실은 자네도 믿지 않잖아. 그러면서 자네는 우리의 관심을 자네에게로 끌려 하지. 비범한 면을 갖고 있어야 윗사람의 마음을 더 끌 것이라고 생각하나? 높은 자리에는 평범한

에피 브리스트 177

사람을 얕보지 않지. 자네가 그런 생각을 하기 때문에 무슨 진기한 걸 찾고자 했던 게 이번처럼 유령 이야기가 돼버린 거지'."

에피는 아무 말도 하지 않았다. 소령은 그녀의 그런 태도가 마음에 걸렸다.

"당신은 아무 말 않으시네요, 부인."

"네."

"왜 그러시는지 여쭈어봐도 되겠습니까? 제가 당신에게 불쾌감을 드렸나요? 아니면 제가 지금 우리 곁에 없는 친구를 약간 헐뜯는 게 기사도 정신에 위배된다고 보십니까? 이건 어떤 이의가 있더라도 제가 인정해야 하겠죠. 그렇지만 아무래도 당신이 부당한 생각을 하고 계십니다. 모든 이야기를 그의 귀에다 대고 아무 주저 없이 계속해서 말해주어야 한다면 제가 방금 말한 걸 낱낱이 되풀이하겠습니다."

"소령님의 말을 믿어요."

에피는 침묵을 깨뜨렸다. 그리고 그의 집에서 경험한 모든 일을 이야기했다. 그때 인스테텐이 얼마나 기묘한 태도를 보였나를 말해주었다.

"그이는 긍정도 부정도 하지 않았어요. 전 그이를 전혀 이해할 수가 없었어요."

"역시 옛날과 같군요."

크람파스가 웃었다.

"우리가 리안쿠르, 보베 등에서 그와 함께 부대에 있을 때도 그랬었죠. 그는 그때 낡은 주교의 성에서 살았었죠. 말이 난 김에 말씀드리자면 당신이 흥미롭게 생각하실 일이 있었죠. 즉 그 성의 소유주가 보베의 주교였는데 우연찮게 오를레앙의 처녀를 화형에 처한 코숑이란 이름을 갖고 있었습니다.* 인스테텐은 그 성에서 매일 밤 도저히 믿을 수 없는 일들을 겪었다고 했습니다. 물론 그건 반 정도만 사실이거나, 아니면 아예 별일이 아니었을 수도 있습니다. 하지만 제가 보기엔 그는 아직도 그런 식으로 행동해요."

"좋아요, 크람파스. 아주 진지하게 한마디 여쭈어보겠어요. 부탁드리겠어요. 제 물음에 진지하게 답변해주세요. 그분의 이 모든 행위를 어떻게 해석하고 계시나요?"

"그것은…… 부인……."

"소령님, 회피하시면 안 돼요. 그건 제게 중대한 문제예요. 그이는 당신의 친구고 저도 당신의 친구예요. 이게 모두 어떻게 된 건지 알고 싶어요. 그이는 그러면서 뭘 생각할까요?"

"자비로운 부인, 신은 인간의 마음을 꿰뚫어보지만 관구사령관인 소령은 아무것도 보지 못합니다. 제가 그런 심리학적 수수께끼를 어떻게 풀겠습니까. 전 단순한 인간입니다."

"아이, 크람파스. 그런 바보 같은 말씀 마세요. 전 너무 젊어서 인간을 식별할 줄 아는 대단한 능력을 가지고 있지 않아요. 그렇지만 제가 견신례나 명명식(命名式)을 받기 이전으로 돌아가지 않는 한 당신을 단순한 분으로 오인하지는 않을 거예요. 당신은 그 반대예요. 당신은 아주 위험한……."

"퇴역이라는 꼬리표가 붙은 40대 남성에게 부여된 최고의 찬사입니다. 그럼 좋아요. 인스테텐이 생각하는 것은……."

에피가 고개를 끄덕였다.

"네, 제가 대충 말씀드리겠습니다. 그는 이런 생각을 하고 있습니다.

---

* 1431년 5월 24일 잔 다르크를 화형에 처한 보베의 주교는 피터 쿠숑Peter Cauchon이고 원문처럼 코숑Cochon은 아니다.

즉 인스테텐 남작과 같은 남자는 언제라도 자기가 각 부의 국장이나 그와 비슷한 직위를 가진 사람이 될 수 있다고 생각하겠죠. 절 믿어주십시오. 그는 출세가도를 달리고 있습니다. 또 인스테텐 남작과 같은 남자는 관구장 댁 같은 평범한 집, 그런 초라한 작은 집에선 살 수 없다고 생각하겠죠. 죄송합니다. 부인. 그래서 그가 그 집에 의미를 부여하려는 거죠. 유령의 집이라고 말해야 평범함에서 벗어날 수 있으니까요…… 그것이 한 가지 이유입니다."

"한 가지 이유라고요? 어머나, 다른 이유가 또 있어요?"

"그 점에선 자신이 없는데요. 그 이야기엔 까다롭기도 하고 모험적인 면이 있어요. 자비로우신 부인, 당신이 들으시면 특히 그럴 겁니다."

"그러시니 더욱더 호기심이 나는데요."

"그럼 좋아요. 어떤 대가를 치르더라도, 필요하다면 유령을 끄집어내어서라도, 출세를 해보겠다는 그런 불타는 욕망 이외에 인스테텐에게는 열중하고 있는 두번째 일이 있었습니다. 그는 타고난 교육자로서 왼손엔 바제도, 오른손엔 페스탈로치를 모범으로 삼고 있는데* 그들보다 더 종교 규율을 엄격히 존중하지요. 그래서 사실은 슈네펜탈**이나 분츠라우***에 알맞은 교육자입니다."

"그럼 그이가 저를 교육시키려는 걸까요? 유령을 이용해서 교육을?"

"교육이란 말은 합당하지 않을지도 모르죠. 그러나 우회적인 교육이죠."

---

* 요한 에른하르트 바제도(1723~1790)와 요한 하인리히 페스탈로치(1746~1827): 두 사람 모두 저명한 교육학자임.
** 1784년에 교육학자 크리스티안 곤드히르흐 잘즈만에 의해 세워진 튀링겐 지방의 기독교적 교육 시설.
*** 슐레지엔 지방의 분츠라우 근방에 있는 헨 후드 파의 종교 학교.

"전 당신의 말씀을 이해 못하겠어요."

"젊은 부인은 어차피 젊은 부인이고 관구장은 관구장이죠. 그는 자주 시내로 마차를 타고 돌아다니고, 집은 쓸쓸하고 인적이 없습니다. 칼을 가진 그 게르빔 천사* 같은 유령 이야기는……"

"아, 우리 다시 숲을 벗어났어요." 에피가 말했다.

"저건 우트파텔의 풍차예요. 이제 교회 묘지 앞을 지나가면 돼요."

그들은 곧 교회 묘지와 울타리 두른 곳 사이의 움푹 패어 있는 길을 지나갔다. 에피는 돌과 전나무 너머 중국 남자가 누워 있는 곳으로 눈을 돌렸다.

17

크람파스와 에피가 돌아왔을 때 시계가 2시 종을 쳤다. 크람파스는 작별 인사를 하고 시내로 들어가 광장에 위치한 그의 집 앞에서 말을 멈추었다. 한편 에피는 옷을 갈아입고 잠을 청했다. 피곤했지만 우울함이 더욱 강하게 엄습해왔다. 잠이 오지 않았다.

인스테텐이 평범하지 않은 집에서 살기 위해 유령을 준비해두고 있다는 사실은 그런대로 봐줄 만했다. 그것은 대중과 자기 자신을 구별 짓고 싶은 그의 성격에도 걸맞은 일이었다. 그러나 그가 교육 수단으로 유령을 필요로 한다는 이야기는 도대체 올바르지 않은 짓이고 모욕적이었다. 에피에겐 이제 모든 게 명백해졌다. '교육의 수단'이란 표현은 그저 전체의

---

* 신의 지식과 올바름을 표현하는 지품천사 게르빔은 아담과 이브가 추방 당한 뒤 에덴 동산의 경비를 보았다.

반만을 말한 것이었고 크람파스가 말한 것은 그보다 훨씬 더 심각한 의미일 것이다. 그것은 계산에서 나온 일종의 위협적인 기구 같은 것임에 틀림없었다. 거기엔 선량한 마음씨라곤 전혀 없었다. 이제 상황은 거의 공포 수준에 이르렀다. 에피는 피가 거꾸로 솟는 듯했다. 작은 손을 움켜쥐고 대책을 강구해보려 했다. 그러나 갑자기 그녀는 다시 웃음을 터뜨렸다.

"난 어쩌면 이렇게도 어린애 같은 생각을 하고 있을까. 도대체 크람파스의 말이 옳다는 걸 누가 보증할 수 있지? 크람파스는 험담가이기 때문에 재미는 있어. 그렇지만 신뢰할 수 없는 호언장담가일 뿐이야. 그는 결국 인스테텐의 발치에도 미치지 못하는 사람이야."

이때 인스테텐이 평소보다 일찍 귀가했다. 에피는 그를 현관에서 마중하기 위해 뛰어갔다. 뭔가 만회해야 한다는 느낌이 강하게 와 닿을수록 더욱더 다정한 태도로 그를 대해주었다. 그러나 크람파스의 이야기를 머릿속에서 완전히 떨쳐버릴 수는 없었다. 남편에게 다정스레 대하고 있을 때도, 남편의 이야기에 관심을 가진 듯 경청하고 있을 동안에도, 그녀의 마음속에는 끊임없이 '계산에서 나온 유령, 널 규율 아래 두기 위해 만든 유령'이란 소리가 울려오는 듯했다. 그러나 결국 그런 것들을 망각하게 되고 아무 거리낌 없이 남편의 이야기를 들었다.

11월 중순이 되었다. 폭풍으로 변해가는 북서풍이 하루 반나절 동안 방파제에 몰아쳤다. 점점 더 불어난 케쎈 강물이 둑을 넘어 도로까지 밀려 들어왔다. 그러나 그 고약하던 날씨가 기세를 떨친 후엔 다시 잠잠해져서 햇볕이 따사로운 늦가을날이 며칠간 계속되었다.

"얼마나 오래 계속될지 누가 알겠어요."

에피가 크람파스에게 말했다. 크람파스와 에피는 이튿날 오전에 다시 한 번 승마 나들이를 하기로 합의를 보았고 인스테텐도 근무가 없어 같이 동행하기로 했다. 우선 방파제 쪽으로 가서 그곳에서 말에서 내린 후 얼마 동안 해변을 산보하다가 맨 나중엔 바람이 잠잠한 모래언덕 그늘에서 아침을 먹기로 계획을 짰다.

크람파스는 약속 시간에 관구장 댁 앞으로 왔다. 크루제는 벌써 에피의 말을 잡고 있었고 그녀는 재빨리 말안장 위로 뛰어올라 앉았다. 인스테텐은 말에 올라탄 채 같이 갈 수 없게 되어 미안하다고 말했다. 간밤에 모르크니츠에서 다시 큰 화재가 발생했기 때문에 그곳으로 가야 한다는 것이었다 ― 3주 동안 세 번의 화재가 발생했다 ― 그는 이번 가을의 마지막 일 듯한 이 약속을 기쁘게 기다려온 터였기에 못 가게 된 걸 무척 유감스럽게 여겼다.

크람파스는 유감의 뜻을 전했다. 아마 무슨 말이라도 하기 위해서 꺼낸 말이었으리라. 혹은 아무 다른 뜻 없이 그렇게 말했는지도 몰랐다. 그는 기사풍의 모험적인 사람으로서 한편으로는 무분별하면서도 한편으론 그만큼 좋은 친구였기 때문이었다. 물론 그의 모든 태도엔 경솔함이 넘치고 있었다. 한 친구를 도와주었다가 5분 후에 그를 배반하는 짓은 그가 가진 명예 개념으로는 아무 거리낌 없이 해치울 수 있는 일이었다. 그는 두 가지 상반된 행동을 믿을 수 없을 정도로 아무렇지 않게 하곤 했다.

그들은 평소 때처럼 재배지를 통해 달렸다. 롤로가 다시 선두에 있었고 그다음 크람파스와 에피, 그다음은 크루제가 따랐다. 크누트는 없었.

"크누트는 어디에 있어요?"

"유행성이하선염을 앓고 있어요."

"묘한데요."

에피가 웃었다.

"사실 그 사람은 그 전에도 늘 그렇게 보였어요."

"맞습니다. 그렇지만 지금 그 사람을 보면, 아니 차라리 안 보는 게 낫겠습니다. 유행성이하선염은 보는 것만으로도 전염이 됩니다."

"전 그렇지 않다고 믿어요."

"젊은 부인들이란 많은 걸 믿지 않는 법입니다."

"그리고 그들은 안 믿어도 좋을 것을 믿죠."

"제게 하시는 말씀이십니까?"

"아뇨."

"유감입니다."

"그 유감이란 표현이 당신에게 잘 어울려요, 소령님. 제가 만약 당신에게 사랑을 고백한다면 당신은 그걸 진지하게 받아들일 수 있나요?"

"그런 정도까지 과장하고 싶지 않습니다. 그렇지만 그런 걸 원하지 않는 남자가 있다면 만나보고 싶습니다. 생각과 소망은 세금을 물지 않습니다."

"그건 의문인데요. 생각과 소망 사이엔 엄연한 구별이 있어요. 생각이란 대개 마음속에 있는 것이고 소망이란 입술에 있으니까요."

"기왕이면 그런 비교는 하지 마십시오."

"아이, 크람파스…… 당신은…… 당신은……"

"전 바보입니다."

"아니에요. 당신은 또 자신을 과소평가하시는군요. 당신은 좀 다른 분이에요. 호엔 크레멘에 살 때 우린 늘 말했어요. 세상에서 가장 허영심이 많은 사람은 열여덟 살의 경기병 기수라고요."

"그리고 지금은?"

"세상에서 가장 허영심 많은 사람은 마흔두 살 된 관구사령관이에요."

"……그러시면서 제게 2년 동안의 자비를 베푸셨군요. 보답해드리기 위해서…… 손등에 입맞춤."

"그래요. 손등에 입맞춤. 그건 바로 당신에게 어울리는 말씀이에요. 비엔나 식이죠. 4년 전 칼스바트에서 비엔나 사람들을 사귀었는데 열네 살의 소녀에게 찬사를 보내더군요. 그때 제가 들은 말들을 생각하면!"

"당연한 일입니다."

"만약 그 말씀이 옳다면 제게 아첨하는 것은 상당히 예의없는 일인데요…… 그런데 저기 부표(浮標)를 보세요. 헤엄치는 것 같기도 하고 춤추는 것 같기도 하죠. 작고 붉은 기들은 접혔군요. 이번 여름에 해변까지 나가 붉은 기를 보았을 때 제 스스로에게 타일렀어요. '저기에 비네타가 틀림없이 누워 있다. 그게 탑의 뾰족한 끝이니까……'라고 말이에요."

"하이네의 시를 알기 때문에 그런 말씀을 하실 수 있습니다."

"어떤 시 말이죠?"

"「비네타의 시」말입니다."

"아니에요. 전 그 시를 모르는데요. 전 유감스럽게도 도대체 아는 게 거의 없어요."

"당신에겐 기스휘블러와 정기간행물 모은 것들이 있잖습니까. 그건 그렇고, 하이네는 그 시에 다른 이름을 붙였습니다.「바다유령」인가, 그 비슷한 이름이었다고 생각됩니다. 그는 비네타를 가리키고 있었죠. 그리고 하이네 자신이 그 바다를 지나가면서 ― 제가 이렇게 거침없이 당신에게 내용을 이야기해드리는 걸 용서하십시오 ― 배 갑판 위에 엎드려서 물 속을 들여다보았다고 합니다. 그 시인은 물속에서 좁다란 옛 중세 시대의 거리와, 끈이 달린 작은 모자를 쓴 부인네들이 손에 찬송가를 들고 총총 걸음으로 교회로 가는 걸 보았고, 또 교회종이 울리는 걸 들었다고 합니다. 그 시인은 종소리를 들었을 때 부인네들과 같이 교회에 가고 싶은 동경에 사로잡혔대요. 끈이 달린 작은 모자들이 좋아서였긴 하지만…… 그의 그런 욕구가 너무나 강렬해지자 그는 앞으로 걸어가 아래로 뛰어내리려 했대요. 그러나 그 순간 선장이 그의 다리를 붙잡고 소리 질렀다고 해요. '박사님, 당신 돌았어요?'라고 했답니다."

"무척 재미있어요. 저도 읽어보고 싶어요. 그 시가 아주 길어요?"

"아닙니다. 짧은 시예요.「너는 다이아몬드와 진주를 가졌다」라든가「너의 연한 백합 같은 손가락」*보다는 약간 더 길지만."

그렇게 말하며 크람파스는 살며시 에피의 손을 만졌다.

"그렇지만 길든 짧든 간에 그 묘사 능력이라든지, 그 명료함은 정말 대단합니다. 하이네는 제가 특히 좋아하는 시인이어서 그의 시를 외우고 있습니다. 이따금 저도 부끄럽지만 시를 쓸 때가 있는데, 시 자체를 좋아하지는 않아요. 그러나 하이네의 시는 전혀 다릅니다. 모든 시에 생명이 있지요. 무엇보다 제일 중요한 사랑에 정통해 있습니다. 그것도 게다가 한쪽에만 치우치지 않지요……"

"무슨 뜻이죠?"

"사랑만을 다루지 않는다는 뜻입니다."

"그가 한쪽에만 치우친다 하더라도 결국 나쁠 건 없지 않을까요? 그럼 그 외에 무엇을 다루고 있는데요?"

"그는 물론 사랑과 함께 낭만적인 것을 무척 애호했죠. 몇몇 사람들은 그 두 가지가 잘 조화된다는 의견을 갖고 있지만 전 그렇게 생각하지 않습니다. 왜냐하면 사람들이 낭만적이라고 부르는 그의 후기 시에는—

---

* 하이네의 시집 『귀향』에 실린 시들.

하이네 자신도 그렇게 불렀지만 — 사랑 때문에 처형을 당하는 내용이 끊임없이 등장하기 때문입니다. 그러나 이 경우 대부분 꼭 사랑 때문만이 아니라 다른 더 강렬한 동기 때문에 사형을 당하죠. 제 생각으론 그 가운데 하나가 정치 문제 때문인 듯해요. 예를 들면 칼 슈투아르트는 어느 로만체* 중 한 편에서 죽음을 당하고 또 비츨리푸츨리에 관한 이야기는 더욱 숙명적입니다.”

“누구에 관해서라고요?”

“비츨리푸츨리에 대한 이야기입니다. 비츨리푸츨리는 말하자면 멕시코의 신인데 멕시코인들이 2, 30명의 스페인 사람들을 포획하여 이들을 비츨리푸츨리에게 희생물로 바쳤죠. 그게 그 나라 풍습이고 문화였답니다. 모든 일이 눈 깜짝할 사이에 진행되어 배를 갈라 심장을 꺼냈다고 합니다.”

“오, 크람파스. 그런 이야길랑 하지 마세요. 아침식사를 하려는 순간에 그런 말을 하시다니 적절하지 못하고 또 혐오감을 일으키게 하시는군요.”

“개인적으로 저는 그런 것에 영향 받지 않습니다. 아무튼 제 식욕은 메뉴에 구애되지 않습니다.”

그들은 이런 대화를 나누면서 예정했던 대로 해변에서 모래언덕 그늘에 세워진 벤치 있는 곳으로 왔다. 벤치 앞에는 기둥 두 개에 판자 한 개를 올려놓은 아주 원시적인 식탁이 있었다. 미리 앞서 간 크루제가 이곳에서 아침식사 준비를 끝낸 참이었다. 차와 함께 먹는 빵, 고기구이를 썰어 차게 둔 것, 붉은 포도주, 그리고 두 개의 예쁜, 장식적인 찻잔이 놓여

---

* 민요조의 설화시.

있었다. 가장자리를 금으로 입힌 이 작은 찻잔들은 온천장에서 샀거나 유리 공장에서 기념으로 가져온 것들이었다.

이제 모두가 말에서 내렸다. 자기 말의 고삐를 낮은 소나무에 매어둔 크루제는 다른 두 말을 이리저리 끌고 움직였다. 그동안 모래언덕의 좁게 트인 쪽 해변과 방파제를 한눈에 바라보고 있던 크람파스와 에피는 식탁에 앉았다.

바다는 폭풍이 치던 날 이후로 계속 파도가 일고 있었다. 수면 위로는 반쯤은 겨울 분위기가 나는 11월의 흐릿한 햇빛이 비추고 있었다. 파도가 높이 일었다. 이따금 바람이 몰아쳐서 파도 거품이 그들에게까지 튀어왔다. 주위엔 바다귀리가 자라고 있었다. 불로초의 노란 색깔이 누런 모래 색과 비슷한데도 불구하고 뾰족하게 두드러져 보였다.

에피가 주인의 입장으로 크람파스를 접대했다.

"죄송합니다, 소령님. 당신에게 드릴 빵을 바구니 뚜껑에 담아드려야 하니……"

"바구니 뚜껑은 바구니가 아니지요*……"

"이건 크루제의 생각이에요. 그런데 롤로, 너도 있었구나. 그렇지만 널 위해서는 음식 준비를 하지 않았어. 롤로를 어떻게 하죠?"

"롤로에게 전부 다 주도록 하는 게 좋겠습니다. 전 저 나름으로 감사의 마음을 갖고 그렇게 말하는 겁니다. 왜냐하면, 귀하신 에피…… 이것 보십시오."

에피가 그를 쳐다보았다.

"……왜냐하면, 부인, 롤로는 제가 비슬리푸슬리의 속편이나 부록으

---

* 바구니를 준다는 것은 상대방의 구애를 완강히 거절하는 의미인데 그것을 재치 있게 표현하고 있다.

로 더 해드리고 싶었던 이야기를 생각나게 하기 때문입니다. 연애 이야기니까 훨씬 더 쓰라린 맛이 있습니다. 잔악무도한 페드로 왕에 대한 이야기를 들은 적이 있습니까?"

"무척 음울한 이야기 같군요."

"푸른 수염의 왕 이야기 같은 것입니다."

"그거 좋군요. 그런 이야기는 늘 재미있어요. 당신도 이름을 들어 알고 있는 제 친구 훌다 니마이어 말예요. 우리는 그 애가 역사에 관해서 아무것도 아는 건 없지만 영국의 푸른 수염 — 푸른 수염이란 표현이 충분할진 모르겠습니다만 — 즉 헨리 8세의 여섯 명의 부인 이야기만은 예외적으로 잘 안다고 주장해왔었죠. 그 애는 이 여섯 명의 부인 이야기를 사실 전부 다 외우고 있었죠. 그 애가 그 부인들의 이름을 발음할 때, 예를 들어 엘리자베스의 어머니 이름*을 발음할 때 당신도 그 자리에 계셔서 들으셨다면 좋았을 텐데요. 그 애는 마치 자기가 그다음 차례라도 된 양 몹시 안절부절못했답니다…… 이제 그 돈 페드로 이야기를 해주실까요?"

"그럽시다. 돈 페드로의 궁정에는 미남의, 검은 머리를 가진 스페인 기사가 있었죠. 그는 검은 독수리훈장**과 공로훈장***을 두 개 합친 정도의 의미를 지닌 칼라트라바의 십자훈장****을 달고 다녔습니다. 이 십자훈장은 귀족들이 항상 달고 다니게 되어 있었습니다. 왕비는 당연히 이 칼라트라바 기사를 남몰래 사랑했습니다."

"당연히라니요?"

---

* 영국 여왕 엘리자베스 1세의 어머니 앤 보레인.
** 1701년 프리드리히 1세가 프로이센의 고관에게 주었던 훈장.
*** 1740년 프리드리히 대왕이 프로이센의 고관에게 주었던 훈장.
**** 1158년 칼라트라바 성을 방위하면서 산초 3세에 의해 만들어진 스페인의 훈장.

"장소가 스페인이기 때문입니다."

"아, 그렇군요."

"이 칼라트라바 기사는 무척 잘생긴 개를 갖고 있었습니다. 그 시대는 아메리카가 발견되기 꼭 백 년 전이어서 그런 대륙의 존재를 모르고 있었지만 아무튼 뉴펀들랜드 종이었습니다. 아주 아름다운 개였습니다. 마치 롤로처럼……"

이때 롤로가 자기 이름을 부르는 소리를 듣고 짖어대며 꼬리를 흔들었다.

"그렇게 많은 날이 지나갔죠. 그렇지만 비밀 연애가 완전히 비밀로 지켜지지 못해서 마침내 왕이 이 문제를 심각하게 받아들이게 되었답니다. 결국 왕은 미남인 칼라트라바 기사를 결코 그냥 두고는 견딜 수 없었기 때문에 그 비밀 연애를 벌하여 칼라트라바 기사를 은밀히 처형하도록 했습니다. 왜냐하면 그 왕은 잔악무도할 뿐 아니라 시기심에 가득 찬 거세된 숫양과 같았기 때문입니다. 이 표현이 왕에게 어울리지 않는다면, 그보다도 사랑스런, 제 말의 경청자인 에피 부인에게 적당하지 않다면, 그 표현 대신에 질투쟁이라고 해두겠습니다."

"그 왕이 잘못했다고는 생각되지 않는데요."

"글쎄올시다. 부인, 계속 들어보시죠. 누가 봐도 왕이 지나쳤다고 할 수밖에 없는 사건이 벌어지니까요. 그는 기사에게 전쟁 공로와 무훈을 위해 축하연을 마련하겠다고 속였습니다. 기다란 테이블이 놓여지고 나라의 모든 고관대작들이 테이블에 좌정하고 중앙에는 왕이 앉고 그 맞은편에는 이 날 축하를 받을 주빈, 칼라트라바 기사를 위한 좌석이 마련되었습니다. 그러나 사람들이 한참 동안 그 기사를 기다렸지만 나타나지 않아 결국 그 기사를 제외한 가운데 축하연이 시작되었습니다. 좌석 하나는 비어 있었습니다. 왕의 바로 맞은편의 빈 좌석이었죠. 생각해보십시오, 부인. 페드로 왕은 친애하는 주빈이 아직도 나타나지 않아 유감스럽다는 위선적인 인사말을 하려고 했습니다. 왕이 막 몸을 일으키려는 순간 바깥 계단 쪽에서 하인들의 놀란 소리가 들려왔죠. 무슨 일이 났는지 아무도 알아채기 전에 기다랗게 늘어선 축하연 테이블을 따라 무언가가 달려왔습니다. 그것은 좌석으로 뛰어 올라가서는 아직 빈 좌석으로 남아 있는 그 자리에 잘려진 사람 머리를 얹어놓더랍니다. 그리고 우리 롤로 같은 그 친구가 잘려진 주인의 머리 위로 맞은편에 앉아 있는 왕을 노려보았습니다. 이 충직한 짐승은 자기 주인의 마지막 순간까지 주인 곁에 있다가 도끼가 내려쳐지고 머리가 떨어지는 순간 얼른 머리를 물고 기다란 축하연 테이블로 달려와 살인자인 왕을 고발했다는 이야기입니다."

에피는 아주 잠잠해졌다. 이윽고 말문을 열었다.

"크람파스, 그 나름으로 무척 아름다운 이야기군요. 아름답기 때문에 당신을 용서하겠어요. 그렇지만 다른 이야기를 해주셨더라면 더 나을 뻔했어요. 제가 더 좋아했을 텐데. 하이네의 시라도 말입니다. 하이네가 비츨리푸츨리나 돈 페드로나 그 '당신의' 롤로— '저의' 롤로는 그런 역할을 하지 않았을 것이니까요— 에 대해서만 시를 쓴 게 아니잖습니까? 롤로야, 이리 와. 가련한 것, 이제 왕비를 남몰래 사모했던 그 칼라트라바 기사를 생각하지 않고는 널 쳐다볼 수 없게 됐구나…… 크루제를 좀 불러주세요. 말안장 앞쪽에 있는 안장 가방에 이 물건들을 도로 넣어두라고 해야겠어요. 돌아가는 길에는 다른 이야기를 해주세요. 아주 다른 이야기를요."

크루제가 왔다. 그가 찻잔을 가져가려 할 때 크람파스가 말했다.

"크루제, 여기 있는 잔 한 개는 그냥 놔두게. 내가 갖고 가겠어."

"분부대로 하겠습니다. 소령님."

옆에서 이 말을 들은 에피가 머리를 흔들며 웃었다.

"크람파스, 무슨 생각이 떠오르신 거예요? 크루제는 우둔해서 그런 것은 염두에 두지 않아요. 설사 그렇더라도 아무것도 눈치 채지 못하죠. 그렇지만 이 잔이 당신에게 무슨 정당한 의미가 있을 수 있겠어요. 이건 요세핀 공장에서* 갖고 온 30페니히짜리 유리잔이에요······"

"그렇게 비웃듯이 가격을 말씀하시니 전 그만큼 더 깊이 그 가치를 느끼게 됩니다."

"또 그 말씀이세요. 당신은 유머러스한 면을 무척 많이 갖고 계시지만 아주 특별한 방식인데요. 제가 당신을 잘 이해했는지 모르지만 당신은— 아주 우스운 일이어서 그런 말을 입 밖에 내기가 주저되지만— 툴레 왕 시대로 거슬러 올라가 툴레 왕의 흉내를 내려고 하시나봐요.**"

그는 개구쟁이 같은 표정으로 고개를 끄덕였다.

"그러세요. 그럼 좋도록 하시죠. 전 상관없으니까. 누구나 다 자기의 모자를 쓰고 살아가니까요. 당신은 어떤 모자를 쓰고 계시는지 알겠죠. 당신에겐 해야 할 일이 있어요. 당신이 제게 부과하신 역할은 제겐 전혀 매력 없어요. 전 당신의 그 툴레 왕과 같은 압운어(押韻語)***를 지닌 정부(情婦)****로 돌아다니고 싶지 않으니까요. 잔은 갖고 계세요. 그렇지만 제게 누를 끼치는 결론은 내리지 마세요. 전 인스테텐에게 당신의 그 이야

---

* 1842년에 설립된 유리 공장의 이름.
** 괴테의 시 「툴레 왕」을 말한다. 그는 애인이 죽으면서 남긴 금으로 된 잔을 아주 귀중하게 간직하고, 그 잔으로 술을 마실 때마다 고인을 추모하고, 마지막에는 연회를 열어 자기가 가진 것을 전부 증여했지만 이 잔만은 바닷물 속에 던지고 죽었다.
*** 시구 끝에 규칙적으로 배치되어 운율적 효과를 내는 비슷한 음.
**** 툴레Thule와 같은 모음을 지닌 어휘 불레Buhle는 정부(情婦)란 의미.

기를 해주겠어요."

"그렇게 안 하는 게 좋을 겁니다. 부인."

"왜 그런가요?"

"인스테텐은 그런 일을 원래의 의도대로 보는 사람이 아니기 때문입니다."

그녀는 한순간 날카롭게 그를 쳐다보았다. 그러나 그다음 순간 당황스레 눈을 아래로 내리깔았다.

18

에피는 스스로가 불만족스러웠다. 그리고 겨울 동안 더 이상 그런 식의 나들이가 이어지지 않을 거라는 사실에 내심 기뻤다. 지나간 몇 주일 동안 그와 나누었던 대화며 그가 언급했거나 암시했던 내용을 곰곰이 생각해보면 스스로를 책망해야 할 직접적인 이유는 발견할 수 없었다. 크람파스는 영리한 남자로 세상물정에 밝으며 유머러스하고 늘 아무것에도 구애받지 않는 인물이었다. 만약 그녀가 그 남자를 대하는 태도에서 경직된 채 늘 엄격한 예절과 법칙에만 얽매여 있었다면 그건 소견 좁은 딱한 일이었을 것이다.

사실상 그 남자의 어조에 말려들어간 것에 대해서 에피 자신을 탓할 수는 없었다. 그러나 이제 어렴풋하게나마 위험에서 벗어났다는 느낌이 들었고 이제 모든 게 지나간 일이 된 듯하여 기뻤다. 앞으로 집안끼리 자주 만나게 되는 일은 생각할 수 없을 듯했다. 크람파스 댁 쪽은 그 댁의 분위기로 봐서 완전히 불가능했다. 이웃 귀족 댁에서 우연히 만날 수는 있겠지만 겨울철이어서 그럴 가능성도 매우 희박하고, 만나게 된다 해도 그저 잠깐이면 될 것이다. 에피는 그런 계산을 하며 점점 더 마음이 진정되는 것을 느꼈다. 소령과의 사교적인 관계를 통해 그녀가 얻을 수 있는 장점을 포기하는 게 아주 어려우리라는 생각은 들지 않았다. 게다가 인스테텐은 올해는 바르진에 가지 않을 것이라고 말했다. 후작이 프리드리히스루*로 가기 때문이라고 했다. 인스테텐으로선 유감스러운 면이 없지 않았지만 그런 결정이 오히려 만족스러운 듯했다. 그는 심지어 이제 완전히 가정에 몰두할 수 있어서 좋다며 에피가 찬성한다면 함께 자신의 여행 수첩을 이용해 다시 한 번 이탈리아를 두루 살펴보자고 제의했다. 한 번 가본 곳의 특징이나 인상 등을 정리해두었다가 다시 방문함으로써 온전히 자기 것으로 만드는 것이 중요하다는 게 그의 주장이었다. 그와 같은 작업을 통해 잠깐 구경하고 지나쳤기 때문에 머릿속에 기억이 남아 있다는 사실조차 거의 모르고 있는 대상들까지도 마침내 완전히 인식하고 자기 것으로 만들 수 있다고 말했다. 그는 더욱 자세히 이 여행에 관해 설명했다. 장화같이 생긴 이탈리아 전 영토를 샅샅이 꿰고 있는 기스휘블러가 자기도 이탈리아 모임에 참가했으면 좋겠다는 부탁을 해왔다고 덧붙였다(사진까지 보여주게 되어 있었다). 이탈리아에 대한 화제보다는 그냥 평범한 이야기를 나누는 저녁 모임을 훨씬 좋아하는 에피는 약간 부자연스런 태도로 건성건성 대답했다. 그러나 인스테텐은 그의 계획에 완전히 몰입되어 이 같은 에피의 태도를 전혀 눈치 채지 못하고 계속 말했다.

"물론 기스휘블러만 참석하는 게 아니고 로즈비타와 안니도 참석해야 하오. 우리는 대운하 위를 지나가며 멀리서 곤돌라의 뱃사공이 노래하는

---

* 함부르크 근처 작센 숲에 있던 비스마르크의 영지(領地).

걸 듣게 될 거요. 한편 우리와 세 걸음 정도 떨어진 곳에서 로즈비타는 안니에게 몸을 굽혀「할버 시(市)의 부코 씨」*나 그 비슷한 자장가를 불러줄 거요. 그렇게 하면 아름다운 겨울 저녁 모임이 될 수 있을 거라고 생각하오. 당신은 그 곁에서 나를 위해 커다란 겨울 모자를 짜면 되겠지. 당신 생각은 어떻소? 에피."

그런 저녁 모임은 계획에 그치지 않고 실제 행동으로 옮겨졌다. 순진하고 악의 없는 기스휘블러가, 불분명한 것을 가장 싫어하는 그의 성격에도 불구하고 두 명의 남자를 위해 일해주어야 할 입장이 아니었더라면, 그런 저녁 모임은 틀림없이 여러 주일 동안 길게 계속되었을 것이었다. 기스휘블러가 봉사해준 두 명의 남자란 바로 인스테텐과 크람파스였다. 그는 이탈리아의 밤을 위해 일해달라고 부탁한 인스테텐의 청을 에피만을 위해서라도 기꺼이 진심으로 받아들였다. 그러나 또한 크람파스의 계획에 따르는 기쁨도 컸었다. 크람파스의 계획에 따르면 크리스마스 전에「외도(外道)」**가 공연될 예정이었다. 이탈리아 여행을 의논하기 위한 세번째 밤이 있기 전에 기스휘블러는 엘라 역을 맡게 된 에피와 이야기를 나눌 기회가 있었다.

에피는 전율을 느꼈다. 파두야 베첸자는 이 역에 비하면 도대체 무의미했다. 그녀는 낡아빠지고 케케묵은 것이 싫었다. 그녀가 바라는 것은 신선하며 변화를 가져다주는 일이었다. '조심하여라'라는 소리가 그녀의 귀에 들리는 듯했지만 들뜬 기분으로 물어보았다.

"이런 계획을 한 사람이 크람파스 소령인가요?"

---

* 할버 시(市)의 아이들을 좋아하는 부코 사교(司教)를 말하는데 1888년 사망한 이후 동화 속에 늘 등장함.
** 「Schritt vom Wege」. 에른스트 비헤르트Ernst Wiehert의 작품으로 1673년 초연됨.

"그렇습니다, 부인. 그 사람이 만장일치로 오락위원으로 선출되었답니다. 이제야말로 클럽에서 그럴듯한 겨울을 맞이하는 걸 기대해도 되겠죠. 그는 그런 일에 무척 적극입니다."

"그 사람도 같이 공연할 예정인가요?"

"아닙니다. 그가 거절했어요. 유감스러운 일이죠. 그는 만능이라 아더 폰 슈메트비츠 역을 아주 훌륭하게 해낼 수 있을 텐데, 연출을 맡겠다는군요."

"더욱 나쁜 일이에요."

"더욱 나쁜 일이라고요?"

기스휘블러가 되풀이했다.

"아, 제 말을 그렇게 심각하게 생각하지 마세요. 반대의 뜻을 이야기하는 것뿐이니까요. 소령에게는 강압적인 면이 있어서 상대방을 정신 차리지 못하게 할 수도 있겠다는 생각이 들어서요. 그렇게 되면 사람들이 자신이 원하는 방향으로 연기하지 못하고 그 남자가 원하는 대로 끌려가 버리죠."

그녀는 그런 식의 이야기를 계속하면서 점점 더 모순된 주장을 늘어놓게 되었다.

「외도」는 실제로 공연되었다. 넉넉잡아 두 주일 정도밖에 연습 시간이 없었기 때문에 모두가 애를 썼고 덕분에 모든 과정이 아주 순조롭게 잘 진행되었다. 공연에 참가한 사람들, 특히 에피는 많은 박수갈채를 받았다. 크람파스는 정말 만족스럽게 연출을 잘해냈다. 그는 다른 사람들에게는 아주 엄격하게 대했다. 그러나 에피의 연습에는 아무런 간섭을 하지 않았다. 기스휘블러가 에피와 나누었던 대화에 대해 귀띔을 해주었을 것이다.

아니면 크람파스 스스로 에피가 애써 그를 피하고 있음을 느꼈을 것이었다. 아니, 크람파스는 영리한데다 여성 심리에 정통한 남자여서 그의 경험으로 너무나 잘 알고 있는 자연스런 발전 과정을 방해하려 하지 않았다.

클럽에서 연극이 있던 밤에는 모두들 늦어서야 헤어졌다. 인스테텐과 에피도 자정이 지나서 집에 도착했다. 요한나는 시중을 들기 위해 아직 자지 않고 있었다. 인스테텐은 에피에 대해 상당한 자부심을 갖고 있었다. 그래서 요한나에게 마님이 얼마나 매력적으로 보였는지, 또 얼마나 연기를 잘했는지 들려주었다. 사람들로 만원이었으므로 크리스텔과 요한나, 노(老)운케와 크루제 부인이 차라리 음악 연주석에서 보았더라면 아주 잘 관람할 수 있었을 것이지만 미리 그 생각을 하지 못한 것이 유감이라고 인스테텐은 말했다. 요한나가 나간 뒤 에피는 피곤하여 자리에 누웠다. 더 이야기를 나누고 싶었던 인스테텐은 의자 한 개를 앞으로 밀어 부인의 침대 가에 앉았다. 그러면서 부인의 손을 잡고 다정하게 바라보았다.

"에피, 아름다운 저녁 시간이었소. 아름다운 연극 작품을 즐겁게 관람했지요. 그 작품의 작가가 대법원 판사라는 걸 생각해봐요. 사실 믿기지 않는 일이지. 게다가 쾨니히스베르크 출신이라니. 아무튼 내가 가장 기뻤던 일은 나의 매력적이고 귀여운 당신에게 모든 사람이 홀딱 반한 일이오."

"아아, 게르트, 그렇게 말씀하지 마세요. 전 벌써 자만심에 차 있는걸요."

"자만심에 차 있다고? 그런 것 같기도 하오. 그렇지만 다른 사람들만큼 그렇게 교만하진 않소. 그게 당신이 가진 일곱 가지 미덕이오."

"누구나 다 일곱 가지 미덕을 갖고 있어요."

"……내가 말을 잘못했군. 당신은 그 숫자를 제곱한 만큼 미덕이 많다고 해도 좋겠소."

"당신은 비위를 무척 잘 맞추시네요. 게르트, 당신이 어떤 분인가를 알지 못했다면 지금쯤 저는 두려웠을 거예요. 아니면 그 말씀 속에 진짜 뭔가 숨은 뜻이 있나요?"

"당신은 뭔가 양심에 꺼리는 데가 있는 모양이지? 사람의 눈을 속이는 일이라도 있었소?"

"게르트, 전 정말 불안해요."

그녀는 침대에서 일어나 그를 빤히 쳐다보았다.

"요한나를 초인종으로 불러서 차를 갖다달라고 할까요? 당신은 자러 가시기 전에 차 마시는 걸 무척 좋아하시니까."

그는 그녀의 손에 입을 맞추었다.

"아니요, 에피. 자정이 지난 뒤엔 황제라도 차를 더 주문할 수 없는 법이오. 당신도 알지 않소. 나는 꼭 필요한 경우가 아니면 사람들을 부리지 않는다는 걸. 아니요, 난 당신을 바라보면서 내가 당신을 소유하고 있다는 걸 기뻐하는 일 외엔 아무것도 원하지 않아요. 사람들은 어떤 땐 자기가 소유하고 있는 사랑하는 사람의 진짜 멋을 강렬히 느끼게 되죠. 당신이 가련한 크람파스 부인과 비슷하지 않아 천만다행이오. 그 여자는 어느 누구에게도 친절할 줄 모르오. 아주 끔찍한 여자요. 그 여자는 당신이 땅속으로 없어져버리기를 원했었는지도 모르지요."

"게르트, 제발 그런 말씀 마세요. 당신은 또다시 자만하시는군요. 그 부인은 가련한 분이에요. 전 아무것도 눈치 채지 못했어요."

"그건 당신이 그런 걸 볼 줄 모르기 때문이오. 어떻게 된 건지 당신에게 말해주겠소. 크람파스는 그 때문에 완전히 어쩔 줄 모르고 있소. 늘 당신을 피하고 당신을 거의 바라보지도 않았거든. 그건 부자연스럽기 짝이 없는 태도였소. 그 이유는 우선 첫째로, 그는 숙녀와 즐겨 교제하는 남자인데다 당신 같은 숙녀는 그가 특별한 정열을 바칠 대상이오. 내 귀여운 에피, 당신 스스로 그걸 가장 잘 알고 있을 거요. 그가 아침에 베란다로 올 때나, 또 우리가 해변으로 말 타고 산보를 하거나 방파제 쪽으로 산보 갈 때 그 꽥꽥거리는 남자가 — 미안하오 —, 이리저리로 마구 움직이던 걸 생각해보면 말이오. 오늘 그 사람은 풀이 죽어 있었고 자기 부인을 두려워했소. 난 그 사람을 나쁘게 생각할 순 없소. 소령의 부인은 우리집의 크루제 부인과 비슷한 면을 갖고 있소. 내가 두 사람 가운데 한 사람을 선택해야 한다면 누굴 택할지 모르겠소."

"저는 알겠어요. 두 사람에겐 서로 다른 점이 있어요. 가련한 소령 부인은 불행한 여자고 크루제 부인은 섬뜩한 느낌을 주는 여자예요."

"당신은 불행한 쪽 편을 들겠다는 말이오?"

"아주 확실히."

"그건 취향 문제요. 당신이 아직 불행을 겪어보지 않았다는 걸 알 수 있소. 덧붙여 말하자면 크람파스는 그의 가련한 부인을 꾀를 써서 따돌리는 재주가 있소. 그는 항상 그 여자를 집에 남겨두는 구실을 찾아내오."

"그렇지만 오늘은 왔잖아요."

"그렇소, 오늘은. 어쩔 도리가 없었겠지. 그렇지만 그와 함께 산림감독관 링의 파티에 가기로 약속했소. 기스휘블러와 목사도 함께 갈 거요. 축제의 사흘째 되는 날에 크람파스가 자기 부인이 집에 머물러야 하는 이유를 얼마나 재치 있게 꾸며대는지 한 번 보구려."

"그럼 남자들만의 모임이에요?"

"그렇지 않아요. 그렇다면 나도 거절했겠지. 당신도 가야지. 다른 두세 명의 부인들도 갈 거요. 영지 쪽의 부인들은 계산에 넣지 않더라도."

"그렇다면 그분은 아주 나쁜데요. 크람파스 말예요. 그런 짓은 늘 벌을 받게 마련이에요."

"그렇소, 언젠가 그렇게 되겠지. 그렇지만 이 친구는 앞으로 닥칠 일에 대해선 골치를 썩고 싶지 않겠다는 생각을 갖고 있는 사람들 중의 하나요."

"당신은 그를 나쁜 사람으로 생각하세요?"

"아니요, 나쁘게는 생각 안 하오. 어쩌면 그 반대요. 어쨌든 그는 좋은 면을 갖고 있소. 그렇지만 그는 반은 폴란드인이어서 진실되게 믿을 수가 없는 사람이오. 사실상 어느 면에도 믿을 수 없소. 여자 문제에선 더욱 못 믿어요. 노름꾼 같은 성격이오. 그는 테이블 위에서 노름을 하지 않고 인생에서 끊임없이 노름을 하오. 그를 조심해야 하오."

"제게 다정스레 그런 말씀을 해주시니 좋아요. 그 남자를 조심하겠어요."

"그렇게 하오. 그렇지만 너무 지나치지는 마시오. 지나치면 아무 도움이 안 되오. 그렇게 되면 소용이 없으니까. 항상 가장 좋은 건 자연스럽게 행동하는 거요. 물론 가장 좋은 건 의연한 성격과 확고한 기질, 깨끗한 정신이오. 내가 이런 무미건조한 표현을 사용해도 좋을지 모르겠소."

그녀는 눈을 크게 뜨고 그를 응시하며 말했다.

"그래요, 확실히. 이제 그 말씀은 그만두세요. 모두가 저를 불쾌하게 만들어요. 그런데 전 위층에서 춤추는 소리를 들은 것 같아요. 그게 자꾸만 나타나다니 묘한 일이에요. 당신이 그 모든 것을 그저 농담으로 꾸민 줄 알았는데……"

"그렇다고 말하진 않겠소. 에피. 그러나 그렇기도 하고 아니기도 하오. 어쨌든 인간은 오로지 규율 속에서 살아야 하고 그렇게 살면 무서워할 필요가 없는 법이오."

에피는 고개를 끄덕였다. 크람파스가 그녀의 남편을 '교육자'라고 말하던 기억이 갑자기 되살아났다.

크리스마스이브가 되었다. 지난해와 비슷하게 지나갔다. 호엔 크레멘에서 선물과 편지 들이 도착했고 기스휘블러는 또다시 경애의 뜻이 담긴 시를 보내왔다. 사촌오빠 브리스트는 전신주들이 보이고 설경이 그려진 카드를 보내왔는데 그 전신주의 전선 위에는 작은 새 한 마리가 머리를 숙이고 앉아 있었다. 안니를 위해 불을 밝힌 크리스마스트리가 세워졌다. 안니는 나무를 향해 조그마한 손을 뻗쳤다. 인스테텐은 편안하고 유쾌한 기분으로 가정의 행복을 누리는 듯했고 아기와 함께 많이 놀아주었다. 로즈비타는 그렇게 부드러운 표정으로 즐거워하는 주인어른을 보고 놀랐다. 에피도 많이 놀고 많이 웃기도 했지만 그것은 그녀의 진심에서 우러나온 것이 아니었다. 그녀는 줄곧 우울했는데, 인스테텐과 크람파스 둘 중 누구 때문인지 알지 못했다. 크람파스에게서는 아무런 크리스마스 안부 인사도 없었다. 그녀로서는 그게 좋게 느껴지기도 했고 또 그렇지 않기도 했다. 그의 친절은 그녀의 마음을 불안으로 가득 차게 했고 그의 무관심은 무언가 그녀의 기분을 편치 않게 만들었다.

그녀는 모든 게 자신이 원하는 대로 되지 않는다는 것을 알았다.

"당신은 무척 불안해하는군." 잠시 후에 인스테텐이 말했다.

"그래요. 세상 모든 사람이 제게 호의를 갖고 있어요. 당신이 가장 많이 갖고 있고요. 그 사실이 저를 우울하게 만들어요. 제가 그럴 만한 자격을 갖고 있지 않다고 느껴지기 때문이에요."

"그런 생각으로 스스로를 괴롭혀서는 안 돼요. 에피, 결국 이런 것이오. 사람들이 남에게서 뭘 받는 것은 그들이 그만한 값을 했기 때문이오."

에피는 예민하게 귀담아들었다. 그녀는 양심의 가책을 느끼며 그가 일부러 그렇게 애매모호하게 말하는 건 아닌지 자문해보았다.

저녁 무렵 린데크비스트 목사가 왔다. 크리스마스 인사도 하고 우바글라 산림감독관 댁으로의 소풍에 관해 몇 가지 물어보기 위해서였다. 물론 썰매를 타고 가야 하는 소풍이었다. 크람파스가 목사에게 자기 썰매의 좌석 하나를 제공하고 길 안내를 부탁했다. 소령은 물론, 무슨 일이든, 심지어 썰매 모는 일도 해야 할 하인 역시 길을 확실히 알지 못했다. 그래서 일행이 동시에 출발하자는 제안이 나왔고, 관구장 댁 썰매가 선두에 달리고 크람파스의 썰매와 기스휘블러의 것이 그 뒤를 따르는 게 좋겠다는 의견이 나왔다. 왜냐하면 평소에 무척 조심스런 친구 알론조가 말할 수 없을 만큼 신뢰하고 있는 미람보의 지리에 대한 상식은 주근깨투성이의 트랩토우어 창기병보다 더욱더 형편없었기 때문이었다. 그들이 이처럼 당황해하는 모습을 보며 내심 기분이 좋아진 인스테텐은 린데크비스트 목사의 제안에 찬성했다. 그는 2시 정각에 광장을 통과하며 주저 없이 일행의 행렬을 지휘하는 일을 맡겠다고 나섰다.

이런 합의 아래 소풍 행렬이 출발했다. 인스테텐이 2시 정각에 광장을 통과했을 때 맨 먼저 크람파스가 그의 썰매에서 에피 쪽을 향해 인사를 건네며 인스테텐의 썰매와 합류했다. 목사는 그의 옆에 앉아 있었다. 기스휘블러의 썰매가 뒤따랐다. 그 썰매에는 기스휘블러와 한네만 박사가 타고 있었는데 기스휘블러는 가장자리에 너구리 털을 댄 우아한 두꺼운 모직 프록코트를 입고 있었고, 한네만 박사는 곰 가죽의 모피 외투를 입었는데 그 모양으로 보아 적어도 30년의 근무 햇수를 헤아릴 수 있었다. 한네만은 젊은 시절 그린란드로 가는 선박의 선의(船醫)였다. 미람보는 앞에 앉아 썰매를 몰았는데 린데크비스트가 추측한 것처럼 아무것도 알지 못해서 약간 흥분해 있었다.

그들은 2분 후에 벌써 우트파텔의 풍차 옆을 지나가고 있었다. 케씬과 우바글라 사이에는(전설에 의하면 벤트 족*의 사원이 있다고 했다) 폭이 약 1천 걸음 정도고 길이는 약 1.5마일 정도의 가늘고 긴 숲이 있었다. 그 숲의 오른편 바깥쪽으로는 바다가 있었고 왼쪽으로는 수평선에 이르기까지 넓고 비옥한 땅이 잘 개간되어 있었다. 이곳의 안쪽 길로 지금 세 대의 썰매가 달려가고 있고 약간 떨어져서 서너 대의 마차가 앞서서 달렸다. 그 안에는 산림감독관 댁에 초대된 다른 손님들이 타고 있음이 분명했다. 그들 중 한 대의 마차는 구식의 높은 바퀴로 보아 파펜하겐의 것이란 걸 쉽게 알 수 있었다.

귈덴클레는(보르크보다 더 훌륭했고 그라젠압보다도 더 나았다) 이곳 사람들 중 제일가는 연설가로 여겨졌다. 그래서 축제에 빠뜨릴 수 없는 인물이었다.

썰매는 빨리 달렸다. 지체 높은 주인의 마부들도 바짝 긴장했다. 3시 전에 산림감독관 댁에 도착하기 위해 추월을 허용하지 않았다. 쉰다섯 살쯤 된 체격이 좋은, 군대식으로 뚫어지게 바라보는 습관을 지닌 링은 브랑겔과 보닌** 밑에서 첫 원정을 했으며 다베르크***의 공격 때 두각을 나타낸 남자였는데, 그는 문 앞에 서서 그의 손님들을 영접했다. 손님들은 모자와 외투를 벗고 그 댁 부인에게 인사한 후 길게 차려놓은 커피 테이블

---

* 8~9세기경 독일 북동 지방으로 이주해온 슬라브 민족.
** 에드아르트 폰 보닌: 프로이센의 장군으로 1848년 연대장을 역임했다.
*** 슐레스비히 근처의 덴마크군 요새로 1848년 4월 23일 브랑겔 장군이 지휘하는 프로이센 군대에 의해 공격당함.

에 둘러앉았다. 테이블 위에는 피라미드 모양으로 정교하게 쌓아올린 케이크가 있었다. 산림감독관 부인은 천성적으로 매우 불안하고, 쉽게 당황하는 성격을 지닌 여자로 손님 접대하는 안주인의 역할에 있어서도 그런 면을 보였다. 그런 일은 자존심이 강하고, 확고함과 과단성을 좋아하는 산림감독관의 기분을 상하게 했음이 역력했다. 그러나 그의 역겨운 감정은 다행히 폭발되지 않았다. 그 이유는 아버지를 쏙 빼닮은 열서너 살쯤 되어 보이는 그림같이 예쁜 그의 딸들이 부인의 부족한 점을 충분히 보완해주었기 때문이었다. 특히 언니인 코라는 금세 인스테텐과 크람파스에게 애교를 떨기 시작했고 두 남자도 이에 응수했다. 에피는 그게 못마땅했다. 그리고 그걸 못마땅하게 여긴 사실을 또한 부끄러워했다. 그녀는 지도니 폰 그라젠압 옆에 있었기에 그녀에게 말을 건넸다.

"특이하지요. 제가 열네 살이었을 때도 저랬을 거예요."

에피는 지도니가 이의를 제기하든가 아니면 적어도 대단치 않았을 것이라고 이야기하리라 믿었다. 그러나 그 여자는 그 대신 "짐작할 만해요"라고 말했다.

"아버지가 저 애들 교육을 잘못 시켜놓았는지······"

에피는 반쯤 당황해서, 또 뭔가 대꾸를 하기 위해 이야기를 계속했다. 지도니가 고개를 끄덕였다.

"규율이 없기 때문이죠. 요즘 시대의 특징이에요."

에피는 대화를 중단했다.

사람들은 커피를 마시고 곧 일어섰다. 주위의 숲으로 30분 정도의 산보를 하기 위해서였다. 우선 암사슴들을 울타리로 가둬놓은 사육장 쪽으로 갔다. 그들이 들어서자마자 코라가 울타리 문을 열고 다가왔다. 그 모습이 마치 동화의 한 장면처럼 매력적으로 보였다. 그러나 의식적으로 생생한 자태를 억지로 꾸며보려는 젊은 아가씨의 허영은 순수하지 못하다는 인상을 주었다. 이와 같은 인상을 가장 많이 느낀 사람은 에피였다. '아니야.' 그녀는 자기 자신에게 말했다.

'난 저러지는 않았어. 혹시 나에게도 버릇없는 점은 있었겠지. 지겨운 지도니가 내게 방금 이야기했듯이 아마 다른 면에서도 부족한 데가 있었겠지. 우리집 사람들은 나에 대해 지나치게 호의적이었고 나를 너무나 사랑해주었어. 그렇지만 난 이렇게 말할 수 있어. 내가 결코 부자연스럽게 꾸며대지는 않았다고 말이지. 그런 일은 늘 흉다가 하는 짓이었어. 그 때문에 그 애는 여름에 다시 만났을 때 내 맘에 들지 않았어.'

숲에서 산림감독관 댁으로 돌아가는 길에 눈이 내리기 시작했다. 크람파스가 에피 곁으로 다가왔다. 이제까지 인사드릴 기회가 없어서 유감스러웠다고 크람파스는 말했다. 크람파스는 큼직한 눈송이가 떨어지는 걸 가리키며 말했다.

"이렇게 계속 내리면 우린 여기서 눈 속에 파묻히게 될 겁니다."

"그렇게 돼도 그것이 최악의 사태라고 볼 수 없을 것 같은데요. 옛날부터 저는 눈 속에 파묻히는 상상을 하곤 했어요. 보호받고 도움받는다는 상상을 하게 해주거든요."

"그건 처음 듣는 이야기군요. 자비로우신 부인."

"그럴 거예요."

에피는 계속 말했다. 그리고 웃어보려 애썼다.

"상상이란 독특한 것이에요. 자기가 개인적으로 체험한 것에 의해서만 상상하게 되는 것이 아니고 어디선가 들었거나 혹은 아주 우연히 알게 된 사실에 따라 상상을 하지요. 당신은 책을 무척 많이 읽으셨죠, 소령님. 그렇지만 한 편의 시만큼은 제가 당신보다 선배일 거예요. 물론 하이네의 시「바다의 유령」「비슬리푸슬리」에 대해선 그렇지 못하겠지만요. 이 시는「신의 성벽」*이라고 하는데 제 고향 호엔 크레멘의 목사에게서 제가 아주 어릴 때 배워서 오래전부터 암송한 시예요."

"신의 성벽."

크람파스가 다시 한 번 되풀이했다.

"아주 예쁜 제목이군요. 그건 어떤 시인가요?"

"아주 짧고 아담한 내용이죠. 어디선가 전쟁이 일어났어요. 겨울의 원정이었어요. 적군을 지극히 무서워한 한 미망인이 신에게 기도하여 나라의 적으로부터 그녀를 보호하기 위해 '그녀 주위에 성벽을 쌓아달라'고 빌었대요. 그래서 신이 그 집을 눈으로 덮어버렸고 적군은 그 집을 지나쳐 행진해 갔대요."

크람파스는 당황하는 빛을 역력히 띠며 화제를 바꾸었다.

날이 어두워졌을 때 모두들 다시 산림감독관 댁으로 돌아왔다.

19

7시가 되자마자 사람들은 식탁으로 갔다. 수많은 은방울로 덮인 전나무 크리스마스트리에 다시 한 번 불이 켜져서 모두가 기뻐했다. 링의 집을 아직 모르고 있었던 크람파스는 경탄했다. 다마스코스 산의 문직물(紋織物), 포도주 냉각기, 수많은 은그릇들 등 모든 것이 산림감독관의 중류 생활 수준을 훨씬 벗어난 고급스러운 것들이었다. 거기에는 그만한 이유

---

* 클레멘스 브렌타노(1778~1842)의 시.

가 있었다. 링의 부인은 무척 수줍어하고 어쩔 줄 몰라 하는 타입의 여성이긴 하지만 부유한 단치히의 곡물상 집 출신이기 때문이었다. 사방에 걸려 있는 그림들은 대부분 단치히와 관련된 것들이었다. 곡물상인과 그 부인의 그림, 마리엔부르크의 수도원 그림, 단치히에 있는 마리엔 교회의 유명한 멤링 제단화(祭壇畵)*의 복사판 등이 있었다. 올리비아 수도원은 유화와 코르크나무에 새긴 것 두 종류로 되어 있었다. 그 외에 식탁 위쪽에 노(老)네텔베르크**의 초상화가 걸려 있었는데 색깔이 매우 어두웠다. 그 초상화는 1년 반 전에 작고한 링의 선임자가 남긴 몇 개 안 되는 유물 중의 하나였다. 이 유물은 당시 늘 하던 식으로 경매에 부쳐졌지만 노인의 초상화를 사겠다는 사람은 아무도 없었다. 이 같은 사태에 급기야는 인스테텐이 화를 내며 경매에 응했다. 링도 애국적인 생각을 하기에 이르렀다. 결국 콜베르크를 방위한 늙은 용사는 산림감독관 댁에 남겨지게 된 것이다.

네텔베르크의 초상화는 상당히 초라해 보였다. 그러나 그 외에는 이미 앞서 암시한 바처럼 모든 게 화려하다고 해도 좋을 만큼 유복함을 보여주었다. 식탁에 날라다 놓은 식사도 또한 그러했다. 양에 관계없이 모두들 즐겁게 식사를 했다. 지도니 양은 예외였다. 그녀는 인스테텐과 린데크비스트 사이에 앉아 있었다. 지도니 양은 코라를 보자 입을 열었다.

"저 참을 수 없는 여자 애가 또 저기 나타났군요. 코라라는 여자 애 말이에요. 인스테텐, 저 여자 애가 어떤 식으로 조그마한 포도주 잔을 날라다주는지를 잘 보세요. 진짜 걸작이에요. 저 애는 언제라도 술집 아가씨가 될 수 있을 거예요. 정말 참을 수 없군요. 거기다 당신의 친구 크람

---

* 오란다의 화가 한스 멤링(1433~1494)이 그린「최후의 심판」.
** 요아힘 네텔베르크(1783~1824)는 시민의 대표로서 1807년 프랑스군에 맞서 콜베르크 방위에 전력을 다했다.

파스의 눈길을 보세요. 이거야말로 뭔가 일어날 듯한데요. 당신에게 물어보겠는데요. 저렇게 해서 뭐가 될까요?"

인스테텐은 사실 그녀에게 공감을 느꼈다. 그러나 그런 이야기를 지껄이는 그녀의 어조가 너무나 감정을 해치는 신랄한 투여서 조소하듯 한 마디했다.

"그렇습니다, 친애하는 아가씨. 저렇게 해서 뭐가 될 것이냐고요? 저도 그걸 모르겠습니다."

이 대답을 듣고 지도니는 그에게서 고개를 돌려 그녀의 왼쪽에 앉아 있는 사람에게 말했다.

"그런데 목사님, 이 열네 살 먹은 요염한 여자 애가 이미 목사님에게서 수업을 받고 있죠?"

"그렇습니다, 친애하는 아가씨."

"그렇다면 제가 이런 말씀 드리는 걸 용서하셔야 해요. 당신은 그 여자 애에게 올바른 교육을 시키지 않으셨어요. 요즈음 그렇게 하기는 매우 힘들다는 걸 저도 알아요. 그렇지만 젊은이들을 가르칠 의무를 가진 사람들에게 진지한 의미에서의 엄격함이 부족하다는 것도 알고 있어요. 아무래도 주요 책임은 부모와 교육자가 져야 하지요."

린데크비스트는 인스테텐과 같은 어조로 대답하며 모든 게 옳은 말이긴 하지만 시대정신의 힘이 너무 강하다고 말했다.

"시대정신이라고요!" 지도니가 말했다.

"그런 핑계는 대지 마세요. 그런 말은 들어줄 수 없군요. 그건 가장 나약한 소리예요. 파산 선고나 다름없죠. 다 아는 이야기예요. 엄격하게 열성적으로 일해보지도 않고 늘 귀찮은 것은 피해가지요. 왜냐하면 의무란 건 귀찮은 것이니까요. 그래서 우리가 보물을 맡았다가 다시 반환하게 된다는 걸 쉽게 잊어버리죠. 무언가 조처를 취하셔야 해요. 목사님! 교육이란 중요합니다. 육체는 약한 게 틀림없지만……"

이때 영국식 로스트비프가 나왔다. 지도니는 그것을 듬뿍 가져갔다. 그녀는 린데크비스트가 빙그레 미소 짓는 것도 알아채지 못했다. 그녀가 그걸 알아차리지 못했기 때문에 더욱 아무 거리낌 없이 이야기를 계속한 것은 놀랄 일이 아니었다.

"덧붙여 말씀드리자면 이곳에서 당신이 보시는 것 전부가 잘못되어 있고 처음부터 엉망이었어요. 링, 링이라니. 제가 잘못 알고 있는지 모르지만 저쪽 스웨덴인가 그 근처에 이런 이름을 가진 전설의 왕이 살았었죠.*
한번 보세요. 그가 그곳 출신인 것처럼 행동하지 않아요? 그리고 제가 이미 알고 있는 바로는 그의 어머니는 쾨스린에서 다리미질하는 여자였대요."

"그렇다고 해서 나쁠 건 없다고 생각합니다."

"나쁠 게 없다고요? 저도 그렇게 생각해요. 그렇지만 아무튼 더 나쁜 게 있긴 있어요. 교회에 봉사하는 성직자인 당신에게 저는 사회의 질서를 유지해주시기를 기대해야겠네요. 산림감독관은 산림관보다 조금 더 높은 분이에요. 산림관은 포도주 냉각기라든지 은식기들을 갖고 있지 않아요. 아무튼 모든 게 신분에 맞지 않아요. 아이들은 이 코라 양처럼 키우고요."

지도니는 언제라도 엄청난 말로 경고를 해줄 태세였다. 그녀가 격앙되어 분노의 감정을 모두 쏟아놓았더라면 오늘도 미래를 향한 카산드라의 예언에까지 이를 뻔했다.** 바로 그 순간 김이 모락모락 나는 오색주***가 그릇에 담겨 식탁으로 날라지지 않았더라면 말이다 — 링 댁의 크리스마

---

* 전설에 의하면 지그르트 링은 기원전 640년경 스웨덴의 왕이었다고 함.
** 카산드라는 트로야 왕의 딸로 예언자였다. 그녀는 트로야의 몰락을 예언했다.
*** 럼주·사탕·레몬·차·물 이렇게 다섯 가지로 만든 술.

스 파티에는 오색주가 언제나 마지막을 장식했다— 잔물결 모양으로 구운 과자가 차곡차곡 쌓여 몇 시간 전에 날라놓은 피라미드형의 커피 케이크보다 훨씬 더 높이 올려져 있었다. 지금까지 짐짓 사양하는 태도를 취했던 링까지 등장했다. 그는 환한 얼굴로 유쾌하고도 정중하게 그리고 노련한 솜씨로 아치형을 그리며 그의 앞에 있던 커다란 세공된 로마제 유리잔을 채웠다. 오늘은 유감스럽게도 부재중이지만 잔 채우는 묘기에 일가견이 있는 파덴 부인은 링의 이 솜씨를 '폭포처럼 따르는 기술'이라고 표현한 적이 있었다. 적갈색 줄기가 아치형을 이루게 따르는데 한 방울도 흐트러짐이 없었다. 마지막에 코라까지 합세했다. 적갈색 곱슬머리의 코라는 크람파스 아저씨의 무릎에 앉았다. 모두가 각자의 잔을 들었다. 이때 노(老)파펜하겐이 파티가 있을 때마다 늘 하던 식으로 산림감독관을 위한 건배의 축사를 하기 위해 일어났다. 그는 "링, 즉 반지에는 여러 가지가 있습니다"는 말로 시작했다. "나이테의 링도 있고 커튼 고리의 링도 있고 결혼반지의 링도 있습니다. 이런 말을 해도 될 것 같기에 약혼반지에 관해 말씀드리는데 다음과 같은 일이 보증되어 있죠. 즉 그 반지들 중 한 개를 멀지 않은 장래에 이 집에서 볼 수 있을 것이고 조그맣고 예쁜 손가락을 장식해줄 것입니다……"라고 그는 말했다.

"들은 적도 없는 소리예요." 지도니가 목사에게 낮은 소리로 말했다.

"그렇습니다. 여러분."

귈덴클레가 고상한 음성으로 계속 말했다.

"많은 반지들이 있습니다. 또 우리 모두가 알고 있는 이야기도 있습니다. 세 개의 반지 이야기라고 불리죠.* 온갖 자유주의적인 잡동사니가

---

* 고트홀트 에프라임 레싱의 『현자 나탄』에 나오는 우화.

혼란과 좌절만을 일으켰고 지금도 그렇게 하고 있는 유대인에 관한 이야기죠. 신이 개조해주시길 원합니다만. 이제 여러분의 인내와 관대함이 값을 청구하지 않게끔 이만 끝맺어보겠습니다. 전 이 세 개의 반지에는 반대입니다. 친애하는 여러분, 전 하나의 링*만을 원합니다. 반지다운 올바른 링을 원합니다. 그 링은 우리 전통적 폼멜의 케쎈이 갖고 있는 모든 훌륭함, 그리고 신의 가호로써 왕과 조국을 옹호하는 모든 것을 — 그런 것들이 아직 존재합니다(모두들 일제히 환호를 지른다) — 오늘 이 파티 석상에 융합시켜주고 있습니다. 저는 바로 이러한 링을 지지합니다. 링이 만수무강하기를!"

모두들 이구동성으로 찬동하며 링을 둘러쌌다. 링은 연설이 계속될 동안 '폭포처럼 따르는 일'을 그의 건너편에 앉아 있는 크람파스에게 양보하고 있었다. 그러는 중에 가정교사가 연회석의 끝에 있는 자기 좌석에서 일어나 피아노 있는 곳으로 달려가 프로이센 국가의 첫 소절을 쳤다. 모두가 일어나면서 장엄하게 합창했다.

"나는 프로이센 사람이다······ 프로이센 사람답게 살련다."**

"정말 아름다운 곡입니다."

일절을 부른 직후 노(老)보르크가 인스테텐에게 말했다.

"다른 나라에는 이런 노래가 없습니다."

"그렇죠."

그러한 애국심을 별로 대단치 않게 생각한 인스테텐이 말했다.

"다른 나라에는 다른 것이 있겠죠."

---

* 독일어로 반지라는 뜻의 '링'은 바로 산림감독관의 이름이다.
** 요한 베른하르트 데이리쉬의 시(1831)에 하인리히 아우구스트 나이트하르가 곡(1833)을 붙인 프로이센의 국가(國歌).

사람들은 노래를 끝까지 다 불렀다. 이때 마차가 도착했다는 전갈이 왔다. 사람들은 곧 일어났다. 말을 기다리게 하지 않기 위해서였다. 케쎈 지방은 말의 사정을 고려해주는 면에 있어서는 다른 지방보다 월등했다. 집 현관에 예쁘장한 두 명의 하녀가 서 있었다. 손님들이 모피 외투를 입을 때 도와드리도록 링이 배려한 것이다. 모두들 기분이 좋았고 몇몇 사람들은 이루 말할 수 없이 흥겨워했다. 마차에 승차하는 일은 신속하면서도 아무 어려움 없이 잘되어가는 듯했다. 그러나 갑자기 기스휘블러의 썰매가 보이지 않는다는 소리가 들렸다. 기스휘블러는 그렇다고 금방 불안함을 나타내 보이거나 시끄럽게 행동하기에는 너무나 점잖은 사람이었다. 그러나 누군가는 말을 해야 했기 때문에 크람파스가 도대체 어떻게 된 것이냐고 물었다.

"미람보는 갈 수 없습니다"라고 하인이 말했다.

"그가 말을 마차에 맬 때 왼쪽 말이 그의 정강이뼈를 찼습니다. 그는 외양간에 누워서 아파 소리 지르고 있어요."

그래서 물론 한네만 박사가 불려갔다. 그곳에 간 지 5분 후에 그는 진짜 외과 의사다운 조용한 어조로, 미람보는 당분간 여기에 머물러 있어야 하며 우선 움직이지 말고 누워서 냉찜질을 하는 것 외에는 별 도리가 없으나 그렇게 염려할 정도는 아니라고 설명했다.

한네만 박사의 설명은 사람들을 일단 안심시켰다. 그러나 남은 문제는 기스휘블러의 썰매가 어떻게 돌아갈 수 있느냐 하는 것이었다. 결국 인스테텐이 미람보 역을 맡아 박사와 약사를 집으로 모셔드릴 생각이라고 말했다. 모두들 웃으면서 그 어느 관구장보다도 가장 친절한 우리 관구장이 남을 도와주기 위해 자기 부인과도 떨어지려 한다는 식의 농담을 하며 그의 제안에 동의했다. 인스테텐은 기스휘블러와 박사를 마차의 안쪽 좌석에 앉히고 다시 일행의 선두에 섰다. 크람파스와 린데크비스트가 바로 뒤를 따랐다. 그 뒤를 크루제가 관구장 댁 썰매를 몰고 갔다. 이때 지도니가 에피에게로 미소를 지으며 다가와 썰매에 자리 하나가 비었으니 함께 타고 가도 좋으냐고 청했다.

"우리 마차는 늘 숨 막히게 답답해요. 우리 아버지가 그걸 좋아하죠. 그 외에도 전 당신과 대화를 나누고 싶어요. 그냥 크바펜돌프까지만요. 모르크니츠의 갈림길에서 내려 불편하고 허름한 우리 마차에 타야 해요. 아빠가 아직 담배를 피우고 계세요."

에피는 그녀와 함께 타고 가는 것을 별로 기쁘게 여기지 않았다. 오히려 혼자 타고 가는 게 더 좋을 것 같았다. 그러나 그녀로선 선택의 여지가 없었다. 결국 그 노처녀는 에피의 마차를 탔고 두 숙녀가 자리를 잡자 크루제는 말에 채찍을 가했다. 산림감독관 댁의 현관 앞 마차 대는 곳에서 바닷가까지는 훌륭한 경치를 볼 수 있었다. 그곳에서 일행은 상당히 가파른 모래언덕을 달려 해안 길로 향했다. 그 해안 길은 케씬의 해변 호텔을 향해 1마일가량 거의 일직선으로 나아가다가 우회전해서 재배지를 지나 시내로 통하고 있었다.

몇 시간 전부터 눈은 멈추었고 공기는 신선했다. 어두워져가는 광활한 바다 위로 초승달의 흐릿한 달빛이 비쳤다. 크루제는 바닷가로 바싹 다가가 이따금씩 부서지는 파도 거품을 헤치고 마차를 몰았다. 에피는 약간 추위를 느꼈다. 외투로 더 단단히 몸을 감싸고 일부러 침묵을 유지했다. 지도니의 '숨 막히는 마차'는 구실일 뿐이었다. 지도니가 옆에 앉은 것은 사실은 유쾌하지 못한 이야기를 하기 위한 것임을 에피는 잘 알고 있었다. 그리고 그런 일은 어차피 항상 앞서 일어나는 일이었다. 게다가 그녀는 정말 피곤했다. 숲으로의 산보 때문이 아니면 곁에 앉은 폴레밍 부인이 권하는 바람에 용감하게 받아 마신 산림감독관의 오색주 때문인 듯했다. 그녀는 잠을 자는 척 눈을 감고 머리를 점점 더 왼쪽으로 기울였다.

"그렇게 왼쪽으로 기울어지면 안 됩니다, 부인. 썰매가 물을 튀기며 달리면 바깥쪽으로 떨어져버려요. 당신의 썰매에는 안전벨트가 없군요. 제가 보기엔 벨트 매는 고리마저도 없군요."

"전 안전벨트를 좋아하지 않아요. 그것은 몰취미한 데가 있어요. 바깥쪽으로 날려 떨어지면 더욱 좋겠어요. 곧장 파도 속으로 떨어지면 가장 좋겠어요. 물론 약간 차가운 물에 목욕하게 되겠지만 뭐 상관있을까요? ……그런데 무슨 소리가 들리지 않나요?"

"아뇨."

"무슨 음악 소리 같은 게 들리지 않아요?"

"오르간 소리?"

"아니, 오르간 소리 말고요. 오르간 소리라면 제가 바다 소리를 착각한 것이라고 여길 수 있겠죠. 그렇지만 그건 다른 소리였어요. 한없이 섬세한 소리예요. 마치 인간의 음성에 가까운 소리였어요."

"그건 착각일 거예요."

지도니가 말했다. 그녀는 이제야말로 그녀가 개입할 순간이라 믿었다.

"당신은 신경병에 걸려 있어요. 소리를 들으셨다지만 그게 진짜 소리일 리가 없어요."

"제가 들은 건…… 확실히 그건 바보 같은 짓이었어요. 저도 알아요. 그렇지 않다면 인어가 노래하는 걸 들었다고 상상했을 거예요…… 그런데 이게 뭐죠? 하늘 높이까지 번쩍이며 비치는 게…… 극광(極光)임에 틀림없어요."

"그래요." 지도니가 말했다.

"부인께선 마치 그것이 불가사의한 기적인 것처럼 말하시네요. 그렇지 않아요. 그게 기적과 같은 것이라면 우리는 자연 숭배를 하지 않도록 조심해야겠군요. 그런데 뭇 사멸하는 존재들 중 가장 허영심이 많은 우리의 친구 산림감독관이 극광에 대해 이야기하는 걸 들을 위험에서 이제 벗어났으니 천만다행이에요. 제 생각으론 그 남자가 만약 극광이 나타났다는 말을 들었다면, 하늘이 자기의 파티를 더욱 빛내주기 위해 은총을 베풀어주었을지도 모른다는 식으로 자만했을 거예요. 그 남자는 바보예요. 귈덴클레는 그 사람에게 축하 인사 외에 좀더 나은 일을 할 수 있었을 텐데요. 그 남자는 교회의 일에도 주제넘게 나서서 최근에는 제단에 거는 천을 선사했죠. 아마 코라가 함께 수(繡)를 놓았나봐요. 만사가 이런 사이비 신자 때문에 망쳐져요. 그들의 세속적인 면이 항상 제일 위에 있기 때문에 진실로 자신의 영혼을 구하려는 사람들이 그들과 함께 피해를 보게 되는 거죠."

"마음속을 들여다보는 것은 매우 어려워요."

"그래요. 하지만 그건 아주 쉬운 경우도 많아요."

이렇게 말하면서 그녀는 젊은 부인을 거의 촌스럽고 주제넘은 태도로 쳐다보았다.

에피는 아무 말 않고 초조하게 몸을 돌렸다.

"제 말은요, 많은 사람들의 경우에 그것은 아주 쉬워요."

지도니는 되풀이해서 말했다. 그녀는 자기의 목적을 달성했기 때문에 조용히 미소 지으면서 계속 말했다.

"우리 산림감독관도 이 간단한 수수께끼에 속하죠. 전 자기 자식을 그런 식으로 키우는 사람을 한심하게 생각해요. 하지만 한 가지 좋은 게 있어요. 그 사람의 경우에 모든 게 명백하다는 점이죠. 그런 면은 그 사람 자신도 그럴 뿐 아니라 딸들도 그렇죠. 코라는 아메리카로 가서 억만장자가 되든지 감리교회 여 목사가 되겠죠. 아무튼 그 애는 끝장이 났어요. 전 이제까지 열네 살 난 애들 가운데 그런 애는 본 적이 없어요."

그 순간 썰매가 멈췄다. 두 숙녀는 도대체 어떻게 된 일인가 알아보기 위해 주위를 둘러보았다. 그들의 오른쪽에 약 30보 정도의 간격을 두고 두 대의 다른 썰매도 멈추어 있었다. 오른쪽 제일 먼 쪽으로 인스테텐이 모는 썰매가 있었고 더 가까운 쪽으로 크람파스의 것이 보였다.

"뭐예요?"

에피가 물었다.

크루제는 몸을 반쯤 돌려서 말했다.

"슐론*입니다. 마님."

"슐론이라고요? 그게 뭐예요? 제겐 아무것도 안 보여요."

크루제는 이리저리 머리를 흔들었다. 마치 그 질문을 던지기보다 거기에 대한 답변을 하기가 더욱 어렵다고 말하려는 듯했다. 왜냐하면 슐론이 무엇인지에 대해 두세 마디로 정리할 수 없기 때문이었다. 크루제는 당황했으나 곧 노처녀에게서 도움을 얻을 수 있었다. 그녀는 이곳의 모든 일에 대해 다 알고 있었으며 물론 슐론에 대해서도 예외가 아니었다.

"자비로우신 부인."

지도니가 말했다.

"저곳엔 나쁜 길이 있어요. 그렇지만 제겐 별로 문제가 되지 않아요.

---

* 슐론Schloon: 해변의 모래에 형성된 작은 개울.

전 편안히 통과해 갈 수 있답니다. 왜냐하면 마차의 바퀴가 높은데다 말들이 저 길에 이미 익숙해 있으니까요. 그렇지만 마차가 아니라 썰매를 타고 가면 상황이 다르지요. 썰매는 슐론에 빠져버리거든요. 부인께선 아마 우회하셔야 할 겁니다."

"빠진다고요? 자비로우신 아가씨, 전 도무지 알 수가 없네요. 도대체 슐론이란 것이 절벽인가요? 아니면 그 속으로 사람이 송두리째 빨려 들어가는 그 무엇인가요? 전 그런 게 이곳에 있으리라곤 전혀 생각할 수 없네요."

"하지만 그런 게 이곳에 있어요. 물론 아주 작은 규모이긴 합니다. 슐론은 원래 오른쪽의 고텐 호수에서 이곳으로 흘러와 모래언덕을 통해가는 작은 실개천에 불과했어요. 여름에는 개천 바닥이 가끔 말라 있어서 부인께선 아무 일 없이 그 위를 지나갈 수 있었던 것이고 전혀 그것을 눈치 채지 못했던 거죠."

"겨울에는 어떻게 되나요?"

"겨울에는 상황이 달라지죠. 항상 그런 건 아니지만 이따금 조크*가 되어버리거든요."

"어머나, 무슨 이름이 그렇죠?"

"……그게 조크가 되어버리죠. 바람이 육지 쪽으로 불 때는 늘 제일 심해요. 그렇게 되면 바람이 바닷물을 작은 개울로 몰아넣죠. 그렇지만 사람들은 이런 현상을 육안으로 볼 수가 없어요. 그게 가장 나쁜 점이고 그때가 진짜 위험이 도사릴 때죠. 말하자면 모든 일이 땅 밑에서 일어나는데 전체 해변의 모래가 지표 아래 깊숙이까지 바닷물로 채워지거든요.

---

* 조크Sog: 해변 모래 밑에 바닷물이 깊숙이 들어와 보이지 않는 늪과 같은 모양을 형성함.

그래서 사람이 그 모래 위를 지나가려 하면 그게 모래가 아니기 때문에 빠져 들어가버리죠. 마치 늪이나 습지처럼."

"저도 그런 건 알아요."

에피가 생기 있게 말했다.

"마치 우리 고향의 습지와 비슷하군요."

그녀는 무척 불안했다가 갑자기 깊은 애수에 젖어 즐거운 기분이 되었다.

이런 대화가 계속될 동안 크람파스는 썰매에서 내려 가장 바깥쪽에 멈춰 있는 기스휘블러의 썰매로 걸어갔다. 도대체 어떻게 했으면 좋을지 인스테텐과 상의하기 위해서였다. 그는 비록 크누트가 위험을 무릅쓰고 통과해보자고 주장하지만 크누트는 우둔한 친구여서 이 상황을 잘 알지 못하므로 이 지방 출신들이 이 일을 결정해야 할 것이라고 말했다.

인스테텐은 — 크람파스가 아주 놀란 일이었지만 — 위험을 감수하는 쪽에 찬성하여 그냥 건너가보자고 주장했다. 그는 이 상황이 되풀이되고 있다는 걸 이미 알고 있다면서, 이곳 사람들은 미신을 믿고 있어서 사실상 아무 의미도 없는 것에 지레 겁을 집어먹고 있다고 했다. 크누트는 잘 모르니 안 되겠지만 크루제가 다시 한 번 잘 돌진해보자는 것이었다. 그리고 크람파스에게는 뒷자리가 조금 남아 있는 숙녀들의 썰매에 타고 있다가 최악의 경우 썰매가 뒤집히기라도 하면 숙녀들을 구해달라고 부탁했다.

인스테텐의 부탁을 받고 크람파스는 두 숙녀의 썰매에 나타나 웃으면서 그가 할 일을 상세히 설명하고 지시 받은 대로 좁은 좌석에 올라앉았다. 좌석은 헝겊을 씌운 평평한 자리였다. 그리고 그는 크루제에게 "이제 앞으로 가게, 크루제"라고 소리쳤다.

크루제는 말들을 백 보가량 뒷걸음질 치게 한 후 단숨에 돌진해 달려가 썰매를 통과시킬 수 있길 바랐다. 그러나 말들이 슐론에 살짝 닿은 순간 말들의 발목 관절 위까지 모래 속으로 빠져 들어갔다. 겨우 다시 기어 나올 수 있을 정도였다.

"안 되겠어." 크람파스가 말했다. 크루제도 고개를 끄덕였다.

이런 일이 벌어지고 있는 동안 그라젠압의 마차를 선두로 한 후속 행렬이 도착했다.

지도니는 이때 에피에게 간단한 인사말을 남기고 헤어져서 터키제 파이프로 담배를 피우고 있는 아버지의 맞은편 뒷자리에 앉았다. 그들의 마차는 곧장 슐론 위로 달려갔다. 말들은 깊숙이 빠졌다. 그러나 높은 바퀴가 쉽게 위험을 극복해줬다. 30초도 못 되어 그라젠압 댁 마차는 저만치 달려가고 있었다. 다른 마차들도 뒤따라갔다. 에피는 질투심에 차서 그들 마차를 잠시 바라보았다. 그동안 썰매를 타고 가야 하는 사람들은 대책을 강구했다. 더 이상 무리한 행동을 하지 말고 온당한 방법을 택해 우회해 가기로 인스테텐이 결단을 내렸던 것이다. 그것은 지도니가 맨 처음에 제시한 방법이었다.

왼쪽에서 관구장의 지시가 들려왔다. 잠시 이쪽에 머물러 있다가 모래언덕을 통해 달려가 위쪽 멀리에 위치해 있는 두꺼운 목재 다리까지 오라는 지시였다. 크누트와 크루제, 두 마부가 관구장의 지시를 이해했을 때 지도니와 같이 하차했던 소령이 다시 에피에게 다가와서 말했다.

"전 당신을 혼자 가시게 할 수 없습니다. 부인."

에피는 한순간 망설였지만 재빨리 좌석에서 한쪽으로 몸을 움직여 이동했다. 크람파스는 그녀의 왼쪽 좌석에 앉았다.

이런 모든 행동은 잘못하면 오해를 빚을 수도 있는 것이다. 그러나 크람파스는 여성의 심리를 너무 잘 알기 때문에 자기가 잘나서 에피가 자리를 내주었다는 우월감에 빠지지 않았다. 이 상황에서 에피가 행할 수 있는 유일하고 올바른 처신이 바로 그것이었음을 그는 분명히 알고 있었다. 에피로서는 그와 같이 동석해 가는 걸 거절할 도리가 없었던 것이다. 이렇게 해서 그들은 다른 사람들의 썰매 두 대를 뒤따라 이랑에서 수로(水路)로 점점 더 가까이 갔다. 건너편 언덕에는 무성한 숲이 어둡게 솟아 있었다. 에피는 그곳을 바라보며 결국 육지로 향해 펼쳐 있는 숲의 바깥쪽 길을 따라 썰매가 달려갈 것이라고 짐작했다. 그 길은 언젠가 오후 시간에 갔던 적이 있는 길이었다. 그러나 인스테텐은 그사이 계획을 바꾸었다. 그의 썰매가 두꺼운 목재로 된 다리를 통과하는 순간 예정대로 바깥쪽 길을 택하지 않고 울창한 숲으로 통하는, 더욱 좁다란 길로 접어 들어갔다. 에피는 소스라치게 놀랐다. 그녀 주위의 공기와 빛이 모두 사라진 듯한 느낌이 들었다가 그런 기분이 이내 사라졌다. 그녀의 머리 위에는 뾰족한 침엽수들이 아치형을 이루며 어둡게 뒤덮고 있었다. 그녀는 몸이 떨려오는 것을 느꼈다. 마음을 가다듬기 위해 손가락을 단단히 깍지 끼어보았다. 갖가지 상념이 그려내는 영상(影像)들이 연달아 뇌리에 떠올랐다. 그 영상들 중 하나는 「신의 성벽」이라는 시 속에 나오는 가련한 어머니 상이었다. 그 가련한 어머니처럼 지금 자신도 신이 자기 주변에 담을 쌓아주길 기도했다. 두세 번 그녀의 입술에서 기도가 새어 나왔으나 돌연 그게 죽은 낱말이라는 느낌이 들었다. 그녀는 공포에 떨었다. 동시에 마법의 영역 속에 있는 듯한 느낌이 들었다. 그녀는 그 속에서 헤쳐나오려 하지 않았다.

"에피!"라는 음성이 그녀의 귓전에서 나지막하게 울렸다. 그녀는 남자의 떨리는 음성을 들었다. 그다음에 남자는 그녀의 손을 잡고서, 그녀가 계속 오므리고 있는 그녀의 손가락들을 폈다. 그러고는 거기에 뜨거운 키스를 퍼부었다. 그녀는 마치 기절할 것 같은 기분이었다.

그녀가 다시 눈을 떴을 때 사람들은 숲을 벗어나고 있었다. 그녀 앞으로 약간 떨어진 곳에서 재빠르게 앞으로 달려가는 썰매들의 소리를 들었다. 그 소리는 점점 확실해졌다. 사람들이 우트파텔의 풍차 바로 앞에서 모래언덕으로부터 시내로 접어들었을 때 그들 오른편으로 지붕이 눈으로 덮인 작은 집들이 나타났다.

에피는 주위를 둘러보았다. 그다음 순간 썰매는 관구장 댁 앞에서 멈추었다.

20

인스테텐은 썰매에서 에피를 내려주면서 그녀를 예리한 눈으로 관찰했다. 그러나 그렇게 기묘하게 크람파스와 단둘이서 썰매를 타고 온 사실에 대해서는 아무런 언급도 하지 않았다. 그다음 날 아침 그는 일찍 일어나서 아직도 그에게 남아 있는 씁쓸한 감정을 가능한 한 극복해보려고 애썼다.

"당신 잘 잤소?"

에피가 아침을 들기 위해 왔을 때 말했다.

"네."

"당신은 그렇게 말할 수 있을 테지. 난 그런 말을 할 수 없소. 난 당신이 썰매와 함께 슐론에 빠져 목숨을 잃는 꿈을 꾸었지. 크람파스가 당신을 구출하려고 애썼지만 결국 당신과 함께 빠져 들어갔소."

"당신은 정말 묘한 말씀을 하시네요. 게르트, 그 말씀 속엔 비난의 의미가 숨겨져 있는데요. 그리고 왜 그러시는지 전 짐작이 가요."

"아주 묘한 일이오."

"당신은 크람파스가 와서 우리를 도와준 걸 마땅치 않게 여기고 계세요."

"우리라고?"

"그럼요. 우리죠. 지도니와 저죠. 당신은 그 소령이 당신의 부탁을 받고 왔다는 사실을 까맣게 잊으신 게 틀림없군요. 그가 처음에 제 건너편에 앉았을 때, 덧붙여 말씀드리면 초라하고 비좁은 평평한 자리에 딱하게 앉아 있었을 때 제가 그 사람을 쫓아버려야 했을까요? 그때 그라젠압 댁 사람들이 계속 썰매를 급히 몰고 갔었는데도 말이에요. 그랬다면 전 웃음거리가 되었을 거예요. 당신은 그런 걸 아주 민감하게 꺼리시잖아요? 우리가 당신의 허락을 받고 여러 번 함께 승마 소풍을 갔었다는 걸 당신은 기억하세요? 그런데 이젠 그 사람과 썰매를 같이 타고 가서는 안 되나요? 그건 틀렸어요. 우리 고향집에선 이렇게들 말하죠. 그런 행동은 귀족에게 불신을 보여주는 격이라고요."

"귀족에게요?"

인스테텐이 강조해서 말했다.

"그분이 그렇지 않은가요? 당신 스스로 그 사람은 기사(騎士)라고 말씀하셨잖아요. 아주 완벽한 기사라고 하셨어요."

"그렇소."

인스테텐이 계속 말했다. 그의 음성은 훨씬 부드러워졌지만 그래도 여전히 잔잔한 비난이 깃들어 있었다.

"기사라고요, 그렇소. 그는 완벽한 기사요. 그건 틀림없는 사실이오. 그렇지만 귀족이라니! 나의 사랑하는 에피, 귀족은 그와는 전혀 다른 모습을 갖고 있어요. 당신은 그에게서 이미 뭔가 고귀한 면을 발견했단 말이오? 난 발견하지 못했소."

에피는 앞을 바라보며 아무 말도 하지 않았다.

"우리는 같은 의견을 갖고 있는 듯하구려. 덧붙여 말하면 당신이 이미 말한 대로 내 책임이었소. 과실이었다고 말하고 싶진 않소. 이런 경우에 그건 좋지 않은 단어니까. 아무튼 내 책임이었소. 내가 그걸 말릴 수 있는 한, 두 번 다시 그런 일은 일어나서는 안 되겠단 말이오. 그렇지만 당신에게 충고해도 된다면 한마디 하겠는데 당신도 주의하시오. 그 남자는 분별이 없는 남자고, 젊은 여성에 대해 자기 나름대로의 일가견을 갖고 있는 사람이오. 난 그 남자를 전부터 알고 있소."

"저는 당신이 말씀하시는 대로 그냥 들어두겠어요. 단지 그것이 다예요. 제 짐작엔 당신이 그만큼 그를 잘못 보고 계시는 듯해요."

"내가 그 남자를 잘못 보고 있는 게 아니오."

"아니면 저를 잘못 보셨겠죠."

그녀는 용기를 내어 그와 서로 눈길을 마주쳐보려고 했다.

"당신을 잘못 본 것도 아니오. 당신은 매력적인 귀여운 부인이오. 그렇지만 당신의 특기 가운데는 확고한 마음이란 것이 포함돼 있지 않소."

그는 나가기 위해 몸을 일으켰다. 그가 문 곁으로 갔을 때 프리드리히가 들어와서 기스휘블러의 편지를 건네주었다. 물론 에피에게 온 것이었다. 에피는 그것을 받아들었다.

"기스휘블러와의 비밀 통신이에요."

그녀는 말했다.

"나의 엄격한 어르신께 또다시 질투가 나도록 해드릴 재료인데요. 그렇지 않아요?"

에피의 이 같은 말에 인스테텐이 대답했다.

"아니요, 꼭 그렇진 않소. 난 크람파스와 기스휘블러를 바보스럽게 구별 짓고 있소. 우둔한 일인지는 모르지만, 말하자면 그들은 꼭 같은 캐럿을 갖고 있지 않소. 캐럿이란 사람들이 순수한 금의 가치를 계산할 때 쓰는 단위지만 경우에 따라서 인간에게도 해당된다오. 다시 반복해 말하자면, 요즘에는 가슴 장식을 달고 다니는 사람이 거의 없다손 치더라도 기스휘블러의 흰색의 가슴 주름 장식이, 내 개인적으로는, 크람파스의 적갈색 공병(工兵) 수염보다는 더 좋아요. 크람파스가 여성의 취향에 더 맞는지 어쩐지는 모르겠소."

"당신은 우리 여성들을 실제보다 과소평가하시는군요."

"사실상 극히 소용없는 일시적인 위안의 말일 뿐이오. 그 얘긴 그만 둡시다. 편지나 읽어보는 게 좋겠소."

에피는 편지를 읽었다.

자비로우신 부인의 안부를 여쭈어봐도 되겠습니까?
부인께서 슐론을 무사히 피해 나오셨다는 얘기는 알고 있습니다. 그렇지만 숲 속을 통해 나오는 길엔 항상 위험이 뒤따르니까요. 방금 한네만 박사가 우바글라 지방에서 돌아왔습니다. 그리하여 미람보에 대한 저의 걱정을 다소 덜어주었습니다. 어제는 그의 상태가 심상치 않아 보였지요. 그가 우리들에게 알리고자 한 것 이상이었어요. 오늘은 더 이상 그렇게 상태가 나쁘지 않아요. 아주 멋진 소풍이었어요. 사흘 후에 우리는 망년회를 열 계획입니다. 지난해처럼 그렇게 화려하게 하는 건 단념해야 하지만 물론 무도회는 있어야겠죠. 당신이 참석해주신다면 저의 망년회는 더욱 흥겨워질 것입니다. 당신에게 무한

한 존경을 드리오며.

소생 알론조 G 올림.

에피가 웃었다.

"당신의 의견은 어떠세요?"

"언제나 내겐 딱 한 가지 마음뿐이오. 당신이 크람파스보다 기스휘블러와 만나는 것이 더 좋다는 얘기요."

"그건 당신이 크람파스를 너무 어렵게 생각하고, 기스휘블러와의 사교를 너무 쉽게 여기시기 때문이에요."

인스테텐은 장난스레 손가락으로 그녀에게 경고의 제스처를 취했다.

3일 후에 망년회가 있었다. 에피는 매력적인 무도회복 차림으로 나타났다. 그 옷은 크리스마스 선물로 받은 것이었다. 그녀는 춤은 추지 않고 노부인의 옆 좌석에 앉았다. 악단석 바로 근처에 노부인들을 위한 팔걸이 의자가 놓여 있었다. 인스테텐 가족과 특별히 친교를 맺어오던 귀족 집안들 중에선 한 사람도 오지 않았다. 며칠 전 도시의 클럽 간부들과 작은 불화가 있었기 때문이었다. 노궐덴클레 측은 그 불화를 퇴폐적 경향이라고 비난했다. 그러나 클럽 회원은 아니면서 그저 늘 초대되기만 했던 서너 명의 다른 귀족 가족들이 얼음 덮인 강을 건너왔다. 이들의 영지는 케씬의 반대편에 있었다. 일부 사람들은 아주 먼 곳에서 왔다. 이들은 파티에 참가할 수 있게 된 것을 무척 기뻐하고 있었다. 에피는 귀족원의원 폰 파덴 노부인과 약간 더 젊은 티체비츠 부인 사이에 앉았다. 귀족원의원 부인은 훌륭한 노(老)부인으로서 모든 면에서 독특했다. 외모, 특히 외모 면에서 부인의 두드러진 광대뼈가 나타내주는, 벤트 족의 이교적인 풍모가 게르만 족의 기독교적 엄격한 신앙심과 조화를 이루고 있었다. 이 엄격함은 무척 철저하여 지도니 폰 그라젠압까지도 그녀에 비하면 일종의 자유사상가로 간주될 정도였다. 반면 이 노부인은 유서 깊은 파덴 가(家)의 유머를 마음대로 구사했다. 이 같은 유머는 아마도 그녀가 라데가스트 가와 슈반토비트 가*의 혈통을 혼합해서 갖고 있기 때문인지도 모른다. 그런 유머가 오랜 세월 동안 이 가문에 전해 내려온 것은 일종의 축복이었다. 비록 정적(政敵) 혹은 종교적인 적대자일지라도 이 집안 사람들과 만나 접촉을 하면 곧 기쁨을 느끼게 해주는 것이 이 독특한 유머였다.

"이봐요, 새댁."

노부인이 말했다.

"도대체 어떻게 지내고 있어요?"

"잘 지냅니다. 부인, 전 아주 훌륭한 남편을 갖고 있으니까요."

"알고 있어요. 그렇지만 그 사실이 항상 도움을 주는 건 아니죠. 나도 아주 훌륭한 남편을 가졌었죠. 이곳은 어때요? 유혹은 없어요?"

에피는 깜짝 놀랐다. 동시에 감동을 느꼈다. 노부인의 자유롭고 자연스러운 어조에는 뭔가 독특한, 원기를 북돋워주는 면이 있었다. 이 부인이 신앙심 깊은 분이란 사실이 한층 더 두드러지게 생동감을 불러일으켜주고 있었다.

"아아, 부인……"

"곧 그렇게 될 거요. 난 그걸 알고 있어요. 항상 꼭 같아요. 그 점에서는 세월이 달라져도 변하지 않죠. 아마도 바로 그런 게 좋은 것이지요. 왜냐하면 사랑하는 새댁, 중요한 건 투쟁이기 때문이오. 우리는 항상 자

---

* 벤트 족의 옛 신들인 라데가스트와 슈반토비트를 모방함.

연 그대로의 인간과 투쟁해야 해요. 그리고 인간이 굴복하고 괴로워 거의 소리 지를 지경이 되어서야 천사의 개가(凱歌)가 울리는 거예요."

"아, 부인, 그건 무척 힘들어요."

"물론 힘든 일이오. 그렇지만 힘이 들수록 더 좋은 거죠. 그것을 기뻐해야 해요. 육체와 관련된 건 남아 있어요. 내겐 손자와 손녀들이 있어서 매일 그들을 보고 있어요. 그러나 새댁, 자기를 극복한다는 게 신앙에 있어서는 중요하며 그건 진실이오. 신의 인간인 마르틴 루터가 그 진리를 인증해주었죠. 그의 탁상연설을 아세요?"

"모릅니다, 부인."

"그걸 당신에게 부쳐주겠어요."

그 순간 크람파스 소령이 에피에게 가까이 와서 안부를 여쭈어도 좋으냐고 청했다. 에피의 얼굴이 새빨개졌다. 그녀가 미처 대답도 하기 전에 크람파스가 말했다.

"부인, 저를 숙녀들에게 소개해주시길 청해도 되겠습니까?"

에피는 크람파스를 소개했다. 크람파스 쪽에선 이미 전부터 숙녀들을 다 알고 있었다. 그는 가볍게 얘기를 나누며 전부터 들어왔던 파덴 가, 티체비츠 가의 모든 사람들에게 사열하듯 일일이 인사했다. 동시에 케씬 강 건너편에 살고 있는 분들을 이제까지 찾아가 뵙지 못한 일, 또 그의 부인을 소개하지 못한 점 등에 대해 사과했다. 양쪽을 그토록 분리시켜놓는 강물의 힘이 참으로 묘하다고 말하며 케씬 강을 영불해협과 같다고 표현했다.

"무어라고?"

노티체비츠 부인이 물었다.

크람파스는 아무런 결론도 나지 않을 설명을 늘어놓는 건 부적절하다고 판단하여 하던 말을 계속했다.

"프랑스로 갔던 20명의 독일인과 달리 영국으로 간 사람은 한 명도 돌아오지 않았습니다. 물이 그렇게 만들었죠. 다시 되풀이해서 말씀드리면 물은 분리시키는 힘을 갖고 있어요."

폰 파덴 부인은 예민한 본능으로 그의 말 속에 약간 비꼬는 투가 있는 걸 느끼고 이에 대항해 그의 말의 좋은 면을 얘기하려 했다. 그러나 크람파스는 점점 더 유창하게 연설을 하다가 숙녀들의 주의를 아름다운 스토엔틴 양에게로 돌렸다. 크람파스는 그녀가 틀림없이 '무도회의 여왕'이라고 말했다. 이 말을 할 때 그는 에피에게 눈길을 돌려 그녀의 모습을 경탄하듯 훔쳐보았다. 그런 다음 그는 세 숙녀에게 목례를 한 뒤 재빨리 자리를 떴다.

"아름다운 남자군."

파덴 부인이 말했다.

"저 남자가 당신 집과 서로 왕래가 있나요?"

"그저 가볍게."

"참으로 아름다운 남자요." 파덴 부인은 되풀이해서 말했다. "약간 지나치다 싶게 자신감에 찬 것 같군. 의기양양한 기분은 타락 직전에 오는 법이지…… 그런데 저길 좀 봐요. 그 남자가 정말 그레테 스토엔틴과 함께 나타났어요. 아무래도 나이가 너무 많이 들었군. 적어도 40대 중반은 되겠는걸."

"그는 곧 마흔네 살이 될 거예요."

"아, 새댁은 그 남자를 잘 알고 있는 듯하구려."

신년이 되자 갖가지 놀라운 사건들이 일어나 에피의 기분을 즐겁게 만들어주었다. 그믐날 밤 이래 강한 북동풍이 불기 시작하더니 며칠 전부터는 거의 폭풍으로 변했다. 1월 3일 오후에는 어떤 배 한 척이 바깥 바다에서 진입해 들어오지 못하고 방파제에서 백 보 정도 떨어진 곳에서 좌초되었다는 소식이 전해졌다. 그것은 선더랜드에서 온 영국 배인데, 배에는 승무원 일곱 명이 타고 있는 것으로 알려졌다. 수로 안내인들이 구조를 위해 출항하려고 온갖 애를 썼지만 방파제 주위로 나갈 수도 없고 파도가 너무 높기 때문에 해안에서 보트를 띄우는 것조차 전혀 생각할 수 없는 일이라고 했다. 그것은 무척 슬픈 소식이었다. 그러나 그 소식을 전해준 요한나는 위로가 되는 얘기도 들려주었다. 에쉬리히 영사가 구조 기구와 로켓 배터리를 갖고 벌써 그곳으로 가는 중인데 꼭 성공할 것이라는 소식이었다. 로켓 배터리를 이용해 구조를 성공시킨 바 있는 1875년의 사건 때보다 이번의 경우는 거리가 오히려 가깝다는 것이다. 1875년에는 강아지까지도 구해냈는데 그 강아지가 기뻐하며, 마님의 딸 안니보다 별로 더 크지 않은 귀엽고 작은 아기와 선장 부인을 붉은 혀로 핥는 광경은 무척 눈물겨웠다고 요한나는 회상했다.

"게르트, 저도 같이 가겠어요. 저도 그걸 꼭 보아야겠어요."

에피는 즉시 말했고 둘은 늦지 않도록 곧 출발했다. 그들은 아슬아슬하게 때 맞춰 도착할 수 있었다. 재배지에서 해안에 도착한 순간 로켓 한 발이 발사되는 장면을 보았다. 구조 밧줄을 매단 로켓이 폭풍을 몰고 온 구름 아래로 날아가 배 저편에 떨어지는 광경을 똑똑히 볼 수 있었다. 갑판 위에서 손들이 분주하게 움직였다. 가느다란 아마 끈 덕분에 밧줄 끝에 바구니를 매달아 선원들을 구조할 수 있었다. 이쪽에서 저쪽으로 바구니가 왔다갔다할 수 있도록 밧줄에 보조 아마 끈을 매어두었다. 바구니는 부두에서 배로 배에서 부두로 왔다갔다했다. 선원 가운데 몸이 가냘프고 그림같이 잘생긴 사람이 방수 모자를 쓴 채 무사히 육지로 구조돼 호기심 어린 질문 공세를 받았다. 그동안 바구니는 계속 움직여 두번째, 세번째 선원을 구조했고, 그렇게 그다음으로 이어졌다. 모든 선원들이 다 구조되었다. 반 시간이 지난 후 남편과 집으로 돌아올 때 에피는 모래언덕에 몸을 던져 실컷 울고 싶었다. 아름다운 감정이 다시 그녀의 가슴 속에 자리 잡았고 그녀는 무한한 기쁨을 느꼈다.

그게 3일에 있었던 일이었다. 5일에 또다시 그녀를 흥분시킬 만한 새로운 일이 있었다. 물론 전혀 종류가 다른 일이었다. 인스테텐이 시청에서 나오다가 시의회 의원이며 시 참사회 의원이기도 한 기스휘블러를 만났는데 그에게서, 국방부가 시 당국에게 주둔 부대의 배치에 대해 어떤 의향을 갖고 있는지 물어왔다는 얘기를 들었다. 시에서 군인 주둔에 필요한 외양간과 군인 숙소를 지어주기만 하면 2개 중대의 경기병을 보낼 수 있다는 것이다.

"에피, 당신은 어떻게 생각하오?"

에피는 정신이 아득해지는 듯했다. 순진무구했던 어린 시절의 행복이 그녀의 영혼 앞에 전개되는 듯했다. 갑자기 한순간 붉은 경기병들이 마치 낙원과 순수함을 지켜주는 사람들인 것 같은 느낌이 들었다 — 왜냐하면 그들은 고향 호엔 크레멘에서처럼 붉은 경기병들이었으니까 — 그녀는 아무 말도 하지 않았다.

"아무 말 않는구려, 에피."

"그래요, 묘해요, 게르트. 그렇지만 그건 저를 행복하게 해주는 일이에요. 너무나 기뻐서 말을 할 수가 없는걸요. 그렇게 될까요? 그들이 오게 될까요?"

"물론 아직도 시간이 걸리는 문제요. 기스휘블러의 말로는 이 도시의 아버지들인 그의 동료들은 그럴 자격이 없다고 하오. 이 친구들은 그저 명예에 관해서, 혹은 명예는 아니더라도 적어도 이익에 관해서 서로 의견 일치를 보고 기뻐하는 대신에, '만약' '그렇지만' 등의 말로 갖가지 이의를 제기했소. 또 새 건축 때문에 인색하게 굴었다는 거요. 후추과자점 주인인 미헬젠은 경기병이 오면 도시의 풍기가 문란해질 테니 딸을 가진 자들은 조심해서 격자창을 달아야 한다고 했소."

"믿을 수 없는 이야기예요. 저는 우리 고향의 경기병들보다 더 예의 바른 사람들을 본 적이 없는걸요. 정말이에요, 게르트. 당신도 아마 곧 아시게 될 거예요. 이제 그 미헬젠이란 사람은 자기 집에 온통 격자창을 달겠군요. 그 사람에게 딸이 있나요?"

"물론이죠. 셋이나 돼요. 모두들 초일류급들이오."

에피는 웃었다. 그녀가 오래간만에 보여주는 웃음이었다. 그 웃음도 오래 계속되진 못했다. 인스테텐이 나가고 혼자 남게 됐을 때, 그녀는 아이의 요람 옆에 앉았다. 눈물이 베개에 떨어졌다. 무엇인가 그녀에게 끊임없이 엄습해오는 것이 있었다. 그녀는 마치 포로가 되어 더 이상 빠져나갈 수 없는 듯한 느낌이 들었다. 그녀는 무척 고통스러웠다. 그리고 그 고통에서 벗어나려고 애써보았다. 그러나 그녀는 예민한 감수성을 가진 여성이기는 했으나 결단력이 강한 여성은 되지 못했다. 게다가 그녀에겐 지구력이 부족했다. 바람직한 변화를 위한 모든 노력은 다시 물거품이 되어버렸다. 그렇게 그녀는 되는대로 내버려두었다. 오늘은 그것을 고쳐볼 수 없기 때문에 그냥 그렇게 넘겼고, 내일은 굳이 고치고 싶지 않아서 또 그렇게 지냈다. 금지된 것, 비밀스런 것이 그녀의 마음을 사로잡았다.

이렇게 하여 천성적으로 자유롭고 발랄한 성격이었던 그녀가 점점 남의 눈을 피하는 웃지 못할 희극을 연출하는 버릇이 생기게 됐다. 때때로 그녀는 자신이 이 같은 행동을 그토록 쉽게 해내고 있음을 깨닫고는 스스로도 소스라치게 놀랐다. 단지 한 가지 점에선 옛날과 다름없었다. 그녀는 모든 것을 분명히 꿰뚫어보고 있었고 이에 대해 아무런 변명도 하지 않았다. 한번은 그녀가 저녁 늦게 침실의 거울 앞에 서 있을 때였다. 불빛과 그림자가 이리저리 날아다니는 듯했고 롤로는 바깥에서 짖고 있었다. 바로 이 순간 누군가가 그녀의 어깨 너머에서 그녀를 바라보는 것 같았다. 그러나 그녀는 재빨리 제정신을 되찾았다.

"난 이미 그게 무엇인지 알고 있어. 그건 그게 아니야." 그러면서 손가락으로 유령이 나오는 홀을 가리켰다. "그건 다른 것이었어…… 나의 양심이야…… 에피야. 넌 파멸했어."

에피의 그런 생활은 마치 공이 구르는 것처럼 그냥 그렇게 지속되었다. 어느 날 있었던 행동이 다음 날의 행동을 불가피하게 만들어버리는 그런 생활이 계속됐다. 그달 중순에 시골에서 그들 부부를 초대하겠다는 연락이 왔다. 인스테텐과 특별히 친하게 지내는 네 가족이 누가 먼저 인스테텐을 초대할 것인지에 대해 합의를 보았다. 순서는 보르크 가가 처음에, 플레밍 가와 그라젠압 가가 그 뒤를 따르고, 귈덴클레 가가 마지막에 초대한다는 것이다. 초대는 일주일 간격을 두고 이어졌다. 네 가정의 초대장은 같은 날짜에 도착했다. 그 초대장들은 단정하고 사려 깊은 인상을 주었으며 또 네 가정이 서로 특별하게 친밀한 관계를 유지하고 있음을 보여주고 있었다.

"전 참석하지 않겠어요, 게르트. 제가 수주일 전부터 요양을 하고 있어서요. 미리 사과드리도록 해주세요."

인스테텐이 웃었다.

"요양이라고? 그 이유가 요양 때문이라고 생각하란 말이군. 그건 구실일 뿐이오. 당신에겐 그럴 뜻이 없기 때문이오."

"아니에요. 당신이 생각하시는 것보다 훨씬 정직한 일이에요. 저보고 의사의 진단을 받아보라고 한 건 당신이잖아요. 전 그렇게 했어요. 그러니 그분의 충고를 따라야 해요. 그 훌륭한 의사 선생님은 제가 위황병(萎黃病)*에 걸려 있다고 했어요. 아주 특이하대요. 제가 매일 철분이 든 물을 마시는 걸 당신은 아시죠. 거기다 누른 돼지머리 요리나 젤리로 된 뱀장어가 나오는 보르크 댁 만찬을 생각해보세요. 그런 것들이 바로 제겐 죽음을 뜻하는 것일 수 있다는 생각이 들 거예요. 당신의 에피가 그렇게 되는 걸 바라시지는 않겠죠. 이따금 물론 전……"

"제발 그만두시오, 에피……"

"……말이 난 김에 말씀드리면 당신이 초대에 가실 때마다 당신을 조금 바래다드리는 게 유일한 기쁨이에요. 풍차가 있는 곳까지, 혹은 교회 묘지까지, 혹은 모르크니츠의 십자로가 합쳐지는 숲 모퉁이까지 말이에요. 그곳에서 전 하차해서 다시 걸어 돌아오겠어요. 모래언덕은 늘 가장 아름다워요."

인스테텐은 에피의 말에 동의했다. 사흘 후에 마차가 출발할 때 에피도 같이 승차했다. 숲 모퉁이까지 그를 바래다주고 그녀는 말했다. "여기에서 멈추세요, 게르트. 당신은 왼쪽으로 계속 타고 가시고, 전 걸어서 오른쪽으로 가서 해변을 따라 재배지를 통해 돌아가겠어요. 약간 먼 길이긴 하지만 그토록 멀진 않아요. 한네만 선생님이 매일 운동하는 게 제겐 최고라고 하셨죠. 운동과 신선한 공기가 좋대요. 그리고 전 그분 말이 옳다고 믿어요. 모든 분들에게 제 안부를 전해주세요. 지도니에게만은 아무

---

* 젊은 여성이 걸리기 쉬운 일종의 빈혈증.

에피 브리스트 233

말씀 안 하셔도 좋아요."

에피가 남편을 숲 모퉁이까지 바래다주는 일은 매주 되풀이되었다. 그러나 그동안 에피는 의사의 지시를 엄격히 따랐다. 의사가 지시한 대로 하루도 산보를 거르지 않았다. 산보는 대개 인스테텐이 신문 읽기에 몰두하기 시작하는 오후에 했다. 날씨는 아름다웠고 공기는 따뜻하고 신선했으며 하늘에는 구름이 끼어 있었다. 보통 그녀는 혼자 산보 나갈 때 로즈비타에게 말했다.

"로즈비타, 국도를 따라 내려가서 오른쪽으로 회전목마가 있는 곳까지 가려고 해요. 거기서 당신을 기다리겠어요. 그리로 나를 데리러 와요. 우리 자작나무 가로수 길로 돌아오든가 아니면 레퍼반을 통해 돌아와요. 그렇지만 안니가 잠들거든 오도록 해요. 그 애가 잠자지 않으면 요한나를 보내요. 아니 아예 그대로 있어요. 올 필요가 없어요. 난 이미 길을 잘 알고 있으니까."

로즈비타가 마중 나오기로 약속한 첫날 그들은 약속한 장소에서 만났다. 에피는 목재 창고까지 이어져 있는 기다란 벤치에 앉아 기둥이 검게 칠해져 있는 노란색의 목조가옥을 내려다보았다. 그리고 소시민들이 맥주잔을 기울이거나 트럼프 놀이를 하는 주막집을 바라다보기도 했다. 날이 아직 어두워지지는 않았지만 창문은 벌써 밝혀놓은 불로 환했다. 흐릿한 불빛이 눈 위로, 비스듬히 서 있는 몇 그루의 나무 위로 비쳤다.

"이것 봐 로즈비타, 얼마나 아름다운 광경이야."

며칠 동안 산보는 그렇게 되풀이되었다. 그러나 대부분의 경우 로즈비타가 회전목마와 목재 창고에 도착했을 때 그곳엔 아무도 없었다. 다시 돌아와서 집 현관으로 들어갈 때 에피가 나와서 말했다.

"어디에 있었어? 로즈비타. 난 조금 전에 돌아왔어요."

이런 식으로 수주일이 지나갔다. 경기병에 관한 계획은 시의회가 제시한 반대 의견 때문에 백지화된 거나 마찬가지였다. 그러나 경기병 문제에 관한 막후 교섭이 완전히 끝난 것은 아니고, 새로이 다른 군 사령부 관청으로 갔기 때문에, 크람파스가 슈테텐으로 출두 명령을 받았다. 이 문제에 대한 그의 의견을 듣고자 해서였다. 크람파스는 그곳에서 두번째 날 인스테텐에게 편지했다.

인스테텐. 내가 몰래 작별 인사도 없이 와서 미안하네. 모든 일이 갑자기 일어났어. 말이 난 김에 말하자면 난 경기병에 관한 일을 오래 끌며 처리해볼 생각이야. 바깥 세상에 나오는 게 즐겁기 때문이지. 나의 친애하는 후원자시며 자비로우신 자네 부인에게 안부 전해주게.

인스테텐은 에피 앞에서 편지를 낭독했다. 에피는 얼굴빛도 변하지 않고 잠자코 있다가 마침내 한마디했다.
"잘된 일이에요."
"무슨 뜻이오?"
"그분이 떠나신 것 말예요. 사실상 그분은 항상 똑같은 얘기를 하거든요. 다시 돌아오면 적어도 당분간은 뭔가 새로운 얘깃거리가 있겠죠."
인스테텐의 눈길이 날카롭게 그녀를 훑어보았다. 그러나 아무것도 특별한 것을 눈치 채지 못했고 그의 의혹은 다시 진정되었다.
"나도 출발할 예정이오." 그는 잠시 후에 말했다. "그것도 베를린으로. 아마 그러면 나도 크람파스처럼 뭔가 새로운 걸 갖고 올 수 있겠지. 내 귀여운 에피는 항상 새로운 얘기를 듣고 싶어 하는데 우리는 이렇게 케씬에서 지루하게만 살고 있지. 난 일주일 예정으로 떠날 생각이오. 아마 하루쯤 더 늦어질지도 모르겠소. 불안해하지 말아요…… 그게 또다시 나 타나진 않을 테니…… 당신도 알지 않소. 저기 위층의 것 말이오…… 나 온다 하더라도 당신에겐 롤로와 로즈비타가 있잖아요."

에피는 혼자 미소 지었다. 그 웃음 속에는 일종의 애수 같은 그림자가 깃들어 있었다. 에피는 크람파스가 그녀에게 처음 이야기를 해주던 날을 회상했다. 유령과 유령에 대한 그녀의 공포를 이용해 인스테텐이 희극을 연출한다는 얘기가 생각났다. 위대한 교육자! 그렇지만 그가 옳았던 것이 아닐까? 그 희극이 타당했던 게 아닐까? 선과 악의 갖가지 상반된 상념들이 그녀의 머리를 스치고 지나갔다.

사흘째 되는 날 인스테텐은 출발했다.

그가 베를린에서 무슨 일을 계획하고 있는지에 대해선 아무 말도 하지 않았다.

21

인스테텐이 떠나고 사흘이 지난 뒤 크람파스가 슈테틴에서 돌아왔다. 그는 경기병 2개 중대를 케쎈에 배치시키자는 안이 상부에서 완전히 기각되었다는 소식을 전했다. 경기병 특히 블뤼헬의 경기병을 배치해줄 것을 신청하는 소도시들이 무척 많아서 보통 상식으로는 그런 안이 대환영을 받을 것이라 예상했는데, 시가 오히려 망설이는 태도를 취한 건 의외라는 전갈이었다. 크람파스가 이런 보고를 했을 때, 시의회는 낭패의 빛이 역력했다. 다만 기스휘블러만은 동료들의 속물근성이 일을 그르치리라 여겼기 때문에 의기양양했다. 이 소식이 알려지자 일반 시민들은 씁쓸해했고 딸을 가진 영사들까지도 다소 불만을 느꼈다. 그러나 사람들은 대체로 그 일을 금세 잊어버렸다. 그보다도 인스테텐이 베를린에 간 이후 어떻게 될 것인가가 더 관심을 모으는 문제였기 때문이었다. 케씬의 시민 가운데 적어도 상층 계급 인사들은 경기병의 배치 문제보다는 인스테텐의 앞날에 더 관심을 쏟고 있었기 때문이었다. 케씬 사람들은 아주 호감이 가는 관구고문관을 잃고 싶지 않았다. 그러나 매우 극단적인 소문이 나돌았다. 이 소문을 기스휘블러가 만든 이야기라고 할 수는 없었으나 적어도 그에 의해 살이 붙여져서 퍼져간 것은 확실했다. 소문은 다음과 같았다. 인스테텐이 사절단의 단장이 되어 선물을 갖고 곧 모로코에 가기로 되어 있으며, 그 선물 중에는 산수시 궁과 신궁전의 그림이 있는 전통적 꽃병뿐만 아니라 커다란 제빙기도 한 대 포함되어 있다는 것이다. 제빙기 운운은 모로코의 기후를 생각하면 그럴듯한 이야기였기 때문에 대부분 사실로 받아들여졌다.

에피도 그 이야기를 들었다. 과거의 그녀였다면 이 소문을 듣고 기분이 유쾌했겠지만 연말 이래 계속된 그녀의 복잡한 기분으로는 이 소식에 대해 자연스럽고 거리낌 없이 흥겨워할 수는 없었다. 요즘 에피는 기분뿐 아니라 용모까지도 완전히 변했다. 그녀에게는 한 남자의 아내가 되고서도 당분간은 말괄량이 같은 천진스러움이 남아 있어서 수시로 사랑의 마음을 일깨워주었으나 요즘에 와서는 그런 면모가 사라지고 말았다. 해변과 재배지로의 산보는 크람파스가 슈테틴에 가 있는 사이에 일시적으로 중단되었으나 그가 돌아오면서 다시 시작되었다. 산보는 날씨가 좋지 않은 때도 계속되었다. 로즈비타에게는 종전과 마찬가지로 레퍼반 입구나 묘지 가까이까지 마중 나오도록 지시했다. 그러나 길이 서로 엇갈리는 때가 전보다 더 많았다. "로즈비타, 로즈비타가 늘 날 발견하지 못하는 걸 야단칠 수도 있겠죠. 그렇지만 괜찮아요. 난 이제 무서움을 느끼지 않아. 묘지에서도 괜찮아요. 숲 속에서도 아직 누구와 마주친 적도 없고."
　에피가 로즈비타에게 이렇게 말한 것은 인스테텐이 베를린에서 돌아오기 하루 전의 일이었다. 로즈비타는 그 말을 별로 염두에 두지 않고 문 위에 화환을 거는 일에 몰두하고 있었다. 장식용 상어 모형에 작은 소나무 가지 하나를 장식해 보통 때보다 더욱 묘한 형태를 만들었다.
　"그것 좋군요, 로즈비타. 그분이 내일 돌아오시면 이 초록색 나뭇가지를 보고 기뻐하시겠네. 오늘도 산보를 나가볼까? 한네만 선생님은 늘 내게 산보를 해야 한다고 충고하시지. 또 내가 그의 충고를 진지하게 받아들이지 않는다면서 자기의 충고를 따른다면 훨씬 건강한 얼굴빛이 될 거라고 하셨어요. 그런데 오늘은 마음이 내키지 않는데…… 이렇게 하늘은 회색이고 비가 올 것 같고……"
　"마님께 레인코트를 갖다드리겠습니다."
　"그래, 부탁해요. 오늘은 마중 나오지 않아도 좋아요. 어차피 만나지 못할 테니까."
　그러면서 그녀는 웃었다.
　"로즈비타, 당신은 사람 찾는 게 무척 어려운가봐요. 그리고 난 로즈비타가 감기 드는 게 싫어. 쓸데없이 말이야."
　로즈비타는 그냥 집에 머물렀다. 안니가 잠자고 있어서 그녀는 잡담을 나누기 위해 크루제 부인의 처소로 갔다.
　"크루제 부인" 하고 그녀는 말했다.
　"중국인 이야기를 좀더 들려주지 않겠어요? 어제는 요한나가 와서 산통 깨졌죠. 그 여자는 너무 고상해서 그 여자 앞에서는 아무래도 그런 얘기 하기가 좋지 않아요. 저는 역시 문제가 있었다고 생각해요. 그 중국인과 조카딸인지 손녀인지 하는 여자하고 말이에요."

크루제 부인이 고개를 끄덕였다.

"아니면 행복한 사랑이었을 수도 있겠죠. (크루제 부인이 다시 한 번 고개를 끄덕였다.) 단지 그 중국인은 모든 게 한꺼번에 끝나버리는 상황을 견딜 수 없었겠죠. 중국인이라 해도 사람이니까 우리들과 조금도 다름없죠."

"그래요." 크루제 부인은 힘주어 말하며 그걸 뒷받침하기 위해 그녀 나름의 이야기를 시작하려 했으나 마침 그때 남편인 크루제가 들어와서 말했다.

"이봐요, 가죽 기름이 든 병을 내줘요. 마구(馬具)의 가슴걸이를 닦아야겠어요. 내일은 주인 어르신이 돌아오셔서 무엇이든지 빈틈없이 보실 테니까. 앞에서는 아무 말 않으셔도 보시면 금방 알아차리게 돼."

"제가 갖고 가겠어요. 크루제" 하고 로즈비타가 말했다. "지금 아주머니의 이야기를 듣는 중이에요. 그렇지만 곧 끝나니까 그때 갖다드리겠어요."

2, 3분이 지나 기름병을 든 로즈비타가 정원으로 나와 크루제가 정원 울타리에 걸어놓은 마구의 가슴걸이 곁에 섰다.

"제기랄!" 크루제는 병을 받아 들면서 말했다. "기름이 그다지 도움이 되지 않아요. 이렇게 끊임없이 가랑비가 내리니 광이 나지 않아요. 내 생각엔 모든 일은 규율에 따라야 한다고 생각해요."

"그렇게 해야겠죠. 그리고 크루제, 이건 좋은 기름이에요. 한눈에 봐도 알 수 있죠. 좋은 기름은 별로 끈적거리지 않아서 곧 마르죠. 내일 안개가 끼든 비가 오든 괜찮아요. 그런데 말예요. 그 중국인 이야기는 정말 묘해요."

크루제는 웃었다.

"말도 안 되는 이야기요. 로즈비타, 우리 마누라는 말이오, 자기 할 일도 하지 않고 그 이야기만 하고 있죠. 새로 세탁한 셔츠를 입으려면 단추가 떨어져 있어요. 이 집에서 살고 있는 동안 그러겠지요. 도대체 그 여자의 머릿속엔 그런 이야기만 들어 있을 뿐이오. 거기다 그 검정 닭도 있겠죠. 그 검정 닭은 알을 한 개도 낳지 않아요. 무슨 수로 알을 낳겠어요. 밖으로 나가지도 않고 그냥 꼬기요 소리만 지른다고 해서 알 같은 게 생길 수야 없지요. 어떤 닭에게든 그런 기대를 걸 수는 없죠."

"어머나, 크루제. 당신이 한 말 모두 당신 부인에게 말해버릴까 봐요. 전 당신이 아주 단정한 분이라고 생각했는데 그런 꼬끼요 따위의 이야기를 하시다니. 남자란 제가 생각했던 것보다 더 나빠요. 정말이지 이 솔로 당신에게 검은 콧수염을 그려줄까 봐요."

"당신이 그려준다면 마음에 들 것 같은데."

늘 점잖게 행동하던 크루제가 점점 더 장난기 어린 태도를 보이기 시작했다. 그때 돌연 마님의 모습이 보였다. 마님은 재배지의 반대쪽에서 그들 쪽으로 다가와서는 지금 막 정원 울타리를 지나고 있었다.

"돌아왔어. 로즈비타. 무척 즐거운 듯한데 안니는 뭘 하고 있지?"

"자고 있습니다. 마님."

그러나 그렇게 대답하면서 로즈비타는 얼굴을 붉혔다. 그러고는 얼른 마님이 옷 갈아입는 걸 도와드리기 위해 집으로 들어갔다. 요한나가 집에 있을지 몰랐기 때문이었다. 집에 별로 일이 없어서 그녀는 요즘 건너편 관사로 가 있는 일이 많았다. 프리드리히와 크리스텔은 그녀에겐 너무 지루하고 무엇보다 무식쟁이들이었다.

안니는 아직 자고 있었다. 에피는 잠깐 요람을 들여다보고 나서 모자와 레인코트를 벗기게 하고 전실의 조그마한 소파에 앉았다. 젖은 머리를 천천히 뒤로 쓰다듬으며 로즈비타가 가까이 밀어놓은 작은 의자 위로 발을 올려놓았다. 그리고 산보 후의 만족감을 만끽하면서 말했다.

"로즈비타, 주의를 주겠는데 크루제에게는 부인이 있어요."

"알고 있어요. 마님."

"그렇지. 알고 있으면서도 알지 못하는 듯한 행동을 할 때가 누구에게나 있는 법이에요. 결코 아무것도 이루어질 수 없어요."

"그럴 생각은 추호도 없어요. 마님."

"그 부인이 아프니까 하고 생각하겠지만 그건 계산 착오예요. 아픈 사람이 더 오래 사는 법이지. 게다가 그 검정 닭을 갖고 있잖아. 정신 차리지 않으면 뭐든지 알고 있는 그 닭이 모두 누설하게 될 거야. 그 닭을 보면 나도 모르게 소름이 끼쳐. 2층의 일만 해도 틀림없이 그 닭과 관계가 있을 거예요."

"어머나, 그렇게 생각하지 않아요. 하지만 기분이 나쁘긴 해요. 자기 부인에 관한 일이라면 뭐든지 반대하는 크루제까지도 제게 뭐라고 확실히 말할 수 없나봐요."

"뭐라고 말하던가요?"

"그저 쥐들일 거라고 말했어요."

"뭐, 쥐들이라고. 그것도 나쁘기는 매일반이에요. 난 쥐는 딱 질색이야. 그건 그렇고 아까는 크루제와 정답게 이야기하고 있는 것 같던데, 수염을 그려주겠다고 하면서 말이지. 그것만 해도 예삿일이 아니에요. 로즈비타가 지금 여기에 앉아 있는 걸 보니 아직 곱고 참한 여자인걸. 하지만 주의해요. 내가 말할 수 있는 건 그것뿐이야. 도대체 로즈비타의 첫 경험은 어땠지? 내게 말해줄 수 있어요?"

"그거야 말할 수 있죠. 지독했어요. 지독했기 때문에 마님은 안심하셔도 좋아요. 크루제 일에 관해서 말이에요. 저와 같은 경우를 당한 사람은 이제는 지긋지긋해서 조심을 하죠. 지금도 때때로 그것에 관한 꿈을 꾸지만 그다음 날은 하루 종일 제가 마치 마비가 된 것 같아요. 그런 무서운 공포는……"

에피는 몸을 바로 하고 머리를 팔에 기대었다.

"당신들 이야기란 모두들 그게 그거란 걸 고향에 있던 시절부터 알고 있지."

"네, 처음은 언제나 같겠죠. 그렇기 때문에 제 경우만 특별하다고 생각하지 않습니다. 전혀 그렇게 생각하지 않아요. 그러나 사람들이 저를 맞대놓고 추궁했죠. 제가 결국 '바로 그랬어요'라고 자백했을 때 정말 가혹한 일이 일어났죠. 어머니 쪽은 그냥 넘어갔지만 아버지가 야단이셨어요. 아버지는 마을에서 대장간을 하고 계셨는데 정말 엄격한 분이었어요. 아버지는 그 얘기를 듣자 버럭 화를 내고는 갑자기 방금 불 속에서 끄집어낸 쇠막대기를 들고 제 뒤를 쫓아 달려왔어요. 절 죽이겠다고 했어요. 그래서 전 소리를 지르며 다락방으로 달아났죠. 한참 엎드려 떨고 있으니까 모두들 이제 괜찮으니 나오라고 불러서 겨우 내려왔죠. 그리고 제겐 여동생이 하나 있었는데 이 아이가 늘 나를 가리켜 '더럽다'고 했죠. 아기가 태어날 때쯤 되어 집에서는 제가 마음이 놓이지 않아 어떤 헛간으로 갔어요. 거기서 거의 초주검이 되어 있는 저를 낯선 사람들이 발견해 집으로 데리고 와서 제 침대에 눕혀주었죠. 그들은 사흘째 되는 날 아기를 어디론가 데리고 갔어요. 나중에 제가 아기는 어디에 있느냐고 물었더니 잘 맡겨두었다고 했죠. 아아, 마님, 성모 마리아께서 제가 겪었던 그런 곤경에서 마님을 지켜주시길 기원합니다."

에피는 급히 몸을 일으켜 눈을 크게 뜨고 로즈비타를 뚫어지게 바라보았다. 그러나 그녀는 화가 났다기보다 오히려 소스라쳐 놀랐다.

"무슨 말을 하고 있어요! 난 결혼한 부인이야. 그런 말을 입에 담는 게 아니야. 번지수가 틀린 얘기고 어울리지 않아요."

"아아, 마님……"

"그보다 하던 이야기를 계속해줘요. 그다음엔 어떻게 되었죠? 그들이 아기를 어디론가 데려갔다는 얘기까지 들었는데……"

"그다음 2, 3일 후 에어풀트에서 어떤 사람이 와서 면장에게 '누구 유모로 일할 여자는 없나' 하고 물었어요. 그때 면장님이 '있지' 하고 말했죠. 정말 그분 덕택이었어요. 그 사람은 곧 저를 고용해주었어요. 그때부터 제 사정이 조금 나아졌어요. 등기사의 부인 댁에서조차도 그럭저럭 견뎌갈 수 있었죠. 이번이 제일 좋아요. 지금이 제일 행복해요."

그녀는 그렇게 말하면서 소파로 걸어가서 에피의 손에 입을 맞추었다.

"로즈비타, 늘 그렇게 입을 맞추지 않아도 좋아. 난 그런 걸 별로 좋아하지 않아. 크루제 일만은 주의해요. 그것만 주의한다면 좋겠어. 그것만 빼놓으면 당신은 성품이 상냥하고 이해가 빠른 여자예요…… 부인이 있는 남자와는…… 결코 좋을 일이 없어."

"하나님과 성자님은 우리 인간을 잘 인도해주세요. 우리가 겪는 불행에도 행복의 요소가 있어요. 개선하지 않는 사람은 도움을 받을 수 없습니다…… 그리고…… 저는 원래 남자를 좋아하는 성격이에요."

"이봐요, 로즈비타."

"하지만 또다시 그런 일이 제게 생긴다면— 크루제와는 정말 아무 일도 아니지요— 저는 더 이상 다른 도리가 없을 겁니다. 바로 물에 뛰어들어 자살이라도 할 겁니다. 옛날엔 너무 끔찍했어요. 모든 게 다 그랬어요. 가련한 아기는 어떻게 됐을까요? 살아 있다고는 생각할 수 없어요.

사람들이 죽여버렸겠지만 따지고 보면 제 잘못이었어요."

이렇게 말하고 그녀는 안니의 요람 앞에 주저앉아 아이를 흔들어주며 「할버 시의 부코 씨」 자장가를 계속해서 불렀다.

"그만둬." 에피가 말했다.

"노래는 이제 그만 해. 난 두통이 나. 그보다 신문을 가져다줘요. 아니면 기스휘블러가 보낸 잡지가 있지?"

"있어요. 패션 소개 신문이 저 위에 있어요. 요한나와 같이 뒤적거려 보았죠. 요한나가 건너편으로 가기 전에 말입니다. 요한나는 자기가 그런 걸 도저히 가질 수 없다는 데 대해 늘 화를 내지요. 패션 소개 신문을 갖고 올까요?"

"그래. 그거면 되겠어. 그리고 램프도 갖다줘요."

로즈비타가 나갔다. 에피는 혼자가 되자 중얼거렸다.

"뭐든지 좋아 머프*를 가진 미녀, 반쯤 베일을 쓴 미인, 이런 사람들은 유행에 제정신을 뺏긴 인간형들이지. 하지만 내 기분을 달래는 데는 그게 최상이야."

다음 날 오전 중에 인스테텐에게서 전보가 왔다. 두번째 기차로 올 예정이어서 케씬에는 저녁 전에는 도착하지 못할 것이라는 전갈이었다. 끝없는 불안 속에서 시간이 흘러갔다. 다행히도 오후에는 기스휘블러가 놀러 와서 한 시간 남짓 말상대가 되어주었다. 7시가 돼서야 겨우 마차가 와 멈추었다. 에피는 나가서 인사를 나누었다. 인스테텐은 전에 없이 흥분하고 있었다. 그래서 그는 에피의 다정함 속에 섞여 있는 안절부절못하는 태도를 알아차리지 못했다. 현관에는 램프가 켜지고 양초가 타올랐다.

---

* 모피로 만든 둥근 통 모양의 것으로 좌우로 손을 넣게 되어 있음.

프리드리히가 장롱 사이 작은 탁자 위에 준비해둔 찻잔들이 반짝거리고 있었다.

"처음 이곳에 도착했을 때 같군. 기억하고 있소. 에피?"

그녀는 고개를 끄덕였다.

"상어에게도 소나무 가지 장식을 걸어주니 차분해 보이는군. 롤로는 점잔을 빼고 있고 여느 때처럼 앞발로 어깨에 뛰어오르지 않는군. 어찌 된 거야. 롤로."

롤로는 주인 옆을 지나며 꼬리를 흔들었다.

"롤로가 뭔가 불만이 있는 모양이군. 내가 아니면 다른 누군가에게 불만이 있겠지. 좋아, 내게라고 해두자. 아무튼 들어갈까."

그렇게 말하고 그는 그의 방으로 들어가 앉으며 에피에게도 자리를 권했다.

"베를린은 무척 좋았소. 기대 이상이었지. 무척 아름다웠지만 역시 빨리 집에 돌아오고 싶더군. 당신은 정말 아름답구려. 안색이 좋지 않은 것 같아. 게다가 좀 변한 것 같기도 하고. 그래도 그것이 잘 어울려요."

에피는 얼굴을 붉혔다.

"저런, 게다가 얼굴까지 붉히다니. 내가 말한 대로 그전의 당신은 응석받이 어린애 같은 면이 있었는데 지금은 갑작스레 성숙한 여인이 된 듯해요."

"그렇게 말해주시니 기뻐요, 게르트. 하지만 말씀만 그렇게 하시는 거죠."

"그럴 리가 있소. 그 말이 좋다면 좋은 일로 기억해두시구려."

"그렇게 생각하지만……"

"자, 그럼 누가 당신에게 안부를 전해달라는 부탁을 했을까 맞혀봐요."

"그야 어렵지 않아요, 게르트. 게다가 우리 여자들은…… 당신이 돌아오셨으니 저도 그들 편에 끼어도 되겠죠……" 그러면서 그녀는 그에게 손을 내밀며 웃었다. "……우리 여자들은 알아맞히는 것에 능숙하답니다. 우리는 남자들처럼 그렇게 서툴지 않죠."

"그래, 누구일 것 같소?"

"물론 사촌오빠 브리스트예요. 베를린에 제가 아는 사람은 그분밖에 없는걸요. 아주머니들을 제쳐놓으면 말예요. 당신이 그 아주머니들에게 가셨을 리는 없겠죠. 그들은 너무 질투가 심해서 안부 좀 전해달라는 말을 하지 않아요. 당신은 아주머니들이 모두 질투가 심하다는 걸 모르시죠?"

"그래요, 에피 정말이오. 그런 이야기를 거침없이 하는 걸 보니 아직 변함없는 나의 에피로구만. 어린애 같은 얼굴의 그전 에피가 내 마음에 들어요. 물론 마나님이 된 지금의 에피도 마찬가지로 좋소."

"그러세요. 당신이 만일 어느 한쪽을 택하셔야 한다면."

"그건 아주 어려운 문제인데. 섣불리 대답하지 않겠소. 프리드리히가 차를 갖고 왔군. 나는 이런 시간을 얼마나 그리워했는지 몰라…… 내가 느꼈던 이 같은 그리움을 당신의 사촌오빠 브리스트에게 이야기했었소. 드레셀*에서 당신의 건강을 축하하며 샴페인을 마실 때였지…… 당신의 귀가 간지러웠을 텐데? 그때 당신 사촌이 뭐라고 말했는지 알겠소?"

"틀림없이 무슨 허튼소리였겠죠. 그 점에서는 그 사람은 대가죠."

"이건 내 평생 처음 듣는 배은망덕한 얘기인데! 그 친구는 '우리들의 에피를 위해서 건배합시다' 하고 말하면서 '나의 아름다운 사촌누이죠……

---

* 베를린의 운터 덴 린덴 가(街)에 있는 고급 레스토랑.

인스테텐, 제가 당신에게 결투를 신청해서 쏘아 죽이고 싶다는 걸 아세요? 왜냐하면 에피는 천사인데 당신이 그 천사를 제게서 빼앗아간 거예요'라고 했지. 그런데 그 말을 하는 그의 표정이 너무나 진지한데다 또 슬퍼하는 듯해서 그 말이 그의 본심일 거라고 믿을 정도였소."

"아, 그분의 그런 기분을 저도 알아요. 도대체 몇 잔째 술을 마실 때였어요?"

"글쎄, 생각나지 않는군. 몇 잔째였는지. 그 자리에서라도 아마 몇 잔째였는지는 말할 수 없었을 거예요. 하지만 확실히 아주 진지했었소. 그게 진심이었을 듯하오. 당신은 그 사람하고라도 살 수 있었다고 생각되지 않소?"

"같이 살 수도 있었을 거라고요? 전혀 그렇지 않아요, 게르트. 그 사람하고는 결코 같이 살 수 없었으리라고 말하고 싶을 정도인데요."

"왜 그렇지? 한번 사랑해볼 만한 싹싹한 친구던데. 무척 재치가 있고."

"네, 그건 그래요……"

"하지만……"

"하지만 철없이 구는 데가 있어요. 그건 여자들이 좋아하는 성격이 못 되죠. 당신이 입버릇처럼 말씀하시듯 여자들이 반어린애라 할지라도 결코 그런 타입을 사랑하지 않아요. 당신은 제가 발전했다는 말씀을 하시지만 역시 아직 어린애라고 여기고 계시겠죠. 남자가 철없이 구는 걸 우리는 사절해요. 남자는 남자다워야 해요."

"그런 말을 하다니 다행이구만. 그렇다면 이 편에서도 정신을 차려야겠군. 언젠가 내가 당신을 정신 차리게 해주거나 긴장하라고 요구할 일이 생긴다면 차라리 행운이라고 해야겠군…… 당신은 내각을 어떻게 생각하시오?"

"내각이라고요? 글쎄요. 두 가지로 생각할 수 있겠죠. 첫째는, 머리가 좋고 지위가 높아 나라를 다스리는 사람들을 뜻하고, 다른 하나는 단지 건물을 말하는 것으로 궁전 같은 것, 즉 팔라초 스트로치라든가 팔라초 피티*를 뜻하죠. 보세요. 제 이탈리아 여행이 헛되지 않았죠?"

"그렇소. 그런 팔라초에서 살 수 있소? 다시 말하면 그런 장관관사에서 말이오."

"하나님 맙소사. 게르트. 설마 당신이 장관이 되신 건 아니겠죠? 기스휘블러가 그런 말을 하고 있어요. 그리고 후작이라면 뭐든지 가능하죠. 어머, 그럼 드디어 당신 뜻을 성취하신 거군요. 전 아직 겨우 열여덟 살인데 말예요."

인스테텐은 웃었다.

"아니, 장관이 된 게 아니오. 아직 거기까지 이를 수는 없소. 내 능력이 좀더 드러나면 모를까. 그렇다고 전혀 불가능한 건 아니지만."

"그러면 아직은 장관이 아니란 말씀이죠?"

"그렇지, 사실은 장관관사에서 거주하게 되지도 않을 거요. 그러나 매일 내각으로 가게는 되겠지. 이곳에서 관구장의 관사로 가듯이 말이오. 장관에게 의견을 피력한다든지, 장관이 지방관청을 시찰할 때 함께 수행하겠죠. 당신은 장관의 고문관 부인으로 베를린에서 살게 되지. 반년쯤 지나면 기스휘블러와 모래언덕과 재배지 외에 아무것도 없던 케씬에서의 옛 기억들은 버리게 될 거예요."

에피는 한 마디도 하지 못하고 눈이 점점 휘둥그레질 뿐이었다. 그녀의 입 언저리에 경련이 일었고 그녀의 약한 몸은 덜덜 떨고 있었다. 그녀

---

* 모두 피렌체에 있는 르네상스 양식의 궁전.

는 갑자기 소파에서 미끄러지듯 내려와 인스테텐 앞에 무릎을 꿇으며 그의 무릎을 붙들고 기도하는 듯한 목소리로 말했다.

"아아, 하나님 감사합니다."

인스테텐의 안색이 변했다. 도대체 무슨 일이 있었을까? 몇 주일 전부터 얼핏 이상한 예감이 뇌리에 엄습하더니 이 순간 또다시 그게 닥쳐오는 것을 인스테텐은 느꼈다. 에피는 인스테텐의 눈 속에서 이 같은 감정의 표현을 충분히 읽을 수 있어서 소스라치듯 놀랐다. 자기 잘못을 고백하겠다는 아름다운 감정에만 마음을 내맡긴 나머지 에피는 엉겁결에 말해도 되는 것보다 더 많이 발설하고 말았던 것이다. 어떤 대가를 치르더라도 빨리 탈출구를 찾아서 만회해야 한다고 에피는 생각했다.

"일어나요. 에피, 무슨 일이오?"

에피는 재빨리 일어났다. 그러나 소파로 돌아가지 않고 낮은 의자를 끌어당겼다. 그녀는 몸을 기대지 않고는 서 있을 수 없다고 느끼는 듯했다.

"어찌 된 일이오?"

인스테텐이 되풀이해 물었다.

"당신이 이곳에서 행복한 나날을 보내고 있다고만 생각했었는데 갑자기 당신은 '하나님, 감사합니다'라고 외치다니. 마치 이곳이 당신에겐 무서움을 준 것 같구려. 내가 당신에게 무서움을 주었던가요, 아니면 무슨 다른 일이 있소? 말해봐요."

"이제 와서 새삼스레 물으시다니, 게르트."

그녀는 목소리가 떨리는 걸 애써 누르면서 말했다.

"행복한 나날이었다고요. 네, 정말 그랬어요. 그렇지만 그렇지 않은 날도 있었어요. 이곳에 온 뒤부터 무서움을 완전히 잊은 때는 한 번도 없었어요. 그것이 말이에요. 그 꼭 같은 얼굴, 그 파랗게 질린 낯빛으로 제 어깨 너머로 절 노려본 지 아직 두 주일도 채 못 됐어요. 당신이 안 계신 며칠 동안 밤이 되면 다시 나타났어요. 이번에는 얼굴은 아니었지만 또다시 질질 끄는 듯한 소리가 났고 롤로가 짖어댔었죠. 로즈비타도 그 소리를 듣고 베갯머리에 와 앉아 있어주었어요. 동이 틀 녘에 겨우 둘은 다시 잠들었어요. 이곳은 유령의 집이에요. 그래서 저는 유령을 믿어야 했어요. 당신이 교육자기 때문이에요. 그래요 게르트, 당신은 교육을 시키고 있으시죠. 하지만 그런 건 아무래도 좋아요. 다만 확실한 것은 만 1년 혹은 그 이상을 제가 무서워하며 이 집에서 살고 있었다는 거예요. 여기서 떠나갈 수 있다면 유령도 제게서 떨어져 나가게 되고 그렇게 되면 저는 다시 자유를 되찾을 수 있다고 생각해요."

인스테텐은 한순간도 눈을 떼지 않고 그녀의 말을 귀담아들었다. '당신은 교육자'라는 건 도대체 무슨 뜻일까? '유령을 믿어야 했다'라는 건 도대체 또 무엇일까. 그러한 말들이 대체 어디에서 나온 것일까? 그는 머릿속에서 다시금 어렴풋하게 되살아난 의심이 점차 확실하게 굳어지는 걸 느꼈다. 그러나 그는 모든 징후가 거짓에 지나지 않을 수도 있다는 것을 알 만큼 충분히 오랜 세월을 살아온 사람이었다. 특히 인간이 질투심에 빠져들게 되면 백 개의 눈을 달고 있더라도 신뢰의 눈 하나만 갖고 있는 사람보다 더 쉽게 오류에 빠져드는 예가 많다는 걸 인스테텐은 알고 있었다. 그렇다면 에피가 말한 모든 것이 사실일 수도 있었다. 만약 그렇다면 그녀가 '하나님, 감사해요'라고 외치지 말란 법도 없었다.

이와 같이 다양한 가능성을 재빨리 고려한 인스테텐은 그의 의심을 스스로 극복한 뒤 테이블 위로 에피에게 손을 내밀었다.

"미안해요, 에피. 당신의 모든 얘기를 듣고 무척 놀랐소. 물론 내 잘못인 것 같소. 난 항상 내 업무에만 몰두하고 있었으니까 말이오. 우리 남자들이란 모두 이기주의자요. 그렇지만 앞으로는 주의하겠소. 베를린에는 틀림없이 한 가지 좋은 일이 있소. 그곳에는 유령의 집이 없다는 거요. 그런 게 어디에서 나올 수 있겠소? 자, 우리 저쪽으로 가서 안니를 봅시다. 그렇지 않으면 로즈비타로부터 쌀쌀한 아버지라는 불평을 들을 테니까."

에피는 이 말을 들으며 점차 진정되었다. 그리하여 자신이 초래한 위기를 무사히 빠져나왔음을 간파하고 생기와 우아한 태도를 되찾았다.

22

다음 날 아침 두 사람은 함께 늦은 식사를 했다. 인스테텐은 불쾌한 기분과 미심쩍은 감정을 극복했고 에피도 완전히 안심한 기분이었다. 그녀는 짐짓 쾌활함을 가장하는 능력뿐만 아니라 원래 그녀의 천진스러움을 거의 되찾았다. 몸은 아직 케씬에 있지만 그녀의 마음은 이미 케씬을 떠나 있었다.

"내가 생각해보았는데 말이오, 에피" 하고 인스테텐이 말했다.

"당신이 이 집이 싫다고 말하는 것이 부당하진 않아요. 톰젠 선장이 살기에는 충분했지만 응석받이 젊은 마나님에게는 무리요. 모두가 다 구식일 뿐 아니라 너무 좁아요. 베를린에서는 더 나은 집에서 살 거요. 여기와는 다른 홀도 있는 집에서 말이오. 현관과 계단에는 높고 화려한 유리창이 있고 왕관과 왕홀(王笏)을 들고 있는 빌헬름 황제의 그림이 있는 집에서 살 거요. 성 엘리자베스가 아니면 성모 마리아 그림 같은 종교 회화도 있는 집에서 말이오. 성모 마리아라니 이건 로즈비타의 영향인가보오."

에피는 웃었다.

"그렇게 하기로 해요. 하지만 누가 우리들을 위해 집을 찾아주겠어요? 사촌오빠 브리스트에게 부탁할 수도 없는 노릇이고, 아주머니들은 결코 안 돼요. 아주머니들은 무엇을 보더라도 그만 하면 됐다고 하실 테니까요."

"집 찾는 일만은 다른 사람에게 시키면 안 되겠지. 당신이 직접 가야 한다는 생각이 드오."

"언제로 할까요?"

"3월 중순에."

"어머, 그건 너무 늦어요, 게르트. 모두 동이 나고 말걸요. 좋은 집은 우리를 기다려주지 않아요."

"그건 그래요. 그렇지만 난 어제 돌아왔소. 그러니 '내일 떠나라'고는 말할 수가 없지 않소. 그건 나답지도 않을뿐더러 실제로 내겐 곤란하오. 모처럼 에피와 다시 지내게 되어 기뻐하고 있는 중인데."

"그렇군요."

에피는 대답했다. 점점 고조되어오는 당혹감을 감추기 위해 찻잔을 소리 내어 한데로 모았다.

"그렇죠. 그렇기 때문에 오늘이나 내일은 안 되죠. 하지만 가까운 시일 내에 가지 않으면 안 돼요. 집을 찾으면 곧 돌아오겠어요. 그리고 또 로즈비타와 안니는 함께 데리고 가야 해요. 당신도 함께 갈 수 있으면 가장 좋겠죠. 그렇지만 그렇게는 안 되는 걸 알아요. 오랜 작별이 되지 않으리라 생각해요. 어느 지역에서 구할지는 이미 예상했으니까요."

"그게 어디요?"

"그건 비밀이에요. 저도 비밀을 갖고 싶어요. 나중에 깜짝 놀라게 해 드리겠어요."

이때 프리드리히가 우편물을 가져왔다. 대부분 업무 관련 우편물과 신문 들이었다.

"당신에게도 하나 왔군." 인스테텐이 말했다.

"내가 잘못 본 게 아니라면 장모님의 필적 같소."

에피는 편지를 받아 들었다.

"그래요. 엄마에게서 왔어요. 이건 프리자크의 우표 직인이 아닌데요? 보세요. 분명히 베를린이에요."

"물론이지요."

인스테텐이 웃었다.

"당신, 그게 기적이라도 되는 것처럼 놀라는구려. 장모님이 베를린에 가 계시면서 사랑하는 딸에게 호텔에서 편지를 쓰셨나보오."

"그렇군요."

에피는 말했다.

"틀림없이 그래요. 그런데도 제 마음이 불안하답니다. 훌다 니마이어는 걱정이 될 때가 희망을 걸 때보다 더 좋다고 늘 말했지만 그다지 위안이 되지 않는 말이에요. 당신은 어떻게 생각하세요?"

"목사의 따님으로는 그다지 감탄할 것 없지요. 그렇지만 아무튼 읽어 봐요. 봉투 뜯는 칼이 여기 있소."

에피는 봉투를 뜯고 편지를 읽어 내려갔다.

사랑하는 에피,

내가 베를린에 온 지 24시간이 되었구나. 슈바이거 선생님의 진찰을 받기 위해서야. 그런데 선생님이 나를 만나자마자 축하해요, 라고 하는 바람에 놀라서 무슨 일인가 물어보았다. 그랬더니 국장인 빌러스도르프가 방금 다녀갔는데 인스테텐이 본청 근무로 영전되었다는 이야기를 해주더구나. 이런 일을 제3자에게서 들을 때까지 모르고 있었던 게 조금 화가 나지만 경사스런 일이고 나도 우쭐해지니까 너그러이 봐주기로 할게. 난 원래 인스테텐이 아직 라테노우 연대에 있을 때부터 그 사람은 꼭 훌륭하게 될 거라고 내다보고 있었지. 이제 너도 좋게 되었구나. 물론 주택 문제도 있고 가구류도 바꾸어야겠지. 혹 내가 있는 편이 좋다고 생각하거들랑 되도록 속히 형편을 보아 베를린으로 오너라. 나는 치료를 위해 일주일간 이곳에 체재할 거야. 여의치 않으면 좀더 오래갈지도 몰라. 슈바이거 선생님도 그 점은 확실히 말씀하시지 않았지. 숙소는 샤도 가(街)에 있는 개인 집을 세 들었어. 옆방도 아직 몇 개가 비어 있어. 내 눈병에 관한 건 나중에 만나서 얘기하자. 지금은 너희들의 미래에 관한 일로 머리가 가득 차 있어. 아빠가 얼마나 기뻐하시겠니? 아빠는 거기에 전혀 무관심한 것 같은 태도를 취하시지만 사실은 나 이상으로 관심을 두고 계신단다. 인스테텐에게 안부 전해라. 안니에게 키스해주고. 안니는 아마 데리고 오겠지.

　　항상 너를 진심으로 사랑하고 있는 엄마,

　　　　　　　　　　　　　　　　　　　　　　　루이제 폰 B로부터.

　에피는 편지를 내려놓았다. 그리고 아무 말도 하지 않았다. 그녀가 해야 할 일은 확실했다. 그러나 그녀 쪽에서 그 이야기를 꺼내지 않았다. 인스테텐이 먼저 이야기를 꺼내게 하고 그다음에 그녀가 마지못해 승낙하는 식이 되기를 원했다. 아니나 다를까, 인스테텐이 덫에 걸려들었다.

　"어찌 된 거요, 에피. 잠자코 있으니 말이오."

"아아, 게르트, 세상일이란 좋고 나쁜 양면을 갖고 있어요. 엄마를 만날 수 있는 건, 그것도 곧바로 만날 수 있는 건 기쁜 일이지만 그렇지 않은 점도 있어요."

"뭔데?"

"당신도 아시다시피 우리 엄마는 아주 일방적이어서 늘 당신 뜻대로 하시죠. 엄마는 무슨 일이든 아빠를 설득해서 그녀의 뜻을 성취할 수 있어요. 저는 제 취향에 맞는 집을 하나 갖고 싶어요. 제 마음에 드는 새 가구류하고 말예요."

인스테텐이 웃었다.

"그것뿐이오?"

"거의 충분할 정도지만 전부는 아니에요."

그녀는 한껏 긴장해서 그의 얼굴을 뚫어지게 쳐다보며 말했다.

"그리고 말예요, 게르트, 전 당신과 곧 헤어지는 게 싫어요."

"깍쟁이! 당신은 내 약점을 알고서 그런 말을 하는구려. 하지만 우리는 모두 다 허영심을 지닌 사람들이니 당신 말을 믿기로 하지. 그리고 동시에 영웅적인 정신도 발휘해서 체념하는 사나이의 역할까지 해야겠소. 필요하다면 당장이라도 여행을 떠나시오. 당신이 마음에 책임을 질 수 있다면 말이오."

"그런 식으로 말씀하시면 안 돼요. 게르트. '제 마음에 책임을 질 수 있다면'이란 말은 무슨 뜻이에요? 그건 애정을 거의 반강압적으로 요구하시는 건데요. 그렇다면 전 순수한 애교로 말씀드리겠어요. '아아, 게르트, 전 결코 여행을 떠나지 않을 거예요'라든가 아니면 그와 비슷한 얘기를 할 거예요."

인스테텐은 손가락을 세우며 그녀에게 으르듯 말했다.

"에피, 당신은 내겐 너무나 총명해요. 난 당신이 어린애라고 생각하고 있었는데 이제 보니 남들처럼 절도(節度)를 갖게 됐구려. 하지만 그만두기로 하지. 그렇지 않으면 장인어른이 툭하면 얘기하듯 '쉽게 논의하기 어려운 광범위한 문제'라고 해둡시다. 그보다도 언제 떠날 건지 말해보시오."

"오늘이 화요일이니 금요일 정오에 배를 타겠어요. 그렇게 한다면 저녁때쯤이면 베를린에 도착할 수 있어요."

"그렇게 정합시다. 그럼 언제 돌아오시오?"

"월요일 밤에요. 사흘간이에요."

"그건 무리요. 너무 빨라. 사흘 갖고는 할 일을 다 마칠 수가 없을 거요. 그렇게 빨리 장모님과 헤어질 수 없을 것이오."

"그럼 그때 형편대로 하겠어요."

"좋소."

그렇게 말하고 인스테텐은 관구장 관사로 가기 위해 일어섰다.

출발 때까지의 하루하루가 쏜살같이 지나갔다. 로즈비타도 무척 기뻐했다.

"아아, 마님, 케씬도 그럴싸하지만 역시 베를린은 또 다르답니다. 그 철도마차의 종이 딸랑딸랑 울려보세요. 그러면 오른쪽으로 가야 할지 왼쪽으로 가야 할지 알 수 없게 되지요. 전 이제 치었구나 하고 생각한 적이 몇 번이나 있었죠. 그런 것은 여기서는 볼 수 없어요. 여기선 하루 종일 여섯 사람도 채 못 만나는 날이 있을 정도인걸요. 있는 것이라곤 모래언덕뿐이죠. 그 외에는 파도 소리가 철썩대고 있을 뿐이지요."

"그래요. 로즈비타, 로즈비타가 말한 대로야. 바다는 늘 철썩철썩 소리를 내고 있지만 진정한 생활이 없어요. 갖가지 어리석은 생각만 떠오르게 되죠. 당신도 그걸 반박할 수 없겠지. 크루제와의 일만 해도 옳은 건 아니니까."

"아아, 마님……"

"좋아요. 이제 아무 말도 않겠어. 어차피 자백은 안 할 테니까요. 그럼 갖고 갈 짐이 너무 모자라지 않게 해요. 로즈비타의 것은 아니 것과 함께 차라리 전부 가져가면 어떻겠어요?"

"하지만 일단 돌아올 예정이죠?"

"그래요. 나는 돌아올 거야. 그분이 그렇게 말씀하시니까. 하지만 로즈비타와 안니는 남아 있게 될지도 몰라요. 어머니하고 있으면 되니까. 어머니가 안니의 응석을 너무 받아주지 않게 주의해요. 나에게는 때때로 엄격하셨지만 손녀쯤 되면……"

"게다가 안니 아씨가 깨물고 싶을 정도로 귀여우니까요. 누구라도 다 정하게 대하게 되죠."

그날이 목요일이었다. 출발 전날이었다. 인스테텐은 시골로 시찰하러 나가 저녁때가 지나서야 돌아오게 돼 있었다.

오후에 에피는 시내로 나갔다. 광장까지 가서 약국에 들러 향염(香鹽)*을 한 병 샀다.

"어떤 사람들과 함께 차를 타고 갈지 모르니까요"라고 그녀는 약국의 연로한 조수에게 말했다. 이 조수도 좋은 말 상대로서 주인인 기스휘블러와 마찬가지로 그녀를 흠모했다.

"박사님은 댁에 계세요?" 하고 그녀는 구입한 작은 병을 집어넣으며

---

* 암모니아의 묽은 액체나 탄산암모니아 등에 향료를 넣은 것으로 시원하고 상쾌한 향기가 난다.

물었다.

"계십니다, 부인. 옆방에서 신문을 읽고 계십니다."

"방해가 되지 않을까요?"

"아뇨. 천만의 말씀입니다."

에피는 안으로 들어갔다. 천장이 높은 조그마한 방이었다. 선반이 빙 둘러 놓여 있고 그 위에는 갖가지 플라스크와 증류기가 세워져 있었다. 다만 한쪽 벽면에는 처방전을 정리해놓은 장이 놓여 있었고 쇠로 된 고리가 붙은 서랍들이 질서정연하게 알파벳순으로 나란히 줄지어 있었다.

기스휘블러는 기뻐서 어쩔 줄을 몰랐다.

"증류기들이 가득 찬 이런 곳에 왕림해주시니 크나큰 영광입니다. 잠시 앉으시길 권해도 되겠습니까?"

"물론이죠, 친애하는 기스휘블러. 하지만 정말 잠깐만 앉아 있겠어요. 전 작별 인사를 하러 왔어요."

"하지만, 부인, 곧 다시 돌아오시지 않습니까? 그저 사나흘 예정이라고 들었는데……"

"네, 돌아올 예정이에요. 늦어도 한 주 후에는 케씬에 다시 온다고 약속했어요. 하지만 돌아올 수 없게 될 가능성도 있지 않겠어요? 있을 법한 사고를 헤아린다면 한이 없는걸요…… 제가 너무 젊다고 말씀하시고 싶은 얼굴이군요. 젊어도 언제 죽을지는 알 수 없는 거예요. 죽지 않는다 해도 다른 어떤 일이 있을지 모르죠. 그래서 영원한 작별인 양 인사나마 해두었으면 해요."

"그렇지만, 부인."

"영원히 작별한다고 가정해서입니다. 기스휘블러, 정말 여러 가지로 고마웠어요. 당신이 제겐 가장 큰 의지가 되었어요. 물론 당신이 가장 좋은 분이기 때문이지요. 백 살까지 오래 산다고 해도 전 당신을 잊지 않겠어요. 이곳에 왔을 때 때때로 쓸쓸했어요. 당신이 헤아릴 수 있는 정도 이상이었어요. 괴로워서 견딜 수 없는 때도 있었답니다. 하지만 당신의 얼굴을 대할 때면, 처음 만나뵐 때부터 그랬지만, 늘 기분이 좋아지고 기운이 났어요."

"그렇지만, 부인."

"그래서 감사를 드리러 왔어요. 방금 당신의 가게에서 향염을 한 병 샀어요. 기차 칸에는 때때로 묘한 사람들이 있어서 창을 열고 싶어도 허락해주지 않죠. 그러면 이게 간절히 머리에 떠오르겠죠. 전 틀림없이 눈물을 흘리게 될 테고 그런 때는 당신을 생각하겠어요. 그럼 안녕히. 당신의 친구 트리펠리에게도 부디 안부를 전해주세요. 지난 몇 주 동안 그분과 코체코프 후작을 자주 생각했어요. 역시 독특한 관계예요. 하지만 전 잘 알 것 같아요…… 그리고 제게 편지해주세요. 아니, 제가 쓰지요."

그렇게 말하고 에피는 떠나갔다. 기스휘블러는 광장까지 그녀를 배웅했다. 그는 너무나 황홀해서 얼떨떨했다. 그래서 수수께끼 같은 그녀의 여러 가지 말을 그냥 간과했다.

에피는 집으로 돌아왔다.

"요한나, 램프를 갖고 와요"라고 그녀는 말했다. "내 침실로 갖다줘요. 그리고 차를 한 잔 갖고 와요. 굉장히 한기가 들어 그분이 돌아오실 때까지 기다릴 수가 없겠어요."

차와 램프가 준비됐다. 에피는 조그마한 책상 앞에 앉아 편지지를 앞에 펴놓고 펜을 들었다.

"고마워. 요한나. 차는 그쪽 테이블에 둬요."

요한나가 방을 나가자 그녀는 문에 자물쇠를 잠그고 잠시 거울 속의 자신을 넋을 놓고 바라본 다음 다시 책상 앞에 앉았다. 그러고는 글을 썼다.

저는 내일 배로 떠납니다. 이것은 작별의 편지입니다. 인스테텐은 제가 며칠 후에 돌아올 것이라고 여기고 있지만 저는 이제 이곳에 오지 않을 것입니다…… 왜 돌아오지 않는지 당신 자신이 잘 아실 것입니다…… 제가 차라리 이 땅 위에 살지 않았더라면 얼마나 좋았을까 생각해봅니다. 하지만 이 말을 결코 비난이라고 여기진 마십시오. 모든 죄는 제게 있습니다. 당신의 가정을 생각하면…… 당신이 하신 행동은 용서받을 수 있을지 모르지만 전 용서받을 수 없습니다. 저의 죄는 아주 무거운 것입니다. 하지만 아직 그 속에서 헤어나올 수 있을지 모르겠습니다. 이번에 우리가 이곳에서 전근 가게 된 것도 제가 보기엔 제가 아직 하나님의 은총을 받을 수 있다는 증거인 듯합니다. 부디, 지금까지의 일을 잊어주십시오. 저를 잊어주십시오.

당신의 에피로부터.

그녀는 다시 한 번 대충 되풀이해서 읽어보았다. 글이 아무래도 어색했다. 특히 '당신Sie'이라는 호칭이 그러했다.* 그러나 그렇게 해야 했다. '당신Sie'이라고 부름으로써 더 이상 아무런 관계가 없다는 것이 확실히 표현되기 때문이었다. 그녀는 편지를 봉투에 넣고 묘지와 숲 모퉁이 사이에 있는 집으로 갔다. 반쯤 무너진 굴뚝에서는 가느다란 연기가 나오고 있었다. 그녀는 그 집에 편지를 두었다.

---

* 독일에서 가까운 연인들끼리는 'Sie'라고 부르지 않고 'du'라고 부름.

그녀가 집에 돌아오니 인스테텐이 먼저 와 있었다. 그녀는 그의 옆에 앉으며 기스휘블러에 관한 얘기, 향염 '살 보라틸'에 관한 얘기를 했다.

인스테텐은 웃었다.

"어디서 배운 라틴어요. 에피?"

배는 조그마한 범선이었다. (기선은 여름철에만 운행되고 있었다.) 배는 정오에 출발했고, 에피와 인스테텐은 15분 전에 승선해 있었다. 로즈비타와 안니도 승선을 마쳤다.

여행 짐은 며칠 정도로 예정된 나들이에 어울리지 않게 부피가 컸다. 인스테텐은 선장과 이야기를 하기 시작했다. 에피는 레인코트를 입고 밝은 회색 여행 모자를 쓴 모습으로 뒤 갑판의 키 근처에 서 있었다. 그곳에서 방파제와, 방파제를 따라 즐비하게 서 있는 아름다운 집들을 바라보았다. 부두 바로 맞은편에 4층 높이의 건물인 호펜자크 호텔이 보였다. 박공 양식의 지붕에서부터 십자가와 왕관이 그려진 노란 깃발이 안개를 머금은 조용한 공기 속에서 힘없이 내려뜨려져 있었다. 에피는 한동안 그 깃발을 올려다보았다. 그러나 곧 다시 시선을 아래로 내리깔았다. 마지막에는 방파제에 호기심을 갖고 서 있는 사람들을 쳐다보았다. 순간 뱃고동이 울렸다. 에피는 뭐라 말할 수 없는 기분이었다. 배는 천천히 움직여 갔다. 에피가 다시 한 번 부두 쪽을 눈여겨보았을 때 사람들의 맨 앞줄에 크람파스가 서 있는 것을 발견했다. 그를 보는 순간 그녀의 가슴이 철렁했으나 그래도 역시 기뻤다. 남자 쪽은 보통 때와는 전혀 다른 거동이었다. 마음의 동요가 역력해 보였다. 크람파스는 진지하게 에피에게 인사를 보냈다. 그녀도 마찬가지로 그렇게 진지하게, 진심에서 우러나오는 다정함을 갖고 답례를 보냈다. 그녀의 눈에는 무언가 애원하는 듯한 간절함이 넘치고 있었다. 그다음 그녀는 서둘러 선실로 들어갔다. 로즈비타가 안니를 데리고 자리를 정돈하고 있었다. 그녀는 이 숨 막히는 선실에서 배가 하천을 빠져나와 브라이트링의 넓은 만으로 들어갈 때까지 머물렀다. 이때 인스테텐이 와서 이 근처는 경치가 훌륭하니까 갑판에 올라가서 즐겁게 감상하도록 권했다. 그녀는 위로 올라갔다. 거울 같은 수면 위로 회색 구름이 비치고 있고 이따금 반쯤 가려진 해가 구름 속에서 내비치곤 했다. 에피는 처음 이곳에 오던 날을 회상했다. 그때는 지붕 없는 마차를 타고 지금 지나가고 있는 이 브라이트링 강 언덕을 달렸었다. 1년 3개월은 불과 얼마 안 되는 기간이었다. 그 생활은 너무나도 적막했고 고독했다. 그렇지만 그사이에 그 모든 일이 일어나버렸던 것이다!

배는 수로를 따라 움직여 오후 2시에 철도역 바로 옆에 도착했다. 곧 '비스마르크 후작' 레스토랑 앞을 지났는데 골쇼브스키가 예전처럼 문 앞에 나와 있었다. 그리고 지체 없이 관구장 댁 부부를 자기 방의 계단 있는 곳으로 안내했다.

열차가 도착할 때까지 아직 시간이 남아서 에피와 인스테텐은 플랫폼을 이리저리 거닐었다. 화제는 오직 주택에 관해서였다. 어느 지역에 집을 구할 것인가에 대해서는 의견이 일치되었다. 티어가르텐 공원*과 동물원 중간으로 할 예정이었다.

"난 피리새의 지저귐과 앵무새의 울음소리를 듣고 싶소" 하고 인스테텐이 말하자 에피도 그의 의견에 찬성했다.

이윽고 정적이 울리고 열차가 들어왔다. 역장은 에피를 반갑게 영접했고, 에피는 객실 한 칸을 받았다. 그들은 한 번 더 악수를 나누고 손수

---

* 티어가르텐Tiergarten 자체가 동물원이란 뜻을 지니고 있지만, 베를린의 유명한 공원을 말함.

건을 흔들었다. 열차가 움직이기 시작했다.

23

프리드리히 가(街) 역은 혼잡했다. 그런데도 에피는 이미 열차 칸에 있을 때부터 어머니의 모습을 알아차렸다. 사촌오빠인 브리스트도 옆에 서 있었다. 재회의 기쁨은 컸다. 짐을 찾느라고 조금 참을성을 발휘해야 했지만 그리 힘들 정도는 아니었다. 5분 남짓 지났을 즈음, 마차는 샤드 가를 향해 도로테아 가를 달리고 있었다. 가장 가까운 쪽의 모퉁이에 여관이 있었다. 로즈비타는 기쁨에 넘쳐 있었고 안니가 조그마한 손을 등불을 향해 뻗치는 걸 보고 기뻐했다.

마침내 도착했다. 안니를 위해 예약해놓은 두 개의 방은 예상했던 것과는 달리 브리스트 부인의 방 옆은 아니었지만 같은 복도에 있었다. 우선 정리 정돈을 끝내고 즐거워하는 안니도 격자가 달린 어린애용 침대에 뉘었다. 이때 에피는 다시 어머니 방으로 갔다. 아담한 객실에 벽난로가 붙어 있었다. 비교적 온화하고 따뜻한 날이어서 불은 가늘게 타고 있었다. 둥근 테이블에 갓이 달린 램프가 놓여 있고 그 위에 봉투 세 개가 있었다. 옆 테이블에는 차 도구가 있었다.

"멋진 방이에요. 엄마" 하고 말하고 에피는 소파 맞은편 의자에 앉았다가 곧 일어나 차 테이블로 갔다.

"다시 차 접대하는 딸의 역할로 되돌아갈까요?"

"부탁한다, 에피. 하지만 다고베르트 것과 네 것만 해. 난 유감스럽지만 금해야 해."

"알겠어요. 눈 때문이죠. 엄마, 눈이 어떻게 됐는지 말씀해주세요. 마차가 덜컹거리며 흔들리는 속에서는 인스테텐에 관한 일과 승진에 관한 일밖에 말씀드리지 못했어요. 너무 수다를 떨었어요. 더 이상 그래서는 안 되겠어요. 엄마의 눈이 제게는 사실 더욱 중요해요. 엄마의 눈은 고맙게도 조금도 변치 않았군요. 엄마는 전과 마찬가지로 그렇게 다정한 눈으로 절 바라보시네요."

그렇게 말하며 그녀는 엄마에게 달려가 그 손에 입을 맞추었다.

"에피, 덤비는 건 옛날 그대로구나."

"아니에요, 엄마. 옛날의 제가 아니에요. 그대로이길 저도 원했지만 결혼하고는 변해버렸어요."

사촌오빠 브리스트가 웃으며 말했다.

"그다지 달라졌다고는 생각하지 않지만 전보다 더욱 예뻐졌군요. 그뿐인걸요. 덤비는 성격은 아직 없어지지 않은 것 같아요."

"그렇고말고" 하고 어머니는 맞장구를 쳤지만 에피는 귀 기울여 들으려 하지 않았다.

"다고베르트. 당신은 뭐든지 할 수 있는 분이지만 사람을 보는 눈만은 없어요. 이상해요. 사관들이란 모두 사람을 볼 줄 몰라요. 젊은 사관들은 확실히 그렇죠. 당신들은 늘 자기 자신이 아니면 신병들을 쳐다보죠. 기병들도 말(馬)밖에 몰라요. 그들은 아무것도 모르죠."

"그렇지만, 사촌 에피, 도대체 어디서 그런 지식을 얻었어요? 당신은 사관이라면 한 사람도 모르지요. 케씬에서는 모처럼 오게 되어 있던 경기병을 사양했다면서요. 신문에서 읽었어요. 그런 일은 세계사에도 유례가 없는 일이에요. 옛날의 호엔 크레멘 얘기를 할 텐가요? 라테노우 연대가 와 있을 때는 에피는 반쯤 어린애였어요."

"어린애들의 관찰이 가장 정확하다고 말할 수 있겠지만 그러고 싶지 않아요. 모두 사소한 일일 뿐이에요. 제가 알고 싶은 건 엄마 눈이 어떤가 하는 것이에요."

브리스트 부인은 안과 의사가 뇌 뒤쪽으로 안구가 충혈됐다는 진단을 해주었다. 그래서 시야가 어른어른한 것인데, 식이요법을 해야 하고, 맥주, 커피, 차 등은 금해야 하며 때때로 부분 사혈(瀉血)을 하면 머지않아 완쾌될 것이라고 말했다.

"의사는 2주 동안 치료를 받아야 한다고 말했지만 의사들이 2주간이라면 내가 아는 의사의 말대로라면 대체로 6주간을 말하는 거야. 그러니 인스테텐이 이곳으로 와서 새 집으로 이사할 무렵까지 난 틀림없이 이곳에 머물게 될 거야. 사실은 그것이 가장 좋을 것 같아. 치료 기간이 길어지는 게 내겐 더 좋을 것 같구나. 집은 좋은 것을 구하도록 해봐. 나는 란트그라펜 가나 카이트 가를 마음에 두고 있단다. 그 구역이 품위가 있고 집세도 그리 비싸지 않지. 너희는 절약해야 할 테니까 말이야. 인스테텐의 지위는 명예롭지만 돈은 그다지 많지 않을 거야. 아빠도 불평하고 계셔. 가격이 하락하고 있단다. 아빠는 보호관세가 없다면 거지 배낭을 차고 호엔 크레멘을 떠나야 한다고 매일 말씀하시지. 아빠가 과장하길 좋아하는 걸 너도 잘 알지. 그나저나 다고베르트, 재미있는 얘기나 좀 들려줘. 병 이야기 같은 건 늘 지루하지. 아무리 마음이 좋은 사람이라도 딴 도리가 없으니까 귀를 기울이고 있을 뿐이야. 에피도 뭔가 듣고 싶겠지. 『폴리갠더 블래터』라든지 『클라데라다치』* 같은 주간지에 뭐 없어? 그 주간지도 요즘 별로 신통치 않아졌다고 하더라만."

---

* 1848년 다비드 카리슈에 의해 창간되었으며 정치 풍자를 주로 다루는 주간지.

"전과 다름없이 좋아요. 슈트루델비츠와 프루델비츠*가 나오는 동안에는 괜찮아요."

"내가 좋아하는 건 카를헨 미니스크**와 뷔프헨베르나우***예요."

"그래요. 그게 가장 좋습니다. 그렇지만 뷔프헨은— 미안하지만 어여쁜 사촌 에피—『클라데라다치』의 등장인물이 아니에요. 뷔프헨은 지금으로서는 아무 할 일이 없어요. 더 이상 전쟁이 없으니까요. 애석한 일이죠. 우리들도 한 번쯤은 각광을 받고 싶어 하죠."

그는 제복의 단춧구멍에서 어깨 쪽으로 한 번 쓰다듬으며 말했다.

"이런 몸서리치는 적막을 벗어나야겠어요."

"어머나, 그건 단지 허영이 아닐까요? 그보다도 요즘 무슨 기사가 실리는지 얘기해줘요."

"에피, 독특한 게 실려 있어요. 일반 사람에겐 맞지 않죠. 성서에 관한 풍자가 있어요."

"성서에 관한 풍자라니요? 무슨 이야기죠? 성서와 풍자는 서로 별개의 것인데."

"그렇기 때문에 일반 사람에게 맞지 않다는 겁니다. 하지만 부당하든 아니든 간에 바야흐로 인기 상승세를 타고 있죠. 마치 푸른 도요새의 알처럼 유행하고 있다니까요."

"너무 굉장한 게 아니라면 예를 하나 제시해주세요. 가능하겠어요?"

"가능하고말구요. 게다가 에피라면 특별히 잘 맞을 것이란 말을 덧붙이고 싶어요. 요즘 가장 유행하고 있는 것은 아주 대단히 우아한 성격의

---

* 『클라데라다치』에 늘 등장하는 인물.
** 『클라데라다치』에 늘 등장하는 인물.
*** 만화 신문 『베를린의 말벌』 중의 등장인물.

것이죠. 소박한 성서 문구에 브랑겔 장군의 전매특허인 3격*을 뒤섞은 혼합형이기 때문이에요. 모든 풍자들이 전부 질문 형식으로 되어 있는데 우선 처음에 단순한 질문, 즉 '첫번째 마부는 누구입니까?'가 있어요. 자, 알아맞혀보세요."

"아마 아폴로겠죠."

"훌륭하십니다. 과연 천재로군요. 에피, 저 같으면 거기까지 생각이 미치지 못했을 거예요. 하지만 유감스럽게도 역시 만점으로 과녁을 적중했다고는 할 수 없군요."

"그럼 누구죠?"

"첫번째 마부는 괴로움이었습니다. 그 까닭은 「욥기」에 '괴로움이 내게 일어나지 않으리'라고 씌어 있기 때문이에요. 혹은 마지막 부분의 단어를 띄어서 두 단어로 쓰고 'e'를 하나 넣어도 좋아요.**"

에피는 머리를 흔들며 지금의 문구와 그 해석을 되풀이해보았지만 아무리 생각해도 알 수가 없었다. 그녀는 확실히 이런 종류의 수수께끼에는 남달리 둔한 편에 속했기 때문에 사촌오빠 브리스트는 이 경우 발음이 같은 점과 두 단어의 차이를 몇 번이고 설명하는 수고를 해야만 했다.

"아아, 이제 알겠어요. 제가 이해가 늦어서 미안해요. 그렇지만 실상 너무 어이없는 풍자인데요."

"네, 어이없기는 해요."

다고베르트는 풀죽은 소리로 대답했다.

---

* 브랑겔 장군은 늘 방언을 잘 사용하고 또 3격 목적어와 4격 목적어를 잘못 사용하여 일화가 됐다.
** Leid soll mir nicht widerfahren에서 마지막 부분의 단어 widerfahren을 두 단어로 나누고 e를 더 넣으면 발음은 같은데 뜻은 '라이트가 모는 마차에는 두 번 다시 타지 않는다'가 된다. 여기에는 브랑겔 장군식의 3격, 4격이 잘못 사용되어 있다.

"어이도 없고 어울리지도 않아서 베를린에 대해 실망해야겠어요. 모처럼 케씬에서 제법 사람 사는 곳으로 나왔다고 생각했더니 처음 듣는 게 고작 성서 풍자로군요. 엄마도 잠자코 계시네요. 그것만 봐도 알 수 있죠. 하지만 애처로워 보이니 빠져나갈 구멍은 만들어드리겠어요."

"부탁해요."

"빠져나갈 길이라고 한다면 맨 처음 사촌오빠 다고베르트가 말한 '괴로움이 내게 일어나지 않으리'라는 문장이 제겐 좋은 전조(前兆)라고 진심으로 생각하겠어요. 다고베르트, 재미있었어요. 얼토당토않은 풍자였지만 전 오빠에게 감사하고 싶어요."

다고베르트는 금방 궁지에서 벗어나자마자, 점잖은 체하는 에피의 태도를 놀려주려고 했지만 그게 그녀의 기분을 상하게 한 것을 보고 그만두었다.

10시가 좀 지나자 다고베르트는 내일 다시 오겠다는 약속을 하고 돌아갔다.

그가 간 뒤에 에피도 곧 그녀의 방으로 돌아갔다.

다음 날은 멋진 날이었다. 어머니와 딸은 일찌감치 집을 나와 안과 병원으로 갔다. 에피는 대기실에서 앨범 등을 뒤적이며 기다렸다. 병원 일을 마친 뒤 집을 찾아보려고 티어가르텐 공원 방향으로 동물원 근처까지 걸어갔다. 애초부터 목표를 카이트 가(街)에 두었다. 마침 그 근방에 마땅한 집이 눈에 띄었다. 신축된 집이라 습기가 있었고 공사도 아직 다 끝나지 않은 집이었다.

"안 되겠어. 이것으로는" 하고 브리스트 부인이 말했다.

"건강상 좋지 않을뿐더러 무엇보다 고문관이 습기 찬 집에 산대서야 되겠니."

에피는 그 집이 무척 마음에 들었지만 어머니의 의견에 순순히 따랐다. 서둘러 결정할 필요가 없었기 때문이었다. 그 반대로 '시간을 얻으면 모든 것이 얻어진다'고 생각했기 때문이었다. 따라서 시간을 끌며 일단 결정을 미루어놓는 게 그녀가 생각할 수 있는 가장 바람직한 길이었다.

"하지만 이 집도 일단 후보로 해두겠어요. 장소가 좋을뿐더러 대체로 제가 원하던 그런 집이에요."

둘은 시내로 되돌아가 사람들이 추천해준 레스토랑에서 식사를 하고 밤에는 오페라를 관람했다. 브리스트 부인은 되도록 보지는 않고 듣기만 하겠다는 조건으로 그곳에 가도 좋다는 의사의 허락을 받았다.

그다음 날부터는 한동안 비슷한 나날이 되풀이되었다. 모녀와 사촌이 다시 만나 오랜만에 흡족하게 이야기를 주고받을 수 있어 서로 기뻤다. 에피는 대화를 열심히 경청했고 또 잘 대꾸해주었을 뿐 아니라 기분이 아주 좋은 때는 험담하는 데도 상당한 경지에 이르렀다. 때로는 이 험담 솜씨가 지금의 에피를 옛날의 건방진 에피로 돌아가게 하는 때가 여러 번 있었다. 어머니는 '그 애가 명랑하게 잘 웃는 걸 다시 보니 무척 기쁘다'는 내용의 편지를 집에 써 보냈다. 그리고 '약 2년 전에 혼수감을 사러 왔을 때의 아름답던 나날을 다시 되풀이해 살고 있는 듯한 느낌이 들며 다고베르트도 조금도 변치 않았다'고 썼다. 다고베르트가 변치 않은 것은 사실이었다. 그러나 전처럼 빈번히 에피를 찾아오지는 않았다.

"왜 자주 찾아오지 않느냐?"는 질문을 받고는 "에피가 제겐 너무 위험한 인물이에요"라고 심각하게 대답했다. 이런 말을 들을 때마다 어머니와 딸은 웃음을 터뜨렸다.

"다고베르트, 오빠는 물론 아주 젊긴 하지만, 숙녀에게 그런 식으로 간접 구애를 할 정도로 젊진 않아요."

그럭저럭 거의 14일이 지났다. 인스테텐에게서 재촉의 편지가 왔다. 마침내 장모에게 투정하는 것이었다. 더 이상 시일을 지연시키는 것은 무리란 걸 에피는 알았다. 일이 이쯤 되면 정말 세 들 집을 결정해야 하겠지, 그럼 그 뒤는 어떻게 하지? 에피는 궁리를 해보았다. 베를린에 이사 올 때까지는 아직 3주나 남았다. 인스테텐은 빨리 돌아오라고 성화였다. 방법은 단 한 가지밖에 없었다. 한 번 더 연극을 할 수밖에 없었다. 거짓으로 병이 드는 일이었다.

병든 체한다는 것은 여러 가지 이유 때문에 그리 간단하지 않았지만 아무래도 방법은 그 길뿐이었다. 일단 연기를 하기로 결정하자 세세한 부분까지 어떻게 연기해야 할지를 분명히 했다.

"엄마, 제가 집을 떠나 있으니 인스테텐이 이제 좀 역정이 나는 것 같으니까 이쪽도 양보해서 오늘 안으로 집을 세 들었으면 해요. 그리고 내일 떠나겠어요. 아아, 엄마와 헤어지는 게 무척 괴로워요."

브리스트 부인도 찬성했다.

"그래, 그럼 어느 집을 선택하겠니?"

"물론 카이트 가에 있는 맨 첫번째 집이죠. 그 집은 처음 보았을 때부터 아주 마음에 들었어요. 엄마도 그러셨겠지요. 아직 완전히 건조하지는 않았지만 여름철이니 쉽게 마를 것 같아요. 혹 습기가 너무 심해서 류머티즘 같은 게 걸린다면 제게는 호엔 크레멘이 있어요."

"얘야, 그런 소릴 하면 악마의 질투를 살지도 몰라. 류머티즘은 알지 못하는 사이에 몰래 다가오는 거야."

엄마의 그 말은 에피에게 꼭 알맞은 얘기였다. 서둘러 오전 중에 집을 계약한 뒤 인스테텐에게는 내일 돌아간다는 엽서를 썼다. 트렁크도 챙

겨 하나부터 열까지 출발 채비를 했다. 이튿날 아침이 되자 에피는 어머니를 침대로 불러 다음과 같이 말했다.

"엄마, 전 떠날 수가 없어요. 왜 그런지 몸이 당겨 찌뿌드드하고 쑤셔와요. 등 전체가 욱신욱신해요. 류머티즘이 아닐까 하는 생각이 들 정도에요. 이렇게 아프리라고는 전혀 생각도 못했어요."

"그것 봐, 그래서 내가 말하지 않았니. 악마를 벽에 그려서는 안 되는 거야. 어제 네가 경솔하게 그런 농담을 하더니 오늘 벌써 증상이 나타났구나. 좋아, 오늘 슈바이거 선생님을 만나면 어찌하면 좋을지 듣고 올게."

"소용없어요. 슈바이거 선생은 안과 전문의인걸요. 자기 전공 이외의 일을 상담하면 오히려 기분이 상할지도 몰라요. 고통이 가라앉을 때까지 기다려보는 게 가장 좋겠어요. 곧 나을지도 모르니까요. 오늘 하루는 차와 소다수만으로 지내겠어요. 땀을 내면 나을지도 몰라요."

브리스트 부인도 에피의 제안에 찬성했다. 그러나 영양은 충분히 취하는 편이 좋겠다고 말했다. 과거엔 아무것도 먹지 않는 것이 유행이었지만 그건 잘못된 것이어서 체력만 약해질 뿐이라고 말했다. 그 점에서 그녀는 신(新)학설에 동조해서 영양가 있는 걸 많이 먹어야 한다는 생각이라고 말했다.

에피는 그런 얘기를 들으면서 적지 않게 마음이 놓였다. 인스테텐에게는 전보를 쳐서 '곤란한 일이 생겼다'고 알리고 곧 해결될 것이라고 해두었다. 그러고는 로즈비타에게 말했다.

"로즈비타, 내게 책을 빌려다줘. 도서관은 어렵지 않게 찾을 수 있을 거예요. 나는 옛날 책을 원해요. 아주 옛 것을 말이지."

"있습니다, 마님. 바로 옆에 책을 빌려주는 도서관이 있어요. 무엇을 빌려올까요?"

"내가 보고 싶은 걸 전부 적어보겠어요. 꼭 보고 싶어 하는 바로 그 책이 없을 때가 종종 있으니까."

로즈비타가 종이와 연필을 갖고 왔고 에피는 월터 스콧의 『아이반 호』 『퀜틴 더워드』, 쿠퍼의 『스파이』, 디킨스의 『데이비드 커퍼필드』, 빌리발트 알렉시스의 『폰 프레도우 씨의 바지』 등을 적었다.

로즈비타는 건네받은 종이의 내용을 대충 훑어보고 다른 방에서 마지막 작품의 제목을 잘라버렸다. 자신을 위해서나 마님을 위해서나 그 쪽지를 원래대로 건네주기가 부끄러웠기 때문이었다.

특별한 사건 없이 하루가 지나갔다. 다음 날 아침에도 병세는 시원치 않았다. 사흘째도 그랬다.

"에피, 이대로는 안 되겠어. 그 병에 일단 걸리면 다시 회복되지 않지. 적절한 치료 시기를 놓치는 걸 의사들은 제일 걱정하지. 당연한 일이야."

에피는 한숨을 쉬었다.

"엄마, 그렇지만 어느 의사에게 진찰을 받아야 할까요? 전 젊은 의사는 싫어요. 왠지 부끄러워요."

"젊은 의사는 거북해. 만약 그가 거북하지 않으면 더욱 나쁘지. 그렇지만 안심해. 아주 나이 드신 의사를 모셔올 테니까. 헤커의 학교* 시절에 날 치료한 의사야. 벌써 20년 전의 일이군. 그때 그분 나이가 쉰에 가까웠고 멋있는 회색의 곱슬머리를 가졌었지. 숙녀를 좋아하는 타입이었지만 늘 절도를 지키지. 절도가 없는 의사는 모두 못써요. 다르게 될 수가 없지. 우리 여자들은, 적어도 상류층의 여자들은 늘 든든한 배경을 갖고 있

---

* 베를린의 교육자 요한 유리우스 헤커(1707~1768)의 이름을 딴 베를린 실업계 중고등학교.

으니까."

"그럴까요? 그런 말씀을 들으니 기뻐요. 하지만 때로는 그 반대의 소문도 귀에 들려와요. 상당히 심각한 경우도 자주 있나봐요. 그런데 그 나이 많은 추밀고문관은요? 제겐 그분이 추밀고문관이라고 여겨지는데요."

"추밀고문관, 룸쉬텔이야."

에피는 마음껏 웃었다.

"룸쉬텔이라고요!* 움직일 수 없게 되어 있는 환자를 다루는 의사 이름이 룸쉬텔이라니."

"에피, 넌 재미있는 얘길 하는구나. 별로 심하게 아픈 것 같지도 않은데."

"그래요. 지금 이 순간은 아프지 않아요. 늘 변하는걸요."

다음 날 아침 추밀고문관 룸쉬텔이 왔다. 브리스트 부인은 그를 반갑게 맞이했다. 그가 에피를 보자 던진 첫마디는 "엄마를 꼭 닮았군요"라는 말이었다.

브리스트 부인은 딸과 자기가 꼭 닮았다는 말에 20년이라는 시간은 한 부인의 옛 얼굴을 기억하기에는 오랜 세월이라고 말했다. 그래도 룸쉬텔은 그의 의견을 고수하여 자기가 모든 사람들의 얼굴을 기억하고 있진 않지만, 그에게 깊은 인상을 남긴 사람의 얼굴은 언제나 머릿속에 간직하고 있다고 대답했다.

"인스테텐 부인, 어떠십니까? 어디가 아프십니까?"

"저, 어떤지 말씀드리기가 무척 곤란해요. 늘 변하는걸요. 지금은 마

---

* 이 이름에는 '들어 움직이다'라는 뜻이 있다.

침 병이 달아난 듯 아무렇지도 않아요. 처음엔 류머티즘이라고 생각했지만 지금은 신경통이 아닌가 하는 기분이 들어요. 등을 따라 내려가며 통증을 느끼고, 그럴 땐 일어설 수가 없어요. 제 아버지가 신경통을 앓으셔서 전 그전부터 알고 있어요. 아버지에게서 물려받았나봐요."

"아마 그럴는지도 모릅니다"라고 말하며 룸쉬텔은 맥박을 짚으며 환자의 상태를 넌지시, 그러나 날카롭게 관찰했다.

"아마 틀림없이 그럴지도 모릅니다"라고 그는 말했다. 그러나 마음속으로 혼자 조용히 생각했다. '흠, 꾀병을 부리는가보군. 교묘한 솜씨로군. 거짓 없는 이브의 딸이야.' 물론 아무도 그런 생각을 눈치 채지 못하도록 조심했다. 그는 아주 진지하게 말했다.

"안정과 보온이 권해드릴 수 있는 최상의 처방입니다. 약은 그다음의 방법이죠. 덧붙여 말씀드리면 병세는 대단하지는 않습니다."

그리고 그는 처방전을 쓰기 위해 일어났다. '쓴 편도수(扁桃水) 0.5온스. 오렌지꽃 시럽 2온스……'

"부인, 이것을 두 시간마다 차 반 숟갈씩 드세요. 신경을 진정시켜줄 것입니다. 그리고 꼭 주의하실 것은 면회나 독서 등 정신적으로 긴장될 만한 일은 삼가시는 겁니다"라고 말하면서 그는 곁에 있는 책을 가리켰다.

"이건 스콧이에요."

"아, 그거라면 괜찮습니다. 가장 좋은 것은 기행문 같은 것입니다. 그럼 내일 또 오겠습니다."

에피는 연기를 기막히게 해냈다. 어머니가 고문관을 배웅하러 나가고 혼자 남게 됐을 때 에피는 얼굴이 붉어졌다. 의사가 그녀의 연극에 역시 연극으로 대응하고 있는 걸 알아차렸기 때문이었다. 아마도 그분은 산전수전 다 겪은 노련한 의사일 것이다. 그는 하나부터 열까지 알고 있지만 일부러 아무것도 눈치 채지 못한 것처럼 행동했던 것이다. 아마 이런 종류의 연극을 때로는 존중해야 한다는 걸 잘 알고 있기 때문인 듯했다. 세상에는 존중해야 할 연극도 있는 게 아닐까. 그리고 그녀가 지금 연출한 것도 틀림없이 그런 희극이 아니었을까 싶었다.

곧 어머니가 돌아왔다. 둘은 잠시 동안 품위 있는 노신사를 이구동성으로 칭찬했다. 곧 일흔이 될 터인데도 아직 어딘가 젊은 분위기가 있는 노의사였다.

"빨리 로즈비타를 약국으로 보내…… 약은 세 시간마다 먹어도 괜찮대. 내게 다시 그렇게 말씀하셨어. 옛날부터 그분은 약 처방을 자주 하지 않고 또 양도 많이 주지 않지. 그 대신 항상 좋은 약을 써서 아주 잘 듣지."

룸쉬텔은 다음 날도 진찰하러 왔다. 그다음엔 사흘에 한 번씩 왔다. 그가 너무 자주 오면 젊은 부인이 무척 난처해한다는 걸 알았기 때문이었다. 그녀의 그런 모습이 그에게 연민을 느끼게 했다. 세번째 왕진 후에 의사는 젊은 부인이 이런 식으로 해야 할 뭔가 피치 못할 사정이 있다고 확신했다. 그는 그런 일에 감정을 다칠 나이는 훨씬 지난 것이다.

룸쉬텔이 네번째로 왕진을 왔을 때 에피는 손에 책을 든 채 흔들의자에 앉아 있었고 안니가 그 옆에서 놀고 있었다.

"아, 부인, 대단히 기쁜 일입니다. 약 때문이 아니고 화창하고 신선한 아름다운 날씨 덕택입니다. 이런 날씨엔 병이 단번에 달아나지요. 축하드립니다. 그런데 어머님은?"

"외출 나가셨어요, 추밀고문관님. 우리가 세 든 카이트 가로 가셨어요. 2, 3일 안으로 우리 아기 아빠도 오실 거예요. 우리집에 모든 게 정돈되면 그분을 당신에게 꼭 소개해드리겠어요. 앞으로도 저를 돌봐주실 것을 부탁드려도 될까요?"

그는 머리를 끄덕였다.

"이번의 새집은" 하고 그녀는 말을 계속했다. "신축된 집이어서 마음에 걸려요. 어떻겠습니까? 선생님. 벽이 젖어 있으니 그 때문에……"

"전혀 상관없습니다. 사흘이나 나흘 동안 불을 충분히 지펴서 집 안을 덥게 하시고 늘 문이나 창을 열어놓으십시오. 괜찮습니다. 제가 책임지겠습니다. 부인의 신경통도 아무 일 없습니다. 조심하시는 덕분에 저도 옛 친구를 다시 찾고 새 친구를 사귀게 되니 기쁩니다."

그는 거듭 인사를 하고 안니의 눈을 다정스레 들여다보고는 어머니에게 안부를 전해달라는 말을 남긴 뒤 돌아갔다.

룸쉬텔이 나가자 에피는 곧 책상 앞에 앉아 편지를 썼다.

사랑하는 인스테텐!

방금 룸쉬텔 선생님이 다녀가시면서 이제 제 치료가 끝났다고 말씀했어요. 그래서 이제 여행을 떠날 수가 있어요. 내일쯤이라도 괜찮아요. 그러나 오늘이 24일이고, 28일에는 당신이 이곳에 오실 예정이군요. 아직도 저는 여전히 쇠약한 상태예요. 제가 여행을 포기한다 해도 당신이 동의하리라 생각해요. 이삿짐은 이미 우송 중이니 제가 그곳에 간다 하더라도 호펜자크 호텔에서 여행객처럼 살아야겠죠. 비용 문제도 고려해야 하구요. 돈쓸 일이 자꾸 생기네요. 무엇보다도 룸쉬텔 선생님이 앞으로 우리집 주치의가 되어주신다면 응분의 사례를 해야겠어요. 아주 친절하고 좋은 노신사분입니다. 의사 선생님으로서는 일류라고는 볼 수 없는 것 같아요. '부인 전문의사'다 뭐다 하며 그에게 적의를 품은 사람이나 시기심이 강한 사람들은 험담을 하지만, 그렇게 이야기들을 하는 것이 오히려 그에 대한 찬사라고 할 수 있겠죠. 아무나 부인들을 상대할 수 있는 게 아니니까요. 케쎈 사람들에게 직접 작별 인사를 하지 않았는데 괜찮겠어요? 기스휘블러 씨는 떠나기 전에 뵈었어요. 소령 부인은 무례하다고 생각될 정도로 저를 기피해 왔죠. 그러고 나면 남은 사람은 목사님과 한네만 박사와 크람파스예요. 그분들께는 당신이 잘 말씀드려주세요. 시골에 있는 가정에는 엽서를 보내겠어요. 그렇다 해도 퀼덴클레 가는 무슨 용무인진 모르겠지만 이탈리아에 계신다고 당신이 편지에 쓰셨으니 그곳엔 세 가정이 남았군요. 가능한 한 사과 말씀을 드려주세요. 당신은 예절 바른 분이니까 잘 말씀해주시겠죠. 망년회 때 무척 제 맘에 들었던 폰 파덴 부인에게는 가능하면 제가 직접 편지를 쓰겠어요. 당신이 제 의견에 찬성하시는지 전보로 알려주시길 부탁드립니다.

당신의 에피로부터.

에피는 자신이 직접 편지를 부치면 답신을 재촉하는 의미라도 되는 것처럼 편지를 우체국으로 가져갔다. 그다음 날 오전에 '모든 제안에 찬성'이란 전보가 배달됐다. 그녀는 환호했다. 재빨리 아래로 뛰어내려갔다.

"카이로 가 1의 C로 갑시다."

마차는 우선 운터 덴 린덴 거리를 지난 다음 티어가르텐 가를 지나 쏜살같이 달려 어느새 새 집 앞에 멈췄다.

위층에는 어제 방금 도착한 이삿짐이 어수선하게 놓여 있었다. 그러나 그녀에겐 이런 것들이 아무렇지 않았다. 벽돌로 쌓은 넓은 발코니로 나가니 운하의 다리 건너 쪽에 티어가르텐 공원이 눈앞에 펼쳐 있었고 나무들은 온 누리에서 초록빛을 띠고 있었다. 저쪽 편에는 맑고 파란 하늘이 보였고 태양은 미소 짓고 있었다.

그녀는 감격에 벅차 떨면서 심호흡을 했다. 그리고 발코니에서 다시 문설주를 넘어 들어와 눈을 들어 경건한 마음으로 기도했다.

"아아, 하나님의 은총으로 새 생활을 시작하는 거다. 지금까지와는 다른 생활이어야 해."

24

사흘 뒤, 꽤 늦은 9시에야 인스테텐이 베를린에 도착했다. 에피, 어머니, 사촌오빠, 모두 역으로 마중 나갔다. 진심으로 환영하는 모습들이었다. 그중에서도 에피는 유난히 생기에 차 즐거운 듯했으며 카이트 가의 새 집 앞에 마차가 멈추었을 때는 벌써 갖가지 일에 대해 얘기를 나누고 있었다.

"과연 좋은 집을 선택했군, 에피."

인스테텐이 현관 입구에 발을 들여놓으면서 말했다.

"여기는 상어도 악어도 없고 또 틀림없이 유령도 없겠지."

"그래요, 게르트. 유령 얘기는 이미 과거 일이에요. 이제부터는 새로운 시대가 시작될 거예요. 이제 전 더 이상 두렵지 않아요. 전 그전보다 더 좋아질 거예요. 그래서 이제 되도록이면 당신 마음에 들도록 노력하면서 살아가겠어요."

양탄자를 깐 계단을 통해 3층으로 올라가면서 에피는 인스테텐의 귓가에 대고 그런 말을 속삭였다. 사촌오빠는 어머니를 안내하고 있었다.

위층은 무언가 정리가 덜 된 느낌이었지만 그래도 주거용으로 꾸미기 위해 이것저것 두루 신경 쓴 흔적이 역력했다. 인스테텐은 그 점에 대해서 기쁜 속내를 드러냈다.

"에피, 당신은 귀여운 천재예요."

그러나 에피는 다 어머니 덕분이라며 공을 돌렸다. 실은 어머니가 예를 들어 "그것은 여기에 놓자" 하고 말하면 이상스럽게도 그것이 언제나 적절하게 들어맞았으며 덕분에 시간도 허비하지 않았고 즐거운 기분도 상하지 않고 일을 마쳤다고 에피는 설명했다. 이윽고 로즈비타도 와서 주인에게 인사했다. 이때 그녀는 "안니 양께서 오늘은 인사하러 나오지 않고 실례하겠다고 합니다"라고 말했다. 그것은 그녀가 자랑스러워하는 작은 기지였고, 이런 재치를 이용해 로즈비타는 자신의 목적을 완벽하게 달성했다.

식사가 차려진 식탁에 모두들 둘러앉았다. 인스테텐은 그의 잔에 포도주를 따라 "행복한 미래를 위하여!" 하며 건배했다. 그러고는 에피의 손을 잡고 말했다.

"그런데, 에피, 당신 병이 어떠했는지 말해주구려."

"어머, 그 얘기는 그만두기로 해요. 말할 가치도 없는걸요. 약간 아프기는 했어요. 덕분에 우리들 계획에 차질이 생겼으니 방해가 됐을 뿐이었어요. 그렇지만 그냥 그뿐이었어요. 이제 다 나았어요. 룸쉬텔 선생님이 그렇게 말씀하셨어요. 그분은 노인이지만 무척 세련되고 친절한 분이에요. 제가 편지에 썼듯이 말이에요. 의학 면에선 별로 탁월하지 않다고들 말하지만 그것이 장점이라고 어머니는 말씀하셨어요. 그런지도 몰라요. 어머니의 말씀은 늘 옳으니까요. 그전의 한네만 박사도 대단한 지식을 가진 분은 아니었지만 진단은 항상 틀림없었어요. 그건 그렇고 기스휘블러는 어떻게 지낸대요? 또 다른 분들은요?"

"다른 분들이라고? 아, 그렇지, 크람파스가 당신에게 안부 전해달라더군."

"어머, 친절한 양반."

"목사님도 안부 전해달랬소. 시골의 신사 양반들이 상당히 냉정했는데 당신이 인사 없이 떠나버린 것을 내 탓으로 생각하는 듯했소. 지도니 같은 여자는 정말로 화를 냈다오. 파덴 부인만은, 그저께 잠깐 들러보았지만, 당신의 인사와 애정이 듬뿍 담긴 편지에 아주 기뻐하고 있었소. 당신을 '이루 말할 수 없이 매력 있는 분'이라면서, 그렇지만 '충분히 보호해 주어야 한다'고 해서, 내가 '제 아내는 제가 남편이라기보다 교육자인 것을 잘 알고 있습니다'라고 대답했소. 그랬더니 그녀는 당신이 '눈처럼 희고 귀여운 어린 양'이라고 낮은 목소리로 거의 황홀한 기분으로 말했다오. 그다음에는 이야기가 중단되었소."

사촌오빠 브리스트가 웃으며 "눈처럼 희고 귀여운 어린 양이라고요…… 그 말씀을 들었어요? 에피"라고 말하며 그녀를 계속 놀리려 했다. 그러나 그녀의 안색이 변하는 걸 보고 그만두었다.

그다음 잠시 동안 케씬의 사정에 대한 얘기가 계속되었다. 에피는 남편이 들려준 이런저런 이야기에서 고용인들 중에서 요한나만이 베를린으로 따라올 용의가 있음을 알았다. 물론 아직 그곳 케씬에 머물러 있다가 2, 3일 내로 나머지 짐을 정리하여 베를린으로 올 것이라고 했다. 인스테텐은 요한나의 결정에 대해 매우 기뻐했다. 그 이유는 요한나가 누구보다도 가장 도움이 될 뿐 아니라, 다소 지나칠 정도이긴 하지만 대도시적인 센스도 충분히 갖추고 있기 때문이었다. 크리스텔과 프리드리히 두 사람은 나이가 너무 많아 안 되겠다고 했고 크루제에게는 처음부터 이야기를 꺼내지 않았다. "마부가 이곳에서 뭘 하겠소?" 하고 인스테텐은 얘기를 끝맺었다.

"말이니 마차니 하는 것은 시대착오적인 것일 뿐 아니라 베를린에서는 그런 사치는 이제 지나간 이야기요. 우린 그 검은 닭을 키울 장소를 마련해줄 수조차 없지 않소. 이렇게 말하면 이 집을 너무 경시하는 셈인가요?"

에피는 머리를 가로저었다. 이야기가 잠깐 중단되었을 때 어머니가 일어나며, "벌써 11시야, 나는 갈 길이 멀어. 마차 대기소가 가까이 있으니 아무도 전송 나올 필요 없어"라고 말했다. 물론 그녀의 그런 말에 다고베르트가 그대로 가만있지는 않았다. 다음 날 오전에 다시 만날 약속을 하고 그들은 곧 헤어졌다.

에피는 상당히 일찍 일어나 열어젖힌 발코니 문 가까이로 커피 테이블을 옮겨놓았다 — 날씨는 거의 여름처럼 따뜻했다 — 그리고 인스테텐이 나오기를 기다려 그와 함께 발코니로 나갔다.

"어때요? 티어가르텐 공원의 피리새가 지저귀는 소리와 동물원의 앵무새 소리를 듣고 싶다고 하셨지요. 두 새가 잘 울어줄지 모르겠어요. 아마 가능할 거예요. 저것 보세요. 들려요? 저건 저쪽 작은 공원에서 울고 있는 소리예요. 그 공원은 본래의 티어가르텐 공원은 아니지만 말하자면 그 비슷한 곳이죠."

인스테텐은 무척 기뻐하며 마치 에피가 모든 것을 마법으로 직접 만들어내기라도 한 것처럼 감사했다. 이어서 그들은 테이블에 앉았고 이때 안니도 나왔다. 아기가 그사이 상당히 자란 것을 보아달라는 로즈비타의 요청에 인스테텐은 그렇게 했다. 그리고 그들은 계속해서 케씬 사람들에 관해, 또 앞으로 있을 인사 방문 등에 대해 이야기를 나누었다. 마지막에는 여름 여행이 화제에 올랐으나 그 이야기는 어머니를 만나기로 한 약속

시간에 늦지 않기 위해 도중에 중단해야 했다.

그들은 약속대로 로텐 성(城) 건너편의 헤름스라는 카페에서 만나 여러 상점을 둘러본 후 힐러에서 식사를 하고 적당한 시간에 다시 집으로 돌아왔다. 아주 멋있는 가족 동반 외출이었다. 인스테텐은 이제 대도시적 생활을 할 수 있고 그 영향을 받을 수 있게 되어 기뻤다. 그다음 날인 4월 1일에는 재상관저로 생일을 축하하러 가서 방명록에 이름을 써 넣었다. 직접 만나 축하하는 일은 신중히 고려해서 사양했다. 그 길로 정부관청으로 인사하러 갔다. 업무상, 사교상 무척 분주한 날이었지만 그의 상관들을 면회할 수 있었다. 그뿐 아니라 "그대의 수완은 잘 알고 있으며 앞으로도 우리들의 유대에 차질이 없으리라 확신하네"라고 상관 측에서 각별한 호의를 보여줬다.

집에서도 만사가 다 잘되어 나갔다. 어머니가 애초에 예측한 대로 약 6주간의 치료를 끝마치고 호엔 크레멘으로 돌아가야만 했던 사실이 에피로서는 무척 서운했다. 이 서운한 느낌은 어머니가 떠나던 날 요한나가 베를린에 왔기 때문에 어느 정도 완화되었다. 아무튼 요한나가 온 건 좋은 일임에 틀림없었다. 그러나 이 어여쁜 금발의 여성은 에피에게, 전혀 자기 욕심을 차리는 법이 없고 한없이 선량하기만 할 뿐인 로즈비타만큼의 친밀감을 주진 않았다. 그러나 인스테텐이나 젊은 마나님은 그녀를 똑같이 소중히 여겼다. 그 이유는 요한나가 무척 재치 있고 능력이 있으며 남자들에 대해서도 철두철미하게 자의식을 갖고 조신한 태도를 취했기 때문이었다. 어느 케쎈 사람의 말로는 그녀의 출생의 뿌리를 캐보면 오래전에 은퇴한 파제발크의 한 거물 수비대로 거슬러 올라간다고 했다. 마을 사람들은 그녀의 고상한 사고방식과 아름다운 금발, 그녀의 특별한 외형까지도 모두 그녀의 출신 성분과 연결지어 설명하려고 했다. 요한나는 모두로부터 환영을 받았다. 자신도 기뻐하며 지금까지와 마찬가지로 하녀 겸 몸종으로서 에피에게 봉사하는 것을 흔쾌히 찬동했다. 한편 로즈비타는 최근 1년간 크리스텔에게서 요리법을 거의 다 배웠기 때문에 부엌일을 맡았다. 따라서 안니를 돌보고 키우는 일이 에피에게 넘겨졌는데, 로즈비타는 이 같은 결정에 웃었다. 왜냐하면 그녀는 젊은 부인들이 어떠한지를 잘 알고 있었기 때문이었다.

인스테텐은 직장일과 가정일, 양쪽에 열성을 쏟으며 지냈다. 그는 케씬에 있을 때보다 더 행복했다. 에피가 명랑하게 살아가는 게 그의 눈에 역력히 보였기 때문이었다. 에피가 이처럼 될 수 있었던 것은 지금까지보다 그녀가 더 자유롭게 느껴졌기 때문이었다. 지나간 과거가 이따금 그녀의 생활을 기웃거리긴 했지만 그것은 그녀를 더 이상 불안하게 만들지 않았다. 아니, 그렇다 하더라도 그 빈도가 훨씬 드물었을 뿐 아니라 그것조차 얼핏 순간적으로 스쳐가는 정도에 지나지 않았다. 그녀의 마음속에 아직 잠재된 아픔이 그녀의 행동에 독특한 기품과 매력을 주었다. 그녀의 일거일동에는 무언가 애수에 찬, 참회의 기운이 서려 있었다. 그녀가 모든 사실을 좀더 분명히 말할 수 있었더라면, 그게 그녀를 행복하게 만들어주었을 것이다. 그러나 물론 그런 것은 금지된 일이었다.

4월의 첫째, 둘째 주일 동안 그들 부부가 인사 방문을 했을 즈음에 대도시의 사교계 활동은 거의 막바지에 가까워지고 있었다. 그 때문에 두 사람이 정식으로 참가할 사교계 모임 같은 것은 별로 없었다. 5월 후반에 접어들자 사교 활동은 완전히 끝나버렸다. 두 사람은 어느 때보다 더 한층 행복했다. 인스테텐이 관청에서 나올 수 있는 점심시간 같은 때는 티어가르텐 공원에서 만나기도 하고 샬로텐부르크 성의 정원으로 산보하러 가기도 했다. 성(城)과 오렌지 숲 사이 정면으로 나 있는 기다란 길을 이리 저리 거닐면서 그곳에 즐비하게 서 있는 로마 황제들의 상(像)을 바라보며 네로와 티투스가 기묘하게 닮았다는 사실을 발견하기도 했다. 그리고 땅에 떨어진 전나무 열매를 주워 모으기도 하고 남편과 팔짱을 끼고 슈프레 강으로 나 있는 한적한 벨베데르까지 걸어가곤 했다.

"저곳에 언젠가 유령이 나온 적이 있대요" 하고 그녀가 말했다.

"아니요, 그저 정령이 나타나는 현상일 뿐이오."

"마찬가지 아니에요?"

"이따금 같은 때도 있긴 하지" 하고 인스테텐은 말했다. "그렇지만 사실은 아무래도 달라요. 정령이 나타난다는 것은 모두 꾸며낸 것이오. 적어도 벨베데르의 일은 그렇다는 걸 어제 사촌 브리스트에게서 들었소. 그렇지만 정령은 꾸며진 것이고, 유령은 자연적인 것이오."

"그럼, 당신은 역시 그걸 믿고 계시나요?"

"물론 믿고 있지. 유령은 존재해. 다만 케쎈의 것은 완전히 믿지 않아요. 요한나가 그녀의 중국인을 당신에게 보여주었소?"

"어느 중국인 말이에요?"

"우리집의 중국인 말이오. 그녀는 우리 옛 집을 떠나면서 2층에 있는 의자 뒤에서 중국인 그림을 떼어내어 지갑에 넣어 가지고 왔소. 며칠 전 내가 그녀에게서 돈을 바꿀 때 언뜻 내 눈에 띄었지요. 그녀는 당황하는 태도로 바로 그것이라고 시인하더군요."

"아아 게르트, 제게 그런 얘기는 안 해주셨더라면 더 좋았을 뻔했어요. 이제 또다시 그런 것이 우리집에 있단 말이지요."

"태워버리라고 하면 되잖소."

"싫어요. 그러는 것도 싫어요. 태운다 해도 별수가 없는걸요. 하지만 로즈비타에게 부탁해보겠어요……"

"뭘 말이오? 아, 알았소. 당신이 무슨 계획을 하는지 짐작할 수 있겠소. 성자(聖者)의 그림을 사서 지갑에 넣게 한다는 얘기군. 그런 생각이오?"

에피는 고개를 끄덕였다.

"좋아요. 당신 좋을 대로 하구려. 하지만 아무에게도 말하진 말아요."

결국 에피는 그대로 두자고 말했다. 그런 다음 그들은 이런저런 잡담을 나누며 그로센스테른까지 마차로 되돌아왔는데 여러 가지 화제들 가운데 여름 휴가 계획이 점점 더 많은 부분을 차지했다. 그다음 두 사람은 코르조 가로수 길과 넓은 프리드리히 빌헬름 거리를 걸어서 집으로 돌아갔다.

그들은 7월 말에 휴가를 얻어 마침「오버아머가우의 수난극(受難劇)」*이 상연되는 바이에른의 산지(山地)로 떠날 작정이었다. 그런데 그 계획이 실행될 수 없게 되었다. 인스테텐이 근무를 하지 않으면 안 되었던 것이다. 8월 중순이 되어서야 겨우 모든 일이 순조로워져서 여행이 가능해졌다. 그러나 오버아머가우로 가기엔 이미 때가 너무 늦었으므로 계획을 바꾸어 뤼겐 섬으로 가기로 결정했다.

"물론 먼저 슈트랄준트로 가야지. 당신도 잘 아는 쉴**의 마을이고 또 셸레는*** 산소를 발견한 화학자인데 당신은 모르는 사람이오. 아니 알 필

---

* 몇 년마다 한 번씩 바이에른의 오버아머가우에서 그리스도의 수난 일대기가 연극으로 상연됨.
** 페르디난트 쉴(1776~1809): 베를린의 경기병 연대의 사령관. 의용병단(義勇兵團)의 선두에 서서 나폴레옹 1세의 군대와 싸우다 슈트랄준트에서 전사함.
*** 칼 빌헬름 셸레(1742~1768): 스웨덴의 화학자.

요가 없지. 그다음 슈트랄준트에서 베르겐과 루가르트로 가야지. 거기서는 섬들을 전부 다 내려다볼 수 있다고 빌러스도르프가 말해주었소. 그다음에 대(大)야스문트 보덴과 소(小)야스문트 보덴 사이를 지나 자스니츠까지 가겠어요. 뤼겐으로 간다는 건 바로 자스니츠로 여행 가는 걸 뜻하니까 말이오. 빌러스도르프의 말로는 빈츠도 나쁘지는 않지만 그곳 해안에는 조그마한 돌과 조개껍질이 굉장히 많다고 해요. 우린 수영을 해야 하는데 그것 때문에 못하면 안 되니까."

에피는 인스테텐의 모든 계획에 동의했다. 특히 집안사람 모두가 한 달간 흩어지게 된 것을 기뻐했다. 즉 로즈비타는 안니를 데리고 호엔 크레멘으로 가고 요한나는 파제발크에서 제재소를 경영하고 있는 이복동생에게 가게 된 것이다. 이렇게 모두가 각자 지낼 곳이 다 결정되어 그다음 주 초에 모두 출발했다. 인스테텐 부부도 같은 날 저녁 자스니츠에 도착했다. 호텔의 작은 지붕 위에는 파렌하이트 호텔*이라고 씌어 있었다. 인스테텐은 그 호텔 이름을 읽고 "요금은 열씨R**로 계산하면 좋겠군"이라고 말했다. 두 사람은 최고의 기분으로 가파른 해변으로 저녁 산보를 했다. 어느 돌출된 바위 위에서 달빛에 반짝이는 조용한 만(灣)을 바라다보았다. 에피는 황홀했다.

"아아, 게르트. 이 장관은 카프리 같아요. 소렌토와도 같고요. 한동안 이곳에 있기로 해요. 물론 호텔에서 머물지 않는 게 좋겠어요. 호텔의 사환은 제가 보기엔 너무 거드름을 피워 소다수 좀 달라는 부탁을 하기에도 주눅이 들어요."

"그러고 보니 모두 대사관의 수행원 같더군. 어딘가에 개인 집을 빌

---

* 파렌하이트란 독일어로 화씨를 뜻함.
** 빙점에서 비등점까지를 80도로 나눈 온도계의 단위.

릴 수 있겠지."

"저도 그렇게 생각해요. 내일 찾아보기로 해요."

그다음 날 아침도 저녁과 마찬가지로 좋은 날씨였으므로 그들은 옥외에서 아침식사를 했다. 인스테텐은 서너 통의 편지를 받았는데 모두 다 서둘러 처리해주어야 할 성격의 것들이었다. 에피는 그녀에게 주어진 자유시간을 곧장 집 찾기에 사용하기로 했다. 그녀는 울타리를 친 초원 옆으로 가서 인가들이 모여 있는 곳과 메귀리 밭을 지나 마침내 바다 쪽으로 나 있는 계곡 모양의 길로 접어들었다. 이 언덕길과 해변이 만나는 곳에 커다란 너도밤나무 그늘로 덮인 한 채의 여관이 있었다. 파렌하이트만큼 그렇게 고급은 아닌 그저 단순한 음식점이라고 하는 편이 좋을 듯했다.*
시간이 이른 탓인지 안은 아직 텅 비어 있었다. 에피는 전망이 좋은 자리를 골라 셰리주를 주문했다. 그 셰리주의 맛을 보자마자 벌써 주인이 다가와서 반은 호기심으로, 반은 예의상 그녀에게 말을 걸어왔다.

"이곳은 무척 마음에 드는 곳이에요." 에피가 말했다.

"제 주인양반과 제 마음에 든다는 말이에요. 만(灣)의 전망이 정말 멋있어요. 우리는 집 때문에 걱정하고 있어요."

"부인, 그건 어려울지도 모릅니다."

"휴가 철이 지났는데요?"

"그래도 그렇습니다. 아무튼 이곳 자스니츠에서는 찾으실 수 없을 겁니다. 그건 제가 단언할 수 있죠. 그러나 좀더 해안 쪽으로 나가면 옆 마을로 접어드는데, 지붕들이 반짝이는 걸 보실 수 있을 거예요. 그곳이라면 혹 있을지도 모르겠어요."

---

* 독일의 시골 지역에는 흔히 음식점과 여관을 겸하는 곳이 많다.

"그 마을의 이름이 뭐죠?"

"크람파스입니다."

에피는 잘못 들은 게 아닌가 생각했다. 그녀는 "크람파스"라고 혼잣말처럼 되풀이해 말했다.

"지명으로서는 들어본 적이 없는 이름이에요…… 그 외에 근처에는 아무것도 없을까요?"

"네, 부인. 이 근처에는 없습니다. 그렇지만 여기서 북쪽으로 올라가면 다시 마을들이 있죠. 슈투벤캄머 옆에 있는 음식점에서 물어보시면 그곳에서 틀림없이 가르쳐줄 겁니다. 집을 세 놓고자 하는 사람들은 그곳에다 늘 자기들의 주소를 알려놓곤 하죠."

에피는 그 남자와 이런 대화를 할 때 그녀 혼자였던 게 천만다행으로 생각됐다. 그녀의 남편에게 보고할 때도 자스니츠와 인접한 그 마을의 이름만은 빼버렸다. 그 말을 듣고 인스테텐은 말했다.

"흠, 이 근방에 아무것도 없다면 마차를 세내어(호텔을 나갈 때는 그렇게 하는 법이오) 지체 없이 그곳으로 옮겨 가는 것이 좋겠소. 서양괴불나무가 있는 목가적인 집을 발견할 수도 있으니까 말이오. 없다 해도 어쨌든 호텔은 있을 테니까. 호텔이란 결국 어디나 비슷한 거요."

에피는 그의 말에 동의했다. 정오경에 그들은 벌써 인스테텐이 말한 슈투벤캄머 옆에 있는 음식점에 도착했고, 그곳에서 가벼운 식사를 주문했다.

"그런데 30분 정도 지난 후에 식사를 가져다주세요. 우린 우선 잠깐 산보 겸 헤르타 호수를 구경하고 돌아오겠어요. 안내인이 있습니까?"

그렇다는 대답이었다. 즉시 한 중년 남자가 그들에게 왔다. 그 남자는 지독히 위엄 있는 얼굴을 하고 있어 고대 헤르타 제(祭)* 때의 조수를 연상시킬 정도였다.

높은 나무들로 둘러싸인 호수가 바로 근처에 위치하고 있었다. 호수가에는 갈대가 무성했고 검고 고요한 물 위에는 수많은 수련이 떠 있었다.

"어쩐지 으스스 하네요" 하고 에피가 말했다.

"진짜 헤르타 제라도 있었던 것 같아요."

"네, 부인…… 지금도 그 증거로 돌이 남아 있습니다."

"돌이라뇨?"

"사람을 제물로 바치던 돌입니다."

그런 이야기를 하면서 세 사람은 호수를 떠나 수직으로 깎아지른, 자갈과 점토질의 벼랑 쪽으로 걸어갔다. 번쩍번쩍하게 닦여진 몇 개의 돌이 그곳에 기대 세워져 있었다. 돌 전부가 윗부분이 평평하게 패어 있었고 몇 개의 홈이 아래쪽으로 뻗어 있었다.

"이 홈은 무엇을 위한 것인가요?"

"피가 잘 흘러내리게 하기 위해서입니다, 부인."

"가요."

에피는 남편의 팔을 잡고 다시 음식점으로 되돌아왔다. 바다를 넓게 조망할 수 있는 자리에 미리 주문해놓은 식사가 차려져 있었다. 햇볕을 흠뻑 받은 만(灣)이 그들의 눈앞에 펼쳐져 있고 그 위로 돛단배가 미끄러지고 있었다. 바로 옆의 암초 주위로는 갈매기가 술래잡기를 하고 있었다. 멋진 풍경이었다. 에피도 그것을 무척 아름답다고 느꼈다. 반짝이는 수면의 저편을 쳐다보았을 때 남쪽에 밝게 빛나는 마을의 지붕들이 보였다. 아침녘에 이름을 듣고 가슴이 철렁했던 마을이었다.

---

* 이교(異敎)의 신 헤르타를 위해 인신봉납(人身奉納)이 행해졌다고 함.

"유감이오, 에피. 당신은 이곳이 그리 즐겁지 않은 것 같군요. 헤르타 호수를 잊을 수 없을 거요. 그 돌들은 더욱더 마음에 걸리겠죠."

에피는 고개를 끄덕이며 말했다.

"그래요. 당신이 말씀하신 대로예요. 솔직히 말하면 이런 슬픈 기분에 사로잡히게 하는 광경을 여태껏 본 적이 없어요. 집 찾기는 그만 포기하기로 해요. 전 더 이상 이곳에 머물 수 없어요."

"어제는 이곳이 나폴리 만과 같은 아주 멋진 곳이라고 말하지 않았소."

"그래요, 어제는."

"그런데 오늘은? 오늘은 소렌토의 흔적도 볼 수 없단 말이오?"

"흔적은 있어요. 하지만 흔적뿐인걸요. 죽어가는 듯한 소렌토예요."

"알겠소, 에피."

인스테텐은 그녀에게 손을 내밀었다.

"난 뤼겐 섬을 갖고 당신을 괴롭히고 싶지 않소. 그러면 그만 포기하도록 합시다. 슈투벤캄머나 자스니츠, 혹은 그 아래쪽 마을에 집착할 필요는 없소. 그렇지만 어디로 갈까?"

"하루 더 이곳에 있다가 배를 기다리면 어떨까요? 제가 잘못 알고 있는 게 아니라면 내일 증기선이 슈테텐에서 와서 코펜하겐으로 떠날 거예요. 코펜하겐은 재미있다고 해요. 제가 얼마나 재미있는 일을 동경하는지 당신에게 이루 다 표현할 수 없답니다. 이곳에선 마치 제가 평생토록 전혀 웃을 수 없을 듯해요. 이미 한 번도 웃은 적이 없었던 듯한 기분이 들어요. 제가 얼마나 웃길 좋아하는지 당신도 아시잖아요."

인스테텐은 그러한 그녀의 기분에 한껏 동조해주었다. 그녀가 타당하다고 여길 만큼 기꺼이 그런 태도를 보였다. 실제로 이곳은 아름답기는 했지만 모든 것이 우수에 젖어 있었다.

그런 까닭으로 두 사람은 슈테텐의 배를 기다렸다가 사흘째 되는 날 아침 일찍 코펜하겐에 도착했다. 그곳에서 그들은 콩겐의 뉴토아에 숙소를 정했고, 두 시간 후에 그들은 벌써 토어발트젠 박물관에 가 있었다.

"멋있어요, 게르트. 우리가 이곳으로 오게 되어 저는 행복해요"라고 에피는 말했다. 그 후 그들은 식사하러 갔다가 식당의 공동 식탁에서 맞은편에 앉은 유틀란트에서 온 가족 일행과 사귀게 됐다. 거기서 그들 가족 중 그림같이 예쁜 딸 토라 폰 펜츠에게 인스테텐도 에피도 마음을 빼앗기고 말았다. 에피는 그 아이의 푸른 눈과 짙은 금발 머리를 넋을 잃고 하염없이 바라보았다. 한 시간 반 후 테이블을 떠날 때 펜츠 가족은— 그들은 유감스럽게도 그날 안으로 코펜하겐을 떠나야 했는데— 다음번에 림피요아에서 약 반 마일 거리에 있는 아거후스 성(城)에 이 젊은 프로이센 부부를 초대하고 싶다고 말했다. 인스테텐 가족도 주저하지 않고 그 초대를 받아들였다. 이럭저럭 호텔에서의 몇 시간이 지나갔다. 에피는 잊을 수 없는 날이니 달력에 빨간 줄을 그어두자고 했다. 좋은 일은 그뿐만이 아니었다. 이날의 행복을 더욱 알차게 하기 위해 저녁에는 치보리 극장의 연극 공연을 관람했다. 이탈리아의 무언극이었는데 어릿광대와 상대역인 콜롬비느*가 등장했다.

에피는 그들의 익살에 취해 밤늦게 호텔에 돌아오자 이렇게 말했다.

"게르트, 전 점점 제 본연의 상태로 돌아오는 느낌이 들어요. 아름다운 토라 이야기는 하지 않더라도 오전엔 토어발트젠을 보고 오늘 저녁엔 콜롬비느를 보다니……"

---

* 이탈리아의 즉흥 가면극이나 고전 희극에서 광대의 연인으로 나오는 전형적인 처녀.

"당신에겐 콜롬비느 쪽이 토어발트젠보다 더 좋았겠군."

"솔직히 말씀드리면 그래요. 전 그런 것이 성격에 맞는걸요. 케씬은 저에게 하나의 불행이었어요. 모두가 신경에 거슬리는 일뿐이었어요. 뤼겐 섬도 마찬가지였어요. 앞으로 2, 3일 더 코펜하겐에 머물면서 프레데릭보르크나 헬싱괴어로 소풍을 나가요. 그다음 유틀란트로 건너가면 어떨까요. 전 어여쁜 토라를 만날 수 있다는 게 너무나 기뻐요. 남자였다면 그 애에게 홀딱 반했을 거예요."

인스테텐은 웃으면서 말했다.

"내가 어떻게 나올지 당신은 아직 모르고 있군."

"좋아요. 그렇다면 경쟁이 되겠네. 저도 매력을 발휘할 수 있다는 걸 이제 보실 거예요."

"당신 매력이야 새삼 내게 확인해줄 필요가 없는 것 아니오."

여행은 예정대로 진행됐다. 유틀란트로 건너가 림피요아에 올라갔다가 아거후스 성으로 가서 사흘 동안 펜츠 가족의 손님이 됐다. 그 후 이곳저곳에 잠깐씩 들르면서 휘보르크, 브렌스부르크, 키일 등 각지에서 이틀 혹은 4, 5일씩 체재하고, 유난히 그들의 마음에 들었던 함부르크를 거쳐 고향으로 돌아왔다. 그들은 베를린의 카이트 가로 가지 않고 우선 여행의 피로를 달래기 위해 호엔 크레멘으로 돌아왔다. 인스테텐은 휴가 기간이 끝나가서 2, 3일밖에 머무를 수 없었지만 에피는 앞으로 일주일 동안 머물렀다가 10월 3일 결혼기념일에는 집에 돌아가겠다고 약속했다.

안니는 시골 공기 속에서 무럭무럭 잘 자랐다. 조그마한 부츠를 신고 어머니를 마중 나가도록 한 로즈비타의 계획이 에피를 기쁘게 했다. 브리스트는 자상한 할아버지로서 안니를 지나치게 귀여워하지 않도록, 또 너무 엄하게 하지 않도록 끊임없이 주의를 주었는데 그 모든 태도가 옛날 그대로의 브리스트였다. 그러나 그의 모든 애정은 처음부터 에피 단 한 사람에게만 쏠려 있었으며 그의 마음속은 늘 딸의 일로 가득 찼다. 브리스트가 부인과 단둘이 있을 때는 특히 더욱 그러했다.

"에피를 어떻게 생각하오?"

"귀엽고 좋은 애예요. 그런 사랑스런 딸을 갖고 있으니 하나님께 아무리 감사드려도 충분치 않죠. 그 애 쪽에서도 모든 것에 만족하고 있는 것 같고 다시 집에 돌아온 걸 저렇게 행복해하고 있어요."

"그렇소" 하고 브리스트는 말했다.

"그런데 바로 그 행복해하는 모습이 아무래도 좀 지나친 게 아닐까. 가만 보고 있으면 아직까지 이곳을 자기 집이라고 생각하고 있는 것 같아. 남편과 아이도 있으면서 말이오. 더구나 남편은 출중하고 아이도 천사와 같은데도 불구하고 호엔 크레멘이 무엇보다도 자신에게 최고로 소중하다는 듯한 얼굴을 하고 있소. 우리들 두 사람과 견주면 남편이나 애를 오히려 대단찮게 여기는 것 같소. 확실히 훌륭한 딸임에는 틀림없겠지만 좀 지나쳐요. 그게 마음에 걸려 못 견디겠소. 인스테텐 입장으로 봐선 정당하지 못한 일이지. 사실상 그 애의 마음은 어떤 상태일까?"

"무슨 뜻이죠, 브리스트?"

"내 생각이 그렇단 말인데 당신도 알고 있는 일 아니오. 그 애는 행복을 느끼고 있을까? 그렇지 않으면 뭔가 방해되는 꺼림칙한 게 있는 걸까? 처음부터 난 그 애가 남편을 사랑한다기보다는 높이 평가해주고 있는 듯했소. 그렇다면 그건 내가 보는 바로는 좋지 않은 일이오. 애정이란 것도 항상 오래 지속되는 것은 아닌 법인데 높은 평가란 틀림없이 오래가지는 못해요. 대체적으로 여자가 억지로 좋은 평가를 해야 할 경우엔 화가 나는 법이지요. 처음에는 화를 내고 다음에는 지겨워하고 마지막에는 비웃기 시작하지요."

"그건 자신의 경험에 비추어 하는 말씀이세요?"

"경험이라고는 할 수 없지. 난 그런 높은 평가를 받을 만한 인물이 못 되니까. 하지만 서로 트집 잡는 건 그만두기로 합시다. 루이제. 그런데 실제로 그 애 마음은 어때요?"

"브리스트, 당신의 얘기는 늘 에피에게로만 향하는군요. 우리가 그 점에 대해 서로 대화를 나눈 횟수를 세면 열두 번 갖고도 모자라지 않겠어요? 그때마다 당신은 속속들이 다 아시려고 하는 나쁜 성격이 있어요. 제가 사람의 마음 밑바닥까지 꿰뚫어보기라도 하는 양 그렇게 순진하기 짝이 없는 질문을 하시네요. 도대체 젊은 여성에 대해 어떤 생각을 하고 계세요? 그것도 특히 당신의 딸에 대해서 말예요. 당신은 모든 일이 그렇게 단순하다고 생각하세요? 그렇잖으면 이름이 지금 당장 생각나지 않지만 제가 누구처럼 신들린 예언자인 줄 아시는 거예요? 아니면 에피가 속마음을 털어놓기만 하면 제가 그대로 모든 진상을 아주 뚜렷하게 파악할 수 있다고 여기세요? 털어놓는다는 게 무슨 뜻이에요? 진짜 본심은 언제나 남겨져 있죠. 그 애는 조심스러워서 자기의 비밀을 제게 털어놓으려 하지도 않아요. 그 애는…… 그래요, 그 애는 좀처럼 빈틈이 없는 귀여운 애예요. 그토록 사랑스런 애이기 때문에 빈틈이 없는 점이 오히려 더 위험하지요."

"그러니 당신은 이렇게 생각한다는 말이군…… 사랑스럽기도 하고 착하기도 하고."

"착하기도 하죠. 선한 마음으로 가득 차 있다는 얘기죠. 그 외에는 어떤지 저도 확실히 몰라요. 뭐랄까, 그 애에게는 이런 면이 있어요. 이를테면 하나님을 잘 달래서 하나님이 틀림없이 자기에게 그리 심하게 하진 않을 것이라 스스로 달래는 면이 있어요."

"그렇게 생각하오?"

"그렇고말고요. 말이 난 김에 말하지만 여러 가지가 좋아졌어요. 성격은 그대로지만 주위 사정은 그 애가 이사한 이래 훨씬 호전됐고 이제는 아무 거리낌 없이 적응이 돼가는 모양이에요. 그 애가 제게 그렇다고 말했죠. 그리고 제가 더욱 중요하게 생각하는 건 제 눈으로 보고 확인한 일이에요."

"그래, 그 애가 뭐라고 말했소?"

"이렇게 말했어요. '엄마, 요즈음은 더 나아졌어요. 인스테텐은 항상 드물게 보는 탁월한 사람이지만 전 어쩐지 쉽게 친해질 수 없었어요. 뭔가 그이에겐 생소한 점이 있었어요. 그이가 다정하게 대해줄 때도 역시 서먹서먹했죠. 아니 그럴 때 사실은 가장 서먹서먹했죠. 그렇기 때문에 제가 그걸 무섭게 생각한 적도 여러 번 있었어요'라고 했죠."

"나도 아는 일이야, 알 만한 일이오."

"그게 무슨 말씀이세요? 브리스트, 제가 무서워했다는 얘기예요? 아니면 당신이 무서워했다는 말씀이에요. 전 어느 쪽이나 다 우스꽝스럽다고 생각해요……"

"당신은 에피에 대해 얘기하려 했잖소."

"좋아요. 그 애는 제게 그 생소한 감정이 이제 없어졌고, 그래서 무척 기쁘다고 고백했어요. 켓씬은 아무래도 그 아이가 살 땅이 아니었나봐요. 도깨비 집에다 지나치게 신앙심이 깊은 사람들, 그리고 터무니없이 천하고 속된 사람들뿐이었대요. 그렇지만 베를린으로 이사 간 후부터는 그 애는 자기가 살 땅으로 온 것 같은 느낌이 든대요. 그리고 또 자기 남편이 최고라고 말하면서 자기에겐 그의 나이가 너무 많고 그가 자기를 대할 때 지나치게 선량하긴 하지만 그래도 그럭저럭 이제 고비를 넘긴 셈이래요. 그 애는 이렇게 '고비를 넘겼다'는 표현을 썼는데 아무튼 제 주의를 끌었어요."

"어째서 그렇소? 그런 표현은 특별한 게 아닌데······"

"그 이면에 숨어 있는 게 있어요. 그걸 제게 넌지시 암시하려 했던 게지요."

"정말이오?"

"그래요, 브리스트. 당신은 자기 딸이 벌레 한 마리도 못 죽이는 성격을 갖고 있다고 여기실지 모르겠지만 그건 잘못 생각하셨어요. 그 애는 주위 분위기에 휩쓸리기 쉬운 애예요. 주위 분위기가 좋으면 그 애 스스로도 좋아요. 주위 사정에 거슬려서 싸운다거나 저항한다는 건 그 애의 천성에 맞지 않아요."

이 같은 대화는 때마침 로즈비타가 안니를 데리고 왔기 때문에 중단되었다.

브리스트 부부가 그런 대화를 나눈 것은 인스테텐이 호엔 크레멘에서 베를린으로 출발하던 날이었다. 에피는 앞으로 일주일 동안 더 부모 곁에서 머무를 예정이었다. 그녀에게는 따뜻한 분위기 속에서 아무 걱정 없이 꿈꿀 수 있고 항상 친절한 말을 들으며 자신이 무척 사랑스러운 존재라는 확신을 갖는 게 최고의 행복이었으며 인스테텐은 이 같은 에피의 마음을 알고 있었다. 실제로 그랬다. 그녀에게 무엇보다도 가장 큰 행복감을 준 게 바로 그런 점이었다. 그녀는 이번에도 진심으로 감사하면서 그런 행복을 만끽했다. 그 밖의 다른 기분전환 거리는 아무것도 없었다. 방문객도 거의 없었다. 에피가 시집간 이후에는 적어도 이곳 젊은이들 가운데는 옛날 에피가 그랬던 것처럼 온갖 매력을 한군데 집중시켜놓은 듯한 아름다운 처녀가 없었기 때문이었다. 목사관과 학교도 더 이상 옛날 같지 않았다. 특히 학교 교사가 반은 비어 있었다. 금년 봄에 쌍둥이 자매는 각각 겐트힌 근처의 교사에게 시집갔는데 두 쌍의 합동 결혼식은 대단히 성대하게 거행되어 '하벨란트의 광고'란에 그 기사가 실릴 정도였다. 한편 훌다는 유산을 받게 되어 있는 연로한 아주머니를 돌보기 위해 프리자크에 가 있었다. 그런 경우 자주 있는 일이지만 아주머니는 니마이어 가족이 예상하던 것보다 훨씬 더 장수할 듯했다. 그래도 훌다는 언제나 아주 만족스런 편지를 보내왔다. 물론 정말로 만족해서가 아니라(그 반대였다), 자기와 같은 훌륭한 여성에게 모든 일이 잘되어가지 않을 리 없다는 믿음을 주기 위해서였다. 딸에게 약한 부친 니마이어는 그 편지들을 자랑스레 기쁜 얼굴로 보여주었다. 한편 딸들에게 흠뻑 빠져 살아가고 있는 얀케는 에피에게 두 젊은 신부가 같은 날, 그것도 크리스마스이브에 출산하게 될 것이라고 말했다. 에피는 진심으로 기뻐하며 웃었다. 그리고 미래의 할아버지에게 꼭 두 손자의 대부(代父)가 되시기를 기원한다고 말했다. 가정에 관한 얘기를 끝내고는 코펜하겐과 헬싱괴르, 림피요아 아거후스 성에 관한 이야기를 했다. 또 무엇보다도 토라 폰 펜츠 얘기를 하며 그 애가 정말 전형적인 스칸디나비아인의 외모를 가졌다고 했다. 또 그 애는 아마색의 금발머리에 항상 빨간 비로드 방한복을 입었다고 했다. 이 말을 듣고 얀케는 기쁜 얼굴로 여러 번 되풀이해 말했다. "그렇지, 그들은 그런 외모를 갖고 있어. 순수 게르만적이지. 독일인보다 훨씬 독일적이지."

에피는 그들의 결혼기념일인 10월 3일에는 베를린에 돌아갈 예정이었는데 이제 벌써 그 전야가 되었다. 그녀는 짐 꾸리기 등 그 밖의 돌아갈 준비를 구실로 비교적 일찌감치 그녀의 방 안에 틀어박혔다. 사실은 혼자 있고 싶은 이유에서였다. 이야기하기를 좋아하는 그녀였지만 그렇게 조용히 있고 싶을 때도 있었다. 그녀가 사용하는 2층의 방들은 정원이 내려다보이는 곳이었다. 작은 방은 로즈비타와 안니의 침실로 사용했고 문을 반쯤 열어두었다. 그녀가 쓰고 있는 큰 방 안을 그녀는 이리저리 거닐었다. 아래쪽 창문이 열려 있어서 바람이 불면 조그맣고 하얀 휘장이 잔뜩 부풀어 올랐다가는 천천히 의자 등걸이에 걸렸다가 바람이 다시 불어 들어오면 의자를 벗어나 제자리로 돌아갔다. 이때 에피는 창으로 비쳐든 밝은 달빛 덕분에, 가는 금빛 틀에 끼워진 채 소파 위에 걸린 두 폭의 그림 아래 씌어진 글씨를 똑똑히 읽을 수 있었다. '뒤펠의 공격, 5번 보루(堡壘)*'라고 적혀 있고, 그 옆에는 '리파 고지(高地)의 국왕 빌헬름과 비스마르크 백작'**이라고 씌어 있었다. 에피는 머리를 저으며 미소 지었다.

"다시 이곳에 올 땐 다른 그림으로 바꾸어달라고 해야겠어. 전쟁 그림은 싫어."

그녀는 한쪽 창을 닫고 열려 있는 쪽의 창가에 걸터앉았다. 모든 것이 그녀의 기분을 더할 나위 없이 좋게 해주었다. 교회의 탑 옆에 달이 떠 있어 해시계와 헬리오트로프 화단이 있는 잔디밭 위로 달빛이 비치고 있었다. 만물이 은빛을 띠었고 달빛이 비치는 부분과 비치지 않는 부분이 구별돼 띠 형태를 이루며 길게 뻗어 있었다. 빛 부분이 무척 희어 표백소(漂白所)의 아마포를 생각나게 했다. 그 앞에는 가을 색으로 노랗게 물든 키 큰 대황들이 있었다. 그녀는 지금부터 2년 남짓 전의 과거를 돌이켜보았다. 이곳에서 훌다와 얀케 집 딸들과 함께 놀았다. 그때 손님이 와서 그

---

* 뒤펠의 보루는 1864년 4월 18일 덴마크와의 전쟁 중에 프로이센군에 의해 공략됨.
** 1866년 보오(菩塿)전쟁 중의 일.

녀는 벤치 옆 조그마한 돌층계를 올라갔었다. 그리고 그 후 한 시간 뒤에 그녀는 한 남자와 장래를 약속한 여자가 되었던 것이다.

그녀는 일어서서 옆방의 문으로 가 귀를 기울였다. 로즈비타는 자고 있었다. 안니도 그랬다. 어린아이의 자는 모습을 바라보는 동안 에피의 머릿속에는 케씬에서의 갖가지 일들이 불현듯 되살아났다. 박공이 있는 관구장 집과 재배지가 내려다보이는 베란다가 있었다. 그녀는 흔들의자에 앉아 있었고 크람파스가 걸어와서 인사를 했다. 그다음 로즈비타가 아이를 데리고 왔고 그녀는 그 애를 받아 안아 높이 들어 올렸다가 그 애에게 키스했다 ― 그것이 최초의 날이었어. 그때부터 시작되었지. 그녀는 추억을 쫓으며 둘이 자고 있는 방을 떠나 다시 한 번 창가의 의자에 걸터앉아 고요한 밤경치를 보았다 ― 난 그것을 떨쳐버릴 수가 없어, 하고 그녀는 말했다 ― 그리고 무엇보다 곤란한 건 그게 나 자신을 완전히 미로에 빠지게 한 거야…… 그 순간 저쪽의 종탑시계가 치기 시작했다. 에피는 그 소리를 세었다.

"10시로군…… 내일 이 시간에 난 베를린에 있겠지. 그리고 둘이서 결혼기념일이라고 말하겠지. 그이는 내게 애정에 찬, 다정한 말을 건네고 아마 사랑의 표현을 하겠지. 난 앉은 채 그걸 들으면서 내 영혼의 죄를 느끼겠지."

그녀는 손으로 턱을 괴고 앞을 응시하며 잠시 침묵했다.

"그리고 내 영혼의 죄를 느끼겠지"라고 다시 한 번 되풀이해 말했다.

"그래, 나는 죄를 지었어. 그렇지만 그게 내 영혼을 압박하고 있을까? 아니야, 그렇지 않아. 그렇지 않다는 사실 때문에 난 내 자신이 두려워져. 마음을 무겁게 누르는 건 전혀 다른 점이야. 불안, 죽을 만큼의 불안과 영원한 공포야. 그건 어차피 마지막에 백일하에 드러날 거야. 그리고 불안 외에…… 부끄러움이야. 난 부끄럽게 느껴져. 아니 진짜 후회를 하지 않듯이, 사실상 진짜 부끄러움은 없어. 단지 내가 부끄럽게 느낀다면, 그건 거짓말과 속임수로 영원히 살아가야 한다는 사실이야. 거짓말을 할 수 없었고 또 할 필요도 없었던 게 옛날의 나의 자랑거리였지. 거짓말한다는 건 치사한 짓이야. 난 이제 나의 남편에게, 세상 사람들에게 큰일에서나 작은 일에서나 거짓말을 할 수밖에 없어. 룸쉬텔 선생님은 알아채시곤 어깨를 으쓱했어. 그분이 날 어떻게 생각하는지 알 수 없지만 좋게 생각하지 않는 것만은 틀림없겠지. 아아, 불안이 나를 괴롭히는구나. 게다가 나 자신의 거짓말 놀이에 대한 수치심이 엄습해오는군. 그렇지만 나의 죄에 대한 부끄러움은 느끼지 않아. 죄의식을 느끼지 않는다는 사실이 날 더욱 괴롭혀. 여자들이 모두 이렇다면 너무 심한 거야. 다른 여자들은 그렇지 않을 거라고 생각해. 그렇다면 나 혼자만 나쁜 여자란 말이군. 그렇다면 내 영혼이 정상이 아니라는 말이네. 그건 내게 올바른 감정이 결여되어 있다는 말이야. 노(老)니마이어가 언젠가 내게 말해주었지. 내가 아직 어린애였을 때였지. 그는 올바른 감정이 중요하다고 했어. 그 감정이 있으면 나쁜 일이 일어나지 않고 그게 없으면 이른바 악마라고 하는 게 우리들을 지배하게 된다고 했지…… 아아, 하나님 자비를 베풀어주소서, 난 그렇게 되어버린 걸까요?"

그녀는 머리를 양팔에 묻고 슬피 울었다. 다시 몸을 일으켰을 때 그녀는 얼마간의 평정을 되찾고 다시 한 번 정원으로 눈길을 돌렸다. 주위는 고요했다. 비라도 내리려는 듯 가늘고 나지막한 소리가 플라타너스 가로수 쪽에서 들려왔다.

그렇게 잠시 시간이 흘렀다. 마을의 길 쪽에서 야경 도는 쿨리케 할아버지가 시각을 알리는 소리가 들려왔다. 그 소리도 이내 잠잠해졌을 때 이번에는 열차의 덜컹거리는 소리가 멀리서부터 점점 가까이 들려왔다. 그것은 호엔 크레멘으로부터 반 마일쯤 앞으로 통과하는 열차였다. 그 소리도 점차 가늘어지다가 아예 들리지 않게 되었다. 달빛만이 잔디밭 위로 비치고 있었고 플라터너스 위로 여전히 조용하게 비 내리는 듯한 소리가 스쳐가고 있었다. 그것은 비가 아니라 밤바람의 살랑거림이었다.

25

다음 날 저녁때 에피는 베를린에 도착했다. 인스테텐과 롤로가 역으로 마중 나왔다. 롤로는 그들 부부가 마차를 타고 이야기를 나누며 티어가르텐 공원을 지나갈 때 그 옆에서 뛰어갔다.

"당신이 약속을 지키지 않을 거라고 생각했었소."

"그렇지만 게르트, 전 약속을 지켜요. 가장 중요한 일인걸요."

"그런 말은 하지 않는 쪽이 좋겠소. 항상 약속을 지킨다는 건 어려운 일이오. 누구라도 때로는 지킬 수 없을 때가 있지. 잘 생각해봐요. 당신이 집을 구하러 간 뒤 난 케쎈에 남아 기다리고 있었소. 그때 돌아오지 않았던 건 바로 에피 당신이었소."

"하지만 그건 다른 얘기죠."

그녀는 "제가 몸이 아팠잖아요"라고 말하고 싶지 않았고 그렇게 말했더라도 인스테텐은 귀담아들을 것 같지 않았다.

"자, 에피, 우리들의 베를린 생활은 이제부터가 시작이오. 우리가 이사 온 때인 4월은 사교 기간이 이미 끝나갈 때여서 인사 방문도 겨우 했을 정도였소. 빌러스도르프는 우리와 친한 유일한 사람인데 유감스럽게도 독신이오. 또 6월이 되면 너 나 할 것 없이 휴가를 가오. 내려진 커튼을 보면 백 보쯤 앞에서도 '전원 여행 떠남'이란 문구를 읽을 수 있다더군. 그 말이 진짜든, 가짜든 마찬가지지…… 그러니 우리에게 남은 일이 무엇이 있었겠소? 사촌인 브리스트와 잡담을 하거나 힐러에 나가 식사를 했었지. 그건 진짜 베를린 생활이 아니오. 그렇지만 이제 앞으로는 달라질 거요. 우리가 초대할 만한 활기 있는 고문관의 이름은 모두 메모해놨소. 우리도 그렇게 합시다. 우리집에 손님을 청해봅시다. 겨울이 되면 본부관청에서 말들을 하겠지요. '현재 이곳에서 가장 사랑스런 부인은 인스테텐 부인이지'라고 말이오."

"어머나, 게르트, 당신답지 않으시네요. 여자에게 알랑거리는 남자 같은 말을 하시다니."

"오늘은 결혼기념일이오. 날 대범하게 용서해주어야지."

관구장으로서의 시절은 조용한 생활이었지만 이번에는 좀더 활기 있는 사교적인 생활을 하고 싶다는 게 인스테텐의 진심이었다. 자신을 위해서도 그럴뿐더러 에피를 위해서도 더욱 그러했다. 그러나 처음엔 시기도 아직 이르고 하여 사교 활동은 미미할 뿐이었고 어쩌다 가끔 개별적인 경우가 있을 뿐이었다. 지나간 반년의 세월이 새로운 생활에 가져다준 가장 좋은 점은 가정 내에서의 생활이었다. 빌러스도르프가 자주 방문해왔고 사촌 브리스트도 왔다. 그들이 오면 한 층 위에 사는 젊은 기치키 부부를 불러왔다. 기치키는 지방판사고 영리하고 활기 있는 그의 부인은 원래 슈메타우 가문 출신이라고 했다. 그들은 때때로 음악을 연주하고 짧은 기간 동안 카드놀이의 하나인 브리지까지 시험 삼아 해보았으나 결국은 서로 이야기를 나누는 게 더 재미있어 그만두었다. 기치키 부부도 얼마 전까지 오버슐레지엔의 조그마한 도시에 살았으며 이미 오래전 일이긴 하지만 포젠 지방의 여러 시골 동네에서도 살았었다. 그 때문에 과장과 특별한 애정을 기울여 저 유명한 풍자시를 인용하곤 했다.

슈림의 거리는 빈민가, 로오간젠은 어쩔 수 없이 연명하는 곳
정말 원통하고 저주스러운
자무다행(行)이여.*

그럴 때 누구보다도 유쾌해지는 것은 에피였고 그것이 또 활력소가 되어 조그마한 시골 동네 이야기가 연이어 쏟아졌다. 케씬도 물론 화제에 올라서 기스휘블러와 트리펠리, 산림감독관 링과 지도니 등 화제는 끊이지 않았다. 인스테텐도 기분이 좋을 때면 쉽게 그만두려 하지 않고 "음, 케씬 이야기요" 하고 말했다. "우리 케씬에 사실상 인재가 풍부하다는 점을 난 인정하오. 맨 먼저, 크람파스 소령이 있어요. 이 사람은 상당한 미남으로 반은 바바로사인인데, 이해할 수 없다고 해야 할지 당연하다고 해야 할지 모르겠지만, 제 집사람은 그 남자에게 대단한 매력을 느낀 것 같아요."

"당연하다고 해야겠지" 하고 빌러스도르프가 말참견을 했다.

"그럴 만한 게 그 사람은 클럽의 회장이었고 연극에서 정부(情夫)나 탕아(蕩兒)역의 연기를 했으니까요. 뿐만 아니라 어쩌면 거기에다 테너 가수였을지 모르죠."

인스테텐은 모두 다 긍정했고 에피도 웃으면서 그에게 보조를 맞추려

---

* 슈림, 로오간젠, 자무다는 모두 폼멜 지방의 소도시다.

고 애썼다. 그렇지만 적지 않은 노력이 필요했다. 그런 다음 손님들이 돌아가고 인스테텐이 아직 한 묶음의 서류 작업을 마무리하기 위해 그의 방으로 들어가면 그녀는 또다시 새삼스레 갖가지 옛 상념에 시달렸다. 마치 그녀의 뒤에 어떤 그림자가 붙어 다니고 있는 듯한 기분이었다.

이렇게 가슴 조이는 기분은 그녀에게 여전히 남아 있었지만 점차 뜸해지고 또 가벼워졌다. 그리고 그 사실은 그녀의 생활 속에서도 의심할 여지없이 나타났다. 인스테텐뿐 아니라 보다 관계가 먼 사람들 모두 그녀를 사랑해주었을뿐더러 특히 장관 부인은 자기 자신이 아직 젊은 여성인 탓인지 거의 애정 어린 우정을 보여주었다. 이런 모든 상황은 지난 세월의 걱정이나 불안을 상당히 완화시켜주었다. 그리하여 2년째가 될 무렵엔 황후가 새로운 기금을 만들 때 '추밀고문관 부인'을 선택하여 귀부인 그룹에 들었고 궁정무도회 때는 빌헬름 노황제가 익히 듣고 있던 이 젊고 아름다운 부인에게 손수 정중한 말을 걸어올 정도가 되었다. 이때부터 그럭저럭 그녀의 꺼림칙한 기억도 점차 희미해졌다. 그건 확실히 존재했던 일이긴 하지만 멀고도 먼 다른 곳에서의 일이어서 다른 천체에서 일어난 사건인 것 같았으며 모든 것이 안개 속의 모습처럼 꿈으로 변했다.

호엔 크레멘의 부모가 때때로 놀러 와서 부부의 행복을 기뻐했고 안니도 무럭무럭 잘 자랐다. 브리스트의 말로는 '할머니처럼 아름다웠다.' 만일 이렇듯 맑게 갠 하늘과 같은 생활에 한 점의 구름이 끼어 있다면 그것은 언젠가는 작은 안니의 성(姓)이 달라질 것이란 점이었다. 이 점은 예측하지 않을 수 없는 일이었다. 인스테텐 가는 완전히 사라질 운명임에 틀림없었다(왜냐하면 같은 성을 가진 사촌들도 없기 때문이었다). 브리스트는 원래 브리스트 가밖에 생각하지 않았기 때문에 다른 가문의 족속에 대해서는 자칫 가볍게 여기는 경향이 있어, 인스테텐 가의 문제를 이따금 농담거리로 삼기도 했다.

"이봐요, 인스테텐. 이 상태로 간다면 안니는 은행가와 결혼하게 될 것 같구먼. (되도록이면 기독교 신자라면 좋겠지만 말이야.) 그런 은행가가 있다고 가정하면 말일세. 그렇게 된다면 폐하께서도 예전의 인스테텐 남작 가를 배려하셔서 안니가 낳은 재벌 형제에게 '인스테텐 가로부터'란 이름을 붙여 『계도연감』*에 남겨주시겠지. 혹시나 프로이센의 역사에 존속시킬지도 모르지만 이쪽은 뭐 별로 중요하지는 않지."

이런 설명을 들으면 당사자인 인스테텐은 늘 대답하기 난처했다. 브리스트 부인은 어깨를 으쓱했고 이에 비해 에피는 정말 유쾌한 듯이 듣고 있었다. 그녀는 귀족으로서의 자존심을 갖고 있었지만 그것을 그녀 개인에게 국한시켰다. 세련되고 세상물정에 밝은 부유한 대은행가를 사위로 둔다는 건 그녀의 뜻에 결코 어긋나지는 않았다.

그렇다. 에피는 젊고 매력 있는 여성들이 그러하듯 상속 문제 따위는 가볍게 생각했다. 제법 오랜 시간이 흘렀을 때—그러니까 그들이 새로운 지위를 가진 지 벌써 7년째 되었을 때— 산부인과 계통에서는 다소 명성이 나 있는 노(老)룸쉬텔은 브리스트 부인의 주선으로 에피의 건강에 관한 상담을 해주었다. 룸쉬텔은 슈발바흐**로 갈 것을 권했다. 그런데 에피가 겨울 이후 카타르성 질환이 생겼고 폐 진찰도 두세 번 받았으므로 결국 다음과 같은 결론이 나오게 되었다.

"그러면 부인, 우선 슈발바흐에 가세요. 그곳에서 3주일 정도 계시고 그 후에 3주간 엠스***에 가세요. 엠스에서 요양을 할 때 주인양반이 함께

---

* 1848년 이래 간행되고 있던 귀족 계도연감(系圖年鑑).
** 타우누스 지방의 온천지로 빈혈과 부인병에 효험이 있다고 함.
*** 헤센의 온천지로 카타르성 질환, 부인병에 효험이 있다고 함.

하셔도 좋습니다. 그렇게 따지면 3주일간 별거하는 셈이죠. 이것 이상의 처방은 드릴 수 없습니다. 친애하는 인스테텐."

그들 부부는 그의 제의에 동의했다. 거기에 하나 더 덧붙여 츠비커 부인이라는 추밀고문관 미망인과 같이 가기로 했다. 브리스트의 말에 따르면 '이 미망인을 보호하기 위해서'였다. 그의 말이 타당하지 않은 것도 아니어서 츠비커 부인은 벌써 마흔 가까이 되었음에도 불구하고, 에피 이상으로 보호를 필요로 하는 여성이었다.

인스테텐은 이번에도 업무가 바빠서 슈발바흐는 말할 것도 없고 엠스에서 함께 생활하는 것조차 힘들 것 같다고 푸념했다. 어쨌든 출발은 성 요하니스의 날인 6월 24일로 정해졌다. 로즈비타가 짐을 꾸리고 내의류를 정리하는 일을 거들었다. 에피는 로즈비타에게 변함없이 호감을 갖고 있었다. 스스럼없고 마음 편하게 과거의 일을 이야기할 수 있는 상대는 그녀 한 사람밖에 없었다. 케쎈이나 크람파스에 대한 것, 중국인이나 톰젠 선장의 조카딸에 관한 것, 무엇이든 그녀에게는 이야기할 수 있었다.

"이봐요, 로즈비타. 로즈비타는 가톨릭 신자죠. 그런데도 고해성사에는 전혀 가지 않아요?"

"네."

"어째서 그렇죠?"

"전에는 갔었습니다만 진실을 말하진 않았습니다."

"그건 좋지 않아요. 그럼 물론 도움이 되지 않았겠네."

"아이, 마님. 우리 마을에서는 모두 그랬답니다. 킬킬 웃기만 하는 사람도 있었어요."

"그럼 로즈비타는 예를 들어 가슴에 무언가 맺힌 게 있다면 그걸 털어 내버리는 편이 더 행복할 거라고 느낀 적은 없어요?"

"없습니다, 마님. 물론 걱정되는 일은 있었지요. 아버지가 불에 달군 쇠몽둥이를 들고 저를 쫓아올 때였어요. 그땐 정말 무서웠습니다. 하지만 그것뿐이었습니다."

"하나님은 무섭지 않아요?"

"그렇지 않습니다. 저와 같이 자기 친아버지를 무서워했던 사람은 하나님을 그리 무서워하지 않지요. 사랑하는 하나님은 선량하시니까 저 같은 가엾은 것을 도와주실 거라고 늘 생각합니다."

에피는 미소 지으며 대화를 중단했다. 그녀는 불쌍한 로즈비타의 지금 같은 말투가 자연스레 여겨졌다. 그녀는 말했다.

"이봐요, 로즈비타. 내가 돌아오면 다시 한 번 서로 진지하게 이야기 하기로 해요. 그것은 실상 큰 죄였어요."

"아기 이야기 말씀입니까? 아기가 굶어 죽은 것 말이에요? 네 마님, 그렇습니다. 하지만 제가 그렇게 한 게 아닙니다. 죄를 지은 건 딴사람들이었어요…… 그리고 또 아주 옛날 일이었죠."

26

에피의 요양이 5주째로 접어들었다. 에피는 자주 편안하다는 내용의 유쾌한 편지를 보내왔다.

"엠스에 온 후로는 사람들 속에서 사는 느낌이 들고 생활은 편안하고 즐거워요. '사람들 속에서'란 '남자들 가운데서'를 뜻하고, 슈발바흐에서 남자는 예외적으로밖에 볼 수 없었어요. 동행한 추밀고문관 부인 츠비커 부인은 이 남자들의 존재가 요양에 필요한지 아닌지를 문제 삼았어요. 그 여자는 입으로는 단호하게 부정했지만 표정은 물론 그 반대를 나타내고 있었죠. 츠비커 부인은 상당히 매력적이고 약간 분방한 성격으로 아마 과거를 가진 여자라고 생각되지만 아주 재미있는 분이에요. 그분에게 여러 가지를 배울 수 있어요. 제가 스물다섯 살이나 됐으면서도 부인과 사귄 후론 마치 제가 어린애 같은 생각이 들어요. 또 부인은 대단한 독서가로 외국 문학에도 정통해요. 일전에 제가 『나나』얘기를 꺼내어 '정말 그렇게 전율적인가요?' 하고 물었더니 츠비커 부인은 '어머나, 친애하는 남작부인. 전율적이라는 게 무슨 뜻이죠? 아무튼 아주 다른 뭔가가 있어요'라고 대답했어요."

이런 식으로 편지를 쓴 뒤에 이어 "츠비커 부인은" 하고 에피는 편지를 계속했다.

"제게도 그 '다른 뭔가'를 가르쳐주려고 했습니다만 사양했어요. 당신은 이러한 것, 또는 그와 유사한 것을 그 시대 부도덕의 원인이라고 생각하시지요. 그걸 저는 잘 알고 있기 때문이에요. 저도 당신의 생각이 타당하다고 여겨요. 제 건강 상태는 좋아졌다고는 할 수 없어요. 게다가 엠스는 분지여서 모두들 심한 더위로 고생하고 있어요."

인스테텐은 이 마지막 편지를 읽고 복잡한 기분을 느꼈다. 그런대로 유쾌해지기도 했으나 역시 좀 마음에 걸리는 데가 있었다. 츠비커 부인은 엉뚱한 길로 이끌리는 성벽을 가진 에피에게는 적합하지 않은 듯했다. 그렇지만 인스테텐은 그런 이야기를 편지에 쓰지는 않았다. 우선 그런 편지를 보냄으로써 그녀의 기분을 언짢게 하고 싶지 않았다. 그보다 그렇게 쓴다고 해도 별 효과가 없을 것이라 생각했기 때문이었다. 그는 오로지 그녀가 집으로 돌아오기를 학수고대했다. 그리고 근무에서 '항상 정확하기'*는커녕 요즘 본청고문관 일동이 모두 휴가를 떠났거나 떠나려 하고 있어서 평소보다 두 배의 시간을 혹사당하고 있다고 투덜댔다.

인스테텐은 이와 같은 격무와 고독이 끝나기를 고대하고 있었다. 그와 비슷한 감정이 그의 집 부엌에도 번지고 있었다. 안니는 학교 수업이 끝난 뒤 부엌에서 시간을 보내는 걸 가장 좋아했다. 그것은 로즈비타와 요한나가 모두 안니를 귀여워하고 있으며, 또 두 하녀들이 예나 지금이나 매우 사이가 좋다는 점에 비추어 지극히 자연스런 일이었다. 두 하녀의 사이가 좋다는 사실은 이 집을 드나드는 많은 친구들의 화제에 즐겨 올랐다. 예를 들어 지방판사 기치키는 빌러스도르프에게 이런 이야기를 했다.

" '주변에 뚱뚱한 사람들을 두어라'**고 하더니 이 두 사람은 이 교훈의 산 증인이군요. 시저는 인간에 대해 상당히 정통한 사람으로 너그러운 성격이나 사교성 등은 본래 앙봉퐁***의 사람들이 소유하고 있다는 걸 알았죠."

실제로 로즈비타도 요한나도 비만이라 할 정도의 체격을 갖고 있었다. 다만 이런 경우에 어차피 사용되어야 하는 외국어가 로즈비타에게는 다소 분에 넘치는 면이 있었지만 반대로 요한나에게는 알맞은 표현이었다. 사실 요한나는 뚱뚱하다고 할 정도는 아니었다. 몸집이 터질 듯 팽팽했고 표준적인 가슴 위로 언제나 독특하면서도 잘 어울리는 당당한 외모를 갖고 있었으며, 푸른 눈으로 사람을 똑바로 쳐다보는 습관이 있었다. 그녀는 훌륭한 가정에서 품위와 예절을 갖추고 봉사하고 있다는 자부심 속에서 살았다. 따라서 반쯤 농사꾼 여자의 냄새를 풍기는 로즈비타에게 대단한 우월감을 갖고 있었다. 요한나는 주인으로부터 총애를 받고 있는 로즈

---

* 실러의 『피츠콜로미니 부자』에서 인용함.
** 셰익스피어의 『줄리어스 시저』에서 인용함.
*** embonpomt. 비만 체질.

비타에 대해 이따금 미소를 지을 뿐이었다. 주인 마님의 총애가 구태여 있다고 한다면 그것은 달군 쇠막대를 휘둘렀다는 자기 부친의 얘기만을 늘 지껄이는 어수룩한 로즈비타에게 갖는 호기심에서 나온 작은 친절이라고 볼 수 있다. 요한나는 마음속으로 좀더 고상하게 굴면 그렇게는 되지 않으련만 하고 생각했지만 입 밖에 내지는 않았다. 이것이 바로 평화적 공존이라는 것이었다. 그밖에 다음과 같은 상황이 그 평화와 조화를 특히 돕고 있었다. 즉 둘 사이에는 어떤 묵계 같은 것이 있어서 안니를 상대하고 교육시키는 과정에서 이 두 하녀는 각각 업무를 분담하고 있었다. 로즈비타는 동화와 역사 이야기를 들려주는 정서적 부문을 맡았고, 요한나는 예절, 몸치장 등을 맡았는데 그 경계가 엄격히 구분지어져 있어서 갈등 같은 것은 거의 생기지 않았다. 안니는 확실히 고상한 아가씨로 자랄 성향을 보였다. 그것이 요한나가 다시없는 좋은 선생 역할을 하게 했다.

다시 말하면 안니의 눈으로는 두 하녀 사이에 우열을 가릴 수 없었다. 그러나 요즘 며칠간은 에피의 귀가를 환영하는 준비가 있어서 로즈비타가 그녀의 라이벌보다 한 걸음 앞서 있었다. 환영에 관한 모든 일은 그녀가 담당할 사항에 속했기 때문이었다. 환영 준비의 초점은 화환에 붙이기로 한 꽃 글자와 마지막의 시 낭독에 있었다. 화환의 꽃 글자를 W로 할 것인지 E · V · I로 할 것인지로 한참 망설였으나 W 자를 물망초 꽃으로 엮어보자는 의견이 채택되어 화환은 잘 만들어졌다. 그러나 시는 그와는 달리 더욱 어려운 문제가 될 것같이 보였다. 로즈비타가 용기를 내어 공판에서 돌아오는 지방판사를 2층 계단에서 붙들고 시를 지어달라는 청탁을 하지 않았더라면 그저 속수무책이었을 것이다. 호인인 기치키 판사는 즉석에서 약속해주었고 그날 저녁 무렵 자기 집의 요리하는 하녀를 통해 기대에 부푼 마음을 담은 시 한 편을 보내왔다. 그 내용은 다음과 같았다.

엄마, 기다렸어요.

몇 주일, 몇 날, 몇 시간을.

자아, 환영이에요.

현관에서, 발코니에서.

화환도 엮어놨어요.

즐거움에 찬 아빠의

웃음도 있어요.

부인이 안 계시고,

엄마가 안 계셨죠.

그런 나날은

이제 끝났기 때문이에요.

로즈비타는 싱글벙글.

요한나도 함께

그리고 안니는

구두 벗고 뛰어올라요.

큰 소리로 외쳐요.

환영이에요. 환영이에요.

같은 날 저녁에 시가 암송된 것은 당연한 일이었다. 그와 병행하여 작품의 아름다운 면과 아름답지 못한 면에 대한 비판도 있었다. 요한나는 시에서 특히 부인과 엄마가 안 계신다고 강조된 것이 얼핏 보면 물론 괜찮아 보이지만, 역시 어쩐지 역겨운 느낌을 준다고 말했다. 그리고 만일 그녀 자신이 '부인과 엄마'라면 기분이 상할 것이라고 말했다. 안니는 그 말을 듣고 내심 염려가 되어 그다음 날 담임인 여선생님에게 시를 보여주겠다고 약속했다. 그녀가 돌아와서 하는 말은 "여선생님은 '부인과 엄마'라는 표현에는 그런대로 동의했지만, 그보다는 로즈비타와 요한나에 대한 시 구절에 반대한다"라는 이야기였다. 그 말을 듣고 로즈비타는 그 여선생은 정말 바보며 공부를 너무 해서 그렇게 됐나보다고 서슴지 않고 말했다.

두 하녀와 안니가 시와 시평에 관한 대화를 나눈 것이 수요일이었다. 다음 날 아침 기다리던 에피의 편지가 왔다. 이 편지는 에피의 도착 날짜가 다음 주말이 아닐까 생각됐던 의문을 확실히 풀어주었다. 인스테텐은 여전히 관청에 나갔다. 정오가 가까웠고 학교가 파했다. 안니는 책가방을 등에 메고 운하에서 카이로 가로 꺾어져 집으로 돌아왔다. 안니는 집 앞에서 로즈비타와 마주쳤다.

"이봐요. 로즈비타" 하고 안니가 말했다. "계단 오르기 놀이 하지 않을래요? 누가 빠른가."

로즈비타는 그런 달리기 시합은 딱 질색이었으나 안니는 재빨리 뛰어 올라갔다. 그러다가 위쪽 계단에 도착하면서 헛발을 디뎌 계단 바로 옆에 놓여 있던, 구두의 흙을 긁어내는 쇠에 이마를 다치는 불상사가 벌어졌다. 피가 많이 났다. 로즈비타는 허둥지둥 헐떡거리며 뒤쫓아 올라와 재빨리 초인종의 끈을 당겼다. 요한나는 약간 불안해하는 아이를 업고 당황하여 어찌해야 할지를 몰랐다.

"빨리 의사를 부르자…… 아니야, 누군가가 가서 주인어른을 오시도록 해야 해. 문지기 집 레네도 틀림없이 학교에서 돌아와 있을 거야."

그러나 그 의견은 시간이 너무 걸릴 것 같고 빨리 손을 써야 했기 때문에 받아들여지지 않았다. 그들은 안니를 소파에 눕히고 찬물 찜질을 했다. 상태가 좋아진 듯하여 두 사람은 그제서야 안심이 되었다.

"그럼 붕대를 감아주어야지" 하고 로즈비타가 말했다.

"기다란 붕대가 틀림없이 있을 거야. 지난겨울에 마님이 빙판에서 발을 삐셨을 때 손수 붕대를 자르셨어……"

"그래, 그래" 하고 요한나가 말했다.

"하지만 어디에 있을까…… 이제 생각났어. 재봉 탁자 속이야. 자물쇠가 달려 있을지는 모르지만 장난감 같은 자물쇠야. 로즈비타, 쇠 지렛대를 가져다줘. 뚜껑을 비틀어 열 테니까."

이렇게 둘은 직접 그것을 비틀어 열고 상자 속을 뒤지기 시작했다. 위에서 아래까지 휘저어보아도 말아놓은 붕대는 보이지 않았다.

"내가 그걸 본 게 틀림없는데" 하고 로즈비타는 다소 초조해하면서 손에 닿는 것을 닥치는 대로 넓은 창틀 위로 끄집어냈다. 바느질 도구, 바늘쌈지, 꼰 실과 비단실 뭉치, 말라버린 조그마한 제비꽃 꽃다발, 엽서, 카드들, 그리고 마지막엔 한 묶음의 편지들이 있었다. 그것은 셋째 단 안에 있는 상자 바닥 가장 안쪽에 빨간 명주실 끈으로 감겨져 있었다. 그러나 붕대는 보이지 않았다.

그 순간 인스테텐이 방으로 들어왔다.

"어머나!" 하고 로즈비타가 깜짝 놀라며 안니의 옆에 가서 섰다.

"아무것도 아닙니다. 아씨가 구두의 흙을 긁어내는 쇠 위에 넘어지셨지요…… 마님이 뭐라고 하실지…… 하지만 마님이 안 계셔서 다행이에요."

그사이에 인스테텐은 임시로 대놓은 천을 벗겨냈다. 찢어진 상처치고는 깊었지만 별다른 위험은 없다는 걸 알았다.

"대단하지 않아요" 하고 그는 말했다. "그렇지만, 로즈비타, 일단 룸쉬텔 선생을 모셔와요. 레네에게 다녀오라고 하는 게 좋겠지. 이 시간엔 한가할 거야. 그런데 이 재봉 탁자는 도대체 어떻게 된 거야?"

로즈비타는 사실은 붕대를 찾고 있었는데 차라리 새 아마포를 자르는 게 낫겠다고 얘기했다.

인스테텐은 그녀의 말에 찬성했다. 이윽고 두 하녀가 방을 나가자 그는 아이 옆에 앉았다.

"아니, 넌 좀 말괄량이 같은 데가 있어. 엄마를 닮아서 마치 회오리바람 같구나. 하지만 그렇게 말괄량이같이 행동하면 이로울 게 없어. 이것 봐. 기껏해야 이 모양이지" 하고 상처를 가리키며 키스해주었다.

"그렇지만 울지 않았구나. 착하지. 그 때문에 말괄량이 짓도 이번은 용서해주지…… 한 시간 후에 의사가 오실 거야. 뭐든지 의사 선생님 말씀대로 해야 해. 붕대로 매어주면 잡아당긴다든지 누른다든가 하면 안 돼. 곧 나을 거야. 엄마가 돌아오실 때쯤에는 다 나을 거야. 깨끗이 나을 거라고는 장담 못 해도 거의 그렇게 되겠지. 아직 일주일간의 시간이 있어 다행이군. 다음 주말에 온다고 씌어 있어. 지금 막 엄마 편지를 받았단다. 안니에게 안부 전하래. 네 얼굴을 다시 보게 되어 기쁘다고 하셔."

"아빠, 그 편지를 제게 읽어주실 수 있어요?"

"그렇게 하고말고."

그러나 그렇게 하기 전에 요한나가 식사 준비가 다 됐다고 알려왔다. 안니는 다쳐서 아팠지만 일어났다. 아버지와 딸은 식탁에 앉았다.

27

인스테텐과 안니는 한동안 아무 말도 하지 않고 마주앉아 있었다. 어색한 침묵을 깨기 위해 인스테텐은 안니에게 여교장선생님에 관해 몇 마디 물어보기도 하고 어느 여선생님을 가장 좋아하는지도 물어보았다. 안니 역시 대답은 했지만 그저 시큰둥했다. 인스테텐이 사실 별 관심 없이 그렇게 물어볼 뿐이란 걸 알고 있었기 때문이었다. 요한나가 안니에게 두 번째 음식 다음에 아직도 먹을 게 더 있을지 모른다고 속삭였을 때야 비로소 분위기가 한결 좋아졌다. 요한나의 말은 맞았다. 마음씨 착한 로즈비타가 운수 나쁜 날 귀염둥이 안니를 다치게 한 것은 자신의 잘못이라고 생각한 나머지 사과의 의미로 사과 조각을 넣은 오믈렛을 만들어주었던 것이었다.

오믈렛을 보자 안니는 점차 말문을 열게 됐고 인스테텐의 기분도 좋아진 듯 보였다.

이때 초인종이 울리고 룸쉬텔이 매우 점잖은 모습으로 들어왔다. 그는 방 안의 분위기에 대해 아무것도 눈치 채지 못하고 사람들이 그에게 와서 인스테텐의 집에 가봐달라는 부탁을 해서 왔다고 말했다. 그는 젖은 헝겊을 안니의 이마에 얹어둔 걸 보고 만족해하며 "아세트산납을 갖고 오게 하십시오. 그리고 안니는 내일은 집에서 쉬도록 해주세요. 절대 안정시켜야 해요"라고 말한 뒤 사모님의 안부를 묻고 엠스 소식을 물었다. 룸쉬텔은 그 이튿날 다시 와서 진찰하겠다고 말했다.

식사를 마치고 그들은 조금 전에 붕대를 열심히 찾았던 옆방으로 들어가 안니를 다시 소파에 눕혔다. 요한나가 와서 안니의 곁에 앉았다. 한편 인스테텐은 창문가에 사방으로 뒤죽박죽 흩어져 있는 잡다한 물건들을 다시 재봉 탁자 속으로 정돈해 넣기 시작했다. 그는 어떻게 정리해야 할지 몰라 이따금 물어보았다.

"편지들은 원래 어디에 놓여 있었지, 요한나?"

"맨 밑에 바로 이 칸 속에 있었어요"라고 요한나는 대답했다.

그렇게 묻고 대답하는 동안에 인스테텐은 빨간 실로 묶여진 조그마한 꾸러미를 좀더 주의해서 살펴보았다. 그 속에 있는 것은 편지라기보다 오히려 여러 장이 한 묶음으로 된 쪽지들이었다. 인스테텐은 이 쪽지 뭉치를 마치 카드를 다루듯 엄지와 검지손가락으로 한 귀퉁이를 쥐고 밀어보았다. 몇 줄의 글, 아니 정확히 말해서 몇몇 단어들이 얼핏 그의 눈에 띄었다. 분명하지는 않지만 그 필체를 어디선가 본 적이 있다는 생각이 들었다.

"요한나, 커피 좀 가져다주지 않겠소? 안니도 반잔만 마실 수 있도록. 의사가 금하지 않았으니까. 금하지 않은 것은 먹어도 괜찮다는 얘기 아니겠어."

그는 그렇게 말하면서 쪽지를 묶은 빨간 실을 풀었다. 요한나가 방에서 물러가자 재빨리 꾸러미 속에 든 내용물을 손가락으로 모두 끄집어내었다. 두세 통의 편지에만 주소가 적혀 있었다.

"인스테텐 관구장 부인 귀하" 그는 이내 곧 그 필체를 알아보았다. 그것은 소령의 필체였다. 인스테텐은 크람파스와 에피가 서로 편지를 주고 받은 줄은 까맣게 몰랐다. 그의 머릿속에서 모든 것이 빙빙 돌기 시작했다. 그는 그 꾸러미를 품에 넣고 자신의 방으로 들어갔다. 잠시 후에 요한나가 커피를 가져왔다는 표시로 문을 두드렸다. 인스테텐은 대답은 하면서도 그냥 그대로 있었다. 모두가 조용했다. 15분쯤 지나서야 사람들은 다시 그가 양탄자 위를 왔다갔다하며 걷는 소리를 들었다.

"아빠가 뭣 때문에 저러시지?"

요한나가 안니에게 물었다.

"의사는 분명히 아무것도 아니라고 아빠께 말씀하셨는데요."

그렇게 방 안을 왔다갔다하는 소리가 얼마 동안 계속됐다. 드디어 인스테텐이 다시 옆방에 나타나서 말했다.

"요한나, 안니가 소파에 조용히 누워 있도록 보살펴줘요. 난 한 시간 내로 다녀오겠지만 어쩌면 두 시간이 걸릴지도 모르겠소."

그는 아이를 주의 깊게 바라본 후 나갔다.

"아빠의 안색이 어떤지 봤어요. 요한나?"

"그래요, 안니 아씨. 아빠는 분명 커다란 걱정거리를 갖고 계시는 듯해요. 아주 창백한 얼굴이셨어요. 그런 얼굴빛을 한 아빠를 난 이때까지 본 적이 없어요."

몇 시간이 흘렀다. 인스테텐이 다시 돌아왔을 때는 해는 이미 졌고 붉은 노을만이 아직도 건너편 지붕 위에 머물고 있었다. 그는 안니에게 악수하며 기분이 어떠냐고 물었다. 그리고 요한나에게 그의 방으로 램프를 갖고 오라고 지시했다. 램프가 왔다. 녹색의 램프 갓에는 반투명의 타원형 사진 몇 장이 끼워져 있었다. 모두 그의 아내의 사진들이었다. 케센에서 비헤르트의 「외도」에 출연했을 때 같이 무대에 올랐던 여러 사람들과 찍은 것이었다. 인스테텐은 왼쪽에서 오른쪽으로 천천히 램프 갓을 돌리면서 정성껏 하나하나 들여다보았다. 그다음 잠시 손을 멈추고 발코니의 문을 열었다. 그는 또다시 편지 묶음을 손에 들었다. 그중에서 옆으로 골라놓은 몇 통을 훑어보며 다시 한 번 나지막한 소리로 읽었다.

"오늘 오후에도 모래언덕의 풍차 뒤로 와주시오. 아더만 할아버지 집에서 우린 마음 놓고 얘기할 수 있습니다. 그 집은 아주 한적한 곳에 떨어져 있습니다. 모든 걸 그렇게 두려워할 필요가 없습니다. 우리들에게도 권리가 있습니다. 이점을 똑똑히 마음에 새겨두신다면 당신의 모든 무서움도 사라져버릴 것이라 여겨집니다. 도덕이란 것이 모두 그대로 지켜져야 한다면 우리 인생은 살 만한 가치가 없는 것입니다. 최고의 것은 항상 그 피안(彼岸)에 존재합니다. 기쁨을 배워보도록 하십시오."

"……당신은 떠나자는 얘기를 쓰셨군요. 도피는 불가능합니다. 난 내 아내를 저버릴 수가 없습니다. 더군다나 곤궁으로 내몰아칠 수가 없습니다. 그건 안 되는 이야기입니다. 우리는 그것을 가볍게 여겨야 합니다. 그렇지 않으면 우리는 가련해지고 파멸합니다. 가볍게 생각해버리는 게 우리가 할 수 있는 방책입니다. 모든 것이 운명이었습니다. 필연적으로 그렇게 되어버렸습니다. 당신은 그렇게 되지 않았기를, 우리가 아예 만나지 않았었기를 원하십니까?"

계속해서 세번째 편지를 읽어 내려갔다.

"……오늘 다시 한 번 옛 장소로 와주십시오. 당신 없이 이곳에서 어떻게 하루하루를 보내야 할까요! 이 황량한 보잘것없는 구석에서…… 전 미칠 것만 같습니다. 당신의 말씀이 옳은 것 같아요. 이것은 하나의 구원입니다. 우리들에게 이 이별을 마련해준 손을 결국 축복해야만 하겠습니다."

인스테텐이 막 편지들을 다시 치웠을 때 밖에서 초인종이 울렸다. 요한나가 와서 말했다. "고문관 빌러스도르프입니다."

빌러스도르프가 들어왔다. 그리고 첫눈에 무슨 일이 일어났구나 하는 것을 알아차렸다.

"죄송합니다. 빌러스도르프" 하고 인스테텐이 그를 맞이했다.

"오늘 이런 급작스런 호출을 해서 미안합니다. 전 누구에게든 저녁의 휴식시간을 방해하고 싶지 않습니다. 격무에 시달리는 본청고문관의 경우는 더군다나 그렇습니다. 그렇지만 아무래도 어쩔 수가 없었습니다. 편히 앉으십시오. 여기 여송연을 피우십시오."

빌러스도르프는 자리에 앉았다. 인스테텐은 다시 방 안을 왔다갔다했다. 그리고 그를 괴롭히는 불안을 감추려고 계속 그렇게 몸을 움직였다. 그러나 그렇게 움직이고 있을 수 없다는 걸 이내 알게 됐다. 그는 자신도 여송연 한 개비를 들고 손님과 마주 앉았다. 마음을 가라앉히려고 애를 쓰며 말을 꺼냈다.

"오시도록 부탁한 것은 두 가지 용건 때문입니다. 하나는 어떤 사람에게 결투 신청을 전달해주십사는 것이고, 다른 하나는 나중에 결투가 실시될 때 제 입회인이 되어주십사는 것입니다. 첫번째 부탁이 유쾌하지 않은 역할이라면 다른 쪽 용건은 더더욱 불쾌한 것이 되겠지요. 우선 당신의 대답을 주십시오."

"인스테텐, 당신도 아시다시피 당신의 부탁이라면 난 어떤 역할이라도 하겠습니다. 그러나 그게 무슨 일인지 알기 전에 간단한 질문 하나를 허락해주십시오. 그 결투가 불가피한 것입니까? 우리는 이미 그럴 나이가 지났습니다. 당신이 피스톨을 손에 들고 제가 거기에 입회할 나이가 이젠 아니라는 뜻이지요. 그렇다고 이 말을 부탁에 대한 거절이라고 오해하지 마십시오. 어떻게 제가 당신의 부탁을 거절할 수 있겠습니까. 그렇지만 무슨 영문인지 말씀해주십시오."

"제 아내의 정부(情夫)에 관한 얘기입니다. 그 정부는 동시에 제 친구였어요. 꼭 친구라고 말할 수는 없지만 친구나 다름없는 사람이었죠."

뷜러스도르프는 인스테텐을 가만히 바라보았다.

"인스테텐, 그건 불가능한 얘기입니다."

"충분히 가능한 일이에요. 확실한 일이죠. 이걸 읽어보십시오."

뷜러스도르프는 인스테텐이 내미는 것을 훑어보았다.

"이 편지들이 부인에게 온 것입니까?"

"그렇죠. 난 오늘 이것을 아내의 재봉 탁자에서 발견했어요."

"그럼 누가 이 편지를 썼습니까?"

"크람파스 소령이죠."

"그렇다면 그 사건은 당신이 케씬에 살고 있을 때 일이겠군요."

인스테텐은 고개를 끄덕였다.

"그럼 6년 전 일이겠습니다. 아니 그보다 반 년 더 전의 일인가봅니다."

"그렇죠."

뷜러스도르프는 아무 말 하지 않았다. 잠시 후에 인스테텐이 말했다.

"뷜러스도르프, 그 6년 혹은 7년이란 세월이 당신에게 영향을 준 듯 보이는군요. 물론 시효론(時效論)이란 게 있어요. 그러나 이런 경우에 우리가 그 시효론을 적용해야 할지 모르겠군요."

"저도 모르겠습니다"라고 뷜러스도르프가 말했다. "그리고 당신에게 솔직히 말씀드리면 바로 그 문제가 모든 일의 핵심인 듯합니다."

인스테텐은 놀란 눈으로 그를 쳐다보았다.

"진심으로 하시는 말씀입니까?"

"완전히 제 진심입니다. 말재간이나 궤변으로 장난할 일이 아닙니다."

"당신이 어째서 그렇게 생각하는지 알고 싶군요. 어떻게 생각하시는지 솔직히 말해주십시오."

"인스테텐, 당신의 처지는 불행하며 당신의 행복은 사라져버렸습니다. 그렇지만 당신이 그 정부를 총으로 쏴 죽인다면 당신의 인생은 두 배로 더욱 불행해질 것입니다. 피해를 입었다는 아픔에다 피해를 주었다는 아픔이 더 부가되어버립니다. 모든 것이 한 가지 문제점에 귀착됩니다. 당신이 꼭 그렇게 해야만 하는가 하는 문제입니다. 당신은 그 사람과 당신 둘 중에 어느 쪽이든 한쪽이 죽어야 할 정도로 당신의 명예가 손상되었고 모욕을 느꼈고 분개해 있다고 믿습니까? 그렇게 생각하십니까?"

"모르겠어요."

"당신은 아셔야 합니다."

인스테텐은 갑자기 일어나서 창가로 다가갔다. 그러고는 완전히 신경질적 흥분에 사로잡혀서 손가락으로 유리창을 톡톡 두드렸다. 그런 다음 별안간 몸을 다시 돌려서 빌러스도르프에게 다가가 말했다.

"아니, 그런 것이 아닙니다."

"그럼, 어떤 생각이십니까?"

"이런 것이죠. 즉 저는 무한히 불행하며 훼손당했고 지독한 사기를 당했어요. 그러나 그럼에도 불구하고 증오심을 갖는다거나 복수심에 불타는 것은 전혀 아닙니다. 왜 그럴까 하고 나 자신에게 물어보면 우선 다름 아닌 세월이란 것의 위력 때문이라는 사실을 발견할 수 있어요. 흔히 사람들은 도저히 용서할 수 없는 죄가 있다고 얘기합니다만 신 앞에서나 인간 앞에서나 용서 못 할 죄가 있다고 단정하는 것은 잘못된 생각이라 여겨요. 시간이란 것이 순수하게 그 자체의 위력으로 용서할 수 없는 죄를 용서할 수 있도록 한다는 건 믿기 어렵지만 엄연한 사실입니다. 그리고 제가 아내를 증오하지 않는 또 다른 이유는 제가 아내를 사랑하고 있다는 사실이죠. 이런 말이 이상할진 모르지만 전 아직도 그녀를 사랑해요. 일어난 모든 일이 너무나 심하다고 여겨지긴 하면서도 전 아내의 사랑스러움, 천성적인 밝은 매력에 완전히 사로잡혀 있어서 자신도 모르게 제 깊은 마음 한구석에서 그녀를 용서해주고 싶은 감정을 느끼고 있지요."

뷜러스도르프는 고개를 끄덕였다.

"완전히 이해가 갑니다. 인스테텐. 저라도 틀림없이 그렇게 생각했겠지요. 그러나 당신이 이 일을 그렇게 생각하셨고 '나는 아내를 너무나 사랑하고 있기 때문에 모든 것을 용서할 수 있다'라고 제게 이미 말씀하셨으며, 하나 더 첨가해서 이 사건이 마치 다른 천체에서 일어난 것처럼 머나먼 일이라고 생각했다면, 무엇 때문에 결투를 하는 소동을 벌이시려는지 이편에서 오히려 묻고 싶습니다."

"그럼에도 불구하고 그것이 불가피하기 때문입니다. 저도 여러 가지로 곰곰이 생각해보았어요. 우리는 단순한 개인이 아니라 전체에 소속되어 있는 개인입니다. 따라서 전체라는 것을 항상 고려하지 않으면 안 됩니다. 우리는 철두철미 그 전체에 의존하고 있어요. 전체와는 별도로 혼자 살 수 있다면 전 그걸 그냥 인정할 수 있을 겁니다. 그렇다면 제게 부과된 짐만 그냥 짊어지기만 하면 되겠죠. 그리고 그렇게 될 경우 진정한 행복이야 있을 수 없겠지요. 그런 세계에서는 무수한 인간이 진정한 행복 없이 살아가야만 해요. 저도 그렇게 살아가야 할 것이고 또 살아갈 수 있겠지요. 그런 세계에서는 우리는 행복해야 할 필요가 없습니다. 행복을 요구할 권리 따위는 물론 추호도 없습니다. 자기의 행복을 강탈해간 인간을 이 세상에서 제거시켜야 한다는 필연성조차 없겠죠. 손해 본 쪽이 세상을 외면하고 계속 생존해가고 싶다면 손해를 끼친 상대방도 세상을 살아갈 수 있게 그대로 놔둘 수 있겠지요. 그렇지만 인간의 공동생활 가운데는 뭔가가 형성되어 있는 질서가 있어요. 그것은 부정할 수 없는 것이고 우리는 바로 그 어떤 법칙에 따라 모든 걸 판단하는 데 익숙해 있어요. 다른 사람들뿐 아니라 저 자신까지도 말이죠. 그 법칙을 거역할 수는 없어요. 그 법칙에 등을 돌리면 사회의 경멸을 받고 마침내는 자기 자신으로부터 경멸을 받죠. 그리고 급기야는 이들 경멸을 견뎌내지 못하고 자기 머릿속에 탄환을 쏘아 넣게 되죠. 당신에게 이런 연설을 늘어놓아서 미안해요. 각자가 수백 번씩이나 자기 자신에게 이야기해온 것입니다만. 그렇지만 도대체 누가 다른 새로운 얘기를 할 수 있겠어요! 그러니 다시 한 번 더 말씀드리자면 증오라든지, 그런 유의 감정이나 강탈당한 행복 때문에 제 손을 피로 적시려는 것은 아닙니다. 그러나 굳이 말씀드리자면 우리를 지배하는 사회적인 그 무엇은 매력이라느니 사랑이라느니 시효 따위를 문제시하지 않아요. 제겐 선택의 여지가 없어요. 저는 필연적으로 그렇게 해야 합니다."

"전 알 수가 없습니다, 인스테텐……"

인스테텐은 미소 지었다.

"당신은 스스로 결정하셔야 해요. 빌러스도르프. 지금이 10시입니다. 이것만은 말씀드리겠습니다만 여섯 시간 전에는 이 일이 아직 제 수중에 있어서 그때까지만 해도 아직 제가 좌지우지할 수 있었어요. 탈출구가 아직 있었죠. 그러나 지금은 더 이상 그렇게 못 해요. 지금 전 막다른 골목에 들어와 있어요. 굳이 말씀드리면 자업자득이었죠. 아마 제가 좀더 자제하고 신중을 기하여 모든 것을 제 마음속에 묻고 혼자 수습하고 처리해야 했을지도 모르겠어요. 그러나 그것은 제게 너무나 갑작스럽고 너무나 심각한 일이었어요. 때문에 제가 자신을 잘 다스리지 못했다고 질책하지 마세요. 전 당신에게로 가서 쪽지를 써두었죠. 그 순간부터 이 일은 제 손에서 떠난 것입니다. 제가 당신에게 쪽지를 쓴 그 순간부터 나의 불행보다 더욱 비중이 큰 내 명예의 오점(汚點)이 반쯤 남에게 알려지게 된 셈입니다. 그다음 여기서 당신과 이 문제에 관해 말을 주고받은 그 순간부터는 나의 오점은 완전히 세상에 알려지게 되었죠. 이렇게 해서 내 오점을 아는 사람이 세상에 있게 된 바에는 전 더 이상 뒤로 물러설 수 없게 되어 버렸습니다."

"이해할 수가 없습니다."

뷜러스도르프가 같은 말을 되풀이했다.

"전 케케묵은 옛 문구를 인용하고 싶진 않습니다만 아무래도 그것 이상 좋은 표현이 없군요. 인스테텐, '모든 비밀은 무덤 속처럼 제 가슴 속에 묻혀 있습니다.'"

"그렇습니다, 뷜러스도르프. 항상 그렇게들 말하죠. 그러나 완전한 비밀이란 것은 존재하지 않죠. 설령 당신이 약속을 지켜서 다른 사람에게 절대 비밀을 지켰다 하더라도 이미 당신 자신이 그 사실을 알고 있는 셈이니까요. 당신은 지금 제 말에 동감을 표시하여 '모든 면에서 이해할 수 있습니다'라고 말씀하지만, 그건 저를 구제해주지 못해요. 저는 지금 이 순간부터, 영원히 당신의 동정의 대상이 된 것이지요(벌써 그것만으로도 유쾌한 것은 아니지만), 그리고 제가 당신 앞에서 제 아내와 주고받는 말 한 마디 한 마디는 당신의 의사와 관계없이 당신의 감시 대상이 될 것입니다. 제 아내가 정절에 관한 얘길 한다든지, 혹은 다른 여성을 비판할 때 저는 도대체 어디로 눈을 돌려야 할지 모르게 될 것입니다. 제가 다소 모욕적이기는 하지만 별로 대수롭지 않은 얘기를 듣고 '그 남자에게 악의가 없으니까'라든가 그 비슷한 투의 호의적인 얘기라도 한다면, 당신의 얼굴에는 비웃음이 스치게 되겠죠. 그리고 당신은 속으로 '선량한 인스테텐, 모욕을 받고도 그 내용의 화학적인 분석에만 열심이시군. 이 사람은 한 번도 그런 일로 질식해본 경험이 없는 사람이니까'라고 말하겠죠. 빌러스도르프, 제 말이 옳지 않습니까?"

빌러스도르프는 일어섰다.

"당신의 얘기가 옳다는 것이 끔찍합니다. 그러나 당신의 얘기는 옳습니다. 저는 이제 더 이상 '불가피한 일입니까?'라는 질문으로 당신을 괴롭히고 싶지 않습니다. 아무튼 세상은 움직일 수 없습니다. 세상의 일은 '우리들'이 원하는 대로가 아니고 '다른 사람들'이 원하는 대로 돌아갑니다. 이런 현상을 사람들은 '신의 심판'이라고 그럴싸하게 말하지만 그것도 물론 허튼 짓입니다. 그건 받아들일 수 없는 얘기입니다. 거꾸로 우리들의 명예 숭배는 일종의 우상숭배인데 우상이 현존하는 한 그에 따를 수밖에 없습니다."

인스테텐은 고개를 끄덕였다.

둘은 15분간 서로 더 얘기를 나누었다. 빌러스도르프는 그날 밤 지체없이 출발하기로 결정했다. 12시에 출발하는 야간열차가 있었다.

그다음 두 사람은 "그럼 케쎈에서 만납시다" 하고 짧게 인사하고 헤어졌다.

28

약속대로 다음 날 인스테텐은 출발했다. 하루 전날 빌러스도르프가 이용한 열차였다. 오전 5시 조금 지나 역에 도착했다. 역에서 왼쪽 방향으로 케쎈으로 가는 길이 갈라져 있었다. 성수기 동안 늘 그러했듯 열차가 도착하자마자 이 날도 여러 번 언급된 바 있는 증기선이 연결 운행되었다. 인스테텐이 철로에서 아래로 나 있는 계단의 마지막 층계를 디뎠을 때 첫 뱃고동 소리가 들려왔다. 부두까지는 3분도 걸리지 않았다. 그가 부두로 가서 선장에게 인사하자 선장은 다소 당황했다. 어제 하루 사이에 사건의 전모를 들어 알고 있는 게 틀림없었다. 인스테텐은 조타기(操舵機) 가까이에 자리를 잡았다. 배는 이동식 승강용 다리를 떠나 출발했다. 하늘은 맑고 밝은 아침 해가 빛나고 있었으며 승객은 거의 없었다. 인스테텐은 에피와 함께 신혼여행에서 돌아오던 때가 생각났다. 그때 두 사람은 지붕을 걷어 젖힌 마차를 타고 이 케쎈 강변을 달렸었다. 그날은 날씨가 음울한 동짓달이었으나 마음은 즐거웠다. 지금은 그 정반대가 됐다. 바깥의 햇살은 환히 비치고 있지만 마음은 음울한 동짓달이었다. 그 후, 인스테텐은 자주 이 길을 지나다녔었다. 들에 펼쳐진 평안함, 지나가는 차 소리에 귀를 쫑긋거리는 울타리 안의 가축들, 일하는 사람들, 오곡이 무르익은 평야, 그 모두가 그의 마음을 즐겁게 해주었었다. 그러나 지금은 그와는 반대로 약간의 구름이 다가오면서 그 환하게 갰던 푸른 하늘이 조용히 흐려지기 시작하는 것을 보고 오히려 기쁜 마음이 들었다. 배는 강을 따라 내려가 아름다운 브라이트닝 강의 수면을 통과했다. 이윽고 케쎈의 교회 탑이 눈앞에 나타났다. 이어서 곧 방파제가 보이고 배와 보트 들 뒤쪽으로 즐비한 집들이 시야에 들어왔다. 그러는 사이 어느덧 배가 도착했다. 인스테텐은 선장과 작별 인사를 나누고 하선할 때 편리하게끔 설치된 좁은 판자 다리 쪽으로 걸어갔다. 빌러스도르프가 벌써 와 있었다. 둘은 아무 말 없이 악수를 나누고 큰 길을 건너 호펜자크 호텔로 가서 어느 천막 지붕 아래에 자리를 잡았다.

"전 어제 새벽 이곳에 숙소를 정했습니다"라고 빌러스도르프가 말했다. 그는 단도직입적으로 용건 얘기를 꺼내고 싶지 않았다.

"케씬이 보잘것없는 작은 도시에 불과하다는 걸 생각하면 여기서 이런 좋은 호텔을 발견했다는 게 놀랍습니다. 제일 우두머리 사환은 아마 3개 국어를 구사하는 모양입니다. 저 머리 스타일 하며 조끼의 재단된 형태를 보면 3개 국어가 아니라 4개 국어로 평가할 수도 있겠습니다…… 잔, 여기 커피와 코냑을 갖다주시오."

빌러스도르프가 왜 이런 말로 대화를 시작하는지 인스테텐은 너무도 잘 이해했다. 그리고 그에게 동감했다. 그러나 그는 그의 불안정한 기분에서 벗어나지 못하고 자기도 모르게 회중시계를 꺼냈다.

"시간은 충분합니다" 하고 빌러스도르프가 말했다. "아직 한 시간 반 정도 남았습니다. 8시 15분 마차를 부탁해놓았습니다. 가는 데 10분 이상 걸리지 않습니다."

"장소는?"

"크람파스는 처음에 교회 묘지 바로 뒤에 있는 숲 모퉁이를 제안했었습니다. 그러나 그는 갑자기 장소를 바꾸어 '아니야, 그곳은 그만둡시다'라고 말했습니다. 그래서 의논한 결과 모래언덕 중간에 있는 장소로 합의를 보았습니다. 해변 바로 옆인데 맨 바깥 모래언덕은 패어 있어 바다가 보입니다."

인스테텐이 미소 지으며 말했다.

"크람파스는 경치가 좋은 곳을 고른 것 같군요. 그 사람은 예전부터 그런 버릇이 있었지요. 그의 반응은 어땠나요?"

"훌륭했습니다."

"오만했었나요? 아니면 경박했나요?"

"그 어느 쪽도 아니었습니다. 솔직히 고백하자면, 인스테텐, 전 깊은 감동을 받았습니다. 제가 당신의 이름을 대자 그의 안색이 주검처럼 창백해졌는데 애써 마음을 가라앉히려고 했습니다. 입 언저리에 경련이 보였습니다. 그렇지만 그건 잠깐이었을 뿐 그는 다시 정신을 가다듬었는데 그 후부터 애처로운 체념으로 일관하는 듯했습니다. 그는 확실히 이 일에서 무사히 빠져나올 수 없다는 걸 느끼고 있는 듯했고 또 빠져나갈 의도를 갖고 있지도 않았습니다. 제 판단이 틀림없다면 그는 즐겁게 인생을 살고 있는 동시에 산다는 것에 대해 무관심한 분이었습니다. 그는 모든 것을 다 받아들이면서도 한편 그게 별로 의미가 없다는 것을 알고 있는 것입니다."

"누가 그를 위해 입회를 합니까? 아니, 이렇게 말하는 게 더 좋겠지. 누구를 데리고 올 예정인가요?"

"그 점은 그가 침착성을 되찾고 나서 생각한 가장 중요한 문제였습니다. 가까이 계신 귀족의 이름을 두셋 거론하다가 너무 나이 드셨거나 너무 경건하다며 취소해버리고 트렙토에 있는 그의 친구 부덴부로크에게 전보를 보내겠다고 했습니다. 그 친구가 지금 벌써 와 있는데 유명한 사람인 모양입니다. 용감하고 동시에 천진스러운 면이 있답니다. 그는 납득이 가지 않는 듯 몹시 흥분하여 이리저리 왔다갔다하고 있었습니다. 그러나 제가 모든 이야기를 해주자 그도 우리들과 같이 '당신 말이 맞아요. 불가피한 일입니다!'라고 했습니다."

커피가 왔다.

그들은 여송연을 한 개비씩 피웠다. 빌러스도르프는 화제를 돌리려고 애썼다.

"케씬 시민들 중 한 사람도 당신에게 인사하러 오지 않는다는 게 이상

합니다. 당신이 이곳에서 퍽 신망이 두터웠다는 걸 저도 알고 있습니다. 당신의 친구인 기스휘블러까지……"

인스테텐은 미소 지으며 말했다.

"당신은 이곳 해안 사람들의 기질을 잘못 알고 계시는군요. 반쯤은 속물이고 반쯤은 교활하죠. 제 취향에는 맞지 않아요. 그들은 다만 단 한 가지의 미덕을 갖고 있긴 해요. 모두들 깍듯이 예의 바릅니다. 옛 친구 기스휘블러 같은 사람이 그 예의 바른 사람의 표본이죠. 물론 모두들 다 이번 일을 알고 있겠죠. 그 때문에 호기심을 보이는 짓을 삼가려 하죠."

그 순간 왼쪽에서 지붕을 걷어 젖힌 마차가 나타났다. 아직 지정된 시각보다 조금 일렀기 때문에 마차는 천천히 다가왔다.

"저 차입니까?" 하고 인스테텐이 물었다.

"그런 것 같아요."

마차는 곧 호텔 앞에서 멈추어 섰고 인스테텐과 빌러스도르프는 일어났다.

빌러스도르프가 마부에게 다가가서 말했다.

"부두로 갑시다."

부두는 해안 건너편에 있었다. 오른쪽으로 가지 말고 왼쪽을 향해 가도록 마부에게 지시했다. 그것은 자칫 있을지 모르는 불의의 사태를 미연에 방지하기 위해서였다. 오른쪽으로 향하든, 왼쪽으로 향하든 간에 재배지를 통과해야 했다. 그러자니 불가피하게 인스테텐이 먼저 살던 집 앞을 지나가야 했다. 집은 전보다 더 조용했다. 1층은 손질하지 않고 내버려둔 듯이 보였다. 1층이 이 정도니 2층이 어떤지는 뻔한 일이었다! 이곳에서 에피가 무서워할 때 자주 달래기도 하고 웃기도 했었다. 그러나 지금은 이 집을 보는 게 그 자신에게 섬뜩한 느낌을 주었다. 그 집을 지나쳐 갔을 때 마음이 놓였다.

"지금 그 집이 내가 살던 곳이오" 하고 그는 뷜러스도르프에게 말했다.

"기묘하게 생긴 집이군요. 어쩐지 황량하고 적막한 느낌을 줍니다."

"그런지도 모르죠. 시민들은 그 집을 유령의 집이라고들 말했었는데, 지금 보니 그런 말을 한 사람들이 옳지 않았다고 할 수가 없군요."

"무슨 사연이 있습니까?"

"아니 뭐, 시시한 이야기요. 나이 많은 선장이 손녀인지 조카딸인지 확실치 않은 여자와 함께 살았는데 그 여자가 경사스런 날에 행방불명이 되었죠. 그리고 그 여자의 애인이었던 듯한 중국인 남자의 얘기죠. 현관에는 상어 모형과 악어 모형이 끈으로 묶여져 매달려 흔들거리고 있죠. 이야기를 하면 재미있습니다만 지금은 그만두겠어요. 그 이야기는 다른 여러 가지 생각을 떠오르게 하니까요."

"모든 게 잘 수습될지도 모릅니다."

"그래선 곤란해요. 아까 당신이 크람파스에 대해 말할 때는 다른 식으로 얘기했었잖아요."

이윽고 그들은 재배지를 지나갔다. 마부는 부두를 향해 왼쪽으로 방향을 돌리려고 했다.

"차라리 오른쪽으로 가주게. 부두는 나중으로 미루기로 하지."

마차는 왼쪽으로 꺾어져 남성용 해수욕장 뒤에서 곧바로 숲으로 통하는 넓은 차도로 들어섰다. 숲 가까이 3백 보쯤에서 뷜러스도르프는 마차를 멈추게 했다. 그곳에서부터 둘은 사각사각 모래를 밟으면서 다소 넓은 길을 따라 내려갔다. 길은 그곳에서 세 개의 모래언덕 능선을 수직으로 가로지르고 있었다. 양쪽엔 해변 마늘종이 빽빽이 들어 차 있었으며 그 주위에는 불사초가 피어 있고 또 피처럼 빨간빛의 카네이션 몇 송이가 피어 있었다. 인스테텐은 몸을 구부려 카네이션 한 송이를 따서 단춧구멍에 꽂으며 "불사초는 나중에 보지"라고 말했다.

그들은 5분 정도 그렇게 걸어갔다. 두 모래언덕 사이에 있는 상당히 깊은 첫번째 계곡에 다다랐을 때 왼쪽에서 상대방의 모습이 보였다. 크람파스와 부덴부로크, 그리고 한네만 박사가 와 있었다. 모자를 손에 들고 있는 한네만의 머리에서는 흰 머리칼이 바람에 날리고 있었다.

인스테텐과 빌러스도르프가 모래 계곡 위쪽으로 걸어가자 부덴부로크도 그쪽으로 다가왔다. 그러고는 서로 인사를 나누었다. 이어 간단한 사무적인 얘기를 하기 위해 쌍방의 입회인이 옆으로 다가왔다. 양자가 동시에 같은 보조로 전진하고 정확히 몇 발짝 뒤에서 발사하기로 결정하고 나서 부덴부로크는 원래의 위치로 되돌아갔다. 일은 신속히 진행되었다. 두 발의 총성이 울렸다. 크람파스가 쓰러졌다.

인스테텐은 몇 보 후퇴하여 그 현장을 외면했다. 빌러스도르프는 부덴부로크에게로 걸어갔다. 두 사람은 박사의 진단 결과를 기다렸다. 박사는 어깨를 으쓱할 뿐이었다.

이때 크람파스가 무슨 말을 하려는 듯 손을 움직였다. 빌러스도르프가 그에게로 몸을 낮게 굽혀 죽어가는 입술에서 새어 나오는, 거의 알아들을 수 없는 몇 마디 말에 동의하며 고개를 끄덕였다. 그러고 나서 인스테텐에게 다가왔다.

"크람파스가 당신에게 할 말이 있는 모양입니다. 인스테텐, 그의 말을 들어주어야 합니다. 그는 이제 3분도 채 살지 못할 것입니다."

인스테텐은 크람파스에게 가까이 다가갔다.

"부디……"

그것이 크람파스의 마지막 말이었다.

그의 얼굴엔 다시 한 번 가물대는 빛처럼 고통스러운, 그러면서도 부드럽고 온화한 표정이 보였다. 그러고는 숨이 끊어졌다.

29

같은 날 저녁 인스테텐은 다시 베를린에 돌아왔다. 그는 모래언덕의 횡단로에 대기시켜놓은 마차를 타고 케씬 시내를 피해 역으로 왔다. 관청에 신고하는 일은 두 사람의 입회인에게 맡겼다. 돌아오는 길에 (열차 안 객실에 혼자 있었다.) 그는 다시 한 번 모든 걸 곰곰이 숙고해보았다. 그의 생각은 이틀 전과 달라지지 않았다. 그러나 이번에는 순서가 뒤바뀌어 있었다. 자신의 행동에 대한 정당성과 자신의 의무에 대한 확신에서부터 시작된 숙고는 끝내 그 모든 것에 대한 회의(懷疑)로 끝났다.

'죄가 있다면 그건 장소와 시간에 속박되지 않는다. 죄는 오늘 있다가 내일이면 흐지부지되는 그런 게 아니다. 죄는 속죄를 요구한다. 거기에 의의가 있다. 이에 비해 시효란 어중간하며 연약하고 적어도 뭔가 산문적인 일이다.'

그는 애써 이런 식으로 생각을 돌리려 하면서 모든 것은 사필귀정이었다고 되풀이해서 다짐했다. 그러나 그런 생각이 확고해지는 순간 그는 다시 번복해서 생각해보았다.

'아니, 시효란 있어야 해. 시효는 유일하게 이성적인 것이야. 그것이 산문적이건 아니건 그것은 문제가 되지 않는다. 이성적인 것은 대개 산문적이야. 나는 지금 마흔다섯 살인데 만약 내가 그 편지를 15년 후에 발견했다고 가정하면 내 나이 일흔 살 때가 되겠지. 그랬다면 뷜러스도르프는 '인스테텐, 바보 같은 짓은 그만두시오' 하고 말했겠지. 뷜러스도르프가 말하지 않더라도 부덴부로크가 말했겠지. 이 사람까지도 말하지 않았다면 나 자신이 말했겠지. 그것은 분명한 일이야. 어떠한 일에나 극단으로 달린다면 지나쳐서 웃음거리가 된다. 의심할 여지가 없다. 그렇지만 그 시효 기간이란 어디에서부터 시작이 되는 걸까. 그 경계선은 어디에 있는 것일까? 10년 이내라면 결투를 청하고 명예를 내세우겠지만 11년, 아니 10년 반 이내라면 같은 사건이 허튼 일이 되어버릴 수 있을까? 경계선, 그 경계선은 어디에 있는 것일까? 그건 어디에 존재하는 것인가? 이미 그걸 넘어선 걸까? 그의 마지막 눈길을 되살려보면 체념하고 번민하는 와중에서도 미소를 띠던 게 분명히 기억난다. 그 눈길은 '원리원칙에 급급한 헛된 이론이야. 인스테텐…… 자네는 자네 자신에게나 내게 그걸 적용하지 않아도 좋았을 텐데'라고 말하는 듯했다. 그의 말이 옳았는지도 모른다. 내 가슴 속에도 그런 많은 말이 울려나오는 듯하다. 그렇다. 내가 어쩌면 죽이고 싶을 정도로 증오에 차 있었고 또 깊은 복수심을 갖고 있었는지도 모른다…… 복수는 아름다운 것은 아니지만 인간적이다. 그래서 당연히 인간적 권리를 갖고 있다. 모든 것은 하나의 관념, 하나의 개념을 위해서 존재했고 또 만들어진 이야기들이었으며 반쯤은 희극이었다. 이 희극을 난 이제 계속해야 한다. 에피를 쫓아내고 그녀를 파멸로 몰아넣고 나 자신마저도…… 난 그 편지들을 태워버렸어야 했다. 이 세상 누구도 그걸 몰랐어야 했어. 그리고 에피가 아무것도 모르고 집에 돌아올 때, '여기가 당신의 자리요'라고 말하며 마음속으론 그녀와 결별했어야 했어. 세상의 눈앞에선 그렇게 하지 않고 말이지. 인생 아닌 인생, 결혼 아닌 결혼 이 세상에는 얼마든지 있어…… 그렇게 된다면 행복은 없겠지만 그 대신

그 힐책하는 듯한, 말없이 호소하는 듯한 눈빛은 보지 않아도 됐을 텐데.'

10시 바로 전에 인스테텐은 그의 집 앞에 멈추었다. 그는 계단을 올라가 초인종을 잡아당겼다. 요한나가 나와서 문을 열었다.
"안니는 어떻지?"
"좋습니다, 주인님. 자고 있어요…… 만약 주인님께서……"
"아니, 아니야. 내버려두게. 내일 아침에 보는 게 더 좋겠소. 차 한 잔 갖다주게나. 요한나. 누가 왔었소?"
"의사 선생님이 오셨을 뿐입니다."
인스테텐은 다시 혼자가 되었다. 그는 늘 그러하듯이 이리저리 왔다 갔다했다.
'이제 사람들이 모든 걸 알고 있다. 로즈비타는 우둔하지만 요한나는 영리한 여자야. 그녀는 확실한 걸 모를 땐 조리 있게 곰곰이 따져보아 마침내 모든 걸 밝혀내는 성격이니 오늘의 일도 이미 알고 있겠지. 정말 묘한 건 뭐든지 조금만 징후가 나타나면 마치 현장에 있었던 것처럼 쑥덕거리는 거야.'

요한나가 차를 가져왔다. 인스테텐은 그것을 마시고 극도의 긴장 후라서 완전히 지쳐 있었기 때문에 곧 잠들었다.

인스테텐은 다음 날 아침 적당히 여유를 두고 알맞은 시각에 일어났다. 안니를 살펴보고 두세 마디 얘기를 주고받는 착한 환자라고 칭찬해주었다. 그다음 관청에 나가 상관에게 사건의 전모를 보고했다. 상관은 매우 호의적이었다.
"그렇군, 인스테텐. 인생에는 별별 불운이 다 있지. 그 불운에서 무사히 빠져나오는 사람이 행복한 거고 말이야. 그 불운의 차례가 이번에는 자네가 됐군."

그는 일어난 사건 모두를 긍정했다. 그리고 이 사건에 관련된 나머지 일은 인스테텐 자신이 해결하도록 맡겼다. 오후 늦게서야 인스테텐은 다시 집으로 돌아왔다. 집에는 빌러스도르프가 써놓고 간 편지가 있었다.

오늘 새벽에 도착했습니다. 여러 가지 괴롭고 가슴 아픈 일을 경험했습니다. 기스휘블러를 비롯해서 말입니다. 그 사람만큼 호감이 가는 곱사등이를 일찍이 만난 적이 없습니다. 당신에 관한 얘기는 별로 하지 않았지만 부인은 어떻게 될까, 부인은! 해가면서 마음의 안정을 찾지 못했죠. 급기야는 울음을 터뜨렸습니다. 대단한 일이었죠. 기스휘블러 같은 사람이 더 많이 있는 게 좋겠더군요. 그렇지만 그와는 영 판이한 사람들이 더 많더군요. 다음으로 소령의 집은…… 비참했습니다. 그에 관해서는 입 다물겠어요. 다시 한 번 깨우쳤죠. 주의해야 한다는 것을 말입니다. 내일 뵙겠어요.

W로부터.

인스테텐은 이 편지를 읽고 커다란 충격을 받았다. 그는 자리를 잡고 두세 통의 편지를 썼다. 편지 쓰기를 끝내고 초인종을 눌렀다.

"요한나, 이 편지들을 우편함에 넣어요."

요한나가 편지를 받아 들고 나가려 했다.

"……그리고 요한나. 또 한 가지 당부할 게 있어. 마님은 이제 돌아오시지 않아요. 왜 안 오시는지 그 이유는 남들에게서 듣게 되겠지. 안니에게는 알리지 말아요. 적어도 지금은 아직 안 돼요. 가련한 아이야. 이제 엄마가 없다는 걸 요한나가 차츰 가르쳐주어야 하오. 나는 그런 일을 할 수가 없소. 지혜롭게 잘해보오. 또 로즈비타가 일을 엉망으로 만들지 않도록 주의해요."

요한나는 한순간 얼얼한 기분으로 서 있었다. 그다음 그는 인스테텐에게 다가와서 그의 손에 입을 맞추었다.

그녀가 다시 밖으로 나와 부엌으로 왔을 때, 그녀는 자부심과 우월감으로 충만하여 거의 행복에 가까운 기분을 느꼈다. 주인어른께서 그녀에게 모든 걸 얘기해주셨을 뿐만 아니라 마지막엔 "로즈비타가 엉망으로 만들지 않도록"이라고 덧붙였기 때문이었다. 그것이 가장 중요한 점이었다. 요한나에게 선량한 마음씨가 없는 것도 아니고 마님에 대한 동정심이 없었던 것도 아니지만, 그보다도 그녀는 주인어른과 친밀한 관계에 있다는 승리감에 도취되었다.

여느 때 같으면 그녀는 쉽게 이런 종류의 승리감을 자랑스럽게 내세우고 타당하다고 생각하고 싶었을 것이다. 그러나 이날의 상황은 달랐다. 그녀의 라이벌인 로즈비타라는 여자도 주인에게서 직접 듣진 않았지만 이미 어디선가 소식을 들어 알고 있는 눈치였기 때문이었다. 즉 요한나가 주인의 얘기를 벅찬 마음으로 듣고 있을 즈음 아래층 수위가 로즈비타를 그의 작은 방으로 불러들여서 그녀에게 신문 한 장을 읽어보라고 건네주었다.

"로즈비타, 이건 당신이 읽을 기사군요. 나중에 내게 다시 갖다주시오. 이건 단지『프렘덴 블라트』* 신문이지만, 방금 레네가『클라이네 주르날』** 신문을 사러 갔어요. 거기엔 좀더 상세하게 씌어 있겠지요. 그들은

---

* Fremdenblatt(낯선 소식): 1862년 창간된 신문으로 특별히 독일 호텔의 객실에 배부되었다.
** Kleine Journal(작은 저널): 1879년 창간된 신문으로 주로 사교계의 얘기나 스캔들을 보도했다.

늘 모든 일을 잘 알고 있으니까. 어쨌든 로즈비타, 누가 이런 걸 생각이나 했겠어요."

로즈비타는 평소엔 그리 호기심이 많지 않았으나 그런 말을 듣고 재빨리 뒤쪽 계단을 뛰어 올라가서 신문을 다 읽었을 무렵 때마침 요한나가 온 것이었다.

요한나는 방금 인스테텐이 자기에게 준 편지들을 테이블 위에 놓고 주소들을 훑어보았다. 사실은 요한나로서는 수신인을 벌써 다 알고 있었지만 일부러 수신인을 확인하는 체했다. 그리고 짐짓 평온함을 가장하며 말했다.

"한 통은 호엔 크레멘으로 가는 거야."

"짐작할 만해"라고 로즈비타가 대꾸했다.

요한나는 이 말에 흠칫 놀랐다.

"주인어른은 평소에는 호엔 크레멘으로 편지하지 않으시잖아."

"그렇지. 평소에는 그렇지만 지금은…… 생각 좀 해봐…… 방금 아래층 수위가 내게 이걸 주었어."

요한나는 신문을 손에 들고 굵은 잉크 선으로 줄쳐진 부분을 조그만 소리로 읽었다.

마감 직전, 정통한 소식통에 따르면 어제 아침 동(東)폼멜 해수욕장 케씬에서 본청(카이트 가 소재) 고문관 V. I와 크람파스 소령과의 사이에 결투가 일어나서 크람파스 소령이 사망했다고 함. 소령과 아직 젊고 아름다운 고문관 부인과의 사이에 모종의 관계가 있었다고 함.

"이런 신문들이 도대체 뭘 잔뜩 써 갈기고 있담."

알고 있던 소식이 이미 다 알려져서 김샜다는 표정으로 요한나가 말했다.

"정말이야." 로즈비타가 대꾸했다.

"남들은 이런 걸 알고 딱하신 우리 마님을 욕하겠지. 가엾은 소령, 이제 죽었으니 말이야."

"어머나, 로즈비타. 당신은 도대체 무슨 생각을 하는 거지? 그가 죽지 않았어야 한다는 얘기인가? 그러면 주인어른이 죽는 편이 더 좋다는 얘기니?"

"아니야, 요한나. 우리 주인어른도 사셔야 해. 모두 살았어야 해. 난 쏘아 죽이는 걸 좋아하지 않아. 우선 총소리는 단 한 번이라도 들을 배짱이 없어. 그렇지만 생각해봐, 요한나. 그게 꽤 옛날 일이었던 것 같아. 그리고 그 편지는 빨간 실로 세 번, 네 번 휘감아 묶여져 있었어. 리본은 없었지. 처음부터 내겐 그것이 기묘하게 보였어. 색이 모두 누렇게 바래 있을 정도로 옛날 편지들이었지. 이곳에 온 지 벌써 6년이 넘었는데 어떻게 새삼스레 그런 과거 일 때문에……"

"어머나, 로즈비타. 당신 식대로 지껄이는군. 잘 보면 사실상 당신 잘못이었어. 그 편지들이 원인이 되었으니 말이야. 왜 당신은 쇠 지렛대 따위를 갖고 와서 재봉 탁자를 비틀어 열었지? 원래 남이 채워놓은 자물쇠는 부숴서 여는 법이 아냐."

"어머나, 요한나. 내게 맞대놓고 그런 얘기를 하다니 너무해. 당신의 잘못이었어. 당신이 바보처럼 당황하여 부엌에 뛰어 들어와서 재봉 탁자에 붕대가 들어 있으니 비틀어 열어야 한다고 했었지. 그래서 내가 쇠 지렛대를 갖고 간 거야. 그런데 이제 내 잘못이라니. 아니야, 나는 말이야……"

"그래. 그럼 그 말은 취소하겠어, 로즈비타. 그렇지만 앞으로는 내 앞에서 가엾은 소령 따위의 말은 하지 마. 가엾은 소령이라니 무슨 말이야! 실제로 그 소령은 전혀 쓸모없는 사람이었어. 그런 빨간 수염을 길러 만지작거리기만 하는 사람은 무용지물이고 해만 끼칠 뿐이지. 그리고 상류가정에서 늘 일해보면 무엇이 격에 맞는 것인지, 무엇이 적합한 것인지, 명예란 무엇인지를 알게 돼. 로즈비타, 당신은 그런 식견을 갖고 있지 못해요. 당신에게 부족한 건 바로 그 점이야. 그런 일이 벌어지면 달리 방법이 없게 되지. 이런 경우에 결투 신청이란 것이 있게 되고 어느 한쪽은 총에 맞아 죽게 되지."

"나도 그런 건 알고 있어. 당신은 항상 나를 바보로 만들고 싶어 하지만 난 그 정도 바보는 아니야. 그렇지만 그게 그렇게 옛날의 일이라면……"

"로즈비타, 당신은 '옛날'이라고 하지만 그걸 보면 당신이 무식하다는 걸 알 수 있어. 당신은 늘 달군 쇠막대로 당신 뒤를 쫓아왔다는 당신 아버지에 대한 옛날이야기를 하잖아. 그 때문에 난 달군 다리미 막대를 끼울 때마다 당신 아버지가 생각나. 죽은 어린애 때문에 당신을 죽여버리겠다던 당신 아버지를 눈에 보는 듯해. 당신은 끊임없이 그 얘길 하잖아. 안니에게는 그 얘기를 아직 들려주지 않았지만. 그 애가 견진세례를 받으면 들려주겠지. 어쩌면 바로 그날 중으로 말이야. 나는 당신이 그런 경험을 한 게 화가 나. 당신 아버지는 그저 시골 구석의 대장장이에 불과하여 말에 징을 박거나, 마차 바퀴를 끼우는 일이나 했겠지. 그런데 이제 당신은 주인어른에게 그건 옛날 일이니까 그대로 가만히 두는 게 좋다는 말을 하는군. 옛날이 무슨 뜻이야? 6년 전은 옛날이 아니야. 마님은— 마님은 이제 이 집에 오지 않아. 주인어른이 방금 내게 그렇게 말씀하셨지 — 겨우 스물여섯이야. 8월이 생일이지. 그래도 당신은 '옛날'이라고 하는군. 만약 마님이 서른여섯이었다면 그야말로 더욱 주의해야 할 거야. 만일 주인어른이 아무런 행동도 취하지 않으셨다면 상류사회는 금세 '그분의 목을 잘랐을' 것이야. 하지만 당신은 이런 표현을 전혀 모를 거야. 로즈비타, 당신은 그 방면에 무식하니까."

"그래, 아무것도 모를 뿐 아니라 알고 싶지도 않아. 하지만 요한나, 당신이 주인어른께 홀딱 반해 있다는 건 내가 알지."

요한나는 발작적인 웃음을 터뜨렸다.

"그래, 웃어보렴. 난 그전부터 그걸 알고 있었어. 당신에게는 그런 끼가 있어. 주인어른이 전혀 개의치 않아서 다행이지만…… 아아, 불쌍하신 마님, 가련하신 그분."

요한나는 서로의 사이를 평화적으로 만들어둘 필요를 느꼈다.

"글쎄, 좋도록 생각해. 로즈비타, 또 버럭 화를 내는군. 시골 출신들은 모두가 버럭버럭 화를 잘 내더군."

"그럴지도 몰라."

"이제 난 편지 부치러 가야겠어. 아래층 수위에게 다른 신문이 와 있는지 물어보겠어. 수위가 레네를 시켜 신문 사러 보냈다고 했지? 틀림없이 거기엔 더 상세히 나와 있을 거야. 이 신문에는 아무것도 없는 거나 마찬가지인걸."

30

에피와 추밀고문관 부인 츠비커가 엠스에 온 지 거의 3주일이 지났다. 그들은 매력적인 자그마한 별장의 1층에서 묵고 있었다. 그들이 거처하는 두 개의 방 사이에 정원이 내려다보이는 친교실이 있었고 그곳엔 자단(紫檀)나무*로 된 그랜드 피아노가 놓여 있었다. 에피는 이 피아노로 이따금 소나타를 치고 츠비커 부인은 왈츠를 쳤다. 츠비커 부인의 음악적 소질은 보잘것없어서 「탄호이저」보다는 가수 니만**에게 더 정신이 빼앗겨 있는 정도였다.

화창한 아침이었다. 조그마한 정원에서는 새들이 지저귀고 있었고 소위 '술집'이 있는 이웃 집 건물에서는 이른 아침인데도 당구공 부딪치는 소리가 들려왔다. 두 숙녀는 친교실에서 나와 3, 4피트 높이의 담이 둘러져 있고 자갈이 깔려 있는 앞뜰에서 아침식사를 했다. 그곳에서 정원까지 세 개의 계단이 아래로 나 있었다. 그들의 머리 위쪽 차양은 신선한 공기를 한껏 즐길 수 있도록 위로 감아 올려져 있었다. 에피나 추밀고문관 부인 모두 손으로 열심히 뭔가를 만들고 있었다. 이따금 몇 마디 대화가 오갈 뿐이었다.

"난 이해할 수가 없어요"라고 에피가 말했다.

"벌써 나흘 동안이나 편지 한 장 오지 않다니 말예요. 이때까지 그이는 매일 편지를 보냈거든요. 안니가 병이 난 걸까요? 아니면 그이가 아픈 걸까요?"

츠비커 부인이 미소 지으며 말했다.

"부인, 곧 그가 건강하다는 소식을 받게 될 거예요. 그것도 지극히 건강하다고 말예요."

츠비커 부인의 말투가 별로 기분 내키지 않아 그저 형식적으로 말대

---

* 나무가 견고하고 짙은 자주색을 띠어 아름다우므로 건축 및 가구, 도구의 재료로 쓰임.
** 알베르트 니만. 저명한 테너 가수로 바그너의 작품을 잘 불렀다.

꾸하는 것처럼 느껴졌다. 그러나 바로 그 순간 본Bonn 근교 출신인 가정부가 나타났다. 그녀는 어릴 때부터 본의 대학생과 본 주둔 경비병의 여러 가지 생활상을 익히 알고 있었다. 그녀는 아침식사의 식탁을 치우기 위해 친교실에서 앞뜰로 나왔다. 그녀의 이름은 아프라였다.

"아프라."

에피가 불러서 말했다.

"틀림없이 9시가 됐겠지. 우편배달부는 아직 안 왔어요?"

"그렇습니다. 아직 안 왔는데요, 사모님."

"무엇 때문에 그럴까?"

"물론 우편배달부 때문이에요. 그는 지겐 근교 출신인데 도무지 적극성이 없어요. 언젠가 저도 그 사람에게 '이건 순 게으름뱅이 짓'이라고 말해준 적이 있답니다. 그가 머리를 빗은 모양은 정말 볼품없어요. 그는 아마 가르마가 뭔지도 모르는가봐요."

"아프라, 당신은 또 지나치게 심한 말을 하는군요. 한번 생각해봐요. 우편배달부가 매일매일 이렇게 더운 날씨에 얼마나 지루하고 힘들겠는지……"

"옳은 말씀입니다, 마님. 그렇지만 참고 애써 일하는 우편배달부도 있어요. 사람이란 속에 든 게 있으면 겉으로도 나타나는 법이에요."

아프라는 그런 얘기를 하면서 다섯 손가락 위에 능숙하게 쟁반을 올려놓더니 정원을 가로질러 부엌으로 통하는 지름길로 가기 위해 계단을 내려갔다.

"귀여운 아이예요."

츠비커 부인이 말했다.

"무척 활달하고 깔끔해요. 천성적으로 품위가 있는 애라고 말하고 싶을 정도죠. 그런데 말예요. 남작부인, 아프라가 제게…… 아무튼 아름다운 이름이에요. 성녀(聖女) 아프라도 있었다고 하더군요. 그렇지만 우리 아프라가 그런 집안 출신이라고는 생각지 않아요……"

"그런데 추밀고문관 부인, 당신 얘기는 또 옆길로 빠져 아프라 얘기를 하시는군요. 당신이 원래 말하고자 했던 얘기는 완전히 잊으셨군요……"

"아니에요, 부인. 잊지 않았어요. 잊었다 하더라도 다시 본래 얘기로 되돌아갈 수 있어요. 제가 말하려던 것은 아프라가 당신의 집에서 제가 본 그 의젓한 하녀를 연상시킨다는 얘기예요."

"그래요. 옳은 말씀이에요. 비슷한 점이 있어요. 베를린 출신인 저희 집 하녀가 월등하게 더 예쁘긴 합니다만. 특히 그녀의 머리카락은 훨씬 더 아름답고 숱이 더 많지요. 전 저희 집의 요한나만큼 아름다운 아마 빛깔의 금발머리를 가진 여자를 본 적이 없어요. 약간 빛깔이 비슷한 사람들은 볼 수 있었지만 그녀만큼 머리숱이 많은 사람은……"

츠비커 부인이 미소 지으며 말했다.

"젊은 부인이 자기 집 가정부의 아마 빛깔 금발머리를 그렇게 감탄해서 말하는 건 정말 드물죠. 더구나 숱이 많다는 얘기도 하시다니! 전 감동했어요. 사실상 하녀를 선택할 때는 늘 곤란을 겪으니까요. 하녀는 우선 인물이 예뻐야 해요. 왜냐하면 손님들, 특히 남자 방문객의 경우에, 현관문을 열어주는 하녀가 잿빛 피부에 거무튀튀한 입술을 하고, 키가 껑충하게 크고 깡말라서 격자 울타리 같은 느낌을 풍긴다면 누구든지 혐오감을 느낄 테니까요. 대개의 경우 복도가 어두컴컴하니까 잘 보이지 않으니 다행이긴 하죠. 그와는 반대로 우리가 집안의 간판이라고 말할 수 있는, 소위 말해서 집안의 첫 인상에 대해 너무 지나친 배려를 한 나머지 예쁜 하녀에게 하얀 앞치마를 자주 선사할 경우엔 오히려 안주인의 마음이 놓이지 않아 염려되기 시작하죠. 안주인이 자만심이 강한 사람이 아니거나 또는 자기 자신에 대한 신뢰감을 갖지 않은 사람일 경우라면 뭔가 개선해야 하지 않을까 하고 자문해보게 되지요. 개선이란 말은 츠비커가 즐겨 쓰는 표현인데 그는 그런 말로 자주 저를 권태롭게 만들죠. 그렇지만 추밀고문관들은 모두 그런 식의 각자 애용하는 상투어가 있지요."

에피는 매우 엇갈린 감정으로 듣고 있었다. 만약 이 추밀고문관 부인이 조금만 다른 타입의 여자였더라면 그녀의 얘기 전부가 매력적일 수도 있었을 것이다. 그러나 그녀는 구태의연한 여자일 뿐이었다. 그 때문에 에피는 다른 사람이 전했을 경우 유쾌하게 받아들였을 법한 얘기를 듣고도 별로 즐겁다고 느껴지지 않았다.

"부인, 당신이 추밀고문관들에 관해 얘기하신 건 옳은 말씀이에요. 인스테텐도 그런 습관을 갖고 있죠. 제가 그 습관을 꼬집듯 그를 빤히 쳐다보면 그는 늘 웃곤 하죠. 그러고는 나중에 자기의 관료적 표현을 사과하지요. 부인의 남편은 물론 근무 경력이 길고 아마 연세도 더 많으시니……"

"나이가 조금 더 많을 뿐이지요."

추밀고문관 부인은 남편과 자기와의 연령 차를 부인하듯 날카롭게 말했다.

"전 모든 걸 통틀어 생각해보아도 당신이 말씀하신 그 염려가 무슨 의미인지 잘 짐작이 가지 않아요. 남녀 간의 훌륭한 관습은 아직도 여전히 힘을 지니고 있어요."

"그렇게 생각하세요?"

"……그리고 저는 바로 당신에게 그런 근심 걱정이 있다고는 생각할 수 없어요. 이렇게 솔직히 말씀드리는 게 죄송합니다만, 당신은 남자들이 '매력'이라고 일컫는 점을 지니고 계세요. 제가 분별이 없는 게 아닌지 모르겠습니다만, 당신의 그 뛰어난 매력을 직접 대하면서 한번 여쭈어보아도 될는지요? 당신이 지금 하신 그 말씀은 당신이 직접 체험하신 고통을 근거로 하신 건가요?"

이 같은 에피의 날카로운 어투에 츠비커 부인은 "고통이라니요?" 하고 되물었다.

"아, 부인, 고통이란 말이 너무 거창한 표현이었나봐요. 설혹 진짜로 많은 걸 체험했더라도 마찬가지겠죠. 고통스럽다는 것은 아무튼 너무 지나친 말이에요. 그리고 사람들은 결국 자기를 돕는 방법을 갖고 있고 고통에 대항하는 능력을 소유하고 있으니까요. 그런 얘기를 너무 심각하게 받아들여선 안 된답니다."

"저는 당신이 암시하시고 싶으신 게 무엇인지 알 수가 없군요. 죄란 게 무엇인가를 모른다는 얘기는 아니에요. 죄란 것은 저도 알고 있어요. 그렇지만 그런 좋지 못한 생각에 솔깃한 것과 그런 좋지 못한 짓들이 반쯤 아니면 완전히 생활습관으로 되어버린 것과는 차이가 있어요. 그리고 심지어 자기 집 안에서⋯⋯"

"그것에 관해선 말씀드리지 않겠어요. 그렇게 단도직입적으로 말하고 싶지 않아요. 솔직히 고백하면 전 그 방면에 무척 경계심을 갖고 있어요. 말이 난 김에 말하면, 과거에도 그랬었답니다. 그렇지만 집 안에서 말고 밖에서도 그런 일이 있죠. 당신은 피크닉에 대한 얘길 들으신 적이 있으세요?"

"물론이에요. 저는 인스테텐이 그런 면에 더 많은 관심을 가져주길 바랐었죠."

"생각해보세요, 부인. 츠비커는 자트빙벨을 뻔질나게 드나들었죠. 저는 그 지명만 들으면 지금도 가슴이 철렁한다고 말씀드릴 수 있어요. 아무튼 그곳도 우리의 사랑하는, 베를린, 유서 깊은 베를린 교외의 유적지들이죠! 저는 아무튼 베를린을 사랑하니까요. 그러나 문제되고 있는 그런 장소의 이름만 들어도 걱정과 근심이 생겨요. 당신은 미소 지으시는군요. 그렇지만, 부인. 샬로텐부르크와 베를린 사이에 천 발자국도 못 가서 피헬스베르크,* 피헬스돌프,** 피헬스베르더*** 등의 마을 이름들을 접했다고 가정해보세요. 그러면 당신은 이 대도시의 풍기에 대해 도대체 무슨 기대를 할 수 있을까 의문을 가질 거예요. 세 번씩 거듭되는 피헬****이란 표현은 너무 지나쳐요. 세상을 다 뒤져도 그런 곳은 없을 거예요."

에피는 고개를 끄덕였다.

"그리고 이 모든 것은" 하고 츠비커 부인은 계속해서 말했다.

"하벨 강 쪽의 녹지대에서 일어나지요. 모든 것은 하벨 강 서쪽에 있어요. 거기엔 그래도 문화와 보다 높은 교양이 있죠. 그러나 다른 쪽, 즉 슈프레 강을 거슬러 가보세요. 트랩토우나 슈트랄라우를 말하는 게 아닙니다. 그런 것은 하잘것없고 아무 해가 없는 것들이죠. 그렇지만 특별한 걸 알고 싶으시다면 키케부쉬라든가 불하이데 같은 기묘한 이름 이외에 아주 야비한 성격의 이름들을 보게 되지요⋯⋯ 츠비커가 이런 지명을 발음하는 걸 당신도 들으셨다면 좋았을 걸 그랬습니다⋯⋯ 당신의 귀를 더럽힐까 봐 말하진 않겠습니다만, 그렇지만 그곳이 바로 인기를 차지하고 있

---

* 술꾼들이 모이는 산(山).
** 술꾼들이 모이는 마을.
*** 술꾼들이 된 사람들.
**** pichel은 술을 많이 마신다는 뜻임.

는 장소예요. 전 그런 장소로의 피크닉을 증오해요. 일반 시민들이 '나는 프로이센인이다'라는 우쭐한 마음으로 타고 가는 크램마차*의 피크닉으로 상상하지만, 실상은 바로 이곳에서 사회혁명의 싹이 돋고 있어요. 제가 말하는 사회혁명이란 물론 도덕의 혁명을 뜻하지요. 모든 기존 도덕관념이 구식이 되고 있어요. 츠비커는 최근에 제게 이런 말을 했답니다. '내 말을 믿어봐요, 소피. 사투르누스**는 자기 자식들을 잡아먹지요.' 츠비커가 어떤 단점이나 약점을 지닌다 하더라도 그건 제 책임이에요. 그는 원래 철학적인 사고력을 갖고 있었으며 역사의 자연스러운 발전을 찬동했었으니까요…… 그런데 친애하는 인스테텐 부인, 당신은 그 전엔 무척 정중하셨는데 지금은 건성으로만 듣고 계시는군요. 아! 저쪽에 우편배달부가 나타났군요. 그러니 마음이 그곳으로 가 있나보죠. 그래서 편지 글 속에 있는 사랑의 말을 벌써부터 생각하고 있나보죠? 뵈제라거, 그래, 무슨 소식을 갖고 오셨죠?"

그 말을 들은 남자가 그사이 테이블로 가까이 와서 꾸러미를 풀었다. 서너 장의 신문, 두 장의 미용실 광고문이 나왔고 마지막엔 브리스트 가문 출신 인스테텐 남작부인 앞으로 온 두툼한 등기 우편이 나왔다.

수신인이 서명을 해주자 우편배달부는 다시 물러갔다. 츠비커 부인은 미용실 광고 안내를 훑어보고 샴푸 요금 할인 얘기를 하며 웃어댔다.

에피는 귀담아듣지 않았다. 그녀는 받아 쥔 편지를 손가락 사이에 끼워 돌려보았다. 그 편지를 개봉하기가 어쩐지 두렵게 느껴졌다. 등기로 되

---

* 지붕이 있는 유럽식 합승마차인데 베를린의 한 기업가의 이름에서 따옴.
** 그리스 신화에 나오는 제우스의 아버지 크로노스를 말함. 세계의 지배자로서 자식에게 패권을 뺏길 것이란 예언이 있자 자식들을 잡아먹었다. 그중 제우스만이 살아남아 부친을 타도했다고 한다.

어 있고 두 개의 커다란 봉인이 찍혀 있는데다 두터운 봉투 속에 들어 있다니 이게 무얼 뜻하는 걸까? 우편직인은 '호엔 크레멘'이었다. 주소는 어머니의 필적이었다. 인스테텐에게서는 닷새째 한 줄의 글도 오지 않았다.

그녀는 진주모* 손잡이가 달린 가위를 들어 편지의 가장자리를 천천히 잘랐다. 새로운 경악이 그녀를 기다리고 있었다. 편지는 어머니가 총총히 쓴 것이었다. 그 속에는 또 넓고 기다란 종이에 싸여진 지폐가 들어 있었으며 그 겉면에는 안에 든 금액의 총액이 빨간 글씨로 적혀 있었다. 그 글씨는 아버지의 필체였다. 그녀는 그 돈 묶음을 제쳐놓고 흔들의자에 기댄 채 편지를 읽어 내려갔다. 얼마 읽지 않아서 편지가 그녀의 손에서 떨어졌고 그녀의 얼굴은 백지장처럼 하얘졌다. 그녀는 다시 몸을 구부려 편지를 집어 들었다.

"무슨 일이에요, 부인. 나쁜 소식이에요?"

에피는 고개를 끄덕였다. 그러나 더 이상 말대꾸하지 않고 물 한잔을 가져다달라고 부탁했다. 물을 마신 후 그녀는 말했다.

"곧 괜찮아지겠지요, 추밀고문관 부인. 그렇지만 아무래도 잠깐 들어가 있겠어요…… 제게 아프라를 보내주셨으면 해요."

에피는 친교실로 되돌아왔다. 친교실에서 그녀는 다행히 의지할 수 있는 자단 피아노를 찾아내 더듬더듬 짚으며 걸어갔다. 그렇게 해서 간신히 오른쪽 그녀의 방 가까이로 다가갔다. 더듬더듬 문을 열고 맞은편 벽 옆의 침대에 도착하자마자 기절해 쓰러졌다.

---

* 광택이 나는 진주조개로 꾸민 공예품.

31

몇 분이 지나갔다. 에피는 다시 회복했다. 창문가에 있는 의자에 앉아 조용한 거리를 내려다보았다. 차라리 지금 거리에 소란과 다툼이 있다면 얼마나 좋을까. 그러나 길 위에는 햇살만 내리쬐고 있었고 격자 울타리와 나무 그늘만이 드리워져 있었다. 이 세상에 혼자라는 느낌이 엄청난 무게로 그녀에게 엄습해왔다. 한 시간 전까지만 해도 그녀는 행복한 부인으로서 그녀를 알고 있는 모든 사람들의 총애를 한 몸에 받았었다. 그러나 지금은 추방당해 있다. 그녀는 편지의 앞부분만을 읽었을 뿐이었다. 그러나 그건 그녀가 당면한 상황을 선명히 바라보기에 충분했다. 어디로 갈까? 대답할 수가 없었다. 오직 지금 이곳에서 겪고 있는 모든 상황을 벗어나고 싶은 욕구만이 절실해졌다. 일단 추밀고문관 부인으로부터 도피하고 싶었다. 그 부인은 모든 것을 '흥미로운 사건'으로만 여기고 있었다. 이 부인에게 동정심이라는 게 있다면 그건 그 부인의 호기심이란 것과 비교해볼 때 훨씬 적은 분량일 것이다.

"어디로 갈까?"

편지는 에피 앞의 테이블 위에 그대로 놓여 있었다. 그러나 그 편지를 계속해서 읽어 내려갈 용기가 나지 않았다.

"내가 아직도 무얼 두려워하고 있을까? 내가 나 자신에게 이미 말한 것 외에 무엇이 더 있을 수 있겠는가? 이 모든 사건의 중심인물은 이미 죽었고 집으로 돌아간다는 건 있을 수 없는 일이다. 몇 주일 이내로 이혼이 발표될 것이고 아이는 아버지에게 맡겨지겠지. 당연한 일이야. 난 죄 지은 여자야. 죄를 지은 여자가 자식을 교육시킬 순 없어. 그리고 양육할

돈도 없지 않은가? 나 자신의 생계는 그럭저럭 꾸려 나갈 수 있겠지. 엄마가 그 점에 관해 뭐라고 쓰셨는지, 내 생활에 대해 어떻게 생각하고 계시는지 봐야겠군."

이렇게 말하면서 그녀는 다시 편지를 집어 들었다. 끝까지 읽기 위해서였다.

"……이제 너의 미래에 관해서 얘기하자. 사랑하는 에피야. 넌 네 스스로에게 의지해서 살아가야만 할 것이야. 물질적인 면에서는 우리의 지원이 있을 것을 확신해도 좋아. 그리고 베를린에서 사는 게 가장 좋을 거야(대도시에서는 그런 게 가장 잘 무마가 되니까). 베를린에서 너는 자유로운 공기와 찬란한 햇빛을 잃은 채 살아가는 수많은 사람들에 속해 살게 되겠지. 너는 외롭게 살게 될 거야. 만약 그 같은 생활을 원치 않는다면 너는 너의 계층에서 내려서야 할 거다. 네가 이때까지 살던 세계는 더 이상 너를 받아들이지 않게 될 거야. 그리고 우리들과 네가(우리는 너를 잘 알고 있다고 믿지만) 가장 슬퍼할 일은 너의 친정집마저도 너를 받아주지 않을 것이란 점이다. 우리는 네게 호엔 크레멘의 조용한 장소를 제공할 수 없단다. 더욱이 우리집에 은닉처를 마련해줄 수는 더욱 없단다. 만약 우리가 네게 숨을 곳을 제공하면 우리집은 세상과 완전히 고립돼. 우린 결코 그런 결과를 바라지 않는다. 우리가 세상과의 고립을 바라지 않는 것은 우리집이 세상과 지나치게 얽매여 있어서가 아니고, 또 일체의 사교계와 작별하는 것이 못 견디게 아쉬워서도 아니다. 오직 우리는 흑백을 분명히 밝히고 싶기 때문이란다. 우리들이 사랑하던 단 한 명의 자식의 행동이 유죄였다는 우리의 판결을 세상 사람들 앞에 공포하고자 하기 때문이란다……"

에피는 더 계속해서 읽어 나갈 수가 없었다. 그녀의 두 눈엔 눈물이 가득 고였다. 애써 버텨보았지만 결국 흐느끼며 울음을 터뜨렸다. 울음을 터뜨리니 마음이 좀 가벼워졌다.

30분이 지난 다음 누군가 문을 노크하는 소리가 들렸다. 에피가 "들어오세요"라고 대답하자 추밀고문관 부인이 나타났다.
"들어가도 괜찮아요?"
"그럼요. 추밀고문관 부인" 하고 에피가 말했다. 그녀는 가벼운 모포를 덮고 두 손을 마주 잡고 소파 위에 누워 있었다.
"어찌나 피곤하던지…… 편한 대로 이곳에 이렇게 누워 쉬고 있답니다. 의자에 앉으시길 권해도 되겠지요."
추밀고문관 부인이 앉으니 꽃 수반이 놓인 테이블이 그녀와 추밀고문관 부인 중간에 놓이게 되었다. 에피는 당황한 기색을 전혀 보이지 않고 태도를 흩트리지 않은 채 마주잡은 손조차도 그대로 두었다. 에피는 추밀고문관 부인이 무슨 생각을 하든 전혀 개의치 않게 된 것이다. 그녀는 떠나겠다는 생각뿐이었다.
"슬픈 소식을 들으셨나보군요. 부인."
"슬픈 것 이상이죠"라고 에피가 말했다. "아무튼 우리들의 공동생활을 이제 빨리 청산해야 할 만큼 슬픈 소식이에요. 전 오늘 안으로 출발해야 해요."
"주제넘게 보이고 싶지 않지만 안니에게 무슨 일이 있나요?"
"아니에요, 안니 일이 아니에요. 베를린에서 온 소식이 아니고 제 엄마의 편지였어요. 엄마는 절 걱정하고 계세요. 그 걱정을 해결해드려야 해요."
"제가 분명히 알 수 있는 건, 엠스에서의 마지막 며칠을 매우 한탄스럽게도 당신 없이 보내야 한다는 사실이군요. 여기서 일하는 애를 당신에게 보내드릴까요?"

에피가 그 말에 미처 대답하기도 전에 아프라가 들어와서 점심식사가 준비되었다고 전했다. 두 사람이 매우 흥분에 들떠 있을 때 황제가 3주일 예정으로 엠스에 올 것이며, 엠스에 체재하는 마지막 날에 성대한 열병식이 있을 예정이고, 본의 경기병들도 올 것이라는 소식을 아프라가 전해주었다.

츠비커 부인은 자기가 그날까지 체재해 있을 가치가 있을지를 반사적으로 고려해본 후 가치가 있다는 결론을 거침없이 내렸다. 그리고 츠비커 부인은 에피가 일이 있어 점심에 참석할 수 없음을 대신 사과하기 위해 방을 나갔다.

곧 이어 아프라도 나가려 할 때 에피가 말했다.

"그런데, 아프라. 시간이 있으면 내게 와서 15분간만 짐 싸는 걸 도와줄 수 있겠어요? 난 오늘 7시발 기차로 출발할 예정이에요."

"오늘 안으로요? 아이, 마님, 정말 유감스러운 일이에요. 이제 바야흐로 재미있는 나날이 전개될 텐데요."

에피는 미소 지었다.

츠비커 부인은 아직도 여러 가지 얘기가 듣고 싶었다. 그래서 작별할 때 배웅하러 나오지 말아달라는 남작부인 에피의 제의에 마지못해 동의했다. 에피는 그녀를 설득했다. 역에선 누구나 마음이 어수선하고 좌석과 여행지에만 신경을 쓰게 되니까 좋아하는 사람들과는 미리 작별 절차를 끝내두는 게 좋다고 말했다. 츠비커 부인은 그게 한갓 구실이란 걸 충분히 느꼈지만 에피의 말을 인정해주었다. 츠비커 부인은 세상 물정에 밝아 진짜와 가짜를 금방 알아차리는 여자였다.

아프라가 에피를 역까지 전송했다. 에피는 누구나 한번 엠스에 와보면 늘 다시 오게 된다고 하며 엠스는 베를린 다음가는 가장 아름다운 곳이라고 말했다. 아프라는 남작부인으로부터 내년 여름에 다시 오겠다는 약속을 단단히 받았다.

한편 츠비커 부인은 편지를 쓰기 위해 자리를 잡았다. 친교실의 흔들거리는 로코코 식 책상은 놔두고 바깥 베란다 테이블에 앉았다. 넉넉잡아 열 시간쯤 전에 에피와 함께 아침식사를 하던 바로 그 테이블이었다.

츠비커 부인은 지금 라이헨할에 머물고 있는 베를린 출신의 친한 친구에게 도움을 청하는 편지를 쓰는 것이었다. 둘은 이미 오래전부터 서로 뜻이 맞는 사이였다. 이들은 모든 남성에 대해 강한 회의를 품고 있는 점에서 의견이 완전히 일치했다. 이들은 남성이란 예외 없이 아주 뒤떨어진 존재라 당연한 기준에도 못 미치는 족속이라고 보았다. 그런 점은 소위 말해서 멋진 남성 쪽이 더 심하다고 보았다.

"당황한 나머지 어디를 쳐다볼지 몰라 쩔쩔매던 남자들이 짧은 기초 연구 후엔 늘 가장 멋진 남성이 되지. 본격적인 돈 후안들은 반드시 환멸을 가져다줘. 그 원인이 도대체 어디에 있을까."

둘 사이에 이런 식의 의견이 교환됐고 서로 나름대로의 공감을 얻었다.

츠비커 부인은 벌써 두 페이지째 편지를 쓰고 있는 중이었다. 그녀는 에피에 관한 얘기를 다음과 같이 썼는데, 이 주제는 츠비커 부인으로 하여금 감상 이상의 감정을 느끼게 해주었다.

대체로 그녀는 사람들에게 무척 호감을 주며, 예의 바르고, 우선 겉으로 보기엔 솔직해. 또 전혀 귀족적 자만이 없지(있다 치더라도 그걸 감추는 기술이 대단하지). 그리고 그녀에게 무슨 재미있는 얘기를 해주면 대단한 흥미를 보이지. 난 그런 점을 이용해서 큰 효과를 거둘 수 있었어. 이런 것들이야 네게 확인시켜줄 필요가 없지만 말이야. 아무튼 매력적인 여자야. 나이는 스물다섯 살, 아니면 그보다 조금 위일 거야. 그러나 난 그녀가 결코 무사평온한 여자라고는 생각하지 않아. 지금 이 순간까지도 그렇게 생각하지. 더구나 지금은 전혀 믿지 않고 있단다. 오늘 편지 사건이 있었거든. 그 배후에 필경 무슨 일이 있나봐. 난 그걸 확신해. 난 그런 일을 놓고 착각한 적이 한 번도 없거든. 그녀는 베를린의 평판 있는 목사에 관해 이야기하길 좋아했고 각 개인의 신앙심의 정도를 확증하기도 했지. 그리고 전혀 악의가 없는 듯한 그레트헨*과 같은 시선 등은…… 나의 확신에서 나를…… 아, 방금 아프라가 들어왔어. 언젠가 그 애에 관해 네게 편지한 적이 있지. 아주 매력적인 애야. 그 애가 테이블 위에 신문을 놓고 갔어. 이곳 여주인이 내게 갖다주라고 그녀에게 주었다는군. 파랗게 줄 친 부분이 있어. 실례하겠어. 우선 줄 친 부분을 읽어볼게……

    추신. 그 신문 페이지가 무척 흥미롭단다. 신문이 때 맞춰 잘 온 것 같아. 파랗게 줄 친 부분을 오려내어 이 편지에 동봉할게. 넌 이 신문을 보고 내가 착각하지 않았음을 알게 되겠지. 도대체 크람파스가 누굴까? 믿기 어려운 일이야. 우선 스스로 쪽지와 편지를 썼고 그다음 그 남자의 편지를 보관해두었다는 게 말이야! 도대체 난로와 벽난로는 어디에 써 먹으라고 둔 건가? 결투라는 멍청이 짓이 존재하는 한 적어도 그런 실수는 일어나지 않았어야 해. 이제 다음 세대들에겐 이

---

* 괴테의 『파우스트』 1부에 등장하는 순진한 처녀로 파우스트와 사랑에 빠진다.

편지 쓰는 정열이 자유롭게 부여될 수 있겠지(그때는 위험이 없을 테니까). 그렇지만 우린 아직 거기까지 이르진 못했어. 덧붙여 말하자면 난 그 젊은 남작부인을 무척 동정해. 그리고 허영심이긴 하지만 내가 그 사건에 관해 전혀 착각하지 않았다는 건 일말의 위안을 주기도 해. 이 사건은 범상한 게 아니었어. 서투른 식별가라면 아마 속아 넘어갔을걸. 안녕.

너의 친구 소피.

32

3년이 흘렀다. 에피는 거의 비슷하게 긴 세월을 아스카니쉬 광장과 할레수 성문 중간에 위치한 조그만 집에서 살았다. 집에는 방 두 개가 앞뒤로 있고 그 뒤에 가정부 방이 붙은 부엌이 있었다. 그런대로 모든 게 표준에 미치는, 평범하면서도 아주 독특한 아름다움을 풍겨주는 집이었다. 때문에 그 집을 본 사람이면 누구나 아늑한 느낌을 가졌다. 노(老)고문관인 룸쉬텔이 그 집을 가장 좋아하는 듯했다. 룸쉬텔은 이따금 에피의 집에 들렀다. 그는 그 불쌍한 젊은 부인이 오래전에 류머티즘과 신경통을 위장한 연극을 벌였던 일뿐 아니라 그 밖의 여러 가지 일들을 이미 오래전부터 용서하고 있었다. 도대체 룸쉬텔의 용서가 필요한 것이냐는 의문이 있을 수 있겠지만 그만큼 룸쉬텔은 에피에 대해 여러 가지를 알고 있었다. 룸쉬텔은 이제 여든 살이 가까웠다. 며칠간 상당히 심하게 앓아온 에피가 편지로 그의 왕진을 요청하자 그다음 날 오전에 와주었다. 집이 너무 높아서 죄송하다는 에피의 사과에 그는 개의치 않았다.

"친애하는 부인, 사과하실 필요가 전혀 없습니다. 첫째, 이건 제 직업이고, 둘째, 전 이 세 개의 층계를 이렇게 잘 오를 수 있어 행복하며 거의 자랑스러울 정도예요. 제가 당신을 번거롭게 해드리고 있는 것이 아니라면 전 당신을 만나기 위해서, 아니 여기 당신의 창가에 몇 분간 앉아 있기 위해서라도 더욱 자주 오고 싶습니다. 전 의사 자격으로 이곳에 오는 것이지 자연 애호가나 경치 관람객으로 오는 것이 아니기 때문이지요. 제 생각으로는 당신은 이 조망을 충분하게 활용하지 않는 듯합니다."

"아이, 그렇지 않아요."

에피가 말했다. 룸쉬텔은 개의치 않고 계속 말했다.

"부인, 이리로 와보세요. 잠깐만. 아니면 제가 부인을 창가로 인도하도록 허락해주십시오. 오늘도 무척 화창한 날씨로군요. 저기 저 여러 갈래의 철로들을 보세요. 세 개의, 아니 네 개의 철로들이죠. 열차가 끊임없이 그 위를 이리저리로 미끄러지듯이 달려가지요…… 지금 막 열차가 다시 수풀 뒤로 사라지고 있습니다. 정말 장관입니다. 태양이 하얀 연기 속을 비추는 광경이 정말 멋지지요! 마테 묘지가 바로 그 아래 있지 않다면 이상적일 텐데."

"전 묘지를 바라보는 걸 좋아해요."

"네, 당신은 그런 말씀 하셔도 됩니다. 그러나 우리 같은 사람들은! 우리들은 항상 어쩔 수 없이 이런 의문을 갖죠. 이 묘지에 좀더 적은 숫자의 사람들이 누워 있을 수 없을까 하고 말입니다. 그런데 부인, 전 당신에게 만족합니다만 부인이 엠스에 대해 전혀 관심을 두지 않으시는 건 좋지 않다고 생각해요. 엠스는 당신의 카타르성 병세 치료에 효과가 있어 기적을 일으켜줄 거예요."

에피는 아무 말 하지 않았다.

"엠스는 기적을 일으킬 겁니다. 그러나 당신이 엠스를 원치 않으시니(저는 그걸 익숙하게 알고 있습니다). 여기서 광천수를 마시도록 하세요. 3분이면 알브레히트 황태자 정원에 갈 수 있어요. 음악이나 화장실, 적당한 오락 시설은 없지만 중요한 건 광천수의 질입니다."

에피는 그의 말에 동의했다. 룸쉬텔은 모자와 지팡이를 집어 들었다. 그러나 그는 다시 한 번 창가로 다가갔다.

"크로이츠베르크를 계단 모양으로 정지작업을 한다는 소식을 들었어요. 하나님이 시 당국에 축복을 내려주길 빌고 싶어요. 그렇게 되면 저 뒤에 민둥민둥한 곳이 녹지가 되겠죠…… 매력적인 집이에요. 당신이 부럽습니다…… 한데 제가 오래전부터 드리고 싶은 말이 있어요. 부인. 당신은 제게 늘 정중한 편지를 보내시죠. 누가 그런 걸 기뻐하지 않겠어요? 하지만 매번 그렇게 수고를 하시다니…… 그냥 간단하게 로즈비타를 제게 보내십시오."

에피는 그에게 감사했고 그들은 작별했다.

"그냥 간단하게 로즈비타를 보내십시오"라고 룸쉬텔은 말했다. 그럼 도대체 로즈비타가 에피와 함께 산다는 얘기일까? 로즈비타가 카이트 가가 아닌 쾨니히 그래처 가에 살고 있단 말인가? 그렇다. 로즈비타는 분명히 쾨니히 그래처 가에 살고 있었다. 그것도 벌써 상당한 세월 동안, 에피가 쾨니히 그래처 가에서 살던 바로 그때부터 줄곧 그곳에 살고 있었다. 에피가 이곳으로 이사 오기 사흘 전에 로즈비타는 에피가 머물고 있는 곳에 나타났다. 로즈비타가 나타나던 날 두 사람은 감동했다. 그날은 몹시 뜻깊은 날이었다. 그 뜻 깊은 날의 상황을 돌이켜보면 다음과 같았다.

호엔 크레멘의 부모로부터 거절의 편지를 받은 에피는 그날 저녁 기차를 타고 엠스를 떠나 베를린으로 돌아왔다. 베를린에 도착한 에피는 머무를 곳을 찾지 못한 채 어느 여자 기숙사에 숙박하게 됐다. 기숙사에는 사감 격인 두 부인이 있었는데 그들은 교양이 있고 사려가 깊었으며 예전부터 호기심 따위는 버리고 있었다. 기숙사에는 잡다한 사람들이 모이기 마련이어서 각 개인의 사생활에 개입할라치면 너무 번거로운 일이 되고 말 것이었다. 개인의 사생활에 관여하는 것은 오직 업무만 방해할 뿐이었다. 츠비커 부인의 심문하는 듯한 눈초리를 아직도 기억하고 있는 에피로서는 이 기숙사의 부인들에게서 엿볼 수 있는, 매사에 자제하는 태도가 무척 마음 편하게 느껴졌다. 이곳에서 14일이 지났다. 그때서야 에피는 기숙사를 지배하는 전체적인 분위기가, 육체적으로나 도덕적으로나 자신이 견뎌 나갈 만한 게 아니란 점을 분명히 깨닫게 됐다. 식사를 할 때는 대개 일곱 명이 모였다. 에피와 여자 관리인 외에 단과대학에 다니는 두 명의 영국 여성, 작센의 귀족 출신 부인, 무슨 목적을 갖고 있는지 전혀 알 수 없는 갈리치아 출신의 유대인 여성, 폼메르의 폴친 출신 지휘자의 딸로 화가를 지망하는 여성 등이 있다. 그런 사람들과 합석할 때는 곤란한 분위기가 조성됐다. 상대방에 대해 거드름을 피우는 그들의 태도는 무척 불쾌했다. 기묘하게도 대학에 다니는 두 영국 여성보다 오히려 화가라도 된 듯한 착각에 한껏 부풀어 있는 폴친 출신 여성이 더욱더 교만을 떨었다. 이 같은 분위기에 항상 수동적인 태도를 취하고 있는 에피로서는 그런 정신적 압박쯤은 그런대로 이겨낼 수 있었다. 그러나 정작 견디기 힘든 것은 육체적, 외면적으로 나쁜 영향을 주는 기숙사의 공기였다. 그렇게 탁한 공기가 어디에서 만들어지고 있는지 전혀 알 수가 없었다. 그러나 그 탁한 공기가 예민한 에피를 숨 막히게 한다는 사실 하나만은 분명했다. 에피는 이런 불가피한 외적 상황 때문에 빨리 다른 집을 찾아봐야겠다는 생각을 하게 되었다. 에피는 비교적 가까운 곳에서 집을 발견했다. 그 집이 바로 이 쾨니히 그래처 가에 있는 집이었다. 그녀는 10월 초에 그 집으로 이사하게 되어 있었고 이를 위해 필요한 것을 준비했다. 9월의 마지막 며칠은 기숙사에서 해방될 날을 손꼽아 기다리며 보냈다.

이 마지막 며칠 중의 어느 날이었다. 에피가 식당에서 15분쯤 먼저 방으로 돌아와 소파에 앉아 휴식을 취하려는 순간이었다. 소파는 꽃무늬가 있는 모직 천으로 덮여 있었고 방석 속에는 말린 해초가 들어 있었다. 이때 방문을 노크하는 낮은 소리가 들려왔다.

"들어오세요."

병약한 얼굴을 한 30대 중반의 가정부가 방 안으로 들어왔다. 이 가정부는 늘 기숙사의 복도에서 일하고 있기 때문에 나쁜 공기가 그녀의 얼굴 주름 하나하나에까지 배어들어 있었다. 가정부는 방에 들어서면서 "부인, 실례합니다만 누군가가 부인을 만나뵙고 싶어 하는군요"라고 말했다.

"누구예요?"

"어떤 여자입니다."

"자기 이름을 말하던가요?"

"네, 로즈비타라더군요."

에피는 로즈비타란 이름을 듣는 순간 졸음이 확 달아났다. 몸을 일으켜 복도로 뛰어나갔다. 그리고 로즈비타의 두 손을 맞잡고 방으로 데리고 들어왔다.

"로즈비타, 당신이로군요. 정말 기뻐. 무슨 소식을 갖고 왔죠? 물론 좋은 소식이겠지. 옛날과 다름없는 이런 선량한 얼굴은 좋은 소식만을 가져올 수 있을 터이니. 아, 난 정말 행복해. 키스해줄게요. 난 내가 이런 기쁨을 가지리라곤 생각지도 않았어. 나의 좋은 옛 친구야, 그래 어떻게 지내죠? 중국 남자가 유령으로 나타나던 그때가 어땠는지 생각나죠? 그 시절이 행복했었어. 그 당시만 해도 그 시절을 불행한 시절로만 생각하고 있었지. 그건 내가 고생이라는 것을 몰랐기 때문이었어요. 그 후로 난 역경이란 것을 알게 됐지. 아, 이제 와 보니 유령이란 것이 그토록 끔찍한 게 못 돼! 이리 와요, 착한 로즈비타, 이리 와 내 곁에 앉아서 내게 얘기해줘요…… 아, 난 이토록 그리움에 차 있어요. 안니는 잘 자라죠?"

로즈비타는 아무 말도 하지 못한 채 초라한 회색 벽을 둘러보고 있었다. 퇴락한 벽에는 가는 금빛 테두리가 쳐져 있었다. 로즈비타는 겨우 마음을 가라앉히고 주인어른이 글라츠에서 돌아오셨으며 황제가 "이번 일은 6주간으로 충분하다"는 분부를 했다고 말했다. 로즈비타는 또 아직은 누군가가 안니를 보살펴주어야 하기 때문에 그저 주인어른이 귀가하시는 날만을 기다리고 있었다고 말했다. 요한나가 아주 찬찬한 여자이긴 하지만 얼굴이 너무 예뻐서인지 아직도 너무 자기 자신에 몰두해서 무슨 생각을 하고 있는지 도무지 알 수 없다고 전했다. 그러나 이제는 주인어른이 다시 감시하여 모든 일에서 올바르게 볼 수 있기 때문에, 그녀는 이제 마님이 어떻게 지내시나 문안을 드리러 왔다는 등의 얘기를 늘어놓았다.

"고마워, 로즈비타."

로즈비타는 그래서 마님이 무엇을 부족하게 느끼고 있는지, 혹 자기를 필요로 하고 계시는 것은 아닌지, 한번 뵙고 싶었으며 만약 그러시다면 당장이라도 스스로 이곳에서 머무르며 마님이 편히 잘 지내도록 모든 일을 도와드리고 싶다고 말했다. 에피는 소파에 몸을 기댔다. 잠시 두 눈을 감았다. 그러고는 돌연 몸을 일으키며 말했다.

"그래요, 로즈비타. 지금 로즈비타가 말한 건 그럴듯한 생각이야. 난 더 이상 이 기숙사에서 묵지 않을 예정이에요. 난 저쪽에 집을 하나 빌려 놓았어. 이제 사흘 후에 그 집으로 이사 갈 거야. 당신과 둘이서 새집에 도착해서 '아니야, 로즈비타, 거기가 아니야. 장롱은 저기로 놓아, 거울은 이쪽으로 두고'라고 옛날처럼 말할 수 있다면 좋겠죠. 그건 맘에 드는 일이에요. 그러다 우리가 번거로운 일로 피곤해지면 '로즈비타, 잠깐 가서 슈파텐브로이를 한 병 사다주겠어요? 일을 하고 나면 뭐가 마시고 싶으니까 말이야. 가능하면 합스부르크 호프에 들러 뭐 맛있는 거라도 사오지 않겠어요? 접시는 나중에 돌려주면 될 테니까'라고 말할 수 있으면 좋겠지요. 그래, 로즈비타. 그런 생각만 해도 마음이 가벼워지는군요. 그렇지만, 로즈비타, 나와 함께 있겠다는 결정을 깊이 생각하고 한 것인지 우선 물어봐야겠어요. 로즈비타가 친자식처럼 여기던 안니 문제는 괜찮겠지? 누구든 안니를 돌봐줄 테니까. 요한나도 그 애를 애지중지하고 있으니 큰 문제는 없겠죠. 로즈비타가 다시 내게로 오고 싶다면 모든 것이 전과는 달라졌다는 걸 생각해야 해요. 난 옛날과 다른 처지에 있어요. 빌려놓은 집은 아주 작고 수위가 있다고 해도 그 수위는 로즈비타와 나한테 신경을 써주지도 않을 거예요. 살림도 아주 절약해서 살아야 하고. 목요일 요리라고 해서 먹고 남은 걸 정리하던 날이 기억나요? 매일 그 정도밖에 안 되겠지. 생각나죠? 선량한 기스휘블러가 마침 그날 와서 우리들과 식사했는데 나중에 '이런 맛있는 음식은 처음이었습니다'라고 말했었지. 그는 정말 예의 바른 분이었어. 또 그곳에서 요리가 뭔지 이해하는 사람은 그분뿐이었어. 딴사람들이야 뭐든지 다 좋다는 식이었으니까."

로즈비타는 그 한 마디 한 마디를 기쁘게 들으며 일이 잘되어가리라 생각했다. 에피는 계속 말했다.

"모든 걸 잘 생각해봤어요? 당신은 몇 년이나 흥청거리며 살던 게 버릇이 됐어. 내 자신의 살림이었긴 하지만, 이런 말을 해야겠지. 그때는 절약이란 게 문제가 되지 않았을뿐더러 그럴 필요도 없었지. 하지만 이제 난 절약해야만 해요. 이젠 가난하기 때문이야. 내게 주어진 것밖에 없어. 로즈비타도 알다시피 난 호엔 크레멘으로부터 도움을 받고 있어요. 부모님은 내게 할 수 있는 한 잘해주고 있지만 부모님들도 부자가 아니야. 자, 이제 로즈비타의 생각이 어떤지 말해봐요."

"이번 토요일에 짐을 들고 오겠어요. 저녁에 오지 않고 곧장 아침에 오겠어요. 그래서 이삿짐 정리가 시작될 때 제가 와 있도록 하겠어요. 전 마님과는 다르게 일을 해내니까요."

"그런 말 하지 말아요, 로즈비타. 나도 할 수 있어. 누구나 정작 닥치면 뭐든지 해낼 수 있는 법이에요."

"그리고 마님, 제 일로 걱정은 하지 마세요. '이건 로즈비타에게는 그리 좋은 일이 아니야'라는 생각은 전 결코 하지 않는답니다. 로즈비타는 마님과 같이 할 수 있는 일이라면 뭐든지 좋아요. 함께 슬퍼할 수 있다면 제일 기뻐요. 앞으로 마님과 함께 사는 것을 낙으로 삼고 있겠어요. 전 그런 걸 이해하고 있어요. 마님은 앞으로 아실 거예요. 제가 잘 이해 못한다면 배우도록 하겠어요. 마님, 전 잊지 않고 있답니다. 제가 묘지에 앉아 있던 때의 일을 말이에요. 저는 혼자서 우두커니 있었죠. 그리고 그 순간에는 차라리 무덤 속에 들어가 누워버리는 게 좋을 것같이 생각되었죠. 그때 누가 오셨죠? 누가 제 생명을 건져주셨죠? 아아, 전 정말 갖가지 고생을 겪어왔어요. 제 아버지가 달군 쇠막대를 들고 저를 쫓아올 때……"

"이미 알고 있어, 로즈비타……"

"예, 그건 정말 지독한 일이었죠. 하지만 묘지에서 홀로 불쌍하게 내버려져서 앉아 있을 때는 더욱 지독했었어요. 그때 마님이 오셨어요. 제가 그 은혜를 잊는다면 천국에 갈 수 없지요."

그렇게 말하며 로즈비타는 창가로 걸어갔다.

"보세요, 마님. 저걸 보셔야 해요."

에피도 가까이 가보았다.

큰 길 건너편에 롤로가 앉아서 기숙사 창문을 올려다보고 있었다.

며칠 후 에피는 로즈비타의 도움을 받아 쾨니히 그래처 가에 있는 집으로 이사했다. 새집은 처음부터 그녀의 마음에 들었다. 물론 타인과의 접촉은 없었다. 여자 기숙사에서 지내는 동안 사람들과의 사교에 싫증 나 있던 참이었으므로 고독한 생활도 그리 힘들지 않았다. 적어도 처음 얼마 동안은 그러했다. 로즈비타를 상대해서는 미학적인 대화를 할 수가 없는 노릇이었다. 신문에 실린 기사에 관해서조차 말을 나눌 수가 없었다. 그러나 인간적인 문제와 관련해서 에피가 "아아, 로즈비타, 난 또 걱정이 되는군……" 하고 말하기 시작하면 이 충성스런 하녀는 언제나 적절한 대답을 할 수 있었고 늘 위로와 조언을 아끼지 않았다.

크리스마스까지는 나무랄 데 없이 잘 보냈다. 그러나 크리스마스이브는 몹시 쓸쓸하게 지나갔다. 새해가 가까워오면서 에피는 점차 우울해지기 시작했다. 날씨는 춥지 않았으나 구름 낀 날, 비 오는 날이 많았다. 낮이 짧은 만큼 밤은 더욱 길었다. 뭘 할까? 책을 읽고 자수를 놓고 페이션스 카드*를 늘어놓아보았다. 쇼팽도 쳤다. 그러나 쇼팽의 야상곡은 생활을 밝게 해주기에는 적합하지 않았다. 로즈비타가 차 쟁반을 날라와 차와 계란 한 개, 잘게 썬 비엔나 식 고기 요리를 작은 접시 두 개에 각각 담아

---

* 카드놀이의 일종.

서 테이블 위에 놓을 때 에피는 피아노 뚜껑을 닫으며 말했다.

"로즈비타, 이리 와요. 내 얘기 상대가 되어주어요."

로즈비타가 왔다.

"마님, 또 피아노를 지나치게 치셨군요. 너무 많이 치시니 얼굴이 그렇죠. 또 붉은 반점이 생겼어요. 추밀고문관님이 과로하지 말라고 말씀했잖아요."

"아아, 로즈비타. 추밀고문관님이 환자에게 이것저것을 금지시키는 건 간단한 일이겠죠. 그렇지만 나는 그럼 도대체 무얼 하고 있으란 거야? 하루 종일 창가에 앉아 크리스투스 교회만 쳐다보고 있을 수는 없는 노릇이에요. 일요일 밤 예배 때 교회 창문이 훤해지면 난 늘 그걸 쳐다보지. 그렇지만 내겐 아무 도움이 되지 않아요. 마음만 점점 더 무거워질 뿐인걸."

"네, 마님, 그렇다면 마님께서 한번 그 안으로 들어가보시면 어떨까요. 언젠가 한번 그 교회에 다녀오신 적이 있죠."

"벌써 여러 번 갔었지. 하지만 별로 도움이 되지 못했어요. 목사님은 무척 설교를 잘하고 또 아주 머리가 좋아요. 그중의 백분의 일이라도 내가 알고 있다면 좋겠다고 생각해. 하지만 모든 게 그저 내가 책을 읽고 있는 것과 같을 뿐이야. 게다가 목사님이 가끔 큰 소리로 말하며 손짓을 한다든지 검은 곱슬머리를 흔들어 댈 때면 모처럼의 신앙심도 달아나버린단 말이야."

"달아나버린다고요?"

에피는 웃었다.

"로즈비타는 내가 신앙심을 갖고 있지 않다고 생각하겠죠. 아아, 그럴는지도 몰라. 하지만 그건 누구의 탓일까? 내 탓은 아니에요. 목사님은 언제나 『구약성서』 이야기뿐인걸요. 그 설교가 아주 훌륭하다 하더라도 날 감동시키지 못해. 도대체 잠자코 듣기만 해야 하니 옳은 게 아니야. 난 어쩔 줄 모를 정도로 할 일을 많이 갖고 있어야 해요. 예를 들자면 젊은 아가씨들이 교양으로 살림살이를 배우는 모임도 있고 재봉 교실도 있고 또 유치원 보모도 있어. 그런 것에 관한 얘기를 들은 적이 없어요?"

"네, 있어요. 안니 아씨를 유치원에 넣었을 때였죠."

"그래 그것 봐요. 로즈비타가 나보다 더 잘 알고 있군. 난 내 자신이 보람 있게 일을 할 수 있는 그런 모임에 가입하고 싶어. 그렇지만 그건 생각할 수조차 없어. 그런 모임의 부인들이 나를 받아주려 하지도 않고, 또 그럴 수도 없겠지. 그런 식으로 세상으로부터 따돌림 당하는 게 가장 견딜 수가 없어요. 선행을 하려 해도 저지당해버리는 거야. 난 혜택 받지 못한 어린이들의 공부를 봐주는 일조차 할 수가 없대요······"

"그런 것은 마님이 하실 일이 못 되어요, 마님. 그런 애들은 모두 기름으로 더러워진 구두를 신고 있어요. 궂은 날씨엔 그야말로 악취가 나지요. 마님은 그걸 참아낼 수가 없을 거예요."

에피는 미소 지었다.

"로즈비타 말이 옳을지도 몰라, 로즈비타, 하지만 그래선 안 되지. 그렇게 되면 나 자신 속에 아직도 과거의 내가 남아 있다는 얘기가 돼. 또 현재의 생활 형편이 분에 넘치게 좋다는 뜻도 되지."

로즈비타는 에피의 그런 말에 전혀 관심을 두려 하지 않았다.

"마님 같은 좋은 분에게 생활 형편이 분에 넘치게 좋다는 표현은 전혀 타당하지 않아요. 그렇게 쓰라린 생각을 하실 필요가 없어요. 꼭 다시 좋은 시절이 올 거예요. 반드시 좋은 일을 찾게 되실 거예요."

바로 그 좋은 일이 발견되었다. 에피는 폴친 출신 지휘자의 딸을 아직 기억하고 있었다. 그녀의 예술가적 교만이 에피에겐 무척 역겨웠다. 그러나 그녀를 생각하는 순간 자신이 직접 그림을 배우고 싶어졌다. 물론 아마추어의 초보 단계를 결코 벗어날 수 없을 것을 잘 알고 있었기 때문에 자신도 우습게 여겼지만 무엇인가 할 일을 갖는다는 점, 더욱이 조용하고 소리 없는, 그녀의 취향에 딱 맞는 일을 갖는다는 점 때문에 정열을 갖고 그림 공부를 시작했다. 그녀는 아주 연로한 어느 미술 교수에게 등록했다. 이 화가는 마르크 브란덴부르크의 귀족들 소식에 정통했고 또 지극히 경건한 사람이어서 처음부터 에피에게 애착을 느끼는 듯했다. 그는 한 영혼을 구제할 수 있다고 생각했는지 에피가 친딸이라도 되는 듯 특별히 자상하게 대해주었다. 첫번째 레슨 날은 에피의 모든 것이 개선되는 최초의 전환점이 되었다. 이 순간부터 에피의 가련한 삶은 더 이상 비참하지 않게 되었으며 로즈비타도 마님이 소일거리를 찾게 된 것은 자기의 예언이 맞아 들어간 것이라고 의기양양했다.

그렇게 수년이 지나고 세월이 흘러갔다. 에피는 사람들과의 접촉을 다시 갖게 되어 기뻤다. 그러나 더 나아가 대인 관계를 다시 개척해서 더욱 확대해가고 싶은 소망을 품게 됐다. 이따금 호엔 크레멘에 대한 동경이 격렬하게 그녀를 사로잡았다.

안니를 만나고 싶다는 간절함은 더욱더 깊어졌다. 안니는 그녀의 자식이었다. 그녀는 안니의 생각에 골똘히 잠겼다. 트리펠리가 언젠가 해주었던 말, 즉 '세상이란 좁은 것이어서 아프리카의 깊은 오지(奧地)에서도 홀연히 정든 옛 얼굴을 만날 수 있다'라는 이론에 입각한다면 에피가 아직까지 안니를 한 번도 만나지 못한 것은 아무래도 무엇인가 잘못된 것같이 여겨졌다. 그러나 어느 날 마침내 변화가 왔다. 에피는 동물원 바로 옆에서 미술 레슨을 마치고 나와 정류소 가까이에서 마차를 탔다. 그 마차는 선제후 거리를 달리는 노선 마차였다. 날씨는 지독히 더웠다. 에피는 강한 바람에 이리저리 펄렁거리는, 마차의 내려쳐진 커튼이 무척 상쾌하게 느껴졌다. 에피는 승강구 쪽 앞좌석에 기대서 파란 술이 달린, 유리판 무늬가 있는 여러 개의 소파들을 감상하고 있었다. 마차는 천천히 움직이고 있었다. 그때 뾰족한 모자를 쓴 초등학생 서너 명이 가방을 메고 마차로 뛰어 올라탔다. 두 명은 금발에다 말괄량이인 듯 보였고 한 명은 검은색 머리에 진지한 표정이었다. 안니였다. 에피는 아찔했다. 그토록 간절히 그 애를 만나고 싶어 했으면서도 지금 이 순간에는 죽음 같은 불안에 휩싸였다. 어떻게 할까? 그녀는 재빨리 결심하고는 앞 승강구로 통하는 문을 열었다. 그곳에는 마부 이외엔 아무도 없었다. 그녀는 다음 정류소에서 내려달라고 부탁해보았으나 마부는 "금지되어 있습니다. 아씨"라고 말했다. 그녀는 은화 한 닢을 쥐어주고 애원하듯 쳐다보았다. 마음씨 좋은 마부는 생각을 바꿨다.

"사실은 안 되지만 한 번쯤은 괜찮겠지"라고 혼잣말을 했다. 그리고 마차가 멈추었을 때 그는 격자 빗장을 벗겨주었고 에피는 곧장 뛰어내렸다.

에피는 몹시 흥분한 채 집으로 돌아왔다.

"이봐요, 로즈비타. 오늘 나 안니를 만났어."

그리고 그녀는 노선마차 속에서 안니를 만난 얘기를 해주었다.

로즈비타는 어머니와 딸이 재회를 서로 축하하지 않았다는 사실을 불만족스럽게 생각했다. 수많은 사람들 앞이라 그럴 수 없다는 설명을 듣고는 마지못해 수긍을 했다. 에피는 안니가 어떤 모습을 하고 있는가를 얘기하지 않고는 견딜 수가 없었다. 에피가 어머니로서의 자부심에 가득 찬 어조로 얘기를 끝마치자 로즈비타는 "그래요. 안니 아씨는 꼭 반반이죠. 예쁘고, 또 이런 말씀 드려도 괜찮을지 모르겠습니다만, 좀 별난 데가 있어요. 아마 엄마에게서 물려받았겠죠. 하지만 아씨의 그 진지함은 그대로 아빠를 쏙 뺐어요. 이것저것 생각하면 역시 주인어른을 더 많이 닮았죠" 라고 말했다.

"다행스럽군" 하고 에피가 말했다.

"그런데, 마님. 그게 아직 의문점이지요. 어머니 쪽을 더 좋아하는 분도 많이 계실 테니까요."

"그렇게 생각해요, 로즈비타? 난 그렇게는 생각하지 않아요."

"글쎄요. 로즈비타는 솔직하답니다. 사실은 마님도 잘 알고 계실 텐데요. 실제로 어떤지, 남자들이 무얼 가장 좋아하는지를 말이에요."

"아아, 그만둬. 로즈비타."

이야기는 그렇게 중단되었고 그 후 두 번 다시 언급되지 않았다. 그러나 에피는 로즈비타와 안니 얘기를 나누는 걸 피해왔지만 마음속으로는 그 해후를 잊을 수가 없었다. 그리고 자기 자식을 피해버렸다는 괴로운 상념에 시달렸다. 그 괴로움은 급기야는 수치심으로 바뀌었고 안니를 다시 만나고 싶은 마음은 병이 날 지경으로 간절해졌다. 인스테텐에게 편지를 써서 안니를 만나게 해달라고 부탁하는 것은 불가능했다. 에피는 자신의 죄를 잘 의식하고 있었다. 그리고 그런 죄의식을 고의적으로 키워나갔다. 그러나 죄의식의 와중에서도 한편으로는 인스테텐에 대한 반항심이 소용돌이 치고 있음을 에피는 느꼈다. '그는 옳았어, 옳고 또 옳았지, 하지만 결국은 옳지 않았어'라고 에피는 혼잣말을 했다. '그 일은 아주 옛날에 일어난 사건이었고 새로운 생이 시작되었지.' 그는 모든 걸 그냥 흘려 보낼 수도 있었는데 그렇게 하지 못했기 때문에 유감스럽게도 가련한 크람파스가 피를 흘렸다.

아니야, 인스테텐에게 편지를 쓰면 안 돼. 그러나 에피는 안니를 만나 이야기를 나누고 싶었으며 아이를 가슴에 꼭 껴안고 싶었다. 그녀는 며칠 동안 곰곰이 생각한 후, 최선의 방책을 세웠다.

그다음 날 오전 에피는 정성들여 준비한 검은 옷을 차려입고 린덴 거리에 있는 장관 관사로 가서 장관 부인에게 면회 신청을 했다. 그녀는 명함을 들여보냈다. 명함에는 '에피 폰 인스테텐. 브리스트 가문 출신'이라고 적혀 있을 뿐 그 외에는 아무 것도 적혀 있지 않았다. 남작부인이란 언급도 없었다.

"들어오시라고 하십니다."

에피는 하인 뒤를 따라 응접실에 가서 앉았다. 흥분되어 가슴이 두근거렸지만 애써 벽에 장식된 그림들을 감상했다. 우선 눈에 들어오는 것이 귀도 레니*의 「여명(黎明)의 여신」**이었고 그 맞은편에는 벤자민 웨스트***를 모방한 영국의 동판화로, 빛과 그림자가 많은 유명한 동판 부식 화법(畵法)을 사용한 것이었다. 그중의 하나는 폭풍우 속의 황야를 방황하는 리어 왕을 그린 그림이었다.

에피가 그림 감상을 끝마치자마자 옆방의 문이 열리고 키가 크고 날씬한 부인이 사람의 마음을 끄는 듯한 표정으로 청원하는 여인 쪽으로 걸어와서 손을 내밀었다.

"부인, 다시 뵙게 되어 무척 기쁩니다······"

그녀는 그렇게 말하면서 소파 있는 곳으로 걸어갔다. 그리고 에피에게도 소파를 권하여 앉게 하고 자기도 앉았다.

에피에게는 이런 태도에 담겨 있는 장관 부인의 따스한 인간미에 감

---

* Guido Reni(1575~1642) : 바로크 시대의 이탈리아 화가.
** 로마에 있는 유명한 천장화를 모방한 그림.
*** Benjamin West(1738~1820) : 영국의 역사화가.

동했다. 오만이나 비난하는 태도는 조금도 없었으며 오로지 아름다운 인간적인 공감만이 있었다.

"제가 뭘 도와드릴 수 있을까요?"

장관 부인은 다시 한 번 말을 꺼냈다.

에피의 입 언저리에 경련이 일어났다. 마침내 에피는 말했다.

"오늘 찾아뵙게 된 것은 부탁이 하나 있어서입니다. 사모님이라면 그것을 해결해주실 수 있으리라 믿었습니다. 제게는 열 살 난 딸이 하나 있는데 벌써 3년이나 만나지 못하고 있습니다. 그 딸을 만나고 싶습니다."

부인은 에피의 손을 잡고 친절한 태도로 그녀를 바라보았다.

"3년 동안 만나지 못했다고 말씀드렸습니다만 아주 정확한 말은 아닙니다. 사실 사흘 전에 한 번 보았지요."

그렇게 말하면서 에피는 안니를 만났던 순간을 생생하게 묘사했다.

"자기 아이를 피해 도망쳐버렸답니다. 자기가 저지른 일을 스스로 감당해야 한다는 건 잘 알고 있어요. 그리고 전 제 인생을 달리 변화시켜볼 생각을 한 적이 없어요. 이대로가 좋다고 생각합니다. 지금과 다른 생활을 해보려고도 하지 않았죠. 하지만 아이의 일만은 너무 가혹합니다. 그래서 아이만은 때때로 만날 수가 없을까 하는 기대를 갖고 있습니다. 그것도 몰래 숨어서가 아니라 관련이 있는 모든 사람의 동의를 받아서 말입니다."

"관련이 있는 사람의 동의를 받아서라고요?"라고 장관 부인은 에피의 말을 그대로 되풀이했다.

"당신 바깥어른의 동의를 얻어서 만나겠다는 뜻이군요. 제가 보는 바로는 당신 바깥어른의 교육 방침으로는 따님을 생모에게서 떼어놓으려 하실 거예요. 저는 그것이 좋다 나쁘다 판단을 내리지 않겠어요. 아마 그가 옳을지도 모르죠. 용서하세요. 이런 말씀을 드리는 걸. 부인."

에피는 고개를 끄덕였다.

"부인은 바깥어른의 방침을 인정하시면서도 우리 여자들이 갖고 있는 모녀 간의 본연의 정, 즉 우리의 아름다운 정이 충족되기를 요구하시는군요. 제 말이 맞습니까?"

"모두 맞습니다."

"그래서 때때로 따님을 만날 수 있는 허락을 얻도록 제가 힘써달라는 요청이시군요. 그것도 따님의 마음을 되돌리기 쉽게 부인의 댁에서 말씀이죠."

에피는 그렇다고 대답했고 장관 부인은 말을 계속했다.

"그럼, 부인, 제가 할 수 있는 일을 해보겠어요. 그렇지만 이 일은 쉽지는 않을 거예요. 당신의 바깥어른은, 용서하세요, 늘 이렇게 바깥어른이란 호칭을 써서, 분위기나 일시적은 기분에 좌우되어 행동하시는 분이 아니에요. 반드시 근본 원칙에 따라서 행동하시죠. 원칙을 도외시한다든지 잠깐이라도 원칙을 포기하는 행동은 그분으로선 상당히 어려울 것입니다. 그렇지 않다면 그의 행동방식이나 교육 방침이 벌써 예전에 달라졌을 거예요."

"그럼, 저의 청원을 취하하는 편이 낫다고 여기십니까?"

"아니에요. 전 당신의 바깥어른의 행동방식을 설명하려 했을 뿐이지 그게 정당하다고 시인한 것은 아닙니다. 앞으로 우리가 틀림없이 부닥치게 될 어려움은 어느 정도 암시해드리고 싶었죠. 하지만 어떻게든 추진해봅시다. 우리들 여성은 현명하게 일을 시작하고 활을 너무 세게 당기지만 않는다면 여러 가지 일을 성공시킬 수 있습니다. 게다가 당신의 바깥어른은 제게 특히 호의를 갖고 계신 분들 가운데 한 분이니까요. 제가 하는 부탁을 아마 거절하지는 못할 겁니다. 내일 작은 모임이 있어 만나게 될 거예요. 모레 아침에 일의 성공 여부를 몇 줄 써서 전해드리겠어요. 제 생각엔 성공할 것 같아요. 당신은 따님을 다시 만나서 기뻐하실 수 있을 거예요. 따님이 무척 예쁘다는 소문을 들었어요. 놀랄 일이 아니죠."

33

약속대로 이틀이 지난 후 몇 줄의 편지가 도착했다. 에피는 편지를 읽어보았다.

친애하는 부인, 당신에게 좋은 소식을 드릴 수 있게 되어 무척 기쁩니다. 모든 것이 소망대로 이루어졌습니다. 당신의 바깥어른은 무척 사교적인 분이어서 숙녀가 부탁한 청을 거절할 수 없었어요. 그렇지만— 이런 얘기를 당신에게 말씀드리지 않을 수 없습니다만— 그의 '예'라는 대답은 그가 현명하고 정당하다고 생각하는 기준과는 일치하지 않는 게 분명했어요. 그렇지만 기뻐해야 할 이 일을 그런 식으로 트집을 잡아 따지지 맙시다. 우리는 이렇게 약속했어요. 당신의 안니가 오늘 정오쯤에 갈 거예요. 당신의 딸과의 재회에 행운을 빕니다.

에피가 이 편지를 받은 것은 두번째의 우편배달 편이었다. 안니가 나타날 때까지는 두 시간도 채 남지 않았다. 짧은 시간이었다. 그러나 그 짧은 시간이 너무나 길게 느껴졌다. 에피는 초조해져서 양쪽 방을 왔다갔다 하다가 다시 부엌으로 가서 로즈비타와 여러 가지 잡다한 얘기를 나누었다. 저쪽의 크리스투스 교회의 넝쿨이 내년엔 창문을 모두 뒤덮어버릴 거란 얘기, 가스 마개를 또 잘못 잠근 수위 아저씨에 관한 얘기(아마 다음번에는 폭발해버릴 것이란 얘기), 그리고 안 할트 가(街)에서보다는 운터 덴 린덴의 램프 상점에서 석유를 사 갖고 오도록 하라는 얘기 등을 두서없이 나눴다. 그녀는 이런저런 얘기를 했지만 안니에 대해서만은 아무 말도 하지 않았다. 왜냐하면 장관 부인의 몇 줄의 편지가 가져다준 마음속 두려움을 억누르고 싶었기 때문이었다.

마침내 정오가 됐다. 초인종 소리가 수줍은 듯 울렸다. 로즈비타가 나갔다. 문 구멍으로 누가 왔나 보기 위해서였다. 안니였다. 틀림없었다. 로즈비타는 안니에게 키스하고 아무 말 없이 마치 집 안에 환자가 살고 있기라도 하듯 조용하게 안니를 복도에서 뒷방을 거쳐 앞쪽으로 통하는 문으로 안내했다.

"그 안으로 들어가요, 안니 아씨."

이 말을 하면서 로즈비타는 안니를 혼자 두고 다시 부엌 쪽으로 갔다. 방해가 되고 싶지 않아서였다.

안니가 들어왔을 때 에피는 거울이 달린 벽기둥에 등을 기댄 채 방의 다른 쪽 끝에 서 있었다. "안니!" 그러나 안니는 반쯤 열린 문가에 그대로 서 있었다. 반쯤은 당황한 듯, 반쯤은 미리 작정이라도 한 듯했다. 에피는 재빨리 안니에게로 가서 팔을 높이 안아 올리며 키스했다.

"안니, 내 귀여운 딸아. 정말 기쁘다. 이리 온. 얘기해봐."

그렇게 말하면서 에피는 안니의 손을 잡고 소파로 가서 앉았다. 안니는 꼿꼿한 자세로 여전히 수줍은 듯 엄마를 쳐다보며 왼손으로는 내려뜨려진 테이블보의 귀퉁이를 만지작거렸다.

"안니, 내가 널 한 번 보았던 걸 알고 있니?"

"네, 그랬었던 것 같아요."

"그래, 이제 내게 많은 얘기를 들려주렴. 무척 많이 컸구나. 여기에 흉터가 남아 있네. 로즈비타가 그 얘기를 해주었어. 넌 놀 땐 늘 그렇게 거칠고 말괄량이였지. 그건 이 엄마를 닮은 모양이구나. 이 엄마도 그랬거든. 학교는 재미있니? 넌 항상 일등일 거라고 나는 생각해. 아마 틀림없이 모범생이겠지. 항상 좋은 성적표를 집으로 가져오겠지. 베텔스테트 양이 너를 무척 칭찬한다는 소식을 들었어. 나도 명예심이 그렇게 많았단다. 그렇지만 그땐 학교가 그렇게 좋진 못했단다. 나는 신화(神話) 과목을 가장 잘했어, 넌 어떤 과목을 가장 잘하니?"

"모르겠어요."

"어머, 넌 알고 있을 거야. 그런 건 보통 알고 있는 법이거든. 어느 과목에서 가장 좋은 성적을 받았니?"

"종교 과목이요."

"그래, 그것 봐. 알고 있잖니. 잘했어. 아주 훌륭해. 난 그 과목을 별로 잘하지 못했어. 그렇지만 그건 아마 수업에 달려 있었던 것 같아. 우린 그때 단 한 분의 보조교사밖에 없었거든."

"우리도 보조교사가 한 분 있었어요."

"그럼 그분이 떠나셨어?"

안니는 고개를 끄덕였다.

"왜 그만뒀지?"

"우린 모르죠. 이제 새 목사님이 오셨어요."

"너희들 새 목사님을 대단히 좋아하겠구나."

"네, 1학년 학생 두 명이 우리 수업에 들어오려고 해요."

"아, 그렇군. 좋은 일이야. 그런데 요한나는 어떻게 지내니?"

"요한나 언니가 저를 이 집 앞까지 바래다주었어요."

"왜 함께 들어오지 않았니?"

"자기는 밑에서, 저쪽 교회 앞에서 기다리는 게 더 좋다고 말했어요."

"그럼 네가 그녀에게 가야겠구나."

"네."

"그래. 그녀가 기다리는 걸 초조해하지 않았으면 좋겠는데. 요한나가 서 있는 교회에는 작은 뜰이 있고 창문이 넝쿨로 반쯤 뒤덮여 있지. 마치 오래된 교회처럼 말이야."

"그렇지만 전 그녀를 오래 기다리게 하고 싶지 않아요."

"그래, 알겠어, 넌 남의 처지를 무척 잘 고려해주는구나. 그런 면은 내가 기뻐해야겠지. 그러나 그런 마음을 적당하게 조화시켜 나갈 수 있도록 해야 돼…… 롤로는 어떻게 지내는지 얘기해주겠니?"

"롤로는 아주 잘 있어요. 그런데 아빠는 롤로가 늘 햇볕에 웅크리고 있어서 게으르다고 말씀하세요."

"그럴 거야. 네가 조그만 애기 때도 그 개는 그랬었어. 그런데 아니, 어디 말해봐. 우리가 오늘은 그저 이렇게 만났으니까 앞으로는 더 자주 나를 방문할 수 있겠니?"

"네, 허락을 받으면……"

"우린 알브레히트 황태자 공원으로 산보를 갈 수 있단다."

"네, 허락을 받으면……"

"혹은 쉴링에 가서 아이스크림, 파인애플, 바닐라 아이스크림을 사 먹자꾸나. 난 그런 군것질을 가장 좋아했단다."

"네, 허락을 받으면……"

이 세번째 "허락을 받으면"이란 말을 듣자 에피의 참을성이 한계에 이르렀다. 에피는 벌떡 일어나서 분노에 불타오르는 듯한 시선을 안니에게 던졌다.

"이제 시간이 다 되었어, 안니. 요한나가 지금쯤 조바심을 내고 있을 거야."

에피는 초인종 줄을 당겼다. 옆방에 와 있던 로즈비타가 이내 들어왔다.

"로즈비타. 안니를 저쪽 교회까지 바래다주어요. 그곳에 요한나가 기다리고 있어. 요한나가 감기에 걸리지 않았다면 좋겠는데. 그렇게 되면 내가 미안하니까. 요한나에게 안부 전해줘요."

두 사람은 나갔다.

로즈비타가 바깥에서 문을 자물쇠로 걸자마자 에피는 격렬하게 옷을 끌어안으며 발작적인 웃음을 터뜨렸다. 숨이 막혀 질식해버릴 것 같았기 때문이다. "재회가 이런 꼴이라니." 그렇게 말하며 에피는 쓰러지듯 앞으로 걸어가 창문을 열었다. 도움이 될 뭔가를 찾아보았다. 그녀는 심장에 고통을 느꼈다. 창문 곁에 책꽂이가 놓여 있었다. 거기에는 성경과 찬송가 책이 있었다. 에피는 성경과 찬송가 책을 손에 쥐었다. 무릎을 꿇고 기도할 수 있는 무엇이 필요했기 때문이었다. 에피는 안니가 조금 전 서 있던 테이블 가장자리 바로 그 위치에 성경과 찬송가 책을 놓고 그 앞에 몸을 던져 낮은 목소리로 중얼거렸다.

"오, 하늘에 계신 하나님, 제가 한 짓을 용서해주십시오. 전 어린애였습니다…… 아니, 아니에요. 제가 한 행동을 알 수 있을 만큼은 나이를 먹었습니다. 저도 그걸 알고 한 행동이었어요…… 그렇지만 지금의 제가 처해 있는 상황은 너무나 가혹합니다. 이 어린애와 관련하여 저를 벌주고자 하는 사람은 하나님 당신이 아닙니다. 그건 그 사람입니다. 그 사람뿐입니다. 저는 그 사람이 고귀한 마음을 가졌다고 믿어왔습니다. 그리고 그의 곁에서 전 늘 제 자신이 왜소함을 느꼈습니다. 그러나 이제는 알고 있습니다. 그가 좁은 인간이란 것을. 좁은 인간이기 때문에 그는 잔인합니다. 좁은 것은 모두 잔인합니다. 그 사람은 아이에게도 그렇게 가르쳐 놓았습니다. 그 사람은 늘 학교 선생과 같았습니다. 크람파스는 그 사람을 비웃는 투로 그를 선생이라고 불렀습니다. 크람파스의 말이 옳았습니다. '네, 허락을 받으면'이라고? 너는 허락을 받을 필요가 없단다. 난 더 이상 너희들을 원치 않을 거야. 난 당신들을 증오해. 내 자식마저도. 지나친 건 지나친 거야. 그 사람은 출세주의자야. 그 외엔 아무것도 아니야. 명예, 명예, 명예뿐…… 그래서 그 사람은 그 가련한 남자를 쏘아 죽였어. 내가 한 번도 사랑한 적이 없고, 사랑하지 않았기 때문에 잊어버렸던 남자였지. 모든 것이 바보스런 짓이었고 그렇게 피의 살인이 일어났어. 그러고는 나더러 잘못이라는 거지. 그는 장관 부인의 말을 거절할 수 없었기 때문에 아이를 내게 보낸 거야. 아이를 보내기 전에 그 애를 앵무새처럼 조련시키고 '허락을 받으면'이란 말을 주입시킨 거야. 내가 한 행동은 구역질이 날 만해. 그렇지만 내게 더욱더 큰 구역질을 느끼게 하는 건 당신들의 그 미덕이란 거야. 썩 물러가버려. 난 살아가야 해. 물론 그 생이 영원히 지속되지는 않겠지만 말이야."

로즈비타가 다시 돌아왔을 때 에피는 바닥에 누워 있었다. 얼굴을 돌린 채 생명력을 잃은 듯했다.

34

룸쉬텔이 왕진 의뢰를 받고 왔을 때 그는 에피의 상태가 심상치 않음을 발견했다. 그가 수년 전부터 그녀에게서 관찰해오던 폐결핵 증세가 그 전보다 훨씬 더 심각했던 것이다. 그리고 더욱더 좋지 않은 건 신경쇠약 초기 증상까지 나타난 것이다. 환자를 즐겁게 해줄 줄 아는 룸쉬텔의 조용하고 자상한 치료 방법은 에피에게 긍정적인 효과를 주어 룸쉬텔이 곁에 있는 동안에 그녀는 안정을 찾았다. 노신사가 돌아갈 때 로즈비타는 그를 현관까지 배웅하며 물어보았다.

"아아, 추밀고문관님, 전 두려워요. 만약에 또다시 이런 일이 일어난다면 어쩌죠? 자칫 잘못하면…… 아아, 무서워요. 전 더 이상 마음이 편할 날이 없을 거예요. 사실 아이에 관한 건 너무 가혹했어요. 가련한 마님은 아직 젊으신데요. 많은 사람들이 그 나이에 겨우 인생을 시작할 시기인데요."

"걱정 말아요, 로즈비타. 모든 게 다시 좋아질 수 있을 거요. 그렇지만 그분은 이곳을 떠나야 해요. 생각해봅시다. 여기 말고 다른 공기, 다른 사람들이 있는 곳으로 말이오."

그런 일이 있은 후 이틀째 되는 날 한 통의 편지가 호엔 크레멘에 도착했다. 편지에는 다음과 같이 적혀 있었다.

자비로우신 부인!
브리스트 집안 및 벨링 집안과의 저의 오랜 우정은, 그리고 그에 못지않은 당신의 따님에 대한 제 진정한 애정은 이런 식의 편지를 정당화시켜주리라 믿습니다. 따님의 병세는 더 이상 방치해둘 수 없습니다. 따님께서 이때까지 살아온 고독과 고통의 생활로부터 해방시켜드릴 조처가 취해지지 않을 경우엔 따님은 아마 급격하게 쇠약해지실 것입니다. 폐결핵의 징후는 그전부터 있어왔으며 그 때문에 엠스에서 전지 요양을 하도록 제가 처방을 드렸습니다. 이번에는 이제까지의 지병에다 또 다른 병이 겹쳤습니다. 따님의 신경이 점점 쇠약해지고 있습니다. 이 병의 악화를 막기 위해 공기를 바꾸어보는 게 필요합니다. 그렇지만 어디로 가는 게 좋겠습니까. 손쉽게 슐레지엔의 온천지를 선택할 수도 있겠지요. 잘츠부른도 좋고, 신경증에는 라이네르츠가 더욱 좋겠죠. 그렇지만 따님의 요양지로는 오직 호엔 크레멘만이 효과가 있습니다. 그 이유는, 자비로우신 부인, 당신 따님의 건강을 회복시켜줄 수 있는 것은 공기 하나만으로는 부족하기 때문입니다. 따님에겐 지금 로즈비타 외엔 아무도 없기 때문에 따님은 날로 쇠약해져가고 있습니다. 하녀의 충성스런 시중은 좋은 것입니다. 그렇지만 어머님 아버님의 사랑은 더욱 좋습니다. 한낱 늙은 의사가 자기의 의사 직분을 벗어나서 이런 참견을 드리는 걸 용서하십시오. 그렇지만 다시 생각하면 직분을 벗어난 게 아닙니다. 그 이유는 이런 경우 자기의 의무에 따라 의견을 말하고, 또 요구를 하는 게— 이런 표현을 쓰는 걸 용서하십시오— 의사의 일이니까 말입니다…… 저는 수많은 인생을 보아왔습니다. 그러나 따님과 같은 인생은 그 유례를 찾을 수 없습니다. 당신의 부군에게 안부를 전해주십시오. 삼가 경의를 표하며.

룸쉬텔 올림.

브리스트 부인은 편지를 남편에게 읽어주었다. 둘은 돌이 깔린 그늘진 길에 앉아 있었다. 그들 뒤로는 정원으로 향한 응접실이 있고 앞에는 해시계가 있는 원형 화단이 있었다. 창문 주위로 엉켜 있는 야생 포도넝쿨이 바람결에 조용히 살랑대고 있었다.

브리스트는 아무 말 없이 손가락으로 차 쟁반을 두드렸다.

"부탁이에요. 두드리지 마세요. 차라리 말씀을 하세요."

"아, 루이제, 무슨 말을 하란 말이오. 두드리는 거나 말하는 거나 마찬가지 아니오. 내가 에피 일에 대해 어떤 생각을 하고 있는지 당신은 수년 전부터 다 알고 있지 않소. 청천벽력처럼 인스테텐의 편지가 왔을 땐 난 당신의 의견에 찬성했었소. 그렇지만 그 일은 벌써 옛날 일이오. 내가 내 인생의 마지막까지 대심문관처럼 행동해야 한단 말이오? 난 이미 오래전에 그런 생활이 싫증이 났소……"

"절 비난하지 마세요, 브리스트. 저도 당신만큼 그 애를 사랑하고 있어요. 아니 더욱더 사랑하는지도 모르지요. 누구나 자기 나름의 방식을 갖고 있어요. 그렇지만 세상을 살면서 마음이 약하고 부드럽기만 해서는 안 돼요. 법률과 계명에 어긋나는 일, 유죄판결을 내린 일, 잠정적이더라도 타당하게 유죄판결을 받은 일 등에 대해 대범하게만 다루어서는 안 돼요."

"무슨 소리, 가장 중요한 게 한 가지 있지 않소."

"물론이죠. 오직 한 가지가 중요해요. 그렇지만 그게 뭐라고 생각하시죠?"

"그건 바로 자식에 대한 부모의 사랑이오. 더군다나 하나뿐인 자식이라면……"

"그렇다고 교리문답이니 도덕이니 이 '사회'가 요구하는 규범 등은 모두 무의미하다는 말씀이세요?"

"아, 루이제. 당신이 원하는 대로 실컷 교리문답 얘기나 하시오. 그렇지만 '사회'는 들먹이지 말아요."

"그러나 사회를 도외시하고 살아간다는 건 무리예요."

"자식을 도외시하고도 마찬가지요. 그리고 루이제, 내 말을 믿어보오. '사회'란 것도 자기가 원하기만 하면 한 눈을 감을 수 있을 거요. 난 그걸 이렇게 생각하고 있소. 즉 라테노우 경기병이 와도 좋고 안 와도 좋다고 말이오. 난 아주 간단하게 전보를 치겠소. '에피, 오너라'라고. 당신도 동의하오?"

부인은 몸을 일으켜서 남편의 이마에 키스했다.

"물론 저도 찬성이에요. 다만 저를 비난하시지나 마세요. 쉬운 조처는 아니에요. 우리의 삶은 이제부터 달라지겠죠."

"난 견뎌갈 수 있소. 평지는 잘 자라고 있고 가을에는 토끼 사냥을 할 수 있소. 붉은 포도주는 여전히 맛이 있고. 우리 애가 다시 우리집에서 살게 되면 붉은 포도주는 더욱 맛이 있을 거요…… 그럼 이제 전보를 쳐야겠군."

에피가 호엔 크레멘에서 살게 된 지 벌써 반년이 지났다. 그녀는 1층의 방 두 개를 사용했는데 예전에 이곳을 방문할 때면 늘 사용하던 방이었다. 큰 방은 그녀 자신을 위해 꾸며놓았고 그 옆방은 로즈비타가 사용했다. 이곳에 와서 있을 경우 환자에게 많은 도움이 될 것이라던 룸쉬텔의 예견은 대부분 그대로 적중했다. 잔기침이 줄어들었고 그토록 사랑스럽던 그녀의 매력을 상당히 많이 앗아갔던 그 쓰라림의 표정도 사라져갔다. 에피는 다시 웃음의 나날을 되찾았다. 케쎈과 지난날의 모든 일들은 거의 화제에 오르지 않았다. 물론 파덴 부인과 기스휘블러에 대해서만은 예외였다. 노브리스트는 기스휘블러에 대해 대단한 호감을 갖고 있었다.

"알론조는 전형적인 스페인 사람 같아. 그가 미람보를 집에 데리고 있고 트리펠리란 여성을 길렀다고. 그렇지, 그는 천재임에 틀림없어. 누가 뭐라 하던 난 그렇게 생각해."

그래서 에피는 마지못해 그에게 기스휘블러의 모습을 흉내 내어 보여 주었다. 그녀는 손에 모자를 들고 깍듯이 허리 굽혀 수없이 절을 하는 기스휘블러의 모습을 연기했지만 별로 마음이 내켜서 한 것은 아니었다. 에피는 누군가를 흉내 내는 데는 타고난 재능을 갖고 있어서 기스휘블러의 흉내를 아주 잘 낼 수 있었지만, 그렇게 하는 것이 그녀가 좋아하는 사람, 마음 착한 사람을 위해서는 부당한 것이라 느껴지 때문이었다. 인스테텐과 안니는 일절 화제에 오르는 일이 없었다. 안니가 상속권을 가진 딸이며 호엔 크레멘의 모든 것이 그 애에게 물려질 것이 명백한 사실이었지만.

그렇다. 에피는 다시 생기를 되찾았다. 어머니는 에피의 일이 무척 가슴 아픈 일이기는 했지만, 무릇 여성들이 흔히 그렇듯, 이 모든 상황을 일종의 흥미를 갖고 바라보는 일면도 없지 않았다. 그러나 남편과 함께 경쟁이나 하듯 딸 에피에게 사랑과 관심을 쏟았다.

"오랫동안 올겨울 같은 겨울은 없었지."

브리스트가 말했다. 그러자 에피는 자리에서 일어나 아버지 브리스트의 얼마 남지 않은 머리카락을 쓰다듬었다. 만사가 이렇게 아름다웠다. 그러나 에피의 건강을 생각하면 이 모든 행복한 일들은 하나의 허상에 불과했다. 사실은 병이 더욱 악화되어 조용히 한 여성의 생명을 갉아 먹고 있었다. 인스테텐과 약혼하던 날 낮에 입었던 옷, 즉 파랗고 하얀 줄무늬의 헐렁한 실험복 같은 옷을 입은 에피가 부모에게 아침 인사를 드리기 위해 발랄하게 뛰어올 때면 브리스트 부부는 기쁜 마음으로 감탄하듯 딸을 바라보곤 했다. 그러나 이들 부모의 시선에는 애수의 우울함이 드리워져 있었다. 그 이유는 에피의 자태가 아직도 날씬하고 에피의 눈빛은 아직 반짝이고 있지만, 그것은 젊음의 생기가 주는 그 독특한 빛이 아니라, 오히려 괴로움을 승화시킨 모습에 불과하다는 것을 느낄 수 있었기 때문이었다. 이 같은 감정은 누구든지 느낄 수 있었다. 그러나 다만 에피만은 그걸 느끼지 못한 채, 이렇게 충만한 사랑 속에서 자유롭게 다시 살고 있다는 행복감을 만끽하고 있었다. 에피는 자신이 살던 곳에서 쫓겨나 비탄에 젖어 지냈던 지난날과도, 그리고 자신이 사랑했던, 또 사랑을 받아왔던 사람들과도 화해하는 마음을 가졌다.

그녀는 온갖 가정 일에도 관여했다. 살림도구를 장식하기도 하고 나름대로 손을 보기도 했다. 그녀는 훌륭한 미적 감각을 갖고 있어서 항상 적절한 조치를 해낼 수 있었다. 반면 에피는 독서와 예술에 관심을 두는 건 완전히 포기했다. 에피는 "나는 그런 것을 너무 많이 했기 때문에 이제는 이렇게 두 손을 무릎 사이에 끼워 넣고 방관하고만 있는 게 기뻐요"라고 말했다.

독서나 예술에 대한 관심은 에피의 지난 세월을 아프도록 선명하게 되살려주었을지도 모를 일이었다. 그런 일 대신에 그녀는 조용히 그저 황홀한 마음으로 자연의 아름다움을 감상하는 기술을 터득해갔다. 플라타너스의 잎들이 떨어진다든지 작은 연못의 얼어붙은 물위로 햇살이 비치거나, 아직도 반쯤 겨울 기운이 풍기는 원형 화단에 사프란*의 첫 꽃이 피어날 때면, 그녀의 마음은 유쾌해졌고 그렇게 자연을 감상하면서 몇 시간이라

---

* 붓꽃과에 속하는 다년초.

도 보낼 수 있게 됐다. 그러는 가운데 그녀는 자신의 인생을 실패하게 만든 모든 것, 아니 좀더 알맞게 표현한다면, 그녀가 자기 자신의 죄 때문에 상실했던 모든 것을 망각할 수 있었다.

방문객이 전혀 없지도 않았고 모든 사람들이 다 그녀에게 등을 돌리진 않았다. 그러나 아무래도 주로 교사 댁이나 목사 댁과 친하게 지냈다.

교사 댁의 딸들이 모두 출가했다는 사실은 별 상관이 없었다. 그들이 있었더라도 옛날처럼 그런 원만한 분위기는 아니었을 것이다. 스웨덴령 폼멜 지방뿐 아니라 케씬까지도 스칸디나비아의 연안이라고 여겨 끊임없이 그곳에 대해 묻곤 했던 옛 친구 얀케와 에피는 과거 어느 때보다도 더 가깝게 지냈다.

"그래요, 얀케. 우리는 증기기선을 탔었죠. 언젠가 제가 편지에 쓴 적이 있었죠. 아니 언젠가 설명해드렸던 듯한데 우리는 하마터면 위스비까지 갈 뻔했죠. 생각해보세요. 거의 위스비까지라니…… 우스운 일이긴 하지만 전 제 인생에서 사실상 '거의, 하마터면'이란 말을 사용한 적이 많아요."

"유감이군. 유감이야." 얀케가 말했다.

"그래요. 물론 유감이죠. 그렇지만 전 뤼겐 섬에서는 여러 군데를 돌아다녔어요. 그 섬은 바로 당신이 보실 만한 섬이죠. 생각해보세요. 아직도 벤트 족의 커다란 야영지가 있던 아르코나를요. 아직도 볼 수 있다더군요. 전 그곳까지 가보진 않았습니다만. 그렇지만 그곳에서 그리 멀지 않은 곳에 헤르타 호수가 있죠. 그곳엔 흰색과 노란색의 연꽃들이 피어 있어요. 거기서 전 당신의 따님인 헤르타를 많이 생각했었죠……"

"아, 그래, 헤르타…… 그런데 방금 헤르타 호수에 관한 얘기를 해주려고 했지?"

"네, 그랬어요······ 생각해보세요, 얀케. 호수 바로 가까이에 두 개의 커다란 돌 제단이 서 있었어요. 매끈매끈한 돌에는 두 줄의 홈이 패어 있었죠. 옛날 그 파인 홈을 따라 사람의 피가 흘러내렸대요. 그 순간부터 저는 벤트 족에 대해 혐오를 느꼈어요."

"아, 에피. 미안하지만 그건 벤트 족이 아니란다. 돌 제단과 헤르타 호수 얘기는 그러니까 그보다 훨씬 더 오래전의 일로 그리스도 출생 전의 일이지. 우리 모두의 원조인 순수 게르만 족이지······"

"당연해요." 에피가 웃으면서 말했다. "우리 모두, 즉 얀케 집안과 브리스트 집안이 다 그들에게서 유래되었죠."

그러고 나서 그녀는 뤼겐 섬과 헤르타 호수 얘기는 그만두고 손녀들의 안부를 물으며 베르타와 헤르타의 애들 중 어느 손녀가 더 맘에 드는지 물었다.

이렇게 에피는 얀케와 친하게 지냈다. 그러나 그는 헤르타 호수와 스칸디나비아, 위스비 등에 관해선 아주 박식하긴 했지만 역시 단순한 사람이었다. 그래서 고독한 젊은 부인에게는 니마이어와의 환담이 훨씬 더 마음에 들 수밖에 없었다. 공원에서 산보를 할 수 있는 가을 내내 그녀는 산보의 즐거움을 만끽했다. 그러나 겨울철에 접어들면서 몇 달간의 공백이 생겼다. 그녀 자신이 목사 댁에 가는 걸 꺼려했기 때문이었다. 니마이어 목사 부인은 여전히 아주 불쾌함을 주는 여자였다. 목사 부인의 뒤도 아주 깨끗진 않다는 동네 사람들의 견해가 있음에도 불구하고 근엄한 척, 아주 도덕적인 척하는 태도를 보였다.

겨울이 그렇게 지나갔다. 에피에게는 무척 괴로운 세월이었다. 그러나 4월 초에 관목에 파란 새싹이 돋아나고 공원길이 어느새 건조되었을 때 산보는 다시 제철을 맞이하게 되었다. 어느 날 그들은 또다시 산보를 하고 있었다. 멀리서부터 뻐꾸기 우는 소리가 들렸다. 에피는 뻐꾸기가 몇 번 우는가를 헤아려보았다. 그녀는 니마이어의 팔에 매달려 걸으면서 말했다.

"저것 봐요. 뻐꾸기가 울어요. 뻐꾸기에게 물어보고 싶지는 않아요. 목사님께 물어볼래요. 당신은 제 친구예요. 인생을 어떻게 생각하시는지 말씀해주세요."

"오, 사랑스런 에피. 그런 어려운 질문을 내게 던져선 안 돼. 그건 철학자에게 물어보든지, 대학에 질의서를 제출해야지. 내가 인생을 어떻게 생각하느냐고? 인생이란 중요하기도 하고 하잘것없는 것이기도 하지. 때로는 아주 중요하게 생각하기도 하고 때로는 아주 하잘것없다고도 생각하지."

"그래요. 그 말씀이 제 맘에 들어요. 우리는 그 이상을 알 필요가 없어요."

이와 같은 대화를 나누며 니마이어와 에피는 그네 있는 곳까지 왔다. 그녀는 옛 소녀 시절 때처럼 날렵하게 그네에 올라탔다. 그녀를 보고 있던 노인의 놀라움이 채 가시기도 전에, 그녀는 벌써 두 줄 사이에서 몸을 낮게 구부렸다가 능숙하게 아래위로 굴러가며 그네를 탔다. 몇 초쯤 그렇게 하다가 창공으로 날아서 한 손으로는 그네의 줄을 잡아 몸을 지탱하고 다른 한 손으로는 가슴과 몸에 감았던 비단 수건을 풀어서 행복과 기쁨에 넘친 듯 흔들어댔다. 그러고 나선 그네를 다시 천천히 움직이게 하고 땅으로 뛰어내려 다시 니마이어의 팔을 잡았다.

"에피. 여전히 옛날과 다름없구나."

"아니에요. 그랬으면 싶은 거죠. 하지만 모든 게 완전히 옛일이 돼버렸어요. 저는 다만 한 번 더 옛날처럼 되고 싶었을 뿐이었죠. 아아, 그때는 정말 무척 아름다웠고 공기는 절 무척 유쾌하게 해주었죠. 전 천국으로 들어가는 듯한 기분을 느꼈어요. 제가 천국에 갈 수 있을까요? 말씀해보세요. 목사님은 틀림없이 아실 테죠. 제발 부탁해요……"

니마이어는 그의 늙은 두 손으로 그녀의 머리를 잡고 이마에다 키스해주며 말했다.

"그래, 에피. 그럴 거야."

35

에피는 온종일 공원에 나가서 지냈다. 바깥 공기를 쐬고 싶은 욕구 때문이었다. 프리자크의 늙은 의사 비지케도 그 점을 찬성했다. 그러나 그는 그녀가 하고 싶어 하는 건 무엇이든지 하도록 허락해준 나머지 5월의 쌀쌀한 날씨 탓으로 에피는 그만 심한 감기에 걸렸다. 열이 오르고 기침을 했다. 그전에는 사흘에 한 번씩 오던 의사가 매일 왕진을 왔지만 어떻게 치료해야 할지 몰라 당황해했다. 에피가 요구하는 수면제나 기침약은 열 때문에 투여할 수가 없었다.

"의사 선생님."

노브리스트가 말했다.

"어떻게 될까요? 당신은 어릴 적부터 그 애를 알고 있고 그래서 그 애를 데려와 치료하고 계십니다. 그런데 모든 게 제 맘에 들지 않습니다. 그 애는 눈에 띄게 여위어가고 있습니다. 그리고 또 그 애가 뭔가 묻고 싶은 듯 나를 바라볼 때 눈에 붉은 반점과 광채가 보여요. 어떻게 생각하십니까? 앞으로 어떻게 될까요? 생명을 잃게 됩니까?"

비지케는 천천히 머리를 좌우로 흔들면서 말했다.

"그렇게 얘기하고 싶지 않습니다, 브리스트. 그런데 열이 오르는 게 맘에 걸리기는 합니다. 그렇지만 곧 다시 내릴 겁니다. 열이 내리면 스위스나 멘토네로 보냅시다. 그곳엔 신선한 공기와 아름다운 경치가 있어 옛 쓰라림을 잊게 해줄 겁니다……"

"'레테'* '레테'란 말이지요."

"그렇죠. '레테'입니다."

비지케가 미소 지으며 말했다.

"옛 스웨덴인이나 그리스인들이 우리에게 그 단어만 물려주고 그 물의 원천은 남기지 않은 건 유감스럽습니다."

"아니면 적어도 처방이라도 남겼더라면 말입니다. 물은 지금이라도 모방해 만들 수 있을 테니까. 아 참! 비지케 씨, 우리가 이곳에 그런 요양소를 설치할 수 있다면 장사가 잘됐을 텐데…… '프리자크 망각의 샘'이라는 이름으로 해서 말입니다. 우선 지금은 임시방편으로 리비에라로 시도해봅시다. 멘토네가 아마 리비에라인가요? 곡물 가격이 요즘은 좋지 않지만 꼭 해야 할 건 해야 합니다. 집사람과 함께 그 문제를 의논해보겠어요."

그는 곧 행동에 옮겼고 이어 아내의 동의를 얻었다.

그녀는 최근에 사교생활에서 물러나 있으면서 남쪽 나라를 구경하고 싶은 강렬한 욕구를 가졌던 차에 리비에라로 가자는 제안에 쉽게 찬성했다. 그러나 에피 자신은 그 제안에 전혀 관심을 보이지 않았다.

"아빠 엄마는 제게 정말 잘해주고 계세요. 그리고 전 이기적이어서

---

* 그리스 신화에 나오는 저승에 있는 망각의 강으로 그 강물을 마시면 이승의 괴로움을 잊는다고 함.

제가 그곳에서 뭔가를 기대할 수 있을 거라는 생각만 들면 엄마 아빠의 그런 희생적인 제안을 금방 받아들일 거예요. 그렇지만 그런 여행은 그저 해롭기만 할 것 같아요."

노브리스트가 말했다.

"너 잘못 상상하고 있구나, 에피."

"아니에요. 전 신경이 무척 날카롭게 되어버렸어요. 모든 게 저를 짜증나게 해요. 엄마 아빠가 계신 이곳은 그렇지 않아요. 엄마 아빠는 제가 버릇없이 행동해도 관대하시고 무슨 장애든 다 제거해주시지요. 그렇지만 여행은 그렇지 못해요. 불쾌한 일을 모면할 수 없죠. 차장에서부터 식당 사환에 이르기까지 그렇죠. 저는 그들의 거드름 피우는 얼굴을 상상하기만 해도 열이 올라요. 아니에요. 저를 이곳에 그냥 있게 해주세요. 전 호엔 크레멘을 떠나고 싶지 않아요. 제가 있을 곳은 이곳이에요. 원형 화단의 해시계 주위에 있는 헬리오트로프꽃이 멘토네보다 더 제 맘에 들어요."

이런 대화가 있은 후에 여행 계획은 취소되었다. 비지케는 이탈리아에 많은 기대를 걸긴 했었지만 다음과 같이 말했다.

"환자의 의견을 존중해야 합니다. 왜냐하면 그건 일시적인 기분이 아니기 때문입니다. 이런 환자들의 감정은 아주 섬세하여 자신에게 무엇이 도움이 되고 무엇이 도움이 되지 않는지를 기묘하게도 정확히 알아맞히는 법이죠. 에피 부인이 아까 차장과 식당 사환에 대해서 하신 말씀은 실제로 옳은 얘기입니다. 호텔에서 받을 수 있는 불쾌한 느낌을 상쇄시켜줄 수 있는 치료 효력을 가진 공기는 없으니까요. 그럼 따님을 이곳에 그대로 있게 합시다. 그것이 최선책은 아니지만 확실히 최악의 방법도 아니니까요."

비지케의 말이 적중하여 에피의 병세가 회복이 되었다. 체중도 조금

늘었다. 그리고 환자의 신경성 증세도 많이 호전되었다. 그러면서도 바깥 공기를 쐬고 싶은 그녀의 욕구는 더욱더 강해졌다. 특히 서풍이 불어오고 하늘에 회색 구름이 흘러갈 때면 그녀는 많은 시간을 옥외에서 보냈다. 그런 날이면 그녀는 들판이나 습지로 나가서 반 마일 정도 산보를 하곤 했다. 그러다가 지치면 앉아서 목장의 울타리를 바라보거나 꿈속에 잠겨서 애기미나리아재비나 바람결에 살랑대는 붉은 수염*을 쳐다보았다.

"넌 그렇게 늘 혼자 다니는구나."

브리스트 부인이 말했다.

"우리 지방 사람들 사이에서야 안전하지만 낯선 천민들이 사방에 많이 돌아다니고 있어."

그 말은 이제까지 위험 같은 걸 전혀 생각지 않았던 에피에게 놀라움을 안겨주었다. 그래서 로즈비타와 둘이 있을 때 말했다.

"로즈비타를 데리고 다닐 수는 없어. 로즈비타, 당신은 너무 뚱뚱해져서 이젠 다리 힘이 튼튼하지 못해요"

"아니에요, 마님. 그 정도로 나쁜 상태는 아니에요. 아직 시집이라도 갈 수 있을 정도예요."

"물론이죠."

에피는 웃었다.

"늘 그렇게 할 수 있죠. 그렇지만 로즈비타, 데리고 다닐 개가 한 마리 있으면 좋겠어. 아버지의 사냥개한테는 도무지 애착을 느끼지 못하겠어요. 사냥개는 무척 멍청하거든. 그런 개는 사냥꾼이나 정원지기가 산탄총을 꺼내야만 비로소 움직이죠. 난 지금 롤로를 생각하지 않을 수 없어요."

---

* 마디풀과에 속하는 다년초.

"그래요."

로즈비타가 말했다.

"이곳엔 롤로 같은 개는 없어요. 그렇지만 제가 이곳을 싫어한다는 뜻은 결코 아니에요. 호엔 크레멘은 아주 좋아요."

에피와 로즈비타가 이런 대화를 나눈 지 3, 4일째 되는 날 인스테텐은 평소보다 한 시간 정도 일찍 그의 서재에 들어섰다. 환한 아침 햇살이 그를 잠에서 완전히 깨웠다. 다시 잠이 오지 않을 듯한 느낌이 들었기 때문에 벌써 오래전부터 처리해야 할 일을 하기 위해 일어난 것이었다.

8시 15분이었다. 그는 초인종을 울렸다. 요한나가 아침식사를 쟁반에 받쳐 가져왔다. 그 위에는 『크로이츠』지*와 『노르트 도이치 알게마인』지** 그리고 두 통의 편지가 놓여 있었다. 그는 주소를 훑어보았다. 필체를 보아 한 통은 장관에게서 온 것임을 알아차렸다. 그런데 다른 한 통은? 우편직인은 명확히 읽을 수 없었다. "귀한 신분의 인스테텐 남작 귀하"란 호칭으로 보아 편지를 보낸 사람은 관작 칭호에 대한 의전적(儀典的) 형식을 모르고 있었으며 필체도 몹시 서툴렀다. 그러나 용케도 주소만은 정확했다. 'W 카이트 가(街) C 3층.'

인스테텐은 공무원인 만큼 '각하'에게서 온 편지를 먼저 뜯어보았다.

"친애하는 인스테텐, 본인은 폐하께서 귀하의 임명에 서명하셨음을 알려드릴 수 있게 되어 기쁘게 생각하는 바입니다. 아울러 충심으로 축하의 뜻을 전합니다."

인스테텐은 폐하의 임명 서명 그 자체보다도 장관의 자상한 편지에 더

---

* 1848년에 초에 창간된 기독교 계통의 보수적인 베를린의 신문.
** 1861년 창간된 보수적인 베를린의 신문.

욱 기분이 좋았다. 자기가 쏜 총에 맞아 죽어가면서 크람파스가 마지막 순간 그를 빤히 쳐다보던 그 기억이 아직도 생생한 케씬의 아침 이래로 그는 세상에서 출세를 한다는 사실에 대해 약간 회의적이 되었기 때문이었다. 케씬의 결투 이후로 인스테텐은 다른 척도로 세상일을 판단하고 다른 눈으로 만사를 보게 되었다. 훈장, 그것이 결국 무슨 의미가 있는가? 그는 점점 더 비탄의 세월 속에 깊이 빠져 들어갔다. 그는 몇 번이나 만년의 라덴베르크* 장관의 일화를 생각해보곤 했다. 그 장관은 학수고대한 끝에 독수리 훈장을 수여받게 되었다. 그러나 훈장 수여 순간 장관은 "너는 새까맣게 될 때까지 그곳에 있어라"라고 소리치며 훈장을 옆으로 제쳐놓았다는 일화였다. 아마 그 훈장은 장관의 말과 같이 그 후에 새까맣게 변해버렸을 것이다. 훈장을 너무 오랫동안 기다린 나머지 그 훈장을 수여받는 순간에는 제대로 만족감을 느끼지 못했던 것이다. 우리 인간에게 기쁨을 주는 모든 것은 시기와 상황과 관련되어 있다. 오늘 우리를 행복하게 하는 것이 내일은 무가치한 것이 된다. 인스테텐은 그것을 깊이 깨달았다. 가장 높은 자리의 영예와 은총이 그에게 확실히 중요하게 여겨졌지만 이제는 그런 광채를 띤 겉모양은 별것이 아니라는 사실을 확실히 인식하게 됐다. 그리고 사람들이 '행복'이라고 일컫는 것이 존재한다면 그건 이런 겉모양과는 다른 무엇임을 깨달았다.

"행복이란, 내 생각이 옳다면, 두 가지 안에 내재하는 것이다. 우선 자기에게 적합한 자리에서 맡은 바 임무에 충실해야 한다(그러나 공무원들 중에 자기가 그런 사람이라고 떳떳이 말할 수 있는 사람이 도대체 누가 있을까). 두번째는, 가장 좋은 것으로, 아주 평범하고 안락하게 살아가는 거

---

* 필립 폰 라덴베르크(1769~1847): 재정정책 전문가로 1837~1842년까지 프로이센의 장관을 역임했다.

야. 그러니까 이를테면 마음껏 잠을 푹 잔다든지 새 장화가 발을 누르는 일이 없는 것 등이지. 만약 낮의 12시간 720분을 별 화내는 일 없이 보낼 수 있다면 그날은 행복한 날이었다고 말할 수 있겠지."

오늘도 인스테텐은 이런 고통스런 명상에 잠겨 있었다. 그는 두번째 편지를 집었다. 편지를 읽고 나서 그는 이마를 쓸었다. 그리고 행복이 존재한다는 것, 그가 그 행복을 소유했었으나 지금은 더 이상 소유하지 못하고 있다는 걸 비통하게 느꼈다.

요한나가 들어와서 알렸다.

"추밀고문관 빌러스도르프 씨가 오셨습니다."

그는 벌써 문턱에 서 있었다.

"축하합니다. 인스테텐."

"당신의 그 말씀은 믿을 수 있어요. 그러나 다른 사람들은 화를 내고 있을 거예요. 덧붙여 말하면……"

"그런데 당신은 이 순간에 무슨 트집을 잡으시려는 건 아니겠죠?"

"아니에요. 폐하의 은총이 고맙기 그지없으며 제가 여러 가지 덕을 보고 있는 장관님의 선량한 호의가 더욱 고마워 부끄러움을 느낍니다."

"그러나……"

"그러나 전 즐거워하는 법을 잊어버렸어요. 제가 당신 아닌 다른 사람에게 이런 말을 한다면 사람들은 제가 공연히 미사여구를 늘어놓는다고 오해하겠지요. 그렇지만 당신은 제 모든 상황을 잘 알고 계십니다. 이곳을 한번 둘러보세요. 얼마나 공허하며 황량합니까? 소위 보석이라고 일컫는 요한나가 방에 들어서면 전 두렵고 불안해져요. 이 뽐내는 동작(인스테텐은 요한나의 거동을 흉내 냈다), 그리고 마치 특별한 요구를 갖고 있는 듯 불룩 나온 앞가슴, 나는 반쯤은 우스꽝스러운 그녀의 욕구가 인류 전체에게 향한 것인지 나 하나에게만 향한 것인지를 모르겠어요. 그 모든 것이 제게는 슬프고 비참하게 여겨집니다. 차라리 피스톨로 자살이라도 해버리고 싶을 정도죠."

"친애하는 인스테텐, 당신은 이런 기분으로 국장직에 취임하실 건가요?"

"달라질 수 있겠어요? 보세요. 전 방금 이 편지를 받았습니다."

빌러스도르프는 읽기 힘든 우표직인이 찍힌 두번째 편지를 받고 '귀한 신분의'란 대목을 재미있어 하며 편지를 잘 읽어보기 위해 창가로 걸어갔다.

자비로우신 주인어르신께!

제가 이런 편지를 드려서 아마 주인어르신께서는 놀라시겠죠. 롤로 때문입니다. 안니가 지난해에 우리에게 말했어요. 롤로는 이제 게을러졌다고요. 그러나 그런 건 이곳에서는 전혀 상관이 없습니다. 이곳에선 게으르고 싶으면 한껏 게으름을 피울 수 있고 또 게으를수록 더 좋아요. 마님께서는 롤로를 이곳에 데려오고 싶어 하십니다. 마님께선 습지나 들판으로 산보 가실 때면 늘 말씀하시죠. "로즈비타, 혼자 산보 다니니까 실제로 조금 무서워요. 그렇지만 누가 나를 따라다닐 수 있겠어요? 롤로, 그래, 그 개는 괜찮았지. 롤로는 이러한 나를 싫어하지 않아요. 동물이 그런 걸 개의치 않는 건 장점이야." 이상이 마님의 말씀이었죠. 더 이상 길게 말씀드리지 않겠어요. 안니에게 안부 전해주시길 부탁드립니다. 요한나에게도 마찬가지입니다.

충실한 하녀 로즈비타 갈렌하겐.

"그렇습니다."

빌러스도르프가 편지를 다시 접으면서 말했다.

"로즈비타는 우리보다 낫습니다."

"저도 그렇게 생각합니다."

"이것이 바로 만사가 당신에게 의문스럽게 보이는 원인이군요."

"잘 맞히셨어요. 이것은 벌써 오래전부터 제 머릿속에 있던 것인데 고의인지 아니면 우연인지 아무튼 이런 단순한 호소가 또다시 제자신의 세계에서 저를 쫓아내버렸어요. 벌써 수년 전부터 저는 괴로워했어요. 전 빨리 이 모든 문제에서 벗어나고 싶어요. 이제는 무슨 일이든 즐겁지가 않아요. 사람들이 제게 영예를 부여해주면 줄수록 전 점점 더 그 모든 게 무의미하게 느껴지죠. 제 인생은 실패작입니다. 그래서 혼자서 곰곰이 이런 생각을 해보았죠. 앞으로 모든 야심이라든지 공명심 같은 것과 일체 관계를 끊고 제 본질에 가까운 교육자 기질을 살려서 고등감화원 원장이 될 수 있을까 하고요. 그런 사람이 과거에 있었어요. 아마 저도 될 수 있다면 그런 유명한 인물이 되어야겠죠. 예를 들어 함부르크의 다스 라우에 하우스를 설립한 비헤른 박사*가 있었죠. 그는 기적적인 인물로 어떠한 범죄자라도 그의 안광(眼光)과 신앙심으로 개조할 수 있었다고 합니다……"

"흠, 그 일이라면 별로 반대할 만하지 않은데요. 그렇게 할 수 있을 겁니다."

"아닙니다. 그렇게 할 수도 없어요. 그것마저도 안 됩니다. 제게는 모든 길이 막혀버렸어요. 제가 어떻게 살인자의 영혼을 바로잡을 수 있겠습

---

* 요한 하인리히 비헤른(1808~1881): 신교의 신학자로 1833년 함부르크의 감화원을 일반 사람들은 다스 라우에 하우스라고 불렀다.

니까? 그렇게 하려면 우선 스스로의 영혼이 온전해야 합니다. 사람이 더 이상 온전한 영혼을 갖고 있지 못할 뿐 아니라 손가락 끝을 피로 더럽혔다면, 그런 사람은 자신이 감화시켜야 할 상대 앞에서 오히려 미친 듯한 속죄자가 되어야 합니다. 그래서 기껏해야 심각한 참회나 할 수 있어야 할 것입니다."

빌러스도르프는 고개를 끄덕였다.

"……그것 보십시오. 당신도 고개를 끄덕이고 계십니다. 그렇지만 난 그 모든 걸 할 수 없어요. 새삼스럽게 참회복을 입은 죄인이 될 수도 없으려니와 자책감에 휩쓸려 죽음에 이를 만큼의 고행을 하는 수도승이나 탁발승이 될 수도 없는 노릇입니다. 아무것도 할 수가 없는 이상 전 한 가지 가장 좋은 걸 생각해냈어요. 이곳을 떠나는 것입니다. 이곳을 떠나 문화나 명예를 전혀 알지 못하는 흑인 종족들의 세계로 들어가는 것입니다. 그들이야말로 행복한 무리들입니다! 그 이유는 문화니 명예니 하는 잡동사니들이 바로 모든 죄를 저지르니까 말입니다. 끝까지 가고 싶은 정열 때문에 사람들이 그런 행동을 하는 게 아닙니다. 그저 오로지 관념 때문이었습니다…… 관념을 위한 것입니다! 그 때문에 어떤 사람이 무슨 일을 생각해내면 사람들은 그것을 모방해버립니다. 더욱 서투르게 말입니다."

"무슨 말씀이세요, 인스테텐. 그건 일시적인 기분이며 급작스레 떠오른 생각일 뿐입니다. 아프리카를 횡단한다는 건 무슨 뜻입니까? 그건 빚에 쫓기는 소위나 할 일입니다. 당신 같은 분은 안 됩니다! 빨간 터키 모자를 쓰고 토인과 상거래라도 하시려는 겁니까? 아니면 음테사 왕*의 사

---

* Mtesa(1841~1884): 중앙아프리카 우간다의 추장.

위와 의형제라도 맺을 생각입니까? 아니면 여섯 개의 구멍이 뚫려 있는 열대 헬멧을 쓰고 콩고 강변을 따라 정처 없이 내려가 카메룬 근처에라도 갔다 올 작정입니까? 불가능한 얘기입니다!"

"불가능하다고요? 왜 그렇습니까? 불가능하다면 그럼 어찌하면 좋겠습니까?"

"그저 이곳에 그냥 살면서 체념해보십시오. 울적하게 느끼지 않는 사람이 누가 있겠어요. '사실은 아주 의심쩍은 문제야'라고 매일 생각지 않는 사람이 어디 있겠습니까? 당신이 아시다시피 저도 저 나름대로의 부담을 갖고 살아갑니다. 그 짐은 당신의 것과 같지는 않지만 별로 더 가벼운 것도 아닙니다. 밀림 속을 헤매고 다닌다든지 흰개미탑에서 밤을 지내는 따위의 일은 바보짓입니다. 그런 일을 하기 좋아하는 사람은 그렇게 해도 좋겠지요. 하지만 그건 우리 같은 사람들이 할 일이 못 됩니다. 어려운 상황에 처해 있으면서 견뎌가야 합니다. 쓰러질 때까지 말입니다. 그게 제일입니다. 사소한, 극히 사소한 일 가운데서 할 만한 것을 될 수 있는 한 많이 생각해내야지요. 그래서 제비꽃이 핀다든지, 루이제 왕비의 기념비가 꽃 속에 서 있다든지, 기다란 끈 매는 장화를 신은 작은 소녀들이 줄넘기를 하는 걸 눈여겨보기도 해야지요. 아니면 포츠담에 나가 평화 교회에라도 가보시지요. 거기에는 프리드리히 황제가 잠들어 계시고, 사람들이 그의 묘소를 건축하기 시작했지요. 그 교회에 계시면서 조용히 황제의 생애를 생각해보십시오.* 그래도 마음의 안정을 찾지 못하면 그다음엔 물론 당신을 도와드릴 수가 없겠군요."

"좋습니다. 그러나 해는 길어요. 하루하루는…… 더구나 밤은……"

---

* 프리드리히 3세는 재위한 지 3개월 만에 후두암 때문에 사망했다.

"밤을 극복하는 건 그래도 가장 쉬워요. 그 때문이라면 델 에라*가 출연하는 「살다나파르」**나 「코펠리아」***가 있습니다. 그것이 안 된다면 지헨 술이 있습니다. 술을 멸시하지 마십시오. 자이델 석 잔으로 언제나 마음을 달랠 수 있지요. 모든 일을 우리와 비슷하게 생각하는 사람들이 많이 있어요. 꽤 쓰라림을 겪은 어떤 남자가 언젠가 제게 이런 말을 했습니다. '절 믿으세요. 빌러스도르프, 보조설계가 없이는 도대체 해낼 수가 없어요.' 그 말을 한 사람은 건축가였습니다. 그래서 그걸 알고 있었지요. 그의 말이 옳았어요. 그 이후 전 하루도 이 '보조설계'를 생각하지 않은 날이 없었어요."

빌러스도르프는 그렇게 자신의 심정을 토로하고 모자와 단장을 집어들었다. 인스테텐도 친구의 얘기를 듣고 좀 전에 생각하던 '작은 행복'을 상기한 듯 반쯤 동의하면서 고개를 끄덕이고 혼자 미소 지었다.

"그런데 어디로 가시죠, 빌러스도르프? 관청에 가기에는 아직 이른데요."

"오늘은 완전히 제 개인 시간을 누려보럽니다. 우선 한 시간 정도 운하를 따라가서 샬로텐부르크의 수문(水門)까지 산보를 나갔다가 다시 돌아오렵니다. 그다음에 포츠담 가의 작은 나무 계단을 조심스레 올라가서 후트****에 들르지요. 아래층은 꽃가게죠."

"그게 당신을 즐겁게 해줍니까? 당신을 만족시켜줍니까?"

"꼭 그렇게 말할 수는 없지요. 그렇지만 조금은 도움이 됩니다. 그곳

---

* 안토니에드 델 에라. 밀라노에서 출생하여 파리에서 유명해진 발레리나. 1880년 이후 베를린 왕실 오페라하우스의 가장 뛰어난 발레리나였다.
** 파울 타리요니(1808~1884)의 발레 작품.
*** 레오 도우리브(1836~1891)의 발레 작품.
**** 후트는 포도주 도매상이며 동시에 포도주를 마시는 가게이기도 했다.

엔 각계각층의 단골손님들이 있죠. 아침 일찍 한잔하는 사람들이죠. 그들의 이름은 말씀드리지 않는 게 현명하겠죠. 어떤 이는 라티보어 공작* 얘기를 하고 어떤 이는 코프 후작 주교** 얘기를 하고 또 어떤 이는 비스마르크 얘기를 합니다. 늘 조금 수준이 낮고 4분의 3은 엉터리죠. 그렇지만 익살스럽기만 하면 아무도 트집 잡지 않고 고맙게 경청하지요."

그리고 그는 나갔다.

36

5월도 아름다웠지만 6월은 한층 더 아름다웠다. 에피는 마침내 롤로가 도착하자 잊고 있던 아픔이 되살아났지만, 지혜롭게 잘 극복한 후, 그 충직한 동물을 다시 곁에 두게 되어 기쁨에 차 있었다. 로즈비타는 칭찬을 받았고 노브리스트는 그의 부인에게 인스테텐을 칭찬하는 말을 늘어놓았다. 인스테텐이 기사도를 아는 남자라느니, 쩨쩨하지 않고 늘 인정미를 갖고 있다느니 하는 말을 늘어놓았다.

"그런 어처구니없는 사건이 끼어들었다니 유감스러워. 사실은 모범적인 한 쌍이었는데."

애견 롤로는 옛 주인과 만나는 순간 줄곧 얌전하게 굴었다.

그 이유는 그 개가 시간의 흐름을 전혀 느낄 수 없었든지, 아니면 주인과의 이별을 곧 극복될 수 있는 무질서로 간주했든지 둘 중의 하나였기 때문이었다. 롤로가 이제 늙었다는 점도 이유가 되었을 것이다. 롤로가

---

* Ratibor(1818~1893) : 1877년 이후 프로이센 귀족원의 의장.
** 게오르크 폰 코프(1837~1914) : 주교로서 교회와 국가 간의 중개역을 맡았다.

재롱을 떠는 일은 드물었다. 재회 때도 기쁨을 표시하지 않았다. 그러나 이 개는 전보다 더 강한 충직성을 보였다. 롤로는 여주인의 곁을 떠나지 않았다. 롤로는 사냥개에게 호의적인 태도를 보였으나 일단 무시하는 전략을 취했다. 밤에는 에피의 방문 앞에 펴놓은 멍석 위에서 잠을 잤고 아침이면 여주인이 옥외에서 식사를 하고 있는 동안 늘 조용하고 조는 듯이 해시계 옆에 엎드려 있었다. 에피가 아침 식탁에서 일어나 현관 쪽으로 걸어가 거기서 밀짚모자를 집고 양산꽂이에서 양산을 집을 때는 롤로에게도 젊음이 다시 되살아났다. 그래서 롤로는 자기 체력에 상관없이 마을 거리를 따라 오르락내리락하며 달려가 첫번째 들판에 도착한 후에야 한숨을 돌렸다. 경치의 아름다움보다는 자유로운 바깥 공기를 더 중요하게 여긴 에피는 좁다란 숲길을 피하고 대개는 넓은 길을 택했다. 그길 초입에는 아주 오래된 느릅나무가 심어져 있고 그다음 포장도로가 시작되는 곳부터는 포플러나무가 서 있었다. 넓은 도로였다. 이 길에서 한 시간가량 걸으면 역에 다다랐다. 에피는 모든 것이 즐거웠다. 즐겁게 평지밭이나 클로버 풀밭에서 풍겨오는 향기를 맡기도 하고 또 날아가는 종달새를 뒤쫓기도 하며 가축들이 와서 목을 축이는 두레우물이나 물 함지를 헤아리기도 했다. 그럴 때면 나지막한 소리가 그녀에게 들려왔다. 그러면 그녀는 두 눈을 감고 달콤한 망각 속에서 피안의 세계로 가는 듯한 느낌을 받았다. 역 근처 포장도로 가까이에 도로포장용 땅 고르는 기계가 있었다. 그곳은 그녀가 매일 휴식을 취하는 곳이었다. 그녀는 그곳에서 철도 구내에서 일어나는 움직임을 잘 볼 수 있었다. 열차들이 들어오고 나갔다. 때때로 그녀는 두 줄기의 기차 연기를 보았다. 그것은 한순간 합쳐져 있는 듯하다가 다시 좌우로 흩어져 어느새 마을과 숲 뒤로 사라져갔다. 롤로는 간단한 음식을 나누어 먹으면서 주인 곁에 앉아 있었다. 롤로는 마지막

먹을 것을 입에 물고는, 고마움을 표시하기 위해서인지, 마치 미친 것처럼 밭이랑 사이를 이리저리 뛰어다녔다. 이때 알을 품고 있던 두세 마리의 꿩들이 놀라서 바로 옆 밭고랑에서 푸드득 날아올랐다. 그제서야 롤로는 비로소 멈추었다.

"정말 아름다운 여름이에요! 엄마, 제가 이토록 행복할 수 있으리라곤 1년 전만 해도 생각지도 못했어요."

에피는 어머니와 함께 연못 주위를 거닐 때, 때로는 철 이른 사과를 가지에서 따서 대담하게 베어 먹을 때 등 이 같은 행복에 찬 말을 거의 매일같이 했다. 그녀는 아주 아름다운 치아를 갖고 있었다. 브리스트 부인이 그녀의 손을 쓰다듬으면서 말했다.

"우선 다시 건강해져야지, 에피야. 완전히 건강해져야지. 그러면 행복을 찾게 돼. 지나간 행복이 아니라 새로운 행복을 말이야. 다행스럽게도 행복엔 여러 종류가 있단다. 너를 위해 우리가 뭔가를 찾아줄 수 있을 거야. 넌 그걸 알게 될 거야."

"엄마 아빠는 무척 좋은 분들이세요. 그런데 제가 두 분의 인생을 변화시켰어요. 저 때문에 앞당겨 늙게 해드렸어요."

"에피야, 그런 말 하지 마. 일이 그렇게 되었을 때 나도 꼭 같이 그렇게 생각했었단다. 이제 나는 우리의 조용한 삶이 그 전의 떠들썩하고 소란했던 생활보다 더 좋다는 걸 알고 있어. 그리고 네가 차를 탈 수 있게 되면 우리는 여행을 할 수 있겠지. 비지케가 멘토네를 제의했을 때 넌 아팠고 신경이 예민해 있었어. 그리고 아픈 네가 차장과 식당 사환에 대해 했던 얘기는 모두 옳았어. 그러나 이제 네가 다시 건강한 신경을 되찾으면 괜찮을 거야. 그렇게 되면 더 이상 화를 내지 않게 되겠지. 거드름 피우는 짓이나 곱슬머리를 우습다고 생각할 수도 있게 될 거야. 푸른 바다, 하얀 돛단배, 붉은 선인장으로 뒤덮인 바위들, 난 그것을 본 적은 없지만 그렇게 상상해. 난 그곳을 알고 싶어."

그렇게 여름이 지나갔다. 별똥별이 많던 밤들도 이미 오래전 일이 되었다. 에피는 그런 밤이면 자정 넘어서까지 창가에 앉아 지칠 줄 모르고 밤하늘을 쳐다보곤 했다.

"난 늘 별로 독실하지 못한 기독교인이었어. 그렇지만 우리 인간이 어쩌면 저기 저 높은 곳에서부터 유래한 건지도 몰라. 그리고 현세가 끝나고 나면 천국의 고향으로 돌아가는 걸까? 별들의 나라로, 아니면 그보다 더 높이 갈지도 몰라! 나는 모르겠어. 난 모른 채로 있고 싶어. 난 오로지 동경만을 갖고 있어."

가련한 에피야, 너는 너무 오래 하늘의 신비함을 우러러보며 생각했군. 마침내는 연못에서 다가온 차가운 밤공기와 안개가 그녀를 또다시 심각한 병석으로 몰아넣었다.

비지케가 부탁을 받고 왕진을 와서 그녀를 진단하고는 브리스트를 한쪽 옆으로 데리고 가서 말했다.

"더 이상 안 되겠어요. 임종이 임박했으니 마음의 준비를 하십시오."

그의 말은 무척 정확했다. 그 후 며칠이 지났다. 밤도 그리 깊지 않은 10시가 채 못 된 때였다. 로즈비타가 아래층으로 내려와 브리스트 부인에게 말했다.

"마님, 위층의 우리 마님이 심상치 않으셔요. 혼자서 나지막하게 말씀을 하시고 계셔요. 때로는 기도하시는 듯도 해요. 그렇지만 그렇다고 그걸 시인하진 않으려 하세요. 전 모르겠습니다. 마치 당장이라도 돌아가실 것 같은 생각이 들어요."

"나와 얘기하고 싶어 하더냐?"

"마님은 그런 말씀은 하지 않으셨어요. 그렇지만 그렇게 하고 싶어 하시는 것 같아요. 부인은 마님이 어떤지 잘 아시잖아요. 마님은 부인을 번거롭게 하거나 걱정을 끼쳐드리지 않으려 하시지요. 그렇지만 얘기하시는 게 아마 좋으리라 여겨져요."

"그래, 좋아, 로즈비타."

브리스트 부인이 말했다.

"내가 올라가마."

시계가 아직 10시를 치기 전에 브리스트 부인은 계단을 올라가 에피의 방에 들어섰다. 창문은 열려 있었다. 에피는 창가에 놓인 기다란 의자에 누워 있었다.

브리스트 부인은 흑단(黑檀)*으로 만든 검정색 의자를 가까이 끌어당겨 앉고는 에피의 손을 잡고 말했다. 의자의 뒤 등걸이에는 금을 입힌 세 개의 막대기가 부착되어 있었다.

"기분이 어떠냐, 에피? 로즈비타 말로는 네가 열이 많이 난다더구나."

"로즈비타는 만사를 너무 조바심 속에서 생각해요. 제가 로즈비타를 보면 알죠. 그녀는 제가 죽을 것으로 믿고 있죠. 그런데 전 모르겠어요. 로즈비타는 모든 사람이 죽음을 조바심을 갖고 받아들여야 한다고 생각하고 있어요."

"넌 죽음에 대해 그토록 편안한 마음을 갖고 있니, 에피?"

"아주 편안해요, 엄마."

---

* 감나무과에 속하는 상록 활엽교목. 심재(心材)가 굳고 치밀하여 아름다운 광택이 나는 흑색으로 고급 가구의 재료로 쓰임.

"너 혹시 착각한 건 아니냐? 모든 것은 삶과 결부되어 있고 젊음이 우선 제일이란다. 그리고 넌 아직 이렇게 젊단다. 에피."

에피는 잠시 아무 말 하지 않았다. 그러고 나서 그녀는 말했다.

"엄마는 제가 책을 많이 읽지 않았다는 것을 아시죠. 인스테텐은 이따금 그걸 이상하게 여겼죠. 그게 그에겐 마땅치가 않았나봐요."

그녀가 인스테텐이라는 이름을 부른 것은 그때가 처음이었다. 그 사실이 어머니의 가슴을 철렁하게 만들었으며 그 말 한 마디로 이제 에피의 마지막이 왔다는 걸 명백히 감지했다.

"그렇지만 내 생각으로는,"

브리스트 부인이 말을 가로챘다.

"넌 내게 하고 싶은 얘기가 있는 것 같은데."

"네, 얘기하고 싶은 게 있어요. 제가 아직 무척 젊다고 엄마가 말씀하셨기 때문이에요. 물론 저는 아직 젊어요. 그건 나쁠 것 없어요. 그 옛날 행복했던 시절, 어느 날이었어요. 인스테텐은 제게 책을 읽어주었지요. 그이는 무척 많은 책을 소장하고 있었죠. 그중 한 권 속에 다음과 같은 구절이 있었죠. 어떤 사람이 유쾌한 연회석에서 호출을 받아 나갔대요. 후에 그 사람이 자기가 나간 후에 연회가 어땠었느냐고 물었대요. 그 물음에 사람들은 이렇게 대답했대요. '아아, 여러 가지가 있었지요. 그렇지만 실상 당신은 아무것도 놓친 건 없어요'라고요. 그것 보세요. 엄마. 그 말은 제게 깊은 감명을 주었어요. 연회석에서 좀더 일찍 호출 받아 나간다 해도 큰 의미가 있는 건 아니에요."

브리스트 부인은 아무 말 하지 않았다. 그러나 에피는 몸을 좀더 일으키면서 말했다.

"이제 이왕 옛 시절에 대해, 인스테텐에 관해 얘기가 나왔으니 엄마에게 좀더 말씀드려야겠어요, 엄마."

"너 흥분하고 있구나, 에피."

"아녜요, 아녜요. 제 마음에서 우러나온 얘기를 하는 거예요. 그건 저를 흥분시키지 않아요. 저를 마음 편하게 해줄 뿐이에요. 엄마께 제가 드리고자 했던 얘기는 이런 것이었어요. 즉 저는 신과 인간과 화해하면서 죽는답니다. 그이와도 마찬가지로 화해하면서요."

"그러면 네 영혼 속에는 그 사람에 대한 그토록 처절한 분노의 쓰라림이 있었더란 말이냐? 에피야. 이런 질문을 하는 걸 용서해라. 하지만 실상은 너 자신이 그 사람의 괴로움, 그리고 너 자신의 괴로움을 불러일으킨 장본인이지 않니."

에피는 고개를 끄덕였다.

"그래요, 엄마. 그렇게 된 게 가슴 아파요. 그렇지만 그같이 몸서리쳐지는 모든 일이 일어났을 때, 그리고 마지막에 안니의 일까지 있었을 때, 어머니도 아시지만, 전 그때 무서운 표현을 빌려 말하자면, 창을 돌려 잡아 공세(攻勢)로 바꾼 셈이에요. 그때 전 진심으로 모든 것이 그이의 책임이라는 생각에 빠져 있었어요. 그이가 무정하고 타산적이었고 마지막엔 잔인했기 때문이라고 생각했어요. 그래서 그땐 그이에 대한 저주의 말이 저절로 입에서 나왔어요."

"그게 지금도 널 괴롭히고 있니?"

"그래요. 그리고 제겐 아주 중대한 문제가 남아 있어요. 그이가 이것만은 꼭 아셨으면 해요. 저의 가장 행복했던 시절에 속하는 투병 생활 동안 전 그이의 모든 행동이 옳았다는 걸 분명히 깨달았다는 사실을 말이에요. 가련한 크람파스의 사건도 역시 마찬가지예요. 그이가 그 상황에서 어떻게 다른 방식으로 행동할 수 있었겠어요? 그리고 저를 가장 괴롭혔던 것으로, 제가 낳은 자식이 제게 방어 태세를 취하도록 교육시켰던 그이의 처사도 옳았어요. 그게 너무나도 가혹한 일이었고 너무나도 저를 가슴 아프게 했지만 말예요. 제가 이렇게 그가 옳았다고 생각하며 죽어갔다고 그이에게 전해주세요. 이 같은 내 진심을 전해주면 그에게 위로가 될 것이고 용기를 북돋워줄 것이며 어쩌면 모든 것에 대해 다 좋게 생각하게 될 거예요. 왜냐하면 그이는 천성적으로 선량한 면을 많이 갖고 있으며 사랑을 지니지 않은 사람들의 고상함을 소유하고 있기 때문이에요."

브리스트 부인은 에피가 완전히 지쳐 있음을 보았다. 잠들고 있는 듯도 했고 잠들고 싶어 하는 것 같기도 했다. 그녀는 자리에서 조용히 일어나 방을 나갔다. 그녀가 나가자마자 에피도 곧 몸을 일으켜서 열린 창가에 앉았다. 다시 한 번 서늘한 밤공기를 들여마시고 싶어서였다. 별들이 반짝이고 있었다. 공원에는 나뭇잎 하나 움직이지 않았다. 그러나 그녀가 오래 귀를 기울일수록 플라타너스 위로 내리는 가느다란 빗소리 같은 게 점점 더 분명하게 들려왔다. 일종의 해탈감이 그녀를 엄습해왔다. 쉬어라, 쉬어라!

한 달 후였다. 9월도 기울어가고 있었다. 날씨는 화창했으나 공원의 나뭇잎은 벌써 붉은색과 노란색을 띠고 있었다. 사흘간 폭풍이 치던 추분 이래로 낙엽들이 온 사방에 흩날려 있었다. 원형 화단에 작은 변화가 일어났다. 해시계가 없어지고 그 자리에 어제부터 하얀 대리석 비석이 서 있었다. 그 비석에는 '에피 브리스트' 이외엔 아무것도 새겨져 있지 않았다. 비석 아래에는 십자가가 세워져 있었다. 그것은 고인의 마지막 부탁이었다.

"제 비석에는 제 옛 이름을 다시 그대로 갖고 싶어요. 다른 이름을 위해서는 아무런 명예로운 일을 해주지 못했기 때문이에요."

그리고 고인의 유언을 따르겠다는 약속이 있었던 것이다.

그렇다. 어제 대리석 비석이 도착하여 세워졌다. 브리스트 부부는 그 앞에 앉아 물끄러미 비석과 헬리오트로프꽃을 바라보고 있었다. 비석 주위에는 하인들이 가꾼 헬리오트로프꽃이 심어져 있었다. 롤로가 그 옆에 웅크리고 앉아 머리를 앞발로 감싸고 있었다.

빌케의 각반(脚絆)*은 점점 더 넓어졌다. 그가 아침식사와 우편물을 가져왔을 때 노브리스트가 말했다.

"빌케, 작은 마차를 한 대 불러다오. 아내와 함께 시골로 여행을 떠나야겠어."

이러는 사이 브리스트 부인은 커피를 따르며 원형 화단의 꽃밭을 바라보았다.

"저것 보세요, 브리스트. 롤로가 또 비석 앞에 웅크리고 있어요. 우리보다도 슬픔이 더 컸나봐요. 이젠 잘 먹지도 않아요."

"그렇소, 루이제. 내가 늘 말했듯 동물이란 참 영물이오. 우리 인간이란 우리가 믿듯 그렇게 대단한 존재가 못 되지요. 우리는 동물이 오직 본능만을 갖고 있다고 평가하지만 결국 그게 가장 좋은 것이오."

"그렇게 말씀하지 마세요. 당신이 그런 철학을 하시다니…… 저를 고깝게 여기진 마세요, 브리스트. 당신은 그런 면에는 능력이 미치지 못해요. 당신은 훌륭한 지성을 갖추고 계시긴 하지만 그런 문제를 당신이 어떻게 할 수가 없지 않아요."

"사실상 그럴 순 없소."

---

* 걸음을 걸을 때 발에서 무릎 아래까지 감는 헝겊 띠.

"그리고 여하튼 어떤 문제든지 다루어야 한다면 다른 문제들이 있지 않을까요. 브리스트, 전 가련한 그 애가 저곳에 잠든 이후로 이런 문제를 생각하지 않은 날이 없었답니다."

"어떤 문제를 말이오?"

"혹 '우리'에게 그 죄가 있는 게 아닐까 하는 생각 말예요."

"당치도 않은 얘기요, 루이제. 무슨 의미요?"

"우리가 그 애를 달리 교육시켰어야 했던 게 아닐까요? 바로 우리가 말예요. 왜냐하면 니마이어는 사실상 아무 작용을 못 한 거나 마찬가지잖아요. 그는 모든 걸 그냥 의문 속에 내버려두었지요. 그다음 브리스트 당신은…… 제겐 그게 무척 유감입니다만…… 늘 그렇게 불분명하고 애매하시기만 하고…… 그다음 제자신을 비난해야겠군요. 왜냐하면 그 애가 역시 너무 어렸었던 것은 아닐까 하는 점에서 제 죄를 회피하고 싶지 않으니까요."

롤로가 그들의 대화에 잠을 깨 머리를 천천히 설레설레 흔들었다. 그리고 브리스트가 조용히 말했다.

"아, 루이제. 그만 하시오…… 그건 쉽게 논의하기 어려운 광범위한 문제요."

옮긴이 해설

테오도르 폰타네의 걸작, 『에피 브리스트』

작가에 대해

테오도르 폰타네(Theodor Fontane, 1819~1898)는 19세기 독일 사실주의 문학을 꽃피운 작가다. 사회 현실에 대한 그의 탁월한 감각과 예리한 판단력, 창작의 예술성 및 문체의 우아함은 당대는 물론 현재에 이르기까지 폭넓은 독자층을 확보하고 있다. 20세기 독일 산문 문학의 거장 토마스 만Thomas Mann은 그의 문학적 선배인 테오도르 폰타네를 다음과 같이 극찬했다.

나의 개인적인 생각을 솔직히 고백하자면, 과거나 현재의 어떤 작가도 폰타네만큼 나에게 이토록 큰 공감과 고마움, 직접적이고 본능적인 황홀감을 준 작가는 없었다. 그리고 이렇게 나에게 직접적으로 유쾌하고 따뜻한 마음과 만족감을 불러일으키지는 못했다. 나는 폰타네의 모든 작품 구절이나, 편지의 행, 대화들에서 이런 감정을 느꼈다.*

폰타네가 작품을 쓴 시기는 19세기 후반에 해당된다. 그 시기는 문학사적으로 하나의 전환점을 의미한다. 사회적으로는 시민 세력의 강화, 활발한 시장경제의 대두, 프롤레타리아와 부르주아 계층의 갈등, 산업사회의 발달과 기술의 전문 분석화, 교통 및 통신의 발달 등으로 인간의 의식은 더 이상 낭만과 이상 속에 머물고자 하지 않았다. 철학 및 사상 면으로는 칸트나 헤겔보다는 포이어바흐Feuerbach 및 슈트라우스Strauß의 반종교적 유물론이 더 흥미를 끌었고, 다윈의 진화론 및 마르크스와 엥겔스의 「공산당 선언」이 주목을 끌었으며, 문학에는 필연적으로 추상적·관념적 요소가 후퇴하고, 인생과 사회의 현실을 구체적이고 사실적으로 묘사하려는 문학이 등장했다. 1831년 헤겔, 1832년 괴테, 1834년 슐라이어마허 Schleiermacher 등 위대한 거성들의 죽음은 그들의 타계 이상의 의미를 지녀, 미학적·개성적 이상을 추구하는 독일 이상주의 시대가 막을 내리고, 바야흐로 새로운 사실주의 문학사조가 도래한 것이었다.

독일 문학에서 소설이라고 하면 보통 괴테의 『빌헬름 마이스터 Wilhelm Meister』와 같은 교양소설을 떠올리게 되는데, 그러한 독일 교양소설의 전통은 테오도르 폰타네에 의해 하나의 결정적 신기원에 봉착했다. 이미 프랑스, 러시아 등에서 찬란히 꽃피우고 있던 사회소설이 폰타네에 의해 독일에서도 개화하게 된 것이다. 사회소설이란, 종래의 교양소설에서 보는 것처럼 개인의 내면적 발전이나 교양에 초점을 두지 않고, 사회에 내맡겨진 인간의 갈등, 사회의 문제점을 밝히면서 인간과 사회와의 관련을 관찰하고 묘사하고 비판한다. 폰타네의 사회소설은 개인과 사회의 갈등을 주제로 다루거나, 사회 계층의 제약에 사로잡힌 인간의 편협함과 비인간성

---

* 토마스 만Thomas Mann, 『노년의 폰타네, 테오도르 폰타네』, 볼프강 프라이젠 단츠 편집, 다름슈타트, 1973, p. 14.

을 다루어, 사회에 반응하는 인간의 모습을 보여주고 사회 현실을 제시한다. 폰타네가 보여주는 사회 현실은 사회 비판의 조명을 받고, 폰타네는 유럽의 다른 여러 사회소설 작가들과 나란히 어깨를 겨루며 사회 비판적 시각으로 인간 삶의 조건으로서의 사회를 재현하고 있는 것이다. 루카치가 지적하듯, 폰타네는 "19세기 후반의 독일 문학을 그 지방적 협소함에서부터 끌어올린 최초의 작가들에 속하며, 이런 의미에서 그는 투르게네프I. S. Turgenev, 곤차로프I. A. Goncharov, 야콥센J. P. Jacobsen, 플로베르G. Flaubert, 새커리W. M. Thackeray와 같은 계열에 속한다."*

폰타네는 여성에게 특별한 관심과 사랑을 느낀 작가다. 폰타네가 창작한 17편의 소설 중, 절반 이상의 소설에서 여성 인물이 주인공으로 등장하고,** 그 소설들에는 여주인공의 삶과 연애, 결혼, 이혼, 자살, 병사(病死)의 모티프가 다루어져 있다. 그리고 소설의 제목도 여주인공의 이름을 사용하고 있는 것이 많다. 그는 자신의 여성 애호 사상에 대해 다음과 같이 말하고 있다.

> 여성에게 열광하고, 여성의 약점과 오류, 이브의 모든 매력과 그 지옥을 닮은 면에 이르기까지, 여성을 거의 두 배로 사랑하는 사람이 있다면, 바로 나 자신이다.*

---

* 죄르지 루카치Georg Lukács, 『노년의 폰타네, 테오도르 폰타네』, 볼프강 프라이젠 단츠 편집, 다름슈타트, 1973, p. 62.
** 예를 들어 『그레테 민데 Grete Minde』 『청산(淸算) Quitt』 『사랑과 미로 Irrungen, Wirrungen』 『간통녀 L'Adultéra』 『세실 Cécile』 『슈티네 Stine』 『예니 트라이벨 부인 Frau Jenny Treibel』 『마틸데 뫼링 Mathilde Möhring』 『돌이킬 수 없음 Unwiederbringlich』 『에피 브리스트 Effi Briest』 등이 그러하다.

폰타네의 페미니스트 성향은 어디까지나 인간성 수호를 위한 입장이었다. 당시 영국에서 출발하여 서서히 유럽 전역에 영향을 주기 시작하던 여성해방 운동에 대해 폰타네는 보수와 진보 양면 병존적 입장으로 유보적·비판적 입장을 취했지만, 당대 사회 현실이 인간의 권리와 인간성의 실현을 위해 확실한 변화를 필요로 한다는 사실에는 공감을 보였으며, 그의 그러한 신념을 여성상을 모델로 하여 그의 창작에 표현한 것이다.

폰타네는 객관적 현실의 소재, 예를 들어 작중 인물의 일상적인 평범한 대화, 한담(閑談), 주변의 자연 공간에 대한 묘사, 실내 공간 묘사, 인물의 외모, 태도, 언어 들에 그의 작가적 주관을 개입시켜 현실 소재의 문학적 형상화 작업, 이른바 변용(變容)Verklärung의 작업을 이루어 문학적 현실을 창조했다. 문학적 현실이란 어휘 자체에서 이미 문학과 현실이 하나로 묶여져 있는 형태를 취하고 있듯이, 객관적 현실이 작가의 예술적 상상력에 의해 재구성된 작품 속의 현실을 말한다. 즉 19세기 독일의 시적 사실주의 작가들이 추구한 문학 속의 현실을 의미한다. 이는 문학 외적인 객관적 현실에 대립되는 개념으로 객관적 현실을 문학의 예술성으로 형상화한 현실이기 때문에 객관적 현실보다 더 우위의 현실이다.

폰타네의 창작에는 늘 회의, 체념, 아이러니의 태도가 나타나 있고, 그는 관조(觀照)의 눈, 휴머니티의 눈으로 프로이센 사회를 관찰하고 비판했다. 그의 문학에서는 작중 인물들이 한담을 즐기고, 대화체의 묘, 특유의 양보적·타협적인 문체가 나타난다.

폰타네에게 연륜이란 인생에서의 체념을 의미하지 않고, 조용한 관조

---

* 테오도르 폰타네Theodor Fontane, 「파울Paul과 파울라 슐렌터Paula Schlenther에게 1894년 12월 6일에 쓴 편지」, 『가족에게 쓴 편지들』, 프리드리히 폰타네와 헤르만 프리케 편집, 제2권, 베를린, 1925, p. 329.

의 차원으로서 더 강화된 생의 힘을 의미했다. 그래서 그의 창작에는 그의 성숙한 인생 체험, 겸허함, 인생의 지혜, 모든 인간사와 세상사에 대한 객관적 판단과 이해심이 깃들어 있는 것이다.

테오도르 폰타네는 1819년 12월 30일 독일 브란덴부르크의 전형적인 프로이센 소도시 노이루핀에서 약제사의 아들로 태어났다. 그의 나이 여덟 살 때 전 가족이 슈비네뮌데로 이주했는데, 그곳은 작지만 개방적인 항구도시로 상인과 선주(船主) 들이 북적대었고, 소설 『에피 브리스트』의 케씬과 흡사한 분위기였다. 폰타네의 생애를 연구하는 사람들은 이 노이루핀의 산문적이고 프로이센적인 특색과 슈비네뮌데의 시적이고 개방적인 면모가 서로 반대명제로서 어린 시절의 폰타네에게 영향을 주었다고 말한다.

그의 나이 열네 살 때 가족이 베를린으로 이사해 베를린은 폰타네의 제2의 고향이 되었다. 그는 서른 살이 가까울 때까지 부친의 직업인 약제사로 생계를 꾸렸으며, 그의 자전적인 글 『나의 어린 시절』이라든지 『20세에서 30세까지』 등에서 그 시기의 자신의 모습을 잘 나타내고 있다. 한편 그는 문학에 대한 흥미를 갖고 『베를린의 피가로』 『기차』 등의 잡지에 기고하고 『햄릿』을 번역하기도 했으며 '슈프레 강 위의 터널'이란 일요문학 서클에서 담시(譚詩), 단편 등을 발표했다. 그 서클의 회원들 중 몇몇은 그의 생애 마지막까지 친구가 되었는데 그중에는 폴 하이제 Paul Heyse 같은 작가도 있었다.

서른 살 이후부터는 약사직을 완전히 떠나 신문기자로 활약하며 민주주의 기관지인 『드레스데너 차이퉁』에 글을 쓰다가 중앙 언론 기구의 통신원으로 영국에 파견되어 가족과 함께 영국으로 건너가 3년간 체재했다. 영국체재는 폰타네의 발전에 큰 의미를 주었다. 폰타네는 견문을 넓히고 특히 역사에 대한 흥미를 갖고 역사 공부에 심취하여 폭넓은 지식을 습득했다.

베를린에 다시 돌아온 폰타네는 『노이에 프로이시셰 차이퉁』에서 편집 일을 맡으며 비교적 시간적 여유를 가져 영국에서 쓴 기사, 논문 들을 수록한 책 다수를 발표했다. 그 뒤 그는 슐레스비히-홀스타인 전쟁의 발발로 종군기자로 활약하던 중, 간첩으로 몰려 전쟁포로가 되었는데, 만년의 폰타네는 2개월간의 포로 생활이 후에 그의 창작에 좋은 경험이 되었다고 술회했다.

그의 나이 쉰일곱 살 때부터 폰타네는 일정한 직장을 갖는 것을 포기하고 본격적인 창작 활동에 몰두했다. 폰타네가 마지막에 가진 직장은 '국립 베를린 예술 아카데미'의 상임 제1서기직으로 고급 공무원들과 직접 교류가 있는 직무를 맡았는데, 폰타네가 후에 "내게는 고용살이의 재주가 없다"라고 술회한 바 있듯 원래 활동의 자유, 사고의 자유, 의식의 자유를 추구하던 그는 2개월 만에 사표를 냈다. 이때 폰타네는 3남 1녀의 아버지로 비상한 결의를 한 셈이었다.

당시 프로이센은 최고 번성기로 들어서 빌헬름 황태자가 즉위하고 시민혁명은 실패로 돌아가 일반 대중은 그들이 주장하던 사회민주주의를 관철시키지 못한 채, 마음속으로는 반발하면서도 체념 속에 안주하는 분위기였다. 폰타네는 프로이센 지배 체제에 대해 혐오감을 품고 있었으며, 특히 비스마르크의 '사회주의자 진압법Sozialistengesetz'이 나오자 더욱 반대 입장을 취했다. 그는 독일 프로이센 사회가 변혁을 필요로 하고 있다는 사실을 인식하여, 지진계라고 일컬을 정도로 뛰어난 사회적·역사적 통찰력과 비판력을 가졌고, 그의 냉철한 지성은 구세대의 붕괴, 독일 사회 구조의 변화 등을 예감했으며, 그의 사회 비판은 그의 창작에 잘 드러나 있다.

폰타네의 작품으로는 만년의 대표작 『에피 브리스트』『슈테힐린 호수』

이외에,『폭풍전야』『세실』『사랑과 미로』『돌이킬 수 없음』『샤흐 폰 부테노』『간통녀』『슈티네』『그레테 민데』『예니 트라이벨 부인』『마틸데 뫼링』『청산(淸算)』『페퇴피 백작』『포겐풀 가(家)』등이 있다.

작품에 관해

작가는 소설『에피 브리스트』를 1889년에 집필하여 1895년에 출간했다. 이 소설은 작가가 작고하기 직전에 완성한 만년의 대작『슈테힐린 호수』와 함께 폰타네의 소설 중 가장 원숙한 작품으로 평가된다.

여성의 운명을 주제로 하여 당대의 사회 현실을 비판한 가장 성공적인 사회소설로 간주되는『에피 브리스트』는 그 탁월한 작품성으로 큰 인기를 누린 작품인데, 여러 나라 언어로 번역되기도 하고, 영화로도 제작되었으며, 플로베르의『보바리 부인』, 톨스토이의『안나 카레니나』와 함께 전 세계 여성들의 사랑과 관심을 얻었으며, 모든 독자들의 심금을 울린 소설이다.

소설『에피 브리스트』에서 주인공 에피는 대대로 내려오는 호엔 크레멘 귀족 집안의 무남독녀로 부모와 주위 사람들의 사랑을 독차지하며 행복하고 평화롭게 구김살 없이 자라난 생기발랄한 17세의 소녀다. 꾸밈없는 생명력과, 순진무구한 자연성을 지닌 에피는 썰매타기와 그네타기를 즐기며, 모험과 스릴을 좋아하고, 시적이고 환상적인 본성으로 삶의 기쁨과 자유를 누린다.

발랄하고 귀여운 소녀 에피에게 케씬의 관구장 인스테텐 남작이 청혼을 하면서 사건의 발단이 이루어진다. 인스테텐은 에피보다 21세나 연상인 귀족 관리로 사회적 지위, 촉망되는 장래 등이 결혼 결정의 요소로 작용했고, 상호간의 자연스런 사랑이나 이끌림 같은 것은 별로 고려되지 않아서 비극적 결말의 씨앗을 이미 내포하고 있는 관습적 결혼 결정이었다.

　결혼 후, 신랑 인스테텐과 함께 케씬에서의 삶을 시작한 에피에게 결혼생활은 공허함과 적막함으로 점철된다. 에피가 부담해야 할 새로운 사회적 구속은 곧 에피를 견딜 수 없는 상황으로 몰아넣는다. 관구장 부인이란 사회적인 부담은 그녀의 순진하고 자연스런 천성에 부합되지 않았다.

　에피는 우선 옹졸하고 편협하며 위선적인 케씬 시골 귀족들과의 의례적인 사교를 감당해야 했고, 공무로 자주 출장을 가며 사회적 출세와 명예욕에 사로잡힌 인스테텐과의 지루한 결혼생활은 에피에게 정서적 · 정신적 · 심리적 안정감을 주지 못했다. 에피의 결혼생활에서 절대적으로 결핍된 부분은 결혼생활의 핵심 요소가 되어야 할 '사랑, 활기, 섬세한 관심'이었다.

　에피는 중국 남자 유령에 대한 공포를 겪으면서 점차 그녀의 결혼이 그녀의 본질과는 다른 생활임을 깨달아가기 시작했다. 인스테텐이 출장 가고 혼자 자야 하는 밤이면 케씬 집에 출몰한다고 믿는 유령의 존재는 에피를 괴롭혔고, 특히 그 유령에 대한 인스테텐의 태도가 애매하여 남편에 대한 에피의 신뢰도는 서서히 떨어져갔다. 에피가 케씬 집을 팔고 다른 곳으로 이사 가자고 남편에게 간청했을 때, 인스테텐의 단호한 반대에 부딪치면서 에피는 커다란 배신감을 느낀다. 인스테텐이 에피 자신보다도 사회적 이목과 출세를 인생의 최우선 순위로 생각하고 있다는 사실을 깨닫게 되었기 때문이었다. 인스테텐이 아내의 부탁을 일언지하에 거절한 이유는, 유령 때문에 집을 팔았다는 쑥덕공론이 그의 귀족 신분과 사회적 지위에 손상을 주기 때문이었다. 인스테텐은 모든 세상사를 사회적 기준에 맞추어 해석하며, 사회적 기준은 바로 그의 사고의 알파요 오메가이기 때문에 아내의 불안을 덜어주어야겠다는 생각보다는 사회적 고려에 더 큰 관심을 둔 것이다.

 에피는 남편의 군대 시절 친구 크람파스와 우연하고 공교로운 기회에 혼외 관계를 갖는다. 그녀가 나중에 고백했듯, 크람파스는 단지 '……사랑하지 않았기 때문에 잊어버린' 남자에 불과했으며, 에피가 탈출구로서 휩쓸려버린 사랑의 유희에 불과했다. 소설에서 '슐론'이나 '조크'라는 불가사의한 자연현상이 상징하고 있듯이, 에피는 올바르지 못한 부정의 늪에서 허우적거리며 빠져나오고자 노력했지만, 불행히도 그러지 못했다. 그래서 여성에게 충성스런 친절을 보이면서 여성의 심리를 잘 다룰 줄 아는 경솔한 카사노바 크람파스의 유혹을 벗어나지 못하고, "……금지된 것, 비밀스러운 것이 그녀를 사로잡았던 것이다."

 에피와 크람파스와의 부절적한 관계는 7년이란 세월이 흐른 후, 둘 사이의 비밀 편지 묶음이 우연한 기회에 인스테텐의 눈에 띄면서, 소설은 대전환을 맞고 당시의 관습대로 에피의 운명은 파국으로 치닫는다.

 인스테텐이 크람파스에게 결투를 신청하고 그를 현장에서 사살한 것은, 그 자신의 개인적 복수 감정 때문이 아니고 오로지 사회의 이목과 명예 때문이었다. '인간은 전체의 일부분이기 때문에 전체가 지시하는 규범을 따라야 한다'라는 인스테텐의 고백에서 개인의 행복보다는 사회와 명예를 우상으로 섬기는 그의 경직된 사회관이 드러난다. 그가 절친한 친구 빌러스도르프에게 에피의 해묵은 부정을 이미 발설했고 사건이 백일하에 드러난 이상, 그 사건은 이미 사회의 수중으로 들어가버린 것이다. 앞서 유령의 문제에 대한 태도에서 이미 언급되었듯이, 인스테텐은 그의 모든 의식 구조가 사회에 얽매여 있고, 사회에 사로잡혀 있기 때문에 사회를 초월한 행동을 할 수가 없었던 것이다.

 인스테텐은 훗날 자신의 행동이 무가치하다고 여기며 자신의 인생은

'실패작'이었다고 고백하고 자신의 행동을 후회한다. 사회의 대변자 인스테텐은 완전한 패배를 느낀 것이다. 그는 '이 세상에는 행복이 존재하며, 그도 과거 한때는 그러한 행복을 소유했었지만, 이제는 그렇지 못하며 또 가질 수도 없다는 것'을 인식하며, 사회를 떠나 명예나 규범이 없는 아프리카 같은 곳으로 도망치고 싶은 심경을 밝히고, 처절한 불행과 고독 속에서 불행한 하루하루를 살아간다.

에피는 이혼당한 후, 고통과 은둔의 생활을 산다. 에피는 그녀의 계급 사회로부터, 또 그녀가 낳은 딸 안니로부터 외면당한다. 사회는 부정한 여성 에피를 결코 용납하지 않고, 에피에게서 완전히 등을 돌린다.

호엔 크레멘에 다시 돌아와 부모의 극진한 보살핌과 아름다운 자연 속에서도 에피는 옛날의 건강을 되찾지 못하고, 폐결핵으로 서서히 죽어가지만, 그녀의 영혼은 원숙한 인간성에 도달한 모습을 보여준다. 그녀는 다가오는 죽음에 대해서 초연한 태도를 보여, 죽음이란 세상의 축연에서 하나님의 부르심을 받아 하늘나라로 돌아가는 것이며, 설령 그 시기가 좀 앞당겨졌다 해도 그리 애석할 일이 아니라는 체념의 경지를 갖는다.

에피는 죽음 직전에 인스테텐을 이해하고 용서한다. 에피는 '그가 한 행동은 그럴 수밖에 없어서 그가 올바르게 행동한 것이라고' 이해하며 죽어간다. 그것은 스스로 불행의 올가미 속에서 후회와 고통의 삶을 사는 인스테텐을 훨씬 능가하는 모습이며, 에피가 도달한 휴머니티의 승리라고 볼 수 있다.

호엔 크레멘의 원형 화단에 위치한 딸의 비석을 바라보며 브리스트 부부는 죄의 문제로 대화를 나눈다. 죄의 문제는 그리스 신화에서부터 현대 문학에 이르기까지 다루어지고 있는 테마다. 폰타네는 결코 죄가 누구에게 있다고 지적하지 않는다. 그는 여하한 경우라도 그런 지적을 회피하는 의도를 갖고 있다. 그는 사회적 제 상황을 밝혀내고 관용이 필요함을 인식하게 해줄 뿐, 죄의 명백한 소재를 언급하지 않고 있다. 결국 죄의 문제는 브리스트 부인의 말 "혹 그 애가 아무래도 너무 어렸던 게 아니었을까요?"로 마무리 지어진다.

작품의 맨 마지막은 노브리스트의 "그건 쉽게 논의하기 어려운 광범위한 문제요"라는 말로 끝맺어진다. 브리스트는 체념하는 가운데서 자신의 내적인 평온을 지키며, 일단 사물을 관조하는 여유를 갖고, 금방 흑백을 가리지 않고 불분명한 채 놓아둔다. 그는 어떤 사물에 극단적인 명백한 의미를 부여하는 것은, 마치 웅덩이에 고인 물처럼, 균형과 관용을 잃어가는 것이라 생각했고, 이는 폰타네의 성공작『슈테힐린 호수』의 주인공 둡스라브 백작의 이념과도 흡사하여 만년의 폰타네를 대변한다.

당대 사회 규범 및 인습의 절대성에 대한 빌러스도르프의 의혹은 바로 폰타네 자신의 것이기도 하다. 폰타네는 프로이센 사회의 기성 도덕과 사회 규범에 대한 회의가 이미 사회 지식층에서 싹트고 있음을 암시하고 있으며, 에피의 삶을 통해 프로이센 사회에 대한 비판의 화살을 던지고 있다. 작가는 에피의 탈선에 동조하지 않으면서도, 에피에게 내적 성숙과 휴머니티의 승리를 선사한 반면, 사회를 우상으로 섬기던 인스테텐의 삶을 후회와 불행으로 결말지은 점에 냉혹한 프로이센 사회에 대한 작가의 비판이 엿보인다.

소설을 끝까지 읽은 독자들은 여주인공 에피의 탈선, 이혼, 죽음의 과정에 대해 단순한 동정을 넘어, 연약한 철부지 소녀의 인간적 욕구와 경직된 사회와의 갈등을 인식하게 되고, 가련한 여성을 비극적 운명으로 치닫게 한 것이 무엇일까? 도대체 누가 이 여성에게 돌을 던질 수 있을까? 하는 의문을 던지게 될 것이다.

작가 연보

1819	12월 30일 브란덴부르크Brandenburg의 노이루핀Neu-Ruppin에서 출생. 본명은 하인리히 테오도르 폰타네Heinrich Theodor Fontane. 부친 루이 앙리 폰타네Louis Henry Fontane는 약사로 약국 경영. 모친은 에밀리에 폰타네Emilie Fontane (처녀 때 성은 라브리Labry). 양친은 모두 남프랑스에서 망명한 신교도 집안 출신.
1827	슈비네뮌데Schwinemünde로 이사. 초등학교에 입학. 그곳에서 유년 시절을 보냄.
1832	노이루핀 김나지움Gymnasium에 편입.
1833	베를린의 클뢰덴스K. F. Klödens 실업학교에 입학.
1836	동교 졸업. 4월 약제사 견습생으로 빌헬름로제 약국에서 근무. 12월 『베를린의 피가로Berliner Figaro』에 최초의 창작시 「형제애Geschwisterliebe」가 실림.
1840	보조약사 자격 취득. 10월 부르크Burg(마그데부르크Magdeburg 근처)의 약국에서 근무. 연말에 베를린으로 돌아옴. 약간의 창작을 함.

	1월과 3월, 『베를린의 피가로』에 두 편의 시 발표. 여름에 『하인리히 4세의 첫사랑 Heinrich IV. erste Liebe』, 소설 『너는 올바르게 행동했다 Du hast recht getan』, 풍자시 「부르크 Burg」 발표.
1841	4월, 라이프치히의 흰 사슴 Zum weißen Hirsch 약국에서 근무. 사회 혁명적인 내용을 담은 창작시들을 라이프치히의 신문과 잡지에 기고.
1842	3월, 드레스덴 Dresden의 약국으로 옮김.
1843	4월 오더부르흐 Oderburch 지방 레친 Letschin에서 부친의 약국으로 옮김. 부친은 5년 전 그곳으로 이사했음.
1844	4월에 1년간의 지원병으로 근위보병연대(베를린)에 입대. 5월 말부터 10월 초순까지 휴가를 얻어 런던으로 여행. 9월 친구 레펠 Lepel의 소개로 베를린의 시인 모임 '슈프레 강 위의 터널 Tunnel über die Spree'에 가입. 그 후 이 모임에서 슈토름 Theodor Storm, 하이제 Paul Heyse 등과 친교.
1845	4월 제대. 12월에 에밀리에 루아네트 쿰머 Emilie Rouanet-Kummer 양과 약혼.
1847	국가시험에서 합격하여 1급약제사 면허 취득. 6월, 베타니엔 Bethanien 병원에서 약제교사로 근무. 8~11월, 혁명적인 네 편의 기사를 일간 신문 『베를리너 차이퉁스할레 Berliner Zeitungshalle』에 기고.
1848	3월 18일, 베를린에 시민혁명이 일어나자 처음에 시가전에 직접 참가.
1849	베타니엔 병원을 사임. 『드레스데너 차이퉁 Dresdener Zeitung』의 통신원으로 활약.
1850	일간신문 『독일박물관』의 베를린 통신원. 10월 16일, 약혼녀 에밀리에와 결혼. 『아름다운 로자문데 Von der Schönen Rosamunde』 『남자들과 영웅들 Männer und Helden』 『여덟 곡의 프로이센 가곡 Acht Preußenlieder』 발표.

1851	장남 게오르크Georg 출생.
1852	4월 23~9월 25일 영국 체재. 영국에서 프로이센 정부신문을 위한 통신원. 런던의약국 구입을 위해 노력했으나 실패. 『독일 작가첩 Deutsches Dichter-Album』 출판.
1853	논문 「1848년 이래의 우리들의 서정시와 서사문학Unsere lyrische und epische Poesie Seit 1848」을 발표. 문학평론가, 문학사가로 데뷔.
1854	최초의 여행첩 『런던에서의 어느 여름 Ein Sommer in Londen』 발간. 차남 헨리Henry 출생.
1855~59	영국 런던 체재. 만토이펠Manteuffel 내각의 대영 정책의 일환으로 런던에 '독영신문협회Deutsch-Englische Pressekorrespindenz'가 창설되어 프로이센 정부신문사 특파원의 임무를 띠게 됨. 독일 신문 및 영국 신문, 잡지 등에 수많은 보고서와 연극 비평문, 신문기사 게재.
1858	만토이펠 내각의 실각으로 특파원 직위를 자동적으로 잃게 됨.
1859	1월, 베를린에 돌아옴. 3월, 구직차 뮌헨으로 감. 파울 하이제의 알선으로 바이에른 왕을 알현한 후 일자리를 구했으나 폰타네의 혁신적 정치 논설은 수용되지 못함. 그리고 『프로이시셰 차이퉁preußische Zeitung』의 편집원이 되고자 했으나 실패. 7월에 레펠과 같이 처음으로 마르크 지방 답사.
1860	3월, 장녀 마르타Martha(Mete) 출생. 6월, 크로이츠 신문사에 입사. 『영국에서부터. 런던의 극장, 예술, 언론에 관한 연구 및 서간문Aus England. Studien und Briefe über Londoner Theater, Kunst, Presse』 『담시집 Balladen』 출판.
1861	『브란덴부르크 방랑 Wanderungen durch die Mark Brandenburg』 제1권 출판 (1881년까지 제4권 출판).
1864	2월, 3남 프리드리히Friedrich 출생. 종군기자로 덴마크 전선에 감.

1865	8, 9월에 에밀리에와 라인 지방, 스위스로 여행. 그 후 매년 여름 여행하는 습관을 가짐. 『1864년의 슐레스비히-홀스타인 전쟁 Der Schleswig-Holsteinische Krieg im Jahre 1864』 출판.
1866	8월, 종군기자로서 뵈멘Bömen 지방으로 감.
1867	10월, 부친 사망.
1869	『1966년의 독일 전쟁 Der deutsche Krieg von 1866』 출판. 모친 사망.
1870	4월, 『크로이츠차이퉁 Kreuzzeitung』 퇴사. 6월, 『포시셰 차이퉁 Vossische Zeitung』의 위촉으로 국립극장 Das Königliche Schauspielhaus의 연극 평론을 담당함(1889년까지 계속). 9월, 종군기자로서 보불전선에 가다. 10월, 동프랑스의 동르미 Domremy 마을에서 스파이 혐의로 체포되어 11월 올레롱 Oléron 섬에 송치되었으나, 친구들과 비스마르크의 도움으로 생명의 위기를 넘기고 석방됨. 12월, 베를린으로 돌아옴.
1871	『전쟁 포로들. 1870년의 체험 Kriegsgefangene. Erlebtes 1870』 출판. 4~5월에 북프랑스 엘자스로트링겐(알자스로렌) 지방으로 여행. 『점령당한 나날에서 Aus den Tagen der Okkupation』 출판.
1872	알렉시스 Alexis에 관한 수필을 씀.
1874	에밀리에와 이탈리아 여행. 『대(對)프랑스 전쟁 I Der Krieg gegen Frankreich I』 출판.
1875	8, 9월에 스위스, 이탈리아 북부, 잘츠부르크, 빈 여행.
1876	3월, 베를린의 국립예술아카데미 Die Königliche Akademie der Künste에 상임 제1서기로 임명됨. 5월, 사표 제출. 8월, 황제의 허락을 얻어 정식 퇴직 명령을 받음. 10월, 후임 결정을 기다려 완전 사임. 그 후부터 일정한 직업을 갖지 않음. 가을에 『폭풍전야 Vor dem Sturm』 집필에 착수.

1878	『폭풍전야』 출판.
1879	『그레테 민데 Grete Minde』 출판.
1881	『오리나무 브로치 Ellernklipp』 출판.
	『슈프레 지방 Spreeland』 출판.
1882	『간통녀 L' Adultéra』 출판.
	『샤흐 폰 부테노 Schach von Wuthenow』 출판.
1884	『페퇴피 백작 Graf Petőfy』 출판. 리젠게비르게 Riesengebirge에서 게오르크 프리트랜더 Georg Friedlaender 박사와 친교. 그 후 일생 동안 그와 편지 왕래함.
1885	『배나무 아래에서 Unterm Birnbaum』 출판. 『크리스티안 프리드리히 쉐렌베르크와 1840년부터 1860년까지의 문학의 베를린 Christian Friedrich Scherenberg und das literarische Berlin von 1840~1860』 출판.
1887	『세실 Cécile』 출판. 9월, 장남 게오르크 병사.
1888	『사랑과 미로 Irrungen, Wirrungen』 출판.
1889	『다섯 개의 성(城). 마르크 브란덴부르크의 옛 것과 새 것 Fünf Schlösser. Altes und Neues aud Mark Brandenburg』 출판(『브란덴부르크 방랑』의 속편). 『포시셰 차이퉁』을 위해 극단 프라이에 뷔네 Freie Bühne의 연극 비평을 맡다. 10월, 게르하르트 하우프트만 Gerhart Hauptmann의 『해뜨기 전 Vor dem Sonnenaufgang』 초연이 있었는데 폰타네는 이를 절찬함. 12월, 자유 극장과 관련 없는 『포시셰 차이퉁』의 연극 비평을 사절함.
1890	『슈티네 Stine』 출판. 6월 하우프트만의 『평화제 Das Friedensfest』를 마지막으로 공식적 연극 비평 마감.
1891	4월, 실러 상을 받음. 『마틸데 뫼링 Mathilde Möhring』 집필에 착수(1907년에 출판됨). 『청산(淸算) Quitt』 출판.

1892	3월, 뇌일혈로 졸도 후 중태에 빠짐. 5~9월, 리젠게비르게에서 요양 후 완쾌. 『시집 제4권 Gedichte, vierte Auflage』『돌이킬 수 없음 Unwiederbringlich』『예니 트라이벨 부인, 혹은 마음과 마음이 통하는 곳에 Frau Jenny Treibel oder, Wo sich Herz zum Herzen findet』 출판.
1893	자전적 소설 『나의 어린 시절 Meine Kinderjahre』 출판. 『여행 전과 후에 관해 Von vor und nach der Reise』 출판.
1895	『에피 브리스트 Effi Briest』 출판.
1896	『포겐풀 가(家) Poggenpuhls』 출판.
1897	『시집. 증판 제5권 Gedichte. Fünfte vermehrte Auflage』.
1898	『슈테힐린 호수 Der Stechlin』 출판. 5, 6월, 드레스덴 근교 시골에서 요양. 자서전 『20세에서 30세까지 Von Zwangzig bis Dreißig』 출판. 8, 9월, 칼스바트에서 요양. 9월 20일 베를린에서 서거. 리젠거리의 프랑스인 묘지(현재 동베를린에 위치함)에 묻힘. 유고로서 1905년에 『마틸데 뫼링 Mathilde Möhring』, 1934년에 미완의 자서전 『비평가 시대 Kritische Jahre—Kritikerjahre』가 출판됨.

기획의 말

'대산세계문학총서'를 펴내며

근대문학 100년을 넘어 새로운 세기가 펼쳐지고 있지만, 이 땅의 '세계문학'은 아직 너무도 초라하다. 몇몇 의미 있었던 시도에도 불구하고, 전체적으로는 나태하고 편협한 지적 풍토와 빈곤한 번역 소개 여건 및 출판 역량으로 인해, 늘 읽어온 '간판' 작품들이 쓸데없이 중간되거나 천박한 '상업주의적' 작품들만이 신간 되는 등, 세계문학의 수용이 답보 상태에 머물러 있었음을 부인하기 힘들다. 분명한 자각과 사명감이 절실한 단계에 이른 것이다.

세계문학의 수용 문제는, 그 올바른 이해와 향유 없이, 다시 말해 세계문학과의 참다운 교류 없이 한국문학의 세계 시민화가 불가능하다는 의미에서, 보다 근본적으로, 우리의 문화적 시야 및 터전의 확대와 그 질적 성숙에 관련되어 있다. 요컨대 이것은, 후미에 갇힌 우리의 좁은 인식론적 전망의 틀을 깨고 세계 전체를 통찰하는 눈으로 진정한 '문화적 이종 교배'의 토양을 가꾸는 작업이며, 그럼으로써 인간 그 자체를 더 깊게 탐색하기 위해 '미로의 실타래'를 풀며 존재의 심연으로 침잠하는 작업이라 할 수 있다.

우리의 현실을 둘러볼 때, 그 실천을 위한 인문학적 토대는 어느 정도 갖추어진 듯이 보인다. 다양한 언어권의 다양한 영역에서 문학 전공자들이 고루 등장하여 굳은 전통이나 헛된 유행에 기대지 않고 나름의 가치 있는 작가와 작품을 파고들고 있으며, 독자들 또한 진부한 도식을 벗어나 풍요로운 문학적 체험을 원하고 있다. 새롭게 변화한 한국어의 질감 속에서 그 체험이 이루어지기를 바라는 요청 역시 크다. 그러므로 필요한 것은 어쩌면 물적 토대뿐일지도 모른다는 판단이 우리를 안타깝게 해왔다.

이러한 시점에서, 대산문화재단의 과감한 지원 사업과 문학과지성사의 신뢰성 높은 출간을 통해 그 현실화의 첫발을 내딛게 된 것은 우리 문화계의 큰 즐거움이 아닐 수 없다. 오늘의 문학적 지성에 주어진 이 과제가 충실한 결실을 맺을 수 있도록, 우리는 모든 성실을 기울일 것이다.

'대산세계문학총서' 기획위원회

대 산 세 계 문 학 총 서

001-002 소설 **트리스트럼 샌디**(전 2권) 로랜스 스턴 지음 | 홍경숙 옮김
003 시 **노래의 책** 하인리히 하이네 지음 | 김재혁 옮김
004-005 소설 **페리키요 사르니엔토**(전 2권)
호세 호아킨 페르난데스 데 리사르디 지음 | 김현철 옮김
006 시 **알코올** 기욤 아폴리네르 지음 | 이규현 옮김
007 소설 **그들의 눈은 신을 보고 있었다** 조라 닐 허스턴 지음 | 이시영 옮김
008 소설 **행인** 나쓰메 소세키 지음 | 유숙자 옮김
009 희곡 **타오르는 어둠 속에서/어느 계단의 이야기**
안토니오 부에로 바예호 지음 | 김보영 옮김
010-011 소설 **오블로모프**(전 2권) I. A. 곤차로프 지음 | 최윤락 옮김
012-013 소설 **코린나: 이탈리아 이야기**(전 2권) 마담 드 스탈 지음 | 권유현 옮김
014 희곡 **탬벌레인 대왕/몰타의 유대인/파우스투스 박사**
크리스토퍼 말로 지음 | 강석주 옮김
015 소설 **러시아 인형** 아돌포 비오이 까사레스 지음 | 안영옥 옮김
016 소설 **문장** 요코미쓰 리이치 지음 | 이양 옮김
017 소설 **안톤 라이저** 칼 필립 모리츠 지음 | 장희권 옮김
018 시 **악의 꽃** 샤를 보들레르 지음 | 윤영애 옮김
019 시 **로만체로** 하인리히 하이네 지음 | 김재혁 옮김
020 소설 **사랑과 교육** 미겔 데 우나무노 지음 | 남진희 옮김
021-030 소설 **서유기**(전 10권) 오승은 지음 | 임홍빈 옮김
031 소설 **변경** 미셸 뷔토르 지음 | 권은미 옮김
032-033 소설 **약혼자들**(전 2권) 알레산드로 만초니 지음 | 김효정 옮김
034 소설 **보헤미아의 숲/숲 속의 오솔길** 아달베르트 슈티프터 지음 | 권영경 옮김
035 소설 **가르강튀아/팡타그뤼엘** 프랑수아 라블레 지음 | 유석호 옮김

| 036 소설 | 사탄의 태양 아래 조르주 베르나노스 지음 | 윤진 옮김
| 037 시 | 시집 스테판 말라르메 지음 | 황현산 옮김
| 038 시 | 도연명 전집 도연명 지음 | 이치수 역주
| 039 소설 | 드리나 강의 다리 이보 안드리치 지음 | 김지향 옮김
| 040 시 | 한밤의 가수 베이다오 지음 | 배도임 옮김
| 041 소설 | 독사를 죽였어야 했는데 야샤르 케말 지음 | 오은경 옮김
| 042 희곡 | 볼포네, 또는 여우 벤 존슨 지음 | 임이연 옮김
| 043 소설 | 백마의 기사 테오도어 슈토름 지음 | 박경희 옮김
| 044 소설 | 경성지련 장아이링 지음 | 김순진 옮김
| 045 소설 | 첫번째 향로 장아이링 지음 | 김순진 옮김
| 046 소설 | 끄르일로프 우화집 이반 끄르일로프 지음 | 정막래 옮김
| 047 시 | 이백 오칠언절구 이백 지음 | 황선재 역주
| 048 소설 | 페테르부르크 안드레이 벨리 지음 | 이현숙 옮김
| 049 소설 | 발칸의 전설 요르단 욥코프 지음 | 신윤곤 옮김
| 050 소설 | 블라이드데일 로맨스 나사니엘 호손 지음 | 김지원·한혜경 옮김
| 051 희곡 | 보헤미아의 빛 라몬 델 바예-인클란 지음 | 김선욱 옮김
| 052 시 | 서동 시집 요한 볼프강 폰 괴테 지음 | 안문영 외 옮김
| 053 소설 | 비밀요원 조지프 콘래드 지음 | 왕은철 옮김
| 054-055 소설 | 헤이케 이야기 (전 2권) 지은이 미상 | 오찬욱 옮김
| 056 소설 | 몽골의 설화 데. 체렌소드놈 편저 | 이안나 옮김
| 057 소설 | 암초 이디스 워튼 지음 | 손영미 옮김
| 058 소설 | 수전노 알 자히드 지음 | 김정아 옮김
| 059 소설 | 거꾸로 조리스-카를 위스망스 지음 | 유진현 옮김
| 060 소설 | 페피타 히메네스 후안 발레라 지음 | 박종욱 옮김
| 061 시 | 납 제오르제 바코비아 지음 | 김정환 옮김
| 062 시 | 끝과 시작 비스와바 쉼보르스카 지음 | 최성은 옮김
| 063 소설 | 과학의 나무 피오 바로하 지음 | 조구호 옮김
| 064 소설 | 밀회의 집 알랭 로브-그리예 지음 | 임혜숙 옮김
| 065 소설 | 홍까오량 가족 모옌 지음 | 박명애 옮김
| 066 소설 | 아서의 섬 엘사 모란테 지음 | 천지은 옮김
| 067 시 | 소동파 사선 소동파 지음 | 조규백 옮김
| 068 소설 | 위험한 관계 쇼데를로 드 라클로 지음 | 윤진 옮김

069 소설	**거장과 마르가리타**	미하일 불가코프 지음	김혜란 옮김
070 소설	**우게쓰 이야기**	우에다 아키나리 지음	이한창 옮김
071 소설	**별과 사랑**	엘레나 포니아토프스카 지음	추인숙 옮김
072-073 소설	**불의 산**(전 2권)	쓰시마 유코 지음	이송희 옮김
074 소설	**인생의 첫출발**	오노레 드 발자크 지음	선영아 옮김
075 소설	**몰로이**	사뮈엘 베케트 지음	김경의 옮김
076 시	**미오 시드의 노래**	지은이 미상	정동섭 옮김
077 희곡	**셰익스피어 로맨스 희곡 전집**	윌리엄 셰익스피어 지음	이상섭 옮김
078 희곡	**돈 카를로스**	프리드리히 폰 실러	장상용 옮김
079-080 소설	**파멜라**(전 2권)	새뮤얼 리처드슨	장은명 옮김
081 시	**이십억 광년의 고독**	다니카와 슌타로	김응교 옮김
082 소설	**잔지바르 또는 마지막 이유**	알프레트 안더쉬	강여규 옮김
083 소설	**에피 브리스트**	테오도르 폰타네	김영주 옮김